大荒洼

刘英亭◎著

中国言实出版社

图书在版编目(CIP)数据

大荒洼 / 刘英亭著 . -- 北京 : 中国言实出版社，
2022.5

ISBN 978-7-5171-4142-6

Ⅰ . ①大… Ⅱ . ①刘… Ⅲ . ①长篇小说 – 中国 – 当代

Ⅳ . ①I247.5

中国版本图书馆 CIP 数据核字（2022）第 070093 号

大荒洼

责任编辑：郭江妮
责任校对：王战星

出版发行：中国言实出版社
    地 址：北京市朝阳区北苑路180号加利大厦5号楼105室
    邮 编：100101
    编辑部：北京市海淀区花园路6号院B座6层
    邮 编：100088
    电 话：010-64924853（总编室） 010-64924716（发行部）
    网 址：www.zgyscbs.cn 电子邮箱：zgyscbs@263.net

经 销：新华书店
印 刷：北京中科印刷有限公司
版 次：2022年6月第1版 2022年6月第1次印刷
规 格：710毫米×1000毫米 1/16 25.25印张
字 数：412千字

定 价：90.00元
书 号：ISBN 978-7-5171-4142-6

刘英亭，山东省东营市人。出版有长篇小说《暗斗》、《薄冰》、《黄河口恋歌》，诗集《光辉的囚徒》等。短篇作品散见于《诗刊》、《中国文学》、《小说月刊》

等60余家报刊。作品获首届山东青年作家文学奖一等奖及第一届、第七届、第九届东营市黄河口文艺奖。《暗斗》入选中国作家协会2011年度重点作品扶持项目，本部小说入选国家新闻出版广电总局2016年优秀网络文学原创作品榜单和中国作家协会网络文学中心"红旗颂——建党百年·百家网站·百部精品"。

目 录

主要人物

　　英冬雨——从小不喜欢读书，喜欢玩枪。在英庄的小学堂中，偷偷地喜欢上了唯一的一个女生——芦花。学堂解散后，随父亲在大荒洼里打猎练就了好枪法，因为打中了荒洼里最难打的动物——皮子，被人们称为神枪。芦花被大荒洼的老缺（土匪）绑走，英冬雨只身单枪，追进荒洼，从老缺头目"马虎剩"手中救下了芦花。芦花也深爱着英冬雨，却在父母的逼迫下嫁给了芦花镇镇长的孙子胖娃。英冬雨离家出走，参加八路军，参加了伏击日军、劫夺军粮以及解放英庄和三里庄的战斗。解放战争中，任山东第七师独立营一连连长，大荒洼解放后，任博安县警卫营一连连长兼公安局侦察科科长，胖娃被抓进监狱，他不知情，胖娃等人越狱，他赶去阻止，结果，胖娃被马虎剩打死，人们却都以为是被英冬雨打死的。因此也让芦花对他产生了怨恨，有情人终成陌路人。

　　芦花——三里庄人，芦花镇李家酒坊主人李有财的女儿。比英冬雨小一岁，是整个大荒洼公认的最漂亮的女孩子，但是性格有点懦弱，并且受封建教育的影响，唯父母之命是从。在小学堂，她就喜欢聪明、大胆的英冬雨，很讨厌吃得肥肥胖胖的胖娃。可是命运弄人，最后却在父母的逼迫下，不得不嫁给了胖娃。她信奉"嫁鸡随鸡，嫁狗随狗"的旧理念，虽然瞧不上胖娃，虽然心里始终装着英冬雨，但还是老老实实地与胖娃在一起生活，并为胖娃生了一个女儿。后来，人们都传言胖娃被英冬雨打死，她从此只能把对英冬雨的爱深深地埋藏起来，过着郁郁寡欢的年轻寡妇生活。

　　胖娃——芦花镇镇长英方儒的孙子，学名英志远。家里开着一座油坊，生活富足，吃得肥肥胖胖，被人们叫做胖娃。由于家庭条件好，爷爷又是镇长，从小在村里就是孩子王。只有英冬雨敢于挑战他的孩子王地位。他与英冬雨之间就闹起了孩子间的摩擦。后来，他娶了芦花，婚后他发现芦花的心里依然装着英冬雨，这让他很痛苦。就在这个时候，日本人开进了大荒洼，他由于说了一点争面子的话，被伪军毒打了一顿。他咽不下这口气，为了证明自己也是一个真正的男人，让芦花和伙伴们瞧得起他，他也决定参军打日本鬼子。他知道英冬雨参加了八路军，就故意舍近求远，绕过了八路军，去参加了国民党的保安十六旅。抗战胜利后，保安旅和解放军又打起了内战，胖娃所在的保安旅一团密谋起义，已经当了保安旅一团三营七连副连长的胖娃不知情，就在部队起义前夕逃回了家。大荒洼解放后，胖娃被公安局关押，他参加了越狱行动，结果被马虎剩击毙。

刘人杰——八路军山东纵队第三支队特务团政治处副主任，特务团特遣队队长。后任八路军三支队独立营营长。大荒洼解放后任博安县警卫营营长兼县公安局局长。足智多谋，做事果断，英冬雨就是在他的培育下成长起来的。

关小峰——外号"马虎剩"，大荒洼老缺周生水部的二当家。后参加八路军特遣队，任八路军特遣队三组组长，八路军三支队独立营三连连长。大荒洼解放后任博安县警卫营三连连长兼县公安局政卫队队长。枪法好，心狠手辣，与英冬雨、曹小三并称为"黄河口三大神枪"。因为曾绑架过芦花，被英冬雨救下，与英冬雨有矛盾，后来被英冬雨的大仁大义所感化，与英冬雨成了好朋友。平息越狱事件中，亲手击毙了胖娃。

英秋原——英庄枣园酒馆老板，实际上是大荒洼老缺的眼线，后来为八路军和解放军做了不少事情，并最终帮助解放军消灭了老缺郑奠基。

郑奠基——外号郑秃子，大荒洼老缺头目。有一百多人，七十多支枪，对外号称有三百多人枪。1938年6月任山东保安十六旅独立营营长，日军占领博安县城后任伪警备团团长，后又改编为青州道皇协军第一师二旅五团，任团长。日本战败后，他又再次被李春秋收编，任保安旅独立团团长，后来再次逃进大荒洼当老缺，最终被解放军消灭。

李春秋——国民政府博安县县长，山东保安十六旅旅长。一心想把整个博安县牢牢地控制在自己的手里，因此，游走在日军和八路军之间，既与八路军合作抗日，又总想借日军之手消耗八路军，因此在合作抗日中，多次耍滑头。

抗战胜利后，又再次收编伪军郑奠基部，与解放军对抗，最终被打败投降。

曹谷信良——日军少佐，坂田联队参谋长。带领一个日军小队驻守在英庄据点，多次与八路军交战，在英庄据点被攻破时自杀。

作品评论

　　《大荒洼》是一部个人、英雄、民族的精神史诗，描绘抗日战争的艰难局势下，猎人之子英冬雨勇敢打击入侵黄河口日军的壮烈传奇。

　　——中南大学教授、评论家欧阳友权：《中国网络文学二十年》，江苏凤凰文艺出版社 2019 年 1 月版

　　作者把平凡人生活中的爱恨情仇巧妙地穿插于作品中，一方面丰富了小说的内容，使之更加富于生活气息。在展现平凡人物在战争处境中的波折命运时，还把笔触伸向探查残酷环境下的人性，更加深化了作品的主题。小说故事完整，情节跌宕起伏，人物形象生动可感，明白晓畅的语言中渗透着一种浓重的家国情怀以及美好的家国理想。

　　——中南大学教授、评论家宴杰雄：《类型化与主流化的复调共鸣——2016年的网络文学创作》（2017 年 3 月 20 日《文艺报》）

　　从黄河口大荒洼延伸出的一场关于国恨家仇、爱恨纠葛、荡气回肠的宏大历史故事。

　　——安徽大学教授、评论家周志雄：《山东优秀网络文学作品》（2017 年 4月 15 日《山东商报》）

　　作品以黄河入海口的大荒洼为场景，描写了日寇入侵黄河口之后，猎人之子英冬雨保家卫国、捍卫民族和个人尊严的英雄人生。作品主题鲜明，沉稳大气，既写出了国家危亡之时平民百姓的命运波折，又表达了在家仇国恨面前，为大家舍小家的平民英雄情怀。作品情节绵密、真实可信，叙述娴熟、语言流

畅，人物形象生动饱满，有情感、有温度、有力量。

——2016 年优秀网络文学原创作品推介活动评委会推荐语（2017 年 1 月 19 日新华网）

楔子

　　英冬雨对自己的名字很不满意。他只知道这个文绉绉、酸溜溜的名字和冬天的一场大雨有关，可到底是咋回事，他爹并没有告诉他。

　　在一个寒冷的冬天，在本应下大雪的日子里，却下了一场大雨。

　　在黄河东流入海的大荒洼里，到了冬天，最常见的就是飘飘洒洒的鹅毛大雪。这一年冬天，大荒洼的沟沟岔岔里的水面早已结了厚厚的冰，土地也早已封冻。进了腊月，就下起了一场雪，这场雪时下时停，断断续续地下了五六天。五六天的时间里一直没有出过太阳。一天中午，雪终于停了。人们走出家门，用铁锨铲着各自门前厚厚的积雪。可是转眼间，就下起了小雨，渐渐地雨越下越大。

　　这场大雨和六月天的大雨一样，一连下了好几天。在人们的记忆中，这是从来没有过的。就是在这场让人非常吃惊的大雨中，英秋润的老婆生下了一个儿子。

　　孩子出生的时候，大雨已经下到了第五天。英秋润正在邻居英方明家拉呱。

　　在英庄，英秋润和英方明是最说得上话来的朋友。论辈分，英秋润管英方明叫叔。但两个人年龄却只相差一岁，是英秋润比英方明大一岁。说他们俩说得上话，并不是说他们俩都爱说。他们俩一个爱说，一个不爱说。英方明喜欢说，英秋润喜欢听。也不是英方明喜欢多说话，是因为他知道的事儿比英秋润知道得多。两个人坐在一块儿，总得说点什么。而英秋润又很少说话，所以，英方明就说得多。英方明每五天要赶一次集。在周围的几个村庄中，只有

1

英庄有一个集市，英庄大集是农历的一、六，也就是每月的初一、初六、十一、十六、二十一、二十六。英方明在农闲时候就割荆条和蒲草，荆条用来编筐编篓，蒲草用来编草鞋。然后拿到集市上去卖钱。因为他常赶集，所以，就知道一些周围村庄里的事情，谁家遭了老缺绑票，谁家公公扒灰……，一些奇闻怪谈就成了英方明和英秋润的下酒菜。

大荒洼里到处都是荆条和芦苇，但英秋润却没有像英庄的大多数人那样去编筐编篓和编草鞋。他喜欢打猎。其实，在大荒洼，没有什么虎豹之类的凶猛大动物。多的是野兔、野鸡、野鸭、大雁……，英秋润最喜欢打兔子。在农闲时他便扛着一杆土枪到荒洼中去打兔子。从英庄往东北走，不过四五里路，便进入了一片大荒洼。其实，英庄和周围的这些村庄，原来也是一片荒洼，这些村庄本来就是大荒洼的一部分。大荒洼是黄河从上游带来的泥沙长期沉积形成的退海之地。英庄和周围的这些村庄就是在这一片退海之地上。只不过由于他们引用黄河水浇灌土地，从上游带来的黄土和淤泥覆盖了厚厚的一层，能够种植庄稼了。而从这些村庄往东往北的那一片大荒洼却是一望无垠，长满的是芦苇、蒲草、红荆。其间出没的动物和鸟类数也数不清到底有多少种。对周围的村民来说，人们最喜欢的是兔子、野鸡和野鸭。在英庄大集上有卖兔子的，但是，价钱却很便宜。因为，在这一带农闲时打兔子的人很多。在那个贫瘠的时代，猪肉才是人们心目中的美食。兔肉和狗肉这些后来人们口中的美食，在那个时候只是略胜于无而已。英秋润打了兔子从不到集上去卖。他都是剥了皮，晒干后存起来，每隔一两月，就有县城皮货商来收购。卖一张兔子皮所得的钱有时甚至比平时卖一只兔子还要多。在整个大荒洼，英秋润的枪法是最好的，他打的兔子根本吃不了，吃不了他就拿来分给乡邻。给乡邻们送兔子肉的时候，英秋润很少亲自去送。所以，在傍晚炊烟袅袅升起的时候，人们常常看到英秋润的老婆马菊花或者是他的女儿英小枝提着几只剥了皮的兔子，走在街上。

吃到兔子肉最多的是英方明家。英方明的两岁的儿子铁柱最喜欢吃兔子肉。

每当闲下来的时候，英秋润常常亲自提着几只兔子到英方明家串门。今天和往常一样，英秋润提着两只剥了皮的兔子走进英方明的家。英方明正在堂屋里用荆条编筐，他老婆卢秀芝正在炕上做针线。英方明刚要站起来，英秋润便说："你接着干。"然后一抬眼，对正要从炕上下来的卢秀芝说："婶子，你也别动，我三天两头来串门子，你还不做针线了？"英方明接着低下头去干活。

卢秀芝却问："小枝她娘快生了吧？"

英秋润说："五婶说还得五六天哩。"

英秋润说的五婶，是芦花镇镇长英方儒的老婆张氏，她是一个接生婆。英方儒虽然和英方明是平辈，可是，英方明出生的时候，就是张氏接生的。

卢秀芝说："那你还不在家里伺候着？还到处乱跑？"

英秋润说："不是还有五六天吗？五婶说还有几天，就一准还有几天。"

卢秀芝就继续做起了针线活。

英秋润便和英方明唠嗑。英秋润和英方明在一起的时候，英方明便会滔滔不绝地说起从集上听来的瞎话。英方明手中一边干着活，嘴里却没有闲着。英秋润自己去取来菜板和菜刀，一边听英方明说瞎话，一边拾掇兔子肉。切好、洗净后，便放到锅子里，添好水，放上大料。然后洗了手，坐在炉子边。英方明的堂屋里盘着一个泥土炉子，炉膛里烧的是一些荆条。由于连阴天，那些本来很干燥的荆条也变得潮湿了。每当往炉膛里新放进去几块荆条时，炉子里就要冒出一阵浓烟。呛得坐在炕上做针线的女人一阵阵咳嗽。可是英方明两岁的儿子铁柱却很兴奋。他围在炉子边上，耸动着小鼻子嗅着从锅子里冒出的香气。

等一阵阵兔肉香飘出来的时候，英方明停下了手中的活计，拿出了一瓶枣木杠子酒。又从锅台角上拿过一个细长的白瓷酒壶，将酒倒进壶中。又倒了一盅酒，将那盅酒放在土炉子的一角。拿一根火柴，在火柴盒上划着了，然后用火柴慢慢地去凑近酒盅里的酒。很快地，那酒被点着了。等酒盅里的火渐渐大起来的时候，把火柴棍慢慢地放在了酒盅里。他又用手捏着酒壶上端的细颈，用酒盅里的火去燎酒壶的底部。他一边燎酒，一边与英秋润拉呱。

不一会儿，就从酒壶的那个喇叭口冒出阵阵酒香。这时，锅中的兔肉也炖好了。英秋润掀开锅盖，先用筷子捞出一根兔腿放到铁柱的碗里。铁柱立刻蹲下来，试着用手去拿那根兔腿。他的手刚一接触到兔腿，就烫得猛地抽回来。卢秀芝坐在炕上干着针线活，眼睛却在注意着铁柱，她说："看你这个急嘴子货，凉一凉再吃！"

英方明先给英秋润倒一盅，又给自己倒一盅。两个人端起来，"吱溜"一声，喝了下去。

枣木杠子酒是黄河入海口的特产，是用红枣和高粱发酵酿制而成的。在黄河口，这种酒还有另一个名字，叫做"闷倒驴"。一口酒喝进去，就像一条火蛇

3

从咽喉一直爬进胃里。外地人初到黄河口，不知道这种酒的厉害。等喝过以后，没有一个不服气的。所以，在大荒洼流传着这样一句话："先喝枣木杠，再吹大酒量"。

英秋润和英方明的酒量都不是很大，两个人每次只喝半斤，从不多喝。

两个人刚刚喝了几盅，忽然，就听见外面传来"噗嗒、噗嗒"的脚步声。英方明起身敞开屋门，就看见英秋润六岁的女儿小枝头上顶着一块油布，正急慌慌地走进来。她的鞋上沾满了泥巴，走起路来脚踩在积水的院子里，发出"噗嗒、噗嗒"的声音。

英秋润一抬头，愣了一下。

小枝人还没进屋，就着急地喊："爹——哎——，俺娘生了。"

英秋润把手中的酒盅放在小桌上，站起来就往外奔。英方明想给他拿蓑衣，英秋润早已奔出了门外。卢秀芝急忙从炕上下来，接过蓑衣跟出去。

英秋润喝了几盅酒，头上本来已经冒汗了，一下子跑进雨中。冰冷的雨水打在头上和身上，他打了一个激灵。就在他跑到自家门口的时候，忽然一下子滑到了，他从泥水里爬起来。就在这个时候，他的脑子里灵光一闪：从他记事以来，从来没有在腊月天里下过雨，这场大雨真是很奇怪。刚才在英方明家，两个人一边喝着酒，还一边说过这件事。这时，他想，老婆生的不管是男娃还是女娃，都叫"冬雨"。

英冬雨懂事以后，和小伙伴们在一起玩的时候，他就觉得自己的名字和小伙伴们的名字很不一样。在英庄，穷人们的孩子为了好养，都会起一个贱名字。男孩子叫狗娃、铁蛋什么的，女孩总是什么花、草、枝之类的。英冬雨觉得自己的名字有点另类了，英冬雨就不喜欢自己的名字。当然，他和他的父亲，以及英庄的乡亲们都没有想到，"英冬雨"这三个字日后会成为大荒洼乃至整个黄河口一带的一个传说、一个神话。

在后来的传说中，英冬雨出生后，随着他的第一声啼哭，那场下了四天多的大雨立刻就住了，并且立刻就雨过天晴了。连下雪带下雨十多天一直没有露面的太阳，一下子就跳了出来。可英秋润和英方明都记得，英冬雨是晌午前出生的，因为那时他们俩正在喝酒，还没有吃午饭呢。而那场雨是天完全黑下来的时候才停下来的。可是没人相信他们的话，渐渐地，他们也对自己的记忆产生了怀疑。

第一章

1

冬雨从小就喜欢跟着他爹到大荒洼里去打兔子。他跟在他爹的身后，看见远处一只兔子从草窝里跑出来，他就急忙喊："爹——，兔子。"可是，他从来没有能够把"兔子"喊出来。往往就在他喊"爹"的时候，英秋润的枪就响了。前边的兔子就会一个跟头栽倒在地上。

冬雨在这个时候就会很羡慕地看着他爹手中的那杆枪。他伸出手去摸一摸，他多想自己也能像父亲那样，在兔子刚刚跳起的时候打一枪啊！可是，英秋润从来不让冬雨去开枪。冬雨多次恳求打一枪试试，英秋润坚决不答应。他想让冬雨念书。他想让冬雨做一个有学问的人。

在冬雨八岁的时候，英秋润把他送进了英庄的小学堂。英庄的小学堂设在英庄的祠堂内。英庄的祠堂在英庄的丁字街口。

英庄有一条半大街，一条是贯穿全村的东西大街，还有半条南北街。那半条南北街，北起东西大街，往南直通村外。这一条半大街就形成了一个丁字街口。英庄的东西大街通往村外的路，分别叫做东马道和西马道。从南北街出村通往芦花河桥的那条路，是英庄人和芦花河北岸十几个村庄的人走出大荒洼的唯一通道，从这儿往南走一百多里路，就是博安县城。所以，人们把这条路叫做南官道。东西大街和南北大街在相交点上形成的这个丁字街口，自然就成为了大荒洼的交通枢纽，也是英庄乃至整个大荒洼最繁华的地方。

英庄祠堂就在东西大街的中间，祠堂的大门正对着南北大街。大门上面有一个横匾，横匾上有"英氏先祠"四个大字。门框和大门都是用黑漆漆过的，各有一副用红漆写的对联，门框上的对联是"由洪洞而迁子孙多睿智贤孝，自永乐以来基业广懋盛恢宏。"门心上的对联是"蒸尝享万古，昭穆序千秋。"在大门右侧的门垛子上竖挂着一块木制的牌子，白底黑字，写的是"博安县第七区芦花镇镇公所"。

祠堂院内，迎大门是影壁墙。影壁墙上画的是松鹤延年，两侧还有一副对联"绕院松柏青碧翠，深进享堂琥珀光"。院内有九棵松树。北面是三间正房，中间一间最大，屋门口上面有一个横匾，写着两个大字"享堂"，门口有一副对联"祖德宗功流芳远，子承孙继世泽长"。这就是供奉英氏祖先的地方了。东面一间是镇长英方儒办公的地方，西面一间是一个小仓库。

院里还有东西厢房，小学堂就设在西厢房里。

教书先生叫马文章，是大荒洼很有名气的七才子。

马文章是芦花河南岸马家庄人，他和他的堂叔兄弟马文采在同一年考中了秀才，轰动了整个黄河口。在堂叔兄弟排行中，马文章排行第七，马文采排行第八。于是乎，在黄河口一带人们便称呼马文章为"七才子"，称呼马文采"八才子"。正当兄弟两人雄心勃勃想大展宏图继续参加科举考试的时候，光绪三十一年，也就是 1905 年，慈禧太后却突然下诏从光绪三十二年开始，取消了科举考试。他们也就没有能够再往上考举人、进士什么的。随着清王朝的覆灭，连他们的秀才身份也没有了。但在乡亲们的眼里，他们仍然是被人交口称赞的"七才子""八才子"。

2

在小学堂里读书的孩子一共有十五个。其中十四个男孩子，都是英庄人。只有一个女孩子，不是英庄人。这个女孩子叫李芦花。她是三里庄的人。三里庄在英庄的东边，离英庄只有三里路。

李芦花的爹叫李有财，别看他起了一个很俗气的名字，但他却是个大能人，很有经营头脑。他年轻的时候曾经在无棣县城的酒坊里做工。那家酒坊生产的就是热销整个黄河口地区的枣木杠子酒。李有财做了几年工以后，就辞工不做，卷起铺盖回了家。回到大荒洼以后，他就在家里自己酿酒。然后拿到英庄大集上去卖。渐渐地，他做的酒就打出了名堂。后来他干脆在英庄的东西大街上租了房子，把他的酒坊搬到了英庄。他的生意也就越做越红火了。冬雨出生的那天，英秋润和英方明喝的就是李家酒坊的酒。

李有财不但做生意是一把好手，他的思想也比较新潮。他在无棣县城做工的时候，曾随东家往省城送酒。在省城，他曾看到洋学堂里竟然有女孩子上学。当时他很吃惊，可东家告诉他，不久的将来，女孩子都会和男孩子一样，可以进学堂念书的。那时候，他曾经在心里对自己说，如果自己将来有个女儿，就让她和男孩子一样进学堂念书。当英庄办起小学堂的时候，他就找到英方儒，把他的女儿芦花送进了学堂。

刚刚七岁的芦花，长得明眸皓齿，简直是一个美人坯子。再加上她爹开着酒坊，家底殷实，衣服也就穿得很光鲜。更何况在整个学堂里，就只有她一个女孩子。在一群整天抹鼻涕的脏兮兮的男孩子中间，她实实在在是鹤立鸡群了。

这个漂亮的女孩子，不仅得到了那些男孩子的另眼相看，也引起了教书先生马文章的注意。马文章自然认得芦花的爹李有财。李有财虽然长得不算丑，但是，也算不上漂亮。马文章是出名的七才子，他不仅会写八股文，他也很会欣赏女人。从芦花的身上他完全可以想象出芦花的母亲会是一个多么漂亮的女人。当然，他更知道，他肯定有机会认识那个美丽的女人。

马家庄与英庄相隔有十几里路，马文章到英庄教书，都是早上来，傍晚走。中午在英庄吃一顿午饭。这一顿午饭就由这十五个学生家轮流派饭。按照英方儒安排的顺序，李有财家是最后一个。也就是说第十五天的中午要到李有财家去吃饭。马文章就觉得日子过得有点慢，因为他心里有一个期待。同时他还有点担心，担心什么呢？他怕那个女人的长相辜负了他的想象和期盼。这样一来，他就对即将到来的那个日子，是既盼又怕了。

终于到了第十五天，李有财早早地来到了英庄祠堂，并且还约上了英方儒。因为这是第一次请先生吃饭，李有财是个很讲场面的人。他们三人，当然后面还跟着一个小孩子芦花，一起往三里庄走去。

一路上，马文章既兴奋，又有点不太满意。因为有李有财和英方儒在场，他不但不能跟他想象中的美人多说话，就连多看一眼恐怕都不合适了。

短短的三里路，三个人说着话很快就走完了。

到了李有财的家里，李有财的老婆赵兰秀早就弄好了一桌丰盛的酒菜。那一桌子菜也不都是赵兰秀一个人弄的。有几道大菜是李有财让英庄的枣园酒馆做好送过来的。本来，李有财想请马文章和英方儒一块在枣园酒馆吃饭。可英方儒说，那样不太合适。如果李有财开了这个头，下一轮其他家里咋办呢？十五个孩子的家中，能在枣园酒馆请得起客的，也就只有英方儒和李有财两家。

马文章对那桌酒菜不感兴趣，他感兴趣的是赵兰秀。当然，那时候他还不知道这个比他想象中还美丽的女人叫赵兰秀。

按照黄河口当地风俗，女人是不能上台面的。所以，赵兰秀在把酒菜都准备好之后，就领着芦花到厨房里去了。她在厨房里给女儿留下了好吃的饭菜。

吃饭喝酒的过程中，马文章就有点神不守舍。不过这倒没有引起英方儒和李有财的怀疑。他们反而认为文人就是这样，说话、做事都是拘谨的，放不开。

马文章盼着第二次来吃饭的时候，就只有他和赵兰秀母女在一起。可是，他没有如愿。虽然，李有财没有再像第一次那样，请来英方儒作陪。但是，每当轮到他家派饭的时候，他依然还是早早地来到祠堂等候。等下了课，他陪着马文章一起回家吃饭。这是表示对先生的敬重，马文章自然不能说什么。其实，马文章的心里一直就在矛盾着，他既盼着能够与赵兰秀有单独在一起的机会，又怕有那样的机会。他怕自己把持不住，做下丢人的事情。那他"七才子"的名声可就毁了。

后来，还就真的有了他单独与赵兰秀在一起的机会。其实这么说还不准确，准确地说是他和赵兰秀、李芦花三人在一起的机会。在马文章的眼里，芦花这样的小孩子不懂事，他说点过头的话她也听不出来，所以，芦花是可以忽略不计的。这个机会是李有财出门做生意的时候。李有财很少出远门。但是有时候为了联络客户，也会出去联络。这就需要一个巧合，那就是正好轮到李有财家派饭的时候，李有财又恰好出远门。当然这样的机会并不多，在一年多的时间里，总共才遇到了三次。

可偏偏七才子马文章有贼心没贼胆，更可笑的是他做事也和他写八股文一样，讲究一个起承转合，所以，在英庄学堂教了一年多书，他和赵兰秀的事却几乎没有一点进展。也不是一点进展也没有，至少，现在他和赵兰秀能比较随便地说上几句话了。说几乎没有进展，是说按照马文章写八股文的起承转合来说，还停留在"起"的阶段。

3

马文章让学生念书，他自己也拿起一本书，在那儿摇头晃脑地念着。

英冬雨念了一会儿，就觉得头脑昏沉沉的。他双手捧着书，嘴里也和其他同学一样嘟嘟哝哝地念着。但是，他的上眼皮和下眼皮却一直在打架。可他不敢打瞌睡，他怕马文章的戒尺。以前他曾经因为上课打瞌睡，被马文章用戒尺把手心打得肿了起来。回家还不敢让大人看见。为了把瞌睡虫赶走，他便用眼睛四处踅摸，想寻一点能引起自己兴趣的事情。就在这时候，他听见窗外有麻雀的叫声。他的座位离窗户很远，按说，在老师和同学们的读书声中，他是不可能听到窗外麻雀的叫声的。可他明明是听见了。他自己也觉得很奇怪，自己的耳朵怎么能够透过那些嘈杂的声音，听到来自窗外那颗老槐树上的并不响亮的叽叽喳喳的叫声呢？

听到麻雀的叫声，他的困意立刻消失得无影无踪。他想，如果手中有父亲那样的一杆枪，站在树下，冲着树上，瞄一瞄准，"啪"的一声，就会打下好几只麻雀来。一想到枪，他立刻来了精神。他仿佛看见自己跟父亲一样，把那杆土枪横担在脖子后面的两肩上，大踏步地走在野草丛生的荒洼里。突然，一只兔子被自己的脚步声惊起，从草丛中跳起来，迅捷地向远处跑去。他顺过枪，瞄了一瞄，打了一枪。那只兔子一头栽倒。他赶紧跑过去，拾起那只兔子。可那只兔子突然睁开了眼睛，后腿蜷起，来了一个兔子蹬鹰，后腿蹬到了自己的脸上。他疼得一闭眼，他感到自己的耳朵仿佛被撕裂了一般的疼痛。奇怪，明明兔子的那一蹬，蹬在了脸上，咋又耳朵疼上了呢？耳朵疼就是耳朵疼，脸咋被扯得歪向了一边呢？他睁开眼，看见前面的同学都回过头来，他们咋不读书了呢？他们咋比自己矮半截呢？直到此时，他才忽然明白过来，原来自己坐在教室里，马文章正用手扯着他的耳朵，把他扯得身子不由自主地站起来。同学们早就停止了读书，都扭过脸来看着他。并且一个个脸上都带着一种满足的笑意。单调枯燥的读书生活，大家读书读得头昏脑胀，每当老师惩罚一个同学的时候，其他同学都会借机停下来，欣赏一下这唯一能带来一点乐趣的节目。可是，这节目往往是很短暂的，当马文章见大家都停下来的时候，就会很严厉地吼一声"念书"！大家这才不得不很遗憾地扭过头去，少心没肺地读起书来。

这一次，马文章没有像往常对其他同学大吼一声"念书"。更没有训斥冬雨。大概是怕训斥冬雨会影响到其他同学念书，他松开了手，狠狠地瞪了一眼英冬雨，然后说："你就站着念吧！"

马文章又回到了前边，坐到了太师椅里。铁柱用竖起来的书本挡住自己，扭过头冲冬雨做了一个鬼脸。冬雨看见了铁柱在冲自己做鬼脸，可他拿眼角瞟了一下马文章，马文章正拿眼睛瞅着他。他只是撇了撇嘴角，没敢还给铁柱一个鬼脸。

冬雨拿着书，站在那儿，可他实在是读不进去。于是他便低着头拿眼睛向四处踅摸。忽然，他发现芦花也拿眼睛看自己。当两个人的目光碰在一起的时候，芦花的目光像受惊的兔子一样跳开了。可就是在这一瞬间，冬雨觉得芦花看自己的目光和其他同学是不一样的。不仅和胖娃、狗蛋他们不一样，和铁柱的目光也不一样。他觉得自己的脸肯定是红了，因为他感觉到脸上火辣辣的发烧。为什么会这样？他不知道。老师的惩罚，同学们的幸灾乐祸，他都无动于衷。即便是他最好的伙伴铁柱那善意的鬼脸，也没有打动他。反而是这个几乎从来不和自己说话的小芦花，看了自己一眼，自己就觉得脸上发烧了。刚才自己站在那儿，还挺直了腰杆，像跟谁斗气似的。仿佛他站在那儿不是接受惩罚，而是一个英雄在那儿和敌人战斗。可现在，那一股子神气都跑得无影无踪了。他感到在那儿站着，很丢人。他很希望马文章能够让自己坐下。他的目光便一次次地投向马文章。马文章没让冬雨坐下，他坐在那儿根本就没有看冬雨。

冬雨忽然发现，他的老师马文章也和自己一样，读书的时候心不在焉。他发现马文章虽然手里拿着书，嘴里也在嘟嘟囔囔地念着，可他的眼睛却并不在书本上。冬雨发现马文章的目光老是看向别处，像冬天雪地里觅食的兔子。冬雨顺着马文章的目光看过去，那个目的地竟然是芦花。

开始的时候，冬雨还替芦花担心，他想可能是芦花看自己的时候，被马文章发现了。他真的怕马文章会惩罚芦花。他担忧地偷偷地瞄着马文章，很快他就发现自己的担忧和害怕是多余的。因为，他发现马文章看芦花的目光与看自己的目光不一样，也与看胖娃、铁柱、狗蛋他们的目光不一样，与看这十四个男学生的目光都不一样。马文章看芦花的目光一点也不严厉，那目光柔柔的，像一只柔软温暖的小手，抚摸着芦花的脸。有时候，那目光又躲躲闪闪的。这就更让冬雨不解。在冬雨和同学们的眼里，马文章就是这间屋子里的皇帝，他主宰着这里的一切。他害怕啥呢？他应该啥也不怕。可是，他的目光咋也躲躲闪闪呢？虽然这一切冬雨都想不明白，但是以后他却发现马文章经常在同学们念书的时候，用温暖而又躲闪的目光看芦花。他觉得这是一个秘密，这个秘密是关于马文章的。他要把这个秘密藏在心里，谁也不告诉。从那天以后，上课的时候，冬雨再也没有打过瞌睡。每当马文章讲完课，让大家自己念书的时候，冬雨就把这个秘密拿出来，也就是偷偷地观察马文章。不但观察马文章，他也观察芦花。紧接着，他又有了新的发现。他发现，每当同学们大声念书的时候，马文章就不摇头晃脑地念书了，而是用专注、温柔的目光看芦花。每当同学们的读书声低下来的时候，他就会吃一惊的样子，收回目光，严厉地看着大家，严厉地说："念书！"而当芦花抬起头向前看的时候，马文章的目光一下子不再专注而温柔，而是躲躲闪闪的。与那天芦花的目光和他的目光一碰的时候一样，也像一只受惊的兔子，一下子跳开了。

自从冬雨发现了马文章的这个秘密以后，他的心里忽然就对马文章产生了一种抵触情绪。这种情绪来得有点莫名其妙。冬雨自己也不知道为何就对马文章很反感了。以前他也曾被马文章罚过站，也曾挨过马文章的戒尺打手心。可那时候他从心里并没有对马文章反感。可当他发现马文章的眼睛总是偷偷地注视芦花后，他就留心了。他不知道，自己为啥会对马文章看芦花这件事这么关心。开始，他发现马文章只在同学们读书的时候，偷偷地看芦花。后来，他发现马文章即便是讲着课，也常常情不自禁地拿眼睛瞟向芦花。于是，冬雨在上课的时候就更加听不进去了。以前上课他也常常走神，那时候走神是常常在脑子里把自己想象成父亲那样的猎手。满脑子里是大荒洼和荒洼里的野兔、野鸡、野鸭。可现在走神，却因为他老是偷偷地观察马文章。

马文章不知道在他眼里这些毫不懂事的小孩子会窥破他的秘密。所以，他常常毫无顾忌地去仔细欣赏芦花的美。其实，他欣赏的不是芦花的美，而是透过芦花在欣赏芦花的娘赵兰秀。马文章虽然饱读诗书，但他和其他人一样难以免俗，当他发现了赵兰秀的美貌之后，他的心里就一直挂念着。虽然他也矛盾，但是他却常常幻想着能够与赵兰秀单独在一起说说话，甚至是亲近亲近。越是得不到，心里越是放不下。有时候他也骂自己，骂自己的圣贤书是白读了。可骂归骂，心里就是放不下。

4

日子一天天过去，就在马文章来到英庄教书快满两年的时候，马文章终于等来了一个机会。这一天下午，孩子们还没有到齐。马文章正坐在太师椅里一边看书，一边等着学生来齐以后好开始讲课。芦花来了。她一出现在房门口，立刻有两个人把目光投射到她的身上。这两个人，一个是教书先生马文章，另一个是比芦花只大一岁的小男孩英冬雨。当时，马文章虽然在念书，可他用眼角的余光一直在看着门口。因为，虽然来了一些孩子，但是芦花还没有来。当芦花刚一走到门口，马文章的目光立刻被吸引过去。冬雨根本就无心看书，他一直在偷偷地观察着马文章。当他发现马文章的目光向门口射去的时候，他的目光立刻跟了过去。他的目光随着芦花的脚步向前走。就在这时候，一个令冬雨吃惊的事情发生了。

冬雨吃惊地发现，芦花走进房门以后，没有像以前那样走向她自己的座位。而是走到了马文章的面前。同学们虽然在有心或无心地读着书，冬雨却在那些嘈杂的读书声中，清清楚楚地听见芦花对马文章说："老师，俺娘说家里有点活儿，想请您去帮一下忙。"

冬雨看见马文章好像是愣了一下，然后脸上掠过了一丝惊喜。马文章没有说什么，只是冲芦花点了一下头。因为他也来不及说什么，就在他一愣神的功夫，芦花已经转身向自己的座位走去。马文章脸上露出的惊喜的表情芦花并没有看见，而马文章其实是在冲着芦花的背影点了一下头。

芦花走到自己的座位上坐下来。冬雨虽然不懂得芦花这句话里到底有什么能够让马文章惊喜的内容，可他一看到马文章高兴，心里就不高兴。他在心里竟然对芦花也生了气。

马文章把手中的书放在了桌子上，烦躁不安地坐在那把太师椅里，不时地扭动一下身子，好像那把宽大的太师椅盛不下他那瘦得像竹竿一样的身子似的。随后，每一个晚来的学生他都会狠狠地盯一眼，好像那学生跟他有仇一样。等学生到齐以后，他让学生背诵上午刚刚学过的一段《论语》，并说待会儿要检查，谁不能背熟就要打手心。布置好作业，他便急匆匆地出去了。

现在正是麦收时节，英方儒和镇公所的其他几个人都没有来办公，更没有人在祠堂门外闲玩。这个时候，马文章是不会到外面去找人聊天的。因为大家都忙着，没人陪他闲拉呱。前几天，他都是在布置好学生背书以后，一个人在院子里，在那棵老槐树下凉快。偶尔也会在那些松树的树荫里走来走去，像在思考什么问题。过一会儿他就会到西厢房里巡视一遍。有时候他也会悄悄地出现在窗户跟前，从窗外往里窥视，发现谁在那儿调皮捣蛋，他就会用戒尺打手心。铁柱就坐在窗户底下。他常常偷偷地一抬头，就会看见马文章正严厉地盯着自己。

大家老老实实地大声地读着书。铁柱偷偷地用眼角往窗户那儿瞟了一下，没有马文章的影子。渐渐地，他的胆子大了起来，终于他抬起头，往窗户外面看了看，还是没有人影。院子里静悄悄的。又过了一会儿，大家都觉得今天有点反常。因为在以前，马文章会隔一段时间就出现窗口或者是门口。可今天这段时间太长了。屋子里念书的声音渐渐地低了下来。终于一个一个的都停止了念书。大家的眼睛都偷偷地瞄向门口或者是窗口。可是，没有先生的影子。渐渐地有了说话声和嗤嗤的偷笑声，那些声音都是压抑着的。

狗蛋怂恿着铁柱站起来往外面看看。铁柱不敢。狗蛋沉不住气了，他站起身来，往外面看了一下。大家都拿眼睛瞅着他。狗蛋看了一会儿，干脆下了自己的位子，走到窗前，往外仔细地看着。看了一会儿，他忽然回过头，一下子蹦了一个高。

狗蛋的这一个动作好像是一个行动的命令，大家一下子欢呼雀跃起来。大家叽叽喳喳地说起了话，更有几个孩子干脆下了位子，打闹起来。过了一会儿，几个孩子已经不满足于在屋子里玩闹了，他们很快就跑到了院子里。

冬雨和铁柱、狗蛋一起，先是在松树的树荫下玩。玩了一会儿，就觉得无趣了。他们几个来到北面正房的门口。正房的门锁着。他们只能隔着门缝往里看。别看他们天天来祠堂上学。可是，正房里面对他们来说却是一个神秘的地方。因为平时马文章从来不让他们靠近整天挂着一把大铁锁的正房。现在终于有了机会，他们看到正房里面有一个神龛，供着祖宗牌位。在神龛前面有一张漆黑油亮的大方桌，上面放着两个黑漆木盒子。他们觉得很新奇。终于，他们耐不住好奇心，从窗户里爬进去。

那两个木盒子上没有锁。冬雨轻轻地打开木盒子看了看。两个盒子里各有一本线装的册子。那些字冬雨是认得的。一个盒子里是《英氏族谱》，另一个盒子里是《英氏世系表》。冬雨他们对这两件东西都不感兴趣。他们甚至有点失望。原本觉得里面会有什么好玩的东西，没想到只是两本厚厚的册子。

他们往两面的山墙上看了看，墙上挂着一些大大小小的匾。他们觉得更没有意思，他们当然不知道那些匾是英庄历史上取得功名的人获赠的匾额。即使知道，他们也不感兴趣。

他们又从窗户爬出来。这时，他们看见其他几个同学正在正房的东窗户下，围着那棵老槐树。

冬雨曾经听他爹英秋润和铁柱他爹英方明在一起拉呱时，说起过这棵老槐树。

这棵老槐树是他们的祖上在明朝时候从洪洞县移民来这儿的时候，在自己的屋前种上的。在英庄，无论老人还是孩子，都知道这样几句歌谣："问咱老家在何处，山西洪洞大槐树。祖先故居叫什么，大槐树下老鸹窝"。后来，人们就在这棵老槐树这儿建起了祠堂。

这棵老槐树已经生长了几百年，奇怪的是，不知道什么原因，树心竟然是空的。更奇怪的是这棵老槐树虽然只有厚厚的树皮支撑着，可照样是枝繁叶茂。树身一米多高处有一个洞，足可以钻进一个人去。人们就是从这个洞才知道树心是空的。关于这个洞，还有一个传说。说是在老槐树的底下有一条大长虫。马文章曾经给冬雨他们说过，长虫是大荒洼的方言，在书本上叫做"蛇"。那是他给同学们讲柳宗元的《捕蛇者说》的时候说的。可冬雨他们还是喜欢"长虫"这个名字。他们觉得这个名字最形象了，长虫，就是一条长长的虫子。比书本上的那个名字好多了。他们简直觉得他们大荒洼的老祖宗太厉害了。比书本上的那个柳宗元聪明多了。他们以为"蛇"这个名字就是柳宗元给起的。

传说中，那条长虫渴了的时候，会出来喝水。长虫从树洞里钻出来，沿着南北街爬到芦花河里去喝水。头到了芦花河边，尾巴还在树洞里。老人们说得有鼻子有眼的，还赌咒说谁谁谁曾经亲眼见过。不过，他们说的那些亲眼看到大长虫的人都是一些早已作古的人。可他们说起来，却一个个都是亲耳听自己的爹娘或者是爷爷奶奶说过。这个传说就这样一辈一辈地传下来。

冬雨和铁柱、狗蛋走过去，几个同学正在怂恿着胖娃钻那个树洞。

胖娃的学名叫英志远。他的乳名本来也不叫胖娃。他爷爷是镇长，家里开着一座油坊。家里很富有，生活也就很富足。他从小就比较胖，他娘抱着他在街道上玩耍时，街坊们就叫他胖娃。他爹英全安和他娘马素花也觉得胖娃这个名字好听，更主要的是，每当别人叫他的孩子"胖娃"时，他们就会不由自主地升起一股自豪感。的确，在英庄，镇长英方儒家的家境是最好的，即便是整个大荒洼，也是数一数二的。他们也就接受了这个名字，他们也给自己孩子叫"胖娃"。渐渐地，胖娃原来的乳名反而被人们忘记了。

胖娃从小胆子就大，力气也大。再加上他的家庭背景，他在村里自然就成了孩子王。在学堂里这十四个男孩子中，只有冬雨可以和他分庭抗礼。可这会儿他却说什么也不敢往那个树洞里钻。几个胆子稍大一点的同学就嘲笑他，说他平时吹嘘自己胆子大，原来是个假大胆，其实是个胆小鬼。

胖娃急得脸红脖子粗，急赤白咧地争辩着。冬雨走过去，探头往里面看了看。里面黑咕隆咚的。同学们一见冬雨探头往里看，就纷纷问他敢不敢钻进去看看。冬雨没说什么。这时，狗蛋说："如果谁敢钻进去，我们就奉他为大王，不论什么事，我们都听他的。"

孩子们在一起，总喜欢争着当孩子王。冬雨的心动了一下，他问："真的？说话算数？"他问的是大家，可他的眼睛却看着芦花。

铁柱、狗蛋他们这些男孩子都信誓旦旦地答应着。胖娃不相信冬雨真的敢钻进去，他犹豫了一下，也大声说："如果谁敢钻进去，我们就奉他为大王。"说完，他用挑衅的目光瞅着冬雨。

冬雨却依然没有看胖娃一眼，他把眼睛从芦花身上收回来，盯着那个树洞。芦花的眼睛里流露出的是恐惧的眼神。她说："冬雨，还是别钻了，要是里边真有大长虫……"

听了芦花的话，冬雨反而更加激起了一股豪气。他咬了一下嘴唇，什么也没说，扭过头钻进了那个树洞。

大家都紧张地盯着那个树洞，时间过得很快，其实也就是一会儿，可大家觉得漫长得不到头。大家提心吊胆地等着。终于，冬雨的声音从里面传出来："啥也没有。"

冬雨从里面钻出来。大家都松了一口气。冬雨一钻出树洞，就拿眼睛去看芦花。他从芦花的眼神里看到了钦佩，更高兴了。他大声重复了自己说过的那句话："里边啥也没有。"接着，冬雨又以一个胜利者的姿态，对大家说，"你们都可以钻进去看看，就是一个树洞，啥也没有。"

几个胆子大点的男孩子一个一个地钻进去看了看。其他几个胆了小的见大

15

家都没有什么事，再说也经不起大家的嘲笑，也就壮起了胆子，钻进去看看。只有胖娃没有钻进去看，他看到以前像跟屁虫似的跟在他后面的那几个伙伴都围着冬雨，他的心里很不好受。可是他又不能说什么。他只能摆出一副不屑一顾的样子站在那儿。站了一会儿，觉得很无趣，便一个人默默地走回西厢房，拿起书本大声地念了起来。

冬雨和伙伴们在老槐树下面正玩得高兴，祠堂的大门被推开了，马文章从外面走进来。大家一下子吓得呆住了。愣怔了一会儿，才都回过神儿来，一窝蜂地跑回西厢房，乱哄哄地，你拥我挤地坐到各自的座位上。

每个人的心里都像揣着一只小兔子似的，提心吊胆的，坐在那儿，连大气都不敢出。虽然人人都手里拿着书，可没有一个人有心去看书。

他们不知道这一回马文章会怎么惩罚他们，他们等待着惩罚的降临，简直就像一群待宰的羔羊。除非有奇迹出现，这次是免不了要受惩罚的。谁也不敢相信会有奇迹出现。然而，奇怪的事情还是发生了。

今天的事情都很奇怪。芦花来到学堂竟然走到先生面前说了一句话，先生听了那句话竟然先惊后喜。接着是先生出去待了很长时间，以前从来没有在外面待这么长时间。再接着就是发现槐树洞里竟然没有大长虫。而最最奇怪的是先生发现大家都在院子里玩闹，过了这么长时间，竟然还没有走到屋子里来惩罚他们。

这个时候谁也不敢再站起身来向窗户外面看一眼，即便是坐在那儿向外瞟一眼也不敢。谁都怕自己一不小心成了先生的出气筒，成了大伙的替罪羊。当然，他们也就不知道，其实他们的老师现在根本就没有心思来处理他们的事。因为他自己就遇到了一个棘手的难题。

5

正是麦收时节，天已经很热了。马文章的长衫早已湿透，但是他没有走进孩子们念书的西厢房。那是他的王国，在那儿，他简直就像国王一样有着至高无上的权威。他也没有走到树荫下，那是他在教书的空闲里纳凉的圣地。现在，他怔怔地站在炽烈的阳光里，脸上、身上都流着汗，可心里却是一阵阵地发冷。

马文章的心里五味杂陈，他想把自己刚刚的经历从脑子里赶出去，静下心来好好地想一想下一步怎么走。可是，越是想赶走的，越是赖在那儿不走。

就是在今天下午，他在听了芦花捎来的口信以后，抑制不住内心的激动。他改变了今天下午的教学计划。让孩子们背书，自己则走出了祠堂大门。就在走出祠堂大门的那一瞬，他的心里还犹豫了一下：自己走出这一步，会不会是走向一个深渊？这一去会不会毁掉自己读书人的名声？可那只是一瞬间的犹豫，那犹豫对他的行动并没有发生任何妨碍。只是他在迈出门槛的时候，一只脚稍微一迟疑，然后便迈了出去。

走到大街上，他没有像往常一样目不斜视地往前走，而是不时地拿眼角的余光趄摸着，看看是否有人注意到自己。人们大都还在田里割麦子，人们割了麦子便用小推车推到麦场上去。麦场也都在村外，这个时候的人们不是在麦地里，就是在麦场上，或者是在麦地和麦场之间的路上。街上根本就没有闲人。只是大街两旁的店铺里有老人或者孩子在照应买卖。此时，他的脑子里忽然就蹦出了一个词儿：做贼心虚。在课堂上，他让学生自己背书的时候，只要他发现有学生偷偷地拿眼睛来看他，他就会狠狠地瞪那个学生一眼。他还警告他的学生们说，如果你好好的在那儿念书，何必拿眼睛偷偷地看老师呢？只要你拿眼睛偷偷地看老师，就说明你没有认真地念书、背书，你那是做贼心虚。这样一来，上课的时候学生们就老实了许多。想到这儿，他在心里笑了，看来，一个人只要是做贼，想不心虚是很难的。这样想着，他还是情不自禁地回了一下头，向大街的西边看了一眼。李有财的酒坊就在东西大街上，在祠堂的西边。他出了祠堂门向东走，并不路过李家酒坊。可他心里仍然害怕李有财从酒坊里出来看见他。这就是做贼心虚啊！这样想着，他不由得加快了脚步。很快就走出了英庄的东西大街，走上了东马道。

三里庄在英庄的东边，三里庄的人迁来得比英庄晚。当时他们就在英庄的东边相距三里住下来。以后起了个庄名就叫三里庄。但是，随着英庄人口的增加，村庄也在不断扩大。英庄由于是临河而建，所以人们建房子的时候，自然就沿河往东往西延伸。这样一来，村庄就东西长、南北短。三里庄也是这样。经过几百年的扩建，实际上英庄和三里庄之间的距离只有不到二里路了。马文章走出英庄，走上东马道，三里庄也就在眼前了。很快他便走进了三里庄，又熟门熟路地来到了李有财的家。

李有财的老婆赵兰秀脸上堆起了笑，把马文章迎进家门。马文章觉得赵兰秀的笑容有点异样，这只是稍纵即逝的感觉。转念一想，他的心里就释然了：一个年轻的女人背着自己的丈夫和别的男人约会，怎么会笑得自然、笑得灿烂呢？

李有财家的大门冲西，进了大门，会看见有五间正房，在东边还有一个东厢房。进了院子才知道，赵兰秀是请他帮忙推碾的。那个东厢房就是碾坊。

在大荒洼，人们把小麦、玉米、高粱，还有豆子什么的，磨成面粉，有两种工具，一种是磨，一种是碾。每个村里，都有磨坊或者是碾坊。磨坊或者碾坊大都是在村头上，由村里人凑钱建起来。小点儿的村子，往往就只有一座磨坊或者碾坊。三里庄就只在村西头的街边有一座磨坊。像英庄这样的大村子就有两座，在村西头有一座磨坊，在村东头有一座碾坊。

谁家要磨面粉，就用口袋装上粮食去推磨或者推碾。当然，这就有个先来后到，去得晚的，就得等。如果碰巧去的人家多了，还得排队等。排队等，不仅耽误事儿，有时候还会起纷争，常常因为有人加塞吵起来。

有钱的人家为了自己方便，免去排队之苦，就会自己家里安一盘磨或者一盘碾。大多数也是安在天井里。只有很有钱且家里房子多的人家，才会在屋里安一盘磨或者碾。

李有财家有了钱以后，就在东厢房里自己安了一盘碾。这样一来，什么时候要磨面都行。在三里庄，自己家里有碾的也只有他这一家。就是在整个大荒洼的这十几个村子里，在家里能安得起磨或者碾的也不多，能安在屋里的，不过三四家。

赵兰秀对马文章说："先生，昨天刚刚打下新麦子，芦花就吵着要用新麦子磨面蒸馒头。她爹天天忙得连一点空都没有，推碾这个活儿我一个女人家又干不了。这不，想起来请您帮个忙！"

马文章从来没有推过碾，小时候家里让他一心一意读书，好考取个功名。等他考中秀才以后，那就成了有身份的人了，更不用做这种力气活了。结婚成家以后，像推碾这样的重体力活也是他老婆和别人家搭伙干。虽然没干过，但是他却经常见别人干。现在，有漂亮的女人请他帮忙，对他来说，这是求之不得的好事。于是他便很爽快地答应下来。

走进东厢房，赵兰秀早就都收拾好了。两个人便开始推碾。一边推着碾，马文章一边想着从何处说起。古语说，书到用时方很少。马文章书读的倒是不少，但是，他读的那些圣贤书，是用来考功名的。里面并没有教人怎么勾引良家妇女的内容。虽然读书人私下里常说"书中自有黄金屋，书中自有颜如玉"之类的话。那是说通过读书考取功名以后，就会既发财，又有娇妻美妾的。可惜的是，马文章生不逢时，就在他考中秀才，再想继续参加科考的时候，慈禧太后突然就听信了洋务大臣的话，废除了科举制度。他知道那些洋务运动对国家富强是有好处的。你们可以搞什么"师夷长技以制夷"，可干吗要废除科举制度呢？人倒霉的时候，喝口凉水也塞牙。辛亥革命把清王朝推翻了，连他的秀才身份也没有了。马文章读过很多书，也懂得很多道理。他自然知道民主共和比封建君主制要进步，可是，那个民主共和虽然对整个社会的进步有利，但是对他马文章来说，取消了他的秀才身份，他觉得就很不应该了。

正在他胡思乱想的时候，赵兰秀忽然问他："先生，您在想什么呢？"

马文章猛地醒过神来。他赶忙说："没什么，我想读书的事。"

赵兰秀"噗嗤"一声乐了："先生，您一边推着碾，还一边想读书的事情。我真不该麻烦您干这些粗活，耽误您读书……"

马文章赶忙打断赵兰秀的话："你说哪里话，能给你帮上一点忙，是我的荣幸！"

赵兰秀用笤帚从碾盘边上往里面扫了扫麦子，低着头说了一句不着边际的话："先生真是个好心人。"

就是这么一句不着边际的话，一下子把马文章给堵住了。别说马文章还没想出来怎么往下说，就是想出来了，他也不好意思说了。

刚推了一会儿，马文章已经气喘吁吁了。那碾磙子明显的慢了下来。

赵兰秀见马文章推的吃力，便主动地加了把劲儿，碾磙子虽然仍然很慢，但是却减轻了马文章的压力。马文章待气儿喘匀后，刚想张口说话。赵兰秀却突然问起了芦花学习的情况。马文章只得简单地说了说。说完了芦花的学习。马文章刚想把话往他心里想的那件事上引。赵兰秀又提起了别的话题。

马文章心里很着急，可他又不能不接赵兰秀的话茬。因为那样会更尴尬，对他的事更不利。由于他很少干体力活，再加上心里着急，不一会儿，他就淌下汗来。他觉得脊背上的汗水已经湿了长衫。他想，不能再这样下去了，必须尽快争取主动。

还没等马文章争取到主动，院门响了。

本来东厢房的门是敞开着的，一听到院门响，赵兰秀立刻放下手中的笤帚，走出东厢房。在走出东厢房门的时候，她回过头来看了马文章一眼。那一眼里好像包含着许多要说的话。但是，是什么话呢？马文章解读不出来。赵兰秀在看了马文章一眼之后，顺手把房门带上了。

马文章从门缝往外看，看见从院门走进来的是李有财。他的脑子里面忽然就一片空白。

李有财走进门，见赵兰秀从东厢房出来，便问："你在干啥呢？"

赵兰秀说："芦花吵着要吃新麦子饼，我在推碾呢。"

李有财："你一个人咋能推得动呢？"

马文章听见李有财的这句问话，明明是在问赵兰秀，可他觉得是在问他。他心里想，这下坏了，引起李有财的怀疑了。如果赵兰秀一紧张答不上来，李有财来东厢房一看，就什么都露馅了。

赵兰秀倒没有紧张，她好像早有准备似的，她还笑了一笑，很轻松地说："我借来九叔家的驴拉碾呢。"

马文章一听，虽然赵兰秀把他说成是驴，他也顾不得埋怨，心里反而一阵窃喜。暗暗称赞赵兰秀心眼来得快。可接下来，李有财的一句话又把他吓了一跳。

李有财说："你一出来，那畜生就偷懒，怎么不拉了呢？我去看看。"

马文章刚才推碾流的是热汗，现在却变成了冷汗。他打了一个激灵，急忙弓腰用力地推碾。

那个沉重的碾磙子又骨碌骨碌地滚动起来。李有财止住了脚步，可他并没有到北屋里去。他走到院子里的那棵枣树下。在那棵枣树下放着一张四四方方的小桌子，还有一个小杌子。李有财在小杌子上坐下来。从小方桌上拿起茶壶，倒了一杯茶水，端起来喝了一大口。可他并没有把那一口茶水咽下去，而是又向着院子里"噗"的一声喷了出去。然后说："这天真热！"

在碾屋里拼着力气推碾的马文章，此时早已干得嗓子眼里冒烟，李有财把水喷到院子里的声音，他听得清清楚楚。可他这个时候却不可能喝到一口水，甚至连停下来休息一下也不敢。

李有财又说话了，他说："你把东厢房门掩得那么紧，那驴就不嫌热吗？"

这话是说给赵兰秀的，可马文章却觉得那是在骂自己。

赵兰秀说："驴是畜生，又不是人，管它热不热呢！"

马文章虽然连热带累，早已是头昏眼花，大汗淋漓。可是赵兰秀的这句话他还是听得很清楚。赵兰秀的这句话像一记鞭子狠狠地抽在了他的心上。他的身上虽然热得像在蒸锅里似的，他的心却好像放到了冬天的冰雪里一样，拔凉拔凉的。他盼着李有财快走，可李有财喝着茶水，却和赵兰秀说说笑笑。好像他在这个时候来家并没有什么事情，就只是为了和老婆打情骂俏。

李有财终于走了。

赵兰秀敞开了东厢房门。马文章踉踉跄跄地走出东厢房。外面的天虽然挺热，可与屋里相比，却是凉爽了许多。至少，在马文章走出屋门的时候，感觉到了一丝凉爽的风。

赵兰秀看到马文章浑身的衣服都已经湿透，脸热得通红，整个人像要虚脱了似的。她的心里突然觉得不忍。她赶紧说："先生，你到树下凉快一下，喝杯水吧！"

马文章不敢看赵兰秀，他低着头，站在院子里，愣怔怔地。过了一会儿，他弯下腰，给赵兰秀深深地鞠了一个躬，说："对不起！得罪了！"说完这句话，他便抬腿走出了李有财家。

马文章走了，赵兰秀却愣在了天井里，她站在那儿，阳光很强，很热，可她就站在阳光里。她在回想着马文章临走时那像要虚脱了似的模样和奇怪的举动。她的脑子里乱了。

回到英氏祠堂，马文章站在院子里，他的腰杆不像以前那样挺得笔直了，而是像要断了似的。他那瘦弱的身躯简直托不起那颗沉重的头颅，整个人好像矮了几寸。

他站在院子里，站在五月炽烈的阳光下。开始，他的脑子里乱哄哄的，后来渐渐地清晰了。他把今天自己的遭遇仔细地想了一遍。这个回顾虽然是屈辱的，是痛苦的。可他还是禁不住回想了一遍又一遍。他很清楚地知道，这是赵兰秀和李有财商量好了的。自己钻进了人家设计好的圈套中。李有财半路回家，什么事也没做，甚至连一句重要的话也没说，人家回家的目的就是要把他羞辱一番。

一个饱读诗书的秀才，被人家骂做畜生。这是怎样的屈辱啊！可他自己知道，这怨不得别人。要怨，只能怨自己。接下来呢？纸里包不住火，这件事情迟早会被人们知道，即便李有财和赵兰秀都不说出去，人们也会知道的。自己的名声毁于一旦，可后悔已经没用了。他只能被动地接受命运加给他的一切。

马文章走进西厢房，在太师椅里坐下来。他的学生都瞪大了眼睛看着他。他慢慢地磨着墨，拿起毛笔，在一张纸上写了一封信。等墨迹晾干，很认真地，慢慢地，小心翼翼地折叠起来，用镇纸压住。然后就像一具灵魂出窍的空壳，坐在那儿，一动不动。冬雨发现先生很奇怪，太奇怪了。以前虽然看得出他很瘦，但是那身衣服穿在身上还是挺合身的。可今天再一看，那件长袍里面空荡荡的。好像他身上的血肉都在那个不长的时间里飞走了，长袍里面只剩下了一具骨架。像什么？冬雨想，像麦地里的稻草人。他忽然就很担心他的先生了。

6

英方儒看了孙子给他捎来的马文章的信。他不知道马文章究竟为什么采取这种方式结束在英庄的教书生涯。当然，在那封信中，马文章说是因为身体不适，要在家休养。但是，英方儒知道，这只是一个托辞而已。如果是因为身体不适，他不会这么突然地留下一封信，就不再来教了。在英方儒看来，马文章是一个知书达理的人，他至少应该来当面说明理由的。怎么会这么唐突呢？英方儒心想这里面一定有什么事。

英方儒亲自把马文章的束脩送去。他见马文章的确是瘦了许多，憔悴了许多，连眼窝都深陷下去。他只是安慰马文章好好将养身体，并没有往深层里问。他不能勉强马文章，既然人家不愿意说，就一定有自己的苦衷。何必一定要人家把不愿意说的话说出来呢？

没有了教书先生，英冬雨和伙伴们便放了羊。英方儒想着再请一位教书先生。可他在请先生之前，必须要弄清楚马文章为什么突然辞职不干了。是自己做得不好呢？还是孩子们惹了祸？或者是哪个学生的家长得罪了先生？他要找出原因，以免再请一位先生后闹出同样的麻烦。

很快，英方儒就知道了这件事情的真相。虽然，李有财夫妇并没有对外人透露过一星半点，可英方儒还是知道了。不但英方儒知道了，英庄人和三里庄的人几乎都知道了这件事。

好事不出门，坏事传千里。这是在黄河口一带人们经常提到的一句话。当事者双方谁都没有透露半个字，可是，人们凭借孩子们的片言只语，加上人们的想象，把这件事进行了还原。甚至，许多细节都比事实真相更具体。

英方儒在了解了马文章辞职的真相之后，他决定另外再请一位教书先生。可是，在大荒洼的这十几个村子里，能与七才子马文章相提并论的就只有八才子马文采了。不巧的是，马文采早就被马家庄的学堂给聘请了。即便他没被马家庄学堂聘请，英庄也不好再聘请他。毕竟他和七才子是兄弟，七才子这件事他肯定也听说了。他咋能来英庄呢？那是一件很令人尴尬的事情。英方儒只能退而求其次，聘请了赵家庄的教书先生赵庆同。

赵庆同也是大荒洼有名的读书人。说他有名，是因为他从七八岁开始入私塾读书，然后开始参加科考，一直到四十多岁，连个秀才也没能考上。所以，他的年龄虽然比七才子、八才子都大，却远没有七才子、八才子的名气大。这么说好像不太对，他的名气好像也不比七才子、八才子的名气小。只不过马文章、马文采的出名是因为有才。他赵庆同的出名则是因为无才。在大荒洼，比赵庆同更无才的人多得是，但别人参加科举考试，几次不中，就会气馁，就会放弃。可赵庆同不是这样，他年复一年的参加科考，别人笑话他屡战屡败，他说自己是屡败屡战。他的出名就出在这儿。

赵家庄和马家庄一样，也在芦花河南岸。只不过马家庄在东，赵家庄在西。赵庆同已经五十多岁了，他来英庄教书，也需要走十几里路。这样一来，他和马文章一样，也需要在英庄吃一顿午饭。

有了马文章那件事的教训，英方儒对教书先生的午饭进行了改革。他不再让读书的孩子各家管饭。而是让大家伙凑份子，由他的老婆张氏在家里做好饭，然后送到祠堂里。

虽然刚刚收了新麦，但在平常的日子里，庄户人家是舍不得吃细粮的。白面馒头只有在过节或者老人过生日、孩子满月等重要的日子才能吃到。平常的日子里吃的主要是玉米面窝头、高粱面饼子。给先生做饭不能蒸白面馒头，一顿饭三两个馒头没法蒸。张氏有办法，每天中午，张氏就用一点白面给教书先生赵庆同擀白面饼。孩子们放学回家了，张氏便用一个竹篮子盛了她刚刚烙好的两张饼，还有一小瓦罐咸菜，上面用一块干净的白笼布盖好。亲自送到祠堂里。

赵庆同在西厢房里吃饭，张氏就在院子里等着，等赵庆同吃完饭，她再把竹篮子和瓦罐拃回家。

到英庄当教书先生的第一天，赵庆同就着咸蒜吃了一张饼，还没有吃饱。他拿起第二张饼，刚想张嘴去咬，忽然停住了。他看了看手中的饼。这第二张饼自己是吃不下去的。他想把饼撕开。犹豫了一下，却没有撕。他觉得自己是一个读书人，一个斯文人，既然吃不下整张饼，还是不要撕开的好。于是他把剩下的那张饼又放回到篮子里。

一连三天，赵庆同都是只吃了一张饼。英方儒对张氏说："赵先生是个老实人，他大概是觉得吃不了两张饼，就不好意思撕开第二张饼了。赵先生可能吃不饱。"

张氏说："那咋办呢？"

英方儒说："好办。明天你把饼擀得稍微大一点就是了。"

第二天，张氏仍然是擀了两张饼，只是把饼擀得大了一圈。赵庆同依然还是只吃了一张饼。

张氏回到家，把剩下的那张饼拿出来，英方儒撕了半张饼，就着咸菜，一边吃着，一边说："我猜得不错吧？明天还得再大点。"

一天，两天，三天……

就这样，饼越来越大。

终于有一天，赵庆同吃不下一张饼了。

这一天，赵庆同教完书，让孩子们背书。他自己则走出祠堂，来到了镇长英方儒的家。

英方儒一见赵庆同来他家，赶紧让座、上茶。两个人寒暄过后，赵庆同忽然说："东翁，真的是不好意思，我想辞馆回家。"

大荒洼的这十几个村子之间，由于通婚的关系，几乎都能论起亲戚来。英方儒的一个侄女就嫁到了赵家庄，嫁给了赵庆同的一个堂兄，赵庆同给英方儒的侄女叫嫂子。这么论起来，赵庆同就比英方儒低一辈，得管英方儒叫叔。可他没这么叫，他按照书本上的叫法，称呼英方儒为"东翁"。他也不用当地的土话说"我不想在这儿教书了"，而是按照书本上的说法，说"辞馆"。

英方儒吃了一惊："教得好好的，怎么要辞馆呢？莫非老朽有做的不对的地方？还是孩子们惹您生气了？"

英方儒也被赵庆同感染了，不但说了"辞馆"，还把自己称为"老朽"。这让坐在炕沿上的张氏偷偷直笑。

赵庆同有气无力地说:"都不是。是我病了。"

英方儒心想,一顿饭吃一张大饼,饭量都快赶上一个年轻小伙子了,怎么会有病呢? 他说:"你看上去身体很好啊?"

赵庆同说:"东翁,您有所不知。刚来的时候,我吃一张饼还不饱,才短短十几天,我却吃不下一张饼了。并且总是有饱胀的感觉。这肯定是有病了,所以要辞馆回家医病。"

听了赵庆同的话,英方儒不禁哑然失笑。他本想把饼已经做得很大的事情告诉赵庆同,又怕赵庆同难堪。他略一沉思,说:"按说我不能耽误你看病。但是急切之间我找不到能代替你的人。这样吧,你再坚持几天,等我找到合适的人之后,你再回家。你看如何?"

赵庆同犹豫了一下,说:"也只好如此了。还请东翁抓紧时间另请贤明。"

第二天中午,英方儒让张氏把饼做得小了许多。下午,他就坐在家里等着赵庆同。因为他知道赵庆同一定会来找他的。果然,下午放学以后,赵庆同就来找英方儒,说是病已经好了。

等赵庆同走后,英方儒叹了一口气,对张氏说:"怪不得他考了几十年,连个秀才也没能考上。他读书读成了呆子。"

张氏说:"让这样的人教孩子们念书,把孩子教傻了咋办?"

英方儒说:"临时找不到合适的人来教书,只能凑合一下。"说到这儿,他又叮嘱张氏:"你可别把这件事说出去。说出去了,人家就不好做人了。"

张氏答应着。可是她还是说出去了。女人们凑在一起,总是张家长李家短的。她是个接生婆,一次,给本村的一家接生之后,在饭桌上,人家说起了孩子念书的事。那家的大儿子就在祠堂里念书。她终于没能忍住,把赵庆同吃饼的事说出来了。说完了,她又后悔了,再三叮嘱人家别说出去。可是没有几天,英庄人都知道了。

孩子们也知道了先生吃饼的事。不知道是谁,给赵庆同起了一个外号,叫做"吃饼先生"。时间一长,赵庆同也知道了这件事。于是,他真的辞馆回家了。并且从此以后,再也没有教过私塾。

英庄的学堂不到两年时间,连续有两位教书先生辞馆。虽然事出有因,但是却没有人再愿意到英庄来教书。

英冬雨和他的伙伴们终于结束了他们并不喜欢的读书生涯。

第二章

1

没有了教书先生，冬雨很高兴。心里高兴，可他的脸上却不敢表现出来。这时他已经十一岁了。当然，这是虚岁。实际上，他还不满十周岁。在黄河口，一直有一个习惯，小孩一出生，就叫一岁了。出生后一年就叫两岁。这个习惯是从什么时候开始的，没人知道。

十一岁的冬雨已经很懂事了。他懂事的一个方面，就是已经能够看出大人的脸色来了。其实，小孩子从很小就会看大人的脸色。能够看出大人高兴不高兴，这根本就算不了什么懂事。冬雨这个时候不但能够看出大人的脸色，而且根据大人的脸色和只言片语，能够判断出大人的心里到底在想什么。这就是懂事了。

冬雨知道他爹是想让他读书，然后找一个体面的工作。虽然他很不乐意读书，对英庄没有教书先生暗暗高兴。可他在表面上却故意做出很留恋学堂、很想读书的样子来。

刚开始，英秋润还奇怪冬雨怎么又很喜欢读书了呢？他还在心里着急，盼着镇长能够再找到一个教书先生。或者想办法把冬雨送到外村的学堂里去。可没过几天，他就看出了门道。小孩子毕竟是小孩子，装是装不长久的。他知道，冬雨这孩子其实并不喜欢读书。好在英秋润虽然不识字，但是他却比较想得开。

他想，强扭的瓜不甜，孩子不喜欢的事情，强迫他去做，孩子很痛苦不说，关键是事情也做不好。这里面还有一个更深层次的原因，英秋润是一个乐天由命的人。他从小听到大人扒瞎话（大荒洼人把"讲故事"叫做"扒瞎话"），说一个人的命是在娘胎里就定好了的。将来能成为一个什么样的人，能吃一碗什么样的饭，那都是命中注定的。他见冬雨实在不喜欢上学，再说又无学可上，他也就不再勉强了。

冬雨最喜欢跟着爹到荒洼里打兔子。农闲的时候，人们就常常看见冬雨欢蹦乱跳地跟在他爹的身后，到荒洼里去。英秋润有时候也会把那杆比冬雨还高的土枪，让冬雨扛着。每当这个时候，冬雨都会吃力地扛着枪，脸上故意做出一副很威武、很认真的样子。在街上走过的时候，常常逗得大人们哈哈大笑。

英秋润见冬雨喜欢打猎，就想起了一句俗话，龙生龙凤生凤，老鼠的儿子会打洞。自己喜欢打猎半生，想不到自己的儿子也是喜欢打猎。既然喜欢，那就教教他吧。

等到冬雨十二岁的时候，英秋润把他领到了大荒洼里。这一次，英秋润让冬雨扛着猎枪，他自己却拿了几块大纸板。冬雨问他干啥用。他说："教你打枪啊。"冬雨一听，很高兴了。

来到荒洼里，英秋润找了一棵歪脖子柳树，把一块纸板挂在一个树枝上。然后往回走了四十步。在地上画了一个圆圈。他对冬雨说："学打枪，就先学着打那个纸板。枪虽然能打得挺远，甚至能打一百多步远，但是，真正能确保打死猎物，是在五十步以内，超过了五十步，就没把握了。"然后他让冬雨站在那个圈子里，他说，"从这个圈子到那棵树是四十步。你不能出这个圈子，就在这个圈子里瞄准那块纸板的中间打。"

怎么装药，怎么打枪，其实都不用讲，冬雨早就耳濡目染学会了。冬雨从药袋里掏出他和爹自制的黑药，装进枪里，放上纸垫，用通条锤结实。再放进去铁砂子。装好底火，掰开扳机，在那儿瞄准。英秋润见冬雨的一招一式都很自然，好像他是一个老手一样。

冬雨做好了准备，扭过头看了看他爹。英秋润说："扣动扳机的时候，枪一定要稳住，一丝一毫也不能动。"

这一些，冬雨早就知道，但他还是很认真地点了点头。回过头，瞄准了树上的纸板，扣动了扳机。这一枪打出去，英秋润走过去一看，愣了，纸板中间散布了筛子口大的弹孔。他又挂上了一块纸板，让冬雨再打一枪，结果还是一样。这一下，英秋润高兴了，他没想到冬雨这孩子还真有天分。本来，打纸板他想要训练个四五天，没想到，根本就不用训练。于是，他让冬雨开始打移动的物体。他找了一块干枯的粗树枝，用绳子吊在那棵歪脖子树上，然后用力地把那个树枝荡起来，像个钟摆似的来回摆动。他对冬雨说："这个树枝来回摆动，你打它的时候，就不能瞄准他打了，要打它的前方，等你的子弹到了，它也正好摆动到那儿。这个距离要靠你自己凭感觉来把握。"等以后参了军，冬雨才知道，这叫预打提前量。

这一枪，冬雨打的提前量太大了，没有打中。也不是没打中，是散布的面的边缘有几颗铁砂打中了树枝。英秋润说："你已经打得很好了，比爹刚开始练习的时候好多了。接着打。"

练习了几天，冬雨就做到百发百中了。然后，英秋润就让冬雨打兔子。他对冬雨说："打兔子，有一个经验，这是老辈儿的猎手总结出来的。兔子从你面前横着跑过去的时候，要打它的鼻子。要是兔子从远处冲着你来的时候，要打它的腿。从你前边跳起来往前跑的时候，要打它的耳尖梢。还有一个口诀，叫做'横打鼻子，顺打腿，远打耳尖梢'。你要把这个口诀记住，按这个方法练习。"

等到冬雨能够用预打提前量的方法做到百发百中的时候，英秋润又教他运枪追随射击。当然，当时英秋润不是这么说，他是说让枪跟着猎物跑。运枪追随射击的这种说法也是冬雨参军以后才听说的。这种射击方法是用枪口始终指向运动的目标，在扣动扳机击发的一瞬间，枪口仍在不停顿地追随紧跟目标，此刻枪口与目标之间相对的成为静止状态，这样如同在射击静体目标。就能枪口指到哪里，弹丸打到哪里。这是一个好枪手的最高境界。这种射击方法，对于新手来说，是很难做到的。新手在扣动扳机的一瞬间，往往会停止了运枪的跟随，使弹丸落在了目标的后面。

英秋润让冬雨练习运枪追随射击时，还是用了摆动树枝的方法，让冬雨拿枪去跟着那个粗树枝瞄准。这个比较好练，因为那树枝像钟摆一样来回摆动，是有规律的。等到能够百发百中以后，英秋润让冬雨去追随在空中飞行的蝙蝠。夏秋黄昏后，房前屋后有许多飞行的蝙蝠。蝙蝠的飞行能力强，飞行速度快而且灵活，随时任意改变着飞行的方向。

掌握了要领之后，英秋润便让冬雨自己去练习。经过两年多的苦练，冬雨终于练成了。

不知道是哪位教育家说过，兴趣是最好的老师。这句话在英冬雨的身上得到了最好的验证。一晃几年过去，冬雨十七岁的时候，他的枪法已经追上了他爹英秋润。

可是，"兴趣是最好的老师"这句话，在另一个人身上却得到了相反的结果。这个人是冬雨的小伙伴铁柱。铁柱和冬雨是最好的伙伴。他从小就喜欢吃兔子肉。他家和冬雨家是邻居，他爹英方明和冬雨他爹英秋润又是最说得上话来的朋友。铁柱吃到的兔子肉几乎和冬雨一样多。铁柱比冬雨大两岁。英庄的学堂散伙以后，他便和冬雨整天泡在一起。他爹很希望他能跟着自己学编筐编篓，将来长大了也好有碗饭吃。英方明常常对铁柱说，艺不压身，有了一门手艺，就有了一个饭碗。可是，铁柱不喜欢编筐编篓和编草鞋。他一点也不喜欢。整天闷在家里，不停地编啊编，人都要闷死了。他喜欢看冬雨他爹打兔子。扛着枪，在大荒洼里大踏步地走着，惊起一只兔子，兔子刚刚跳起身子，"嘭"的一声枪响，兔子便翻着跟头倒下来。那多带劲儿啊！一开始，英方明不答应，强迫他在家里跟着自己学编筐编篓的手艺。后来，英方明见铁柱实在无心学，再加上他老婆卢秀芝从一旁给铁柱帮腔，他也就不再勉强铁柱了。从此以后，每当英秋润出去打猎，后边就变成了两个小跟班，一个是冬雨，一个是铁柱。

冬雨和铁柱都争着扛枪，两个小伙伴甚至会为此争得面红耳赤。没办法，英秋润只得让他俩每人扛一段路。等到他俩稍大一些，吵着要打枪的时候，英秋润也是让铁柱打一枪，再让冬雨打一枪。

按说，铁柱比冬雨还大两岁，应该学的比冬雨快。铁柱对打猎也有着浓厚的兴趣，那兴趣并不比冬雨差。英秋润教冬雨打猎的那些训练方法，铁柱也是全程陪同练习，可他就是打不准。等到冬雨的枪法和他爹英秋润一样，在整个大荒洼叫响以后，铁柱连一只兔子也没有打着过。

2

铁柱整天和冬雨泡在一起，有一个人是很不高兴的。这个人是胖娃。

原本胖娃是英庄的孩子王。他之所以成为孩子王，有两个原因。一是他比同龄的孩子体格强壮，不论是摔跤还是打架，比他大两岁的孩子都不是他的对手。二是他是镇长英方儒的孙子，孩子们自然的就有点怕他。可是，自从那次钻老槐树洞，他没敢第一个钻，冬雨却钻了。他的孩子王地位便受到了严重的挑战。本来，由于英方明和英秋润是好朋友，两家又是邻居，铁柱和冬雨从小就是最要好的朋友。铁柱一直就是和冬雨在一块玩。那个时候，胖娃的身边前呼后拥，他几乎是无视铁柱的存在。那时候铁柱和冬雨在一起，他并没有任何的不满。那时他是一个强者，对弱者可以大度一些。可是，现在他一看到铁柱整天跟在冬雨身后，就觉得格外扎眼，他的大度迅速消失了，他不能容忍了。他想着怎么报复一下冬雨和铁柱。冬雨对枪有着神奇的天赋，这令他很沮丧。可当他听说铁柱的枪法很臭以后，他终于找到了一个突破口。于是他便挑动紧紧跟随的二牛和牤子，见到铁柱就讥笑他。二牛和牤子不敢太得罪铁柱，他们怕打不过铁柱，一旦落了单的时候，怕铁柱报复。每当他们中的一个人单独遇到铁柱，他们谁也不敢说风凉话。只有他们两个在一起，或者是跟胖娃在一起的时候，他们才敢说几句不阴不阳的风凉话。可胖娃就不同了。胖娃多少有点怕冬雨。为什么怕冬雨呢？冬雨比胖娃小，身体也不如胖娃强壮。不但不强壮，相反还有点单薄。胖娃常常偷偷地拿自己和冬雨比较，不管怎么比较，他都觉得应该是冬雨怕他，而绝不应该是他怕冬雨。这样想来想去，他就想再见到冬雨的时候要硬气一些。可是，每次遇到冬雨，他都硬气不起来。他怕冬雨什么呢？想来想去，他也没找出原因来。其实，自从那次钻树洞，他就怕了冬雨。那个时候，关于树洞中有大长虫的传说，人们都说的有鼻子有眼的，孩子们是很相信的。可冬雨就敢第一个钻进去。那可真是有一股子不要命的劲头。连自己的命都敢不要的人，你怕不怕？

好在，冬雨从来没有找过胖娃的茬子。冬雨比胖娃矮了半头，真要是打起架来，冬雨还真的不是胖娃的对手。两个人心里都互相忌惮着三分。胖娃虽然让着冬雨三分，但是他一点也不怕铁柱。他遇到铁柱和冬雨在一起的时候，他只是很鄙夷地瞅铁柱一眼，有时候甚至会鼻子里哼一声。但也仅仅是到此为止，他不敢再升级。他怕真的激怒了冬雨。可一旦铁柱落了单。他就会冲着铁柱说一些刻薄的话。有时候甚至有想要动手的冲动。这一天，胖娃就在大街上碰到了铁柱。

铁柱正从东往西走，他快要走到丁字街口了。只要到了丁字街口，往南一拐，他就走上了南北大街。那么他就不会遇上胖娃了。铁柱是要到芦花河边去找冬雨。

冬雨近来老是到芦花河钓鱼。冬雨并不喜欢钓鱼，可是前不久，他与爹搞了一次比赛。他的枪法已经与他爹不相上下，可是比赛的结果是他输了。他想不明白，自己的枪法不比爹差，自己跑得也比爹快，为什么就比不过爹呢？回到家里，他拧着眉头想来想去，也没想出个所以然来。他爹知道他想什么。最后还是他爹告诉他，打猎，比的不仅仅是枪法，还有耐心。打兔子、打野鸭什么的，还好说。如果是打马虎（大荒洼里，人们给"狼"叫"马虎"），马虎很狡猾，你就得和它比耐心，看看到底是谁沉不住气。

大荒洼里马虎很多，大荒洼流传着一句口头禅：关家屋子陆家庄，马虎蹲到炕头上。关家屋子是一个很小的村庄，只有十几户人家。关家屋子和陆家庄都在芦花河北岸，但是他们在最东边。从关家屋子再往东是稀稀拉拉的庄稼地，庄稼地东面和北面就是一望无垠的大荒洼。这两个村子的牲畜常常遭到马虎的侵害。这次比赛，就是因为关家屋子的一个小孩被马虎咬伤了。关家屋子的人来邀请英秋润帮忙。冬雨听说要打马虎，立刻激起了斗志。他也要跟着去，英秋润却担心有危险，不让他去。结果，他便和爹斗上了气，非要去不可，还发誓要和爹比赛。没办法，英秋润便让他一起去。上天还是给了他机会的，有一只马虎曾经进入他的视野，只是远在他的土枪射程之外。他悄悄地起身向那只马虎靠近，还没等他走到射程之内，那只马虎就察觉到了。并且很快地逃走了。他气恼地冲着那只马虎背影开了一枪。一天下来，他连马虎的毛都没有碰到。可是他爹英秋润却打死了一只马虎，还打伤了一只。英秋润告诉他，要锻炼耐心，要把自己的性子磨下来。他问怎么把性子磨下来。英秋润让他到河边钓鱼。等他能钓到鱼了，性子也就磨下来了。一连十几天，他一有空闲时间便跑到河边去钓鱼。

在铁柱就快走到丁字街口的时候，他看见胖娃从西边过来了。

胖娃是到李家酒坊给他爷爷买酒去了。

本来，胖娃并不喜欢替他爷爷去买酒。可是，这一段时间他却常常主动要求去买酒。这弄得英方儒云里雾里的。上次买的酒才刚刚喝了一小半，胖娃又主动问他是不是要买酒了。他当然不知道，胖娃是有了心事。

胖娃的心事与冬雨有关。说得更准确一些，也与冬雨无关，是与芦花有关。

胖娃虽然长得五大三粗,但是他心思也很缜密。在学堂念书的时候,他就看出来了,冬雨对芦花有意思,芦花也对冬雨有意思。用他自己的话说,这两个人对上眼了。那时候,芦花虽然长得清新可人,可胖娃并没有动心。毕竟芦花还是一个小孩子,只是长得很可爱而已。可是,由于胖娃时刻关注着冬雨的一举一动,也就由此而关注了芦花。芦花现在可是一个大姑娘了,不仅脸蛋子长得漂亮,那身段也是凹凸有致,该鼓的地方鼓,该凹的地方凹。胖娃竟然也喜欢上了芦花。芦花常常到他爹的酒坊里来帮忙。酒坊里并不需要她一个女孩子帮什么忙。她来帮忙,是因为她也有了心事。她的心里装着一个人,这个人就是冬雨。她是希望能在英庄碰到冬雨。她倒是在英庄的大街上碰到过冬雨几次,两个人见了面,没等说话,芦花的脸就先红了。冬雨一见芦花红了脸,他也不自在了。虽然说了话,但是却躲躲闪闪的。两个人擦肩而过了,冬雨的心里还在怦怦直跳。他知道,芦花在自己的心里扎了根。两个人的心里都有了对方,但是,两个人都是躲躲闪闪的,谁也不好意思挑破那层纸。冬雨想给他爹说,让他爹托个媒人到芦花家去提亲,可总是难以启齿。在大荒洼,孩子到了十六七岁,就开始有媒婆登门提亲了。给冬雨提亲的也不少,但是冬雨都不答应。给芦花提亲的就更多,芦花也是不同意。芦花在等,她在等着冬雨家托人来提亲。可是,她等来等去,却等来了胖娃家的媒人。

镇长英方儒亲自托媒人到三里庄,给自己的孙子胖娃提亲。对这门亲事,李有财和赵兰秀都很满意。李家在英庄大街上开了酒坊,自然有很多仰仗镇长英方儒的地方。再说,英方儒家是英庄的首富,即便是在整个大荒洼,也是数一数二的富户。他家开着一座油坊。大荒洼到处都是盐碱地,人们秋季种的主要是玉米和黄豆。虽然产量不高,但是荒洼地很多,人们都可以随便去开荒。虽然是广种薄收,种的多了,收的也就不少。英方儒家的油坊就是以黄豆作原料,做豆油。在大荒洼,就只有这一座油坊。生意自然是出奇的好。他家的豆油坊就在英庄东西大街上,在祠堂的东边,也是坐北朝南。和祠堂西边的三和布庄占据了英庄最好的位置。如果能和英方儒家结成亲事,也算是门当户对了。英庄的媒婆英篮子一说,李有财两口子都很乐意。他俩根本就没有征求一下芦花的意见,就满应满承地答应下来。

以前,也有媒婆来给芦花提亲。那几次,李有财和赵兰秀都是笑嘻嘻地对媒婆说,俗话说,儿大不由爹,女大不由娘,这事儿得和孩子商量商量。商量的结果，自然是孩子不同意。其实，真正不同意的还是李有财两口子。因为他们觉得那几家都比较穷，即使有一两家稍富一点，仍然和他李家没法比，这就是门不当户不对了。可这一次，英篮子说的是英方儒家，他们觉得这是最好的亲事了。他们两口子虽然没有私下里说起过要和英方儒家做亲，但是，潜意识里都隐隐约约的有这个愿望。他们就把和孩子商量商量这样的话给收起来了。没想到，到了晚上和芦花一说，芦花噘了嘴。两口子虽然有点意外，但是也没太在意。婚姻大事，还得靠父母之命、媒妁之言，是由不得孩子任性的。到了这个时候，李有财走南闯北的开放精神全没了。他想，在大荒洼，还有比英方儒家更好的人家吗？答案是没有。再说，胖娃那孩子长得也不赖，虽然算不上漂亮，但也不算丑。庄稼人，尤其是男人，有一个好体格才是最重要的。好模样，是能吃？还是能喝？他们并没有对媒婆说芦花不愿意。两家已经商量好了，等收了秋就让芦花和胖娃正式见面。见面，是第一道程序，就是两个人在媒人的撮合下见一面，见面的地点一般是在女方家里，双方互相交换信物。这门亲事就算定下来了。

芦花和胖娃要定亲的消息，很快便传遍了英庄和三里庄。人们都觉得这门亲事很合适，毕竟是门当户对的。可是，冬雨知道以后，心里却很堵得慌。从在小学堂念书的时候，他的心里就暗暗地喜欢着芦花。随着年龄的增长，他渐渐地感觉到了自己和芦花的差距。其实，也不是他和芦花之间有什么差距，而是他家和芦花家之间有差距，也就是门不当户不对。所以，他一直把对芦花的这一份感情藏在心里。

一天晚上，他躺在炕上，心里很烦躁，翻来覆去地睡不着。他睁着眼睛做开了梦。他想起了小时候常常听瞎老八说书，瞎老八说的书里总是有一些英雄救美的故事，最终那美人总是冲破重重阻挠嫁给英雄。他幻想着自己也来一个英雄救美。因为，除了发生一次英雄救美的事情以外，他是不可能娶到芦花的。芦花遇到什么危险呢？芦花到河边洗衣服时不小心落了水？他英冬雨跳入水中把芦花救上来。他抱着浑身湿漉漉的芦花，芦花睁开眼，冲着他笑。芦花的笑是在脸上，他的笑是在心里。过了一会儿，他又觉得自己的这个梦并不好。因为在英庄，甚至在整个大荒洼，几乎所有的男孩子都会游泳。他英冬雨可以下水救人，其他人也可以。胖娃的水性也不错。一想到胖娃，他的心里就莫名的升起一股烦恼。黑暗中，他翻了一个身，裹了一下被子，又换了一个梦。这一次他要让芦花遇到的劫难，是除了他英冬雨之外，别人不能救美或者是不敢去救美。想来想去，他想到了自己的枪法和胆量。他设想，如果芦花遇到老缺的绑票，胖娃敢去救美吗？他在心里冷笑了一下，胖娃不敢。连钻一个树洞他都不敢，他怎么敢与舞刀弄枪的老缺对着干呢？他胖娃没有那个胆。想到这儿，冬雨心里很得意。他又想，就是借给胖娃一个胆子，他也没有这个能耐。他胖娃连枪都不会放，怎么从老缺手中救美呢？

接下来，冬雨便像一个作家编小说似的，把这个英雄救美的故事的每一个细节，都反复琢磨和推敲。他怎么去截住老缺，他怎么用枪指着老缺，他对老缺怎么说，老缺又是怎么说，他怎么逼着老缺放人。一开始他设想的自己很威猛，老缺一听到他的名字，就吓傻了。乖乖地把芦花给放了。然后他领着芦花回到三里庄，并亲自把芦花送到家。李有财和赵兰秀感动得了不得。最后，他们主动提出来要把芦花嫁给他英冬雨。

就是在自己编织的这些美梦中，冬雨终于睡着了。每天晚上，这都成了他睡前的作业。事情的细节不断得到细化。救美的难度也越来越大，只有难度大了，才更能显示出他的胆量和英雄气概，也才能感动人。后来，他还让自己在救美的过程中负了伤。有时候，他甚至被自己感动得热泪盈眶。

每天晚上他都在用英雄救美这一剂蒙汗药把自己蒙骗进美梦中。可是，每当太阳升起来，他的美梦就被现实打破了。就像那淡淡的雾，朦朦胧胧的很美，可是一阵轻风吹过，那雾就散了。他就更加感觉苦恼，于是，他每天便来到芦花河边，用钓鱼来转移自己的心事。

在英秋润和铁柱的眼里，英冬雨钓鱼是为了磨炼自己的耐心。其实，对英冬雨来说，钓鱼更是为了让自己烦躁的心平静下来。

这几天，胖娃一直很兴奋。他总是找个借口就到李家酒坊去一趟。这天，从李家酒坊出来，他碰到了铁柱。如果是去李家酒坊的路上碰上铁柱的话，他可能没有心思去招惹是非。可回来的路上他就有了闲心。不仅是有闲心，更有闲气。他这次去虽然看见了芦花，但是芦花却没有搭理他。芦花一见他进门，就一扭头走进了里间。一扭头走了，本来也没什么，可以理解为芦花怕羞。可芦花在临进里间门的时候，回过头来，用眼睛看了他一下。那眼里满是憎恨。除了憎恨，还有一点什么，胖娃走出酒坊，仔细回忆着，他终于明白了，芦花的目光里还有鄙夷和厌恶。这就让胖娃很生气，很窝火，也很窝囊。他正一肚子气没处撒的时候，恰巧就碰上了铁柱。

铁柱一见胖娃横着膀子冲着自己过来，就知道事儿不好。他想躲一下，可他无处可躲。没有办法，他只得装作没看见胖娃。他扭着头，看着街南的铁匠铺。铁匠铺的门敞开着，在门口搭了一个凉棚，铁匠老满正和他的侄子小栓在那儿叮叮当当地敲着。

铁柱歪着头，好像很专注地看铁匠铺里两个人在干活。他用眼角的余光看着胖娃。如果用百分比算的话，他的目光，至少有百分之九十投向了铁匠铺，投向胖娃的恐怕还不到百分之十。可是，投向铁匠铺的那百分之九十却几乎是什么也没有看见，就像聋子的耳朵，是个摆设。瞟向胖娃的那百分之十却牵动了他的全部注意力。他看见胖娃已经走过了祠堂大门，再走就到了胖娃家的油坊门口了。他盼着胖娃走到油坊门口的时候，突然一拐，走进去。那他铁柱就安全了。他放慢了脚步，慢的几乎要停下来了。在别人看来，好像他被铁匠铺里的什么事给吸引住了。

铁柱还是失望了。胖娃走到自家油坊门口并没有拐进去。他继续横着膀子往前走。铁柱没办法了，他只得硬着头皮，走上前去。他见胖娃走在了街当心，他就往南边靠了靠，免得胖娃故意找碴，撞自己一膀子。可他这一躲，却没有逃过胖娃的眼睛。此时两人相隔不过几步之遥。胖娃说话了。他说："铁柱，我会吃人吗？"

铁柱只得站住脚，脸上勉强挤出一点笑来。其实那不是笑，就是脸皮动了动。他说："哦，志远啊，我光顾看小栓打铁了，没看见你。"

铁柱没给胖娃叫"胖娃"，而是称呼他的学名"志远"。这里面就有尊敬和讨好的意思了。他想自己这样一尊胖娃，胖娃或许就不好意思和自己过不去了。

果然，胖娃没有说出很难听的话。可他的语气还是很不友好。他问："你到哪儿去？"

"我到河边去。"

"去河边干吗？"

铁柱愣了一下，他不敢说去找冬雨。可他一时间又想不出别的理由。他这一愣，就坏事了。

胖娃冷笑一声，说："是去找冬雨吧？"

铁柱没有退路了，只能答应了一声"嗯"。只是他答应的那一声，连他自己都听不见。可胖娃却听见了。胖娃并没有特异功能，他的耳朵根本听不见铁柱嘴里发出的那一个"嗯"字，那个声音比蚊子的嗡嗡声还要小得多。他是看出来了，他从铁柱的表情上看出来了。

胖娃的鼻子里哼了一声，他正想说几句难听的话，甚至想把铁柱臭骂一顿。可眼珠一转，他又改变了主意，他忽然变得很和气的样子，笑嘻嘻地问："铁柱，听说你也会打兔子？"

铁柱弄不明白胖娃究竟要干什么，但是他见胖娃的脸上有了笑容，心里虽然还是七上八下的，可毕竟放松了不少。他说："是啊。志远，等啥时候我打只兔子，咱们喝两盅。"

嘴里是这样说，可铁柱心里也明白，别说自己到现在没打到过兔子，就是打到了，也不给你这个坏种吃，更不会和你在一块喝酒。

胖娃好像看透了铁柱的心思，他很仔细地看着铁柱。胖娃的眼睛本来不算小，可他长得太胖了，脸上的肉太多了，把眼睛挤成了一条缝儿。现在，铁柱就感到有一道寒光正从那两条肉缝儿里面挤出来。

两个人僵持了一会儿，胖娃又说话了。他说："铁柱，我要想吃兔子肉，大集上有的是。如果等着你打兔子来吃，恐怕等到我的孙子都白了头，也等不到吧。"说完这句话，胖娃忽然心里很得意。他没想到自己能说出这样的话来。他不由得又自言自语地重复了一遍"等到我孙子白了头都等不到"。哈哈，这句话太有水平了。他看见铁柱的脸红了，都红到脖子了。他觉得这比骂铁柱几句或者打铁柱一顿都带劲儿。说过了这句话，他的心情忽然就好了起来，这有点莫名其妙了。其实，也能理解，虽然胖娃也是十九岁的人了，但是他毕竟还是孩子脾性。烦恼来得快，去得也快。就因为他说出了一句他觉得很好的话，芦花的鄙视和厌恶送给他的烦恼竟在一瞬间跑得无影无踪了。他看着铁柱发窘的样子，觉得很好玩，他就想着再说一句什么。可惜，他没能再想出一句刚才那样的话，他笑着说："好吧，铁柱，啥时候你真打到兔子了，我就请你到枣园酒馆喝酒。"

枣园酒馆在英庄的南北大街中段西侧，是英庄唯一的一家酒馆，也是整个大荒洼唯一的一家酒馆。虽然是独家生意，生意却并不是很好。原因很简单，在大荒洼，人们喝酒大都是买来烧酒，在家里喝。常喝酒的人连买酒的钱都不宽裕，哪还有钱到酒馆去消费呢？即便是英方儒、李有财这样的富户，没有特殊的事情也不会到酒馆去。大荒洼离着县城又很远，过往的客商很少。酒馆的老板英秋原平时也种地，村里有了红白公事，他就去做大厨。酒馆主要是靠英庄大集上，那些赶早来赶集的人，在酒馆里要一壶酒，要一碟咸菜。等到中午散集的时候，偶尔也会有赚了几个钱的人，相约来酒馆里，炒上两盘菜，慢慢地喝。若在平时，谁去酒馆喝一顿酒，那就是一件挺显眼的事儿。

胖娃说请铁柱去枣园酒馆喝酒，那只不过是拿铁柱开涮。他心里肯定铁柱是不会打到兔子的。

虽然这句话不如刚才那一句话来的幽默和讽刺，可他还是觉得心里挺痛快。他抬起眼来，四下里一趸摸，就看见小栓正站直了身子，抻着脖子，往他们这儿看。

小栓本来是和他的叔叔老满在那儿打铁来着。可是，他毕竟也是孩子脾性，耐不住寂寞的。他一边百无聊赖地打着铁，还不时地拿眼睛往街上瞟一眼。刚才街上发生的一切，他都看在了眼里。虽然叮叮当当的敲打声掩盖了胖娃和铁柱的说话声。但是，他仍然能够明白发生了什么事儿。那一定是胖娃在找铁柱的麻烦。

小栓的爹死得早，他娘撇下他远嫁他乡。他从小就跟着他叔老满讨生活。在英庄的孩子们看来，小栓有点不合群。他既不跟着胖娃到处起哄，也不跟着冬雨往荒洼里跑。在英庄孩子们的这两股势力中，他哪一股都不掺和。不是他不想掺和，是他叔老满不让他掺和。虽然是这样，但是他心里还是对胖娃的霸道很不满的。他的心里是倾向于冬雨这一边的。

由于从小跟着他叔打铁，在英庄的同龄人中，他的臂力是最大的。也正是因为这样，胖娃也不敢找他的茬。现在他看见胖娃在欺负铁柱，心里不忿，想着去劝架。可他心里也怵着胖娃三分。他一分神，那锤就乱了点子。老满虽然专心致志地在打铁，可他好像脑袋后面长着眼睛。街上发生的事儿，他竟然也知道。他并没有斥责小栓，而是用小锤把小栓的大锤往旁边一推。一个人只顾埋头打铁。小栓正在犹豫，就看见胖娃向他招了一下手。他就把大锤一放，走到了街上。

胖娃今天对自己的表现很满意，说出的那两句话，自己觉得很有水平。于是他就洋洋自得地把眼睛从铁柱的脸上挪开了，这一挪开，就看见小栓正抻着脖子往这儿看。他灵机一动，刚才自己的表现没有观众是不行的。尤其是自己刚才说的那几句话，铁柱是不会对别人讲的。自己到处宣讲就有炫耀的意思了。何不让小栓来做个观众呢？于是他就向小栓招了一招手。

小栓走过来，胖娃说："小栓，刚才铁柱说他跟着冬雨他爹学打兔子，还说等他打着兔子之后请我喝酒。你猜我咋说？"

小栓整天待在铁匠铺里，很少与人说话，人就显得有点木讷。他呆愣愣地问："你咋说？"

其实，胖娃也没指望小栓能够猜出他是咋说的。小栓的问话还没落音，他就说："我说，如果等着他打兔子来吃，恐怕等到我的孙子都白了头，也等不到吧。"说完这句话，他自己就哈哈大笑起来。他在那儿笑，小栓却没有回过神儿来，他呆愣愣地想了一会儿，才明白过来。铁柱的脸上挂不住了。铁柱一咬牙，大声："你是这么说的。可你还说，如果我能打到兔子，你就请我到枣园酒馆去喝酒。你说话算数吗？"

胖娃没想到铁柱敢这么高声和他说话。看来自己把他刺激得够呛。他脸上露出不屑一顾的样子，撇了一下嘴，说："是，我是这么说过。如果你能打到兔子，我就请你到枣园酒馆吃最好的菜，喝最好的酒。到时候小栓也去，就让小栓当我们的证人。小栓，你去吗？"

小栓这会儿一点也不呆，他很痛快地说："我去！"

3

铁柱和胖娃打赌的事儿，很快就传遍了整个英庄。散播这个消息的并不是小栓，小栓对谁都没提过这件事，甚至连老满都没告诉。这件事是胖娃自己到处宣传的。后来，冬雨也知道了这件事。冬雨没有问铁柱。但是每次出去打兔子，他都很认真地教铁柱怎么打。铁柱感觉到压力很大。他也加倍的努力。可是事情就是这么怪，你越是迫切需要做好一件事，往往你越是做不好。本来铁柱就没有打中过一只兔子，这一来，就更打不中了。

冬雨也很着急，他天天陪着铁柱到荒洼里去。他端着土枪，一边往前边虚瞄着，一边说，打枪之前，最要紧的是要在一瞬间确定你的枪往哪儿打。兔子在跳起来的时候，你就要很快地做出判断，它要往哪个方向跑。然后你的枪就要在它前边等着它。这个时候是最好打的。如果你错过了这个时机，等它跑起来的时候再打，那你就要根据它跑的速度，估计好你的枪往它前边多远的地方打。这个是全凭经验和感觉，一旦你的感觉告诉你这个距离是合适的，你就要毫不犹豫地开枪。因为我们的枪射程只有500米，兔子跑得又很快，你只要稍微一犹豫，它就跑到射程之外了。如果这两种办法都不行，还有一种办法，那就是在兔子跑的时候，你把枪迅速地瞄向它，它跑，你的枪跟着移动，要让它始终正冲着你的枪口，然后你迅速开枪。不过，这个办法，难度更大，往往不等你跟上它的速度，它已经跑出射程之外了。说白了，我就是这么几招。最要紧的是你自己找感觉。找到感觉了，就容易了。

这些话，冬雨已经不知道跟铁柱说过多少遍了。其实在冬雨之前，冬雨他爹英秋润就是这样跟铁柱和冬雨说的。这些话，铁柱早就听得耳朵起了硬茧子。可他就是找不到感觉。

十几天过去了，铁柱还是没能打到兔子。铁柱在村里简直抬不起头来。他晚上愁得睡不着觉。有时候他也想，自己肯定不是玩枪的料，要不就算了。可每当这个时候，他的眼前就浮现出胖娃的那一双小眼睛，冷飕飕地瞅着他。后来他终于想出了一个主意，他在心里说，胖娃，对不住了。谁让你那么欺负人呢？

第二天，他又跟着冬雨来到村外，刚刚走进荒洼不远，冬雨的枪就响了，一只灰色的兔子一头栽倒在前面。铁柱跑过去一看，那只兔子的头上中了枪，好像只有几颗铁砂击中了它。血正慢慢地从小孔里往外流。他知道，土枪打出去，那些铁砂是一个圆圈，这是冬雨打兔子的时候，让喷出的铁砂的圆圈的边缘扫中了兔子的头部。这样就能保留一个完整的兔子皮。不过，这样一来，兔子的血也就要流的时间稍长一些。这正是他所需要的。

他对冬雨说："这只兔子送给我吧。昨晚我爹说要吃兔子肉。"说到这儿，他好像想起了什么，说："要不，你先回去吧。我自己在这儿，不紧张，或许能打着。"

冬雨看了他一眼，没有说话，转身走了。铁柱不知道冬雨是否猜到了他的心思。可他眼下顾不得这些了。冬雨一转身，刚走了没几步。铁柱就赶紧提起那只兔子，快步跑到一个坟头那儿，把兔子扔在坟头旁边的一个坑里。然后转身绕道跑回村里。他跑得上气不接下气。等来到铁匠铺门前，他定了定心，叫上小栓，一块又去叫胖娃。他说，今天他一定要让他们俩亲眼看着，打一只兔子。

三个人走进大荒洼，铁柱走得很快，小栓和胖娃紧紧跟随。胖娃累得气喘吁吁。铁柱一边走，一边把枪端起来，学着冬雨的样子向前方瞄着。他把冬雨说的那些打兔子的方法说了一遍。他说的比冬雨说的还要流利，还要详细。最后，他说："这都是打兔子的一些绝招。有了这几招，只要有兔子出现在我的视线里，那它就死定了。"

胖娃一边喘着粗气，一边说："别吹牛了。铁柱，我可告诉你，你把我和小栓都叫来，跟着你瞎跑。能打着兔子，啥都好说。如果今天你打不着兔子，不但要请我们俩吃饭喝酒，还要发誓今后不再打兔子了。"

铁柱连头都没有回一下，他满口应承说："行。就这么的吧。我今天一定能打到兔子，让你心服口服。"

胖娃撇了一下嘴角，说了他经常挂在嘴边的一句粗话："泰山不是垒的，牛逼不是吹的。我不是来听你瞎白话的，我要看见你打到兔子。"

小栓担心地看了看铁柱。

铁柱倒是满不在乎。三个人正往前走着，前边还就真的出现了一只兔子。铁柱用枪瞄着，却没有开枪。等兔子跑得没有踪影了。胖娃说："刚才那不是兔子吗？你咋不打呢？心里没底儿了吧？"

铁柱学着胖娃的样子，撇了一下嘴角，说："那只兔子太小，不够我们仨吃的。我要打一只大的。"

走着走着，很快就来到了那个坟头附近。铁柱端着枪在前边，胖娃和小栓被他落在了后边。胖娃喘不动气了，嘴里骂骂咧咧的。正在这时，铁柱的枪响了。

听见枪响，胖娃不骂了。他和小栓赶紧往前跑。铁柱倒是不紧不慢的，好像在等着他俩似的。他大声说："这回我打着了一只大兔子，足够我们仨吃一顿的。"他来到那个坟头前，弯腰去拾那只早就放在那儿的兔子。他的手伸出去了，却停在了半空中。他的眼睛瞪得大大的。地上倒是有滩子血，兔子却不见了。他愣了，一时间忘了他的身后站着胖娃和小栓。他自言自语地说："怪了，死兔子咋会跑了呢？难道让我又给打活了？"

胖娃和小栓都没明白过来，他们也看到了地上的血，他们也是愣在了那儿。可他们分明听见了铁柱说的话。他俩瞪着眼，用疑惑的目光看看铁柱，又看看地上那滩血。胖娃说："你说啥？兔子呢？"

听见胖娃说话，铁柱回过神儿来了，他眨巴了一下眼睛。说："我明明打中了，可能没打死，它又跑了。"

胖娃有点不相信，可他也看见地上确实有血。他看着地上的那摊血，想了想，疑惑地说："刚刚打中了，咋流这么多血呢？"

铁柱指着自己的枪说："这枪打出去，那么多铁砂子打在兔子身上，流血还能少吗？"

小栓虽然也有点怀疑，但是他心里却是向着铁柱的。于是便说："嗯，是啊，是啊。"

胖娃又想了一想，说："这只兔子流了这么多血，肯定跑不远。我们顺着血迹找一找。如果能找到，就算你赢了。如果找不到，就算你输了。"

说完，三个人便顺着血迹去找。一边找，铁柱一边说："即便找不到，也不能算我输。我毕竟是打中了吗。找到了，算我赢。找不到，就算不输不赢。"

胖娃不干："那不行。你说的是打死兔子，没说打伤兔子。"

铁柱说："不对，我说的是打中兔子，没说打死兔子。"

小栓说："别说话了，快找吧！"

三个人走出坟地。没有了那些松树遮挡视线，远远地就看见前边有一个人，手里好像提着一只兔子在走着。三个人往前紧追。到了近前，原来是牤子。他手里果然提着的是一只兔子。牤子听见后边有人追，就停下了脚步。等看见是胖娃他们。他说："你们跑啥？"

铁柱说："这只兔子，你是在哪儿捡的？"

"在坟地里。咋了？"

"这是我打的。"

"你啥时候打的？"

没等铁柱说话，小栓接过话茬说："你没听见枪响吗？"

牤子说："听见了。可这只兔子是我在枪响之前就捡到的。枪响的时候，我已经走出坟地老远了。"

这时候，胖娃忽然有点明白过来了。他说："对呀，如果是牤子在枪响后捡到了这只兔子，他能走出这么远吗？难道他比兔子跑得还快？"他又一下子想起了铁柱在坟头说的那句话，他说："哈哈，我明白了。铁柱，你小子一定是捡了一只死兔子，放在坟地里，然后领着我俩来，放了一枪，说是你打的。怪不得你会说，死兔子咋又打活了呢？"

说完这句话，他哈哈大笑。一遍又一遍地重复着说："铁柱，你真厉害，死兔子都能打活了，死兔子都能打活了，死兔子都能打活了……"

铁柱脸涨得通红，恨不得找个地缝钻进去。

从此以后，大荒洼里渐渐地流传开了一句歇后语，铁柱打兔子——死兔子能打活。

4

就在铁柱打兔子闹出笑话一个多月以后，他终于有了一个一雪前耻的机会。这并不是说他铁柱终于打到了一只兔子，或者一只野鸭。他什么也没有打到。而是冬雨打到了一只皮子。

皮子，状如小狗，是大荒洼里最狡猾的一种动物。在大荒洼，乃至在整个黄河口一带，人们说起一个人狡猾难缠的时候，往往就说，这个人滑得像个皮子一样。在老人们的传说中，还有一种会学人说话的皮子，人们就把它叫做话皮子。人们说一个人很能说话又很会说话的时候，往往就会说，这人简直是个话皮子。冬雨和铁柱刚开始跟着英秋润学打猎的时候，铁柱就说，啥时候能逮着个话皮子来玩啊？可这么些年过去，两个人从小毛孩子长成了青年，他们不要说话皮子，连不会说话的皮子也没有见到过。

冬雨早就想打一只皮子了。不光是冬雨想，所有打猎的人都想。在大荒洼，要想让人佩服你的枪法，并不是靠你能打到多少只兔子，或者是打到多少只野鸭，甚至也不是看你能不能打到几只马虎。而是看你能不能打到一只皮子。

进入荒洼打猎，不能总是端着土枪，因为那样太累，你不会走远的。况且，用两只手端着枪时间久了，你的手就会发抖，就打不准了。所以，猎人大多数是把枪扛在肩上，或者是横担在两肩上。当猎人发现猎物的时候，首先要迅速把枪顺过来。土枪枪管里装的是铁砂子，虽然在铁砂子外面塞上一团纸，但是这团纸不能塞得太紧。这样一来，枪口就不能朝下，否则铁砂子就会从枪口滑出来。这就限制了猎人的动作和速度。打兔子、野鸭之类的，还好办一些，可打皮子就不行了。皮子的嗅觉、听觉都很灵敏，隔着老远，就能察觉到危险。

没等你靠近它，它就发觉了，你只看见一个黄色的影子一闪，还没等你把枪顺过来，它就不见了。所以，皮子就成了大荒洼里最难打的一种动物。当人们茶余饭后说起前辈的好猎人时，往往就会说谁谁谁打了几只皮子。在英庄五百多年的历史中，活在传说中的好猎人只有三个，这三个人都是曾经打到过皮子。所以，对于打猎的人来说，能打到一只皮子，就成了一种荣誉之战。谁打到了皮子，谁就进入了传说之中。

冬雨他爹英秋润虽然在当时是最好的猎手，但是，他没有打到过皮子。他也曾在大荒洼里找到了一个皮子窝，然后在皮子回窝的必经之路上埋伏下来，他趴在那儿，一动不动，来一个守株待兔。他想，只要皮子来了，他就可以开枪，这样他就省去了顺枪的麻烦。可是，这种守株待兔式的方法，并没有给他带来机会。等到冬雨长大以后，他有一次带着冬雨也来了一次守株待兔，他知道这一次肯定不会有什么收获，他只是为了带着冬雨，磨炼冬雨。让冬雨知道，一个好猎人，不仅要有好枪法，更要能够沉住气。他们找到了一个伏击点，趴伏在那儿，整整一个上午，两个人几乎不动，也不说话，只是用眼神交流。到了吃中午饭的时候，英秋润拿出干粮和咸菜。冬雨不想吃，英秋润说话了。他只说了三个字，他说："你得吃。"爷俩就着咸菜啃起了凉馒头。等吃过了饭，英秋润才说："无论啥时候，到了吃饭的时候，就得吃。"

到了下午，太阳还没有落山，就起蚊子了。虽然已经是秋天，可是，这时候大荒洼里的蚊子更厉害。黄河口有一句歇后语，叫做秋后的蚊子——紧盯。它们不再围着你嗡嗡地叫，而是直接扎下嘴去，吸你的血。不一会儿，冬雨就忍受不住了。可他爹英秋润仍然趴在那儿一动不动。冬雨仔细一看，离他几步之遥，他爹穿着粗布衣裤，脚上穿的是粗布袜子，两只手缩到袖筒里，褂子领也已经竖起来盖住了脖子，脖子缩起来，连同下巴颏和耳朵都缩进衣领子里。冬雨也学着爹的样子，可是脸上还是被蚊子叮了好几口。

直到天彻底黑透了，爷俩才回了家。

一连三天，爷俩都是这么守候着。第一天来这儿的时候，英秋润就对冬雨说，如果一连三天见不到皮子，那就是我们判断错误。这个地方不是皮子出没的地方，或者说以前是，现在已经不是了。也或者是皮子已经发现了我们，它不会回来了。我们就只守三天。一个好猎手，不但要有耐心，更要懂得啥时候放手。该放手的时候就一定要放手。就在那一天的下午，天已经快要黑了，冬雨说："爹，回吧。"

英秋润说："不行。即使一点希望也没有，也要守到时候，说好的是三天，就一点也不能马虎。再等一个时辰，就回家。"在英秋润说完这句话后，不到一刻钟，他们就发现前边有一个黄色的影子，隐没在枯黄的草丛里，如果不动，你根本就看不出来。可是，那个黄影子动了，爷俩几乎同时发现了这一点。他们屏住了呼吸，用枪瞄住前方。冬雨听见自己的心脏在"嗵嗵"地跳动着。他多想开枪啊，可是，他不能开枪，因为那个黄影子远在他们的土枪射程之外。他们就这么死死地盯着那个黄影子，那个影子在慢慢地往这儿靠近。眼看就要进入射程了。那个影子不动了，紧接着，冬雨看见那儿的草一晃，黄影子不见了。就在这个时候，他听见他爹的枪响了。

爷俩过去，看见那儿有一点点血迹，他们知道，那一枪打中了皮子，但是由于离着远，只是把它打伤了。它逃跑了。

冬雨说："如果不开枪，它会不会还往前走呢？"他这并不是埋怨他爹开枪，而是他在猜测。

英秋润说："皮子很滑，它在走到自己的窝附近时，就会格外小心。当它感觉到危险的时候，它不会犹豫，更不会傻乎乎地再往前走，哪怕一步也不会再往前走，它会立刻逃跑。所以，我看到那个黄影子一停下来，就开了枪。虽然我知道它在射程之外，可如果不开枪，就连它的一根毫毛也伤不到了。"英秋润想了一会儿，又说，"我原来想用这种守株待兔的法子，看来是不行的。皮子不等走进我们的射程之内，就已经嗅到了人的气息。要不然，以前那么多好猎手，为什么只有三个人能打到皮子呢？"说到这儿，他有点沮丧了，走到家门口时，他又说了一句："如果用这种法子能打到皮子的话，那么是个猎手就都能打到皮子了。"

5

冬天来了，芦花和胖娃的婚事正式定了下来。一连几天，冬雨都闷闷不乐。铁柱这时候也知道了冬雨的心事，可他连一点办法也没有。他唯一能做的，就是拉着冬雨去打兔子，让冬雨在打猎的过程中忘掉烦恼。他知道，只要一拿起枪，冬雨就会把什么事都抛开，一心一意地去打猎。一天早饭后，铁柱又来叫冬雨去荒洼打猎。冬雨拿起枪和铁柱走出英庄，一直往北走，很快就进入了大荒洼。

冬雨和他爹一样，喜欢把枪横担在两肩上，这样走起来不会太累。铁柱也学着样子，可他总是觉得不得劲儿，因为要想让那杆枪横担在两肩上，脖子就必然要往前抻。铁柱渐渐地就跟不上冬雨的脚步了。冬雨走着走着，忽然看见自己的左侧有一个黄影子一闪。此时，冬雨的枪还横担在两肩上，枪管在左侧，枪托在右侧。他来不及思考，更来不及顺枪，在一扭头的同时，左手稳住，右手去勾了一下扳机。枪声响后，他也没有抱任何希望，他只是在凭感觉打了一枪而已。跟在后边的铁柱什么也没看见，可他听见冬雨的枪响了。他紧赶几步跑过来，问："打到啥了？"

冬雨此时还没回过神儿来，耳朵里还嗡嗡直响。他愣了一下，看着铁柱，只说了两个字："皮子。"

铁柱一下子瞪大了眼睛，嘴巴也张得老大："皮子？"

冬雨依然站在那儿，他的脑子里依然是空白。铁柱往前跑去，冬雨没动。

不一会儿，传来铁柱的一声大喊："皮子！打到皮子了！"那声音又惊讶又欣喜。

冬雨一下子回过了神来，他也立刻跑过去。果然是一只皮子。

没等到中午，冬雨打到了一只皮子的消息就传遍了整个英庄。人们都来冬雨家看皮子。

英秋润格外高兴，中午，他弄了几个菜，叫来了铁柱他爹英方明，还破例让冬雨和铁柱也入了席。破例允许冬雨和铁柱跟他们一样喝个痛快。

冬雨喝了几盅酒以后，就觉得头疼。他吃了一些菜，然后就走出了家门。铁柱也跟着他走出来。

冬雨出来以后，默默地向芦花河边走去。铁柱跟着他，那感觉像是他英铁柱打到了皮子一样。每当遇到有人问，铁柱就把冬雨怎么打皮子的事说一遍。当人们听说冬雨是把枪横担在两肩上，连瞄准都没有瞄，就一枪打死了皮子。都惊讶得跟铁柱当时在大荒洼里听见冬雨说皮子时一样，张大了嘴巴，却不知道合上。等铁柱说完，却发现冬雨已经走远了。他不知道冬雨为什么会这样，他想，冬雨这是玩深沉吧？

冬雨的心里却感到空落落的。刚打到皮子的时候，他和铁柱一样，也是很兴奋的。等回到家，看到陆陆续续地来了一些人看他打的皮子。他也是和铁柱一样，一遍又一遍地给人们说着，是怎样打到这只皮子的。可是，一阵子兴奋劲儿过去以后，他感到了一丝丝的失落。他的眼睛在人群中扫来扫去，他渴望看到一张脸。他渴望看到那一张漂亮的脸，那是芦花。此时此刻，他心里最希望和自己分享这份荣耀的，并不是和他天天泡在一起的伙伴铁柱，也不是他爹英秋润，而是芦花。可是，芦花没有来。

芦花没有来，李有财来了。李有财是和他酒坊里的一个伙计来的，他还让伙计搬来了一坛子枣木杠子酒。当李有财走进门的时候，他从冬雨的眼神中看出了那一闪而逝的热切的目光。李有财也知道冬雨喜欢芦花，当然他也知道芦花喜欢冬雨。说实话，他也很喜欢冬雨这孩子。可是，冬雨家和他家却是门不当户不对，即便是冬雨能打到皮子，也还是门不当户不对。毕竟，能打到皮子，冬雨会成为英庄乃至整个大荒洼的名人。可是，名人有什么用呢？这并不能改变他家的经济地位。他家靠种地和打猎，也只能是解决温饱而已。芦花呢？他李有财家的芦花是要做那种大门不出、二门不迈的娘子的。戏文里不也说嘛，跟着当官的做娘子，跟着杀猪的翻肠子。胖娃虽然没能做官，可他家却是大荒洼的富户，他爷爷是英庄的镇长，在整个大荒洼，说一句话那是很有分量的，就是吐一口唾沫，也能在地上砸个坑。芦花嫁给胖娃，不仅是芦花本人一生不愁吃穿，而且有镇长家罩着，他李家酒坊的生意就好做。事儿虽然是这么回事儿，他也答应了镇长家的婚事，可是，他的心里总是觉得有点对不起冬雨。今天他听说冬雨打到了皮子，他就想着过来庆贺一下。他特意让伙计搬着一坛子最好的酒，来冬雨家贺喜。芦花也想跟着来，李有财却不让。他说："你现在是大姑娘家了，不能随随便便地到处乱跑。再说，你已经定了亲，你再乱跑，人家会怎么想？"其实，他所说的"乱跑"，就是特指不能到冬雨家去，到别的人家里去是不算作"乱跑"的。

李有财来到冬雨家的时候，英秋润正在那儿和英方明喝酒。他老婆马菊花和英方明的老婆卢秀芝在厨房里忙活。冬雨的姐姐小枝领着她的孩子也刚刚来到。小枝嫁到了马家庄，她的丈夫是八才子马文采的长子马殿魁。

英秋润一见李有财来了，还搬来了一坛子酒，就赶紧把李有财请到堂屋里喝两盅。英秋润也知道冬雨喜欢芦花，可他也很清楚自己家的境况。所以，他并没有托媒婆去李家提亲。他知道自己家高攀不上。这不是自卑，更不是清高，这是自知之明。英秋润虽然不识字，他却是个明白人。他常说，人，得认得自个是干啥的。

李有财坐了一会儿，就说店里忙，要回去。英秋润也没有强留，只是客气了一番。就是从那个时候开始，他看见冬雨脸上的神采不再飞扬，眼神不再发亮，他知道孩子有心事。所以，当冬雨说要出去走走的时候，他没说什么。他想，让他出去散散心，找个没人的地方坐一坐，想一想，也好。

冬雨坐在芦花河边，看着河中的冰面发呆。铁柱不明所以，开始还陪着他坐了一会儿，不长时间就冻得直打牙把骨。他叫冬雨回家，冬雨说自己在这儿再坐坐，让他先回去。铁柱犹豫再三，还是走了。

第三章

1

冬雨在睡梦中被惊醒了。他是被一阵激烈的敲打窗户的声音惊醒的。

在大荒洼，几乎所有人家的外墙上都是没有窗户的。家家户户在朝向天井的一面墙上都开了窗户，可是，在朝向院外的墙上，却都不开窗户。人们当然也知道，在外墙上开一扇窗户，到了夏天，打开朝向天井的前窗，再打开朝向院外的窗户，空气流通，要凉快得多。人们不是不想开一个后窗，而是不敢。不敢开后窗，也不是为了防大荒洼里的野兽。其实，在大荒洼里，最多的是一些野兔、野鸭、野鸡之类的。大的野兽并不多，能对人构成威胁的也就是马虎。即使你在后墙上有窗户，只要临睡觉把后窗给关上，马虎也进不来。人们不敢在后墙上开窗户，主要还是为了防人。防什么人呢？小偷什么的，并不可怕。可怕的是老缺。

在大荒洼，人们把土匪就叫老缺。大荒洼里从什么时候开始有了老缺呢？没人知道。但是，人们却知道，大荒洼里的老缺早就有了，自从大荒洼里的第一户人家在这儿落脚以后，过了不到百年，就渐渐形成了几十个小村子。那个时候，荒洼里就有了老缺。老缺的组成，主要有两种人。一种是一些游手好闲的人，不劳动又想过好日子，这才聚众成匪，打家劫舍。还有一种，是犯了罪的人，为了逃避官府的追捕逃到大荒洼里，落草为寇。为什么叫老缺呢？老缺

48

干的就是绑票的营生。他们绑票，无非就是两个目的。一个是因为他们缺钱，绑票是为了要赎金。还有一个，老缺大多是一些没有家的人。谁家的姑娘肯嫁给他们呢？于是，他们就绑花票，抢人家的大姑娘、小媳妇。他们是既缺钱又缺德。所以，就被人们叫做老缺了。

大荒洼里到底有多少老缺呢？这个谁也不知道。大荒洼，一望无垠，沟汊纵横，苇荡连片，荒芜人烟，的确是老缺藏身的好地方。大大小小的老缺到底有多少？恐怕谁也说不清。就是老缺们自己也算不清。有的人生活实在没有着落了，三两个人凑在一起，就敢去干绑票的事。干上三两票甚或是只干了一票，就洗手不干了，这样的你没法去算。但是，在大荒洼里，人人都能叫得出名号的大股老缺，只有三股。最大的一股有一百多人，七十多支枪，对外号称有三百多人枪。大当家叫郑奠基，外号郑秃子。另外两股各有几十人，其中一股大当家叫周生水，另一股大当家叫陈三耀。平时，这三股人都遵循着兔子不吃窝边草的信条。他们出入大荒洼，英庄也是他们的必经之路，所以，他们一般不在芦花河北岸绑票。有时候，老缺中的一些头目也会到枣园酒馆喝酒吃饭。枣园酒馆的老板英秋原与几个小头目私交还不错。虽然是这样，大荒洼的人还是不放心，有钱的人家还是会暗中采取一些防范措施。主要的防范措施有两个，一个是通过关系与实力较大的老缺取得联系，每年交上一笔保护费。另一个措施是把院墙垒得高高的，再买上一两把枪。买枪并不是为了防那些实力大的老缺，指望一两支枪也挡不住。买枪主要是为了防那些三五成伙的小股老缺。

正是为了防老缺，人们才不在房屋外墙上开窗户，有钱的人家不敢开，没钱的人家也不敢开。唯独英冬雨家是个例外。冬雨住的西屋后墙上本来也没有窗户。冬雨长大以后，枪法很好了。他就想自己在后墙上开一个窗户。他爹英秋润不同意，可冬雨说咱家又没有金银财宝，怕啥呢？开窗户的时候，铁柱、狗蛋来帮忙，胖娃也装作从这儿路过，凑过来，装作很随意地问了一句："咋开后窗呢？你不害怕呀？"

冬雨说："家里穷得叮当响，没人惦记着，没人稀罕偷，更没人稀罕抢，有啥好怕的呢？"嘴里是这么说，其实他的心里并不是这么想，他相信自己的枪法，他的枪法在整个大荒洼是人人皆知的，他不相信有人会拿自个的脑袋往他的枪口上送。

他虽然这一年是十八岁，正是睡觉睡得很沉的时候。可是他却很机灵，这都是常年在野外打猎练出来的。睡梦中，有咚咚的脚步声在靠近他的后窗。由于刮的是东北风，把脚步声给吹向了相反的方向。但是，他还是听见了。只是他觉得自己是在做梦。直到他的后窗突然被人拍响的时候，他一下子惊醒了。他从被窝里一伸手，把竖在床头的土枪抓起来，嘴里大声问："谁？"

外面一个人的声音都变了调，听起来有点刺耳："冬雨，快，芦花，被老缺绑走了。"

那声音变了调，冬雨并没有听出是李有财的声音。但是，一听见"芦花"这两个字，冬雨的睡意一下子跑得无影无踪了。就像大冬天兜头浇了一盆凉水一样，一下子清醒过来。他也明白过来，在窗外的是李有财。他从床上坐起来，一下子把别着窗户的木棍拨开，从里面往外一推，打开窗扇，探出头问："叔，你别着急，说清楚到底咋回事？"

冬雨一边说着，一边迅速地摸黑穿衣服。在他穿衣服作准备的这个时间里，李有财总算结结巴巴地把事情的原委告诉了冬雨。

2

大荒洼里的冬天格外寒冷，人们大都是早早地上炕。即使睡不着觉，也要早钻进被窝里去。夜深了，五六个人翻墙进了他家。李有财和他老婆，还有芦花，都是一点声音也没听到。甚至，他们都没听到狗叫。老缺绑票大多数时候是靠夜间行动。他们首先对付的不是人，而是狗。大荒洼几乎家家户户都养狗。狗一叫，主人就会有所警觉，甚至会作一些必要的准备。所以，老缺在行动前，首先不让狗叫。这些，对老缺们来说，一点都不难，简直可以说是很容易。他们首先安排手脚最利索的人，根据白天踩好的点，悄悄靠近住户，把用药水泡过的馒头扔进去。大荒洼虽然家家户户都养狗，但是那些狗都是一些家养的普通狗。当馒头扔进天井的时候，有的狗会叫一声，可当它见了香喷喷的馒头，就不再叫了。而是立刻扑过去叼在嘴里，然后回到狗窝去享用美味。当然，享受完美味之后，甚或是没等享受完美味，就会呼呼地睡去，不再为主人守夜。

这天晚上，李有财在睡梦中朦朦胧胧地好像是听见狗叫了一声，可是没等他醒过来，狗就不叫了。他又继续沉入香甜的睡梦中。等到人家用尖刀把堂屋的门闩给拨开的时候，李有财才发觉不对。他在黑暗中惊问了一声："谁？"

伴随着他的问话，门被推开了。一个人从外面不慌不忙地走进来，这个人的后面还跟着两个人。三个人裹挟着一阵寒风。不知道是这股寒风的原因，还是黑夜突然进来三个人的原因，或者是兼而有之，李有财打了一个冷战。那个人说话了，他说出来的话，依然是不慌不忙，声音还很平静。好像他是应邀来和老朋友叙旧似的。他说："老李，你别慌，也别怕，你先起来，把灯点上。"

李有财和赵兰秀在黑暗中手忙脚乱地往身上套衣服，赵兰秀穿上了衣服，还把被子紧紧地裹在了身上。李有财上衣的扣子都没来得及系。他哆哆嗦嗦地摸到了火柴，一下子竟然没有划着。不但没着，反而把火柴梗也给弄断了。他又摸出一根火柴，划着了。哆哆嗦嗦地去点炕头的煤油灯。他的手往煤油灯那儿凑，眼睛却看着站在屋里的三个人。借着火柴头那一点亮光，他看见打头的一个人穿着一身黑衣服，黑布腰带上别着一把单打一。他就站在那儿，用一只眼睛很平静地看着李有财。这个人的貌相本来并不丑，可惜，他只有一只眼睛，一只左眼。他的右眼那儿是一个窟窿。虽然李有财并没有见过这个人，但是一看到只有一只眼睛，他就知道站在自己面前的这个人是谁了。可他不敢说破，他不知道这个人来是为了啥？如果对方就是为了要点钱的话，他就只能破财免灾了。这个情况下，他就不能说破对方是谁。否则就有性命之忧。独眼人后面的两个人也都穿着一身黑衣服，脸上都蒙着黑布，只露出眼睛。两个人站在屋门口里边，一边一个，像是给李有财家站岗似的。

李有财的眼睛看着这三个人，手哆嗦着去点灯，结果火柴没有凑到灯芯子上，他的手却碰到了煤油灯上，把灯给碰翻了。炕头连着锅台，煤油灯一下子滚到了锅里。在夜里，那声音简直像天空中滚过了一阵雷声。李有财吓傻了。后面的一个蒙面人刚骂了一声"他妈的"，就被独眼人一抬手给制止了。独眼人说："老李，别害怕。俺们是周老大的人。你知道，我们从来不在附近的村子里找麻烦。今天来，是找你商量个事儿。你家有蜡烛吗？"

李有财赶紧说："有——有——有——"

那个人说："那你就找支蜡烛点上吧。实在找不着，咱们在黑影里谈也行。"

李有财一迭连声地说："能找着，能找着。"

等李有财点起了蜡烛，那三个人还是一动不动地站在那里。李有财弓着腰，赶紧让那三个人坐。

独眼人也不客气，在方桌一边的一张太师椅里坐下来。然后一指方桌另一边的椅子，对李有财说："老李，你也坐下吧。"看那架势，好像他是主人，李有财却成了客人。

李有财不敢坐，连忙摆着手说："你们坐！你们坐！我站着就行。"

独眼人说："你还是坐下吧。你站着，咱们咋商量事儿啊？"说话的声音还是不高，可语气里却有了不容置辩的味道。李有财心惊胆战地在太师椅里坐下了半个屁股。

独眼人看李有财坐下了，却不说话，只是拿眼睛瞅着李有财。把李有财瞅得心里直发毛。他想站起来，又不敢站起来。他的嘴唇直哆嗦，他问："不知道，找我有啥事儿？"

独眼人还是不说话，李有财吓得简直要崩溃了，他老婆赵兰秀在炕上，裹在被子里，哆嗦得简直像筛糠一样了。

独眼人终于说话了。他说："俺是周老大的二当家，俺叫关小峰。"

说完了这句话，关小峰用那只独眼定定地看着李有财。他在看李有财的反应。其实，李有才在看到他的时候，就知道他是周生水的二当家关小峰了。

关小峰是大荒洼关家屋子人。他原本也是一个长相不算丑的小伙子，可是，一个偶然的事情让他失去了一只眼睛，也让他成了大荒洼的名人。

关家屋子是一个只有十几户人家的小村子。村子很小，又在芦花河北岸最东头，紧靠荒洼。村子里的人和牲畜经常遭到马虎的袭击。

有一年夏天，关小峰和村里的几个人在村头麦场上凉快。关小峰躺在麦秸席上，听着别人扒瞎话。听着听着，关小峰睡着了。吃过晚饭刚出来的时候，天还是挺热，蚊子也很多，睡不着。等到睡着了，也就睡得很沉。夜深了，人们也凉快透了，便陆陆续续地回了家。走的时候，有一个伙伴也叫了关小峰。可关小峰正睡得香，他朦朦胧胧地听见了那个伙伴在叫他，可他睡意正浓，哼哼了几声，没有动弹。平时，关小峰脾气暴躁，经常为一点小事就和别人争吵起来。他的人缘也就不怎么好。人家叫了他一声，见他睡得正香，便不再叫他了。麦场上只剩下关小峰一个人。

人们走后，关小峰自己在打麦场上继续睡他的觉。天快亮的时候，关小峰在睡意蒙胧中，感觉到有什么东西在他的脸上扫来扫去的。他一睁眼，吓得他浑身打了一个激灵。那沉沉的睡意一下子跑到了九霄云外。他分明看见一只马虎正在他的脸上嗅来嗅去。他猛地一睁眼，把马虎也吓了一跳。关小峰和马虎几乎是同时吓了一跳，又同时很快地回过神儿来，关小峰看见马虎在一愣神之后，张开了大嘴向自己的咽喉咬过来。他情急之下，来不及细想，伸出双手掐住了马虎的脖子。马虎的两只后爪蹬地，两只前爪搭在关小峰的肩膀上，它极力地想把嘴巴凑到关小峰的脖子上，可关小峰死命地撑着。他就和马虎这么僵持着。

这个时候，村里一个人早起来，挑着水桶到井上打水。那口水井就在麦场的北边。当那个人挑着水桶走到麦场里的时候，他看见卖场里有一团黑影在滚动。他好奇地凑上去一看，吓得他大叫一声，把水桶和扁担一扔，掉头就跑。那个人的惊叫声和水桶落地的响声，把关小峰和马虎都吓了一跳。关小峰的手一松，马虎也顾不得再想吃这道美餐了，马虎在掉头逃跑之前，一爪子打在了关小峰的脸上。结果，把关小峰的右眼给打瞎了。此后，关小峰便有了一个外号，叫做"马虎剩"。那意思是说他是马虎吃剩下的。由于他瞎了一只眼，也就找不上媳妇。关小峰一气之下，撇下他的老娘，跑到荒洼里当了老缺。

在整个大荒洼，关小峰的名字很多人不知道，但是，"马虎剩"这三个字却是家喻户晓，尽人皆知。

3

李有财并不认识关小峰。可他听说过关于"马虎剩"的故事。所以，他一见到关小峰右眼处的黑坑，就知道他是谁了。他不知道关小峰到底要干什么。按说，每年他都通过英方儒给三家老缺交保护费。这三家老缺也从来不在近处绑票。可今天到底是咋回事呢？

他看着关小峰，小心地说："二爷，每年我都按时缴纳例银。不知是哪儿做得不够，您打发个人来说一声，我就给您送去。哪里还用得着您亲自跑一趟呢？"

关小峰眨巴了一下他的独眼，说："俺也不和你绕弯子了。咱就直说，俺看上了你家的芦花，要娶她给俺当老婆。这门亲事你要是答应了，你就是俺的老丈人。在整个大荒洼，谁也不敢动你半根指头。芦花跟着俺，那也是吃香的、喝辣的……"

没等关小峰说完，李有财就把头摇地跟个拨浪鼓似的，他连连说："二爷，这可使不得啊，芦花才十七岁，何况已经和镇长英方儒的孙子胖娃定了亲。二爷，您福星高照，家大业大，前途无量，什么样的好女子找不到……"他情急之下把做生意的那一些套话给搬出来了。

李有财知道英方儒和三家老缺的大当家都有一定的交情，他想这样一说，或许关小峰给英方儒一个面子。可他的话还没有说完，关小峰一拍桌子，吓得李有财把后边的话一下子给咽回去了。说实话，李有财从内心里实在是瞧不上关小峰这样的人，可是他不敢惹，也惹不起。所以，关小峰一拍桌子，他就不敢再说话了。可他在大荒洼毕竟也是有头有脸的人物，他说话，还从没有人打断过，更没有人敢对他这么拍桌子。可今天，这口气他硬是要咽下去。一见李有财吓得那个样子，关小峰想起了在荒洼里看到蛇吞青蛙的样子，嘴巴张得老大，看上去就是吞不下去的样子，可最终还就是吞下去了。现在的李有财就是这个样子。

关小峰鼻子里轻轻地哼了一声，轻蔑地说："胖娃那个傻小子哪里配得上芦花呢？英方儒那儿，我找个弟兄去说一声，他要敢说半个'不'字，我就抄了他的家。"说到这儿，他把那只独眼一瞪，说："这事儿，你是答应也得答应，不答应也得答应。"

李有财不敢答应，却又不敢不答应。他坐在那儿，真的是如坐针毡了。他知道，今天自己答应了，关小峰很快就要来娶亲。女儿进了老缺窝子，那就是跳进火坑了。可如果不答应，他们来个硬抢，自己一点办法也没有。怎么办呢？最终他咬了一咬牙，说："这么的吧，既然你看中了芦花，那是她的造化。我就这么一个女儿，你要好好待她，不能让她受委屈。"

没等关小峰搭话，赵兰秀不干了。本来她被老缺们吓得都说不出话来了，裹在被子里一个劲儿地哆嗦。可这会儿，听李有财答应要把芦花嫁给这个老缺，对女儿的爱护远远超过了对死亡的恐惧。她忽然大声说："不行！我不答应！"

李有财狠狠地瞪了她一眼，心里想，一个老娘们，啥都不懂。这时候你不答应能行吗？他说："你给我闭嘴。这个家啥时候轮到你说话了？"

关小峰笑了，说："二老不必为这件事吵嘴。你们就放心吧。我既然要娶她做老婆，我就会好好疼她。我保证不会让她受半点委屈。"

赵兰秀一下子掀开了被子，从炕上跳下来，赤着脚站在地上，这一会儿，她的脸上已经毫无惧色，甚至像一只要咬人的母马虎了。她说："这不行！说啥也不行！"

关小峰的脸变了，他正要说话。李有财已经站起来，一下子扑到赵兰秀的面前，"啪"的一巴掌打过去。大声骂道："我让你闭上你的臭嘴。这个家我说了算。"

一边说着，一边给他老婆使眼色。赵兰秀被李有财的这一巴掌给打蒙了。在这个家里，虽然一直是李有财当家。但是，李有财一直对她疼爱有加。两个人结婚这么多年，也曾红过脸，也曾拌过嘴，甚至也吵过架。但是，李有财从来没有动过手。可今天，李有财有点反常了。不但答应把自己亲生的闺女嫁给老缺，还打了自己最疼爱的老婆。赵兰秀瞪大了眼，看着李有财。就在这个时候，她看见李有财对她使了一个眼色。那眼睛眨巴了一下，目光里分明是有许多话。虽然，她不明白丈夫的目光说的到底是什么，但是，她知道这里面一定有蹊跷。她没再犟嘴。一转身，捂着脸扑在炕上，压抑不住心中的委屈和悲痛，呜呜地哭起来。

李有财转回身，赔着笑脸对关小峰说："二当家，你别生气。女人嘛，就是这样，头发长，见识短。你放心，这件事我做主。回头我就找人看日子，做嫁妆，年前我们就把喜事给办了。"说到这儿，他看了看关小峰的脸色，又笑了一下说，"这一来，在整个大荒洼，就再也没人敢欺负我李有财了。"

他以为这样一说，这件事就算暂时搞定了。先应付过今晚上，等明天再去找英方儒商量，宁肯多花费一些钱，也要把这件事搞定。如果实在不行的话，他可以把酒坊卖掉，带着老婆孩子到县城去，照样开他的酒坊。

关小峰却不上当。他说："老丈人，说白了吧。你也别给我打马虎眼。日子你不用找人看。我早就找人看好了，明天就是好日子。芦花今天晚上就得跟我走，明天就拜堂成亲。"

李有财一下子傻眼了。没等他想出来怎么说，就听见隔壁传来芦花的一声哭喊。这一声哭喊像一把刀深深地扎在了李有财和赵兰秀的心口上。更让李有财两口子难受的是那一声哭喊又突然断了，他们的心给悬起来了，像一个上吊的人，把自己吊起来，却吊不死。他们不知道那是因为老缺用布堵住了芦花的嘴。他们以为老缺伤害了芦花，赵兰秀不顾一切地向外面扑去，被守在门口的一个老缺用刀子给逼住了。赵兰秀像疯了一样，硬往外闯。另一个老缺狠狠地一拳把她打倒在地。

关小峰冷笑了一声，说："如果你们不识抬举，我就先把你们杀了，然后再带芦花走。"

李有财一屁股蹲在了地上。关小峰一边往外走，一边说："明天我会派人来接您二老去参加婚礼。"说完扬长而去。

赵兰秀喊叫着还想扑上去拼命，李有财死死地抱住了她。赵兰秀一边挣扎，一边用嘴狠狠地咬住了李有财的胳膊。李有财的胳膊上流出了血。可他依然死死地抱住了老婆，就是不松手。直到老缺都走了，李有财才压低了声音，说："别哭别叫了，快去到英方儒家报信，看看他有没有办法。"

赵兰秀一听，松开了嘴，呆愣愣地看着李有财。愣了一会儿，忽然回过神儿来，猛地用手一推李有财："你咋不去呢？我脚小，跑不快，不耽误事吗？"

李有财摇了摇头说："你去。我估计英方儒不敢晚上去找周大当家。如果等到明天，闺女今晚上要是被马虎剩给糟蹋了，不就完了吗？"

赵兰秀刚想问那咋办。李有财已经着急地说了："英方儒那儿只能是碰碰运气了。我去找冬雨，那孩子和芦花要好，他枪法好，说不定能把芦花给抢回来。"说完，一把把赵兰秀拉起来，两口子分头跑出家门，跑进黑夜中。赵兰秀踮着小脚，去了英方儒家。李有财出了门，又想起了什么，回家从炕上的一个箱子里拿出一个布包，又慌里慌张地跑出去。

4

李有财结结巴巴地把芦花被绑架的经过告诉了冬雨。还没等他说完，冬雨也已经穿好了衣服。他抓起那杆土枪，翻窗而出。他虽然不知道关小峰他们的老巢的准确位置，但是，他知道老缺们的老巢都在大荒洼深处。他们一时半会儿还走不远。出了村，凭他天生的听力和打猎锻炼出的敏锐感觉，他相信，很快就能追上关小峰他们。李有财也想跟着去，他刚跟着冬雨跑了两步，冬雨回过头来说："叔，你就别跟着了。你跟不上。再说，就是跟上了也不行。你去容易暴露目标，他们听到脚步声，藏起来。我们反而不好找他们。你回家等着吧。"

李有财觉得冬雨说的在理儿。他就停下来，把手里拿着的那个布包袱递给冬雨说："这是一把单打一，比你那杆土枪好使。"

　　冬雨接过布包，从里面掏出了那把单打一。来不及细看，便把它掖在腰里，黑暗中，他从包袱里摸出了一个子弹带，也系在腰带上，转身就走。李有财着急地说："还没装子弹呢。"

　　冬雨像一只猫一样，迅速而又无声地跑进黑沉沉的夜色里。他的回答好像是从远处那无尽的黑暗中传来的："我知道，你回家吧。"

　　出了英庄，冬雨凭着自己的直觉向荒洼里跑去。冬雨一边跑一边想：李有财在老缺们从他家走后，再从三里庄跑到英庄，到现在大概已经有一袋烟的功夫了。不过，老缺绑着芦花，芦花肯定会挣扎和反抗，他们就走不快。自己很快就能追上他们。冬雨平时打猎经常到大荒洼的深处，他虽然不知道周生水的老巢在哪儿，但是他凭着自己的直觉，向着东北方向追下去。追出去五六里路，他就听见前方有异样的动静。他知道那不是夜间活动的野兽，而是人的声音。他更加小心，脚步更轻了，但是速度一点也没减。

　　冬雨的听力从小就异常灵敏。在学堂念书的时候，在嘈杂的念书声中，他能听见窗外树上小鸟的叫声，甚至能分辨出教书先生马文章的喘息声。又追了一会儿，他已经隐隐约约地看见前面的人影了。他恨不得端起枪冲上去，可是他不能莽撞。毕竟，芦花还在人家的手里。他想了一下，迅速转身，猫下腰，隐没在小路旁的芦苇丛中。这儿是他打兔子经常出入的地方，他对这儿太熟悉了。很快，他就绕到了老缺们的前边。他在那条弯弯曲曲的小路边找到了一棵歪脖子柳树。这条小路很窄，如果有人走在路上，就会碰到两边的芦苇。那棵歪脖子树几乎占了小路的半边。他把身子隐在树后，如果有人从路上走过，他在树后一伸手就能抓住对方。

　　他往那杆土枪里装好了火药和铁砂，把枪倚在树上。然后从腰里掏出李有财给他的那把单打一。

　　这把单打一，是李有财到县城里买来的。这种枪的真名叫橛枪，又叫橛把子，这种枪可以直接使用原来的很长的步枪子弹。因为一次只能装一发子弹，大荒洼的人就把它叫做"单打一"。由于用的是步枪子弹，打出一发子弹后，可以立刻换枪弹，这比土枪要好得多，并且也容易携带。虽然射程不远，但近距离作战却非常实用。那个时候，在大荒洼，几个最出名的有钱人家里都有一把单打一。

　　冬雨曾经见过这种枪，那是胖娃偷偷地从家里拿出来炫耀的时候，他看到的。自从冬雨第一个钻了老槐树洞以后，胖娃感到他的孩子王地位受到了严重的威胁，他一直在想办法重新树立他的权威。可是，他一直没能成功。后来，他从家里偷偷地拿出了一把单打一，故意在伙伴们面前显摆。冬雨也在场。冬雨从小就对枪有着一种很特殊的感情。当他看见那把单打一的时候，是多么希望能够摸一下。胖娃也一直在盼着冬雨向他提出摸一摸的要求，只要冬雨提出这个要求，那就表明冬雨在他面前低了头。可是，冬雨忍住了内心的强烈渴望，他只是看了一眼那把单打一，然后扭头就走了。

现在，冬雨拿着这把枪，借着暗淡的月光，仔细地看了看，他就知道是怎么回事儿了。他从布袋里掏出一颗子弹，放进去。端起枪，往前边瞄了瞄。在黑暗中，他不停地把玩着那把枪。好像他今天不是来和老缺打交道，而是为了研究这把枪的。不一会儿，他就对这把枪的性能有了基本的了解。直到一阵杂沓的脚步声传过来，他才把那把枪重新掖在了腰间，故意让枪把子露在外面。他从树旁拿起他那杆土枪。他的心里莫名地紧张起来，他深吸了一口气，稳定了一下情绪，把身子紧紧地贴在了那棵柳树上。

就在这个紧张的时刻，冬雨的脑海里突然就出现了一个奇怪的念头，他觉得这个场景他很熟悉，好像他曾经多次这样伏击过老缺似的，好像今天发生的一切都是早就排演好了一样。他想起来了，这些场景都是他在睡觉前或者睡梦中，多次反复演练过的。忽然的，他竟然一点也不紧张了。他本能地用左手摸了摸掖在腰里的单打一，心想，以前的演练中没有出现过这把枪啊。这是一个意外，但愿后面不要出什么意外。转而又想，这个意外比自己设想的还要好。自己设想的只有一把土枪，现在又加上一把单打一。以前设想的情境中是自己追上老缺，与他们展开一场正面的搏杀。现在，有了这棵歪脖树，自己隐身在这儿，给他们来个偷袭，自己的胜算就又加了一成，甚至更多。想到这儿，他的嘴角露出了一丝笑容，好像他不是在这儿等着和老缺拼命，而是在与老缺合作演一出戏。

5

关小峰的心情很好，他自从见过芦花一面之后，连做梦都想着怎么样才能把芦花弄到手。以前他也曾见到过几个漂亮的女孩子，他也多次向周生水提出要抢一个做老婆，可周生水不答应。

周生水本来是个生意人，他的家就在县城。后来被同行栽赃，差点送了命。他几乎花光了全部家当，才从监狱里出来，他把那个陷害他的人给杀了。杀了人，他就连夜逃出县城，跑到大荒洼里，当了老缺。周生水见过世面，做人又讲义气，很快便在他的周围聚集了一帮子铁杆。后来他自立山头，当了大当家。他立下了一个"两不绑"的规矩：一是不绑穷票，二是不绑花票。穷票是指穷人，周生水觉得绑穷人，榨不出多少油水，只是徒增自己的恶行而已。花票是指女人，周生水知道这些老缺常年难得见到女人，如果允许绑花票，他们可能等不到主家交来赎金就把人家给糟蹋了。这样一来，就会使他的信誉大打折扣。在这一点上，周生水和大多数老缺不一样。他认为干老缺这一行，和做生意一样，也要讲信用。对于第一条，他手下的人都很赞成，因为在他们这一个团伙中，除了周生水原先是个生意人，还算有钱以外，其他人都是穷人出身。他们从骨子里恨富人，而同情穷人。再说，绑穷人确实也弄不到什么油水。对第二条，就有很多人不赞成。这些不赞成的人中就有二当家关小峰。

周生水虽然当了老缺，但是他在县城有老婆，还有一个女儿。周生水每隔一个月左右，就会骑上一头小毛驴，把自己打扮成一个药材贩子，进县城去和他的老婆孩子相聚。可关小峰他们却常年连一点腥味也闻不到。其他人不赞成，不敢说，关小峰却敢说。当然，关小峰刚入伙的时候，也和其他人一样，不敢说。不但不敢说，还装作很赞成。由于关小峰做事果断，每逢行动都是抢在头里，很有股子不怕死的劲头儿。很快就得到了一帮子人的支持。在支持他的人中，大多是一些刚刚入伙不久的年轻人。渐渐地，他的势力大了起来。周生水便把他提拔为二当家。在当了二当家以后，周生水有一次回县城，关小峰非要跟着去，说是要到县城逛逛。他从小到大从来没有见过县城是什么样子。周生水只得答应了。就是那次进城，关小峰见到了周生水的老婆。

周生水的老丈人在县城开着一家药铺。他老丈人叫张顺福，那药铺就叫张记药铺。

在周生水成为大荒洼的第二股老缺大当家后，手下有了几十号人，县府的官员和警察都不敢再找他的麻烦，他的仇家更不敢追究了。所以，他回县城的时候，虽然有人认出他，也不敢把他怎么样。但是，周生水做事很谨慎，他没有让老婆和女儿回自己的家住，依然让她娘俩住在张记药铺里。这样有老丈人照看着，他也放心。

那次回县城，他带着关小峰，一进县城，关小峰的眼睛就不够使了。县城的女人保养得好，那皮肤大都是白里透红，和大荒洼那些在日头下劳作的女人是不一样的。关小峰几乎把眼珠子都瞪出来了。这一切周生水都看在眼里。他笑着说："看你那个样子，像要吃人。"

关小峰不好意思地笑了笑，可他的眼睛依然盯住街上的一个美女不放。周生水想了想，说："等吃过晚饭，我送你到一个好地方，让你享受一番女人的滋味。"

两个人先是到了张记药铺。那时，周生水的老婆张雅芝还不到三十岁，人长得模样好，身材又好。关小峰不好意思再像在街上那样盯着不放，可他也是看了好几眼。

吃过晚饭，周生水领他去了百花堂。百花堂是县城最有名的一家妓院。周生水亲自和鸨母谈好了价钱，安排好一切后，自己回了家。

那一夜，关小峰就在百花堂逍遥了整整一夜，那真是醉生梦死的一夜。

本来，周生水是想让关小峰解解馋。可这种事，没做还好，做了一回，关小峰再也收不住心了。回到大荒洼以后，关小峰三番五次地找周生水，要求找一个媳妇。一开始，周生水不答应。他知道，像关小峰这个样子，谁家的姑娘愿意嫁给他呢？无非是去绑花票。其实，那也不叫绑票，只能是抢人了。这就坏了他的规矩。可他经不住关小峰的软磨硬缠。也不是他缠不过关小峰，而是他考虑到要拢住关小峰，他怕和关小峰闹僵了，会影响到他们这股人马。最近一段时间，郑秃子大肆兼并一些小股老缺。郑秃子也曾经派人来找他商量过合伙的事。他看出来了，郑秃子野心很大。如果在这个时候，他和关小峰闹翻了，让郑秃子趁虚而入，那就麻烦了。所以，他答应让关小峰在大荒洼找一个媳妇。

当着几个得力手下的面，他让关小峰多带一些钱，要跟人家好好说，不能来硬的。其实，他心里很明白，他这么说只不过是做个样子给那些手下看。好说好道的，谁家会答应把闺女嫁给关小峰呢？他感到很无奈，但他也只能睁一只眼闭一只眼了。

6

远离了村庄，关小峰让手下把堵在芦花嘴里的那块布抽出来。芦花终于能够舒舒服服地喘一口气了。可刚刚喘了几口粗气，芦花就开始哭，一边哭还一边骂关小峰缺德。关小峰一点也不生气。不但不生气，反而更高兴了。芦花即便被绑架了，她也没有像那些乡下的泼妇一样，破口大骂。即便是骂他，也只是骂他缺德。这样的女人肯定是一个温柔的女人，贤惠的女人。他甚至想，结婚以后，一定要好好待她。

听见芦花骂二当家缺德，手下的人不干了，一个老缺呵斥芦花说："你再骂，就把你的嘴再堵起来。"

关小峰立刻说："让她骂吧！你把她的嘴堵起来，她不闷得慌吗？"转过脸又凑到芦花的跟前，笑嘻嘻地说，"你就可着劲儿地骂吧，等你骂够了，今晚我就和你入洞房，到那时候，你就是想骂也骂不成了。"

芦花看着这张丑陋的面孔，听着这些下流的话语，又羞又愤，她把头拧向一边，不去看关小峰。关小峰仍然不生气，还是笑嘻嘻的。他看出来了，芦花是一个性子懦弱的女孩，这样的女孩最大的好处是温柔贤惠，知道体贴人。最大的缺点是没有主意，逆来顺受。可是现在，她的这个缺点正好成全了关小峰。关小峰心想，只要把她娶进门，她也就是哭哭啼啼地拧巴几天，过了这几天，她就会认命的。说不定，过上一段日子，她还会真心的体贴自己。

一边走着，一边想着，关小峰已经提前陷进了温柔乡里，不能自拔了。他在前边走，他的四个部下推搡着芦花跟在后边。忽然有一个硬邦邦的东西顶住了关小峰的胸膛，硬生生地把他给逼得停下了脚步。他兴冲冲地走得很有劲儿，这一下子把他顶得很疼。在那一瞬间，他脑子里忽闪的一下，意识到不好。关小峰在大荒洼里闯荡了几年，他的第六感觉本来是很敏感的，每次行动中遇到危险的时候，他都能提前预感到。可这一次，他却没有预感到危险。直到冬雨的枪顶在他的胸口，他才知道。他心里很懊丧，自己太大意了。他太大意，是因为他今天太高兴了，脑子里老是在想好事，分了心。

关小峰本能地伸手向腰间去掏他的单打一。可是已经晚了。他听到了一个声音，那个声音并不高，好像也没有多少杀气，反而有点很平静。好像在半路上埋伏下来，面对的不是他们这些杀人不眨眼的老缺，而是在演戏。正是因为这一点，关小峰的心里忽然一紧。这是他从来没有过的一种感受。

自从他当了老缺，出生入死，从来没有怕过。可今天，他的心里怎么就忽然有点儿怕了呢？他来不及思考这个问题，即使他想，也想不明白。以前都是别人怕他，他何曾怕过别人？就是大当家周生水也让他三分。在关小峰当老缺的这几年中，他见过歇斯底里的，大吼大叫的，其实只有心里没底气的人才会靠大声吼叫来给自己壮胆。他也遇到过和他拼命的，可那些人虽然摆出一副拼命的架势，腿却早就哆嗦起来。即便有一两个真的胆大不怕死，他关小峰也不放在眼里。生死对决，不仅需要不怕死的勇气，你还得有制服对手的本领。真正让他感到害怕的，是对方的平静。能这么平静，甚至有点很轻松地面对他关小峰的人，一定是一个很有底气的人。一个很有底气的人，就一定是一个很有手段的人。他的心里莫名的紧张起来，但是他毕竟是一个打家劫舍的老手，当老缺过的就是刀头舔血的日子。他强压下心中的一丝慌乱，站住身子。手已经摸到枪把了，可他没有往外掏枪。他就这样一动不动地立在那儿。他后面的四个人当中，有两个人仍然扭着芦花的胳膊，另两个人从腰间掏出了刀子。

关小峰看清了，一个清清瘦瘦的影子从歪脖子柳树后面转出来，那杆枪依然顶在自己的胸口上。他也看清了，那杆枪是一杆大荒洼里常见的土枪。可他不认识这个人。但是，他没有问。他的脑子里在想，这个人会是谁呢？从这个人身形来判断，他知道这个人绝不是胖娃。不，更主要的还不是身形。胖娃没这个胆量。那谁会管这种闲事呢？他想到了一个人：英冬雨。他并不是认为英冬雨爱管闲事，其实，英冬雨从来不爱管闲事。他是从这个人的行动和胆量上来做出的一个判断。英冬雨小的时候就敢第一个钻那个传说中有大长虫出没的树洞，足见他的胆子非比寻常。前不久，又听说英冬雨竟然不用瞄准就一枪打死了一只皮子，成为大荒洼第四个进入传说中的神枪手。有了这个本事，他的胆子就更大了。虽然他心里想不明白英冬雨为何会来趟这场浑水，可他知道英冬雨有资格来趟这场浑水。他深深地吸了一口气，强作镇定地说："你是英冬雨。"

他的语气里没有一点疑问，而是肯定地说出了英冬雨的名字。同时，他的语气也很平静。他对自己的表现很满意。说完这句话，他就站在那儿，好像很配合地在演一场戏。并且在这出戏里，他和英冬雨一样，也是主角。

冬雨没想到关小峰一下子就能猜出自己来。他竟然稍微愣了一下。他一愣神的工夫，后面的两个老缺已经拿着刀往前逼近了一步。关小峰没有动，因为他知道，自己即使掏出枪来，也无济于事。不要说英冬雨是个神枪手，就是铁柱那样的怂包，这么近的距离，土枪的铁砂子飞出来，也能把自己的胸膛给打成筛子眼。

冬雨很快就镇静下来，他说："你说的不错，我是英冬雨，我也知道你是周生水的二当家关小峰。"

关小峰说："既然知道我是谁，还敢这么拿枪指着我，你小子胆量的确不小。"

冬雨说："我本来胆子就大，现在我胆子更大了。"

关小峰说："我知道，自从你打死了一只皮子，你的胆子就更大了。不过，我们好像没有找过你什么麻烦，你今天拦住我是为了啥？"说这句话，他有点揣着明白装糊涂了，没事，谁会和一个老缺头子过不去呢？那不是自找麻烦吗？他心里很清楚，英冬雨是冲着芦花来的。可他不明白的是，芦花是胖娃没过门的媳妇，与他英冬雨根本不沾边儿。难道他就是要充这个英雄？来个路见不平拔刀相助？

冬雨说："你破坏了周大当家立的规矩。所以，今天我让你把人留下。我们井水不犯河水，各走各的路。"

关小峰听了这番话，肚子里来气了："哼，你拿枪指着我，还说什么井水不犯河水？不错，我们大当家是立了一条'不绑花票'的规矩。可是，今天这事儿是周大当家允许的。再说，我们这也不是绑花票。我要娶芦花当老婆，芦花她爹是答应了的。"

冬雨说："不是绑花票，为啥还抓着人家不放呢？你把人放开，如果她自己愿意跟着你走，我就不管。如果人家不愿意跟着你走，这事儿我就管定了。"

关小峰自然不想把芦花放开。他更知道，只要放开了，芦花肯定会跟着英冬雨回去的。所以，他嘿嘿一笑，说："你知道你这么做的后果吗？"

听了关小峰的这句话，冬雨血往上涌，不由得提高了声音说："我知道。可我也知道，不管是谁，要是和我英冬雨过不去，他一定死在我的前头。"

英冬雨这句话说得很满了，没有给关小峰留下任何回旋的余地。关小峰的血性也被激起来了，他冷笑一声说："我知道你的枪法好，可你一枪能打死我们五个人吗？"

英冬雨说："不能，可我还有一把枪。"

关小峰说："那今天咱们就拼个鱼死网破吧。"说完话，向身后的几个部下摆了一下头。

还没等那几个人有什么动作，英冬雨又说话了。这一回，他的话里充满了杀机，声音里充满了杀气："今天只有鱼死，没有网破。我能在你们靠近我之前，把你们全部杀死。"

后面那四个人果然没动。他们知道，英冬雨一枪就能把关小峰给解决了。然后他那把单打一肯定还能要另一个人的命。谁冲在最前面，谁就一定会死。这是毫无疑问的。当老缺，为的也是讨口饭吃，真的把命搭上就不值了。他们四个人，有两个人只带了刀，没带枪。另两个人虽然带着枪，可他们的枪背在肩上。这会儿谁也不敢把枪摘下来，谁动，谁先死。

关小峰见没有动静，他知道，今天自己这个跟头栽大了。他实在是咽不下这口气，可咽不下去又怎么样呢？他得往下咽，这个时候，他的脑子里竟然又想起了李有财刚才的表现。他想，现在自己是不是也和那条吞青蛙的长虫一样呢？想到这儿，他竟然笑了，还笑出了声。

关小峰这一笑，不但他的四个手下感到奇怪，冬雨也感到奇怪。可冬雨什么也不再说，只是冷冷地看着他。

关小峰忽然就把语气缓和了下来，说："我很好奇。按说，这芦花本来是许给了胖娃，怎么胖娃不来管这事儿，反而是你英冬雨来管呢？据我所知，你们好像是一不沾亲二不带故的。"

冬雨见关小峰这么说，知道他已经软下来了。可他还是不敢大意，像关小峰这种人，诡计多端，什么花招都使得出来，什么损招都使得出来。他的枪仍然紧紧地顶在关小峰的胸口，说："不沾亲不假，可多少还是带点故的。我们俩是同学。今天还请关二当家给我个面子，放了芦花。"

关小峰仰头望了望天，叹了一口气，说："我给你面子，可我的面子又在哪儿呢？恐怕从今往后我关小峰就要把脑袋夹到裤裆里做人了。"说到这儿，关小峰又硬了起来，"不行，我不能就这么把人给放了。几年前，我就是从马虎嘴里捡了一条命，已经多活了这几年，足够了。来吧！你开枪吧！"

关小峰这么一说，刚刚有点松动的气氛顿时又紧张起来，空气仿佛都凝固了，每个人都感到了周围的空气像一种坚硬的固体，向自己压迫过来。

冬雨感到胸口被压得难受，一股豪气就要冲撞而出，但是，他也知道，关小峰没有退路了。自己要给他一条退路才行。至少要给他一个台阶，让他下来。他说："二当家，你这么想就错了。今天，你输在我英冬雨的枪下，一点也不丢人。因为我是搞了突然袭击。要说你输了，并不是输在我的枪下，而是输在了你没有防备。"

冬雨的话虽然说的软了一点，可他手下却一点也没有松动。关小峰陷入了两难境地。拼命？第一个丢命的肯定是自己。不拼命？不要说舍不得芦花，就是舍得，今天丢了这么大的面子，今后还怎么在江湖上混呢？他关小峰不怕死，也够狠，可问题是自己死也是白死，一点用都没有。没办法，他只得顺坡下驴了。

他说："英冬雨，今天你搞偷袭，的确是赢得不光彩。日后我会单独找你明刀明枪的比一比，你敢吗？"

英冬雨一听，知道关小峰这是做出了让步，他才不管以后呢？今天先救下芦花再说。他说："那好，今天就算二当家给了我一个天大的面子。今天根本没有输赢，我也早就听说二当家枪法好，一直佩服得很。希望日后咱们有机会明刀明枪的比一比。今天就请二当家发句话，让他们放人吧。"

关小峰并没有说话，而是冲后面扫了一眼。他们俩的对话，后面的四个人早就听得一清二楚，那两个扭着芦花的人早就放了手。

冬雨不放心，他怕关小峰会临时变卦。他往路边退后一步，枪仍然指着关小峰。关小峰没有对他的手下说什么，就迈开步子，往前走去。冬雨看似毫不在意，其实他的枪一直在跟随着关小峰，枪口始终对着关小峰。走出五六步，关小峰回过头，笑了一笑，说："英冬雨，今后睡觉可别忘了关门啊。"

说完便扬长而去。冬雨没有答话。

等关小峰他们走远了，冬雨才领着芦花往回走。

在那些不眠之夜，或者是难眠之夜，冬雨曾经多次构想过这样的场景。在他的构想中，有好几种场景。其中最令他挂怀的是芦花哭着扑到了他的怀里。可是，他梦境里的那些情景并没有出现。冬雨一边走，心里总有一种要说点儿什么话的冲动。可他觉得，这个时候说啥话都是多余的。一开口，好像要让人家报答自己似的，于是他把许许多多经过无数个夜晚斟酌提炼的话语，深深地压了下去。

第四章

1

冬雨和芦花快要走出荒洼了，前边已经看见了一片片光秃秃的庄稼地。

接近荒洼的一些地块，虽然人们开垦出来了。但是，这些盐碱地种上冬小麦，收入却很微薄，有时候甚至连种子也收不回来。于是，人们大都种一些耐碱的棉花、黄豆什么的。这些东西都是在秋天就收获了。棉柴和豆秸人们也都弄回家，当做了柴火。每到冬天，这些光秃秃的庄稼地，成了村庄与荒洼之间的一片开阔地。

冬雨让芦花走在前边，他紧跟在后。忽然他发现在那光秃秃的地方，有两个影子晃动着。他赶紧一伸手拉住了芦花。两个人顿住身形，紧张地往前边看着。看清了，那是两个人影，两个人拉拉扯扯，好像在争执着什么。冬雨还在犹豫，芦花说："好像是俺爹和俺娘。"芦花说完这句话，立刻向前跑去。

那两个人果然就是李有财和他老婆赵兰秀。在老缺绑走芦花后，李有财让赵兰秀去找英方儒。果然不出李有财所料，英方儒在听了赵兰秀的哭诉后，虽然也很着急，但是他却不敢带人到荒洼里去追关小峰。他说，天这么晚了，谁敢跟着我们去追马虎剩呢？说到"马虎剩"这三个字时，他的眼里明显地掠过了一丝恐惧。英方儒虽然和三家老缺的大当家都有交往，但是他自己很清楚，这些老缺和他交往的目的是为了利用他，让他负责劝诱英庄和附近几个村庄的富户缴纳保护费。这个保护费，对老缺们的约束力是很有限的。他们随时可以不承认，随时可以翻脸。尤其是对马虎剩这样的人，你就更无可奈何。

英方儒在地上来回转了几圈后，对赵兰秀说："你先回去，我想想办法，明天我想办法去和周大当家交涉。"

赵兰秀不肯走，也说不出什么来，只是在那儿哭哭啼啼地哀求着。英方儒的老婆张氏只是嘴里一个劲儿地念着阿弥陀佛。英方儒的儿子、儿媳都是干着急，可没有一点主意。胖娃急得直转圈，一边转圈一边狠狠地骂着老缺，可他不敢去追老缺。

英方儒点上了旱烟，忽然想起了什么。他说："有财呢？咋深更半夜的让你来了？他干啥去了？"

赵兰秀来不及细想，脱口说道："他去找冬雨了。"

英方儒的白眉毛微微一动，脸色也沉了下来。他的心里忽然觉得一股凉意，心想，真不愧是个生意人啊，算计的真准。他已经算计到了我不会立刻出手去救人，让个女人来我这儿求救，他却去找冬雨了。他感到被人冷落了。当然，他也听说过冬雨和芦花互相有点爱慕的意思，此时李有财去求冬雨，更让他心里感到不快。可是他嘴上说出的话却是："有财真是急昏了头，马虎剩是个不要命的主儿，让冬雨去追，这一来不是更把事儿弄糟了吗？"

赵兰秀毕竟是个女人，她当然不知道英方儒心里想的是什么。一听英方儒这么说，她立刻慌了神儿。她急得嘴里一个劲儿地说，那咋办呢？咋办呢？

胖娃此时铁青着脸，却不再转圈了。他对英方儒说："把那把单打一给我。"

英方儒瞪了他一眼："你要干啥？"其实他知道胖娃要干啥，这就是本能的一问。

胖娃说："去救芦花。"

英方儒说："胡闹，你去了不是白白送死吗？你以为马虎剩是那么好打发的吗？"

胖娃立刻蔫了。

英方儒吧嗒吧嗒地吸着烟，不再说话，好像在沉思。就在这个时候，李有财来了。

英方儒看了他一眼，没搭理他。

李有财说："大叔，您快帮忙想个法子，救救您的孙子媳妇吧！"

英方儒把烟锅往桌腿上磕了磕，说："冬雨去追马虎剩了？"

李有财有点尴尬，但是他也只能老老实实地点了点头，答应一声。

英方儒又问："他爹也去了？"

李有财说："没有，我从后窗叫醒了冬雨，他从窗户翻出来就去了。没惊动他爹。"

英方儒敲了一下桌子，说："有财，你真是糊涂啊！虽然说冬雨那孩子枪法好，可好汉抵不住四手，让他孤身一人去救人，这不是让他送死吗？若是让他爹也去，至少秋润不会莽撞。"

李有财说："您看，我真是昏了头。我这就去求英秋润。"

英方儒却拦住了他："晚了，现在已经晚了。这个时候，马虎剩他们早已经进了大荒洼。他们走哪条道，谁也不知道。你让秋润到哪儿去找他们啊？"

"那咋办？"此时的李有财也只能和他的老婆赵兰秀一样，只会说这三个字了。

英方儒说："有财家的，你先回家吧！我和有财去找秋原想想办法。"

李有财也知道枣园酒馆的老板英秋原能够找到周生水。说白了，枣园酒馆就是周生水在英庄的联络点，英秋原就是周生水的线人。其实，英秋原的枣园酒馆不光是周生水的联络点，也是郑秃子、陈三耀的联络点。这件事，英庄人都知道，可人人又都装作不知道。此时，也就只有去找英秋原帮忙了。

李有财刚想跟着英方儒去，赵兰秀却突然颠着小脚跑出去。李有财问她干啥去。

赵兰秀回过头来，赌气说到大荒洼去救人。

李有财生气地说："你个娘们儿能做了啥？"

赵兰秀更加生气了，她说："救不出芦花，我就陪着她去死。也比你这个没用的男人强。"

这句话就像一个巴掌，狠狠地打在了李有财的脸上，也打在了英方儒、英全安和胖娃这些男人们的脸上。

英方儒愣了一下，走出了家门。李有财便去拉赵兰秀，让她和自己一起跟着英方儒去找英秋原。出了门，赵兰秀却不肯跟着往南走，而是挣扎着往北走，想去救芦花。没办法，李有财一边死命地拉她，一边为难地对英方儒说："大叔，您看看，这可咋办呢？"

英方儒说："我自己去找秋原吧。"说完话，就走了。

李有财和赵兰秀拉拉扯扯地来到了村外。正在两个人争执地不可开交的时候，他们看见从荒洼里出来了两个人。

2

赵兰秀把芦花搂在怀里，娘俩哭作一团。赵兰秀一边哭，一边用手摸着芦花，好像她的手就能摸出芦花有没有受到什么侵害。

冬雨傻愣愣地站在那儿，心里觉得有千言万语，可就是不知从哪儿说起。李有财的心里也是五味杂陈，不知道说什么才好。他知道冬雨和芦花要好，现在冬雨又冒着生命危险救回了芦花。按说，他应该成全这俩孩子。可是，芦花已经和胖娃定了亲，如果退婚，那他在英庄的酒坊就得关门了。这是一个摆在台面上的理由，而潜意识里他还是觉得冬雨家和自己不般配。一时间，他也感到很尴尬。

冬雨忽然想起了什么，从腰间掏出那把单打一，递给李有财。

李有财一边摆着手一边说："冬雨，这把枪放在我那儿，也没用。就送给你吧。"

他知道冬雨喜欢枪，他不能把闺女送给冬雨，送把枪给他也勉强可以减轻一下自己的愧疚。

冬雨当然很喜欢这把枪，可是，他不能要。这不是他内心最渴望的。他还是把枪递给李有财，说："大叔，我也用不着。您还是拿回去防身吧。"

李有财仍然没接枪，他说："你救了芦花，大恩不言谢，我和你婶都记在心里。我知道你喜欢枪，你就拿着吧。要不我这心里……"

他没有说下去，因为他不知道该怎么说。

冬雨没有再坚持把枪递给李有财。因为那样就弄得李有财很难堪了。

冬雨把枪掖在腰间，说："大叔，先回家吧。"

这句话一下子提醒了李有财。他想，此时回家，如果关小峰杀个回马枪怎么办？略一沉吟，他说："冬雨，你先回家给你爹说一声。我们先到酒坊里去过一夜，商量商量下一步该咋办？"

冬雨本意是要送他们回家，等到了三里庄李有财家，他就可把枪还给李有财，如果李有财再不接，他可以放在桌子上就走人。可眼下，人家没有让他护送，他自己没法提。

冬雨想了想，还是把那把枪递给李有财，说："大叔，我有这杆土枪就行了。这把单打一我暂时真的用不着。您还是拿着防身吧。万一遇到点儿啥事，也可以壮壮胆。"

李有财看着冬雨，欲言又止，只得接过那把单打一。

芦花不哭了，他看着冬雨。她觉得心里有好多话要对冬雨说，可她不好意思开口。

走到三里庄边，他们没有进村，从村外的小道上直接向英庄走去。一路上赵兰芝对冬雨千恩万谢，说的冬雨怪不好意思的。

很快就到了英庄，冬雨家就在村东头，进了村不远，就到了冬雨家的胡同口。冬雨说："大叔、大婶，我就先回家了。有啥事儿叫我一声就行。"

李有财说："冬雨，你先回家歇着吧。"他还想说点啥，可想了想，又把话给咽回去了。

赵兰秀见李有财吞吞吐吐的样子，不知道他心里在想啥，于是也只好顺着李有财的话说："孩子，真的是多亏你了，这都大半夜了，你快回家歇歇吧。"

冬雨进了胡同，李有财一家心事重重地沿着大街往西走。走到英方儒家的油坊门口，李有财说："你们先回去吧，我看看镇长回来了没。"

赵兰秀说："他爹，我害怕。"

李有财说："都到家门口了，害啥怕？"

话虽然这样说，可他还是把赵兰秀和芦花送到了酒坊门口。

酒坊的伙计张晓亮趿拉着鞋，棉袄扣子也没系，用一只手攥着棉袄的对襟，另一只手抽开了门闩。他看见老板娘和芦花也都来了，心里吃了一惊。他不知道出了啥事，瞪着惺忪的睡眼直瞅李有财。

李有财说："你回去把冬子也叫醒，你俩今晚上先别睡觉，回来我有事。"说完，便扭头往回走，张晓亮刚要关门，李有财又转回身说："把门关好，除了我，谁叫门也别开。"

张晓亮疑惑地看了看李有财，答应了一声，关上了门。

3

李有财来到英方儒家的时候，英方儒已经从酒馆回来了，正等着他。

英方儒家就在自家的油坊后面，虽然独立成院，但是有一个小角门通往前院的油坊。这一晚上呼呼隆隆的，油坊的伙计孙德奎也醒了。孙德奎是外乡人，他虽然知道一定是出了啥事，可他不敢问。英方儒从酒馆回来的时候，到前院把他叫起来，让他穿好衣服，等候差遣。

孙德奎听见李有财叫门，便立刻去开了门。李有财急冲冲地走进堂屋，见英方儒父子俩正在抽着烟。他一进门，英方儒就问："咋样了？"

李有财说："大叔，芦花让冬雨给截下来了。我让她娘俩先到酒坊里去了。这不，赶紧来您这儿商量下一步咋办？"

英全安瞪大了眼，好像有点不相信自己的耳朵，他问："把人给截下来了？"

李有财"嗯"了一声。拿眼睛去瞅英方儒。

英方儒抽着旱烟，没说话。

李有财心里又不托底儿了，他焦急地看着英方儒，等着英方儒说话。

英方儒终于说话了。他慢吞吞地说："能把人截回来，这当然是好事。可是，惹恼了马虎剩，接下来的事儿恐怕就难办了。"

李有财一听英方儒这么说，心里扑腾扑腾直跳，那心眼看就要从喉咙眼里跳出来了。他一迭连声地说："这可咋办呢？这可咋办呢？"

英方儒又抽起了旱烟，过了好大一会儿，他见李有财在那儿站也不是，坐也不是。他看把李有财为难得差不多了，他又开口说话了。他说："这样吧，我看这事儿，还是让秋原去走一趟吧。"

听了这句话，李有财大吃一惊，他瞪大眼睛："咋回事？大叔，您从秋原那儿回来之前，没让他去吗？"

英方儒看了李有财一眼，那目光里透出一种信息，那是嫌他不懂事儿。李有财赶紧住了口。

英方儒说："有财啊，你咋能这么说呢？你没回来，我咋能让人家秋原去呢？得等你回来，根据你们那儿的情况，才能确定让人家去咋说。截回人来，咱是一个说法。截不回人来，咱又是另一种说法。"

李有财像老牛倒嚼一样，把英方儒这几句话，在嘴里咂摸了几遍，终于咂摸出了点味儿来。他明白了。他想，自己真是被这件事闹糊涂了。这么简单的事情咋就看不透呢？冬雨把芦花给救回来了，他英方儒还会认这个孙媳妇，他也许还会出力，因为人没被老缺糟蹋了。如果冬雨不能把芦花救回来，人家英方儒还会认这个孙媳妇吗？谁会要一个被老缺破了身子的人呢？那人家就会是另一种做法。看来，自己去求冬雨救人这一步是走对了。想通了这一点，他定下心来，问："大叔，您看现在咋办呢？我一切听您的吩咐。"

英方儒打发孙德奎到酒馆去叫英秋原。孙德奎出去后，他对李有财说："有财啊，我想让秋原连夜去荒洼里走一趟。去求见周大当家。当然，不能空着手去，怎么也得带上些钱。芦花毕竟是我的孙子媳妇，我也应该拿出一部分钱来。"说到这儿，他停下话头，抽了一口烟。

李有财是个聪明人，他立刻接过话头，说："大叔，这事儿咋能让您出钱呢？您能用您老的威望从中周旋，我就感激不尽。我这就到酒坊去拿钱，把手底下能拿出来的钱全拿来。"

英方儒点了点头："那就这样吧，你快去拿钱，如果实在不够的话，我再想想办法。"

李有财回酒坊，把他做生意的全部周转资金都拿来了，总共有二百多块大洋。等他回到英方儒家的时候，英秋原已经在他之前就来到了。

英方儒对英秋原说："秋原，我看这些也不少了。麻烦你去跑一趟，好好地对周大当家和关二当家说一说。无论如何请他们赏给我一点面子。如果二位当家的有什么要求，你可以捎回话来，一切都好商量。这件事就拜托你了。"

英秋原和英秋润是本家没出五服的兄弟，当他听说这事儿牵扯到冬雨以后，他的心里也有点着急。他也就做一个顺水人情，很痛快地说："五叔，虽然我和周大当家也只是几面之缘，但是，您的事儿我是不能推脱的。我这就去找找试试，如果运气好的话，就会很快找到他。如果运气再好一点的话，或许能够把这件事儿说妥了。不过，咱可把丑话说在前头，如果这事儿办不成，您和李老板可别怪罪我。"

英方儒和李有财都是在市面上混的人，心里明白得很。虽然他们明明知道英秋原就是周生水在英庄的线人。可是，这种事只能是心知肚明，却不能说破的。人家英秋原在表面上可一直是一个安分守己的买卖人和庄稼人。在英秋原来说，这也是一种自保的手段。毕竟，与老缺有勾连是犯法的事。不能明目张胆的，做事也不能太张狂。英秋原一直是既做老缺们的线人，同时也尽量为乡亲们说好话，所以，他在英庄的人缘也不错。

英方儒说："秋原，你这是说哪里话。就是考虑到周大当家曾经在你的酒馆吃过饭，这才请你跑一趟，这事儿不论成与不成，我和有财都感激你的。"李有财也赶紧说了许多好话。

英秋原带上李有财给他的钱连夜进了大荒洼。

4

英秋原从荒洼里回来的时候，已经是第二天的中午。

英方儒打发伙计孙德奎到李家酒坊叫李有财，让他到英秋原的枣园酒馆去商量事儿。孙德奎走进酒坊的时候，见李有财铁青着脸，坐在那张记账用的黑漆方桌后面。孙德奎把英方儒的话转告了李有财。李有财的反应却让孙德奎感到有点意外。

谁都明白，眼下李有财最迫切需要见到的人就是英秋原。最想听到的就是英秋原带回来的消息。他听到孙德奎报信，应该激动地一下子站起来。就是从那张桌子后面一下子跳起来，孙德奎也不感到意外。让孙德奎感到意外的是李有财既没有站起来，更没有跳起来，甚至连脸上的表情似乎都没有变化。脸还是铁青着，人还是呆呆的。孙德奎考虑着是不是李老板没听见呢？是不是再说一遍呢？正在这个时候，李有财说话了，他连眼皮都没抬一下，只是嘴角动了动，从他的嘴里只吐出了一个字："哦。"然后就没有下文了。

这回轮到孙德奎发呆了。他呆愣愣地站在李有财的面前。过了一会儿，见李有财还没动静，他心想，李老板大概让昨晚的事儿给吓傻了。他转身走出去。在走出李家酒坊门口时，他还叹了一口气。

李有财并不是吓傻了，他现在正在为难。昨天晚上，不，确切地说，应该是今天凌晨。等英秋原带着钱走进大荒洼的时候，李有财觉得天不早了，英方儒毕竟是年事已高，便也告辞了。他回到酒坊的时候，赵兰秀和芦花都还没睡，他知道，娘俩正在等着他呢。

他一进门，便说："英秋原带着钱到大荒洼里去找周生水了。你们放心，凭老镇长的面子，再加上那两百多块大洋，肯定会没事的。"说到这儿，他见赵兰秀的脸上并没有出现他所期待的略感欣慰的表情，他以为赵兰秀是心疼那两百多块钱。他老婆赵兰秀，是个过日子很节俭的人，一下子拿出去两百大洋，她指不定有多心疼呢？其实他也心疼，他叹了一口气，又说："别心疼那些钱，咱这就算是破财免灾吧。"

他还想说下去，想安慰安慰受到惊吓的这娘俩。可他忽然发现那娘俩对他说的话似乎一点也不感兴趣。他没想到，到了这个时候，还在心疼那笔钱的是他李有财，不是他老婆赵兰秀。他住了口，看看赵兰秀，赵兰秀一副欲言又止的样子。他又看看芦花，虽然一灯如豆，屋里并不是很亮堂，可他还是看见芦花的脸红了一下。他的心里"咯噔"的一下，直觉告诉他，芦花心里有事。虽然他不知道这娘俩心里想的啥，但他知道，这件事儿肯定是他不愿意看到的，不愿意听到的。难道，半路上，那个狗日的马虎剩就对芦花下了手？一想到这儿，他就觉得一阵天旋地转。他一下子跌坐在了椅子里，眼睛直瞪瞪地看着赵兰秀和芦花。

他看到赵兰秀的嘴好像动了动，可没有发出任何声音，至少他没听见任何声音。他更加相信自己的猜测了。他强撑着坐在那儿，不知过了多长时间，赵兰秀终于开口说话了。可她不是对李有财说的，虽然她的脸冲着李有财，眼睛也是看着李有财。她的话却是对芦花说的。她说："你先到里屋去睡一觉吧。"

酒坊的账房其实只有一间，只是用木板隔成了两间。外屋是李有财平时处理生意上的事情的地方。里屋很小，只放了一张床，是李有财午休的地方。有时候，忙生意晚了不回家时，他也会在这儿凑着睡一宿。

芦花看了她娘一眼，然后便站起身，去了里屋。

赵兰秀的目光一直粘在芦花的身上。直到芦花进了里屋，那个棉布门帘停止了晃动，她才收回目光。可她还是没有说话，李有财心里七上八下的，竟然没有勇气去催她说。

里屋里的床响动了几声，他们知道，芦花上床躺下了。

赵兰秀说："他爹，你说，以后咋办呢？"

这一句话更是把李有财给打蒙了。他哭丧着个脸，想说点啥，可他不知道说啥。嘴角动了好几次，最终还是没能找到想说的话。

赵兰秀沉吟了一会儿，忽然好像下定了决心的样子，说："要不，让冬雨带着芦花走吧。"

李有财吃了一惊，半天没回过神儿来。他愣怔了好大一阵子，最终才明白过来。他虽然看出她娘俩肯定背着他商量过啥事。可没想到，竟然是这么个想法。他的心刚刚落回了肚子里，随即又悬了起来。他瞪着眼，看着他老婆。这时候，他的脑子又开始转动了。他知道，芦花虽然去了里屋，也躺在了床上，但肯定没有睡觉，在听着呢。

过了好大一会儿，他才说："我知道，冬雨和芦花要好。可你想过没有，冬雨会干啥呢？就是会打枪。离开了大荒洼，他到哪儿去打兔子、打野鸭？芦花跟着他，连口热乎饭也吃不上啊。"说到这儿，他提高了声音："她娘，孩子糊涂，你也糊涂吗？"

赵兰秀说："这我也想过了。可——芦花，实在是看不上那个胖娃啊。"

李有财"哼"了一声："当初你不是也没看中我吗？可现在，咱过的日子不比谁差吧？"

赵兰秀的脸红了一下，紧接着又白了，生气地说："说孩子的事儿，你咋又扯出那些陈芝麻烂谷子来做啥？"

李有财一见老婆生气，便放缓了语气说："好，好，咱不说别的，只说孩子的事儿。年轻人爱瞎想，净想一些不着边际的事儿，就是不想咋过日子。等结了婚，他们就知道了。过日子是啥？就是柴米油盐酱醋茶。天上的云彩再好看，它也是在天上。你只能抬起头来看，可你不能把它扯到家里来。这事儿，不能由着孩子任性胡来。"

两个人说不到一处，就在那儿争来争去。

以前，赵兰秀很少和李有财争执什么。尤其是在一些大事上，即便是她不怎么愿意，也是李有财说了算。当初，媒婆来给芦花说媒的时候，芦花说看不中胖娃，不愿意。赵兰秀在听了李有财的一番分析之后，她也依了李有财，答应了胖娃家这门亲事。可是，今天她却坚持自己的意见。当然，那也不能算是她自己的意见，那是芦花的意见。

李有财很纳闷，他不明白赵兰秀为啥会这么固执。赵兰秀自己也不明白为啥会拼了命地支持芦花。其实，是芦花被绑架这件事，把她的全部的母爱给激发出来了。面临着生离死别的那一刻，她恨不能用自己的命来换回芦花。就在那一刻，她的全部心思都放在了芦花身上。在芦花被冬雨救回来的时候，在村外，她们娘俩抱头痛哭的时候，她就想，今后不管芦花做啥，她都依着芦花。

当李有财去英方儒家商量事的时候，芦花向她娘吐露了心事。就在那一刻，赵兰秀就下定了决心，婚姻大事，她不再迷信什么父母之命、媒妁之言了，她就是要依着芦花。

　　赵兰秀也很清楚地知道，她丈夫李有财分析得很对。可女人大多时候并不是靠理智来做一件事情，而是靠感性。一个女人一旦心里向你那边偏了，你就是再没有道理，她也听你的。一旦她的心偏向了另一方，即便你再有理，也是永远说不通。所以，当女人的心偏向另一方的时候，你千万别指望和这个女人能把道理说通。现在的赵兰秀就是这样，明明知道李有财说得对，可她就是不听。她就是坚决支持芦花的意见。不，这阵子，那已经不是芦花的意见了，已经成了她赵兰秀的意见。

　　两个人谁也说服不了谁。天快亮了，赵兰秀不再和他争了。不是不争，是不在语言上争了。她把争执落到了行动上。她去了里屋，和芦花挤在一张床上。她紧紧地搂着芦花，好像她一松手，芦花就会真的变成那轻飘飘的芦花，随风飘去。娘俩就这么搂在一起，不说话，光流泪。

　　天大亮了，赵兰秀和芦花在里屋一点动静也没有，李有财想，大概她们是睡着了。他自己也无心吃饭，也就没做饭。

　　等到了半头晌，赵兰秀和芦花都走出来，就在账房里用那一口小锅做了鸡蛋面条。李有财将就着吃了几口，实在咽不下去，就放下筷子。坐在那儿看着赵兰秀和芦花吃。她娘俩不知道是咋商量的，竟然都和平常一样，吃得津津有味。吃过饭以后，她娘俩就到后院去了。李有财知道她娘俩这是和自己耗上了。他就更生气。整整一个上午，他也无心打理生意，一直铁青着脸坐在那儿。

　　直到英方儒家的小伙计带来了英秋原的消息，才把李有财从迷迷瞪瞪的混沌世界里拉回来。李有财坐在那儿，想了半天。觉得这事儿，还必须要面对。和她娘俩斗气是小事，解决和老缺的矛盾才是人命关天的大事。只是他很为难，咋和英方儒说呢？不管人家是否出于真心，可毕竟人家现在正帮自己处理这个大麻烦。在这种时候，退婚的话怎么说得出口呢？最后，李有财还是想把婚姻之事放一放，先把眼前这件大麻烦解决了再说。想到这儿，李有财端起茶碗，喝了一口凉茶水，定了定心，走出酒坊，向枣园酒馆走去。

5

　　英秋润是在吃午饭的时候，知道冬雨惹下了事端，闯下了大祸。当时，一家人正在吃饭，英秋润发现冬雨有点异样。他也说不上冬雨到底哪儿不对劲儿，可他感觉冬雨和往常很不一样。他端着碗，一边吃饭，一边看了冬雨一眼，他见冬雨的神情有点奇怪。他想起来了，早饭，冬雨就没吃。叫冬雨吃早饭的时候，冬雨说不饿，要睡个懒觉。当时他没往心里去，年轻人偷个懒，睡个懒觉，这也很正常。可到了吃午饭，冬雨虽然坐在了饭桌前，可那副神态却不像是在吃饭，好像是在应付公事。一口饭扒到嘴里，却常常忘了咀嚼。他想，这孩子心里肯定有事。可他没有问。他看了一眼他老婆马菊花，马菊花也是满脸上写着问号。马菊花从英秋润的眼神里读出了内容，那是让她吃完饭后问问。马菊花吃着饭，也没说话，也没点头，只是回了一个眼神，那眼神告诉英秋润，她知道他的意思了。英秋润便放下心事，吃起饭来。

就在这个时候，铁柱和狗蛋来了。一进门，铁柱看到英秋润一家和往常一样，感到很奇怪。他说："冬雨做出了这么大的——"他略一沉吟，想出了一个词儿："英雄壮举。全村人都传开了，你们还像没事人一样，这么沉得住气。"

英秋润一下子愣了："啥事儿？还啥——英雄壮举？"

铁柱是个直肠子，他看到英秋润那副表情，还以为英秋润是在故意玩深沉呢。他说："昨天晚上，冬雨单枪匹马，独闯大荒洼，从马虎剩手里救下了芦花。"

铁柱听故事听多了，张口就来了一个"单枪匹马"。狗蛋觉得他这个词儿用得不对，他说："啥单枪匹马？我听说了，冬雨是一个人去的不差，可没有骑马，更不是单枪，冬雨手里拿着一杆土枪，腰里还掖着一把单打一，这咋说是单枪匹马呢？"

英秋润没心思听铁柱和狗蛋打嘴官司，他看着冬雨，问："咋回事？"

一听英秋润的声调有点严厉，又一看，英秋润的脸色也变了。铁柱和狗蛋赶紧住了嘴。

冬雨把事情简单地说了一遍。英秋润没说话，但是他脸上的表情却是严肃的。马菊花一下子慌了神儿："你这个愣头青，这下子你闯下大祸了，那马虎剩是好惹的吗？"

冬雨没敢顶嘴，英秋润说话了，他说："孩子没做错。别人有难，能眼看着不管吗？"

马菊花张了张嘴，想说什么，可又没说出来。

英秋润说："不过，这一来和老缺就结下梁子了，他们可是啥事儿都做得出来啊！"说到这儿，他把饭碗往饭桌上一放，对冬雨说："你就在家里，哪儿也不要去。我到你五爷爷家去一趟，看看能有啥办法。"

一提到镇长家，冬雨的心里就是一疼，他立刻联想到了芦花与胖娃的事儿。他说："爹，你别去。这事儿，咱谁也不用求。如果那些老缺敢来找事，我就用子弹喂他们。"

英秋润一瞪眼，大声说："你小子可真够浑的，枪法再好，你能一枪打死几个老缺？饿虎还怕群狼呢！"说到这儿，他看了一眼马菊花，说："你看住他，别让他再出门惹祸。"说完话，转身出了门。

冬雨放下饭碗，回了自己睡觉的西屋，铁柱和狗蛋觉得这个时候应该和冬雨在一起共担风雨，他俩的胸中竟然都升起了一股子豪气，跟着进了西屋。

英秋润来到英方儒家的时候，英方儒不在家。张氏说："大侄子，你叔到酒馆去商量事儿了。要不你到那儿去看看？"

英秋润答应了一声，刚一转身，觉得去那儿不合适。就又止住了脚步。张氏踮着小脚正要往屋门外送，却见英秋润又不走了。英秋润说："五婶，我去那儿不合适，我还是在这儿等等五叔吧。"

张氏说："那也中，你就等等他吧。我估摸着他也快回来了。"

说完话，张氏泡上了一壶茶。

英秋润刚喝了几口茶，门就响了。张氏说："你叔回来了。"

进来的并不是英方儒，而是英全安。英全安陪着英秋润喝茶、聊天。英秋润心里忐忑不安，说的那话也就头上一句腔上一句的。英全安也知道冬雨和芦花要好，所以，也就不怎么说话，那气氛就有点尴尬。一壶茶喝得淡了，英方儒还没回来。英秋润："我先回了，晚上再来找五叔吧。"

英全安也没有挽留，他好不容易从这尴尬中解脱出来，说："也好。我爹回来，我给他说一声。"

6

李有财来到酒馆的时候，英方儒和英秋原已经在等着他了。李有财进门时，看到英秋原正在对英方儒说着什么，英方儒微微向前探着头，听得很认真的样子。看到李有财来了，英秋原立刻站起来迎接，英方儒没有站起身来，只是坐直了身子，冲着李有财点了一下头。

李有财落座以后，英秋原把去大荒洼找周生水的经过说了一遍。他说，有了镇长的面子，又有他英秋原从中不停地说好话，好话说了三箩筐，好歹才把这件事儿给搞定了。

李有财听着，心里很不舒服，听英秋原的意思，摆平这件事，靠的是镇长英方儒的面子和他英秋原的好话，自己的那两百块大洋呢？难道都打了水漂，一点作用也没有？

李有财的脸上虽然堆着笑，可是那笑的后面却是不愉快，这就是人们常说的皮笑肉不笑了，那样子很难看。或许是英秋原看出了李有财的不高兴，也或许是人家还没说到钱的事儿。正在李有财心里打鼓的时候，英秋原说到了钱的事。他说，开始的时候，周大当家不肯要那笔钱，可他怕不要钱这事儿会有反复，就一再央告，最终周大当家留下了那笔钱，并且当场叫来了关二当家，把这事儿就算说妥了。

听了这番话，李有财的心里一块石头落了地。这时候，英秋原却沉吟了一声，说："可——"

英秋原只说了这一个字，还拖长了音。这一个字意味着事情有转折，李有财就让这一个"可"字又把他的心给吊起来了。他着急地问："咋了？"

英秋原说："关二当家答应把这件事放过去。可是他有一个条件，让我们必须答应，否则，他是不会放手的。"

李有财问："啥条件？"

英秋原看了看英方儒，英方儒大概已经提前知道了这件事，他坐在那儿不紧不慢地喝着茶。看见英秋原用征询的眼光看着他，他淡淡地说："秋原，关二当家咋说？你就别卖关子了，说出来，我和有财商量商量，看看能不能办。"

英秋原说："按说，这条件也不算是啥难办的，甚至根本就不算是啥条件。关二当家和冬雨结下了梁子，他说，要是芦花嫁给胖娃，他就给老镇长这个面子，啥也不说了。要是因为冬雨救了芦花，李老板打算把芦花嫁给冬雨，那他是不会答应的。"

听了这番话，李有财并没有立刻接腔，他觉得关小峰提这个条件的可能性只有一半，因为他已经明明白白地告诉过关小峰，芦花与胖娃定了亲。这次英秋原去说这件事儿，也是打着镇长英方儒的旗号去的。按说，关小峰不太可能提这个条件。或许是英方儒也听说了冬雨和芦花要好，怕自己变卦，故意和英秋原弄了这么一个套来套他。转念一想，这事儿也很难说，冬雨半路拦截，硬是从关小峰的手中把人给抢下来。关小峰太丢面子了，他恨冬雨，怕因为他抢亲反而成全了冬雨，提出这个条件也是可能的。其实，不管这个条件是不是关小峰提的，对他李有财来说都是好事。本来，他就不愿意让芦花和冬雨好，他还正在为这件事左右为难。这一来，正好给他解决了难题。回家以后，他对赵兰秀和芦花就好说了。

李有财坐在那儿想心事，没有立刻表态，英方儒的脸上挂不住了。他说："秋原，周大当家和关二当家给我这个面子，答应放过这件事儿，我很感激。但是，关二当家咋能提这么一个条件呢？胖娃和芦花的事儿，只是媒婆从中说过一次，双方大人也都没啥意见。但是，还没有正式定亲。芦花嫁给谁，那是李家的自由，关二当家提这个条件，我不能答应。我出面解决这件事，是因为我是芦花镇的镇长，再说，芦花那孩子也是我看着长大的，我不能撒手不管。但如果二当家这个条件传出去，好像是我们家胖娃找不上媳妇了，借这个事儿逼婚呢。我丢不起这个人。本来没有这个条件，我们就已经快要定亲了，有了这个条件，胖娃和芦花的婚事还得另商量。"

李有财一听，慌了神儿，他赶紧说："大叔，您咋这么说呢？按照咱这儿的规矩，媒人提了亲，双方家长都没意见，这婚事就算定下来了。接下来那些见面、换号什么的都是个程序罢了。"

英秋原也急忙从中劝解，英方儒才缓和了语气说："有财是个明白人，我们家全安只有胖娃这么一个儿子，芦花嫁到我们家，是不会受亏待的。"

李有财赶紧点头说："那是，那是。我和芦花她娘一直盼望着能够高攀，只是不敢提亲，那一天媒人来说亲，我们真是喜出望外。"

英秋原又说："既然你们两家都愿意，这婚事又是早就定下了的，我看，还是宜早不宜迟，早一天让芦花过门，免得关二当家的那边再生是非。"

英方儒没说话，而是拿眼睛去看李有财。李有才赶紧说："我也正是这个意思，大叔，您看呢？"

英方儒说："秋原说的在理儿，具体该咋做，还是你和全安商量吧。"

回到酒坊，李有财把这件事儿对赵兰秀和芦花说了。赵兰秀没了主意。原先她支持芦花，是为了让冬雨带着芦花逃出大荒洼，免得遭受老缺的祸害。现在一听说马虎剩答应不再来找麻烦。她又觉得芦花跟了胖娃比跟冬雨强，至少，孩子还在自己身边，吃穿不愁。当孩子面临危险的时候，她毫不犹豫地站在孩子一边。当危险消除了以后，她又站在了丈夫一边，反过来帮着丈夫劝芦花。

到了这个时候，芦花知道自己的命运是不可挽回了。可她也知道爹娘都是为她好，她虽然不甘心嫁给胖娃，可她却没有勇气再斗下去。在大荒洼，有哪个姑娘不是靠着媒妁之言和父母之命把自己嫁出去的呢？当冬雨把她从马虎剩手里救下来以后，她想趁着有老缺威胁到她的安全，逼着爹娘答应她跟冬雨逃命。可现在，这个威胁没有了，她的爹娘是不会让她跟着冬雨浪迹天涯的。再说，冬雨是否肯带她逃出大荒洼？她心里并不托底。因为她和冬雨虽然心里都装着对方，但是并没有挑明。她只是凭一个姑娘的敏锐感觉，觉得冬雨会带她走。思前想后，她虽然有千不舍、万不愿，也只能认命了。虽然认命了，可她心里不甘，嘴上也就一直没有答应她爹娘，只是低着头一个劲儿地哭。一连几天，她娘一跟她说婚事，她就只是哭。

李有财和赵兰秀替芦花做了主，婚事也就一步一步地按照习惯的程序走下去。

到了第二年的麦收以后，芦花和胖娃的婚事走到了最后一个程序。农历五月十一这一天，在唢呐声中，一抬花轿，把芦花从三里庄抬到了英庄，抬进了胖娃家。从这一天开始，芦花的名字在英庄消失了，她的名字变成了"胖娃家的"。这一年，芦花虚岁十八。

第五章

1

胖娃和芦花结婚的这一天，是 1938 年 6 月 8 日，农历是五月十一，是一个黄道吉日。

这个日子是八才子马文采给看的。马文采身为大荒洼一个有文化的人，除了时不时地写一点诗文以外，也常常看一些风水、相面之类的书籍，聊以打发那些多得像树叶一样的日子。后来，他本家有了婚丧嫁娶、盖房上梁等大事的时候，就会请他给看一个好日子。渐渐地，他的名声就盖过了专门相面算卦的赵瞎子。毕竟，赵瞎子不识字，他是跟一个游历江湖的算命先生学的，那个算命先生本身就是一个半瓶子醋，哪比得上八才子马文采呢？马文采熟读《易经》，还读过《奇门遁甲》《麻衣柳庄相》等，说出来自然头头是道。按照马文采的说法，五月十一这一天是宜于嫁娶和进人口的。

胖娃和芦花的婚事本来应该是英庄乃至整个大荒洼最大的一件事。原因很简单，胖娃在英庄虽然算不上什么名人，可他的爷爷英方儒是镇长，芦花是大荒洼有名的美人，她爹李有财又是大荒洼唯一一家酒坊的老板。更何况芦花曾经被老缺"马虎剩"绑过票，被冬雨给救下来了，这就更增加了看点。所以，他们两个人的婚事自然就成了大荒洼的首要大事。很多人早就盼着到那一天好看热闹。

可是，到了结婚的那一天，有一件更大的事发生了。这件事不仅把胖娃和芦花的婚事挤到了次要的地位，还几乎把这场婚事的所有风头都给抢了去。就连英方儒也不能参加孙子的婚礼。这件事，对整个大荒洼的影响不亚于几年以后美国把两颗原子弹投放到日本。那两颗原子弹虽然把日本的两个工业城市毁于一旦，在世界上的影响是空前绝后的。但对于消息闭塞的大荒洼来说，压根儿就没有人知道那件大事。可在胖娃结婚的这一天，发生在英庄的这件事却是每一个大荒洼人都感到震惊的。

6月8日这一天，在英庄的南北街南头，芦花河桥北边，大荒洼最大的一股老缺接受国民政府的收编，成为山东保安十六旅独立营。大当家郑秃子摇身一变，成了保安旅独立营营长，他的二当家张立言当上了副营长。小头目崔长海、黄大岭、曹小三分别担任一连、二连、三连连长。

十六旅旅部驻守博安县城，旅长李春秋早就想着收编大荒洼的老缺，一直未能成功。抗日战争爆发后，李春秋打着抗日的旗号，加紧了收编工作。他这是一个一箭双雕的计策，既能尽快肃清境内的老缺，对上级有一个交代。又能在遭到日军攻击时，得到老缺的支援。他原来想把大荒洼的三股老缺都收编在自己麾下。他根据这三股老缺的实力大小，打算把郑秃子这一股编为一个营，把周生水和陈三耀这两股各编为一个连。或者干脆把这三股老缺编成一个营，让周生水和陈三耀当副营长。可是，周生水和陈三耀都不愿意在郑秃子手下混事。如果把他们各编一个连，他们又觉得只当一个连长比郑秃子小太多，所以他们都不同意接受改编。周生水和陈三耀都表态说，他们即使不当国军，也照样打日本鬼子。最后，只收编了郑秃子。本来，李春秋打算把郑秃子编为十六旅二团三营。可郑秃子不干，他从心里瞧不起十六旅的三个团长，他只承认接受李春秋的指挥。没办法，李春秋只得把他编为独立营。

李春秋是一个很迷信的人，他找了一个人给他选一个好日子。他找的是赵瞎子。这几年，赵瞎子虽然在大荒洼的名气不如八才子马文采，但是在县城却很叫响，被人们尊称为赵神仙。赵瞎子给李春秋看了几个日子，最终李春秋选中了6月8日。他选中这个日子，就是因为这个日子宜于进人口。收编郑秃子，这不是他的队伍里进人口。他手下的人和郑秃子商量定日子的时候，说是李旅长选定了6月8日这个日子。郑秃子让张立言去找八才子马文采问一问这个日子怎么样。张立言说，这个日子不用问，肯定是一个好日子。英方儒的孙子胖娃就在这一天结婚。听说这个日子就是马文采给看的。郑秃子嘿嘿一乐，想不到，县府里也有懂风水的阴阳先生啊。就这样，这个日子就定下来了。

等英方儒知道这件事的时候，他已经来不及更改胖娃的结婚日子了，再说，他也不想改日子。他觉得独立营的成立，在大荒洼，乃至在整个博安县都是头等的大事，是要载入史册的。他的孙子在这一天结婚，也被顺带着载入史册了。大荒洼的人只要记得独立营成立，就能想起胖娃结婚。

按照李春秋的安排，在6月8日这一天，不仅英方儒要去参加独立营成立仪式，而且大荒洼各行各业有头有脸的人物都得去。李有财开着大荒洼唯一一家酒坊，当然也算当地名流，也应该参加。经过英方儒再三说情，才免了。可英方儒作为芦花镇的镇长，是必须去的。所以，胖娃的婚礼，英方儒只能缺席了。

本来英方儒早就跟英秋原说好了，胖娃结婚的时候，请英秋原当大厨。可李春秋却让英秋原在枣园酒馆准备几桌酒席，招待各路要人。这一来，英方儒只得另请了别人当大厨。

冬雨在打到皮子之后，他的名字不仅在大荒洼妇孺皆知，而且也传出了大荒洼，也传到了县城。李春秋竟然也听说了英冬雨的事情。他有一个警卫排，那几十个人都是他从各个团里挑选出来的，可是，他还是不满意。在独立营成立仪式之前，他让自己的部下通过英秋原，找到英冬雨，想让英冬雨去给他当护兵。

冬雨在知道芦花和胖娃的婚事定下来以后，心里很痛苦。他甚至想过要走出大荒洼，远离家乡，到一个谁也不认识的地方去。当英秋原领着县府的一位幕僚找他商量，给县长兼保安旅旅长李春秋当护兵时，他答应考虑一下。他觉得能够当兵也不错，毕竟他最喜欢的就是打枪。给保安旅旅长当护兵，大概是能满足自己对好枪的需要的。更何况，他正迫切需要走出大荒洼，远离这片使他伤心的故土呢。就在他打算答应下来的时候，听说郑秃子很快要被李春秋收编为独立营，他又改变了主意。他对郑秃子的看法很不好，在大荒洼较大的三股老缺中，他认为最不仗义的就是郑秃子。他觉得李春秋竟然把郑秃子这样臭名昭著的老缺收编为独立营，可见这个李春秋也是个是非不分人。于是，他又改变了主意。

在6月8日这一天，整个英庄村男女老少几乎是倾巢出动。男人们大都去看独立营成立仪式，女人和孩子大都去看胖娃和芦花的婚礼。只有冬雨独自一人扛着土枪，进了大荒洼。

冬雨信步走着，不知不觉竟沿着那天晚上的路走到了那棵歪脖子柳树跟前。就是在这棵歪脖树下，他从马虎剩手中救出了芦花。现在，他站在树下，心里感到空落落的。他不知道自己究竟站了多长时间，最后，他靠着树干坐下来，两眼茫然地看着远处的天空。他感到自己和身后的这棵歪脖子柳树一样，成为大荒洼里一个孤独的影子。他看着天上飘动的云彩，他觉得那云彩是多么自由，多么幸福。他低下头来，看着眼前茂盛的芦苇，一阵微风拂过，他觉得那些芦苇互相挤来挤去，像一群密友一样，简直太幸福了。整整一天，他一枪也没有放。胖娃和芦花的婚礼让他心痛，独立营的成立仪式让他心烦，英庄的热闹与他无关。直到天彻底黑透了，他还没有回家。

白天，英秋润被叫去参加独立营成立仪式，这是李春秋特意点名的。本来，李春秋想让英秋润和冬雨都去参加，中午让他爷俩和镇长英方儒一块儿在枣园酒馆吃饭。他想给他们这么一个高规格的待遇，想让冬雨回心转意，去给他当护兵。可传令兵去的时候，冬雨不在家，只请到了英秋润。

马菊花去胖娃家参加婚礼。中午胖娃家大摆筵席，在天井里摆了十几桌。马菊花牵挂着冬雨，想回家看看。可胖娃的奶奶张氏却安排她负责照应一桌亲戚，她走不开。直到半下午，马菊花才回到家。英秋润早就回了家，正一个人坐在堂屋里吸旱烟。马菊花问冬雨回来了没有，英秋润抬了抬眼皮，没说话，只是轻轻地摇了一下头。

马菊花说："他爹，要不你去找找他吧。"

英秋润慢腾腾地把烟袋锅往桌角上磕了磕，说："到哪儿去找？"

马菊花担心地说："孩子心里不舒服，别想不开啊。"

英秋润说："有啥想不开的？不经摔打，是长不大的。别管他，让他自己在外边想想也好，这个时候，说啥都是多余的。心里的疙瘩只能由他自己解开。"

马菊花不放心，可她也知道英秋润说的对。关键是她更知道他说服不了她丈夫。她几次想张口，可也不知道说啥好。

吃晚饭时，英秋润和平时一样，可马菊花却吃不下去。饭后，英秋润到英方明家去串门了。马菊花自己在家里，心里七上八下、忐忑不安。

天很晚了，英秋润回来了。回到家，他啥话也没说，倒头就睡。马菊花睡不着，整整坐了一夜。

直到第二天上午，太阳老高了，冬雨才回了家。一天一夜，他一口饭也没吃。马菊花看见冬雨脸色苍白，两眼布满血丝。她想问问，嘴动了动，可终于没有问什么。她走进灶房，给冬雨做好了饭，端上来。冬雨一句话也没说，低下头，大口大口地吃饭。吃饱了，就回西屋睡觉去了。

这一觉睡到了傍晚，起来洗了脸，吃了晚饭。然后又回了西屋。从这一天开始，冬雨很少说话，常常独自一人到大荒洼里去，一呆就是一天。

2

郑秃子接受改编以后，李春秋立刻让他率部离开大荒洼。当天下午，独立营就跟随李春秋走出英庄，沿南官道向县城方向开拔。

那些老缺们刚刚吃得满嘴流油，一听说向南开拔要去县城，都很高兴。他们中的大多数人没有到过县城。但是他们却在那些寂寞的夜晚，常常听去过县城的老缺给他们讲县城的人和事。他们从别人的讲述中，隐隐约约地对县城有了一个模糊的印象，再用自己的想象去填充。他们常听老人们说，上有天堂，下有苏杭。老人们还说，到了苏杭，忘了爹娘。苏杭到底是啥样子，他们不知道。在他们这一百多号人中，还没有人到过苏杭。恐怕连他们的大当家郑奠基也没去过。那么，在这些老缺的心中，博安县城就是他们的苏杭，就是他们的天堂。在他们的想象中，县城里到处是酒楼茶馆，那儿的饭菜是大荒洼的枣园酒馆没法比的。在那些寂寞难耐的夜晚，他们聊得最多的不是县城的酒楼茶馆，虽然他们几乎每天都想着吃香的喝辣的。但他们更想的是女人。他们躲在荒洼深处，常年见不到女人。他们虽然被人们叫做老缺，他们缺的是钱，也做缺德的事。但在生理上却都是很正常的男人，一个男人应该有的生理需求他们一点也不缺。在解决了吃饭问题以后，他们最缺的是女人。所以，他们聊得最多的就是县城里的女人。在他们的想象中，县城的女人个个都保养得细皮嫩肉，丰乳肥臀，就像天上的仙女一样。当然，谁也没有见过仙女长什么样。牛郎织女的故事，董永和七仙女的故事，他们都是小时候就听过的。仙女的美丽，那是能够满足每一个人的想象的。甚至比每一个人的想象都要美得多。仙女的美丽，是超出了人们的想象的。

那些年轻的老缺们常常在梦中，与仙女相会。可是，每当他们从梦中醒来，就会更加痛苦难熬。现在要去县城了，他们就格外兴奋。行军路上，虽然队伍不整齐，但是却人人铆足了劲儿，走得飞快。

他们在大荒洼里练出了腿脚，走路他们是不在乎的。百多里路，对他们来说，根本就不算回事。虽然李春秋等人骑着马，就连刚刚当了营长、连长的人也都骑上了马。他们的马一路小跑，可那些老缺们——现在应该说是保安旅独立营士兵们，却紧紧跟随。夏天日头长，赶到县城的时候，天还没有黑透。他们看到了县城的城墙，更来劲儿了，他们一边奔跑，一边欢呼，好像他们是凯旋归来的队伍。

可是，他们没有能够进县城。不仅他们没有进县城，他们的老大，现在的独立营营长郑奠基也没有进县城。李春秋也没有进去。李春秋和郑奠基一起带领他们从县城东门前经过，继续向南行进。他们的脚步慢下来了，队伍里甚至起了一阵子骚乱，有人还骂骂咧咧的。

刚刚提拔的传令兵，一路小跑着从队伍前头开始，往后传达营长的命令。让大家先到他们驻扎的营地住宿，今后会找机会分期分批地让弟兄们进县城逍遥快活。

听了传令兵的传达，队伍才又慢慢腾腾地向南走。从县城到他们的驻地王官庄，不过只有十几里路，可他们却走了好长时间。人们觉得累坏了，其实他们不是真的累坏了，而是他们的情绪低落下来，没有往前奔跑的动力。

到了王官庄，十六旅旅部和县政府的一帮子人早就在这儿等候着了。把队伍安顿好以后，郑奠基让副营长张立言在王官庄掌握部队，他跟着李春秋去了县城。

在郑奠基要跟着李春秋等人去县城的时候，张立言拉了一下他的衣袖。郑奠基对李春秋说："我和兄弟交代一下。"然后两个人就走到一边。

张立言压低声音说："大哥，今天这事儿我觉得不太对劲儿。中午在枣园酒馆吃饭的时候，我听旅长说让咱们到这儿驻防。我就觉得不太对。刚才在路上，我从许副官口中打听到，鬼子去年年底就占领了无棣、阳信。博安县城也早就被鬼子盯上了。只是由于鬼子战略南移，暂时没有进攻博安。现在，济南府也被鬼子占领了。进攻博安县城是早晚的事。现在，又不让咱们进县城，我琢磨着，李春秋着急地收编咱们，是想鬼子从南面进攻博安县城时，让咱们替他打头阵。"

郑奠基说:"立言,这一点我也想到了。在这个时候,他李春秋让我当这个独立营营长,不只是让咱们给他打头阵,而是想拿咱们当炮灰。不过,我也早就想好了。咱们趁着这个机会,向他要枪要钱,招兵买马,扩充实力。在这个乱世,有人有枪,到哪儿都有咱兄弟的饭吃。今天晚上我去,就是要再和他谈一些条件,你要带好弟兄们,等我回来咱再仔细商量一下。"

3

芦花结婚以后的第三天,是回门的日子。吃过早饭,胖娃和芦花一起带着礼物去了三里庄。

他们刚刚走出英庄,芦花就看见她娘已经站在村头向这儿张望着。芦花的眼里一热,两行泪水就流下来。

赵兰秀也看见了芦花,她踮着小脚迎上来。等到近前,赵兰秀一把搂住芦花。芦花扑在娘的怀里,啜泣起来。赵兰秀虽然没有哭出声,但是却也早已热泪满腮。胖娃两只手里提着礼物,站在那儿很尴尬。

娘俩哭了一会儿,赵兰秀说:"闺女,咱回家吧。"

芦花从娘的怀里抬起头来。赵兰秀仔细地看着芦花,她发现芦花的脖子上竟然有一道抓痕。刚刚止住的眼泪,又流了出来。她知道,闺女一定受屈了。可在这大街上,她啥也没说。她狠狠地剜了一眼胖娃,拉着芦花的手扭头往家走。

到了家,李有财一看赵兰秀的脸色,就知道事儿不好。但是,他没有表现出什么来。他从胖娃手里接过礼物,放在一边。然后就招呼胖娃入座。

胖娃知道今天要过关了。其实他早就知道今天来丈人家是要过关的。这一切都是果,那个因在他结婚的第一天晚上就种上了。那天,胖娃喝了很多酒,走进洞房的时候,夜已经很深了。芦花没搭理他。也不让他碰。他心里有一团火在烧,他想起了大荒洼男人们口中流传的一句话,叫做"老婆娶进门,任我打来任我骑"。可他看着芦花那俊俏可爱的模样,实在不忍心动手。于是,他压低了声音,哀求芦花脱了衣服陪他睡觉。他不敢高声,因为他知道在他的窗户外面就有人在听墙根。

听墙根,是大荒洼的风俗。结婚的当天晚上,喝完喜酒以后,看热闹的人大多会散去。但是,一些人会留下来在洞房外面偷听,叫做听墙根。听墙根的以年轻人居多，但也有年龄稍大的。大荒洼的风俗，结婚三天无老少。那意思就是在刚结婚的这三天里，大家是不分老少辈分的，几乎谁都可以去闹洞房、听墙根。很多人不但要听墙根，而且还会想出一些法子来捉弄新郎新娘。

如果新郎进了洞房急不可耐，闹出笑话，被人们听墙根听去，就会成为村里的笑谈。有的甚至传好几辈子。以前，村里有人结婚，胖娃必然是带头去闹洞房、听墙根。一些人虽然当时发不得火，可今天胖娃结婚，那些被他捉弄过的人都想出出气。再加上他娶的是芦花，和冬雨最要好的铁柱、狗蛋更是铆足了劲儿要捉弄捉弄他，替冬雨出一口恶气。人们在天井里喝喜酒的时候，狗蛋偷偷地钻进洞房，用锥子在尿盆底上钻了一个小洞。然后，他和铁柱不但想尽办法让胖娃喝酒，还装作很关心胖娃的样子，每当胖娃喝下一盅酒以后，就给他端来一碗水，让他喝水解酒。结果，胖娃不但喝醉了，肚子里也灌满了水。

等人们散去以后，胖娃走进洞房，想让芦花脱了衣服。芦花不反驳他，也不脱衣服。而是穿着衣服坐在炕上，缩在屋角。胖娃急吼吼的，可又不敢高声，就低声地哀求。芦花不说话，却两手紧紧地抱在胸前，不让他得手。两个人像演哑剧似的，谁都不出声，只是在那儿撕来扯去的。不多时候，胖娃就憋不住了。他下了炕，拿过放在墙角的尿盆，蹲在墙角撒了一泡尿。那尿都随着盆底的洞流出来了。他喝得太大了，竟然一点也没感觉到。当他一站起来的时候，本来就喝醉了站不稳，脚下一打滑，一下子摔倒了。

这一倒地，他的手就伏在了地上，结果弄得满手都是尿。他还不知道是咋回事。嘴里嘟哝着，地上咋有酒呢？把手往嘴边一凑，才知道那不是酒。他还没想到是有人捣鬼，他以为是自己不小心摔倒把尿盆给碰翻了呢。他对芦花说："快扶我起来。"

芦花却没有动。胖娃肚子里的火一下子冲上来，他抓着炕沿，爬上炕，就把整个身子往芦花的身上扑。芦花没能躲开，胖娃的两手就去撕扯芦花的衣服。胖娃嘴里喷出的酒气，混合着身上的尿骚味，熏得芦花只想呕吐。情急之下，芦花狠劲地一推，把胖娃一下子推倒了。胖娃火了，虽然屋里没点灯，可外面的月光透过窗纸洒进来，屋里朦朦胧胧的，他恶狠狠地看着芦花，挥起手，一巴掌狠狠地往芦花的脸上抽过去。啪的一声，在寂静的夜里，显得格外响亮。

在窗外的铁柱、狗蛋等人都会错了意。

胖娃接着又打了芦花几巴掌，铁柱他们听出来声音不对，狗蛋大喊了一声。

胖娃住了手，可他的气并没有消，他听见狗蛋和铁柱的声音，他一下子联想到了冬雨。心中醋意涌上来，他恶狠狠地扑在芦花的身上，用两手卡住芦花的脖子，掐得芦花喘不过气来。胖娃恨恨地说："我知道你心里没有我，可我娶了你，你就是我的老婆，我愿意咋样就咋样。你要不依着我，我就掐死你。"

芦花挣扎了一会儿，手里没劲儿了。胖娃这才松开手，去撕扯她的衣服。芦花放弃了反抗，此时，她的心里想的是冬雨。胖娃终于得逞了。

在窗外偷听的铁柱他们听出来了，胖娃做成了好事。以前听墙根，听到这个时候，他们会兴趣很浓的。可这一次，他们心里很难受，他们是为冬雨难受，也为芦花难受。在他们的心里，只有冬雨和芦花才是般配的。狗蛋眼珠一转，伸手在窗纸上戳了一个洞，掏出了一枚炮仗，点着了，然后从戳破的窗纸洞中扔进了屋里。

胖娃正在笨手笨脚地忙活着，那枚炮仗啪的一声炸响了。就是这一枚小小的炮仗坏了胖娃的好事。他正在兴头上，这一声炸响，把他吓得一下子从芦花的身上翻下来。

过了好长时间，他掀起窗扇，往外面看了看，外面一个人也没有了。他坐在炕上，听了听，等他确信外面没有人了，他又爬到了芦花的身上。芦花静静地躺在那儿，一动不动，一副任人宰割的样子。可他却不行了。他以为自己喝醉了，太累了。趴在芦花的身边睡着了。

第二天晚上，吃过晚饭，他就急吼吼地拉着芦花回到新房。这一次，芦花倒是没有反抗，可他还是不行。直到此时，他才想到，他是被那枚炮仗给吓出毛病来了。他不知道那枚炮仗是谁扔的，他一肚子气没处撒。芦花见他不行，脸上一点表情也没有，这让他很生气。他骂芦花："你这个婊子，老子不行了，你高兴了？我告诉你，媳妇娶进门，任我打来任我骑。"一边说着，一边骑在芦花的身上，狠狠地把芦花打了一顿。

4

第三天吃早饭的时候，英方儒夫妇和英全安夫妇都看见了芦花脖子上有伤痕。英方儒没说什么，只是拿眼睛狠狠地剜了一下胖娃。英全安也不好说什么，他给老婆马素花使了一个眼色。吃过早饭，马素花把胖娃叫到一边，问他是咋回事？胖娃吞吞吐吐地把事情说了一遍，当然有一些细节他是没法说出口的。他只是含糊地说芦花不听话，他就教训了她。马素花教训了他几句，让他到丈人家好好说话，别把事办糟了。

胖娃满不在乎，别看他很多时候、很多事情上糊里糊涂的，可这件事他心里却很明白。他知道自己的丈人和丈母娘一定会数落自己的。可他也知道，这一关他一定是会过去的。因为，芦花嫁进了他胖娃家，丈人和丈母娘再生气，也不敢把自己怎么样。

刚看见赵兰秀的时候，胖娃的心里还有点发慌。现在，一听李有财招呼自己入座，他壮了壮胆子，就一屁股坐在了堂屋方桌一侧的椅子上，还跷起了二郎腿，摆出一副死猪不开水烫的架势。

赵兰秀一看胖娃那副架势，心里就更来气。她的脸"呱嗒"一下就冷下来了。她真想把胖娃臭骂一顿，甚至想动手把胖娃的脸给抓破了。可她还是忍住了。"嫁鸡随鸡，嫁狗随狗"，这是一个在大荒洼流行了几百年的说法。虽然，几乎所有的女人都觉得这不合理，可是，几乎所有的女人却都最终无可奈何地服从了这个不是规矩的规矩。当然，也有极个别的女人不认这个命。那结果又是什么样的呢？赵兰秀自己不就有这么样的体会吗？当初一日，她赵兰秀就和今天的芦花一样，也是整个大荒洼数一数二的美女，到她家说媒的人把她家的门槛都要踏破了。可她一个都看不上，她就是喜欢本村的穷小子赵栓柱。结果呢？她还不是乖乖地遵从父母之命，嫁给了李有财。刚结婚那阵子，她心里很别扭，可最终咋样呢？闹得鸡飞狗跳，李有财把她狠狠地打了几顿，娘家人不但不给她撑腰，反过来埋怨她不守妇道。渐渐地，她也就顺从了，也就嫁鸡随鸡、嫁狗随狗了。想不到，今天芦花也走上了自己的老路。这都是命啊！俗话说，嫁出去的闺女泼出去的水，那都是收不回来的。人已经是人家胖娃的了，自己能给闺女争到啥呢？毕竟，今后孩子要在人家的屋檐下讨生活，这个时候也只能忍气吞声了。想是这么想，可这口气真要咽下去，还真不容易。

李有财心里也不好受，可他也没办法。他当然也看见芦花的脖子上有伤了。本来他没看见，闺女大了，都做了新媳妇了，不是让他抱着玩耍的时候了。当爹的咋能很仔细地看闺女呢？可一进门，他就从赵兰秀的脸色上看出了问题，闺女可能是受委屈了。他这才仔细地看了看芦花，这一看，也就看见了芦花脖子上的几道抓痕。这个时候天气暖和，芦花穿着单衣，她那白皙的脖子上的几道抓痕，就格外扎眼。他就只有这么一个闺女，从小就很稀罕，自己和她娘都舍不得打一下，舍不得骂一声，可现在刚刚过门，就受了这么大的委屈。他的心里也很疼，也很气。可疼又能怎样？气又能怎样？赵兰秀想到的那些，他李有财更明白。

一时间，所有的人都沉默了，屋子里的空气仿佛是凝结了的冰块，从四面八方往这四个人的身上压过来。每个人都感觉到了沉甸甸的压力。胖娃坐不住了，他先是把刚刚翘起的二郎腿放了下来，接着他的屁股又在座位上扭来扭去的，最后，站起来了。这真是坐立不安了。

还是李有财打破了这尴尬的沉默。他对刚刚站起来的胖娃说："你坐，你坐。"自己也走到方桌的另一侧，一边在椅子上坐下来，一边对赵兰秀和芦花说，"你娘俩到厨房去做饭吧。几个肉菜我都准备好了，先端上来，我和志远喝几盅。"

他没说胖娃，而是说了胖娃的学名，这是大荒洼的习惯，男孩子结了婚就成了男人，除了自己本家的长辈以外，其他人不能再叫乳名了。这是表示对一个已经成年男人的尊重。与此相反的是女孩子，结婚以前还有自己的名字，结了婚，就没有名字了，就成了某某家的。等有了孩子以后，就成了某某他娘。比如芦花，从结婚的那一天起，在英庄，就成了胖娃家的或者志远家的。日后有了女儿香玉，就成了香玉她娘。

赵兰秀真的想数落数落胖娃，可她看了丈夫一眼，还是忍住没说。她想，待会儿找个机会再说吧。于是，娘俩就进了厨房。

不一会儿，方桌上就摆满了菜肴，李有财把酒烫好了，两个人就一边喝酒一边说话。

说话，主要是李有财说。喝酒，则是两个人一起喝。

李有财先说一些嘘寒问暖的客套话，无非是问问你爷爷、奶奶的身体还好吧？你爹你娘的身体还好吧？等这些客套话说完了，李有财把话题转到了居家过日子上来，也就很自然地说到了正题上。他说："志远啊，我和你婶就只有芦花这一个闺女，从小呢，啥事儿都由着她的性子来，把她惯坏了。进了你家的门，你们就是一家人了。你是个男人，是男人，就得有点担当。我说句私心的话，孩子啊，你就让着她点儿。"

说到这儿，胖娃看到李有财的眼里竟然亮晶晶的，那是眼泪。胖娃的心也软了。他赶紧一个劲儿地点头，他想说点啥，可他说不出来。毕竟，他是真的欺负了芦花。他还能咋说呢？

李有财看了看胖娃，叹了一口气，接着说："毕竟她还是一个孩子的心性，等过一段日子，她也就适应了。"

胖娃又是一阵点头，不过这一回，他一边点着头，嘴里终于低低的"嗯"了一声。那一声虽然低得像蚊子叫，李有财还是听见了。

酒足饭饱以后，李有财把胖娃送到村外。胖娃喝的已经有点醉了，他一个人摇摇晃晃地往家走。这个时候，他的心里热乎乎的，他忽然就很想芦花了。可芦花得等到结婚第六天，才能由李有财送她回婆家。

回到家，胖娃进了新房，倒头便睡。他娘问他去芦花家的情况，他也没心说，只糊弄了几句，就睡着了。吃晚饭的时候，他娘来叫他吃饭，他说不饿。他娘端来饭菜，让他吃点再睡。他吃了几口饭，就又昏昏沉沉地睡着了。

到了半夜，胖娃醒了。他觉得很渴，从暖瓶中倒了一大杯水，稍等了一会儿，端起来就喝。水还是很热，可他太渴了，一小口一小口地喝下去一大杯水。又倒了一杯水，放在那儿凉着，自己又倒在了炕上。可他睡不着了。越想睡，越是睡不着。这个时候，他就很想芦花了。没结婚不知道结婚的好。结了婚，刚刚和芦花在一起了两个晚上。现在就分开了，他的心里就像有一只猫在抓挠一样，翻来覆去地睡不着，这一晚，他想了很多，可他想的都是芦花的好。他对自己说，今后要好好地待芦花，不能再欺负她了。

5

郑奠基的独立营在王官庄驻扎下来。郑奠基心里很清楚，他的这些部下跟着他干，无非就是为了混一口饭吃。他们根本没有什么信仰，甚至就没有什么长远一点的目标。他们没有未来，他们只要眼下活得舒服。没能进县城，而是在离县城 14 里的这个村庄里驻扎，弟兄们是不满意的。穿上这身军装，远不如在大荒洼里当老缺自由。在大荒洼里，他们缺钱花了，可以出来绑一票。顺带着，这些男人们可以趁乱去找找女人。可在这王官庄，他们是"官军"，不能做出扰民的事情。三天五天还行，日子长了，难免这些弟兄们会做出错事来。因此，他必须让他们能够时常泻泻火。泻火的唯一办法就是找女人。当然，县城里边有妓院，他可以让手下的弟兄到县城里去逍遥快活。可是，那些妓院都是有背景的。去那儿快活，必须要花钱。这些人靠那点儿军饷，怎么够开支呢？他向李春秋提出多给点军饷。李春秋答应得很好，可就是落不到实处。他再去找李春秋，李春秋对他说，这事儿也得慢慢来。郑奠基窝了一肚子火，慢慢来，他手下的那些人都是野惯了的，个个如狼似虎，他们会慢慢等吗？他跟李春秋吵了几次，虽然拨了一点钱，可那些钱分到弟兄们手中，就少得可怜了。郑奠基现在有点后悔了，他心里骂道，又要马儿跑得好，又要马儿不吃草。他娘的，天下哪有这种事儿。让老子来给你当炮灰，又舍不得花钱。真不行，老子还领着弟兄们当老缺去。当然，这些话他只是在心里对自己说，他并没有对李春秋说。郑奠基表面上看，是一个大老粗，平常嘴巴上没个把门的，总是脏话不断。其实，他的心思也很细。如果他没有带着人枪离开李春秋的打算，他会说出那番话。一旦他心里真的有了离去之意，他反而不说了。他说出来的话，反而不像一个老缺了，倒很像一个通情达理的读书人。这正是他的心机，他不能让李春秋对他的心思有所察觉。

他只盼着他手下的弟兄们能够忍耐住寂寞，他在等。李春秋答应给他的一部分军饷还没有到位，更重要的是，李春秋答应给他十挺机枪，还答应给他战马，为他装备一个骑兵连。这都是当初他接受收编的条件。可几个月过去了，李春秋并没有兑现诺言。郑奠基心想，很可能李春秋当初根本就没有想给他这十挺机枪和一个骑兵连的装备，那很可能是墙上画饼。不过，他可不能就这么让李春秋给耍了。经过几个月的软磨硬缠，李春秋已经给了独立营三十多支步枪和两挺机枪，可这满足不了郑奠基的胃口。他还要继续等，他知道，日本鬼子迟早是会要进攻博安县城的。等到那个时候，他就可以来个狮子大张口。李春秋再狡猾，也得满足他。

郑奠基等得起，现在他是独立营营长，他不仅娶了一房姨太太，还时不时地去县城打点野食。可他手下的那些人却等不起。他们在私底下议论纷纷，他们对他们的大当家已经有点不满了。用他们的话说，那就是大当家是饱汉子不知饿汉子饥。

郑奠基当然知道手下的这些人心里会有不满，可他没有好办法。他只有让张立言和几个连长分头做工作。可他没想到，他最信任的这几个亲信中，也有人对他不满。这个人是三连连长曹小三。

曹小三不是大荒洼人。他的家乡据他自己说是河南。可是，在郑秃子手下，有一个叫韩老五的，他当年曾到过河南，据他私底下说，曹小三的口音不像河南人。所以，这个曹小三到底是哪里人，也就让人闹不明白了。其实，曹小三究竟是哪儿人并不重要。重要的是，他虽然当了老缺，可他对自己的弟兄也是不信任的。连自己究竟是哪儿人，都可以撒谎。那么，他说的其他话，尤其是他的个人经历，也就没有几句是真的。据他自己说，他在河南，曾经见一个财主的儿子强抢民女，他打抱不平，把那个恶少给打死了，官府捉拿他，他才逃进了大荒洼。其实，他这些话，并没有多少人相信，从河南进入山东，再到大荒洼，这一路上有一些或大或小的山头，既然想要落草为寇，为何不到深山里去，反而要跑到这贫瘠的大荒洼里来呢？更令人可疑的是，他既然是见恶少欺负民女出手抱打不平，那么他应该是疾恶如仇的人，至少也应该自己不去欺负妇女。可他的行动和他的说法完全相反。每次行动，他都千方百计地去赚女人的便宜。并且，他完全抛弃了老缺们"兔子不吃窝边草"的原则，只要见到长得模样好看的女人，不管是哪个村的，他都想沾一手。在大荒洼，人们都把他叫做"采花大盗"。在老缺们中，他的人缘并不好，有一些当地的老缺还很讨厌他。可是，人们不敢惹他。曹小三心狠手辣。当然，这还不是主要的，当老缺的，有几个心不狠手不辣的？主要的是，不知道咋回事，他深得大当家郑秃子的信任。

日子长了，人们渐渐地才知道，曹小三经常自己悄悄地走出大荒洼去踩盘子。他深知郑秃子和他自己一样，也是一个好色之人。每次踩盘子，他都顺便物色长得漂亮的女人。然后在绑票的时候，顺便绑个花票。花票绑回来以后，他都是先悄悄地贡献给郑秃子享用。

在被收编后，曹小三当了连长。做了保安部队的军官，毕竟不是在大荒洼当老缺，他不能再像以前那样胡作非为了。并且，郑秃子当了独立营营长以后，李春秋为了笼络他，不但给他很多钱，还投其所好，帮他找女人。郑秃子整天深陷温柔乡里，这个时候，已经不需要曹小三再去帮他找女人了。这可苦了曹小三，他虽然是一个连长，但是他手里没有多少钱，他不能像郑秃子那样，常常出入烟花柳巷。渐渐地，他觉得自己受到了冷落。仅仅是受点儿冷落，他还能够忍受。让他难以忍受的是他不能常常享用女人了。他肚子里的怨气越来越大，他知道自己不能和大当家相比。他也知道有很多人恨他，可他不怕。自从四年前，他在家乡奸杀了一名少女，被警察追捕以来，四处逃避，早就把自己的脑袋别在了裤腰带上，现在已经多活了四年。再者说，他不相信郑秃子会把他彻底忘了。真正摊上事儿的时候，大当家不会不管他的。

正是因为有了这份自信，在一天晚上，他才走进了百花堂。当然他不是第一次来百花堂。不过，这一次和以前不一样，以前他都是来花钱享乐的，这一次，他不想花钱了。

6

老鸨自然认识这位老缺出身的独立营连长。也早就从这位曹连长的口中知道他是郑营长的亲信。所以，老鸨不敢怠慢，还和以前一样热情照应。

曹小三还和以前那样，点了酒菜，让把酒菜送到小桃红的房内。老鸨自然是脸上堆满笑容，满口答应着。可是，接下来，曹小三做的就和以前不一样了，他没有像以前那样在点完酒菜以后，拿出一摞票子往老鸨面前一放。这一次，他没有往外掏钱。老鸨也就和以前不一样了，她嘴里答应着，却没有吩咐手下的人去照办。她脸上依然堆着笑容，不过那笑容也和以前不一样了。以前那笑容是从心里发出来的，到了脸上，是从里往外笑，她那张胖脸一笑起来还真是不难看。可是，这一次，脸上是有笑容，可心里没笑，是皮笑肉不笑。那笑容也就在脸上薄薄的一层，薄得盖不住心事。曹小三看在眼里，可他不露声色。还和往常一样，站起身来就往二楼走去。这一来，老鸨脸上的那一层薄薄笑容也不见了。她淡淡地说："长官，您还得先等一等。小桃红现在还在接客，您得等客人走了再去。"

曹小三回过头来，看了看老鸨，冷笑一声，说："这客人是谁呀？比我曹某人下手还早？"

老鸨依然淡淡地说："长官，我们这儿的规矩您也知道，我们是不能透露客人的消息的。"

曹小三嘴里"哦"了一声，慢慢地又走回来，坐下来。嘴里说："那我就再等等。"

老鸨看了看他，犹豫了一下，说："长官，您还是明天再来吧。这位客人交的是整晚的包银。"

曹小三早就知道老鸨是在说谎，开始他还忍着不去揭穿。这会儿他忍不住了，说："既然别人交了整晚的包银，刚才怎么不说？你是不是拿我曹某人开涮啊？"

老鸨故意做出诚惶诚恐的样子，说："长官，这年头，我们这些混饭吃的小老百姓，怎敢得罪你们这些拿枪杆子的大爷呢？"

曹小三一听更来气了，虽然老鸨表面上做出恭敬和害怕的样子，可曹小三听出来了，她的话音里却没有一丝一毫的害怕。不但没有一丝一毫的害怕，曹小三反而从她的话音里听出了另一层意思，有讽刺，有挖苦，还有那么一点有恃无恐。曹小三在江湖闯荡多年，他当然很清楚，像百花堂这样的妓院，必然有后台。可他曹小三并不怕，即便是百花堂有后台，无非是县政府的人。可在这战乱念头，只要手中有枪，就连官也不怕。想到这儿，他顿时感觉硬气了许多。

曹小三从腰间掏出匣子枪，慢慢地往脸前的桌子上一放，耷拉着眼皮，连看都不看老鸨。说出来的话声音也不高，但是，却充满了杀气。他说的话也不多，只有五个字："让那个人滚。"

老鸨傻眼了。她开妓院多年，什么样的人都见过。当然也见过耍横的、不要命的。如果不是她知道面前这个人是干老缺的，她恐怕早就发火了。

可她不能发火，这个人虽然穿上了一身保安部队的军服，可他不是来保护平安的，真的把他惹火了，还真不好收场。想到这儿，老鸨脸上又堆起了笑，这一回不但皮笑了，肉也笑了。

她说："哎哟！我说曹连长啊，您干吗发火啊？您是我们这儿的常客，更是贵客，您来了，谁也得给您让路不是？您先坐一会儿，喝杯茶，我这就让人去把那位客人支走。"

曹小三没有说话，也没有抬头看老鸨一眼。他默默地坐在那儿，看着桌子上的那把镜面匣子枪，就像看一件从来没见过的稀世珍宝。

老鸨站起身来，亲自给曹小三斟了一杯茶，然后就走出去了。

曹小三没去端那杯茶，他还是静静地坐在那儿，好像在等一个朋友。可他心里很清楚，他等的不是朋友，是一个或者是几个想要他命的人。

过了一会儿，外面响起了脚步声。

在这个热闹的场所，即便到了深夜，脚步声也从来没有停止过，何况现在天还没有黑。外面的脚步声一直就没停过。可曹小三听出来了，这几个人的脚步声和别人的不一样。

脚步声怎么还会不一样呢？

曹小三闯荡江湖多年，尤其是他曾经当过逃犯，在这一方面的经验，他比百花堂里的那些打手们可要丰富得多。人干的事儿不同，脚步声也不同。来这儿享乐的人和来这儿打架的人，脚步更是不同。曹小三知道，这几个人是冲着他来的。可他还是坐在那儿，一动不动。不仅身子没动，就连眼皮也没抬一下，就像老僧入定一般。

门开了，从外面进来了几个人。他们不是妓院的打手，他们是警察。领头的赫然就是博安县警察局局长赵志明。

几个警察呈扇形排开，都虎视眈眈地看着曹小三和他面前的那把镜面匣子枪。

赵志明慢慢腾腾地走到曹小三面前，好像刚刚认出来，假装出吃惊的样子，说："这不是曹连长吗？"

曹小三这才抬起头来，他的嘴角掠过一丝冷笑。他的心里此刻像明镜子似的，原来这百花堂的后台老板竟然是警察局局长，怪不得那老鸨如此牛气呢？

他像没事人一样，打了一个哈哈："赵局长，你也带着弟兄们到这儿快活来了？"

赵志明故意做出一副为难的样子说："曹连长，我哪儿有您这福气啊？整天为了县城的治安，忙得团团转。这不，刚才接到报告，说是有人来这儿捣乱，赶紧带着几个弟兄过来了。哪想到是您在这儿，我想您这肯定是跟他们开个玩笑的吧？"

赵志明知道曹小三这种人不好惹，他也不想来硬的。他这么说，是给曹小三一个台阶下。可曹小三并不领情，他说："我没开玩笑。我就是到这儿快活来了。"

赵志明脸上的肌肉哆嗦了一下，他很生气。他堂堂一个县警察局局长，在博安县这块地盘上，很少有人不领他的情，敢跟他顶嘴的人那就更少了。可他还是往下压了压火，战乱年代，手里攥着枪把子的人都不好惹，何况曹小三这种老缺出身的军人呢，就更不好惹。他喘了一口粗气，终于把刚刚升上来的那股怒火给压下去了。他在脸上硬挤出一丝笑容来说："曹连长，兄弟端着警察局这个饭碗，不过来不行，过来了，不管又不行。还请曹连长给兄弟一个面子。"说到这儿，他故意把声音抬高，那声音里还有了一丝真诚的味道："走，我请曹连长到茶楼去坐一坐。"

曹小三坐着没动，他的屁股没动，他的手却动了。他从桌子上拿起枪，扳开扳机，往枪口那儿吹了一口气，然后抬起眼睛看着赵志明，慢悠悠地说："我要是不给你这个面子呢？"

局面一下子僵住了，赵志明料到了这个曹小三会很难缠，但是他没料到会这么难缠。他不就是一个连长吗？自己好歹也是县警察局局长，带着四五个警察过来，真打起来，他曹小三再狠，也赚不到便宜。他原想有了这个阵势在这儿，自己又给了他台阶，曹小三不会一根筋的。可曹小三就是一根筋，竟然一点也不给他面子。这完全出乎他的意料之外。他愣了一下，随即笑了，他依然用低低的声音说："曹连长，我的面子你可以不给，但是，李旅长的面子呢？你给还是不给呢？"

曹小三听出来了，赵志明的话里也已经充满了火药味，这也出乎曹小三的意料。他知道百花堂肯定有后台，他也想到了这个后台一定是个人物。当赵志明一出现的时候，他以为这个后台就是赵志明。没想到会是李春秋。李春秋他可有点惹不起，人家是保安旅旅长，还兼任博安县县长，是整个博安县的军政一把手。济南府被日本鬼子占领了，省政府已经名存实亡，这个时候，李春秋在博安县跟一个土皇帝差不多，他掌握着生杀大权。他的心里的确是有点后悔了，早知这样，刚才来个借坡下驴多好啊。可是，眼下自己成了骑虎之势，被逼进了墙旮旯里，没有退路了。他自从第一次杀人之后，他在心里就把自己当做了一个活死人。他的宗旨就是只要活着一天，就不能委屈了自己。当了老缺以后，他又深受大当家的宠信，这些年来，他还从来没有委屈过自己。今天，他怎么会退却呢？如果退却了，他就无法在江湖上混了。去年冬天，周生水的二当家"马虎剩"关小峰就因为被英冬雨从他手上把芦花给抢了去。他的威信在大荒洼一下子就跌了下去。在整个大荒洼大大小小十几股老缺中，枪法最好的就是马虎剩和曹小三。以前，谁敢不拿马虎剩当回事呢？可是，现在谁还拿他当回事呢？这就是江湖。俗话说，人在江湖，身不由己。吃这碗饭，就得心狠手辣。这个心狠手辣，不仅是对别人，更是对自己。你把自己的命看得太重，就会怕死。你一怕死，别人就不怕你。

这些念头在曹小三的脑子里转了一圈，只是一眨眼的时间，曹小三就把心横下来。他看了看手中的那把二十响匣子枪，冷冷地说："如果我不给李旅长这个面子呢?"

这句话一出口,倒把赵志明和他手下的那几个警察吓住了。他们没想到,曹小三竟然狂妄到敢不买李春秋的账。这一回,又把赵志明逼进了墙旮旯里了。赵志明和曹小三不一样,虽然曹小三现在是独立营三连连长,可他在赵志明等人的心里还是一个老缺,他无家无口,孤身一人闯荡江湖。说白了,这个人就是一个亡命徒。可赵志明不但有老婆孩子,他还有三房姨太太,更有花不完的钱,他的命金贵着呢!他可不想跟这种亡命徒拼个你死我活。可眼下,他也是进退两难,妓院之所以每月都给他交一大笔钱,就是要他罩着。现在,他要是罩不住,那今后谁还愿意把真金白银白白送给他呢?就算舍得下这笔财,当着自己手下的四名警察,他也丢不起这个人。今天要是栽在这个老缺手里,今后在博安县城,他还怎么混呢?官场也是江湖,甚至比江湖更险恶,他也是身不由己。他一边想着,一边情不自禁地伸手向腰间去掏枪。一见他掏枪,那四名警察也立刻一边抬起枪,一边拉枪栓。可还没等他掏出枪来,曹小三手中的枪已经响了。

一声枪响过后,赵志明的大盖帽上多了一个洞,帽子也飞出去了。赵志明的手像烫着了似的,赶紧从腰间缩了回来。他手下的那四名警察,有两个吓得把枪都扔了。另两个没扔枪的也吓得把枪口耷拉到了地上。五个人的脸都吓白了。他们虽然知道当老缺的心狠手辣,可他们没想到这个曹小三枪法这么好。四个警察都拿眼睛看着赵志明。赵志明狠狠地看了一眼曹小三,说了一句:"算你狠,我们走。"说完话,连掉在地上的帽子也不要了,转身就往外走,那四个警察人人都怕落在后面,你拥我挤地狼狈而去。

枪声一响,妓院里立刻乱了套,那些嫖客们不知道发生了什么事,一个个吓得提着裤子就往外跑。

老鸨在门外等消息,一听枪响,她还以为是赵志明和警察们把曹小三给打死了呢。她正要带着几个打手进去看看,却见赵志明和警察们狼狈地逃出来。她情知不妙,连问一声也来不及,转身扭着大屁股就跑了。

曹小三端起面前的一杯茶水,慢慢地喝了下去。然后慢腾腾站起身来,走出那间会客室。这时候,妓院里的人正四散乱跑。他提着张开机头的匣子枪,气定神闲地走上二楼,走进了小桃红的房间。

第六章

1

郑秃子得到情报说，日军很快就要进攻博安县城了。

他等的就是这一天，当日军兵临城下的时候，也就是他跟李春秋讨价还价的时候。他带着警卫，骑上马去了县城。

保安十六旅的旅部就设在县政府内。当郑秃子来到县政府的时候，他感觉到今天的气氛和以前很不一样。他虽然以前干的是老缺，并没有在军队中混过。但是，凭他的江湖经验，他看出来，今天这气氛有点大战将临的感觉，人们都忙忙碌碌，一些护兵手提肩扛，进进出出。看样子，李春秋也得到日军就要进攻的情报了。他生气了，他娘的，得到情报不先布置作战，却忙着收拾东西，是不是打算逃跑？

一见到李春秋，他没有立刻说出自己想要说的事情。而是装作惊讶地问："旅长，我走进院子，见人来人往的，一片忙乱。不知道出了啥大事？"

李春秋没想到这个时候郑秃子来找他，心里吃了一惊。但是，他的脸上一点也没有表现出吃惊的样子。不仅没有吃惊的样子，相反，还流露出很高兴的样子。

李春秋让郑秃子坐下，副官许从新上了茶。李春秋这才问："郑营长，这时候来找我有何事啊？"

郑秃子心想，你可真会装糊涂啊！他可不想和李春秋绕圈子。他喝了一口茶，就直奔主题了。他说："旅长，我得到消息，日本人这几天里就要进攻我们这儿了。不知旅长打算怎么安排？"

李春秋这回就更吃惊了。他没想到自己刚刚得到情报，郑秃子也得到消息了。这个老缺还真不能小瞧，看来他也知道四处安插探子。想到这里，他的心里又是一惊，这个老缺既然能在济南府安插探子，在我这县城里说不定也早就安插了探子。这么说来，自己的一举一动都瞒不过他了。

李春秋知道，自己不能再装聋作哑了。他说："郑营长，我也是刚刚得到情报，正打算派人去请你来商量。你正好就来了。"

郑秃子心里暗笑，若不是自己早得到消息，你老小子还不知道瞒到啥时候呢！他说："旅长，我今天来正是要和你商量如何迎敌的事情。旅长，日军从济南府过来，我的独立营必然要打第一仗，可是，我们那些破枪烂炮怎能抵挡住敌人呢？"说完这番话，郑秃子冷冷地看着李春秋。

李春秋叹了一口气，说："老弟啊，不瞒你说。我早就想把独立营装备得好好的。可是，老弟你也知道，自从日本人占领了济南府，省府沈主席都被迫到处躲藏，咱们的经费省府根本就保障不了，只能靠咱们自己筹措军饷了。"说到这儿，他又长叹了一口气："唉！老弟啊，我现在也揭不开锅了。"

郑秃子一听李春秋不再称呼自己"郑营长"，而是称呼自己"老弟"，心里暗暗冷笑。等李春秋说出那一番话来，他知道，今天自己是不能再和李春秋兜圈子了，现在他也没有必要再和李春秋兜圈子、装糊涂了。他说："旅长，如果你答应的装备不能兑现，我独立营是无论如何不能抵挡住日军进攻的。我不能让我的弟兄们去白白送死。"

李春秋听郑秃子把话说到这个份儿上，知道自己没有一点表示，是不能安抚住他的。可在这个时候，他怎么舍得把那些好装备送给这个老缺呢？他稍一沉吟，说："老弟啊，这件事不是一下子就能办好的，这样吧，你先回去作好战斗准备，我这就安排人从各团抽调部分精良武器。你放心，在开战之前，一定会送到你手中的。"

郑秃子想，李春秋正是要用自己的时候，是不可能再食言了，也不敢再食言了。可他还是紧盯了一句："旅长，那些机枪什么的，我的弟兄们还得学学咋用，如果三两天之内到不了，到时候可就派不上用场了。"

李春秋恨得牙根直痒，可他只能点头答应。

郑秃子回到王官庄，表面上在作战斗准备，实际上，他也在做着脚底抹油的事情。他早就打听好了，李春秋根本就没打算与敌人拼一场。无非就是打算让独立营打头阵，试试鬼子的势头如何，好打，他可能就打，不好打，他可能就把我独立营扔在这儿了。或者是干脆让独立营给他抵挡一阵，给他的保安旅撤出博安争取缓冲的时间。郑秃子骑在马上，看着两旁光秃秃的庄稼地，鼻子里冷哼了一声。只要你李春秋想让我给你挡一阵子，你就得满足我的要求，实现你李春秋曾经对老子做出的承诺。只要那批战马和机枪到手，与日本人打还是不打，是老子说了算。有便宜，老子当然要打。没便宜，老子就开溜。

2

鬼子说来，还就真的来了。

这一天是 1939 年 1 月 24 日，戊寅年农历腊月初五。

日军坂田联队 2000 余人在联队长坂田次郎中佐的率领下，由南而来，直扑博安县城。这一回，李春秋得到的消息比郑秃子要早得多。李春秋有一部电台，鬼子一出动，他就得到了情报。他一听说鬼子竟然出动了 2000 多人来攻打他这个小小的博安县城，觉得很惊讶。以前鬼子攻打无棣、阳信的时候，虽然出动的兵力也不少，也有几千人，但大多数是皇协军，日本兵不过几百人。可这一次，鬼子竟然没有动用皇协军，2000 多人全部是鬼子兵。对鬼子兵的战斗力李春秋是很清楚的。他一个小小的保安旅怎么能抵挡住日军一个联队的进攻呢？

李春秋的部队早就做好了撤退的准备，可他为了稳住郑秃子，在得到情报以后，他还亲自到王官庄去了一趟。但是，他并没有给独立营送去装备一个骑兵连的战马，也没有送去他早就答应过的 10 挺机枪。他在看了独立营修筑的防御工事以后，对郑秃子说：“郑营长，你放心，三两天之内，战马和机枪就会给你送来。”说完这些，他看了看郑秃子的表情，郑秃子心里是挺高兴的，可又极力地掩饰着。这一切瞒不过李春秋的眼睛。李春秋又说：“不过，郑营长，我看你们的防御工事做的还不行。还得加固。”

郑秃子本来就是应付公事，那些工事自然不行。他对李春秋说：“旅长，你知道，我的部队常年在大荒洼里，我们面对的是那些手无寸铁的老百姓，自然用不着修啥防御工事。所以，在这么短的时间里，能弄成这么个样子，我已经尽力了。"

李春秋点了点头，沉吟了一下，说："这样吧，这次我给你带来了几个参谋人员，他们在修筑防御工事方面虽然称不上是专家，可也个个是行家里手，就让他们在这儿帮助你吧。"

郑秃子不愿意在他的眼皮子底下有李春秋的人，他心里很明白，这几个参谋留下来，恐怕不仅仅是为了帮助他修筑工事，更主要的是为了监视他。可这个时候，他又不便推辞。他还不想与李春秋闹翻了，于是就假装很痛快地答应下来。

李春秋走了，几个参谋亲自督阵，让独立营重修工事。独立营的人根本不听那一套，他们只是做个样子，工程进展也就很慢。这几个参谋并不明白李春秋的真实意图，他们还以为旅长真的让他们督促独立营修筑工事呢！他们哪里知道，李春秋把他们扔在这儿，既不是为了帮助独立营修筑工事，也不是为了监视郑秃子，而是为了给郑秃子造成一个错觉，那就是日军还没有出动，他们还有时间做战斗准备。即便是日军很快来到，他李春秋也是不知道的。不然他还怎么会把自己的几个参谋留在这儿呢？

郑秃子果然不知道日军已经出动，其实他在济南府、无棣县城、阳信县城都布置了眼线。可是，这一次日军出动没有就近从无棣和阳信出兵，而是直接从济南出兵，并且还动用了汽车运输部队。郑秃子在济南府的眼线得到日军出城的情报，再想报告已经来不及了。因为他们没有电报，他们只能骑马往王官庄赶。

战斗已经打响了，报信的探子还没来到。郑秃子的独立营遭到了日军的突然袭击。这一下子，把郑秃子的计划全打乱了。他的队伍刚刚进入阵地，日军已经在大炮的掩护下冲了上来。他急忙命令部队往县城方向撤退。他的命令刚刚传达下去，部队乱哄哄地刚开始撤退，他留在县城里的探子来报告说，李春秋已经带着保安旅从县城撤走了。他知道上当了，可他的人撤不下来了，因为他的后面也有日军。原来，日军在发动正面进攻的同时，用卡车运送一个中队绕到了他的背后。

3

李春秋率领他的部队撤退到了安全的地方。说是安全的地方，只是相对于博安县城来说。他不想离开博安县太远。他还想着找机会杀回去，重新做他的一方诸侯，或者干脆说是土皇帝。从县城撤出的时候，他的参谋长吴克志曾经拟定了两个方案。第一个方案是往大荒洼里撤。保安旅的军官和士兵绝大多数是当地人，他们不想离开自己的家乡。这其实不难理解，黄河口一直流传着一个俗语，叫做"物离乡贵，人离乡贱"。这句话并不是黄河口人发明的，但是他们却都很信奉这句话。李春秋也是本地人，他也不想离开黄河口这片土地。可是，他毕竟比他那些手下有头脑。他想，如果逃进大荒洼，日本鬼子也不能奈何他。但是，那里的村庄稀少，人口也不多，他们的生存就成了问题。别看小股的老缺在大荒洼里活得很滋润，但是他这几千人一下子涌进大荒洼，靠从大荒洼边上的那几十个村庄征集军粮是不行的。所以，他否决了这个方案。第二个方案是向西撤退，到还没有被鬼子占领的地方去。西边是博安县、博兴县、蒲台县三县的交界，基本上属于一个三不管地区。李春秋决定向博蒲交界处撤退。李春秋信奉的是"有枪就是草头王"。在这个战乱年代，只要他手中有人有枪，不管走到哪儿，他都能以抗日的名义征集军粮。

等把部队安顿下来以后，他还有一件挂心的事，那就是郑秃子和独立营。三天以后，他终于得到了关于独立营的情报。不过，这个消息是他最不愿意听到的。他原想郑秃子与日军交战，不外乎两种结果，一个是郑秃子被日军包围并完全消灭。这也是最可能的一种结果。就凭郑秃子这些乌合之众，怎么能与两千多日军抗衡呢？如果不能被日军全部消灭，也必定会被打个七零八落，即便郑秃子侥幸逃脱，也不可能再成什么气候。这是他想到的第二个结果。

李春秋没有想到会出现第三种结果，那就是郑秃子会投降日军。他之所以没有想到这种结果，有两个原因。一是他认为郑秃子、张立言这些老缺都是一些亡命之徒，他们从当老缺的那一天开始，过的就是刀头舔血的生活。在他的思想中，这些人虽然是一些为害乡里的老缺，但是他们不怕死。他们必然会与日军拼死一战，死战的结果无非就是前面他想到的两种，或者全军覆没，或者被彻底打垮。另一个原因，他认为日军一向狂妄，对他们这些地方武装根本看不上眼，他们来势汹汹，想的就是将这些地方部队一举全歼。他们不会稀罕这点杂牌武装的人和枪。所以，他们一旦进攻，必然是全力以赴，根本就不会给郑秃子投降的机会。也就是说，即便是郑秃子想投降，日军也不会答应。

当初他之所以许以优厚的待遇，收编这股老缺。目的也有两个，一个是借日军之手消灭这股黄河口地区最大的老缺，等日后日本战败以后，他重回博安，也免得再去搞什么剿匪。另一个是他知道日军锋芒正盛，连韩复榘都不战而退。他这个连杂牌军都不算的保安旅，又怎么能与日军抗衡呢？可他也知道，面对日军的进攻，不战而退，后果好不了。韩复榘不就被委员长处决了吗？有了郑秃子与日军拼死一战，日后他可以说，他是苦战不胜才撤退的，他的独立营在与日军的苦战中全军覆没。这样也就可以堵住那些非议之口。

可这一次李春秋失算了。说他失算了，不仅是因为郑秃子会投降日军，更让李春秋没想到的是日军不但接受了郑秃子的投降，还把独立营升格为博安县警备团，让郑秃子当了警备团团长。他感到意外，简直是太意外了。还有一件事，就让李春秋不仅是感到意外了，而是震惊。被他视作亲信的警察局局长赵志明也投降了日本人。日本人提拔赵志明当了博安县县长。

李春秋一直以来都是很自信的，他觉得在博安，他就是土皇帝，军政大权都牢牢地握在他的手里。他也觉得自己很有眼光，很会看人，可刚刚发生的这些事让他不得不承认，他看走眼了。他把郑秃子看走眼，让他心里很不舒服。而把赵志明看走眼，就不是心里不舒服的事儿了，简直让他痛心疾首了。这个人可是他多年培养起来的亲信啊！

其实，正是李春秋把赵志明推到了日本鬼子的怀里。就在日军向郑秃子的独立营发动攻击的时候，李春秋发布了撤退命令。其实，大家都明白，这哪里是撤退呢？明摆着就是逃跑。李春秋在撤退的时候，留下来断后的不是他的保安部队，而是让赵志明和他的警察们断后。李春秋的理由很充分，部队和县府一撤，县城里必然混乱，所以，要留下警察局维持秩序。等到了晚上，赵志明可以带领警察们悄悄地撤出城外。当时，李春秋做出了一个他自己认为很客观的估计，那就是郑秃子这支老缺队伍，虽然不可能抵挡住日军的进攻，但是坚持几个小时甚至十几个小时，还是可能的。也就是说，日军在天黑之前是不可能逼近县城的。即便是郑秃子被很快打垮了，等日军到达县城的时候，天也早就黑透了。日军在不知道保安旅已经撤退的情况下，是不可能在晚上贸然进攻的。这样就给警察撤退留出了足够的时间。其实，这些说法都很牵强，部队都跑了，把县城扔给了鬼子，还维持什么秩序呢？赵志明心里很明白，他赵志明和郑秃子一样，都成了李春秋的挡箭牌。他的心里很恼火，他自己一直觉得是李春秋的亲信，可到这个关键时候，他才明白，自己也是后娘养的。李春秋为了保住他的队伍，要拿他做牺牲了。可他不能反驳，也不敢反驳。他想等保安旅撤走之后，自己也赶紧收拾收拾，带人撤走。

战事的发展完全出乎李春秋和赵志明的预料。日军与郑秃子的独立营刚一交火，独立营就被打得毫无还手之力。郑秃子下令撤退，可是很快他就发现他们被日军抄了后路。在这个面临生死存亡的时候，郑秃子没有像李春秋设想的那样，和鬼子拼个鱼死网破。他选择了投降。结果，这场战斗从开始到结束还不到两个小时，坂田中佐仅留下了一个中队负责处置郑秃子的投降部队，然后亲自率领部队向县城出发。坂田集中整个联队的汽车运送一个大队，从王官庄到县城不过就是十几里路，眨眼就到。

赵志明根本来不及做出任何反应，日军已经杀进了县城。赵志明换了便衣，带着两名亲信警察从警察局出来，刚走到大街上，就被一小队日军给堵住了。一个日军曹长发现他们三个人从警察局里出来，又见他三人虽然穿着老百姓的服装，但是行动却非常敏捷，立刻产生了怀疑。他就大声喝令赵志明他们站住。赵志明一见对方有七八个人，在不远处还有一些日本兵，他立刻失去了反抗的勇气。他的腰里虽然掖着一把匣子枪，可他不敢掏出来。当然他更知道不能跑，一跑肯定会被打死。他早就听说日本兵的枪法是很准的。他停下脚步，他的两个部下紧张地看着他。日本兵端着枪一步步逼过来，刺刀在夕阳下发出刺眼的光芒。此时，在赵志明的眼里，那简直是死亡的光芒。他忽然就感觉到了恐惧。他的身上有枪，这些日本兵会不会立刻就把他杀死呢？

正在赵志明不知所措的时候，那个日军曹长用中国话说："举起手来！"

赵志明一听那个曹长会说中国话，立刻就像发现了一根救命稻草。既然日本军官会说中国话，那他肯定更能听懂中国话。就在这一瞬间，他忽然就作出了一个决定。平时，让人做出选择是很难的，但是，在死神面前，在生死攸关的一刹那，他没有丝毫的犹豫。他一边举起手来，一边说："太君，我是博安县警察局局长，我有重要军情向太君汇报。"

那个曹长很谨慎地看了看赵志明，对身边的几个日本兵一摆手，嘴里嘀里咕噜地说了几句日本话。那几个日本兵立刻端着枪，把赵志明等三人围起来，然后又过来三个日本兵，对三个人进行搜身。把他们的武器搜出来以后，那个曹长的脸色才稍微放松了一点。他让两个日本兵把赵志明带到他的面前，问："你的，有什么重要军情？"

赵志明看了看那个曹长，试探着说："太君，我知道保安旅的撤退路线……"说到这儿，他住了口，故意做出神秘的样子往两边看了看，做出欲言又止的样子。那个曹长没有再让他说下去，一摆手，说："带回去！"

赵志明在街上面对日本兵的刺刀，情急之下，为了活命才说有重要情报的。可在往日军司令部走的路上，他很犹豫。他知道，今天自己一旦出卖了李春秋，那就走上一条不归之路了。对抗日战争的看法，他和李春秋基本一致。虽然现在日军势如破竹，国军是节节败退，但是，他不相信中国这么大的一个国家就会真的亡国。清朝的时候，八国联军侵略中国，最终中国也没有亡。自己投靠了日军，那就是汉奸，早晚会有报应的。可是，眼下这一关怎么过呢？他是本地人，从小没有走出过博安县。他不知道国民政府其他地方的官员如何，可他知道李春秋和他那帮幕僚们是怎么统治博安县的。根据他从李春秋等人口中听说的一些事情来判断，其他地方的官员也好不到哪儿去。就连山东省政府主席韩复榘不也是一枪不放就放弃了黄河防线吗？这样的政府值得他赵志明去尽忠吗？小时候，他常常听说书先生说岳飞精忠报国的故事。那个时候，他对岳飞是很佩服的，他也曾经发誓长大以后要做一个像岳飞那样的民族英雄。那时候，当听到岳飞在风波亭遇害的时候，他曾经和其他小伙伴一起哭得鼻涕一把泪一把的。可是他当了警察以后，他看到了社会上的黑暗面。尤其是有一次为穷苦老百姓撑腰的时候，得罪了权贵，差点连好不容易得到的饭碗也给砸了。一连几次碰钉子，并且每次都是碰得头破血流，他才明白，自己不是岳飞，也当不成岳飞那样的民族英雄。为了能够保住自己的饭碗，也为了自己活得风光体面一点，他不得不低下头来，去讨好那些权贵。他原本想等自己手中有了权利之后，要用手中的权力去为像他爹娘一样的穷苦老百姓做点好事。可就是在攫取权力的过程中，他渐渐地迷失了自我。等他当上了警察局长以后，他已经把他当初的理想都忘了。就是对他小时候无比崇拜的民族英雄岳飞，他的看法也变了。他觉得岳飞对宋朝皇帝的愚忠是不可取的。虽然说书人说岳飞是被秦桧害死的。可是，没有皇帝的准许，秦桧敢把一个枢密院副使给杀害吗？说白了，岳飞正是死在那个他誓死效忠的宋朝皇帝的手里。今天，在去日军司令部的路上，他想得很多。日军司令部就设在李春秋曾经办公的县政府衙门里。他也知道自己给自己找的这些理由很牵强，可为了保住性命，他就必须给自己找一条路，为了能够说服自己，他就必须给自己一个理由，哪怕这个理由只有一点点道理，但总归是个理由吧。

4

日军没有遇到一点儿抵抗，他们很轻松地就占领了这座县城。这显然有点出乎坂田联队长的预料。坂田中佐自诩为一个中国通，他曾熟读《孙子兵法》和《三国演义》。他知道要想在这儿站住脚，长期占领下去，仅仅靠武力是不行的。既然不费吹灰之力占领了这座县城，那就没必要烧杀抢掠，而是要保持这儿的安定。因此，他在占领县城以后，立刻发布命令，不准士兵在城内杀人、放火。所以，街上虽然有点混乱，但是大多数房屋建筑并没有遭到破坏，县政府也没有被破坏。

当赵志明跟着日本兵走到县政府门口时，他看到的县政府和以前没有两样。不，也有不同的地方，那就是门口站岗的保安旅士兵，换成了日本兵。院子里的青天白日旗，换成了日本膏药旗。

赵志明被带到了坂田中佐的面前，坂田中佐听了那个曹长的汇报，脸上露出了很温和的笑容，他让赵志明坐下来，很温和地说："赵君，你的，皇军的朋友，大大的，慢慢地说。"

赵志明见坂田态度很和蔼，他的心放到了肚子里。他把李春秋的行军路线和驻扎的目的地，都告诉了坂田。坂田眯缝着眼睛，仔细地看着他，看得他心里直发毛。过了好大一会儿，坂田才说："赵君，我相信你说的都是真的。可我不明白，你为什么要告诉我这么重要的情报？李春秋不是你的上司吗？"说到这儿，坂田脸上的笑容一下子不见了，变得很严厉，很可怕，杀气腾腾的。

赵志明没想到坂田会突然变脸，他心里在骂，狗日的，真难伺候。可他的脸上并没有露出一丁点生气的样子，他不敢。可他知道，自己也不能表现出害怕来。他听说日本鬼子最瞧不起软骨头。如果表现出害怕，今后就会永远被坂田所轻视。他略一犹豫，然后叹了一口气，说："太君，说实话，我也曾经想着好好治理这座县城，让老百姓安居乐业。可是我的那些设想却得不到支持。那些国民政府的官员们，整天想着中饱私囊。我虽然当着警察局长，可就连一些治安的意见，也常常遭到李县长否决。我听说皇军是为了帮助我们建立皇道乐土的，我希望能得到太君的支持。"

听了这番话，坂田又是半天不言语，他踱着步子，想了好半天，才说："嗯，赵君，你是一个很有见识的中国人，我很愿意与你这样的中国人交朋友。但不知你有什么好办法能让皇军在这儿长治久安呢？"

赵志明提出了一个建议，那就是将全县分为七个区，分别设立区公所和维持会。这个建议其实并不新鲜，在日本人来之前，博安县就分为七个区，每个区都有区公所，他只不过是将区公所的区长改了一个名字叫维持会会长罢了。在其他日军占领区，已经有很多这样的机构。不过，坂田中佐听了还是很高兴的样子。他当场就决定让赵志明来当县长，让狩野当县政府顾问。

赵志明在坂田面前说得轻松，好像那些事情在他看来是很容易的。等他开始着手的时候，才知道这件事并不好做。关键是县政府原来的那些人大都跟随着李春秋逃走了。没有逃走的，也有不少人不愿意出来给日本人做事。当然这还不是他最头疼的事，最令他头疼的是郑秃子。

在他当初的设想中，郑秃子肯定会被日军消灭的，即便能逃出包围圈，也不可能有战斗力了。可他万万没想到，郑秃子投降了日军，还被坂田提拔为警备团团长。他和郑秃子早就有仇，他在当警察局巡长的时候，曾经抓住过郑秃子派到县城办事的老缺，并且关进了大牢。前不久，他又得罪过郑秃子的亲信曹小三。这可以说是旧恨新仇了。虽然坂田让他当博安县的县长，可郑秃子手里有兵，自己这个县长就很不好当。

连续多日，为筹备县政府成立的事情，把赵志明忙得焦头烂额。晚上回到家，他都累得像要散了架子似的。可躺在床上，他却常常睡不着。有时候吃过晚饭，倒是很快睡着了，可半夜里又醒了。他有心事，还不是一件心事，是两件。一件是他和郑秃子之间的矛盾不好解决。郑秃子一见到他就脸上堆着笑，称呼他赵县长。可他从那笑容后面分明看到有一把刀。那把刀就在他的脸上刮过来，又刮过去，让他寒毛直竖。他赵志明是坂田中佐眼里的红人，人家郑秃子更是红人。他曾经盼着坂田和狩野出面给他和郑秃子做一些调和，至少坂田应该告诉郑秃子，他赵志明和郑秃子是他坂田的左右手，必须要精诚团结，不能互相拆台。只要坂田这么说了，郑秃子不管心里怎么想，至少他不敢找麻烦。可惜的是，坂田从来连这么一句话都不肯说。另一件事就更让赵志明猜不透，他把李春秋的行军路线告诉了坂田，坂田却没有派兵去追击。过了好多天，坂田都根本不提李春秋的事。他猜不透坂田到底怎么想。这两件事，就像绳子的两个扣，这两个扣都攥在坂田的手里，什么时候解开，怎么解开，用什么方式解开，都是坂田说了算。坂田对他倒是很客气，可是在客气的背后，总是缺少了一点诚意。这事儿他又不能问。后来他终于沉不住气了，他婉转地向县政府的顾问狩野提起了李春秋的事。那是一次两个人到茶楼去喝茶，喝茶的时候，狩野的心情看上去很好。就是趁着这个时候，赵志明装作是在闲谈中忽然想起来的样子，说："狩野太君，保安旅就躲在离县城不足一百里的罗庄镇——"

说到这儿，他没有再说下去。他没必要再说下去，他知道，自己说到这儿，狩野就能听明白他要说的是什么。他打住话头，面带微笑，看着狩野。在狩野面前，他这个县长也不敢造次，也得小心谨慎。狩野名义上是县政府的顾问，其实就是县政府的太上皇。县政府的大事，没有狩野点头，他这个县长说了也不算。

狩野太君人长得很斯文，说话也是慢条斯理的，脸上总堆着笑。他笑眯眯的样子的确是很能迷惑人。看上去，像是一个很好说话的人。可实际上不是这样。他不生气的时候，自然是对人很和善，至少在表面上是很和善。可一旦他生气，就会变得粗暴、野蛮、心狠、手辣。更令人可怕的是，你不知道他什么时候生气，为什么生气。别人生气，或者是你说错了话，或者是你做错了事，总之你什么地方得罪了他，招惹了他。可狩野不是这样，他的生气是没有前兆的，你也不知道为什么。一次，赵志明领着狩野到百花堂去寻欢作乐。两个人坐在一个雅间里喝茶，小桃红和杏儿陪着。小桃红是赵志明最喜欢的人，每次赵志明来都要让小桃红陪着。杏儿是百花堂刚刚买来不久的一个丫头，才十七岁。杏儿不但人长得水灵，说话也甜。赵志明特意安排让她伺候狩野。小桃红偎依在赵志明的怀里，杏儿也偎依在狩野的怀里。狩野的中国话说得很流利，他和杏儿低声调笑着。赵志明见狩野很高兴，他也很高兴。他把小桃红搂在怀里，把嘴巴凑在小桃红的耳朵边，低低地说了一句调情的话，小桃红咯咯地笑起来。可就在这个时候，刚才还笑眯眯的狩野突然把他吸着的烟头摁在了杏儿那雪白的胸脯上。杏儿疼得惨叫一声，从他怀里挣出来，连疼带吓，蹲在地上直哆嗦。可狩野的脸上还是笑眯眯的。赵志明赶紧问："太君，怎么了？"

狩野却还是笑着，用他那一贯轻松的语调说："没什么事，没什么事。"

赵志明傻眼了，没什么事你拿烟头去烫人家干吗？他心里这么想，可他不敢说。此后，他利用很多机会想打听一下，那一天狩野为什么突然生气。可他虽然很婉转地问过多次，可狩野好像都听不明白。他知道，狩野并不笨，他的话说到一半，狩野就知道他要说什么。可狩野就是喜欢装聋作哑。至今他也不知道那一天狩野为什么会突然翻脸。他曾经做出了好几种猜测，最靠谱的一种是狩野也喜欢小桃红。自己不知道，让小桃红陪了自己，惹狩野生气了。于是，过了几天，他又请狩野去百花堂，并特意让小桃红作陪。可狩野却点名让杏花陪他。这就让赵志明猜不透了。过后，赵志明也曾想，可能自己的想法让狩野看透了，他才故意不让小桃红陪的。又过了好长时间，他才从小桃红的口中得知，狩野自己悄悄地来过百花堂，并且点名让小桃红陪他。赵志明听了，愣了半天，他问小桃红，狩野有没有嘱咐她，不让把这件事告诉任何人。小桃红说没有，狩野啥都没说。赵志明想了半天，才明白狩野用这种方式告诉他，那天为啥生气了。他觉得狩野太深沉了，从此以后，他与狩野打交道就更加小心谨慎了，生怕说错半句话，做错一点事。

好在，狩野生气的时候不是很多，也不是很频繁。但是，凡是与他打过交道的县政府的官员，都对他很害怕。人们背后都叫他"野兽太君"。

狩野对赵志明很客气，他从来没有对赵志明发过火。两个人好像是很要好的朋友，可赵志明和他在一起，总有一种如履薄冰的感觉。在赵志明的眼里，狩野比坂田还可怕。可没有办法，自从狩野当了县政府的顾问，坂田曾经当着狩野的面对赵志明说过，县政府的事要多和狩野太君商量。赵志明在官场混了多年，这句话的含义他很明白，县政府的事首先要向狩野汇报。狩野这个顾问就是他这个县长的太上皇，他不能擅自越过狩野来向坂田汇报。从那以后，他从不主动到坂田那儿去，除非是坂田让人来叫他。他怕惹得狩野不高兴。

这一次，两个人喝着茶，聊着天，狩野的心情看上去也很好。赵志明才说了那半句话。

狩野当然知道赵志明没说出来的那半句话是什么。赵志明心里的这两个疙瘩，狩野是知道的。其实，赵志明的心思瞒不过经常和他在一起的狩野。可狩野装作不知道。

狩野和坂田不一样，坂田是表面看上去很平常，实际上却是心机很深。狩野则是表面上看上去心机很深，实际上却是很平常，或者说是很平庸。狩野知道自己的缺点，所以他常常故作深沉。没有把握的事情，就不说。这在外人看来，觉得他很深沉。其实人们不知道他这是在玩深沉。也不是所有人都不知道，坂田就很清楚。在坂田看来，狩野并不是很平庸，在随着他的军队行动的日本人当中，狩野并不是最笨的，当然也不是最聪明的。但是，坂田却很喜欢狩野。为什么呢？狩野在中国人面前玩深沉，在一般的日军士兵面前玩深沉，可在他坂田面前却从来不玩深沉。不仅仅是不玩深沉，反而很直率。有话就说，不懂就问。他还有一个长处，那就是因为他喜欢玩深沉，所以你对他说了什么，就别担心他会说出去。他的心里很能装住事儿，不该说的从来不说，即便是该说的，他也常常不说。

赵志明的两桩心事，狩野曾经向坂田讨教过。关于为什么不去追击保安旅，坂田说，根据李春秋的表现，这个人将来或许可以利用。中国这么大，皇军的兵力有限，不可能靠皇军全部占领。要以华制华，学会利用中国人来管中国人。现在，他对李春秋的情况还不是很了解，如果贸然出击，李春秋就会跑远了。他已经派人去搜集情报了。等到掌握了详细情报以后，就像收拾郑秃子那样，让李春秋无处可逃，逼着他投降。所以，暂时不去动他。只要皇军不去打他，李春秋就不会走远。他舍不得走远，他还想着回到博安当土皇帝呢。

狩野问："如果真的有一天李春秋归降了，那赵志明怎么办？"

坂田说："将来如果李春秋归降了，当然是由他当这个县长最好。可是，目前我们却必须要利用好赵志明，让县政府运转起来。所以，让赵志明当这个县长，也是一个权宜之计。"坂田没有再说下去，狩野也没再问。

对赵志明与郑秃子不和的事，坂田说："狩野君，从一开始我就看出来，他们两个有矛盾，而且矛盾还很深。"

狩野说："坂田君，您为什么不给他们调和一下呢？让他们携起手来为我们皇军服务不是更好吗？"

坂田说："不，不，狩野君，你想错了。这两个人不和，对我们大大的有利。中国人就是喜欢内争，用他们自己的话说，这叫做窝里斗。他们窝里斗，就势必要在我们的面前争宠，这样我们不是更好控制他们吗？"说到这儿，坂田笑了笑，继续说："从大处说，如果不是中国常年军阀混战和国共内斗，我们能够这样轻松地长驱直入吗？虽然我们的皇军是战无不胜的，但至少要比现在付出更多的代价。所以，对付中国人，其实很容易，那就是让他们自己人窝里斗。大到国家，小到一省一县，甚至更小的地方，都可以用这个办法来控制他们。所以，如果郑奠基和赵志明没有矛盾，我还想着给他们挑起矛盾呢，现在我们倒省事了。"

坂田的这番话，让狩野心服口服。可是他知道，这些话不能对赵志明说。所以，当赵志明说了那一个半截子话，期待着他能给他一个回答的时候，他却说："赵君，军事上的事情，我的，不懂。但是，我想，既然坂田中佐按兵不动，肯定是有他的道理。"

这句话，说了等于没说。可赵志明却不能再追问下去。

第七章

1

在英庄，有两个提供客商住宿的地方。一个是在南北街最南头的马车店，还有一个就是枣园酒馆。马车店就是几间大房子，里面都是大通铺，赶脚的，收皮货的，都是住马车店。这儿的价钱便宜。枣园酒馆只有一间客房，价钱当然要比马车店贵。

枣园酒馆原本没有客房，因为弄上客房也没人住。李春秋手下的幕僚来收编郑秃子的时候，他们的人不愿意住马车店，嫌那儿不干净，还嫌那儿人多嘴杂，就让英秋原腾出一间房子来住。英秋原惹不起，只得腾出了一间房子，收拾了一下，让他们住下。他们走后，英秋原也就留着这一间客房，盘算着以后或许还会有人来住呢。可从那以后，再没人来住过。他的这一间客房也就一直空着。英秋原正打算过了年之后，再把这间客房改作他用。没想到，快过年了，来了两个住宿的客人。这两个人都是生意人的打扮。一个年龄在三十岁左右，中等身材，人偏瘦，一双眼睛不大，但是很有神。另一个是年轻人，大概二十岁左右，虎头虎脑的。他们说是收药材的，这让英秋原感到很新鲜。大荒洼里虽然也有一些能做药材的东西，但无非是一些槐米、盐蒿之类的，并没有什么名贵药材。所以，英秋原从来没有见过有人来大荒洼收药材。

快过年了，这个时候在外收货做买卖的商人大都急着回家，这俩人却在这个时候来到了大荒洼，这有点反常。因此，英秋原也就对这俩人格外注意。

这两个人来到英庄，好几天了，并没有收到什么药材。他们也不着急，好像他们根本就不想有人来卖药材。收不到药材，不但不着急，两个人反而很高兴的样子。整天就在村里瞎转悠，偶尔也到大荒洼里转一转，看一看。晚上回到枣园酒馆，也是一边吃着饭一边和英秋原拉呱。开始是拉一些村里的事情，渐渐地就拉到了老缺，这更引起了英秋原的怀疑。英秋原觉得心里不安，他分明感觉到这两个人是来做大事的。

终于有一天，吃过晚饭以后，那个三十岁左右的人说出了他们的真实身份。原来，他们是八路军。年龄大的叫刘人杰，小伙子叫马启亮。直到很长时间以后，英秋原才知道，刘人杰是八路军山东纵队第三支队特务团政治处副主任，马启亮是政治处干事。

也不知道他们是怎么打听到的，他们竟然知道英秋原与大荒洼里的老缺有联系。刘人杰请英秋原与周生水和陈三耀联系一下，他要见见他们。直到此时，他也就明白了人家为什么不去住马车店，宁肯多花钱住他的单间客房。他没有问，他做事一直很谨慎，不该问的他从来不问。好在没等他问，刘人杰就告诉了他。刘人杰要动员周生水和陈三耀参加八路军，共同抗日。刘人杰给他讲了很多道理，有的他听懂了，有的他听不懂。但是，他知道他不能不答应。

英秋原虽然答应下来，但刘人杰从他那躲躲闪闪的目光中看出来了，他心里不托底儿，还有顾虑。

刘人杰就给了他一颗宽心丸吃，他说："掌柜的，我听说周大当家和陈大当家偶尔会来你这酒馆里喝酒，我想你或许能有办法找到他们。希望你能给我们捎一个话，搭个桥，如果能说服他们参加抗日，那你就是对国家对民族做出了贡献。即使谈不成，也没关系，无论如何，我们八路军都是感激你的。"

一听刘人杰这番话，英秋原的心放到了肚子里。英秋原最怕人说他与老缺有联系。因为他知道，老缺就是书上说的土匪，不论哪朝哪代，都是不可能容许土匪长期存在的。战乱年代，土匪或许可以借机折腾一番。但是一旦国家稳定下来，必然要剿匪。到那个时候，不管是国民党当家还是共产党当家，都不会容许土匪的存在。他和土匪有联系，到那时恐怕也就脱不了干系。现在，人家八路军的领导说的这番话等于把他给清出来了。他心里暗暗把八路军和保安旅做了比较，他很佩服人家八路军。保安旅也曾让他与老缺联系过，但那个保安旅的副官简直就是高高在上，命令他去联系，他刚说了一个不知道老缺在哪儿，那个副官就不耐烦了，大声说不管用什么办法，必须联系上，否则按照破坏抗战军法从事。他不敢不听。在大荒洼，老百姓都害怕拿枪的人，不管你是正规军队，还是杂牌军队，或者是老缺，只要你手中有枪，老百姓就怕。背后，人们提起这些部队，都不敢直呼其番号。当说到保安十六旅时，他们就说十六爷，八路军就说八爷。即便是那些老缺，也是称呼郑爷、周爷、陈爷……他们的称呼中都有一个字，爷。因为，凡是手中有枪的人，都能决定他们的生死，在他们眼中都是"爷"。

今天他见八路军的长官不但很和气，而且还能想到自己的难处，主动为自己开脱。他还能说啥呢？他赶紧表态说："长官——"

刘人杰打断了他："英掌柜，你可千万别这么称呼，你叫我同志就行。"

英秋原愣了一会儿，虽然在大荒洼里他英秋原算得上是一个见多识广的人，但是他却不知道"同志"是一个什么官衔，他疑惑地看着刘人杰，迟疑地说："同——志——，您放心，我明天就到大荒洼里去，一定帮您找到他们，把您的话传到。"

刘人杰说："那就多谢你了，英掌柜。"

英秋原觉得这个八路军长官一点官架子也没有，在他面前，自己竟然很想说话。他们一边喝茶，一边聊着，竟然越聊越热乎。聊着，聊着，刘人杰忽然问起了一件事，他说："在咱这大荒洼里，我听说很多人会打兔子，还有一些人练出了好枪法。"

英秋原一听刘人杰提到这个，他的话匣子一下子打开了。他问："同志，你来了好几天，大概也听说过一个叫冬雨的吧？"

刘人杰点了一下头，说："我听很多人都说起过他，说他的枪法很神。真有那么神吗？"

在豆油灯那昏黄的光亮里，英秋原的眼里似乎有一种更亮的光芒，他得意地说："他的枪法要多神就有多神。"

接着他就滔滔不绝地说起来，说了冬雨的胆量有多大，当然说了冬雨是第一个敢钻老槐树洞的人，又说了冬雨打皮子的事。他那得意的神色，好像他就是那个运枪如神的英冬雨，有时他又像一个父亲炫耀自己的儿子。

刘人杰和马启亮都很着迷地听着，等他说完了，刘人杰两眼眯缝起来，好长时间没有说话。

英秋原见刘人杰不说话，他仔细地看了看刘人杰，试探地问："同志，你是不是想让冬雨跟着你去当兵啊？"

刘人杰一愣，他心里不由得对这个看上去有点木呆呆的酒馆掌柜另眼相看。听他自己说，他从没有走出过大荒洼。但是，他那木讷的背后却隐藏着对世事的洞察和敏感。怪不得三股老缺都暗中与他来往，这个人绝不简单。不过，刘人杰也看出来了，英秋原是没有恶意的。自己当然没必要对他隐瞒，他很干脆地回答说："是啊，听你刚才说了英冬雨这么多故事，我对这个年轻人很感兴趣，他枪法那么好，在国难当头的时候，我的确是很想动员他参加到抗日的队伍中来。"

听了刘人杰这番话，英秋原却摇了摇头。一见英秋原摇头，刘人杰和马启亮都愣了。刘人杰没说话，他知道英秋原一定会把他摇头的原因说出来的。马启亮毕竟年轻，沉不住气，不等英秋原说话，就着急地问："咋了？"

英秋原说："冬雨这孩子不愿意当兵。"

刘人杰还是没说话，只是拿眼睛看着英秋原，目光里写满了问号。马启亮仍然沉不住气，他又问了，还是两个字："为啥？"

刘人杰看了马启亮一眼，这回他说话了，他说："小马，你别光急着问，让英掌柜慢慢说。"

马启亮不好意思地吐了一下舌头。英秋原站起来，端起茶壶，想要给刘人杰和马启亮续水。马启亮急忙站起来，一边从英秋原手中接茶壶，一边说："英掌柜，我来，我来。"

英秋原笑了笑，让马启亮从他手中接过了茶壶，他从心里对这两个八路军感到亲近。半年前，也是在这间屋子里，他曾招待过十六旅的许副官等人，不要说许副官，就连许副官的护兵也把他这个酒馆掌柜当做下人使唤。就说这倒茶水，他记得很清楚，许副官和另一个他不知道官衔的军官坐在正座上，就连两个护兵也都在一旁坐着，他这个酒馆掌柜哈着腰跑前跑后，给他们沏茶倒水，人家问啥，他就答啥。话一说偏了，就会遭到呵斥。等李春秋等人来了以后，更是从没拿正眼瞧过他。都是当兵吃饷的人，这两个八路军就亲和得多，和他平起平坐，还和他拉家常。在这两个人面前，他的话匣子很容易就打开了。

英秋原看着马启亮给自己的茶碗里续了水，心里热乎乎的。他端起茶碗，却没有喝，开口说道："半年多前，十六旅的李旅长曾经来这儿收编郑大当家的队伍，不知道他咋听说了冬雨枪法好的事，想让冬雨跟着他干。让我领着许副官到冬雨家去说。我原想，冬雨一定会很高兴地答应的。你不知道，冬雨这孩子从小就喜欢枪，可在这大荒洼里，他能摸到的就是土枪。后来，他从马虎剩手里救下了芦花。马虎剩就是周生水的二当家，他这个外号是有来头的。噢，你看我这记性，前几天拉呱的时候，我已经说过了。那就不说马虎剩了。芦花他爹把那把单打一送给他，可他愣是没要。这孩子有志气啊！"他感叹了一声，这才喝了一口水，放下茶碗，忽然想起来，冬雨救芦花这件事刚才已经说过了。可刘人杰和马启亮都没有打断他。他笑了一下说："你看看，我这人就是啰嗦，刚才说过了的话我又在这儿絮叨。"

刘人杰很和善地笑了笑，说："这有啥呢？你想到哪儿就说到哪儿，随便说。"

英秋原心里感到很熨帖，他说："好，那我接着说。"他张了张口，却忘了说到哪儿了。他问："刚才我说到哪儿了？"

刘人杰笑着提醒说："你说到你和许副官去冬雨家。"

英秋原说："哦，哦，对，我和许副官去冬雨家。冬雨是我的侄子，我和冬雨他爹秋润是四服兄弟。我当然盼着冬雨混个好前程。听许副官说是给李旅长当护兵，整天就在旅长身边。我问许副官，会不会给冬雨发一支好枪。人家许副官说，那是肯定的，李旅长的护兵都是用二十响的镜面匣子，说那是德国货呢。我想，冬雨那么喜欢枪，如果跟着李旅长干，冬雨一定喜欢。可是，没想到，冬雨不答应。"

马启亮又沉不住气了，问："为啥呢？"

英秋原说："我也是这么问冬雨的。冬雨低着头，想了半天才说，他不愿意当兵。我又劝他说，你那么喜欢枪，去给李旅长当护兵，就能给你发一把二十响的匣子枪呢。再说，你的好枪法到部队里就有用武之地了。可冬雨说，他就是愿意在大荒洼里打兔子，他不喜欢用枪去打人。他最后这句话，把许副官气坏了。许副官说他是狗坐轿子不识抬举，一甩手就走了。"

刘人杰笑了，他说："冬雨撒了谎，他说的不是真心话。他不参加十六旅，一定是另有原因。"说到这儿，他略一沉吟，然后看着英秋原，很真诚地说，"英掌柜，明天咱就到冬雨家去，我有一种预感，这孩子和我们八路军有缘分。"

2

英秋原领着刘人杰去冬雨家，是在第二天上午。吃过早饭，两个人便走出枣园酒馆。这一天是腊月十九，大荒洼的冬天，那可真是冷啊！东北风从荒洼深处刮过来，荒洼里遍地都是枯黄的芦苇、低矮的灌木丛，虽然七零八落的有几棵柳树，也长得不高。没有大片的树林可以遮挡寒风，那寒风也就比大荒洼里的老缺更加肆无忌惮，零零落落的村子像一些可怜的孩子，在寒风里瑟瑟发抖。刘人杰和英秋原走在英庄的大街上，感到格外的冷。英秋原里面穿着棉裤棉袄，外面还罩着一件棉袍，他把棉袍紧紧地裹在身上，双手笼在袖筒里，头上戴着一顶棉帽子，脚下穿着一双毡靴。就是这样，他还是冻得缩着脖子，把他那本来细长的脖子缩进棉袍的领子里。可他一看刘人杰，身上虽然也穿着一身棉军衣，但是那棉衣并不厚，头上戴着的却是一顶单军帽，脚下穿的也是单鞋。今天临出门，刘人杰从包裹里拿出了他这身军服，他说从今天开始，他就要以自己本来的面目出现在英庄，出现在大荒洼。他扎着武装带，腰里插着一把单打一。走在街上，的确是很精神，也很威武，可就是很冷。英秋原一边走着，一边不时地去看一下刘人杰。他见刘人杰没有像他那样缩着脖子袖着手，好像他不怕冷。可英秋原知道，是人就怕热也怕冷，可他就是看不出刘人杰有冷的样子来。他很佩服这个人，他知道，这个人有一种东西在支撑着。他说不出这个东西叫啥，他是后来才从八路军干部的口中知道"信仰"和"信念"这些新名词儿的。

到了冬雨家，英秋润在家，他老婆马菊花也在家，唯独冬雨不在家。

吃过早饭，冬雨就扛着枪出去了，他要到荒洼里去打兔子。这一个冬天，他几乎天天扛着枪出去，打的兔子一家人吃不了，左邻右舍也吃不了。他现在打兔子，既不是为了吃兔子肉，也不是为了卖钱，他是在发泄心中的郁闷。英秋润知道孩子的心事，他也知道，心里的疙瘩，靠别人是解不开的，得靠他自己去解。等他能自己解开这个疙瘩了，孩子才是真正地长大了。

英秋润一见英秋原领着一个穿军装的人进来，他愣了一下。他愣了，并不仅仅是因为进来的是一个军人，还因为他觉得这个军人有点面熟。仔细一看，他更疑惑了，这不是住在酒馆里的那个收药材的生意人嘛？咋一下子变成一个军官了？

刘人杰原来以为真正需要做工作的，不是英冬雨，而是英秋润。根据他的经验，年轻人往往对参军很感兴趣，反对的大都是他们的父母。父母舍不得孩子，这是人之常情。可等他说明了来意，英秋润答应得很痛快。立刻让他老婆到邻居英方明家，让铁蛋到荒洼里找冬雨。马菊花虽然不太高兴，可当着外人的面，也不好说什么。英秋润的态度倒让刘人杰有点意外。他们都不知道，自从芦花嫁给胖娃以后，冬雨一直很郁闷。英秋润很担心，他觉得让孩子到队伍上去，或许可以把孩子从单调沉闷的生活里救出来。就在芦花结婚以前，英秋原曾经领着十六旅的许副官来找冬雨，说是打算让冬雨参军。那个时候，英秋润就很乐意冬雨去。可是，冬雨却说不去。问他，他说是十六旅竟然来收编郑秃子这样的老缺队伍，和老缺混在一起的不会是啥好人，这十六旅也不可能是啥好队伍。英秋润觉得冬雨的看法很有见地，也就没有勉强他。这一次，听说是八路军来找，他当然很乐意。他早就听说八路军很得民心。当然，他还从英方明口中听说八路军官兵平等、作风民主等一些新名词。英方明也是赶集的时候听说的，他们对这些新名词都是一知半解，但是却对从未见过的八路军有了一种亲近感。

冬雨回来以后，刘人杰和他谈了一阵子，他也很乐意。这件事就定下来了。依着冬雨的意思，立刻就跟着刘人杰去部队。刘人杰说："马上就要过年了，过年是要一家人在一起热闹热闹的，还是过了年再去吧。"

英秋润一听心里更高兴，觉得八路军的长官很有人情味，很知道体贴人。这事儿就这么定下来了。

临出门的时候，冬雨问："刘主任，您这就回部队吗？"

刘人杰说："我还有任务，等过几天再回去。临走的时候，我来和你聊一聊。过了年，我就来接你去部队。"

刘人杰说的不全是实话。其实，八路军山东纵队第三支队打算过年之后就要向黄河口地区进军，要占领日军据点之外的广大农村。站稳脚跟后，再逐步拔除日军的据点，把日寇赶出黄河口地区。当然，这是军事机密，是不能随便说的。所以，他才说过了年要亲自来接冬雨参军。

3

两天之后，刘人杰分别与周生水和陈三耀见了面。

　　周生水说他也看出当今天下的形势，他应该带领他的人参加抗日，他愿意参加八路军。但是，他的家人在县城里，县城落到了日军手里。他一旦参加八路军，他的家人就会有麻烦。所以，他要先把家人接出来。

　　其实，他没把心里的话全说出来。就在刘人杰联系他之前，郑奠基已经派张立言跟他联系过。劝他参加警备团，日本人答应，只要他去，就给他一个警备团副团长当。

　　周生水不想当汉奸，他刚一开口，想要拒绝张立言。张立言从他的脸色上已经猜出了他要说什么。张立言截住他的话头说："大当家，我临来的时候，专程到张记药铺去了一趟，看望了张老伯和嫂子、侄女。他们都生活得很好，没有受到一丁点的骚扰。郑大当家对我说，我们都是一起混过的兄弟，您的家眷就是我们的亲人，如果有一点闪失，就对不起您周大当家。狩野太君也特别关照要好好保护您的家眷。"

　　这番话，张立言说得很诚恳，听上去很像是发自肺腑。可他的脸上流露出的却不是真诚，而是有点得意，有点嘲弄，还有点阴险。

　　周生水把没有说出的话又硬生生地咽回去了。张立言一提到他的老婆孩子，一下子点中了他的软肋。不，不是软肋，简直是他的死穴。他可以不要自己的性命，可他不能不顾老婆孩子的死活。在他听说县城被日军占领以后，他就派人去把家人接出来。可县城刚被日军攻占，日军为了达到长期占领的目的，制造一种繁荣的景象，对城内的所有店铺，要求必须保持正常经营。所有店铺人员不得擅自出城。尤其是携带女眷和孩子出城，就更难了。周生水派去的人无功而返。周生水安排两名枪法好且会点武功的部下混进城去，打算过一段时间，待日军防范稍松弛一点以后，再把家眷接出来。他原以为郑秃子是被日军包围，被逼无奈，暂时投降。以他对郑秃子的了解，郑秃子是不会甘心做汉奸的。所以，当马虎剩大骂郑秃子投敌当汉奸的时候，他还说，这里面恐有隐情。可他没想到，郑秃子这个家伙竟然是真心叛变，还帮着日本人算计他周生水。可他现在却不能有任何生气的表现，否则，他的家人就会有性命之忧。

　　他脸上堆起了一副笑容，对张立言说："多谢郑大当家和老弟了。日后我一定厚报。不过，你说的这件事，得给我几天工夫，我得做通手下这帮子人的思想，不然贸然行事，会给以后带来麻烦的。老弟，请你回去一定对郑大当家说好，我周生水是一定会按照郑大当家的意思去做的。我的家眷还要继续麻烦周大当家和老弟好好照应着。"

张立言说："周大当家，这一点您尽管放心。我一定好好照看您的家眷。我回去立刻向郑大当家和狩野太君汇报，就说您已经答应了，正在做准备。您这边一旦定下来，就立刻派人去和我联系。"

周生水这几天正为这件事发愁，愁得他坐卧不宁、茶饭不思。现在，八路军又找上门来了。如果不是他的家眷被软禁了的话，他会毫不犹豫地参加八路军的。因为，他知道自己当老缺毕竟不是一个长久之计。趁着战乱，国家需要之时，他可以谋得一个进身之阶，否则一旦稳定下来，不管是国民党当政，还是共产党当家，都不会容忍他们这种人长期存在下去的。可现在，他的确是左右为难。这件事他不想告诉刘人杰。他想八路军的部队还没有开过来，即便开过来了，恐怕短时间内也不能把日军彻底打败赶走。如果八路军盲目行动，他的家人反而会更危险。再说，他也不能让人家小瞧他，好像他答应参加八路军是为了让人家帮忙救人的。他要自己悄悄行动，等救出家人以后，再参加八路军。

他没想到，刘人杰从他的话里，或者说从他的表情中，看出了什么。刘人杰说："你的家眷在县城，不把他们接出来，是很危险的。如果你愿意，我们可以帮忙。"

周生水赶紧说："不，刘主任，这件事还是我自己来做比较好。"

他之所以拒绝接受帮助，是他不太相信八路军。不是不相信八路军帮助救人的诚意，是不相信八路军救人的能力。他觉得到县城里去救人无异于虎口拔牙，这种事是他们这些干老缺的人最拿手的。八路军可能不怎么在行，他们一帮忙，可能会越帮越忙。

刘人杰好像猜透了周生水的心思，他没有坚持。只是说："那好，我相信这件事周大当家能很快搞定的。不过，我还是要说，如果什么时候需要我帮忙，我们随时会出手的。"

紧接着，刘人杰又与陈三耀见了面。陈三耀很痛快，他表示可以参加八路军。但是，他有一个条件，他的人马虽然不多，只有六十余人，可他要至少当一个连长。并且他这六十多个人不能拆开，都在他的手下，全连大小军官都是他自己说了算。

刘人杰很明白陈三耀的心思，他不但答应了，而且还很痛快地说："我们既然是合作抗日，我们的目的就是团结一切力量，把日本鬼子从黄河口赶出去，直到把他们赶出中国。你的这些条件我们都可以答应，你手下原来的那些人可以组成一个排，另外我可以给你再补充两个排，当然，排长、班长都是你说了算。不过，我也有一个要求，参加八路军以后，大家就是一家人，大家都要遵守纪律，不能做任何损害老百姓利益的事情。"

刘人杰这番话虽然说得很含蓄，但是，陈三耀听得很明白。他的脸上有点挂不住了，心里微微感到不快。但是，他还是表态说："这一点请刘主任放心，从今天开始，我就会约束手下的人，决不会做一件伤害百姓的事。"

陈三耀的脸上那转瞬即逝的一丝阴影，被刘人杰捕捉到了。刘人杰却没有表现出一点不满意，他说："明天我就回去向支队首长汇报，希望你也抓紧时间准备，过了年，我们就改编整训。小马还在这儿，和英秋原掌柜共同担任我们之间的联络人，你看如何？"

陈三耀不但答应得很痛快，而且还表示回去立刻着手按照刘人杰的要求进行整训，争取在过年后让刘人杰见到一支崭新的部队。

刘人杰没想到事情进展得这么顺利，他心里很高兴。这天吃过晚饭之后，他就收拾东西，准备回支队。他一边收拾，一边向马启亮交代需要注意的事情。

把马启亮一个人留在这儿，他不太放心。可他必须回去汇报，请支队首长迅速做出决定，保证过了年就把陈三耀的人改编成八路军。同时，他想最好是在年前能够把周生水的家眷救出来。虽然周生水没有明说，但是他知道，周生水的家眷肯定被日本人监视起来了。否则的话，周生水不会不给他一个准确的日期和明确答复的。他想，如果能在年前把人救出来，周生水那儿就会很顺利。他从英秋原的口中听说周生水规定的"两不绑"以后，就对这个人有好感，他觉得这个人完全可以改造成一个好的革命军人。等到见面以后，他看出来了，周生水是个说话算数的人。即便不是想收编他，自己也应该帮他。

4

刘人杰刚刚收拾完，坐下来喝了几口水。忽然听到有人敲门，敲的不是他的屋门，而是酒馆的大门。虽然外面北风呼啸，他还是听到了敲门声。这是他多年征战养成的敏锐听力。紧接着他就听见英秋原一边答应着一边去开门。英秋原去开门，那个人并没有进来，就在大门口与英秋原说着什么话。说话的声音不高，刘人杰几乎听不见。但是他感觉到那个人的确是没有进门。这引起了他的怀疑。他不是怀疑英秋原，凭他对英秋原这几天的观察，他还是相信英秋原的。可他和马启亮只有两个人，身处这老缺出没的大荒洼，不能不倍加小心。这时，马启亮也感觉到了什么，一下子从腰间掏出单打一。刘人杰也迅速掏出枪，扳开枪机，站在门内，侧耳细听。不一会儿，他就听到了两个人的脚步声。显然，来人跟着英秋原进来了。他稍稍放了心，把枪掖在腰间。又冲马启亮使了一个眼色，示意他也把枪收起来。

很快，脚步声就来到了门前。英秋原一边轻轻敲门，一边轻声问："刘同志，没睡吗？"

刘人杰一边答应，一边示意马启亮开门。

门开了，英秋原走进来，跟在他身后的竟然是英冬雨。

一见英冬雨这个时候来，又见英秋原的脸色有点不自然。刘人杰预感到英冬雨这儿可能是有什么事，或者是出了什么岔子。

果然，英冬雨来是要告诉刘人杰，他不想参加八路军了。英秋原说，冬雨在门口打算让他给刘人杰捎句话，他硬把冬雨给拉进来了。他让冬雨当面向刘人杰说清楚。刘人杰心里明白，英秋原这么做是想让他亲自劝说冬雨。如果劝说不成，自己也不能怪罪他英秋原。

刘人杰把英秋原和冬雨让进屋。屋里有一张小方桌，方桌一侧靠在北墙上，在东西两侧各有一把椅子。英秋原没往椅子上坐。他在炕沿上坐下来，冬雨也跟着坐在了炕沿上。刘人杰也挨着冬雨坐下来。这样一来，炕沿上坐了三个人，马启亮坐不下了，他笑了笑，去坐在了椅子上。

坐下以后，刘人杰问冬雨为什么又不想参加八路军了呢？

冬雨低着头，沉吟了一会儿，然后抬起头，侧脸看着刘人杰。他从刘人杰的脸上看到的，仍然是亲切。他开口说话了，他并没有说为什么自己又反悔。而是说："刘主任，我喜欢枪，也喜欢当兵。尤其是现在，我很想用我的枪为抗日做出自己的努力。半年前，秋原叔曾领着十六旅的一个副官到我家动员我当兵。可我没有答应……"

英冬雨的话说到这儿，刘人杰心里就明白了。他见冬雨停住了话头，于是接过话茬说："冬雨，这件事英掌柜曾对我说起过。但是他却不知道你为什么不愿意去。那天我去你家的时候，你爹告诉我，就因为十六旅收编郑奠基的老缺部队，你不想与老缺为伍，才拒绝了。对你的这种气节，我很佩服。你见我与周生水和陈三耀联系，这才提出不想当八路了，对吗？"

冬雨没说话，只是点了点头。

刘人杰接着说："冬雨，你疾恶如仇，我很欣赏。不瞒你说，我带着小马来大荒洼收编老缺，小马开始也想不通。"

冬雨扭头看了看马启亮。马启亮不好意思地笑了笑，他看着冬雨，接过刘人杰的话头说："开始我和你的想法一样。在来的路上，我还闹情绪呢。刘主任说我只看到了老缺曾经祸害老百姓这一面，却没有看到在当前形势下可能争取他们，对抗日有利的一面。现在，日本鬼子打进了家门，我们最需要做的事，就是团结一切可以团结的力量，共同抗击日寇。"

刘人杰说："冬雨，可能你不知道，早在 1927 年，国民党反动派在上海发动了'四一二'政变，我们的党员和革命群众遭到反动派的屠杀。可是，抗日战争一爆发，我们党就决定摒弃前嫌，与国民党团结起来一起抗日。还有一件事，可能你也不知道，国民党将领张学良和杨虎城在西安发动了政变，扣押了蒋介石，当时有多少人希望杀掉他。可是我们党为了抗日大局，为了民族大义，做通张、杨二将军的思想，放了蒋介石，促成了国共合作。你再想想，老缺们虽然以前曾经祸害老百姓，但是现在，如果能争取他们参加抗日，一方面壮大了抗日武装，同时也把他们改造成革命的队伍，使他们不再危害乡里。这不是两全其美的事情吗？退一步说，如果我们不争取他们加入抗日队伍中来，眼下我们腾不出手来解决他们，他们不是会继续当老缺吗？这还不是最可怕的。根据我们得到的情报，日本人已经打算引诱他们投降。一旦他们像郑奠基那样投靠了日本人，做了日寇的帮凶，对我们的抗日大业就会更加不利。"

冬雨听了刘人杰的话，陷入了沉思。马启亮刚想张口说话，刘人杰用目光制止了他。刘人杰想让冬雨自己好好想一想。

英秋原本来也要说点什么，可他见刘人杰制止了马启亮，他也就没有说话。

过了好大一会儿，冬雨抬起了头，他说："刘主任，您说的这些道理我能懂。可是我和马虎剩……"他没有说下去。

刘人杰知道他要说什么，英秋原当然也猜到了冬雨是在为这件事为难。

英秋原说："冬雨啊，刘主任刚才说的话，我这个老头子也听明白了。你与马虎剩那点事，是个人的恩怨，一个男人，咋能把一点私人的恩怨放在心上呢？你忘了水浒故事中的那句话了，叫做不打不相识。依我看，马虎剩也算一条汉子，说不定日后你们会成为好朋友呢。"

冬雨看了看英秋原，又看了看刘人杰和马启亮，最后，他下定了决心，答应参加八路军。并当场向刘人杰表了态，只要马虎剩不生是非，他决不计较以前的事。

冬雨走后，英秋原也回屋休息了。马启亮对刘人杰说："要不，干脆趁冬雨答应跟我们走，明天带他走吧。否则我怕夜长梦多。"

刘人杰笑了，他说："这个你放心，依我看，冬雨是一个做事光明磊落的人。他既然答应了我们，就不会轻易变卦。即使他思想有点波动，他也会主动找我们谈的。他不会不声不响离开我们的。今天晚上他来找我们就说明了这一点。"说完这番话，刘人杰已经上了炕。他脱了外衣，钻到被窝里。然后对马启亮说："天不早了，快睡觉吧！"

马启亮上了炕，吹熄了灯，很快就打起了呼噜。可是，他不知道，刘人杰却久久不能入睡。在黑暗中，刘人杰睁大了眼睛，在想明天自己临走之前，还有什么事情要做？还有哪些事需要嘱咐马启亮？他要把一切可能的变故都预料到，并做好安排，才能离开这儿。

第八章

1

博安县城有两纵两横四条大街，整个县城就像一个"井"字。两条纵向的大街分别就叫东大街、西大街。两条横向的大街分别就叫南大街和北大街。北大街比较繁华，县城有名的妓院百花堂和最有名的酒楼临河楼都在北大街。南大街相对冷清一些。在南大街上虽然也有一些酒楼、茶楼、药铺之类的，但是大都不太出名。

周生水的老丈人张顺福开设的张记药铺就在博安县城的南大街上。在南大街的那些店铺中，张记药铺还算比较有名的。可是，自从日本人占领了县城，张记药铺的生意就大不如前了。并不是日本人占领了县城，县城里得病的人就大量减少了。得病的人并没有减少，买药的人也没有减少。但是，张记药铺的顾客却明显地减少了。因为在张记药铺的门口有几名警备团的士兵在站岗。战乱年代，老百姓最怕的就是拿枪的。很多胆小的人就不敢到张记药铺买药了。

警备团的士兵说是奉了郑团长之命来保护张记药铺的。实际上，张顺福和他的女儿张雅芝都很清楚地知道，这是郑秃子派来监视他们的。他们虽然猜不透为啥监视他们，但是他们知道，这一定与周生水有关。郑秃子一定是在打周生水的主意。后来，周生水派人装作买药，来和他们接上了头。他们才知道，郑秃子拿他们当做人质，逼着周生水和他郑秃子一样当汉奸。来人还告诉他们，周大当家正在想办法，让他们做好随时逃出县城的准备。他们曾经想装作出去看戏，然后逃跑。可是那些人根本不让他们出去。理由当然是很充分，眼下城里治安情况很糟糕。郑团长吩咐，为了保证他们的安全，这一段时间他们不能出去。尤其是张雅芝和女儿周小娟更是半步也不能走出药铺。如果是张顺福一个人出去是可以的。他可以出去买一些生活用品什么的。因为郑秃子很清楚，只要看住张雅芝和周小娟，张顺福是绝不会一个人逃跑的。

好在郑秃子只是把张家父女软禁起来，并没有为难他们。由于有警备团的士兵站岗，或许也可能有坂田中佐或者是狩野顾问的命令，日本兵从来没有到药铺找过麻烦。他们的生活倒比较平静。可张顺福和张雅芝都知道，这个平静和平安都是暂时的。一旦日本人与周生水谈判失败，或者是日本人失去了耐心，他们随时都有被抓起来的可能，甚至还会丢掉生命。所以，表面上，张记药铺里一片平和，可每个人的心里都万分焦急和忧虑。像大海一样，表面上看去风平浪静，深处却是暗流涌动。这表面上的平静随时都会被一阵微风给打破。只有周小娟孩子心性，一点也没有觉察到危险正在悄悄地把他们包围起来，每天在院子里蹦蹦跳跳的，玩得很开心。她也不害怕那些拿枪的士兵，有时候还过去摸摸他们的枪。那些士兵也都很喜欢这个小姑娘，他们也经常逗着小娟玩耍。

店里有一个伙计叫张彪，是周生水派来的，既是伙计，又是保镖。负责保护周生水家眷的安全。他有一把匣子枪，平时就藏在他睡觉的屋里。他比张顺福和张雅芝还着急。可他知道，凭他一个人，是很难打败在这儿值班的那六个警备团士兵的。再说，那几个人也都是郑秃子手下的老缺，都是在江湖上混了多年的。他们虽然不认识张彪，但是一看就知道张彪绝不是单纯的伙计，他肯定是周生水派来保护家人的。所以，他们对张彪都严加防范。晚上，他们就在药铺的一间厢房里睡觉。可他们却是三班倒，每班两个人，值班的人到了晚上就在院子里转来转去。如果是张彪自己想逃出去并不难，简直是很容易。可如果他想把张顺福等三人弄出去，却比登天还难。

马上就要过年了，县城里的人们都在忙着购置年货。警备团也在忙着准备过年。按照坂田和狩野的安排，过了年，就要安排警备团分头保护县政府的人到各地建立区公所和维持会。郑秃子知道，过完年，他的人就要分为八部分了。他的警备团团部和一个连仍然留在县城，协助日本人守城。另外两个连却要分别到七个地方建立区公所。自从他拉队伍当老缺以来，他没和手下的亲信弟兄分开过。很快就要分手了，他不放心，可不放心又能怎样？

这些老缺们，不要说那些普通士兵，就连一些连长，也是第一次在县城过年，恐怕也是最后一次在县城过年。所以，郑奠基对今年过年格外重视。

坂田和狩野为了笼络人心，也对这个年很重视。他们专门和郑奠基、赵志明坐在一起，商量如何过好这个年，重点是如何在保证安全的前提下，做到与民同乐。

坂田、狩野、郑奠基和赵志明虽然各怀鬼胎，但是，表面上他们却是亲热得很，并且很快就设计出了一套共度新年的方案。

就是在这次聚会中，他们不仅商量了如何过年，也商量了过完年以后如何建立区公所和维持会的事情。

坂田的本意是过了正月初五，就开始这项工作。狩野和赵志明当然也同意。可郑奠基不同意。他坚持要过完正月十五才能做这件事。他还说，过完元宵节才算过完年。

坂田虽然自诩为中国通，可他对民间的这些习惯并不清楚。他原以为过完正月初五，年就过完了。他提议正月初六行动，是因为他听说中国人迷信一个"六"字，他还知道中国民间有一个说法叫"六六大顺"。所以，他才提出正月初六就开始行动。本意是想显示他对中国文化的精通。没想到郑奠基却说过了正月十五才算真正过完年。他一想，这也没什么要紧的。于是，他就索性把人情送到底，顺着郑奠基的意思说，那就过完正月十五，十六日开始行动。他还是为了要那个"六"字。没想到，郑奠基却说过完正月十六才叫过完"十五"。这个说法把他给绕糊涂了：过"十五"就是过十五，怎么还要过了十六才算过完十五呢？他觉得今天的郑奠基有点得寸进尺了，他有点生气了。虽然生气，但是他的脸上却依然还是笑眯眯的，他说话的声音依然还是轻轻地，他说："郑君，你的这个说法是不是有点不通啊？"

狩野的脸已经拉下来了。他很不满地哼了一声。郑奠基知道坂田和狩野不高兴了，对坂田他不敢不恭，可对狩野他并没放在眼里。他知道，现在正是坂田用得着他的时候，他即使得罪了狩野，坂田也不能把他怎么样。所以，他对狩野是连看也不看一眼。他说："坂田先生，这是我们这儿的一个风俗习惯，不信您可以问赵县长。"

赵志明虽然恨不得借坂田之手把郑奠基收拾掉。他好把博安县的军政大权抓在自己的手里。可他更清楚地知道，眼下还不是时候。他还得帮着郑奠基说话。再说，郑奠基说的是实情，自己不能撒谎。他知道狩野对郑奠基很不满，以后自己可以偷偷地不露声色地在背后撺掇着狩野对付郑奠基。想到这儿，他谦卑地冲坂田和狩野笑了笑，说："坂田先生，您对中国文化有着很深的造诣。可我们这个偏僻的地方，不知道从什么时候却流传下来这么一个习惯，郑团长说的是真的，直到过完正月十六，才叫过完了元宵节。"

赵志明费了老大的劲儿，才说明白这件事。他对坂田和狩野说，按照大荒洼的习惯，一年当中有三个"十五"要过。分别是农历的七月十五、八月十五和正月十五。这三个"十五"都有一个比较正统的名字，分别叫做"中元节"、"中秋节"和"元宵节"。但这三个名字都是文人们说的，或者说是书本上的叫法。在大荒洼，人们给过这三个节都叫"过十五"。虽然都叫"过十五"，但并不都是在十五这一天过节，在大荒洼有一个顺口溜，七月十五过十四，八月十五过十五，正月十五过十六。正月十五其实连过三天，从十四到十六。直到过完十六，才叫过完了"正月十五"。

坂田听了哈哈大笑，他说："那好吧，就依郑君。那就过完正月十六。"说到这儿，他又对郑奠基说："郑君，那你看，哪一天开始行动呢？"

郑奠基说："太君，我知道这件事宜早不宜迟，赵县长也着急着呢。我看就正月十八这一天行动吧。我们也可以在正月初六到正月十七这段时间作好准备。"

这件事定下来以后，坂田又提出了招降周生水和陈三耀的事。狩野说："既然郑团长打算正月十八开始派兵协同县政府建立区公所。那就把这件事一同办了吧？"

郑奠基点了点头，说："狩野太君想的对，等过完了年，我们可以带着周生水的家眷去和他谈判，我不信他敢不答应。只要周生水答应了，陈三耀势单力孤，他也就不会再观望了。"

2

很快就到了腊月二十九，第二天就是除夕了。坂田为了稳定县城的治安，好在过年以后腾出手来向县城周围的农村扩展，建立区公所和据点，他严加约束士兵。所以，整个县城竟也出现了暂时的安乐景象。

就在这一天的傍晚，忽然有几个日本兵闯进了张记药铺，要带走张顺福、张雅芝和周小娟。

日本兵好像是从地底下冒出来的，突然就出现在了张记药铺门前。看到日本兵突然出现在面前，在门口值班的两个警备团士兵吓了一跳。当时，两个人正缩着脖子，抽着烟，唠着嗑。其中一个听见传来整齐的脚步声。他们以为是日军的巡逻兵来了。一想，又觉得有点不对劲儿，日军的巡逻队不是刚刚过去吗？他们眼看着那些巡逻兵刚刚转过了街角，怎么又回来了呢？他们向大街两边张望了一下，没有。就在一愣神的工夫，从旁边的胡同里出来了五个日本兵，领头的是一个伍长。

张记药铺的西侧就是一条南北向的胡同。这两个警备团士兵想，日军司令部设在县政府，在北大街。通常日军巡逻队从北大街到南大街时，都是从东大街或者西大街过来，很少走小胡同。可这一次，他们就走了一个小胡同。所以，让两个警备团士兵有点儿愣神。

日本兵走到张记药铺门前，看到站在门口的两个警备团士兵，他们没有停下来，甚至没有稍微放慢一下他们的脚步。踩着整齐的步伐向门里走去。两个警备团士兵不敢拦挡。只得跟在后面，一个个子稍高一点的士兵大着胆子问："太君，请问你们有什么事？"

日本兵没有带翻译官，好在那个伍长会说中国话。他一边走，一边说："我们要把这一家人带去司令部审问。"说着话，人已经进了大门，他根本就没拿正眼看一下警备团的士兵。

大个子说："那我得汇报一下。"

那个伍长突然停住了脚步，回过头来，恶狠狠地盯住大个子，嘴里吐出了两个字："八嘎！"

另外四个警备团士兵正在西屋里打牌，听见天井里有动静，带头的班长开门一看，见是日本兵，便赶紧迎出来。四个人一出来，那个伍长鼻子里"哼"了一声，对班长说："我的，要提审他们。你的，进去把他们叫出来。"

这个班长心里直犯嘀咕，他想说，郑团长吩咐过，没有他的命令任何人不能动这几个人。可他看了看那个伍长和那些凶神恶煞的日本兵，没敢说出来。在没有和日本兵接触之前，他们这些老缺是根本不把日本兵放在眼里的。他们在大荒洼里当老缺的时候，对日本兵长驱直入的侵略中国，很是不服。他们不理解国军为何会一败涂地。更不理解那么多的有血性的汉子会任人宰割。他们被收编为保安部队后，在王官庄驻防，虽然他们这些底层的士兵也猜到了这是李春秋拿他们做挡箭牌，可他们并不怕。他们每个人都摩拳擦掌，盼着日本鬼子快点来，他们甚至害怕鬼子兵会绕过他们从别处去进攻县城。他们从军官到士兵都想在这次阻击鬼子的战斗中，让猖狂的日本鬼子看看他们这些刀头舔血的老缺们的威风，也让保安旅的人不敢再小瞧他们这些老缺。等到仗一打起来，他们才明白过来，他们面对的不是大荒洼里手无寸铁的老百姓，而是训练有素且骁勇善战的日本兵。他们虽然不怕死，那些日本鬼子更不怕死。更可怕的是那些鬼子兵的枪法个个精准，战术也比他们高明得多。以前，他们善于单兵作战，最多是一小撮人协同行动，可打阵地战，他们实在是没有经验。他们弄的那些工事更是自己糊弄自己，还没接触，他们就吃了大亏，鬼子的小钢炮把他们炸得魂飞魄散。还没见小鬼子的面呢，自己这一方就有许多人被炸死炸伤。等鬼子冲上来的时候，老缺们根本就不能组织有效阻击。那一战，他们那些天真的梦想就化为了泡影。他们不但不能打出"缺爷"的威风，反而差点全军覆没。

投靠日本人，虽然很多人心有不甘，可他们只能把那一点不服藏在心里，谁也不敢表现出来。现在，班长略一沉吟，便吩咐站在身后的士兵去里面叫张顺福等人。

就在几个士兵去叫人的时候，这个班长心里在想，今天的事好像什么地方有点不对劲。他想，待会儿张顺福他们出来，一见到日本兵，肯定不愿意跟日本人走。那时候日本人一旦发火，自己该怎么办呢？他正低头琢磨。那个伍长突然问他："你的，叫什么名字？"

班长一愣，他赶紧回答："太君，我叫吴思全。"

伍长竟然笑了笑，说："吴的，当兵几年了？"

吴思全张口刚要回答，就见张顺福等人出来了。他一看，张顺福很顺从的样子，张雅芝领着女儿周小娟跟在后面，看到日本兵竟然也没有害怕。张彪低着头，也跟在后头，丝毫没有想要反抗的样子。吴思全的脑子里立刻闪过了一连串的问号。可还没等他想下去，就听那个伍长很严厉地说："吴的，你的为什么不回答我的话？"

吴思全只得暂时收回心神，说："太君，四年了。"他说的这个四年，是从他当老缺算起的。如果从他们被保安旅收编算起，才刚刚半年。

听了他的话，伍长突然生气了，他声音不高却很严厉地说："吴的，你从军四年了？"说到这儿他恶狠狠地盯着吴思全。

吴思全不知道自己的回答出了什么错，赶紧点了点头，说："是，太君。"

伍长好像很遗憾地摇了摇头，说："从军四年了，你是怎么带兵的？"他用手指了指散散乱乱地站在四周的那五个警备团士兵，鄙夷地说："你看看他们几个，哪里像一个军人的样子？集合起来，我的，要训话。"

吴思全赶紧把自己的部下叫到自己身边，立正站好。就在他整理队伍的时候，伍长冲身后的几个日本兵一摆头，四个鬼子兵端着上了刺刀的三八大盖走上来。刺刀在落日余晖中，闪着一抹冷冷的寒光。

这个时候，吴思全的心里有一种不祥的预感，他不由得紧张地看了看身后的五个兵。只有那两个在门口值班的士兵肩上背着枪，其他人都是赤手空拳。还没等他有什么动作，日本兵已经逼到近前。吴思全慌了，他结结巴巴地说："太君，这是怎么回事？"

那个伍长用非常流利的中国话说："举起手来，谁敢动，就打死谁。"

这时候，张彪也从腰间掏出了一把匣子枪，并把枪顶在了吴思全的后腰上。吴思全和手下的那几个人全都傻眼了。吴思全想，这些人根本就不是日本兵，一定是周生水派来的。他们肯定事先派人来装作买药联络好了。这样一想，他反而不害怕了。他说："弟兄们，咱们无冤无仇的，我们也是奉命行事。你们既然要接走张老爷子，你们接走就是。干吗这么吹胡子瞪眼的？"

那个伍长说："那好吧，你们配合一点。"说完，一摆手，让吴思全他们到西屋里去，然后将他们的手脚都捆绑起来，又锁上了西屋门。

出了门不远，早有一辆带棚马车在等候，张顺福等人上了车，向东城门驶去。那五个日本兵装扮的人紧紧跟在马车后。

3

张记药铺离东城门不远，眨眼的工夫就到了。天已黄昏，在东门值班的警备团士兵已经打算关城门了。这时却见一辆马车来了，后面还跟着几个鬼子兵。他们赶紧站好，马车来到近前，带队的一个班长正在犹豫是否拦下问一声。可那辆马车根本就没有停下来接受检查的意思。那个班长看看走过来的日军伍长，没敢说什么。那个伍长看了他一眼，便带着四个日本兵跟在马车后面走出城门。

等日本兵走过去了，一个警备团士兵才凑过来说："那车棚门放着布帘子，我敢说这些日本鬼子护送的肯定是官太太。"

班长疑惑地说："可天这么晚了，他们护送女眷出城去干什么呢？"

那个士兵说："那你刚才咋不问问呢？"他们都是老缺出身，平日里称兄道弟，这个士兵这么顶撞班长，班长也不恼。他说："管他呢，我们关城门，回去吃口热乎饭。"

出城门不远，那几个日本兵装束的人找了一个僻静的地方，脱下日军军服，换上了老百姓的衣服。领头的那人将那把王八盒子掖在腰里，另外四个人把长枪放在马车上，张彪也从拥挤的车棚子里出来，和他们一起簇拥着马车向北驶去。

张顺福坐在车里，暗自庆幸。他觉得今天很顺利。只要进了大荒洼，就像鱼儿入了大海。那儿就是他们的天下了。张雅芝怀里搂着女儿，脸上也露出多日不见的一丝笑容。只有张彪紧皱着眉头，他手里依然紧紧地攥着那把机头张开的匣子枪。他一直觉得这件事有蹊跷。前天傍晚，来了一个买药的人，就是那个假扮日军伍长的人。他对张顺福说自己是周大当家派来接他们的，并商量了这套计划。当时，张彪就产生了疑问，因为张彪从来没有见过这个人。这个人好像看出了张彪的心思，他说，自己是前不久刚刚投奔周大当家的，周大当家怕派个熟人来，被警备团的人认出来，才叫他来的。这个解释也合情合理，毕竟，警备团的人都是大荒洼的老缺，一旦让他们认出来就麻烦了。可是，刚才张彪的疑心却又增大了。因为，这个假扮伍长的人是新来的，还可以理解。可今天他手下那四个人，自己竟然一个也不认识。几个月之前，他还回过大荒洼。在短短几个月之间，怎么会有这么多新人呢？可他们如果不是周大当家派来的，又会是什么人呢？可以肯定的是他们不是日本人，也不会是郑秃子的人。虽然从他们的行动上来看，他们并无恶意，但是张彪不敢大意。他想听一听他们说话，想从他们的谈话中听到哪怕一点信息，然后做出自己的判断。可是，他们没有说话。已经离开县城二十多里了，跟在车后的那几个人一直是默默地在走着。张彪又把这件事的前前后后想了一遍，他发现一个问题，从一开始，就只有那一个领头的说过话，而其他四个人都是一句话也没说过。这让他的疑心更加重了。忽然他生出了一个可怕的念头，万一这群人是日本人，他们假装救人，然后一路跟踪，找到周大当家的老窝，然后来一个一锅端。那简直太可怕了。他想告诉张顺福，商量一下怎么办？可他一看，张雅芝很安详的样子，他又忍住了。他不想让张雅芝再受到惊吓。自从日军占领县城以来，这个女人整天提心吊胆的，好不容易有了一点盼头，自己怎么忍心打破她的好梦呢？再说，即便把自己的猜测说出来，张顺福和张雅芝能有什么好办法呢？让他们徒增烦恼罢了。还是自己想办法吧。

张彪凑近那个领头的，他问："不知道大哥怎么称呼？"

那人很痛快地说："我叫刘人杰。"

张彪叫了一声"刘大哥"，然后问："不知道刘大哥原来是干啥的？"

刘人杰知道张彪对他的身份产生了怀疑，不过现在他还不能将自己的真实身份告诉张彪。他说："我以前是种地的。"

说完这么短短的一句话，刘人杰不再说什么了。张彪看了看紧紧跟在后边的那四个人，可那四个人却不看他，也不说话，只是一个劲儿地走着。

张彪忽然灵机一动，想出了一个试探刘人杰的好办法。他想，自己咋就这么笨呢？看来自己真是急糊涂了，刚才咋就没想到这一招。他的嘴角掠过一丝微笑，问："刘大哥，大当家这么信任你，你是进士吧？"

这句话不知底细的人还真的会被问住。原来，周生水一直很崇拜读书人，他当了老缺以后，把手下的头目分了几个等级，都是按照科举考试的功名来区分的。比如，二当家就叫榜眼。手下的三个大头目叫进士，小头目叫秀才，每个秀才手下有六七个人。不过他这些称呼只在内部叫，对外却不这么称呼。所以，在大荒洼，老百姓照样称呼马虎剩为二当家。除了老缺们知道这些称呼外，外人只有一个人知道，这个人是英秋原。严格来说，英秋原也不算是外人。

刘人杰本来不知道，英秋原当着他的面，提到马虎剩也是称呼二当家。可就在刘人杰与周生水的合作谈成以后，就在刘人杰要离开大荒洼的时候，英秋原忽然就决定把这些内部称呼告诉刘人杰。因为他从刘人杰和周生水的谈话中，听出来刘人杰打算帮助周生水营救家眷。虽然周生水婉言谢绝了，但是，周生水走后，刘人杰向他打听周生水手下哪一个头目在县城保护家眷，他觉得刘人杰肯定会去营救张顺福等人。为了能让张彪不怀疑刘人杰，并好好的配合，他不仅把张彪的情况都告诉了刘人杰，还把这些内部称呼告诉了刘人杰。

现在刘人杰见张彪试探自己，他笑了笑说："别说进士，我连秀才都不是。

我刚刚开始与大当家合作。大当家还没有给我一个身份呢。"

听刘人杰这么说，张彪才放下心来。其实，他的心只是放下了一半。这些内部称呼一直是周生水他们内部的秘密。就连同为在大荒洼当老缺的郑奠基、陈三耀也不知道。既然刘人杰知道这些，应该是自己人。但是，刘人杰说"刚刚开始与大当家合作"，这说明刘人杰还没有加入周生水的队伍中来，他和周生水的关系不是上下级。张彪能确信的是可以与刘人杰合作。在眼下看来，这就足够了。只要能把张雅芝等人安全送到大荒洼，以后的事以后再说。

4

通往大荒洼的路上，在这寒冬腊月本来行人就不多，现在天已经黄昏，路上更是不见行人。

张彪和刘人杰一边走着一边拉着呱，前边不远处路边有一个高土台子。土台子上有一些高大的松柏。刘人杰和张彪都知道这个大土台子是很有来历的。张彪说："到桓公台了，我们离开县城已经 25 里路了。"

刘人杰说："一口气跑了 20 多里路，弟兄们也累了，我们就在路边歇歇吧。"

张彪恨不得一口气走进大荒洼，他怕半路上耽搁时间多了会出事。可他不好意思说。他犹豫了一下，说："那好吧，就在路边歇歇吧。我不累，我到台子上去看看。"

刘人杰知道张彪是想到台子上去放哨。他说："我也不累，和你一起上台子去看看。"

两个人从缓坡往上爬，刘人杰说："我曾经从一位教书先生那儿听说过，这桓公台在史书中叫做柏寝台。据说是春秋时期齐侯的行宫寝室，齐桓公曾经在这儿会见诸侯，所以我们习惯上叫它桓公台。山上有三皇殿，供奉的是天地人三皇。虽然天快要黑了，不过我们还可以去看看。"

张彪哪有心思去看什么三皇殿。他说："这个地方我看过很多次了，没啥看头。你去看看吧，我就在上边坐坐。"

说着话，两个人已经快要爬到台上了。突然，张彪停住了脚步，一把拉住刘人杰，迅速蹲下身子，低声说："台上有人。"

张彪自从当老缺以来，常年在野外生活，又常常夜间行动，他的听力很敏锐。

刘人杰却笑了，一把把他拉起来，说："我早就知道有人。我们尽管上去就是。"

张彪疑惑地看着刘人杰，却没有迈步。刘人杰说："上边的人是我安排接应的。"

两个人上了台，见台上有两个人。张彪一见这两个人，一下子愣住了。因为其中一个人他觉得有点面熟。他仔细一看，想起来了，这个面熟的人是大荒洼英庄的英冬雨。

刘人杰见张彪发愣。他笑了笑，拉着张彪坐下来，"张彪兄弟，我说在这儿歇歇，就是想介绍这两个人给你认识。另外还有一件事情要告诉你。"说着，他一指冬雨说："他，你应该认识。他是英冬雨，是大荒洼的神枪手。"

张彪说："认识，认识。难道冬雨也成了我们的人？"

冬雨笑了笑，却没有说话。刘人杰又一指另一个小伙子说："他叫马启亮。是八路军山东纵队的战士。"

这一回张彪惊得嘴巴张得大大的。刘人杰把自己的身份和已经与周生水合作的事情告诉了张彪。张彪听了，不由得心里暗暗吃惊，自己觉得是很机灵的。也正是因为这一点大当家的才派他来保护家眷。刚才，他虽然对刘人杰的身份有所怀疑，却没想到人家是八路军。

刘人杰看透了张彪的心思，却没有点破。他说："张彪兄弟，待会儿，你护送张老爹他们去大荒洼。我们就在这儿留下来阻击鬼子。"

张彪说："鬼子没有察觉，我们一起走吧。"

刘人杰说："我猜想，鬼子很快就会发觉追上来的。我在行动前把鬼子巡逻队的行动规律都摸透了。他们巡逻到药铺门口，见警备团值班的人不在，他们一定会进去看个究竟的。"他又用手一指冬雨说："本来我打算过了年以后到大荒洼把冬雨带出来，可现在阻击鬼子，正好用到这个神枪手，所以就提前请他来帮忙。"

张彪说："我留下来和你们一块儿阻击鬼子吧。"

刘人杰说："这不行。去大荒洼没有人保护还是不行的。待会儿你就走。我们在这儿有这个好地形，又有冬雨这个神枪手，鬼子讨不到便宜的。"

张彪还在犹豫，忽然就听见远处传来突突的声音。

这种"突突"的响声，在张彪听来太熟悉了。他陪着张顺福父女在县城生活。自从县城被日军占领，这种"突突"声常常不分昼夜地从药铺门前响过。他对刘人杰说："鬼子的摩托。"

刘人杰说："来得好快啊！你快下去护送张老爹他们走。"

张彪还想说什么，可他一看刘人杰那坚毅的目光，便住了口。他飞跑下台，对赶车的人说了两个字："快走！"

赶车人一扬马鞭，那鞭子在半空中挽了一个鞭花，"啪"的一声脆响，他嘴里同时喊了一声"驾！"那匹枣红马立刻扬蹄奔跑起来。

刘人杰把在台下的那四名战士都叫上来。然后大家找最佳的射击位置，埋伏下来。冬雨在台子边上一棵松树后边趴下来，把那杆汉阳造步枪伸出去。刘人杰就趴在他的身边。刘人杰说："要等鬼子到 600 米以内再开枪。要瞄准驾驶摩托的鬼子打，最好是一枪爆头。"刘人杰又对其他人说："等冬雨的枪一响，你们就一齐开火，趁鬼子没反应过来，尽可能大的给他们以杀伤。大家不要大意，鬼子的枪法也是很厉害的，要隐蔽好自己，千万不要露头。"

冬雨在临来的时候，也曾经在大荒洼里试了试这种步枪。说实话，步枪比他的土枪射程远、精确度也高。

汉阳造步枪在理论上的有效射程为 1300 米，可是，出厂时大多只有 700 米至 800 米的射程。这支步枪是刘人杰专门为冬雨准备的，在特务团算是质量最好的了。那些质量差且保养不好的射程连这个数也达不到，有的有效射程仅有 300 多米。汉阳造虽然射程不算远，但是 7.92 毫米口径的子弹比日本人 6.5 毫米三八式杀伤力强得多。三八式由于射程远初速大一般造成贯穿伤害，不打在要害死不了人，可是汉阳步枪就不同了，大口径子弹会直接把被击中部位打得血肉模糊甚至炸开。所以，刘人杰才嘱咐冬雨要"一枪爆头"。这样做，一来可以立刻使摩托失去控制侧翻，上边的鬼子兵摔下来就会摔伤丧失战斗力。二来可以给敌人造成心理压力。

冬雨轻轻点了一下头，他趴在那儿，很快就进入了准备射击的最佳状态。

鬼子摩托车进入视野了。冬雨趴在那儿，一动不动，静静地等待着，等待着鬼子进入他的射程。

鬼子的摩托很快就来到近前，刘人杰估算着距离，800 米，700 米，600 米。进入射程了，可冬雨的枪没有响。

刘人杰惊异地侧脸看了冬雨一眼，低声催促道："冬雨，开枪啊！"

冬雨的枪口已经瞄准了第一辆摩托车上鬼子兵的脑袋。可他的心里忽然犹豫了。以前他的枪口下出现的都是一些动物，这一次是活生生的人。天还没有黑透，冬雨的目力又是极强，在他枪口下的那个鬼子兵的面目他看得很清楚。他不敢想象，一枪把这个充满活气的脸打个稀巴烂。刘人杰的命令把他从遐思中惊醒了，他来不及细想，扣动了扳机。

一声枪响，那个鬼子兵并没被一枪爆头，这一枪打中了鬼子兵的右手。摩托车一下子失控，侧翻在了土路上，驾驶摩托的鬼子兵和挎斗里的鬼子都摔出去。刘人杰喊了一声"打"。几支步枪一齐开火。

鬼子只有三辆摩托，六个人，第一辆摩托上的两个鬼子摔下来，伤得不轻。第二辆摩托没刹住车，撞在前边的摩托上，也翻了。那两个鬼子兵虽然也摔下来，但是伤得不重，他们就势卧倒在地。第三辆摩托刹住了车，两个鬼子赶紧往下跳，正好成了活靶子，还没等跳下来，前边的鬼子就被一枪打中了胸口，另一个鬼子也被打中了肩膀。在突然的袭击下，六个鬼子一死三伤。只有第二辆摩托上的两个鬼子还有战斗力。

这时候，刘人杰最担心的事情发生了。冬雨倒愣在那儿，不知道开枪了。刘人杰在训练新兵时，都是把思想教育作为一个重要的方面，让新兵认识到鬼子兵的凶残本性，这样就能激起新兵对鬼子的仇恨。在第一次参加战斗时，新兵在心里把鬼子兵当成吃人的豺狼，下手时就不会心软。可是，他是临时拉冬雨来的，并且他急于进城，把对冬雨临战前的教育交给了马启亮。看来，马启亮的教育效果没有达到。可这个时候，他什么也来不及说，只是一个劲地瞄准鬼子兵射击。他对鬼子兵的战斗力是有认识的。一旦给他们喘息的机会，他们虽然人不多，但是他们的枪法很好，三八式步枪射程又远，精确度又高，一旦开始反击，自己这一方难免会有伤亡。再说，此时只能速战速决，决不能恋战。一旦鬼子的援兵上来，自己这几个人恐怕就撤不下来了。

好在他们占据了地理优势，居高临下，敌人又是措手不及，战斗很快就结束了。六个鬼子被打死了五个，剩下的一个也成了重伤。刘人杰招呼大家迅速冲下台子，他想活捉那个鬼子兵。

从抗战开始，八路军一直都在想活捉鬼子，这成了一个政治任务。对于刘人杰这个政工干部来说，就更重视这件事。他深知活捉鬼子的政治意义。可是，就在他们冲过去的时候，那个鬼子用刺刀刺入了自己的腹部，并拼尽了全力向一侧一拉，连肠子都流出来了，眼见得活不成了。这一幕，把冬雨惊呆了。

刘人杰赶紧命人把鬼子的枪和子弹都收起来，把摩托车点燃，然后迅速撤离。

在撤退的路上，马启亮和其他四名战士兴高采烈。这是他们参军以来打得最漂亮的一场歼灭战。冬雨却一直闷着头不说话。

刘人杰走到冬雨的身边，和他并肩而行。走了一会儿，刘人杰忽然就说话了。但是他好像没有对冬雨说，而是在那儿自言自语。但是，冬雨知道，那些话是说给自己听的。

刘人杰说："我本来不喜欢舞枪弄刀的，我喜欢读书。我读过很多历史书，那些书本告诉我，每个朝代的更替，几乎都是靠战争来实现的。每一次的朝代更替，都是生灵涂炭，老百姓遭殃。可是换了一个皇帝之后，又怎样呢？老百姓的生活有多少变化呢？我曾经想过，我这一辈子都不会拿起枪来，去参加到一场战争中。我在老家的一个小学校里当老师，每天教孩子们读书，过着一种很平静的生活。我喜欢过平静的生活。对军阀们之间争地盘的战争我很反感，他们都是为了自己的一私之利，不惜发动一场战争，不惜把老百姓推向水深火热之中。可是，后来我却参加了八路军，穿上了军装，拿起了枪。不但自己要打仗，还要动员别人参加到战争中来。这是为什么？日本鬼子来了，他们不是把战火烧到我们的家门口，而是直接进了我们的家。我们必须要把他们赶出去。这是一场不得不打的战争，我不喜欢战争，但我更不愿意人家来我们家里烧杀抢掠。等将来把日本侵略者赶出中国以后，我还回到家乡去教书。"

刘人杰说完这些话，冬雨还是低着头走着。刘人杰知道他心里肯定有一个很大阴影。这个阴影不是三句话两句话能够消除的。他想回去以后，慢慢地想办法。

5

接连两个消息，都让坂田感到吃惊。还不是一般的吃惊，简直是把坂田给惊呆了。

第一件事是巡逻队发现张记药铺的人都跑了，警备团的人都被人家像粽子一样捆绑起来，关在了一间屋子里。坂田不知道那些人是何方神圣，但是可以肯定的是，他们算计好了时间，在巡逻队刚刚过去的时候，化装成皇军打了警备团的人一个措手不及，把药铺的人给救走了。调查的结果是那些人从东门出了县城，他们乘坐的是一辆马车。他立刻命令追击，他猜测这是周生水手下的老缺来把人救走了。他派出了六名士兵，开着三辆摩托车，他相信很快就能追上他们。他更相信，凭着皇军的战斗力，那几个小小的老缺根本就不是对手。

坂田貌似气定神闲地坐在那儿，右手在那张黑漆方桌上轻轻地、很有节奏地敲击着。这是他思考问题时的一个习惯动作。他一边敲着，一边在想，看来，自己对周生水是太客气了。这个小小的老缺竟然敢跟皇军玩障眼法，从皇军的眼皮子底下把人救走，这是他不能容忍的。等把人追回来之后，他要给周生水一点颜色看看。让他知道跟皇军搞阴谋、耍手段是不会得到好处的。

正在坂田想着怎么整治周生水的家人的时候，他听到门外传来了脚步声。天很冷，他的屋门紧闭着，但他从脚步声中听出来，来人是联队参谋长曹谷信良少佐。他想，曹谷信良肯定是来向他报告好消息的，一定是把周生水的家眷给抓回来了。

屋门被推开，屋外的寒气跑在了曹谷信良的前边，坂田感到身上一凉。曹谷信良慌里慌张地走进门，竟然没有回身把门给掩上。方桌上那盏罩子灯散放出淡淡的光晕，坂田没看清曹谷信良脸上的表情。他对曹谷信良的表现有点不满意。他说："曹谷君，这么点小事就让你沉不住气了？"

曹谷信良一下子愣了，难道坂田中佐已经知道了？不可能啊？就在他发愣的时候，坂田又说话了。他慢悠悠地说："曹谷君，请把门掩上。"

曹谷信良只得回过身去，把屋门掩上。他回过身来，走到坂田的面前，坂田伸手指了指桌子旁边的椅子，示意他坐下。曹谷信良没有坐，依然站在那儿，他想尽量压制住内心的恐慌，可他没压住，说话的声音有点哆嗦："阁下，我们派去追击的六名皇军全部玉碎了。"

坂田不相信自己的耳朵，他觉得肯定是自己听错了。不，他一直以来很自信，他的耳朵不会有问题。肯定是他的参谋长曹谷信良少佐说错了。或者是曹谷信良听错了，才导致他说错了。他失去了往日的那种自信和儒雅，瞪大了眼睛，眼珠子几乎要从眼眶子里蹦出来。满脸上写着三个字：不相信。

曹谷信良知道坂田不相信。不要说坂田，就是曹谷信良刚听到手下报告，也不相信。自从他们进入中国以来，他们与国民党的中央军打过，与国民党的地方部队打过，也与共产党的八路军打过，他们几乎没有被打败过。可今天是怎么了？六名皇军竟然被几名小小的土匪全部歼灭。这简直是不可思议的事情。

消息是郑奠基告诉曹谷信良的。

坂田命令派人去追击张顺福等人。曹谷信良安排一名伍长带队出发，他的人刚刚派出去，郑奠基来找他，也是为了这件事。郑奠基觉得这件事不好交代。当初，坂田本来打算把周生水的家眷抓起来，逼迫周生水投降。是他郑奠基献计说抓起来不如软禁起来，一抓起来，有可能把周生水给逼反了。坂田觉得他说的有道理，就答应了，并且由警备团的人负责看管。可没想到，人却从他的手里被救走了。他不敢去见坂田，他就去向曹谷信良汇报。

曹谷信良私下里和郑奠基关系不错，至少在郑奠基看来是这样。曹谷信良喜欢收藏古董，他这个爱好是在进入中国以后才有的。在日本的时候，他根本就对古董不感兴趣，因为他即便是感兴趣，也没有经济条件。可他随军队侵略中国打下第一座县城之后，县长为了活命，主动送给他一件宝贝。当时他并没有看在眼里，可那个县长却对他说，那个瓷壶价值连城。他出于好奇，就把那个瓷壶收下了。在打进济南的时候，他曾经找一个对古董有研究的人给看过，那个人说这个瓷壶至少能值一百两银子。空闲的时候，他就拿出来观赏一番，没想到，渐渐地他竟然就喜欢上了那个瓷壶。其实，他真正喜欢的并不是那个瓷壶，而是那个瓷壶的价值。从那个时候开始，他每到一地，就想办法搜集古董。名义上是业余爱好，实际是为了将来卖钱。占领博安县城以后，他在郑奠基请他吃饭的时候，故意提到了自己的这个"爱好"。郑奠基心领神会，立刻去帮他搜集古董。一来二去，二人就有了一定的交情。郑奠基接到手下报告说张顺福等人被救走了，他知道这是一个大麻烦。赶紧来找曹谷信良，他来的时候，曹谷信良已经派出了日军去追击。曹谷信良见了郑奠基，就帮他出主意说赶紧派人去协助皇军捉拿逃跑的那些人。只要人抓回来了，坂田太君也就不会再追究了。郑奠基立刻派张立言亲自带人骑马去追。等张立言带人走到半路上，就发现了日军的尸体。张立言当时也吓坏了，什么人这么厉害，竟然在这么短的时间里，把六名日本兵全部消灭了。难道对方有大股人马埋伏？他不敢追了。他留下一部分人看守现场，自己骑马回到县城报告。郑奠基听了报告，不敢拖延，立刻去见曹谷信良。曹谷信良让他在自己屋里等着，然后一个人去见坂田。

过了好大一会儿，坂田才从怔愣中回过神来。他的理智告诉他，曹谷信良说的是真的。他慢慢地站起身来，深吸了一口气，然后说："走，我们去看看。"

曹谷信良立刻转身出屋让人发动汽车，并让人去叫郑奠基。等他陪着坂田出来的时候，郑奠基已经恭恭敬敬地站在了天井里。

郑奠基一见坂田和曹谷信良出来，立刻两脚一碰，向坂田敬礼。坂田看了郑奠基一眼，没说话，继续向汽车走去。曹谷信良说："郑团长，上车吧！"

坂田等人来到柏寝台下，看到了那六名日本兵的尸体。坂田的脸色很难看，可是他仍然弯下腰去，借着车灯的光线，仔细地逐个查看那六具尸体。看了一会儿，他又抬起头向柏寝台上望去。这时天已经黑透了，柏寝台上黑黢黢的，那些松树的树枝在北风里轻轻地摇晃着，发出唰唰的声音。

见坂田在往柏寝台上看，曹谷信良和郑奠基、赵志明等人也都随着坂田的目光看去。曹谷信良见这个高高的土台子上不仅有许多松树，隐隐约约好像还有房屋。他感到很奇怪，自从占领博安县城以来，他从来没有离开过县城，这个高土台子他既没有见过，也没有听说过。他心里想，这是个什么地方呢？他扭回头，看了看站在他身旁的郑奠基和赵志明。

郑奠基说："太君，这个土台子叫桓公台，好像还有个典故。"说到这儿，他看着赵志明，说，"我是个粗人，说也说不明白，还是请赵县长给太君说说吧！"

赵志明本来见郑奠基抢在他前头去讨好坂田和曹谷信良，心里很不高兴。现在见郑奠基把话题交给了自己，不由得嘴角掠过一丝冷笑。他见坂田和曹谷信良都看着他，他赶忙说："据史书上记载，这个台子是春秋时期的齐桓公修建的行宫，他当春秋霸主的时候，曾经在这儿与天下诸侯会盟……"

坂田打断了赵志明的话，说："走，上去看看。"说完这句话，他眼睛看着那六具尸体对身后的一个军曹说："你把他们抬上车，带回去。"

来到台上，曹谷信良怕还有埋伏，带人搜索前进。坂田却是气定神闲，他在台子的边上，打开手电筒，仔细地查看着。他发现了一些子弹壳，他捡起了好几个弹壳，放在右手掌心，左手拿着手电筒照着，眯缝起眼看了一会儿。他把郑奠基和赵志明叫过来，让他们看了看那些子弹壳，然后问："你们看，这是什么枪的子弹呢？"

郑奠基说："好像是汉阳造。"

赵志明也说："嗯，不会错，是汉阳造88式步枪的子弹。"

坂田看着手中的子弹壳，沉思了好长时间，他说："郑君，依你看，周生水的人有这种步枪吗？"

郑奠基说："太君，据我所知，周生水手下大多数人用的都是土枪，只有他和二当家两个人各有一把二十响，没听说他有汉阳造。即便有，也不会超过三两支。"

坂田想了想，忽然看着郑奠基说："好像你的人大多数是用这种步枪吧？"

郑奠基吓得头都大了，冷汗一下子流下来，急忙表白说："太君，这绝不会是我的人干的。我对太君忠心耿耿，是决不允许手下的人对太君存有二心的。"

坂田笑了笑，轻轻地摇了摇头说："郑君，你的，误会了。我的意思是，你的枪是保安旅给你的。李春秋的保安旅应该配备了这种步枪。"话是对郑奠基说的，眼睛却看着赵志明。

赵志明赶紧说："太君，虽然保安旅是用 88 式步枪，但我可以肯定不是他们干的……"

坂田一摆手，没有让赵志明说下去。他说："这个我知道，李春秋已经被皇军打得毫无招架之力，他根本就没有这个斗志。我想，我已经知道是谁干的了。"

郑奠基和赵志明都猜到了，在整个鲁北地区根本没有国民党中央军的部队，排除了保安旅、老缺和警备团，那么，就只能是八路军了。可他们都没有说出来，他们等着坂田说出来。

坂田说："这些人肯定是八路。"

郑奠基和赵志明故意做出一副吃惊的样子，都用疑惑的目光看着坂田。这时，曹谷信良搜索完了，走过来。坂田说："一旦周生水投靠了八路，对我们会大大的不利。"他用冷冷的目光扫了一下郑奠基，说："郑君，你说这件事该怎么办？"

郑奠基说："奠基愿意配合皇军立刻发兵大荒洼，去剿灭周生水。"

坂田摇了摇头，说："不，不，我们当然要派兵去，但是，不是去消灭周生水。而是要以大兵压境的态势，逼迫周生水投降。不战而屈人之兵方为上策啊！等招降了周生水和陈三耀之后，尽快地用赵县长的办法，要尽快把区公所建立起来，要让那里的人服从我们的意志，做大东亚共荣的顺民。"

郑奠基不敢再说什么，只是一个劲地点头，答应着。

坂田回过头来对赵志明说："赵县长，从这次行动来看，我们的对手对我们的情况掌握得很准确，连巡逻队的巡逻时间和路线都了如指掌，这说明什么？"赵志明不敢说话，坂田也没打算让他回答，坂田接着说："这说明他们在城里有内应，你回去要好好地查一查，要把这个人给我揪出来。你以前干过警察局长，这种事儿，对你来说是最拿手的。"

坂田的话说得并不重，那语气反而很平静，但是，赵志明看到坂田从玳瑁眼镜后面射出了两道冷冷的目光，比腊月的北风还要冷。他不由得打了一个寒战。

6

刘人杰带人把张顺福等人救出来以后，让张彪保护着他们先去了大荒洼。他们又打了一个漂亮的伏击战，消灭了六名日本兵。他带着冬雨和马启亮等人立即赶往英庄。等他们到了英庄，已经是晚上九点多钟了。天很冷，人们都猫在家里，街道上冷冷清清的不见人。这正是刘人杰所盼望的。他知道，这次行动救出了周生水的家眷，彻底打破了坂田的计划，又消灭了六名日本兵，坂田肯定要追查与八路有来往的人。这个时候，自己和谁打交道，谁就有可能倒霉。所以，他不希望有人见他进村，更不希望有人看见他和谁打交道。他今天晚上赶到大荒洼，有几件事要做。他猜测坂田不知道八路军的主力是否在大荒洼，夜晚肯定不敢行动，因为他怕再次遭到伏击。这样一来，就给他留出了一晚上的时间。他必须尽快地把这几件事都办好，在天亮之前离开大荒洼。

在路上，刘人杰就告诉冬雨，回家以后收拾一下，天亮以前就要离开大荒洼，最好让其父母也到亲友家躲一躲。他把自己的分析和判断都告诉了冬雨，好让冬雨充分认识到形势的严峻。冬雨默默地听着，直到刘人杰说完以后，他才点了点头，说："刘主任，你放心，我知道轻重缓急。"

刘人杰想悄悄地进村，他不想惊动任何人。可是，他们刚一进村，狗就叫了起来。开始是他们走过的人家院里的狗叫，很快整个南北街的狗都叫了起来。大荒洼里几乎家家户户都养狗，人们养狗主要是为了看家护院。狗的听觉很灵敏，稍微有点动静，就会叫起来。这就提醒主人早做提防。可是，人们大都不愿意多事，也不是不愿意多事，而是不敢多管闲事。大多数人听到狗叫，都会从炕上起来，从窗户里向天井里仔细观察，同时也侧耳细听，心里盘算着会是什么事。胆子大点的，可能会穿上衣服，轻轻地敞开屋门，蹑手蹑脚地走到天井里，来到大门里边，从门缝里偷偷地向外窥探。如果没什么事还好，人们可以放下心来，回到屋里继续睡觉。如果有事情发生，尤其是老缺绑票，人们不敢出门，却也不敢睡觉，也睡不着觉。

听到狗叫，刘人杰脑子里一个念头闪过，等日后带队伍过来与敌人周旋，这些狗必须要除掉。这个念头仅仅是一闪而过，此时他还顾不得细想这件事，眼下他还有更重要也更急迫的事要做。他让冬雨先回家，他带着战士们迅速来到枣园酒馆门外，轻轻敲了敲门。他的敲门声刚落下，门就开了，倒把刘人杰吓了一跳。门开了，英秋原压低了声音说："刘同志，快进来！"

刘人杰一摆手，战士们迅速地进了门，刘人杰问："大叔，你咋开门这么快啊？"

英秋原说："一听见狗叫，我就到门口往外看，正好看见你们往这儿走，我认出你和小马来了。"

刘人杰没说什么，刚才在街上冒出来的那个想法又钻出来了。听见狗叫，英秋原到门口窥视，其他人家可能也会这样做。这么说，自己悄悄地来到枣园酒馆，可能照样会被人看见。

刘人杰在天井里安排了人警戒。英秋原探头往外看了看，然后轻轻地把门关上。回身领着大家去了那间客房，他让大家脱了鞋子，到炕上去，挤在一起，盖上被子还暖和一点。他问刘人杰："你们还没吃饭吧？我去给你们做点吃的。"说完他转身就要出去。刘人杰说："大叔，您先别着急。做饭让小马他们自己去做吧。我要麻烦您一件事。"

英秋原说："刘同志，你客气啥？有啥事尽管说。"

刘人杰说："我们今天傍晚救出了周大当家的家眷，又伏击了鬼子的追兵，打死了六个鬼子兵。我想，鬼子的大部队可能很快就会来报复。我必须要尽快见到周大当家，商量应对之策。麻烦您连夜带我去见他。"

英秋原一听，知道这件事很急迫，他让他老婆去给大家做饭，他穿上一件棉袍，领着刘人杰往外走。刚走到天井里，他又停下脚步，说："刘同志，你先吃口饭，喝口汤吧，不然这么冷的天，你又饿着肚子，还有好远的路要走。"

刘人杰说："来不及了，要不给我拿块干粮，我在路上边走边吃吧。"

英秋原走回屋，拿来一块玉米面饼子，说："快过年了，也蒸下了一些白面馒头，可是都很凉了不能吃。这块玉米面饼子，是我们今天晚饭剩下的，现在还多少有点热乎气儿。"

刘人杰接过饼子，一面往外走，一面吃着。出了大门，往北一走，迎面的北风灌得他无法张口。他只得把饼子先揣进怀里，等走到东西大街上以后再吃。

可是，英秋原没有领着他走东西大街，而是从一条胡同里直接去了村外。刘人杰想，自己真是大意了，怎么能走大街呢？等出了村，刘人杰拿出饼子，背过身，咬一口饼子，然后再回过身往北走。他紧闭着嘴唇，在嘴里咀嚼着。咽下一口，再回过身咬一口。

英秋原说："刘同志，咱们先找个背风的地方蹲下来，等你吃了饼子以后再走吧。"

刘人杰嘴里嚼着饼子，又是迎着风，不敢张口说话。他急忙把嘴里的干粮咽下去，结果噎着了。等他缓过气来，才说："不用，我们要抓紧赶路。"

一路上，刘人杰仔细地观察着荒洼里的地形，可是绕来绕去，他就不知道路是怎么走的了。他想，在这大荒洼里，河沟交叉纵横，到处都是岔路，并且那些路都是差不多一个模样。不要说晚上，就是白天，英秋原领着自己走上三次两次，自己也记不住路。走着走着，路边的芦苇丛中传出来几声鸟叫。听上去，像是大雁。可是，大雁在冬天来临之前，早就南飞了。这马上都要过年了，俗话说，冻年寒节，这是一年中最冷的时候，哪里还有大雁呢？他心里想，这肯定是人学的鸟叫，看来离周生水的营地不远了。这时，就听见英秋原也学了几声鸟叫，这回学的不是大雁，而是野鸭，两长三短。刘人杰想，肯定会有人出来接头了，结果是没有。他们又走了一段路，又传来几声鸟叫，这一回，刘人杰注意听了，却没有听出是什么鸟的声音。只听出是短促的五声。这一回英秋原回了四声鸟叫，刘人杰也没听出是像什么鸟的声音。仍然没有人出来，他们继续往前走。刘人杰很想问一问，可他知道这是不应该问的。所以，他张了张口，却没有出声。英秋原走在他的前边，好像知道他在想什么。他低声对刘人杰说："刚才的鸟叫是联络暗号，对不上暗号，埋伏的人就会出来截住咱们。"

刘人杰接过话茬说："我猜到这是暗号了。他们的暗号是不是经常改变呢？"

英秋原笑了笑，说："其实，并不经常改变。只有必须带外人进来以后，才会改变。"说到这儿，英秋原回过头来看了看刘人杰，又说："刘同志，您别不高兴，今天晚上我带着您来了，明天他们就要换了。"

刘人杰说："大叔，我怎么会不高兴呢？在这个战乱年代，任何人或者组织想要自保，都得有自己的办法和规矩，这是应该的。"

当刘人杰听到第三次鸟叫时，终于有人出现了。人是从小路旁边的芦苇丛中出来的，三个人，手里都拿着枪。在他们出来的时候，刘人杰隐约看到芦苇丛中似乎有小草屋子。看来他们与英秋原很熟悉，英秋原对他们说明来意。他们留下两个人在这儿守着，一个为首的带着他俩往前走。又走了约有四五里路，在这段不长的路上，竟然又有两处暗哨，他们没有像前边那三处一样用鸟叫来联络，而是直接与带头的那个人打招呼，但是人都没有出现。

终于来到了营地。刘人杰仔细打量了一番，他见营地就在芦苇荡里，稀稀落落的扎着十几个草棚子。看上去那些草棚子好像杂乱无章，仔细一看，却很有讲究。每个草棚子都是一模一样，它们之间都相隔四五十米，既各自独立，又互相照应。

看来周生水早已得到了报告，他亲自出来迎接刘人杰。英秋原陪着走到一座草屋门外，就打住了脚步。随着二当家马虎剩拐了弯，去了另一间草屋。马虎剩在走到草屋门口的时候，忽然回过头来，狠狠地盯了刘人杰一眼。这一眼，当然没能逃过刘人杰的眼睛。

进了草屋子，张雅芝赶快过来道谢，感谢刘人杰救了他们一家三口的命。周生水倒是没有多客气，他把刘人杰让到椅子上坐下。

刘人杰坐下，一眼便把屋里的布置看得清清楚楚，正冲屋门有一张方桌，方桌一侧紧靠着北墙，东西两侧各有一把椅子。靠着东墙有一张用木头搭起来的床，周生水的女儿小娟正在床上睡觉。屋门东侧有一个洗脸盆，屋门西侧有一个土炉子，炉子一旁放着锅碗瓢盆等炊具。

张雅芝给刘人杰倒了一杯水，说："您先喝口水，暖和暖和。"

刘人杰也没客气，接过那个粗瓷大海碗，用两手捧着，冲着张雅芝笑着说："我先暖和暖和手。"他又转过头说，"大当家，我现在赶来，是有一件急事要和你商量。"

周生水已经猜到了刘人杰要说的事情，可他没有打断刘人杰的说话，而是两眼很认真地看着刘人杰，做出一副细心倾听的样子。

刘人杰说："我们从县城把张老爹他们救出来，半路上又伏击了日军，消灭了六名日本兵。我估计坂田肯定不会善罢甘休，他很快就会派兵来大荒洼。坂田联队有两千多人，再加上郑奠基的警备团，势力很大，而我们支队目前还在胶济铁路沿线，离这儿最近的也就只有我们特务团，也在寿光一带活动，并且特务团大多是新兵，装备也不行，与日军相比，我们还处于明显的劣势，还不能和敌人硬拼。目前我们只能暂避锋芒，与敌人打游击战。这种情况下，您在大荒洼孤军奋战，对你们很不利。请您想一想，是否可以考虑，率部队离开大荒洼，随特务团行动呢？"

周生水听了刘人杰的话，半天没有言语。刘人杰倒也不急着催他，端起碗，用嘴在碗边吹了吹，喝了一小口。喝下一口热水，他只觉得一股热流顺着咽喉慢慢地流进胃里，他觉得温暖极了。

周生水低头沉思了一会儿，抬起头，说："刘主任，你冒险去县城救出我的家眷，又不顾严寒连夜赶来，大恩不言谢。说实话，在您来之前，我正在和二当家商量这件事。我们也考虑到，日本人肯定会来报复。可是，明天就是大年三十了，弟兄们不愿离开经营了多年的老窝。不怕你笑话，虽然我们这儿就是一些草屋子，可大家在这儿住习惯了，一下子离开还真是都有点舍不得。所以，我们商量着等过了年再离开这儿。"

周生水说完这番话，看了看刘人杰，他从刘人杰脸上没看出一点不高兴或者失望来。他不知道，其实刘人杰在来的路上就已经把这件事考虑过了，他已经估计到周生水可能不会答应现在离开大荒洼。虽然周生水见多识广，但他毕竟是一个草寇，长年深居于荒洼之中，难免夜郎自大。再加上他们没有与日军交过手，不知道日军的战斗力到底有多强，导致他对这件事不够重视，认识不到问题的严重性。可自己又不能催得过急，毕竟人家还没有正式加入八路军。所以，在路上，他就想好了，如果周生水答应立刻跟自己走，那是最好不过。如果不答应，自己也不能勉强。自己的目的就是要保护好这支队伍，不让他们受到损失，然后再把他们拉到抗日队伍中来。所以，周生水一说完，刘人杰放下碗，说："弟兄们的心情我很理解，换作我，我也可能会不愿意离开。来的路上，我看到了弟兄们防守得很严密，营地也很隐秘。我想，日军进了大荒洼，肯定是两眼一抹黑。可是，郑奠基投靠了日本人，这对我们很不利。他对大荒洼很熟悉，有他帮助日本人，你可得要加倍小心！最好是把暗哨放的再远些，这样一旦发现危险也能为自己多赢得一点准备时间。同时要让弟兄们收拾好东西，做好随时转移的准备。"

刘人杰这番话说得推心置腹，出乎周生水的意料。刘人杰带人冒险救出了他的妻子女儿，他感激。但是感激的后面他的心里却又有怀疑，他怀疑刘人杰之所以冒险救他的家眷无非是惦记着他的这点人马。可他毕竟是欠着人家的一个人情，而且是一个天大的人情。他就怕刘人杰坚持让他带着人马立刻出大荒洼。他也不是不想跟着刘人杰走，是他与关小峰还没有谈妥。如果仅仅是一个关小峰谈不妥，他还不怕，可关小峰背后还有一些人在支持着，他不能不有所顾虑。他虽然没有与日军交过手，可他并没有轻视日军的战斗力。他知道自己这群乌合之众根本就无法与日军的正规部队相提并论。他想，就先带领弟兄们与日军周旋一番吧。等到弟兄们走投无路的时候，他再提出参加八路军，那时候就水到渠成了。可这些话他不想对刘人杰说。他见刘人杰如此通情达理，心里又觉得过意不去。沉吟片刻，他还是决定把心里的真实想法告诉刘人杰，以求得刘人杰的理解。也不仅仅是为了求得刘人杰的理解，这样做，更主要的还是为今后在遇到困难时能够得到八路军的帮助。

周生水说出了自己的难处，刘人杰很理解，他说，要回去向团长汇报，争取特务团能早日进入黄河口，袭扰日军，以减轻周生水和陈三耀他们的压力。

第九章

1

大年三十，这一天的阳光很好，风也不大，老人们都说好多年过年的时候没遇到这么好的天了。大荒洼里家家户户都已经贴上了红对子，孩子们也穿上了新衣。大人孩子都沉浸在过年的气氛中。他们丝毫没有感觉到，危险正像一只巨大的魔兽，张开了血盆大口，悄悄地向他们逼近。

快到中午了，日本兵忽然就出现在了英庄南边的芦花河桥上，沿着南官道进了村。人们虽然都有点害怕，但是见日本兵并没有开枪，更没有杀人，一些胆子大的就远远地看着。人们看见郑秃子和张立言领着几个日本军官进了枣园酒馆，日军士兵和警备团的士兵都站在南北街上。那些日本兵队列整齐，刺刀在阳光下闪着寒光。可是郑秃子的队伍就很不成样子了，有的缩着脖子，有的东张西望。

不一会儿，郑秃子、张立言和几名日军军官从酒馆里走出来，他们沿着南北街向北走，后边只跟了几名日本兵和十几个警备团士兵。他们来到了祠堂门口，郑秃子指着祠堂对那个日本军官说着什么。人们离着远，没听见说的是啥。过了一会儿，英方儒从家里出来了，他来到祠堂门前。郑秃子上前和他打了一声招呼，又对他说："镇长，这位是曹谷太君。"然后又一指英方儒对曹谷信良说："这位是芦花镇的镇长英方儒先生。"

英方儒脸上略显尴尬地说："我早就不是什么镇长了。"他说的也是实话，自从日本人占领了博安县城以后，县长李春秋带头逃跑了，国民政府的县、区、镇各级机关也都土崩瓦解了。

曹谷信良并没有在意英方儒的话，他脸上带着笑容向前一步，冲着英方儒鞠了一躬。他的这个举动让英庄的人心里都松了口气。

胖娃看见日本人向他爷爷鞠躬，心里感到很自豪，好像日本人不是在向他爷爷鞠躬，而是在向他胖娃鞠躬。

胖娃已经结婚大半年了，他在结婚当晚被一枚炮仗吓出来的毛病也早就治好了，他老婆芦花也已经怀有身孕，再过几个月，他就是要当爹的人了，他现在的日子可以说是过得顺风顺水。现在，就连日本人也对他爷爷毕恭毕敬，他的心里很得意。他把两臂抱在胸前，昂起了头，连下巴都抬起来了，他的眼睛向站在他两边的铁柱、牤子等人扫了一下，他见牤子、二牛都向他投过来谄媚的笑容。小栓正两眼瞪得大大的，看着祠堂门前。可铁柱和狗蛋却都一脸的严肃，好像生气的样子。

忽然，祠堂门前起了争执，就听见英方儒大声说："这不行。祠堂是供奉我们英氏祖宗的地方，怎么能让当兵的进去呢？"

曹谷信良没说什么，可是他的脸色已经很难看了。郑秃子对英方儒说："你看看，你生的哪门子气？发的哪门子火？皇军要把司令部设在你们的祠堂里，那是你们的造化。皇军是来帮助我们的，人家不占用民房，不到住户家里骚扰，用你们的祠堂，也是暂时的，皇军马上就要在芦花河桥头修筑碉堡，修好了就搬走。这总行了吧？"

英方儒说："郑团长，我们都是多年的朋友了，你想想，如果让他们进了我们的祠堂，我在族人面前还能抬起头来吗？你还是劝劝太君另找地方吧。"

郑秃子说："我看你真是老糊涂了。太君既然选中了这个地方，谁能更改呢？"

英方儒还想说什么，可还没等他张口，曹谷信良说话了，他用手指着祠堂说："皇军马上就要征用这个地方，限你们在天黑以前收拾好。郑团长，你安排人负责这件事。"说完，他便转身走了，几名日本兵也立刻跟着他走了。郑秃子安排曹小三留下来督促着英方儒他们收拾祠堂，他和张立言也紧跟着曹谷信良走了，他们是要到枣园酒馆去喝酒吃饭。

郑秃子之所以安排曹小三留下来，是有他的用意的，他手下的三个连长，一连连长崔长海、二连连长黄大岭做事都不如曹小三狠辣，留下他们怕是办不成事。

曹谷信良和郑秃子等人走了，曹小三对英方儒说："镇长，你就抓紧找人收拾吧。别让兄弟为难。"

英方儒说："曹连长，对不起，这镇长我不当了。你找别人给你收拾吧。"说完转身就要走。

曹小三冷笑了一声，说："那好，既然你不当镇长了，我就没有必要和你商量了，我自己来收拾。"他故意大声对身边的士兵说："弟兄们，咱自己动手，有用的东西拿走，谁先拿到就是谁的，没用的东西统统砸烂扔掉。"

他手下的那些人本来就是一些老缺，一听抢东西都来了劲儿，他们乱哄哄地答应着就想往祠堂里闯。英方儒知道这些人可是什么事都做得出来的，他不能让他们把英氏族谱和那些赐赠的牌匾给毁了。没办法，他只得妥协，他说："慢着，曹连长，还是我们自己来收拾吧。"

曹小三笑了，他说："早这么痛快多好，太君可说了，天黑之前一定要收拾好。那我就去歇歇了。"说完，转身带着人也走了。

英方儒叹了一口气，对围在四周的村民说："咱们就收拾吧。"

刚才的一幕，胖娃他们看得清清楚楚，也听得明明白白，他们毕竟都是年轻人，都有一股子血性，都很生气。狗蛋说："太欺负人了，要是冬雨在这儿，一枪一个，把这些龟孙子都打死，看他们还敢不敢横行？"

一提冬雨，胖娃的心里像被针扎了一下，他觉得胸膛里一股热血翻涌。从小他就很迷信他爷爷的权力。可今天他见爷爷竟然如此无奈，他的心里受不了。又听见狗蛋提起冬雨，伤到了他的自尊，他的心里更是五味杂陈，怒火和嫉妒把他烧昏了，他忽然大声叫骂起来："妈了个巴子，你们这些狗汉奸，竟敢欺负到我们英庄人的头上，老子拿枪把你们都给崩了。"

他说的是气话，他在那儿高声叫骂，并没有回家去拿枪。这时候，曹小三他们已经走出了十几步，听见胖娃的骂声，他立刻停住了脚步。胖娃竟然骂他狗汉奸，这还了得，今天若不杀一儆百，今后在大荒洼还怎么混？他对手下的人说："妈的，这小子活腻了，抓起来给我打！"

他手下的那些人老缺本性没改，他们一拥而上，抓住胖娃，按倒在地，用脚踢，用枪托子砸。人们都又气愤又害怕，不敢上前去。英方儒跑过来，不顾死活地扑上去，用自己的身体护住胖娃。对这个镇长，那些老缺士兵还是有顾虑的，他们知道这个镇长以前曾经和他们的大当家和很多头领有过交往。他们停下来，看着曹小三，等曹小三下命令。曹小三知道也不能把事情做得太过，其实他也不想把胖娃打死。把胖娃打一顿，他的目的已经达到。他说："看在镇长的面子上，就暂时饶了这个小兔崽子。"他抬腿刚要走，忽然又转过身来，恶狠狠地说："天黑以前收拾不好，老账新账一块儿算。"

2

曹小三来到枣园酒馆，见屋里摆着好几桌酒席。崔长海站起来叫他过去，他见张立言、崔长海、黄大岭等人都在那一桌，但是没有看见曹谷信良和郑奠基。他走过去坐下，问："团长呢？"

张立言说："团长和曹谷太君在里间屋里，一边吃饭一边商量事。小三，快坐下吃吧。"

曹小三来得晚，很多人已经快吃饱了。张立言等人为了等曹小三，故意放慢了吃饭的速度。

曹小三坐下后，大家接着刚才的话题，继续边吃饭边唠嗑，唠着唠着，黄大岭忽然压低了声音说："哎，你们知道吗？我得到消息说，昨天伏击日军的时候，有英冬雨那小子。"

曹小三正在啃着一块骨头，一听这话，他立刻把手里的骨头放到碗里，挓挲着手大声问："真的吗？"

张立言瞪了黄大岭一眼，黄大岭赶紧住了口。张立言又向邻桌那几个日军军官看去，那几个军官肯定听见了曹小三的大叫，他们正吃惊地往这边看着。张立言冲那几个军官笑了笑，说："没事，这小子就好大惊小怪的。啃个骨头也大喊大叫的。"

好在那几个军官对中国话本来就不太懂，再加上曹小三说的是方言，他们就更听不懂了。张立言的话他们也没听懂，翻译官牛小田赶紧把张立言的话翻译给他们。他们听了，都笑了。

张立言转过头来，若无其事地拿起勺子，从碗里舀起一勺汤，放到嘴边吹了吹。眼睛看着小勺里的汤，嘴里却是对黄大岭说："这件事准确吗？"

黄大岭低声说："千真万确。我在这村里有一个眼线。今天早上，英冬雨已经跟着八路军走了。他爹和他娘也走了，不知道去哪儿了。"

张立言喝了一勺汤，然后问："你向团长汇报了吗？"

黄大岭说："我是来吃饭的路上才知道的，还没汇报呢。"

张立言说："你咋不懂规矩呢？咱这不是在荒洼里的时候了，有事情必须先汇报。在没报告之前，是不能随便说的。"

黄大岭不服，说："我这又不是对外人说，这桌上就是咱兄弟几个吗？"

张立言说："那也不行。这是军纪，必须遵守。"

黄大岭不说话了，气呼呼地低下了头。他心里感到很不舒服，张立言年龄比他小，投靠郑奠基也比他晚。可是张立言这小子能言善辩，又诡计多端，很快就取得了郑奠基的信任，当上了二当家。那个时候，他们在荒洼里，他是三当家，虽然排名在张立言的后边，但是他在弟兄们中的威望并不比张立言低。可是自从投靠了李春秋，情况就变了。军队里没有大当家、二当家、三当家。张立言成了独立营副营长，他却成了一连连长。这样一来，他的地位一下子就比张立言低了许多。投靠日本人以后，独立营改成了警备团，人家张立言顺理成章的就成了副团长。可警备团只是改了一个名称，并没有扩充，下边依然还是三个连，他这个连长也就还是连长。现在，张立言竟然当着兄弟们的面教训自己，他的肚子气得直鼓。可他知道今天这件事自己占不着理，他不能反驳张立言，但是他却拿眼睛去看崔长海和曹小三。他知道崔长海和曹小三对张立言也不满。尤其是曹小三，他也是郑奠基的亲信，他和张立言是郑奠基的左膀右臂，张立言靠足智多谋获得郑奠基的赏识，曹小三靠心狠手辣、敢打敢拼深受郑奠基喜欢。再加上曹小三与郑奠基有一个共同点，他俩都是好色之徒。所以曹小三和郑奠基之间的关系就显得更亲密一些。曹小三也和黄大岭一样，对张立言凌驾于自己之上早就不满，可他一直找不到机会发泄他的不满。今天他见张立言训斥黄大岭，黄大岭明显地流露出不满的情绪，崔长海虽然没表现出什么来，但他知道崔长海肯定也对张立言不满意。于是，他故意轻描淡写地说："都是同生共死的弟兄，还信不过呀？用得着吹胡子瞪眼吗？"

张立言见曹小三说了话，他也知道自己刚才说的急了点，就强压住心头的火气，很勉强地笑了笑，说："这件事，事关重大，还是待会儿对大哥说了，听大哥的吧。"他抬出了郑奠基，又改了称呼，不再称呼团长，而是称呼大哥。这就等于是放低了姿态，承认了他们的这些弟兄们。大家也就不再说什么。

吃过饭以后，郑奠基对曹谷信良说要出去走走。自己就走出了里间。张立言等人一见郑奠基出来，立刻都站起来。郑奠基问："都吃饱了？"

张立言等人都说吃饱了。

郑奠基说："那就陪我到河边走走。"

出了酒馆，往南走。刚一出村，张立言就故意落后了一步，把曹小三让到了前边，他对黄大岭说："那件事还是你给团长说说吧。"

郑奠基正在默默地走着，沉思着。他对曹谷信良忽然改变了行动计划很不理解。本来，他们这次行动的计划，是首先进兵大荒洼，逼迫周生水和陈三耀投降，如果他们不投降，就把他们就地歼灭。然后由狩野和赵志明来设立区公所。可是，就在部队快要到英庄南面的芦花河桥的时候，曹谷信良却突然改变了主意。他告诉郑奠基，部队先不进大荒洼了。要先在芦花河桥头修建一个碉堡，掐住这个进出大荒洼的咽喉。并且要立刻寻找合适的人选来成立区公所。郑奠基想和曹谷信良争辩，可他想了想，还是忍下了。曹谷信良也没有多做解释。

直到刚才吃午饭的时候，曹谷信良才对他说："郑团长，你是不是对我突然改变行动计划有看法啊？"

郑奠基心里想，这件事还不是你一个人说了算？问题是这样一来就给了周生水和陈三耀喘息的时间。可他嘴里说的却是另一番话："曹谷太君，我理解你的意思，是想先扼住出入大荒洼的咽喉，然后来个瓮中捉鳖。可是，周生水和陈三耀他们对这儿很熟悉，仅凭修几个碉堡恐怕堵不住他们。再说，我们干了狩野太君和赵志明他们的活儿，会惹得他们不高兴的。"

曹谷信良喝了一口酒，咧了一下嘴，说："郑团长，你们大荒洼的这种枣木杠子酒，劲儿太大了，不好喝。"他摇了一下头，又说："比我们的清酒差远了。"

郑奠基心里很不高兴，他说了那么多话，没想到曹谷信良开口说的却是这么两句废话。

曹谷信良显然看出了郑奠基的不满，他笑了笑说："郑团长，刚才你说的是对的。但是，我们的对手不是什么周生水、陈三耀，他们成不了什么气候。在大荒洼，我们真正的对手不是他们，也不是李春秋，而是八路军。"

郑奠基愣了，他吃惊地看着曹谷信良。曹谷信良说："据我们得到的可靠情报，八路军已经渗透进来了，他们看中了这一片大荒洼，他们想要在我们的后方搞游击战。所以我们的当务之急，就是要迅速巩固我们的统治。"

郑奠基问："那为啥不让狩野太君和赵志明来做这件事呢？"

曹谷信良说："坂田君的意思是让我和你在这儿驻扎下来，共同把大荒洼这块地方掌握在我们的手中。"

郑奠基更不高兴了，这一次他没有忍住，他也没想忍住。他知道，自己如果一味地忍下去，日本人就会更加瞧不起他。他说："曹谷太君，既然这件事是坂田太君和你商量好了的。为啥不告诉俺呢？不相信俺？"

曹谷信良依然笑眯眯的，又抿了一小口酒，说："郑团长，坂田君和我都很信任你。但是，马上就过年了，你手下的弟兄们谁不想在县城里过一个快乐的年呢？我知道你是很讲义气的，如果告诉你，你不能不告诉你的弟兄，我是怕你的弟兄们会反对你。怕你会很为难，才不告诉你的。"说到这儿，他站起来，冲着郑奠基鞠了一躬，说"还请郑团长理解我的这一番苦心。"

自从投靠日本人以来，郑奠基对日本人的鞠躬已经麻木了，他们会一面向你鞠躬，一面想着怎么用刀去捅你。

张立言的话把他从沉思中拽了回来。张立言的声音虽然不高，但是郑奠基听得很清楚，他回过头，看看跟在自己身后的张立言和黄大岭，笑着说："啥事？还弄得这么神神秘秘的？"

张立言笑了笑，却不说话。黄大岭往前紧跟了一步，凑到郑奠基跟前，说："我听手下人报告，说是昨天傍晚在桓公台伏击日军的人里有英冬雨。"

说到这儿，他故意停顿了一下，想看看郑奠基的反应。郑奠基只是"哦"了一声，面部表情却看不出变化。

黄大岭继续说："我还听说，昨天晚上，也许是今天早晨，英冬雨跟着八路军走了。他爹和他娘也都走了，但不是跟着八路军走的，可能是到亲戚家去了。"

郑奠基一动不动地站在那儿，眯缝着眼看着芦花河桥。张立言、崔长海、黄大岭和曹小三都停下脚步，看着郑奠基。

过了一会儿，郑奠基回过头来，问："这个消息准确吗？"

黄大岭说："准确。这是我在英庄的一个眼线昨天晚上亲眼看到的。昨天晚上他听见狗叫，悄悄起来从门缝里往外看，看见英冬雨和几个八路军一起进了村。"

郑奠基说："这事儿有点蹊跷，我虽然没有见识过英冬雨的枪法，但是他既然能打到皮子，他的枪法就出神入化了。如果有他参加伏击的话，应该一枪一个，枪枪命中要害。可是，现场我看了，那几名日军都是身中数枪才死的，没有一个是一枪打中要害毙命的。这是怎么回事呢？难道说英冬雨没有开枪？"

大家都愣了，黄大岭的脸红了一下，嗫嚅着说："可是，我的眼线是亲眼看见的。"

曹小三说："是不是你的眼线看错了人？"

黄大岭刚想张嘴说话，郑奠基却接过了话茬说："或许英冬雨真的去了，可能他没有参加战斗。要不然，他们一家人为啥要躲避呢？"

大家都不说话了。郑奠基问："你们看这件事怎么办？"

张立言他们几个人，你看看我，我看看你，曹小三说："我看这事得告诉日本人，想办法找到英冬雨的爹娘，逼着他们给英冬雨写封信，让英冬雨回来。"

郑奠基看着曹小三问："为啥？"

曹小三说："冬雨这小子的枪法很好，他参加了八路军，早晚有一天会与咱们作对，必须逼着他投靠咱们，否则就趁早把他除掉。"

郑奠基又看了看张立言等人，问："你们怎么看？"

崔长海说："小三说的对，我想英秋润可能是躲到他女儿家去了。"

黄大岭接过话头说："他女儿就是八才子马文采的儿媳妇。"

郑奠基愣了一下，自言自语地嘟哝着说："哦，这么说英秋润与八才子是亲家。"他低下头沉思了一会儿，又扭头看着张立言，问："立言，你怎么不说话？"

张立言说："团长，我还没想好。不过，我觉得去抓英秋润不太妥当。"

曹小三等三人一听张立言这么说，都吃惊地看着他，眼里都充满了敌意。郑奠基却扭过头去，眼睛又看着芦花河桥，好像那座小木桥有什么秘密似的。张立言当然看出了曹小三等人的敌意，可他心里不在乎，也不是完全不在乎，与得到郑奠基的赏识和信任相比，曹小三等人的敌意完全可以忽略不计。他不紧不慢地说："团长，如果我们抓了英秋润，不能把英冬雨逼出来，他就与我们结了仇。他的枪法很好，他在暗处，咱们在明处，他真要报复起来，我们恐怕会吃大亏。更何况他现在又有八路军做靠山，我们抓了英秋润，不但得罪了英冬雨，更得罪了八路，今后我们的处境会很尴尬。"最后这句话，他说得很含糊，他已经看出来了，郑奠基对日本人也不是真心投靠，他的意思是如果得罪了八路军，就没有退路了。可他知道，这种话是不能明说的。所以他才说了一句很模糊的话。郑奠基当然明白，崔长海和黄大岭稍微一想也都明白了。只有曹小三不明白，他也根本就不去往深里想，他瞪了张立言一眼，"哼"了一声，说："这有啥尴尬不尴尬的。"

郑奠基笑了，那笑是发自内心的笑，简直是眉开眼笑。大家不知道他为什么发笑。曹小三与张立言顶牛，他应该生气，至少也应该不高兴，怎么还笑了呢？而且笑得还很开心。

郑奠基很满意，张立言的分析他很满意。张立言看问题很全面，他很少意气用事，总能冷静地分析。这对他很有帮助，不愧是他的军师。同时，他对曹小三也很满意。曹小三就是他的一把刀，他让曹小三去杀谁，他就会去杀谁。他不去多分析为什么。他需要张立言这样的军师，他也需要曹小三这样的一把刀。所以，他在听了张立言的分析以后，又见曹小三顶撞张立言，不但不生气，反而高兴地笑了。

他知道这件事最后还得他来拍板。他说："立言说的有道理，我们没必要为了日本人去得罪英冬雨和八路军。再说，那个马文采是大荒洼有名的八才子，我们还有很多事情要用到他，所以更没必要去惹他。这件事我们就当做不知道吧。这件事就仅限于咱们这几个人知道，谁也不能往外说。"说完，他又看了看曹小三，依然微笑着说："小三，我也很喜欢你的这种洒脱，管他尴尬不尴尬，哈哈。"

郑奠基这么一说，曹小三和崔长海、黄大岭也都笑了。

3

七才子马文章正在家中看书，他看的是《忠义水浒传》。他老婆李氏和大儿媳王小艳、女儿马明霞在包包子。在大荒洼，人们给水饺就叫包子。一般是大年三十这一天吃过中午饭后，女人们便开始张罗着包包子，除夕夜要全家吃包子。二儿媳贾淑雯因为儿子还小，她抱着孩子，李氏没让她包包子。

太阳还高高地挂在天上，外面已经有了零星的鞭炮声，那是心急的孩子经不住诱惑，在放炮仗。隔一会儿，就会从街上传来一两声炮仗爆炸的声音。马文章的二孙子马云飞跑进来，走到他娘王小艳身边，也不说话，只是站在那儿。王小艳知道他是也想要放炮仗。其实，大多数人家的孩子在年三十这一天，只能从大人手里得到一两挂炮仗，只有个别富裕的家庭才能买的多一些，孩子得到的也多一些。太阳老高，就在外面放炮仗的就是那些富户的孩子。王小艳有两个儿子，王小艳也给他的儿子准备了两挂炮仗。可是她不能早给他们。如果早给了他们，孩子们经不起诱惑，见别人放，他们也放，等到天擦黑的时候，他们就没有炮仗可放了。

王小艳看了看儿子，故意装作不明白他的意思，说："你咋不出去玩？你看你哥哥多听话。"王小艳的大儿子叫马云腾，已经十三岁了。

马云飞看着王小艳，委屈地说："哥哥也想放，就是他让我来要的。"

听了马云飞的话，大家都哈哈大笑。大家的笑声惊动了马文章，他抬起头惊讶地看着大家。王小艳站起身，扑打了一下手上的面粉，去给儿子拿炮仗。

王小艳回来刚坐下，门外就传来了一声脆响。一家人知道这是云腾和云飞放的炮仗。王小艳说："过了年就十四了，还是光知道玩。"她说的是大儿子云腾。

马明霞说："嫂子，男孩子就是要知道玩，不知道玩的没出息。"

王小艳说："陆俊杰是不是也光知道玩啊？"

陆俊杰是陆家庄人，是马明霞的未婚夫，两家已经商定明年春天就要给他们完婚。

马明霞的脸红了，她噘起嘴说："嫂子，你就知道欺负人。"

王小艳说："咋欺负你了？你不是说——"

王小艳的话没有说完，她的话被她的大儿子马云腾给打断了。马云腾飞跑着进来，刚一进大门，就大声喊："爷爷，爷爷，来了一帮带枪的人找你。"

一家人都愣在了那儿。马文章也放下了手中的书。马云腾跑进屋，喘着粗气，说："爷爷，那些人带着枪，还有刀。"

这时，马云飞也跑进了天井，他也是一边跑，一边喊着。此时，已经不需要他们说了。就在马云飞的身后，曹谷信良和郑奠基等人已经进来了，后面跟着几名日本兵。那些兵站在天井里，手中的三八大盖枪都上着刺刀，那刺刀闪着寒光。曹谷信良、郑奠基和翻译官牛小田一起走进了屋里。

一进屋，郑奠基的眼珠子就滴溜溜乱转，很快在女人们的身上转了一圈。马文章站起身来，有点茫然地看着这三个人。

牛小田对马文章说："您就是马文章马先生吧？"

马文章冷冷地看着牛小田，点了点头。

牛小田用手一指曹谷信良说："马先生，这位是大日本皇军联队参谋长曹谷太君。"

马文章脸上看不出表情，只是木木地看着曹谷信良。曹谷信良脸上堆起了笑，鞠了一躬。

牛小田又一指郑奠基说："这位是博安县警备团郑奠基团长。"

郑奠基大大咧咧地咧嘴一笑。

这一回马文章倒是有了反应，他看了郑奠基一眼，嘴里"哦"了一声。他没见过郑奠基，可他听说过，郑奠基的名字在大荒洼很多人都知道，如果要说起他的绰号郑秃子，那就可以说是家喻户晓、妇孺皆知了，谁不知道大荒洼头号老缺郑秃子呢？

马文章虽然不出门，但是他也知道一些当下发生的事情。这正应了那句"秀才不出门便知天下事"的古话。他听说了日本坂田联队占领了博安县城，他也听说了保安十六旅旅长兼博安县县长李春秋一枪未放就跑了，他还听说了郑秃子率部投降了日本人。今天，他见坂田联队的参谋长和郑秃子突然来到他的家里，两个人对他还挺客气，他猜不透他们来干什么。但是他相信，黄鼠狼给鸡拜年，肯定没安好心。他定了定心，不卑不亢地说："不知几位光临寒舍，可惜家里已经请了祖宗谱牒，实在没地方可以让你们坐了，有什么事，咱就到外面去说吧。"

一边说着话，一边伸手向门口处做了一个"请"的姿势。

曹谷信良虽然能听懂一些中国话，但是他对中国的风俗却不了解。他听马文章让他们到天井里去说话，心里很恼火。但是，他只是脸上掠过了一层阴云，就很尴尬地笑了笑，说："好的，好的，那我们就到外面说吧。"

郑奠基倒没在乎，因为他了解大荒洼的风俗。曹谷信良不高兴，他看出来了，他怕曹谷信良一生气会坏了原定的计划，他用手一指挂在堂屋北墙正中的族谱，说："太君，你看到那张像挂画一样的纸了吗？那就是族谱，那上面有人家自己家族五服之内已经去世的人的名字，到了年三十，各家都要将这张族谱挂起来祭拜。这是多年来的风俗习惯，族谱下面的那张方桌上摆满了供品，也就不能在这屋里待客了。"

听了郑奠基的这番话，曹谷信良还是不太明白。在往外走的时候，翻译官又给他解释了一番，他明白了。到了天井里，他转过身来，冲着马文章又深深地鞠了一个躬。说："马先生，真的对不起！我的，不懂你们的风俗，这个时候来打扰你，还请原谅！"

马文章见曹谷信良又给自己鞠躬，虽然心里知道他没有什么好心肠，可是也只得压下心里的厌恶，双手一抱，还了一礼。然后面无表情地说："曹谷先生，不知道这个时候来找老朽有何指教？"

曹谷信良没说话，而是看了郑奠基一眼，示意郑奠基来说。

郑奠基知道曹谷信良虽然也能说一些简单的汉语，但是恐怕说不明白，于是他说："马先生，是这么回事。皇军来到我们博安县以来，县城的秩序比以前好得多了，人们的生活也比以前好多了。为了稳定大荒洼秩序，皇军要建立一个治安维持会。马先生是大荒洼一带最有名的才子，皇军很是敬佩，特意邀请马先生出任维持会会长。"

郑奠基说完，马文章心想，自己先前在教书的时候，曾经做过一次错事，不该对芦花她娘赵兰秀心存邪念，自取其辱，辱没了自己半世英名。可那件事与现在这件事相比，那是小节，这件事却是关系到自己的民族气节，这是万万不能答应的。可他也知道这些人是不能得罪的，所以，他婉转地拒绝说："能够得到各位的信任，老朽荣幸之至，只是我身体欠佳，不能胜任这项工作。还请你们另请贤明。"

曹谷信良说："马先生，坂田联队长和本人对先生都是很仰慕的，诚意邀请，还请马先生不要推辞！"说完话，又是深深地鞠了一躬。

马文章见曹谷信良仍然不放手，心里不免有点着急，忽然他的脑子里灵光一闪。想起了一个推脱的办法。他说："我曾经在英庄教过私塾，就是因为身体有病，教不了了，这才不得不回家来养病。这件事……我想郑团长或许也听说过。"

这件事本来是马文章心里的伤痛，可为了不给日本人做事，他今天只得把自己的伤疤揭开，揭得自己鲜血淋漓。他知道，自己辞馆以后，他与赵兰秀的事不但英庄的人都知道了，甚至整个大荒洼都知道了。郑奠基在英庄有眼线，村里发生的每一件事都瞒不过他。他也一定知道这件事。

果然，他说了这几句话以后，曹谷信良刚想张口说话，郑奠基却抢先说道："太君，既然马先生身体不太舒服，这件事我们还是先回去商量一下，以后再说吧。"一边说，一边给曹谷信良使眼色。曹谷信良不知道他葫芦里卖的是什么药，但看他的样子，知道这里边一定有什么蹊跷。于是，也就不再坚持。但是他还是对马文章客气地说："马先生，对不起，打扰了。我先告辞了。以后再到府上请教。"

走出门，郑奠基与曹谷信良并肩而走，一边走一边把马文章的风流韵事告诉了曹谷信良。

曹谷信良听了先是哈哈大笑，笑过之后说："没想到这个看上去迂腐不堪的老头子，竟然这么风流。"

郑奠基笑着说："他毕竟是一个读书人，脸皮子薄，竟然就为了这么一点小事不再教书了。"

曹谷信良想了想，说："这么说，他并没有病，而是觉得自己丢了脸面才不再教书了？"

"对呀。"郑奠基说。

"可是，这件事与我们请他当会长有什么关系呢？"

"太君，这你就有所不知了。虽然大荒洼比较闭塞，但是民风淳朴，人们对这些男女之事是很看重的。马文章既然出了这么大的一个丑，人们就不会再像以前那样尊重他。他也就不适合当这个会长了。如果不是他自己提起这件事，我竟然忘了。也多亏这老小子自己提起来。"

曹谷信良听了郑奠基的话，也就放弃了。他问："我们再找谁呢？"

郑奠基作为大荒洼的头号老缺，大荒洼各村有钱有势或者有头有脸的人家他都知道得一清二楚。他说："这个好办，马文章是七才子，他不合适。不是还有一个八才子吗？我们可以去找八才子马文采啊。他兄弟俩在大荒洼是齐名的。"

曹谷信良已经有些不高兴了，他悻悻地说："那我们就去找那个什么八才子。"

4

马文章当初走错了一步，做错了一件事，那就是不该去打赵兰秀的主意。结果，腥没偷着，反而把自己弄得灰头土脸，无脸见人。可是，没想到今天正是这件丑事救了自己。这真应了古人说的"祸福相依"的话。可他不知道,他虽然逃过了这一劫,却把这场灾难推到了他的叔伯兄弟马文采头上。

日本人去马文章家的时候,马文采从孩子们的口中已经知道了。他首先想到的是他的亲家英秋润夫妇的安危。他急忙让英秋润夫妇藏起来。可往哪儿藏呢?英秋润倒是并不着急:"亲家,他们既然有郑奠基领着,是不会走错门的。他们可能不是来找我的。再说,如果他们真的是冲我来的,我躲也躲不掉。"

马文采虽然觉得英秋润的话有道理,但他还是担心地说:"亲家,话虽然这么说,不过我们还是小心一点好。你和亲家母还是到里屋去躲一躲吧!"

走进里屋,英秋润拿起多日不用的那杆土枪,拿出了药袋子。马菊花一见丈夫摆弄土枪,心里就害怕了。可她不知道说啥才好,只是紧张而又惶恐地看着丈夫。

英秋润和马菊花进了里间屋以后,马文采又让儿子、儿媳带着孙子回到他们自己的屋里去。他想要到马文章家去打探一下消息,可是,还没等他走到大门口,就听见门外传来杂沓的脚步声,他愣了一下,立刻回到了堂屋里。

曹谷信良和郑奠基等人来到马文采家里的时候,看到的景象和在七才子马文章家很不同。马文章家里一家人正在包包子,过年的气氛很浓。可马文采家里却是冷冷清清,大门敞着,堂屋门也敞着,屋里只有马文采和他老婆两个人。从一走进院子,郑奠基就感到有一股杀气,他感到很奇怪,马文采是一个读书人,他的儿子也是一个普普通通的老百姓。家里哪里来的杀气呢?不过,他相信自己的直觉,这种直觉是他在大荒洼里练出来的,每当有危险临近的时候,他都会感觉到。他不由自主地伸手去摸他那把匣子枪。曹谷信良似乎也感到了那一股杀气的存在。他没有去摸腰间的手枪,而是用左手紧紧地攥着那把军刀的刀鞘,脸上的笑容也不见了,而是布满了戒备之色。

马文采看见他们进了天井,坐在那儿没动。等他们走到屋门口的时候,马文采站起身来,往前迎了两步。他的神色泰然自若,没有丝毫的慌张和害怕。这让曹谷信良和郑奠基的心里更疑惑了。曹谷信良走上前,脸上硬挤出一丝笑容来,冲着马文采鞠了一躬,问了一声"老先生好"

马文采只是双手在胸前一抱,算是回了礼。马文采心里是想要问一问他们来干什么。可他没有问。他知道是福不是祸,是祸躲不过。事到临头,紧张、害怕都毫无用处。他更知道,日本人这个时候来,一定有什么重要的事情,不用问，他们也会说的。果然，郑奠基说话了。他先是向马文采介绍了曹谷信良，然后说："马先生，今天我和曹谷太君是无事不登三宝殿啊。我们想请你这赫赫有名的八才子出山。"

马文采愣了一下，像是自言自语地随口说了一声"出山？"

郑奠基说："是啊！马老先生。皇军为了让大荒洼的老百姓能够安居乐业，要成立一个治安维持会，曹谷太君想请您老出任维持会会长。不知您意下如何？"

马文采一听，心里稍微放松了一下，他想，看来这帮人肯定刚才是去请他哥马文章出山。马文章不干，这才来请他。既然马文章能够推辞掉，自己也应该能够推辞掉。他说："各位如此抬举马某，马某心里很是感激。只是马某年事已高，已经不能再为各位效力了。还请各位另请高明吧！"

他的话虽然客气，但是口气却是硬邦邦的、冷冰冰的，像是甩出来的冰块，摔在曹谷信良的脸上。曹谷信良已经没有了在七才子马文章家里的耐心。一来是连续遭到拒绝，使他很恼火。还有一个原因，就是他从一进来就感到的那一股杀气影响了他的情绪。这一次，他没有再装出笑容，而是一下子沉下了脸。他恶狠狠地说："这么说，马先生是不肯与我们合作了？"

马文采强压住心头的怒火，说："曹谷先生，不是马某不合作，而是我的身体有病。我想，曹谷先生总不能强迫我这个老头子吧？"

曹谷信良刚要发火，忽然从门外跑进来了一个小孩子。马文采的老婆一见孙子跑来，赶紧伸手想把孩子拉到怀里。原来，日本人进了屋，好大一会儿没有动静，马文采的儿子马殿魁沉不住气了，他要出来看看，他刚一打开门，他的儿子小超就抢在他前边跑出来了。

郑奠基是干老缺的，绑票是他的拿手戏。他一见小超出来，眼珠一转，计上心头，他想抓住这个小孩子来要挟马文采。他向身后的曹小三一使眼色。曹小三立刻向前一步，猛地一把抓住了马小超。马文采的老婆急了，想上来抢孩子，曹小三已经顺手把孩子交给了身后的日本兵。日本兵抓住小超，拖出屋门外。这时，马殿魁已经来到了屋门口，他一见孩子被日本兵抓住了，立刻扑上去和那个日本兵拼命。小超一见他爹扑过来，他低下头一口咬住了那名日本兵的手。日本兵被咬疼了，使劲把他扔出去。小超一下子被摔在地上。可还没等他爬起来，就看见他爹马殿魁像疯了一样扑向那名日本兵，另一名日本兵用刺刀从后面扎进了马殿魁的后背。几乎就在这同时，英小枝也不顾一切地扑出来，她的手里举着闩门用的门关，可还没等她扑到那名刺死她丈夫的日本兵跟前，另一名日本兵的刺刀已经刺进了她的肋下。她惨叫一声，一下子瘫倒在了地上。这一切就发生在一瞬间，马文采和他老婆好像还没回过神儿来。他们不相信眼前发生的这一切。就在此时，里间屋的门猛地被拉开，英秋润大吼一声，冲出来。曹谷信良刚才正回头向屋门外看，听见门响，一回头，他呆住了。郑奠基从一进来就感到危险，他一直是高度警觉。门一响，他就知道不好，本能地往后一缩，同时把站在一边的翻译官牛小田向前一推。英秋润的枪响了。可这一枪并没有打中曹谷信良，也没有打中郑奠基，而是打中了牛小田。牛小田当时正回头看向天井，他被发生的惨剧给镇住了。在这种情况下，被郑奠基一推，一下子扑在了英秋润的枪口上。

英秋润抡起那杆土枪，继续扑向曹谷信良。可是已经晚了，就在他的枪响的同时，曹谷信良和郑奠基都已经掏出了枪，一阵乱枪之后，英秋润、马文采夫妇以及刚从里间屋里出来的马菊花都被乱枪打死了。

就连在外面的小超，也被日本兵给捅死了。

曹谷信良看了看躺在地上的几个人，皱了皱眉头，转身走出来。走到天井里，他看见马殿魁还没有死，还在挣扎着向小超那儿爬。他顺手一枪，打在了马殿魁的后脑勺上。然后便踏着地上的血迹，走出大门。

郑奠基虽然也是杀人不眨眼的主，可他干绑票的营生，不到万不得已的时候，是不杀人的。可日本人杀人太随便了，就好像是在杀几个家禽一样。走到大街上，曹谷信良说："郑团长，你安排人把牛翻译的尸体运回去埋葬了吧。"嘴里这么说着，他既没有回头，脚步也没有丝毫的停顿。

等坐上了汽车，郑奠基才说："太君，是不是太冲动了？打死了马文采一家，还让谁来当这个会长呢？"

曹谷信良鼻子里"哼"了一声说："对软弱的'支那人'，就得要杀一儆百。郑团长，你放心，这个会长是有人当的。我们就让原来当镇长的那个人出来当。"

郑奠基一听曹谷信良瞧不起中国人，心里自然不舒服，因为他毕竟也是中国人。他本来是有话要说的，想了想，还是把话咽下去了。

曹谷信良好像知道他在想什么，说："郑团长，我是说'支那人'中的老百姓是软弱的，当然不包括你郑君，希望你不要介意。"

郑奠基嘴里说："我哪能介意呢？"心里却想：他妈的，老子不介意才怪呢？

曹谷信良说："郑团长，你好像有话要说？"

郑奠基打了一个冷战，心想曹谷信良太厉害了，今后还是小心一点好。他故意略一沉吟，说："我在想，我们啥时候去找英方儒呢？是现在就去吗？"

曹谷信良说："不，现在不去。等我们回到英庄，就是你们中国人的除夕之夜了，你听，鞭炮声密集起来了。让他们先过一个美好的除夕之夜吧。明天我们再去找他。"说到这儿，他笑了笑，接着说，"我想：英方儒很快就会听说马文采一家被杀死的消息。等明天我们去找他的时候，他就不会犯傻了。"

5

新年到了，大荒洼的风俗，在大年初一的早上，人们都要早早起床，吃过包子之后，就会走上街头，挨家挨户地去拜年。在街上乡邻们相遇，都会互相问好。可昨天傍晚发生在马家庄的惨案，并没有被夜晚的黑暗和寒冷给挡住。当天晚上，英庄几乎家家户户都知道了。这个除夕之夜，人们是在惶恐不安中度过的。大年初一，一些胆小的就不敢出门了。即便是一些胆子大的，虽然出了门，也只是到本家的长辈家中去拜年。看起来是拜年，可说的都是昨天晚上发生在马家庄的事，大家都互相提醒要当心。

曹谷信良和郑奠基吃过早饭，一同走出酒馆，向英方儒家中走去。走在大街上，只见整个大街冷冷清清，偶尔有一两个人，一见到他们就远远地躲开了。曹谷信良不在乎，他的皮靴坚定有力地踏在英庄的大街上，几名日本兵也整齐地踩着步子，那"橐橐"的声音在寂静寒冷的早晨如同敲鼓一般，重重地击打在英庄人的心头。他们从南北街走到丁字街口，向东一拐，很快就来到了英方儒家门口。英方儒好像有预感，他听着那"橐橐"的声音走到了他家的门口，他不由得双手合十，心中念了一声"阿弥陀佛"，盼着这"橐橐"的脚步声不要在他家门前停顿，尽快从他门前走过去。

那脚步声在走到他家门前时果然没有停下来，可是也没有走过去，而是直接从大敞的大门走进了他家的天井。

他知道自己今天是躲不过去了，其实，他早就知道自己今天躲不过去。就在昨天晚上，就在他刚刚听说日本人在马家庄杀死了马文采一家以后不久，张立言就来了。张立言是奉了郑奠基的命令来的。郑奠基毕竟与英方儒打过多年交道，多少还是有一点交情的。在祠堂门口，在郑奠基向曹谷信良介绍英方儒是镇长的时候，英方儒很明确地说自己早就不是镇长了，他说的也是实情。可郑奠基从英方儒的话音里听出来，英方儒不想给日本人干事儿。正是因为这一点，在曹谷信良让郑奠基推荐会长人选的时候，他才没有推荐英方儒。可是，最终日本人还是找上了他英方儒。郑奠基让张立言告诉英方儒，明天日本人就会来找他出任会长。让他思想上早有准备，并劝他不要硬顶，否则，一旦惹恼了日本人，谁也救不了他。刚才，他盼着那脚步声能从他家门前走过去，只不过是一种幻想罢了。现在，他只能站起身迎出屋门外。

果然不出曹谷信良所料，英方儒在听了郑奠基向他说了请他担任会长的话，刚想推辞，曹谷信良的脸一沉，他就不敢说什么了。只得答应下来。见他答应了，曹谷信良的脸上才露出了笑容。

接下来的事情就简单了，曹谷信良建议把维持会设在英庄的祠堂里。具体事宜由英方儒、张立言和他手下的小队长加藤俊雄商量着办。

中午的时候，在英庄祠堂门口就挂起了两块牌子，都是白底黑字。右边的一块牌子上写着"大日本博安县第七区芦花镇驻屯军司令部"，左边一块上写着"博安县第七区芦花镇治安维持会"。为了这两块牌子上的字，就费了好大周折。英方儒请来了教书先生赵庆同，第一块牌子上，赵庆同想写"博安县第七区芦花镇日本驻屯军司令部"，可是加藤不干，他说必须要把"日本"写在前边，还必须要写上"大日本"，这样一来，就不伦不类了。可是也没有办法，只得按照加藤的意思写了。第二块牌子，赵庆同也犯难了。按照以前的惯例，这个牌子上应该写有"中华民国"四个字，可是，这个组织显然不属于"中华民国"，再说，如果写上"中华民国"，加藤肯定不干。可博安县虽然被日军占领，却又不属于日本。最后还是张立言出了一个主意，牌子上只写"博安县第七区芦花镇治安维持会"。

大年初二，大荒洼23个村庄的村长都被召集到英庄祠堂参加了芦花镇治安维持会成立大会。这次大会以后，各村的村长不再叫村长，而改成叫"保长"了。曹谷信良在大会上大讲特讲"大东亚共荣"，要求各保长要为大日本帝国服务，积极为驻屯军提供军粮，并要严防共产党、八路军的渗透。

曹谷信良还宣布说，现在正值隆冬，没法动工修建碉堡，等过了年，春暖花开的时候，就要在各要道口修建碉堡和据点。眼下，大日本驻屯军司令部和加藤小队就住在这个祠堂里。祠堂正房的中间一间就作为司令部，东西两侧的两间是大日本皇军士兵的住房。西厢房作为维持会办公的地方，东厢房当做仓库和伙房。警备团的团部设在三里庄，与英庄互相呼应。各村保长每到英庄大集这一天，都要到维持会来汇报五天来的工作。

散会以后，郑奠基带着部下就开进了三里庄。三里庄是一个小村子，不像英庄那样有一个祠堂，郑奠基就把他的团部设在了李有财的家里。

他之所以选择李有财家，有一个很堂皇的理由，那就是李有财家是三里庄最富裕的人家，家里房子多，生活条件也好。还有一个他不说出来的理由，那就是李有财的老婆赵兰秀长得漂亮。他的鬼心思李有财当然很清楚，所以，自从郑奠基在他家住下以后，他就很少到酒坊去了。

李有财整天待在家里，酒坊里的生意就靠着伙计在那儿张罗，生意也就渐渐地萧条下来。其实，自从日本人开进大荒洼以后，他的生意就很冷清了，现在是更冷清了。李有财心里很着急，在家里坐卧不宁。郑奠基看在眼里，心里明镜子似的。他不着急，他很有耐心。他知道，李有财早晚有吃不住劲儿的那一天。等到那个时候，还不是由着他来收拾吗？

李有财整天窝在家里，陪着郑奠基喝喝茶，拉拉呱。酒坊里他让芦花和胖娃去帮他照应着。他想，自己反正就只有芦花这一个女儿，这份产业早晚也是她的，不如索性就早交给她吧。想通了这一点，他的心就淡定下来。一次和郑奠基喝茶拉呱的时候，他故意做出向郑奠基讨教的样子，说："郑团长，你看，胖娃也不小了，我呢，就只有芦花这一个闺女。我那座酒坊，早晚也是要给他们的。我想趁早交给他们，让他们去经营，我也享几年清福。"

郑奠基恨得牙都疼了，他皮笑肉不笑地打了一个哈哈，说："老弟，你的这个想法是不错，就是早了那么几年。胖娃没有做过生意，你说啥也得带他两年，等他上了道，你才能退下来享清福。你说是不是呢？"

李有财心里充满了对郑奠基的怨恨，可他不敢说出来。现在见郑奠基还在那儿皮笑肉不笑地装糊涂，恨不得伸手掐死他。可他不敢，他知道自己不是郑奠基的对手。他只得装出一副憨厚的样子，说："郑团长，您不知道，这么些年，我做生意做累了。我就在家里歇一歇，让年轻人去扑腾吧。"

郑奠基知道李有财的心思，李有财哪里是对生意厌倦了？分明是不放心，在家里守着自己的老婆，防着他郑奠基呢。郑奠基心想，老虎还有个打盹的时候呢，我就不信你李有财能天天守在家里。

6

李有财果然没法继续守在家里了。刚刚过了正月十五，胖娃突然离家出走了。

胖娃自从被警备团的人打了一顿之后，心里就一直放不下。尤其是他想到冬雨跟着八路军走了，并且他还听说冬雨参加了在桓公台伏击鬼子的战斗。他觉得自己简直是窝囊死了。以前，他以自己是镇长的孙子而自豪，可是，在八才子马文采因为拒绝当鬼子的维持会会长被杀害以后，他的爷爷英方儒却被迫当了这个会长。虽然他也知道，他爷爷是心不甘、情不愿的。他更知道，他爷爷并不是怕死，是为了他们这一大家子人能够活下去，才不得不去做了这个被人戳脊梁骨的汉奸会长。可他仍然还是觉得很丢人。走在街上，他总觉得有人在他的背后指指戳戳的。白天还好过一点，他到酒坊里去打理生意，有时候干脆和伙计们一块儿干一些体力活。可一到晚上，他就难过了。鬼子在马家庄不但杀死了马文采一家，还杀死了英冬雨的爹娘和姐姐。英秋润两口子在英庄的口碑很好，几乎所有的人家都曾吃过英秋润打的兔子。人们在公开场合都不敢有什么表现，但背地里都在替英秋润一家子痛心，捎带着对英方儒的懦弱瞧不起。虽然没有人当着胖娃的面说什么，可胖娃却感觉到了。过年的这几天，完全没有了往年的欢乐气氛，整个英庄都沉浸在一种消沉和哀怨之中。芦花更是长吁短叹，整日里眉头紧锁。胖娃一连几天都睡不好，他觉得芦花也瞧不起自己。有一天晚上，他忍不住了，就问芦花。可芦花说没有。不过，芦花说的时候那语气是淡淡的，是冷冷的，一点安慰他的意思都没有。他知道，芦花其实就是真的瞧不起自己了。他想了好几天，最终下定了决心。一天晚上，他告诉芦花，他要偷偷地离开这个家，去参军，打鬼子，打老缺。他说完这些以后，他心里其实是很希望芦花不让他去。可芦花好长时间不说话，就在他等得心焦的时候，芦花说："你去吧！这是光宗耀祖的大事，我不能拦着你。我等着你！"

他从芦花的语气中听出了一种鼓励，还有一丝丝的欣慰。他抚摸着芦花的肚子，说："那你答应我，好好注意身体，把咱们的孩子生下来，好好抚养成人。"

芦花把头偎依在他的胳膊上，说："你放心吧。"

自从和芦花结婚以来，芦花从来没有主动对他好过，从来都是被动地接受。这一次，芦花主动把头靠过来，他忽然就觉得自己很有男子气概了。这更坚定了他的信心。经过一番准备，在一天夜里，悄悄地背上芦花给他收拾好的包袱，离开了英庄。

芦花来娘家，和李有财两口子躲在屋里，嘀嘀咕咕地说了好长时间的话。

郑奠基觉得很奇怪，他隐约地感到李有财一家人在商量什么事。而且，他还觉得这件事多多少少与他有点关系。可人家一家人在屋里商量事，他不好贸然进去。转念一想，他心里又不在乎了。不管你有啥好法子，老子手中有枪，在这个年头，有人有枪就是草头王。不管你李有财动多少心思，老子想得到的，早晚都得弄到手。

芦花终于走了。

芦花走的时候，手里提着一个好大的包袱，赵兰秀跟在后头，娘俩一边走一边说着话。李有财在屋里没有出来。当芦花和赵兰秀走过西厢房的窗口时，赵兰秀虽然没有扭头往窗口看，但是她知道郑奠基正站在窗口看着她。

郑奠基看着赵兰秀和芦花走出去，他的目光粘在赵兰秀的后背上。直到赵兰秀出了大门，郑奠基还站在窗口。大荒洼里的人家窗户上都是糊着窗纸，郑奠基住进李有财家的西厢房以后，找人弄来了一块玻璃，镶在了西厢房的窗子上。这样西厢房里亮堂多了，他对李有财说，这样他好办公。李有财虽然脸上堆着笑，心里却是很明白郑奠基这样做的目的。

郑奠基站在窗前，等着赵兰秀去送芦花回来。他觉得自己很奇怪，奇怪自己怎么对赵兰秀这个半老徐娘痴迷到茶饭不香的程度。他见过很多女人，见过很多漂亮的女人。可他一见赵兰秀就喜欢上了，可是他现在不是以前的老缺了，不能看中了就抢。曹谷信良曾经再三告诫他，要他好好约束手下，不要乱抢女人和东西，因为那样不利于皇军的长治久安。曹谷信良还说，虽然大荒洼看上去比较荒凉，但是这里有许多土地可以开垦，以后会成为皇军的粮食供应基地。所以，一切都要从长计议。以前，他在当老缺时，看中了哪个女人，不用他亲自出手，他的手下就会给他把人抢来。可是，他的手下总是想着给他抢那些漂亮的大姑娘。没想到，他一见赵兰秀，却动了心思，可又不能得手。越是得不到手，他的心里越是痒得难受。现在，他站在窗前，想了许多。甚至还想到了七才子马文章，当初在听说七才子的事情时他还笑话七才子呢，怎么会看上一个生过孩子的女人呢？现在才知道，这赵兰秀的确是长得太迷人了。

不知不觉过去了好长一段时间，忽然他警觉了：赵兰秀咋还没回来呢？难道要把芦花送到英庄？这个时间，即便是送到英庄村口，也该回来了。他突然心里很烦躁，想出去问问李有财。走到门口，手都伸出去了，可手刚一摸到门，又缩了回来。怎么能去问人家呢？他又走回来，他想或许是赵兰秀在门外与闺女说什么话呢。转念一想，又觉得不对，刚才一家三口在屋里说了那么长时间，有啥话早就说透了，哪用得着在外面站在寒风里说个没完呢？

正在郑奠基心里胡思乱想的时候，有人来敲门了。郑奠基收回心思，心里苦笑了一下，他郑奠基何曾为一个女人费过这番心思呢？他定了定心，说："进来。"

进来的是李有财。李有财知道郑奠基的心思，可他却脸上堆满愁容，说："郑团长，你说说，现在的年轻人，唉……"

他叹了口气，却没有说下去，弄得郑奠基丈二和尚摸不着头脑。他问："李老板，咋了？"

李有财愁眉苦脸地说："郑团长，我把酒坊交给芦花和胖娃经营，本来是一番好意。可是，好心却得不到好报，胖娃出去跑了几趟生意，心就野了，昨天晚上偷偷地离家出走了。把芦花一个人撇在了酒坊里。你说说，这让我和她娘咋放得下心呢？"说到这儿，他又叹了一口气，说："唉！本来想着享一享清福，看来是不好办了。刚才我让她娘和她一块儿去酒坊了，我拾掇拾掇也要到酒坊去。郑团长，兄弟不能天天陪着您喝茶拉呱了，这家里就拜托您多多照看了。"

郑奠基心里很清楚，这是李有财把他给耍了。若是放在以前，他早就把李有财一枪给崩了。可现在他不能这么做，他阴沉着脸，一双小眼睛恶狠狠地盯着李有财，嘴角掠过一丝冷笑，说："李老板，你放心吧，你的家我会给你照看好的。"

李有财千恩万谢地出去了。郑奠基拿起桌子上的茶壶，一下子摔在了地上，把那个茶壶摔了个粉碎。

第十章

1

冬雨帮房东去井台提水，他用担杖钩挂着水桶的提把，把水桶放到井里，当水桶刚一接触到水面的时候，用手一摆担杖，那水桶就歪倒下去，水就灌进了桶里。然后往上一提，满满的一桶水就离开了水面。他两手倒替着往上提，就在这个时候，他忽然觉得心口一疼，眼前一黑，差点栽倒，两手一松，担杖从手里撒开了。可这只是一瞬间的事，就在担杖还没有掉到井里之前，他竟然又恢复了正常状态。他吓出了一身冷汗，赶紧抓住担杖。这个时候，水桶已经脱了钩，掉到了井里。在水桶还没有沉下去的时候，他赶紧用担杖钩重新钩住了提把，然后他闭了一下眼，稳了稳心神，把那桶水提上来。

在挑水回去的路上，他总是觉得有点神思恍惚，一个调皮的孩子把一个炮仗点燃了甩手一扔，那个炮仗落在了他的身前，他竟然没有看见。那个炮仗啪的一声炸响了，他吓了一跳，身子一晃，桶里的水也溅了出来。孩子们看见这个八路军战士竟然被一枚小小的炮仗吓得把水都溅出来，不由得都哈哈地笑了。

冬雨回到房东家里，房东李大爷见他两眼直勾勾的，神思恍惚，问："冬雨，你咋了？"

直到此时，冬雨才回过神来。他轻轻摇了摇头，说："大爷，没事。"

他把水倒进水瓮里，看看水瓮里还不太满，他又挑着空桶走出门。在大荒洼，有一个风俗习惯，年三十要把水瓮灌满，桶里也要有水，大年初一是不能挑水的。现在不是在大荒洼，冬雨依然按照大荒洼的习惯，要再去挑一担水。李大爷见他神色不太好，就拦下了他，说："冬雨，别挑了。这瓮里的水足够咱们明天用的了。你歇歇吧。"

冬雨说："大爷，我没事。还是再挑一担吧。"

冬雨出了门，李大爷不放心地跟到了门口，往外看着冬雨的背影。直到冬雨走远了，他依然站在那儿。莫非是这孩子想家了？李大爷一拍脑门，觉得自己猜对了，他自言自语地嘟哝着："大过年的，孩子能不想家吗？"

李大爷的这些举动，被刚走进胡同口的马启亮看见了。马启亮问："大爷，你自己嘀咕啥呢？"

李大爷把刚才的事对马启亮说了一遍。马启亮也没放在心上，随口说："嗯，他可能是想家了。说实话，我也有点想家。"

冬雨自从离开大荒洼，跟着刘人杰和马启亮一起赶往八路军山东纵队第三支队的根据地清水泊。他们从天不亮就赶路，到了傍晚，都很累了。刘人杰领着他俩来到李家村。这里有八路军的几个堡垒户，李大爷家就是其中的一个。

房东李大爷与刘人杰、马启亮都很熟。李大爷的两个儿子都在八路军的队伍上，他和老婆，还有两个儿媳、三个孙子、一个孙女住在这一个大院里。家里本来很拥挤，以前特务团住在李家村的时候，本来没有给他家安排。他不干，说两个儿子都在八路军队伍上，说什么也得给他家安排几个战士。政治处商量以后，决定安排刘人杰和马启亮住在他家。所以，对刘人杰和马启亮来说，来到李大爷家，就好像回了自己家一样。

就在刚才，刘人杰和李大娘以及她的两个儿媳包包子，马启亮在街上看着几个孩子放炮仗。冬雨不会包包子，他看看瓮里水不多了，就去挑水了。

李大爷和马启亮说着话，一起走进家。李大爷的孙子孙女叽叽喳喳地跟在后边。刘人杰听见李大爷和马启亮说话中好像提到了冬雨。他立刻就问："冬雨咋了？"

马启亮知道刘人杰对冬雨格外关心，尤其是在桓公台伏击日军以后，刘人杰从离开英庄就开导冬雨，把日寇的暴行告诉他，马启亮也把自己的见闻说给冬雨听。可是，一天下来，冬雨的情绪并没有明显的变化。现在，刘人杰一问，他便把李大爷说的情况告诉了刘人杰。李大爷插嘴说，大概是想家了。

刘人杰没说话，他一边包着包子，一边想着心事。晚上，吃过年夜饭，李大爷老两口和刘人杰、马启亮坐在那儿喝茶拉呱。刘人杰见冬雨依然情绪不高，便问："冬雨，是不是想家了？"

冬雨看了看刘人杰和李大爷，有点不好意思地说："不是，刚才挑水的时候，忽然心口一疼，两眼发黑，连水桶都差点掉井里。"

刘人杰放下手里的茶碗，仔细地看着冬雨问："你以前曾经有过这种情况吗？"

"没有。"冬雨说了这两个字以后，又张了张口，欲言又止。

刘人杰看着冬雨，鼓励他说下去。

冬雨想了想，说："不知道俺爹和俺娘咋样了？"

冬雨这句话一出口，刘人杰的心里一沉，他的心头掠过了一丝不祥预感。可他依然安慰冬雨说："他们不是暂时到八才子家去避一避了吗？我猜测日本鬼子今天可能会去大荒洼，但是他们是冲着周生水去的，暂时不会在村里烧杀抢掠。我让你爹娘出去躲一躲，只是以防万一，他们不会有事的。"

冬雨点了点头，不再说话了。李大爷笑着说："吉人自有天相，冬雨，你放心吧，你爹娘不会有事的。"

刘人杰说："等我们到了清水泊，安顿好以后，我和你还要回到大荒洼，很快你就能见到二老。"

大家又说起了过年的闲话，可是气氛一直活跃不起来。

在李家村住了一夜，第二天，刘人杰和冬雨、马启亮又启程，奔赴清水泊。

清水泊位于寿光市西北部羊口镇域内，南与巨淀湖相通。老淄河故道及跃龙河、王钦河、织女河、张僧河、阳河等汇集入巨淀湖，每到汛期，淤尽泥沙后，清水越过桃花岭，再流入此泊，故名清水泊。清水泊东到羊口镇齐家庄子村西侧，西到卧铺村东侧，北到八面河村南，南到寇家坞村，东西约 15 公里，南北约 5 公里，总面积约 75 平方公里。不仅面积非常大，而且是一片水洼。1923 年，淄水改道，湖、泊蓄水渐少，加之泊有漏沟北泄，逐渐干涸。泊内地形复杂，芦苇杂草丛生，南面和西面村庄稠密，群众条件好，东南的牛头镇是八支队起义的地方，东北面靠近小清河口，地广人稀，敌人不便活动。在这里站住脚，既可就地开展游击哉，还可视情北渡小清河，进军黄河口，沿海打通与冀鲁边区的联系。三支队在杨南标司令的带领下，开辟了这块抗日根据地。

等他们三人赶到特务团驻地，刘人杰让马启亮带着冬雨去休息，他立刻去见团首长，汇报去大荒洼的情况。他一走进团部，发觉有点异常，气氛有点紧张，好像要有什么行动。

团长马连城正在和政委岳家正商量事，一见刘人杰回来，马连城说："人杰，你来得正好，先说说大荒洼的情况。"

听了刘人杰的汇报，马连城的眉头紧紧地皱了起来。刘人杰急忙用疑问的目光看了看岳家正。岳家正说："人杰，根据你汇报的这个情况，这个时候正是我们特务团挺进大荒洼的最佳时机，可以牵制日军，策动周生水和陈三耀及早投入人民的怀抱。可是，我们接到了支队司令部的命令，参加拔除胶济铁路两侧几个日军据点的战斗，进军大荒洼的计划只能往后拖一拖了。"

刘人杰想了想说："我担心我们迟迟不能进军大荒洼，万一周生水和陈三耀被日军围困，没有外援，他们也像郑奠基那样投靠了日本人，对我们今后进军大荒洼和解放黄河口一带会十分不利。"

马连城说："这正是我头疼的事情。"

岳家正轻轻一拍桌子说："老马，我想，我们可以派遣一支特别分队进入大荒洼，一方面做好周生水等人的工作，另一方面骚扰和牵制日军，把坂田联队拖在大荒洼，使他们不能抽身出来支援胶济铁路，岂不是一举两得？"

马连城说："我们俩想到一块儿去了，只是这个小分队任务艰巨，处境危险，派谁去好呢？"

刘人杰说："这件事我去最合适。"

马连城笑着说："我也觉得你去最合适，一来你刚从那儿回来，对那里的环境比较熟悉。二来呢，你与周生水打过交道，你还救过他的家眷，可以说是对他有恩，你去与他联系是最合适的。"

刘人杰说："我还刚刚把大荒洼的神枪手英冬雨吸收到我们的队伍里来。"

马连城一听"神枪手"三个字，立刻兴奋起来。他说："咱们队伍招收了很多新兵，正缺少一个好枪手来教他们打枪呢。你这个神枪手就留在团里教新兵打枪吧。"

刘人杰急忙说："那可不行！我去大荒洼，得带着他去。在大荒洼，那些老缺都很敬重他，或者说是害怕他。他可是我的左膀右臂，不能留在团里。"

马连城刚想说什么，岳家正笑着说："这个好办，人杰，你要先挑选特遣队队员，做一些准备。在这段时间里，要对特遣队员进行训练，可以让你的神枪手先当几天教官。我们可以让各连挑出训练标兵跟着特遣队训练。等你们特遣队走后，再由这些标兵去训练新战士。我们那些训练标兵枪法也都不错，他们领会得比较快，你的神枪手只要把他的射击诀窍讲一讲就行，接下来的事情就靠战士们自己琢磨。俗话说'师傅领进门，修行靠个人'吗。"

在村外的野地里，特务团特遣队二十名战士和全团各连的训练标兵列好了队。马连城、岳家正、刘人杰和英冬雨一起来了。马连城先作了动员讲话，然后让冬雨给大家表演一下。

冬天的野地里连只鸟儿也没有，英冬雨怎么展示他的枪法呢？

马连城说这好办，可以往空中抛一个东西，让冬雨去打。刘人杰和冬雨商量了一下，冬雨知道，让他展示枪法的目的是为了激发战士们的训练斗志。

冬雨让几个老战士，拿出他们的烟荷包，他们把自己的烟荷包一起往空中抛，然后指定冬雨打其中的一个。

这个办法一说，大家立刻来了兴趣。五个老战士聚在一起，拿出了各自的烟荷包。然后，一个人对冬雨说："就打我的吧。"

五个人一起把烟荷包用力往空中抛去。他们把烟荷包扔往一处，那五个烟荷包在空中几乎是紧挨着，有两个还碰在了一起。冬雨端着枪，不慌不忙，等那五个烟荷包开始往下落的时候，枪响了，一个烟荷包被击穿了。战士们一片欢呼。

等那些烟荷包落下来，五个老兵跑过去。大家都紧张地看着那些老兵，等着这一枪的结果。刘人杰也很紧张，他怕万一打错了。他一看英冬雨，见冬雨根本没往老兵们那儿看，而是看着自己的枪口。

那五个老兵看着地上的烟荷包，大家都屏住呼吸，等着。待了一会儿，忽然，一个老兵举起了烟荷包大声喊："打中了，神枪啊！"

大家再一次爆发出一片欢呼，这一次欢呼比刚才的更响亮。

2

就在英冬雨和特遣队员们在清水泊进行紧张集训的时候，大荒洼的日军和警备团在经过一番精心准备以后，分兵两路向周生水和陈三耀发动了进攻。

曹谷信良这次突然行动是出人意料的。

作为这次行动的最直接目标的周生水就没有料到。本来，在刘人杰救出周生水的家眷以后，周生水料到日军会报复，刘人杰又冒着风险亲自来提醒他。周生水加强了岗哨，把暗哨放出去很远，并告诫手下，任何人不能擅自行动，随时做好战斗和转移的准备。他也通知在英庄的暗线，随时与英秋原取得联系，及时将获得的情报送进大荒洼。很快就从英庄传来了消息，日军和警备团果然开到了英庄，但是没有布置向大荒洼进攻，而是忙着建立伪政权。英秋原还从郑奠基的手下人口中探听到了更准确的消息，短期内日军不会向大荒洼进攻。日本人打算等春暖花开以后，在芦花河桥头修建碉堡，在几个重要的村子修建据点，封锁住大荒洼的出路。还说，日军并没有把周生水和陈三耀这两股人马放在眼里，他们害怕的是八路军。他们这么做的目的是严防八路军的渗透和进攻。周生水仔细分析了一番，觉得这个消息是准确的。这么些年来，他对英秋原很信任。他知道英秋原和郑奠基的关系也很不错，英秋原从郑奠基的亲信那儿探听到的消息是不会假的。

他虽然对日本人不把他放在眼里感到气愤，但是却也暗自庆幸。他知道日军的战斗力是他们这些乌合之众所无法比拟的。他觉得日军急于建立维持会和各村的伪组织，正好给了他喘息的时间，等到过了年，八路军第三支队就会开过来了。那时候他和八路军互相配合，日军不可能占到什么便宜。心里虽然这样想，但是他却不敢大意，仍然让马虎剩督促检查暗哨，不能有丝毫的放松。

陈三耀更没有料到日本鬼子会这么快就向大荒洼进攻，尤其是没想到这么快就向他陈三耀进攻。周生水和日本人有血债，虽然他听说在桓公台伏击日军的并不是周生水的人，可这事儿毕竟是因周生水而起。日本人如果要报复的话，必然要找周生水。再说，他只有几十个人，日本人也不会看在眼里。他的这些想法，与他得到的情报一致。他想，日本人把八路军作为首要的对手，连周生水都可以暂时撒手不管，对他陈三耀，就更不会动手了。再说，他一直暗中与郑奠基有联系，使得郑奠基对他有一个盼头，那就是他正在考虑找一个合适的时机，投靠郑奠基。如果日军真要想对他采取什么行动的话，郑奠基一定会阻止的。即便阻止不了，也一定会提前给他透信的。所以，刘人杰让人给他捎信，让他要做好转移的准备，他嘴里答应了，其实根本就没放在心上。

曹谷信良突然发动对大荒洼的进攻，对周生水和陈三耀来说，只是出乎他们的意料。而对于郑奠基来说，不仅是出乎意料，他简直是觉得被曹谷信良耍弄了。

当初从县城出发的时候，本来说的是要消灭周生水和陈三耀这两股人马。他安排人悄悄地给陈三耀送了信，让他悄悄地转移。他没有给周生水送信，他还在大荒洼当老缺的时候，就和周生水尿不到一个壶里。他想借着日本人之手，除掉周生水。日本人不会永远在这儿待下去的，等日本人一走，整个大荒洼就成了他郑奠基的天下。可是到了大荒洼后，曹谷信良突然改变了计划。说什么要迅速建立维持会，要严防八路军进入大荒洼。他虽然对曹谷信良事先没有和他商量，很不高兴，但他还是能够接受的。可这一次，曹谷信良太欺负人了，不仅仅是轻视他这个警备团长，而是简直在拿他当做一个傻瓜。他知道英秋原和周生水、陈三耀都有来往，这在他们三股老缺中，是公开的。也就是说，英秋原是他们三家老缺的公共眼线和联络人。他故意把曹谷信良暂时不会进攻的消息说给他的那几个手下，他知道，英秋原一定会从他的手下口中得到这个消息，并且会很快地传递给周生水和陈三耀。可他没想到，就在他在三里庄惦记着李有财的老婆赵兰秀的时候，曹谷信良却突然对英秋原下了手。

曹谷信良从来到英庄的第一天，就看出来，这个酒馆老板和郑奠基的关系很不一般，他留心一观察，就发现了问题。很快他又打听到，英秋原就是三股老缺在英庄的联络人和眼线。就在这个时候，他的脑子里灵光一闪，冒出了一个崭新的行动计划。以前他对郑奠基说的并不是假话，他知道，在大荒洼，周生水和陈三耀占据了地利，他们地形熟，大荒洼又是无边无际的，想要剿灭他们是很难的。所以才打算先把大荒洼的出入口给封锁起来，切断八路军和他们的联系。把老缺困在荒洼里，然后再慢慢地想办法把他们消灭。可是现在，他的想法变了，有了英秋原，他就可以利用老缺们的这个眼线，给自己带路。这可是天赐良机啊，既然有了这么好的一个机会，可以轻易地消灭周生水和陈三耀，何必再等下去呢？

这一天吃过午饭，他来到了枣园酒馆。他把手下的人留在了酒馆门口，自己慢慢地踱进去。英秋原急忙把他迎进去，给他沏茶。曹谷信良很和蔼地笑着，让英秋原坐下来，陪他说说话。英秋原这么些年来周旋于好几股老缺之间，他最擅长的就是察言观色、见风使舵。他从曹谷信良走进门的那个时候，就知道今天曹谷信良一定有重要的事情找他。虽然曹谷信良是一个人来的，进来的时候，脸上也是堆着笑，好像很轻松的样子，好像是吃过早饭闲逛逛进来似的，可是他的脚步出卖了他。一个心里有事的人，尤其是心里装着一件很重要的事的时候，他的脸上虽然可以装出灿烂的笑容，可他的脚步却不是轻松的，每一步都是沉重的，或者是迟疑的，也或者是慎重的。英秋原自己心里很清楚，曹谷信良今天来肯定与老缺的事有关。但是他不露声色，殷勤而又小心地伺候着。一听曹谷信良让他坐下来陪着说说话。他的心里立刻像揣了一只兔子，那颗心简直要从嗓子眼里跳出来。可他毕竟是一个见过世面的人，他很清楚地知道，遇上事情，越是慌乱越容易坏事。他信奉的是这样一句话，叫做"是福不是祸，是祸躲不过"。他横下一条心，很镇静地坐下来。

曹谷信良似乎看透了英秋原的心思，他端起茶碗，却没有喝。他看着英秋原，说："英掌柜，你是个明白人，我就不和你绕弯子了。"

英秋原不说话，只是很认真地看着曹谷信良。

曹谷信良心想，这个看上去胆小怯懦甚至有点猥琐的庄稼人，怕是不好对付。不过，他有信心，对付中国人，他有的是手段。他笑了笑，说："我想请你帮个忙。"

英秋原心里已经猜到他要说啥了，可他只能装糊涂，他问："太君，您看您这是咋说的？有啥事要我干，您尽管吩咐就是。"

"好，英掌柜是个爽快人。我想请你领着我们去消灭周生水和陈三耀。"曹谷信良说。

虽然早就料到了曹谷信良今天肯定是为了周生水他们，才找自己谈话，可英秋原还是有点吃惊。原来，他想曹谷信良可能会向他打听周生水和陈三耀的一些情况。这些，他早有准备，他可以真真假假的说一些。可他没想到，曹谷信良是让他带路去进攻周生水和陈三耀。他琢磨着该怎么回答。

曹谷信良好像并不着急，他很有耐心地等着。这个时候，他居然很有情致地用茶碗盖轻轻打了打飘在茶碗中的茶末，然后抿了一口。抬起头来，笑眯眯地看着英秋原，好像一只猫在看自己爪子下瑟瑟发抖的老鼠。

英秋原知道曹谷信良一定是掌握了自己的情况，想隐瞒已经没用了。可他不能带着日本鬼子去打自己人。他想了想，说："太君，不瞒您说，我以前曾经与郑团长、周生水、陈三耀他们都有过联系，但是，自从郑团长不当老缺以后，他也劝我和那些老缺们断了联系。这一点，您可以问问郑团长。"

曹谷信良很清楚英秋原这么说的目的。他嘴角掠过一丝冷笑，说："英掌柜，这正是我和郑团长商量过才定下来的。现在，郑团长正在三里庄集合他的队伍，准备出发。你的情况就是他告诉我的。他还告诉我说，英掌柜是一个很识时务的人，我想我们的合作一定会很愉快的。"

英秋原不相信曹谷信良的话，他不相信郑奠基会真的利用日本人之手消灭周生水和陈三耀。退一步说，即便是郑奠基真的想这么做，他英秋原也不能这么做。他轻轻摇了摇头，说："太君，郑团长一定是想错了，或者是喝醉了酒，才对您说这番话的。我真的是已经很长时间没有和周生水、陈三耀他们来往了。"

曹谷信良没有生气，他竟然笑了，笑的还很开心。他把手中的茶碗轻轻地放在桌子上，说："英掌柜，我把你当做朋友，可是你却不领情。我不想逼你做事，但是，如果你一定不配合的话，我只能逼着你去做了。希望你能理解我的心情。"说完话，他站起来，冲着英秋原深深地鞠了一个躬。

曹谷信良这一鞠躬把英秋原吓了一跳，英秋原曾经听曹小三说过，曹谷信良在八才子家中，也曾鞠过躬，可他一边鞠躬，说着道歉的话，一边杀人，眼睛连眨都不眨一下。

他横下一条心，说："太君，我真的帮不了您，因为我的确是找不到他们啊。总不能带着你们到大荒洼里乱找一气吧？找不着，您不更生气吗？"

曹谷信良嘿嘿地冷笑了，他说："英掌柜，你的态度很不友好。你不想想，这么做的后果会是什么？就算你不为自己着想，也不想想你的儿女、孙子、孙女吗？"

英秋原浑身哆嗦了一下，这一切都没有逃过曹谷信良的眼睛，他继续慢悠悠地说："英掌柜，今天晚上我们就出发，从现在开始，你不能走出这个院子。你的儿子、儿媳、孙子、女儿、女婿、外孙，现在都已经不能随便行动，他们都在皇军的保护之下。今天晚上的行动如果成功了，他们都会得到皇军的奖赏。如果不能成功，我不瞒你说，男人和孩子都会被杀死，而且都会死得很惨。女人会被安排去慰劳皇军，他们会生不如死的。现在，他们的命运都掌握在你一个人手里，你好好想想吧。"

说完话，曹谷信良并没有急着走，他依然坐在那儿，看着英秋原。英秋原的脸上已经冒出了冷汗。曹谷信良知道英秋原的心里正在斗争，他很有耐心地坐在那儿。英秋原只是呆呆地坐在那儿，好像灵魂出窍了一样。两个人就这么坐着，时间一分一分地过去，最终，英秋原崩溃了。他说："我答应你。"

曹谷信良如释重负，他站起来，轻轻地走到英秋原面前，轻轻拍了拍他的肩膀，说："我早就知道，英掌柜是个聪明人。"

<h2 style="text-align:center">3</h2>

曹谷信良从枣园酒馆走出来，回到了他的司令部，立刻派人到三里庄去叫郑奠基来商量事。

郑奠基听了曹谷信良的话，不仅很意外，而且还很生气。这个日本佬太不拿自己当人看了。他低着头，两眼定定地看着面前的茶碗，却不说话。曹谷信良等着郑奠基表态，他好继续说下一步的具体行动计划。过了好长时间，郑奠基还是盯着茶碗在看，好像那个茶碗是什么价值连城的宝贝。

曹谷信良知道郑奠基对自己不满，可他必须这么做，也只能这么做。他并不害怕郑奠基的不满，但是现在他不能激怒郑奠基。否则，在进攻大荒洼的时候，郑奠基就不会配合他。他笑了笑，说："郑团长，你怎么看啊？"

郑奠基连头也没抬，没好气地说："曹谷太君，你都安排好了，我没有啥看法。"

曹谷信良依然笑着说："郑团长，这件事我事先没有和你商量，并不是不相信你。这件事我也是突发奇想，希望你不要误会。"

"我没误会。"郑奠基嘴里虽然说"没误会"，可他脸上的冰依然没有化开。

曹谷信良没有耐心再解释了，因为他的时间不多了。他必须尽快与郑奠基制定出具体行动方案。其实，那个方案他早就想好了，但是，他不能直接端出来，否则郑奠基会更生气。他只得放低姿态，说："郑团长，时间不多了，我们要抓紧准备。咱们商量一下具体的行动方案吧？"

郑奠基虽然心里很窝火，很窝囊，但是，他知道自己不能把弦绷断了。毕竟，他是在人家的手底下混。曹谷信良表面上文绉绉的，实则心狠手辣。在马家庄杀害八才子马文采一家时，他连眼都不眨一下。比他这个专门杀人越货的老缺还狠。他只能暂时吞下这口气，他说："曹谷太君，你说咱们该怎么行动呢？"

曹谷信良怕自己一下子说出来，惹得郑奠基不高兴，他说："郑团长，我这是临时起意，想趁着晚上去袭击周生水和陈三耀，具体该怎么做，我还没有想。你对大荒洼熟悉，你说说，我们该怎么做？"

郑奠基知道曹谷信良说的是假话，他想曹谷信良一定是早就想好了行动方案。他不能再推脱了，不然曹谷信良说出一个对自己不利的方案，到时候再反驳就难了。所以，他略一沉思，说："我觉得我们分兵两路，同时袭击周生水和陈三耀。皇军进攻周生水，警备团进攻陈三耀。你看怎么样？"

郑奠基的这个方案与曹谷信良设想的有出入。曹谷信良说："郑团长，你的这个方案很好，我们分兵两路，趁夜晚出发，他们不会想到我们在晚上进攻。我们可以打他们一个措手不及。"说到这儿，他停顿了一下，又接着说："不过，皇军对大荒洼的地理不熟悉，我看最好是把警备团分作两部分，皇军也分作两部分。这样，每一路都有皇军和警备团，两家协同作战，确保把两股土匪一举全歼。"

郑奠基心里恨恨地骂道：真是个狡猾的老狐狸。你想让我的人去打头阵，替你们挡枪子，这可不行。他想了想，说："曹谷太君，以前有一件事我一直没告诉你，现在必须要对你说了。"

曹谷信良说："郑团长，有什么事？你尽管说。"

郑奠基说："我和周生水以前有过一段交情，我手下的人和周生水的手下交往也比较多，如果我的人去进攻周生水，我怕他们念及旧情，会给皇军误了大事。所以，进攻周生水的一路最好不用我的人。我率领警备团全力去剿灭陈三耀。"他怕曹谷信良会找理由拒绝，他又加了一句："如果您不放心，可以派一部分皇军跟随我们行动。"

郑奠基最后这一句话，将了曹谷信良一军，他不好再坚持了。他说："郑团长，你看看，你说哪儿去了？我怎么能不放心你呢？好吧，就按你说的做吧。"

4

当天夜里，曹谷信良和郑奠基分兵两路，悄悄地进了大荒洼。

曹谷信良亲自带队，让英秋原带路，去找周生水。刚一走出英庄，曹谷信良对走在他身边的英秋原说："英掌柜，我可警告你，你的老婆孩子可都在我的手里，如果你敢要滑头，你的家人就会死得很惨。"

英秋原说："太君，您放心，我不会耍滑头的。"

队伍像一条长蛇，隐没在大荒洼的荒草中。英秋原一边走一边暗暗心惊，这么多鬼子，一路上没有一个说话的，甚至连喘息声都压抑着，只有在近处才能听到刷刷的脚步声。他以前曾经见过老缺的队伍行军，老缺们一边走一边打打闹闹，那纪律跟人家日本鬼子简直是没法比。他心里很着急，他原先想这么多人进大荒洼，一定会有很大的动静，周大当家的手下肯定会早就发觉的。可现在看来，得等走到暗哨那儿才会被发觉。可他知道，暗哨离周生水的老窝只有几里路，到那个时候，恐怕一切都晚了。现在，他就盼着那天他和刘人杰走后，周生水能够带领队伍转移。这样，他带着日本鬼子找到了周生水的老窝，鬼子不能怪他不卖力，周生水他们又能躲过这场灾难。

离周生水的驻地还有七八里路，英秋原心里着急起来，虽然天很冷，可他的脸上却直冒冷汗。

忽然，远远传来一种鸟叫的声音，那叫声很好听。英秋原一愣神。他知道这是约定的联络暗号，但是他不敢回应。因为他一回应，就会引起曹谷信良的怀疑。不，不是怀疑，而是要彻底暴露。看来，周生水还没有转移，但是把暗哨放出了七八里远。他知道，只要他不回答，对方就一定知道出问题了。英秋原还知道，每组暗哨都有两个人，离着这条小路还很远，他们不可能看见日本鬼子，他们是听见了异常的动静，才发出联络暗号的。没有回应，对方就会留下一人接近看清楚，另一人立即汇报。还有七八里路，只要自己放慢速度，周生水他们应该来得及撤退。

曹谷信良也听见了鸟叫声，他歪着头，向鸟叫的方向看去。当然，他不会看见什么。

英秋原见曹谷信良歪着头仔细地听鸟叫，他想，正好可以借这个机会送出消息，他故意大声说："太君，您听见鸟叫了吗？这种鸟叫——"

曹谷信良伸出右手，猛地掐住了英秋原的脖子，把英秋原后面的话给硬生生地掐断了。曹谷信良压低声音恶狠狠地说："你打算给他们送信吗？"

英秋原被卡住了脖子，说不出话，他急得直摆手。曹谷信良低声说："如果你再高声说话，我就杀掉你全家。"说完这句话，就松开了手。

曹谷信良向身后一摆手，整个队伍停了下来。他的手又向下一压，日本兵都蹲下了身子。一点声音也没有了。芦苇丛中的鸟叫声又远远的传来了。曹谷信良很认真地听着，过了一会儿，鸟叫声停了。曹谷信良示意英秋原继续走，队伍慢慢地向前走去，他们都是脚步轻轻地。英秋原心里很着急，他冒着暴露自己的危险，大声说了那一句话，尤其是说出了"太君"两个字，他希望暗哨能听到，迅速去汇报。可他也知道，曹谷信良已经产生了怀疑，他心里忐忑不安地走着。

走了一会儿，曹谷信良压低声音对英秋原说："刚才那种鸟你说叫什么？"

英秋原也压低声音回答："我们给它叫苇喳喳。"

曹谷信良"哦"了一声，他一边轻手轻脚地走着，一边歪着头看着英秋原。英秋原不敢看曹谷信良那狼一样的眼睛，但是他却感觉到曹谷信良的眼里射出了冰冷的光，像两把杀人的刀。他住了口，不再说话了。曹谷信良却说话了，那声音像是从他的腹腔里冒出来的，或者说是从地狱里传出来的，低沉，阴森。他说："英掌柜，你说的这种鸟，其实它的名字叫大苇莺。在日本，也有。不过，这种鸟也是候鸟，他在冬天来临之前就飞到暖和的南方了。"英秋原吓得打了一个哆嗦，曹谷信良接着说："数九寒天，你们这儿怎么还有这种鸟呢？"

英秋原吓得说不出话来了。

曹谷信良说："英掌柜，你是聪明人，用你们中国的一句俗话，叫做'响鼓不用重槌敲'。我想，英掌柜不会等着我用重槌敲吧？"

英秋原知道露馅了，可他不能说。他只能继续装糊涂："太君，您的话我没听明白。"

说完这句话，英秋原真的很害怕，他怕曹谷信良一生气，真的会杀了他。可是，曹谷信良好像并没有生气，因为他不但没有发火，反而轻轻地笑了。他这一笑，英秋原更害怕了，他听着那笑声，就好像一个人走夜路忽然听见了夜猫子叫一样。他的头皮直发麻，腿也直打哆嗦。曹谷信良忽然停下了脚步，他后面的日军也都齐刷刷地停在了那儿。曹谷信良说："英掌柜，既然你没听明白，那我就不妨对你说得明白一些。刚才发出的那几声鸟叫，其实不是鸟，是人。那是周生水的暗哨，你没有回应。他们肯定知道发生了意外。我想，现在他已经去报信了。所以，我们现在如果继续以你刚才的那种速度前进的话，等我们赶到那儿，就什么也不会有了。英掌柜，我们还是回去吧，回去我让你看一出好戏。演戏的就是你的老婆孩子。英掌柜，你说怎么样？"

英秋原吓得扑通一声跪在了地上，他说："太君，别，别——"

曹谷信良冷冷地看着他，问："我也可以放过你的家人，但是，那要看你的表现。"

英秋原说："太君，您说，让我咋做？我都依您。"

"嗯，那你说，我们现在离周生水的据点还有多远？"

"大概还有七八里路。"

"再往前走还有暗哨吗？"

"有。"

"如果周生水得到了消息，他会往哪儿跑呢？"

"往东北方向。"

曹谷信良连一点犹豫也没有，他说："那好，我们不去周生水的据点了。你就带领我们抄近路，直奔东北方，去截断他的退路，打他一个措手不及。我可以告诉你，我的忍耐是有限度的。如果这一次你再耍滑头的话，你不会再有机会见到你的家人了。"说到这儿，他又一顿，说，"不，能见到他们，我要让你亲自看着你的老婆、女儿、儿媳是怎么样为皇军服务的。让你亲眼看看你的儿子是怎么被慢慢地折磨死的。"

英秋原彻底崩溃了，他想说什么，却说不出来，只是一个劲地点头。曹谷信良看了看他，知道他这一次是真的被吓坏了，说："你的，快快的，带领我们行动。用最快的速度，走最近的路。你的，明白？"

英秋原说："明白，明白。"

5

曹谷信良留下了一小队鬼子，他对带队的小队长说："你们在这儿不要动，等我们打响以后，如果有人从这儿跑，你们进行拦截，一个人也不能放过去。"

然后他带着另一小队日军跟着英秋原走了。

英秋原虽然很聪明，但是他却不会打仗，他不明白，既然让自己带着他们去抄周生水的后路，曹谷信良为啥还在这儿留下一小队人呢？为啥不让他们继续往前走呢？他当然猜不透曹谷信良的心思。曹谷信良的祖父就是日本军界的一位名将，他自幼就很喜欢看描述战争的书籍。他祖父懂汉语，他从小跟着祖父学汉语，也很喜欢读中国的《孙子兵法》和《三国演义》。他让留下的一小队日军停下来，周生水的第二道、第三道暗哨就不可能发觉。第一道暗哨离着这儿很远，他凭自己的听觉，那个暗哨没有靠近过来观察，很可能是不敢往这儿靠拢，直接去报告了。他知道像周生水这种人，肯定是很多疑的，他接到第一道暗哨的报告，却得不到第二道暗哨的报告，他可能拿不定主意。他或许还会派人再来侦察一下，这就给自己赢得了时间。自己走近路抄他的后路，从后面打。他没有得到这边暗哨的消息，必然会往这边逃，自己埋伏下的这一小队人马正好打他一个伏击。

第一组暗哨是两个人，在发觉有异常情况以后，一人抄近路回去报告，另一人悄悄地去侦察。留下的这个人刚想靠近小路去看看，却听不见动静了。不一会儿，听见一个人大声说话，好像是说"太君"。他吓了一跳，难道是日本鬼子来了？他听说日本鬼子的枪法很厉害，他趴在那儿好长时间不敢动。等过了好长时间，他听见好像那些人改变了方向，离开了那条小路，走向了东北方向。等脚步声渐渐远去之后，他犹豫了一会儿，还是决定到刚才发出声音的地方去看看。他在芦苇丛中，用两手往两边拨着那些干枯的芦苇叶子，轻轻地往前走着。忽然，他听见前边好像有什么动静。他停下脚步，仔细地听，好像是有人在说话，可他听不清。他更加小心地往前靠，他心里很着急，可是他不敢走快了。他怕发出声音被对方察觉，他在芦苇中轻手轻脚地走了一会儿，终于听清了，是有人在说话，可是说的什么，他听不懂。忽然，他明白了，那几个低低的说话声，说的不是中国话，是日本人。他愣怔怔地弯腰站在那儿，心里直犯嘀咕。刚才明明听见他们往东北方向走了，咋在这儿还留下了人呢？他虽然不是一个老缺头目，但是脑子很灵光，凡是被派出来当暗哨的都是不算笨的。他想了想，终于明白了，另一股人是去抄后路的。坏事了，弄不好，要被包了饺子了。得赶快回去报告，转念一想，恐怕来不及了。因为离根据地只有七八里路，那些人已经走了好大一会儿。他犹豫了一会儿，咬了咬牙，端起枪，冲着前边放了一枪。然后转身就跑，后边鬼子的子弹立刻追过来。很快，鬼子就停止了射击。那个小队长发觉对方只是打了一枪，自己这边射击，对方并没有还击。他想，这一定是暗哨，用枪声报信。他知道，这只是一个暗哨，不值得去浪费时间。既然已经暴露了，就不能再在这儿等下去了。他一挥手，立刻带领小队沿着小路向前奔去。第二组听到枪声，知道出问题了。他们立刻向路边靠近，很快他们就看见了一支队伍飞快地向他们这儿奔来。他们一边撤退，一边开枪。

周生水听见枪声的时候，知道鬼子来偷袭了。他立刻命令撤退。自从刘人杰来报信以后，他要求所有人晚上睡觉时都不能脱衣服。一阵慌乱以后，人们开始撤退。他们开始撤退的时候，第一个报信的还没有来到，曹谷信良率领的日军也没有抄到他们的后面去。

曹谷信良听见枪声，立刻催促队伍全速前进，可他们还是没能堵住周生水他们。等他们来到周生水的根据地，那里已经一片狼藉。除了那些孤零零的窝棚以外，什么也没有留下。他很沮丧地叹了一口气。手下的一个军曹请示是否追击，他摆了摆手，说："不，我们回去。"

那个军曹不甘心，说："我们就这么回去吗？"

曹谷信良说："我们原想偷袭，打他们个措手不及。现在，偷袭不成，这里的地形我们不熟，如果继续追击我们会吃亏的。"

曹谷信良在往回走的路上，情绪很低落。他想，自己这一路失利了，郑奠基那个老滑头那儿就更别指望有什么收获了。他甚至怀疑郑奠基主动去偷袭陈三耀，说不定是想把他们放走。可他没想到的是，郑奠基竟然大获全胜。

曹谷信良率兵并没有立刻回英庄，而是在半路上改了主意，他让英秋原带领着他们去接应郑奠基。

陈三耀虽然号称一百多人枪，其实，他手下只有六七十人。郑奠基的警备团现在有三百多人，并且装备也比陈三耀好得多。陈三耀绝不是郑奠基的对手。本来不需要曹谷信良去接应。可曹谷信良不放心。不但不放心，他还有点担心。他担心的不是郑奠基会吃亏，他担心的是郑奠基会玩什么猫腻。所以，他要亲自带队去。

走在半路上，迎面就遇到了郑奠基。曹谷信良很纳闷，难道说郑奠基也和自己一样扑了空？

没等曹谷信良问，郑奠基就兴高采烈地告诉他，警备团大获全胜，已经把陈三耀的全部人马收编了。他已经委任陈三耀做了警备团第四连连长。接着，他把陈三耀引见给曹谷信良。

曹谷信良嘴里直说"吆西"。可他却觉得自己像是吃下了一只苍蝇。自己还是被郑奠基算计了，空跑了一趟，郑奠基却是借机扩充了自己的队伍。他想，郑奠基说什么与周生水有很多来往，与陈三耀没有亲密关系，主动要求去打陈三耀。看来，郑奠基与陈三耀早就有了联系。郑奠基借着日军大兵压境逼着陈三耀归顺了他。没想到自己算计来算计去，却让郑奠基捡了一个大便宜。可事已至此，他除了说"吆西"之外，还能说什么呢？

第十一章

1

八路军特遣队化整为零，悄悄地潜入大荒洼。走到马家庄附近时，冬雨对刘人杰说，他想到马家庄马文采家去看看他爹和他娘。刘人杰怕出意外，他对冬雨说："根据我们得到的情报，鬼子在各村都建立了村公所，还选了保长。白天去怕引起他们的怀疑。我看还是晚上去吧。"

天黑透了，刘人杰带着四名队员，陪着冬雨进了马家庄。他们在村口留了暗哨，只有刘人杰和冬雨进了村。冬雨在前，刘人杰在后，他们悄悄地来到了八才子马文采家门口，冬雨刚想抬手敲门，忽然他呆呆地看着大门，一种不祥的预感迅速占领了他的意识。刘人杰凑到近处，他看清了，大门上过年贴的红对子上贴着淡黄色的冥纸。刘人杰知道，在大荒洼，有一个风俗，谁家死了人，就在大门上贴冥纸。门上有过年的红对子，冥纸又贴在了红对子外面，这说明这家在腊月二十九之后死了人。因为过年的对子最晚是在腊月二十九下午贴上去。他仔细一看，发现门上锁着一把大铁锁。他想，一定出大事了。即便是家里死了人，也不至于把大门锁了啊？

冬雨愣了一会儿，忽然醒悟过来，他什么话也没说，突然转身就走。刘人杰急忙低声问他要去哪里。冬雨说去马文章老师家。

两人到了七才子马文章家。马文章把马文采一家与冬雨他爹娘的事告诉了冬雨和刘人杰。冬雨虽然早就有一个不祥的预感，但是当马文章亲口说出来以后，他还是不能接受。他大叫一声，两眼发黑，差点儿昏倒。马文章一家和刘人杰都陪着冬雨流泪。刘人杰没有劝冬雨，他知道，这个时候必须让他尽情地哭出来。可是，冬雨只是流泪，却没有哭出声。

过了好长时间，刘人杰让马文章领着他们到英秋润等人的坟上去看看。马文采一家和英秋润夫妇都是马文章张罗着埋葬的。

冬雨跪倒在他爹娘的坟前，终于哭出了声。马文章紧张地看着刘人杰。刘人杰明白他的意思，他是怕村里人听到，会给他带来麻烦。他说："马先生，你放心，我们直接从这儿就走了，到明天如果有人问你，你假装什么也不知道就行了。"

马文章说："您误会了。我兄弟死在了日本鬼子的枪下，我虽然活着，感到很内疚。如果当初我答应当那个会长的话，文采一家和冬雨他爹娘就不会遭难了。我是怕鬼子知道冬雨回来了，会来追杀你们。"

刘人杰说："马先生，您就放心吧。我们来，就是要找鬼子的麻烦的。不用他们找我们，我们就会去找他们的。这个仇我们一定要报。"

听了刘人杰的话，马文章疑惑了，他想，就凭你们这几个人？

刘人杰猜透了马文章的心思，他说："马先生，我们这次来就是要在大荒洼打游击战。今后还有很多事情要马先生帮忙。"

马文章说："您放心吧。只要有用到我马某的地方，您尽管说，只要是打鬼子，我没有二话。"

刘人杰说："马先生，英大叔和大婶只能先埋在您马家的坟地里了。等我们打走了鬼子，我们再为大叔、大婶迁坟，举行葬礼。"

马文章说："刘先生，这您就放心吧。马家庄的人在大是大非上是不含糊的。马家庄的保长马庆魁是我本家的侄子，他是被迫给鬼子做事的，他只是表面上应付鬼子，他决不会帮着鬼子作恶的。"

刘人杰让马文章转告马庆魁，八路军特遣队日后会专程去拜访他，希望他对抗日工作做一些有益的事。

当天晚上，特遣队从冰面上过了芦花河，冬雨报仇心切，他打算先到英庄去打鬼子。刘人杰想了想，特遣队进入大荒洼，就是要和鬼子周旋的，也要让老百姓知道八路军来了。趁鬼子不知道特遣队来了，打他个措手不及，也给大荒洼的老百姓打打气，于是就同意了。但是，他没有同意冬雨袭击日军司令部的计划。他说，我们特遣队来的路上不方便带长枪，每个人带的都是短枪。真要是攻击日军司令部，他们不但有长枪，还有机枪。即便是偷袭成功了，我们也会有伤亡，甚至还会是较大的伤亡。所以，我们暂时不能直接攻击日军的司令部。我们可以分组行动，把鬼子的哨兵消灭掉。他把队员们召集到一起，作了部署。他特别强调这第一仗，只能是给敌人突然袭击，不可恋战。他告诫队员们，游击战的宗旨是在保存自己的前提下，消灭敌人的有生力量。

日军在英庄村的东南西北四个方向都派了哨兵。南边的不好打，也不是不好打，而是打了之后很难撤回来。对特遣队来说，大荒洼是最好的隐身之所。如果跑到英庄的南面去打几个鬼子哨兵，一旦被鬼子的大部队追击，就只有往南撤。往南撤就远离了大荒洼，数九寒天，庄稼地里都是光秃秃的，很难隐藏。刘人杰决定放弃打南面这一组哨兵。在东、西、北三个方向上，最好打的是北面，较难打的是东面。英庄东面与三里庄紧挨着，三里庄住的是郑奠基的警备团。警备团的在三里庄西头的磨坊里就设有岗哨。枪声一响，如果警备团插手进来的话，会很麻烦。听着刘人杰的分析，冬雨沉不住气了。他想，这样分析来分析去，南面不能打，东面也不能打，那就只有打西面和北面了。他插嘴说："队长，你们去打西面和北面，东面的我来打。"

刘人杰却不说话了，他看着冬雨，陷入了沉思。大家见刘人杰不说话，以为是生冬雨的气。马启亮说："队长，要不我和冬雨打东面，凭冬雨的枪法，消灭鬼子的两个哨兵，那是很容易的。我带几个人负责警戒三里庄的警备团。只要冬雨打死那两个鬼子哨兵，我们立刻就撤。不等警备团反应过来，我们就撤下来了。估计应该不会出啥问题。"

刘人杰眯缝着眼睛，还是不说话。大家都不敢再说什么了。过了好大一会儿，刘人杰说话了，他说："我看这么办。今天晚上我们就只打东面的鬼子。"

一听这话，大家都愣了。如果只打一处的话，那就不应该去打东面，而是打北面。北面是最好打的。可这回，大家都没有插嘴问。他们知道，队长既然决定这么做，肯定是有道理的。虽然没有人问，但是大家却都在等着队长说下去。

刘人杰说："据我掌握的情况，郑奠基和日本人之间既互相利用，又相互猜忌。我们可以在他们之间添点酱油加点醋，让他们的猜忌加深，这更有利于我们今后的斗争。另一方面，让冬雨打这一个点，要保证一枪爆头，这将对敌人造成很大的心理压力。这样一来，虽然我们消灭的敌人比较少，但是却可以给敌人以最大的震撼。敌人知道我们有神枪手，他们就不敢太猖狂。尤其是对郑奠基的人，也是一个警告，我们有神枪手，却不去打他们，让他们今后给自己留条后路。"

听了刘人杰的话，大家明白了。

刘人杰带着冬雨和本组的其他四名队员负责去袭击鬼子哨兵，马启亮带领他的小组负责警戒三里庄方向，另外两个组负责接应。

分派好任务以后，特遣队迅速向英庄移动。大家行动迅速，很快就来到了荒洼的边上，再往前就是光秃秃的庄稼地了。大家停住了脚步，刘人杰让三组和四组就在这儿埋伏下来，准备接应。然后他和马启亮分别带着一组和二组弯下腰走下了排碱沟。

在大荒洼里，每个村庄的人都开垦了许多荒地，这些荒地在村庄的四周。一到深秋，庄稼收割了，庄稼地就光秃秃的。这样一到冬天，在荒洼和村庄之间就有了一个光秃秃的开阔地带了。隔着这个开阔地带，特遣队的短枪是不能打中村头的哨兵的。幸亏，在庄稼地里有一些排碱沟。

大荒洼都是一些盐碱地，多少年来，大荒洼的人就靠的是广种薄收，后来人们发现在一些沟边的庄稼长得比别处好。人们分析原因，觉得是下雨或者是浇地以后，土地表层的盐碱溶到了地下水里，靠近沟边的地方，那些流动的碱水排到了沟里，降低了土地中盐碱的含量。所以，人们就在庄稼地里挖了很多沟。人们就把这些沟叫做排碱沟。其实，这些沟不仅能够排碱，还能排涝、浇地等。这些排碱沟都有一米多深，沟沿上长着一些荆条、茅草，大家只要稍微弯一下腰，外面的人就很难发现。等走到靠近村庄的时候，大家都放慢放轻脚步，马启亮带着二组队员从一条排碱沟来到了三里庄西面，埋伏下来。

刘人杰带着一组来到了英庄东面，大家屏住呼吸，悄悄地靠近了鬼子的哨兵。冬雨从腰里掏出二十响驳壳枪。

特遣队在进入大荒洼前，特务团尽最大努力满足特遣队的需要，每人配发了一把短枪。特遣队一共有20名队员，加上队长刘人杰，一共是21人。但是，特务团全团的二十响也不够21把。没办法，除了队长刘人杰和各小组组长之外，其余的队员就是单打一了。驳壳枪本来是德国毛瑟兵工厂造的，但是八路军手里的驳壳枪大都是汉阳兵工厂仿造的。在整个特务团，只有一把驳壳枪是德国原装进口的，这把枪是八路军山东纵队第三支队司令杨南标送给特务团团长马连城的，马连城稀罕的了不得。就是在那次看了冬雨的枪法以后，他把这把枪送给了冬雨。驳壳枪的最大有效射程是150米，为了确保一击必中，刘人杰和冬雨他们从排碱沟里悄悄地靠近到离鬼子哨兵只有八九十米的地方。

冬雨趴在沟沿上，慢慢地用手拨开面前的荆条，把枪伸出去。

正月的夜晚，天很冷。两个日本兵穿着军大衣，带着棉军帽，在村口的道旁来回踱着步。为了确保能够给敌人造成足够的震慑力，刘人杰要求冬雨自己消灭这两个鬼子，并且要求都要打在鬼子的头部。第一枪，他对冬雨很有信心。他相信冬雨有把握一枪命中目标，并且是一枪爆头。可是第二枪，他没有足够把握。驳壳枪虽然不用像单打一那样打一枪就需要重新换子弹，但是，驳壳枪有一个缺点，那就是子弹出膛以后，枪口会向上跳起。单射的时候需要重新调整瞄准以后才能打第二枪。他怕这一个调整的时间，敌人会突然卧倒，导致冬雨打不准。所以，他和其他人随时准备开枪。必须要确保把这两个鬼子一起报销。他压低声音问："打第二个鬼子，有把握吗？"

冬雨依然看着前方，轻声说："放心吧。"

说完这三个字，冬雨拿着手中的那把驳壳枪，冲着前方瞄着，然后他调整了呼吸，扣动了扳机。一个鬼子应声倒地，另一个鬼子一见同伴被打死，只是稍一愣怔，离他不远就是一棵槐树，他斜着身子，迅速向那棵槐树后面躲去。可他刚刚抬起脚步，第二枪就响了，这一枪正好打中了他的太阳穴。

打出第二枪以后，冬雨见已经打中了，立刻抽身就走。两名战士冲出去，捡起敌人的枪。队伍立刻顺着排碱沟撤退。

2

曹谷信良来到村东头的时候，他只看见了两名日军士兵的尸体。他借着手电筒的光亮，仔细地查看了一番，他不由得倒抽了一口冷气。

这两名哨兵根本就没来得及反击，对方只用了两枪，就打死了他两名士兵。并且这两枪太准了，一名哨兵被打中前额，另一名被打中太阳穴。曹谷信良听说在欧洲战场上有一些经过专门训练的狙击手，枪法好得出奇。日军也已经安排训练狙击手。不过，据他所知，在中国，即便是国民党的中央军里，也还没有狙击手。地方部队和共产党领导的八路军里，就更不会有狙击手。在这荒凉的黄河口，哪来的狙击手呢？

正在曹谷信良疑惑之时，郑奠基带着人来了。郑奠基一边往近前走一边说："哪里打枪？是啥人在打枪？"说着话，来到了曹谷信良近前："曹谷太君，你怎么在这儿？咋回事？"

曹谷信良没回头，只是说："郑团长，皇军的哨兵被人打死了。你的人在哪儿？"

郑奠基愣了一下，他没有回答曹谷信良的话，往前凑了凑，用手电筒照了照，低下头看了看，他吃惊地说："啥人有这么厉害的枪法？真他妈的太准了！"

在郑奠基的队伍里，枪法最好的就是曹小三，但是，郑奠基觉得在极短的时间内连开两枪，都是命中要害，曹小三恐怕做不到。

曹谷信良说："我也正在纳闷。这大荒洼里怎么会有狙击手呢？"

郑奠基从来没有听说过"狙击手"这个名词，他像是自言自语地问："啥是狙击手？"

曹谷信良在这个时候可没有心思去给郑奠基讲什么是狙击手的问题，但他也不能不说话，他只是简单地说："就是你们中国人说的神枪手。"

其实，在看到那两具日本士兵的尸体的时候，郑奠基就突然想起了一个人，这个人就是英冬雨。听曹谷信良说出"神枪手"三个字，他脑子里忽然就浮现出了在马家庄的那一幕。他心想，这是英冬雨来报杀父之仇了。

没等他说话，曹谷信良紧盯着他说："郑团长，皇军哨兵遭到伏击的时候，你的哨兵近在咫尺，怎么不来增援呢？"

郑奠基刚想辩解，曹谷信良一摆手，不让他说话，曹谷信良接着又质问道："这儿离你的团部比我的司令部也近得多，怎么你会来晚了呢？这怎么解释呢？"

原来，警备团的哨兵在听到两声枪响时，没敢过来查看，而是立刻趴在了地上，慌张地张望着。

郑奠基听见枪响以后，等他穿好衣服，走出西厢房，张立言也从东厢房里出来了，他们带着几个卫兵立刻走出李有财家。一边走，一边嘀咕问："哪里打枪呢？"

张立言说:"好像是在英庄村东头,估计是有人袭击日军哨兵。我们去追吗?"

郑奠基不想让自己的手下去冒险,这么黑的天,对方在暗处,自己贸然出击,一定会有伤亡。他才不想为了日本人去玩命呢。不过,他也不能说不追击。他没有回答张立言的话,而是答非所问。他说:"立言,你安排人做好警戒,我带人去现场看看。"他带了一排人,整好队伍,不急不忙地去查看现场。

现在,曹谷信良问的话,他确实不好回答。他当然不能实话实说,可他也知道曹谷信良这个人不好糊弄。他想了想,说:"太君,我已经猜到这是谁干的了。"

他说的是曹谷信良最想知道的,曹谷信良果然没有再追究他为何来晚了,瞪大了眼问:"快说,是谁干的?"

郑奠基说:"太君,你还记得在马家庄马文采家,那个拿土枪打死牛翻译的人吗?"

曹谷信良瞪大了眼说:"那个人已经被我们打死了。你不会说这件事是他干的吧?"

郑奠基摇了摇头,说:"太君,我怎么会开这种玩笑呢?当然不会是他干的。不过,这件事我敢肯定,是他的儿子干的。"

曹谷信良问:"他儿子是干什么的?"

郑奠基说:"他儿子叫英冬雨,就是一个老百姓,跟着他爹在大荒洼里打猎,练出了好枪法,是大荒洼枪法最好的一个人。"

曹谷信良说:"哦,我明白了。他这是报父仇来了。郑团长,既然你知道他枪法这么好,为什么不早说呢?我们该早把他除掉。"

郑奠基当然不能说实话,他煞有介事地说:"太君,我们在马家庄杀死他爹娘以后,我就想到了要把他除掉。可是我派人到他家去找,他家早就没有人了。"

曹谷信良将信将疑地看了看郑奠基,他知道郑奠基没有把该说的话全说出来。但是他也很清楚,这个时候再问也得不到什么。他很懂得,有时候不说话比说话更能给对方造成压力。他只是用一种奇怪的目光瞅着郑奠基。虽然天黑漆漆的,可郑奠基仍然很清楚地看到曹谷信良眼里冒出了两道凶光。

郑奠基被曹谷信良看得心里发毛。可他毕竟是老缺出身,他见曹谷信良对自己有所怀疑,心里虽然有点害怕,可更多的是愤恨。他看着曹谷信良那饿狼似的眼睛，心里忽然就想起了两个人在一次喝酒的时候，曹谷信良曾经失口说出了"支那人"三个字。就是从那以后，郑奠基才明白，虽然自己给曹谷信良送了那么多的名人字画和古董珍玩，可在人家心里，对自己还是瞧不起的。当时，他借着酒劲，竟然顶撞说："曹谷太君，你给我们中国人叫'支那人'，你知道我们中国人给你们日本人叫啥？"

郑奠基并没有说出"倭寇"两个字，但是曹谷信良知道郑奠基的心里已经说出了这两个字。他眼里掠过了一丝凶光，但是那一丝凶光转瞬即逝，他立刻换了一副嘴脸，向郑奠基道了歉。也就是从那天开始，他们之间有了裂痕，他们见面说话都是小心翼翼的，表面上他们俩是好朋友，用狩野的话来说，他们俩是大东亚共荣的模范代表，可心里却都是互相提防着。

这次来大荒洼，曹谷信良带来了一个中队有 180 名鬼子兵，而他的警备团却是倾巢出动，现在他又收编了陈三耀，他的兵力已经达到了 430 人，是日本兵的两倍还多。虽然他知道日本兵的战斗力很强，他的警备团不一定是日军一个中队的对手，但是在大荒洼，他既占有地利，人数上又有优势，真把他逼急了，带领人马摆脱日军的控制，他觉得并不是很难。

想到这儿，他的心里硬气了一些。他说："曹谷太君，现在我们虽然人多势众，但是面对这茫茫无边的大荒洼，英冬雨就像一条小鱼儿进了大海，我们想找到他就像大海捞针一样难啊。更何况那英冬雨在暗，我们在明，太君，我们得小心啊。"

郑奠基这一番话，表面上是在替曹谷信良着想，可他却是话里有话，曹谷信良当然听懂了他的话，知道了他那几句话背后的意思。他脸上勉强堆起笑容，说："郑团长，这个英冬雨虽然是大荒洼当地人，钻进大荒洼就像鱼儿进了大海。可是，你郑团长在大荒洼也是有根基的。追杀英冬雨，还要依靠你郑团长啊。这件事还是麻烦你来谋划一下吧。"

郑奠基见曹谷信良软了下来，他也就借坡下驴，答应立即着手安排。

3

第二天，有两个消息在大荒洼传开了。一个是英冬雨打死了两个鬼子，另一个是八路军已经来到了大荒洼。

这两个消息一传开，有一些人就坐不住了。最坐不住的就是冬雨的伙伴铁柱和狗蛋。铁柱去找狗蛋，想告诉他听到的冬雨的消息，没想到，他一进门，还没开口，狗蛋就拉着他走出堂屋，眼睛里闪着光，告诉他说："铁柱，你知道吗？冬雨回来了，还打死了两个鬼子。"

铁柱本来想说，我来也是想告诉你这件事的。可是，他说出来的却是另一句话。他说："可是，他为啥不来找咱们呢？"

铁柱的这一句话，把狗蛋眼里的光亮一下子就给淹死了。狗蛋很懊丧地说："大概是他觉得咱们不会打枪，没用处，不愿意要咱。"

狗蛋这么一说，铁柱的脸上就更挂不住了。毕竟，他跟冬雨他爹英秋润学过打枪，还跟着冬雨在荒洼里跑了好几年。

狗蛋见铁柱的脸色很尴尬，就急忙说："也许是鬼子站着岗，他没法来找咱。他不来找咱，咱不会去找他吗？我想，他肯定就躲在大荒洼里。"

铁柱说："嗯，你这个主意不错。咱俩今天就去找他。"

他们走出家门的时候，是想从村北出村的。可是，就在刚刚迈出门槛，顺着胡同往北走了几步的时候，狗蛋忽然停住了脚步。他说："要不，咱从村东头走，看看冬雨打鬼子的地方？"

铁柱多少有一点害怕，可他不能在狗蛋面前表现出胆怯来。他就很痛快地答应了。

两个人走出家门，来到东西大街上，向东走去。还没走到村口，就见两个鬼子兵端着三八大盖站在那儿，枪上的刺刀闪着寒光。他们很纳闷，昨天晚上冬雨刚刚打死了两个鬼子哨兵，今天咋没有加岗哨呢？他们大着胆子继续往前走。

他们走到村口，故意大声地说着话，却在拿眼睛四处瞅着，他们既想看看冬雨打死鬼子留下了什么痕迹，又怕鬼子哨兵看出破绽，所以不时用眼角的余光瞟一下鬼子哨兵。

两个鬼子哨兵对他俩并没有太在意，有一个鬼子看了他们一眼，另一个鬼子一直看着村外，干脆就没有看他们。他们不知道，鬼子对村里往外走的人并不太关心，他们关心的是从村外往村里走的人。

铁柱和狗蛋没看出有什么痕迹，他们俩很想弯下腰、低下头仔细地看看地上有啥痕迹没有，可是他们不敢。他们很快就出了村，他俩怕直接往荒洼里走会引起鬼子的怀疑，故意继续向东走，进了三里庄，然后又从三里庄的一条胡同里，向北走，走进了大荒洼。

铁柱和狗蛋在荒洼里转悠了整整一个上午，也没找到冬雨。中午的时候，他们都饿了。可出门的时候，没有带干粮。回去吧，又不甘心。两个人忍着饿，继续寻找。

狗蛋说："你以前不是常常跟着冬雨来打猎吗？他喜欢到哪儿去？你不知道吗？"

铁柱说："他喜欢去的几个地方，咱俩都去过了。不是没有吗？"

"那咱再到哪儿去找呢？"

铁柱想了想，说："他昨天晚上刚刚打死了鬼子哨兵，他怕鬼子找他，肯定是去了荒洼的深处。咱只能到荒洼深处去找了。"

"到荒洼深处？可咱俩没带干粮啊？"

"要不，今天咱先回去，明天带上干粮，再来找他吧？"

狗蛋点了点头，说："行，就这么办吧。"

第二天，天刚蒙蒙亮，铁柱还没起床，就听见街上传来鬼子的口令声和鬼子兵整齐的脚步声。铁柱赶紧起了床，等他来到街上，只看见鬼子排着长长的队伍，向村外走去。

铁柱纳闷了，难道鬼子被冬雨打怕了？撤走了？可是，转头一看，祠堂门口站岗的鬼子还在那儿。他明白了，鬼子不是撤走了，是到荒洼里去找冬雨去了。

他扭头往狗蛋家走去，没想到，刚走到胡同口，迎面就碰上了狗蛋。狗蛋一见铁柱，急忙问他是咋回事。铁柱告诉他说可能是鬼子到荒洼里找冬雨报仇去了。狗蛋着急地说："这可咋办呢？"

铁柱笑了，他说："你小子真傻，咱俩都找不着冬雨，鬼子能找到他吗？"

狗蛋不好意思地笑了。两个人一商量，今天是不能去大荒洼里凑热闹了。等鬼子回来以后再去。

还真是让铁柱给猜对了。鬼子还真是到大荒洼里去了。不过，铁柱猜对了一半，鬼子去大荒洼，不仅要找英冬雨，还要找八路军的特遣队和周生水的老缺队伍。

那天晚上，曹谷信良从郑奠基的口中知道了打死两名皇军士兵的是英冬雨。这个人从小在荒洼里奔波，想找到他无异于大海捞针。曹谷信良很沮丧，也很无奈。第二天下午，他却又得到了另一个情报，八路军的特遣队也来到了大荒洼。他把这两件事联系起来，觉得英冬雨很可能是参加了八路军。他又想，八路军来大荒洼，肯定不仅仅是为了帮着英冬雨来报仇的，他们肯定有更大的行动。这个大行动，他不用费多大的劲儿就猜到了。特遣队来大荒洼是为了和周生水取得联系的。或者说是来与周生水汇合，一起与皇军对抗。如果是周生水真的投靠了八路军，那么，他们在大荒洼的统治就危险了。大荒洼是博安县的后院，也是博安县的粮仓。旅团长秋山静太郎少将之所以派坂田联队占领博安县，目的就是为了从博安县征集军粮，如果博安县的后院和粮仓出了问题，不要说是他曹谷信良，就是坂田联队长也吃罪不起。

晚上，他和郑奠基研究了一番，天一亮，驻扎在英庄的日军一个中队和驻扎在三里庄一带的警备团就倾巢出动，到大荒洼里去追剿特遣队和周生水。

这一次，日军吸取了上次的教训，不再晚上去，而是天刚放亮就出发。曹谷信良盘算着，特遣队和周生水他们总得要吃饭，在这寒冷的天气里，他们不可能吃凉的，他们一定会生火做饭。做饭就会有烟，中午有阳光，那些柴草也晒得很干燥了，烟冒得少，在阳光下还真不好找。晚饭他们也有可能是在天黑以前做。可早上呢，就不一样了，经过一个晚上，柴草必然会潮湿，早上做饭的时候，必然会冒出很多的浓烟，这样就可以找到他们了。进了大荒洼，他就一直拿着望远镜，向远处瞭望。

郑奠基跟在他身旁，无精打采地走着。他心里装着事儿。昨天晚上，他派人到英庄的烧鸡店买了一只烧鸡，他和张立言一起在李有财家的西厢房里，吃着烧鸡，喝了一斤多枣木杠子酒。喝完酒，张立言去了东厢房，郑奠基躺下了，他刚刚睡着。曹谷信良来了。

曹谷信良是悄悄地来到三里庄的。他一到村口，警备团的哨兵见是曹谷信良，不敢怠慢，就要去向郑奠基报告。曹谷信良制止了，他让哨兵待在原地不动，他带着两名士兵走进了三里庄。他很快就来到了李有财的家门口。站岗的警备团士兵赶紧去把郑奠基叫醒。

郑奠基被叫醒，很生气，他翻了一下身，嘴里骂道："妈了个巴子的，老子刚刚睡着，就来瞎叫唤啥？"

可他一听说是曹谷信良来了，他的酒吓醒了一半。他赶紧起来，没等郑奠基穿好衣服，张立言已经从东厢房里出来了，然后他陪着曹谷信良进了西厢房。

郑奠基听了曹谷信良的计划，迷瞪着眼，想了半天。曹谷信良在灯光下一直看着他，等着他说话。昨天晚上的事，郑奠基觉得曹谷信良对自己起了疑心，现在这件事，他不敢再有反对意见。也不是没有反对意见，而是不敢说。他揉了揉眼，装作很痛快地答应下来。为了能够消除曹谷信良的疑心，他还故意就追剿的细节问题与曹谷信良讨论了一番。

临走，曹谷信良又再三叮嘱郑奠基和张立言，这次行动一定要保密，千万不可走漏了消息。

等到天快亮的时候，他让张立言安排人立刻做饭，然后召集起来吃饭，曹小三等人不知道有什么紧急任务，一边吃饭一边嘟嘟囔囔，郑奠基却很沉得住气，对谁也不说有什么事。等吃过饭后，他立刻带队出发。

直到队伍离开三里庄，进入大荒洼，与日军会合以后，他才让张立言将此行的目的告诉几个连长。

以前当老缺的时候，不论做什么事，他都是提前和手下的这几个亲信通气，可是，这一次他却不得不瞒着他们，即便是曹小三问他，他都没有说。难怪他们会不高兴。他想等回来以后再慢慢地向他们几个解释吧。不过，这几个亲信情绪不高，弄得他也就心情不好。他走在曹谷信良身旁，见曹谷信良一直举着个望远镜，心想，就凭你手中的那个洋玩意儿，就能找着他们吗？

这一次带路的还是英秋原，他在队伍前头走着，一路上，他不说话，曹谷信良也不问他什么。整个日军队伍里一个说话的也没有，警备团的队伍里却是不时传来嘈杂的说话声。郑奠基觉得脸上一阵阵地发烧。他放慢了脚步，等日军队伍过去，他对张立言说："你听听，人家日本人那儿一点动静都没有，你再听听咱的队伍里，简直像是吵了蛤蟆湾一样，让他们都他妈的给我闭上那张臭嘴。"

张立言立刻让传令兵把这个命令传达到每连每排。过了好大一会儿，队伍才静下来。

郑奠基回到曹谷信良身边，曹谷信良放下手里的望远镜，微笑着对他说："郑团长，你越来越会带兵了。"

郑奠基心里想：老子还要你来表扬吗？可他嘴里却说："曹谷太君，这还不是跟你学的吗？"

曹谷信良却没有再说下去，他又拿起望远镜，很专注地边走边看。

过了好大一会儿，忽然，曹谷信良把望远镜递给郑奠基，往前方一指，说：

"郑团长，你看看那儿，有好几股浓烟，那一定是他们在做饭。"

郑奠基举起望远镜，看了看，果然看到有好几股浓烟，他说："嗯，看来他们就在那儿。"

曹谷信良立刻命令部队全速前进。

4

周生水没想到日本人会这么快就又来袭击自己。上次躲过了日本人的袭击之后，他知道日本人不会善罢甘休的，一定还会来袭击他们的。可是，他觉得日本人在短时间内不可能来，至少在十天半个月的时间里，是不会再来的。日本人可能会等他有所放松的时候再来。所以，这几天他让弟兄们该吃就吃，该喝就喝，等出了正月，他们就要再往另一处转移。虽然是这样，他还是不敢掉以轻心，他的暗哨还是像以前那样放出去了。

日军和警备团在离着周生水的营地还有四五里路的时候，被周生水的暗哨发现了。暗哨一看鬼子和警备团冲着他们的营地方向急行军，想要回去报信已经来不及了。两个人一商量，就向日军开了火。他们一边打枪，一边撤退。

枪声响起来的时候，周生水他们正在吃早饭。一听见密集的枪声，周生水知道坏事了。他立刻命令关小峰赶紧集合队伍，迅速撤退。老缺们也都听到了枪声，他们知道这是暗哨和敌人接上了火。他们也听出来了，那连续的"哒哒"声是机枪发出来的，他们手忙脚乱地跑回窝棚去拿枪，还没等他们整好队伍，远处的枪声就停止了。周生水知道，暗哨已经被敌人打死了。

这一次，周生水被打了一个措手不及，虽然敌人离这儿还有几里路，可是，他们的一些行李还都没有准备好，至少得把吃的、穿的，还有锅碗瓢盆都带着，不然，不用敌人追剿，就能把他们冻死、饿死。

等他们把一些必须带上的东西整理好，敌人已经来到近前了。他们赶紧撤退，他们都是在大荒洼里跑惯了的，他们觉得日本鬼子追不上他们，可他们没想到，日本鬼子竟然也是跑得飞快。更何况，日本人身上只有枪和子弹，可他们每个人的身上都背着自己的行李，一开始，他们跑得很快，甚至还把日军落下很远的一段距离，却始终没有把日本鬼子给甩掉，鬼子一直死死地咬住他们不放。渐渐地，距离在缩短，落在后面的人，已经进入了日军的射程之内。日军一边追击，一边开始射击。已经有人受了伤，拖着受伤的人跑，就更慢了。

关小峰说："大哥，我带一部分人留下来阻击一阵子吧。"

周生水说："不行。日本人很多，一旦停下来，你就撤不下来了。"

"可如果不阻击的话，我们都跑不了。"

周生水当然很明白眼下的局势，他很感激地看了一眼关小峰，说："那就留下十几个人吧，选择好地形，打一阵子就赶紧撤，千万不要恋战，一旦被包围了，就跑不了了。"

关小峰没说话，他亲自点名，留下了十二个人，他们在一道土岭后面趴下。作为二当家，关小峰有老缺队伍中最好的武器：一把二十响驳壳枪和一杆水连珠步枪。驳壳枪可以单射，也可以连射，近战威力很大。水连珠步枪不仅射程比那些老套筒远，而且供弹、发射动作干脆利落，连续发射时如同水珠溅落。除了这两件宝贝之外，关小峰还有一件武器，一柄鬼头刀。现在，他的鬼头刀背在身后，驳壳枪掖在腰里，他不慌不忙地拿起那杆水连珠。关小峰只有一只眼，他打枪的时候就不用闭另一只眼了。他深吸了一口气，慢慢地瞄准着，其他十二名老缺都在等着他开枪。大家已经开始有点儿慌神儿了，鬼子兵越来越近，二当家咋还不开枪呢？

关小峰开枪了，他一枪就打中了跑在前面的一个鬼子。那个鬼子兵正弓着腰、端着枪往前冲，这一枪打在了他的胸膛上，他没有站直身子，就弯着腰像猪拱地一样一头栽倒了。

老缺们一见关小峰打死了一个鬼子，一下子来了精神。一个老缺一边开枪一边说："他奶奶的，小鬼子咋这么不经打呢？"

一排枪打过去，打死了两个鬼子，还有两个受了伤。对老缺们来说，这个战绩已经很不错了。他们以为鬼子肯定会吓得趴下的。可是他们想错了，鬼子依然脚不停步地往前冲。鬼子的一名机枪手停了下来，把机枪架起来。鬼子的机枪一响，立刻把关小峰他们的火力给压下去了。老缺们被打得抬不起头来。关小峰知道，这仗没法打了，再打下去，等鬼子冲上来，他们这十几个人很快就会被消灭。他喊了一声："撤！"

立刻就从那个土岭子上撤下来，周生水带领老缺们往东北方向撤退，关小峰为了引开鬼子，带着十几个人往东南方向跑。

鬼子冲上那个土岭子以后，曹谷信良拿起望远镜看了看，命令一个班的鬼子兵去追击关小峰等人，他率领大部队向东北方向追去。

鬼子的一个班有 12 名士兵，曹谷信良只派了一个班去追击关小峰他们，有两个原因，一个是他考虑到这些人只是掩护周生水撤退的，这十几个人不是他盘中的菜，他想吃掉的是周生水。只要把周生水的主要力量消灭了，这十几个人就无所谓了。还有一个就是他很相信日军的战斗力。自从侵华战争以来，日军在和国民政府的正规军作战时，也都是出足了风头。土匪，在他眼中就是一些乌合之众，对付这十几个阻击者，派出一个班就足够了。

曹谷信良的算盘还是打错了。本来，那一个班的鬼子追在关小峰他们的屁股后边打，完全占优势。关小峰他们也无意停下来和鬼子拼，他们的目的就是想把鬼子引开，引得越远越好。可是他们一开跑，就停不下来了，鬼子一边跑一边开枪，虽然跑着打不准，但是那些子弹老是在他们的身边嗖嗖地响。跑了一会儿，已经有三个人被打中了，一个被打中了头部，当场就死了。另外两个是被打伤了，摔倒在地，他们刚刚爬起来，就被追上来的鬼子用刺刀刺死了。

关小峰急红了眼，他一边跑，一边回头用驳壳枪向后射击。他打了一个连射，可那些子弹都打到天上去了。关小峰不知道是咋回事，气得破口大骂："他妈的，连这支破枪也来欺负老子。"

这不怪那支驳壳枪，驳壳枪射击的时候枪口会向上跳动。单射的时候，打一发子弹，然后重新瞄准，可连射时，打出第一发子弹，枪口向上跳动，后面的子弹就会越打越高。关小峰虽然枪法好，但是他当老缺，打家劫舍基本用不着开枪。那枪只是起到一个吓唬老百姓的作用。老缺的子弹并不充足，尤其是驳壳枪子弹，就更少。平时练枪法，他怎么舍得连射呢？现在情急之下，回身打一个连射，结果那些子弹却都上了天。

一梭子子弹打出去，关小峰把驳壳枪重又掖回腰里。左手提着那杆水连珠，想寻找一个能掩护的地方，停下来打几枪。他看见前边有几棵柳树，他便加快脚步，向那几棵柳树那儿跑去。可就在他跑到柳树跟前的时候，突然发觉情况不对。柳树后面忽然伸出了一些黑乎乎的枪口，他想，这一下糟了，没想到小鬼子提前在这儿埋伏了人。他一边迅速卧倒一边大喊一声："快趴下！"

就在他和他的手下趴下的一瞬间，柳树后面喷出了一道道火舌。

那些子弹从他们的头顶上嗖嗖地飞过去，没打在他们的身上，却射向了他们身后的鬼子。关小峰虽然有点发蒙，但是他却知道，这些人不是打他们的，而是来救他们的。他嘴里喊着："弟兄们，我们的援兵来了，掉回头打鬼子！"他一边喊着，一边在地上扭回身子，趴在地上，冲着鬼子开了火。

鬼子遭到突然袭击，立刻卧倒，但是已经晚了，柳树后边的火力太猛了，就在一眨眼的工夫，鬼子已经被打倒了好几个。关小峰听着背后的枪声，明明是驳壳枪，他却看见像机枪一样扫向鬼子。他不由得扭回头一看，他呆了。只见两个人都握着驳壳枪，但是那枪却是横着，随着枪口的跳动，子弹横着扫向鬼子，真的像机枪一样。他想，这几个人真聪明。就在这一瞬间，他看见了一个熟悉的面孔。那个人没有连射，而是不慌不忙，一枪一枪地打，他看清了，分明是英冬雨。他回过头来一看，随着英冬雨的枪响，鬼子一个一个地被打中头部。他来不及细想，也赶紧趴在那儿，用那杆水连珠，瞄准了鬼子打。

鬼子很快就顶不住了，可他们知道，他们撤不下去。如果撤，他们会死得更快。他们趴在地上，拼死抵抗。可是，现在他们的优势彻底丧失了。对方的火力太猛。八路军特遣队队员的枪法都很好，那几个老缺的枪法也不错，再加上有英冬雨和关小峰这两个神枪手。鬼子很快就被消灭了。刘人杰冲马启亮喊了一声："打扫战场！"说完话，他和英冬雨就向关小峰他们走过来。

马启亮率领特遣队员迅速扑向那些鬼子，没死的，他们就补上一枪。然后把鬼子的三八大盖和子弹匣都拿回来。

刘人杰上次到周生水营地去的时候，关小峰曾经见过，虽然只是打了一个照面，可是关小峰今天一眼就认出了刘人杰。他知道这个人是个领头的，他冲着刘人杰一抱拳，说："感谢您的仗义相助！俺关小峰没齿不忘，日后若有差遣，万死不辞！"

他这几句话，是从说书的那儿学来的。今天用上了，还真像那么回事儿。

刘人杰上次进大荒洼，见过关小峰，在回来的路上，英秋原曾经告诉过他，那个瞎了一只眼的人就是二当家关小峰。现在，他一见关小峰，就笑着说："关二当家太客气了。我们曾有过一面之缘，我们八路军就是打鬼子的，你们也是打鬼子，今天正好碰上，哪有不伸手相助的道理呢？"

刘人杰的话虽然说得很轻巧，但是关小峰见刘人杰他们脸上的汗还没有干，这么冷的天，出这么多的汗，说明特遣队是在听到枪声之后，急行军赶来的。

这时候，东北方向传来激烈的枪声，关小峰知道，这一定是日军和大当家交上火了。没等他说话，刘人杰就做出了判断。他说："看来敌人与周大当家交手了，我们快去增援，不然恐怕周大当家会吃亏的。"

他们迅速向东北方向奔去。可是，他们离的太远了。更何况，周生水他们虽然说是边打边撤，其实是几乎不敢停下来打，跟逃跑差不多了。日本鬼子紧紧咬住不放，周生水的队伍里跑得慢的，已经被打死了不少。幸亏郑奠基的警备团并不真心卖力，只是跟在后边咋咋呼呼，否则的话，周生水吃的苦头就更大了。

关小峰和他手下那帮子弟兄拼了命地跑，没想到八路军的特遣队也是拼命地跑，甚至有几个跑得比他们还快。关小峰心里感到热乎乎的。刘人杰上次走后，周生水曾经找他去商量过，当时关小峰虽然没有极力反对，但是也不赞成。他说，保安旅收编了郑奠基，无非就是让他们当挡箭牌，甚至就是当炮灰。八路军招安咱们，恐怕也是这个意思。其实，周生水也有这个顾虑。不过，周生水觉得在日本鬼子、保安旅和八路军之间，必须要寻找一个靠山，否则很难长期生存下去。当然，是绝不能像郑奠基那样投靠鬼子。而在李春秋的保安旅和八路军之间，周生水还是觉得投靠八路军比较靠谱。关小峰当时想的是，保安旅和八路军都不是什么好鸟。他记得当时对周生水说过，当你真有难的时候，他们可能都会撒手不管的。可是，今天他一见特遣队那个着急的劲头，心里就动了。他想，这一次如果能救出大当家，他就支持大当家加入八路军。

枪声越来越近了，终于，他们追上了，他们看见了警备团的人。关小峰看了刘人杰一眼，那意思是问打不打。刘人杰却摇了摇头。关小峰疑惑了，从敌人后边打他个措手不及，为啥不打呢？

刘人杰看出了他的疑惑，来到他的近前，喘着粗气说："你看，警备团并不真心卖力，我们何必与他们纠缠呢？再说，如果我们从后边一打他们，他们就必然会回过头来和我们拼命。到时候，吃亏的还是我们。我们毕竟人太少了。"

关小峰问："那咋办呢？"

刘人杰说："我们不从后面打，绕过去，从侧面去打鬼子。打鬼子个措手不及，多消灭鬼子，才是关键。只要我们把鬼子打疼了，警备团反而不敢出手了。再说，我们也不能和敌人纠缠下去，等敌人缓过气来，我们是会吃亏的。待会儿我们从侧面牵制鬼子，你让一个弟兄去通知周大当家，不要恋战，迅速撤离。我们这边只留下冬雨和小马，只要敌人站起来，就一枪爆头，阻击一阵，趁敌人没回过味儿来，我们也撤出去。"

关小峰觉得刘人杰说得很有道理。但是他不同意只留下冬雨和马启亮，他说，他的枪法也不输给冬雨，他要留下来阻击敌人。刘人杰没有多说什么，就同意了。

他们立刻从侧面绕过警备团，然后向鬼子开火。冬雨见鬼子的机枪手一边追击一边扫射，威力很大。他立刻站住身子，深吸一口气，定了定心，用刚刚缴获来的那把三八大盖瞄准了一个机枪手，一枪射去，子弹立刻射穿了机枪手的脑袋。机枪手一下子栽倒在地，那挺机枪哑了。随着冬雨的这一声枪响，特遣队队员们和关小峰的人立刻一齐开火。关小峰用他的水连珠，瞄准了另一名机枪手，随着一声枪响，那个机枪手也应声倒地。在一瞬间，鬼子的两个机枪手都被一枪爆头。鬼子吓坏了，一下子乱了阵脚。曹谷信良急忙隐身在一棵树后，指挥反击。周生水听见侧后方突然响起了激烈的枪声，他虽然不明白是怎么回事，但是知道是有人增援他。他立刻命令年老的和受伤的老缺保护着他的家眷继续撤退，他带领年轻的老缺们反身向鬼子射击。

曹谷信良在树后仔细一观察，他见右侧的敌人并不是很多，但是枪法却很准，并且他们有一些人用的竟然是三八大盖枪，这说明他的那一个班已经被人家给消灭了。他恨得眼里都要冒出火来。按说，以他现在的兵力完全能够打退这两股敌人，甚至是能彻底消灭这两股敌人。可是他扭头一看，他的心就凉了，警备团的人都趴在地上，胡乱地打着枪。虽然自己在人数仍然占着很大的优势，可是，侧面的人太厉害了，他眼看着他的人一个个被打中头部，其他的人吓得趴在地上，不敢抬头。只要有一个抬头，立刻就有一发子弹飞过来，把这个人的脑袋打穿。皇军不怕死，可也不能白白送死。他立刻命令大家迅速找好掩体，然后组织反击。可是，他听到对方的枪声渐渐地稀疏了，甚至正面的敌人完全撤出了战斗，只有侧面还有枪声。

他略一思索，就明白了，敌人只留下了几名神枪手来阻击他们，大部队撤退了。

很快，侧面的枪声也停了。有一个鬼子兵刚从地上爬起来，身子还没有站直，侧面立刻飞来一颗子弹，又是一枪爆头。

鬼子们趴在地上不敢抬头，只是胡乱地射击着。过了好大一会儿，见对方再没有动静，曹谷信良从树后出来，鬼子兵也都站起来。郑奠基这个时候跑过来，问是不是继续追击。曹谷信良狠狠地盯了他一眼，说："人家早就撤了，还怎么追呀？"

郑奠基装作很着急的样子，说："那，那，我们就这么算了？"

曹谷信良真恨不得抽郑奠基一个耳刮子，他硬生生地忍下这口气，咬了咬牙，只说了一个字："撤！"

5

坂田很恼火。本来，他是一个很沉得住气的人，他自诩是一个中国通，他自认为对中国的事情很了解，对中国人也很了解。他喜欢读《孙子兵法》，也喜欢读《三国演义》。他觉得这两本书都是智慧之书，尤其是在日中战争中，他觉得自己所学很有用。中国人有一句古话，叫做"书到用时方恨少"。他读得不少了，他觉得很够用了。让他到博安县来驻守，他很不乐意。因为随着战线的推移，在这片土地上已经没有足以和他抗衡的国民政府的正规部队，这一带活动着的是国民党的杂牌部队，甚至可以说是杂牌中的杂牌，像李春秋的保安旅之类，他根本不放在眼里。还有一些专门打游击的土八路，在他看来，那都是一些满头高粱花子的庄稼汉，他们的指挥人员也大都是面朝黄土背朝天的泥腿子，没有多少文化，让他这个通晓日中两国文化和兵法的人来和这些人打交道，他觉得简直是一种耻辱。可他的顶头上司、第五混成旅团旅团长秋山静太郎少将却不这么认为。秋山少将要求他尽快稳定博安县以及整个大荒洼一带的治安，迅速肃清整个黄河口地区的抗日武装，建立起一个稳固的后方和粮食供应基地。秋山少将要求他在三个月之内解决问题。他率领他的联队很快就占领了博安县城，简直可以说是不费吹灰之力，并且迫使大荒洼最大的一股土匪部队投了降。接下来，他打算把周生水和陈三耀这两股土匪再收编了。然后只留下一小部分皇军，和这些土匪部队改编的警备团一起维持黄河口地区的治安。他就可以率领他的联队，继续去和国民政府的那些正规部队作战了。

正是出于这种考虑，他软禁了周生水的家眷，希望在过完年以后，能够把周生水给收编了。可他没有想到，周生水的家眷竟然在他的眼皮子底下被人救走了。这让他很丢面子，他派人去追赶，却不料又遭到了伏击。根据他得到的情报，八路军也掺和进来了。他最怕的就是八路军和土匪联手，一旦那样，势必会影响他的计划。所以，他让他的参谋长曹谷少佐亲自带领一个日军中队和警备团的大部一起前往大荒洼，希望能够来一个快刀斩乱麻，消灭周生水和陈三耀这两股土匪。更令他想不到的是，曹谷两次追剿都失败了。尤其是第二次围剿，不但没把周生水彻底消灭，反而损兵折将。周生水和八路军的特遣队合兵一处，躲到了荒洼深处，像一只猛虎，时不时地出来咬皇军一口。现在已经是四月份了，三个月的期限眼看就要到了。可曹谷信良的一个中队和郑奠基的警备团疲于应付，根本抽不出身。秋山少将已经几次来电话催问，最后一次打电话的时候，秋山已经很不耐烦了，语气里已经充满了讽刺的味道。

这一天中午，他牺牲了自己习惯的午休时间，请来狩野，两个人商量下一步该怎么办。一边喝着茶，坂田一边把自己的苦恼告诉了狩野。

狩野沉默了一会儿，说："阁下，我们是不是上了八路的当？"

坂田看着狩野，示意他继续说下去。

狩野分析说："我们一直以为八路军派了一个特遣队去大荒洼，是为了策动周生水投靠他们。可现在看来，这只是他们的目的之一，他们应该还有另外的目的。"说到这儿，狩野停下话头，看了看坂田。见坂田没有任何表示，他就继续说下去，"我觉得他们的另一个目的，就是为了牵制我军，不让我们腾出手来去围剿他们的主力部队。我甚至可以肯定，这后一个目的才是最主要的。"

狩野说的这一些，坂田也想到了，他在几天前就想到了，可他不愿意相信这一切。他这个高贵的世家子弟，帝国军校的高才生，竟然让一帮头顶高粱花子的土八路给算计了，他不能接受。现在，狩野说出来了，连狩野这个半瓶子醋也看出来了，自己简直是丢人丢到家了。

可最令他苦恼的还不是这个。丢掉的面子，可以在战场上挣回来。问题是，他明明知道这是八路军设的一个套，他还必须往里钻。他不能把大部队从大荒洼撤出来，一旦撤出来，八路就会在那儿发动老百姓和日本人作对。他知道，八路最会干这个了，用他们的话说叫"发动群众"。一旦那些老百姓被他们发动起来，大荒洼就会落到八路的手中，他们就会在那儿生根，发芽，然后长成一棵大树，再长成一片森林。他们在后方一捣乱，前线所需要的军粮就无法保证供应。现在，八路军山东纵队第三支队就已经在清水泊建立了一个根据地。他早就想对清水泊来一次大扫荡，可是他现有的兵力却不能完成这个任务。现在，八路军第三支队主力在县城东边几十里外的清水泊，而李春秋的保安旅在县城西边几十里外驻扎着，特遣队和周生水的队伍在他北边的大荒洼里，他们分三面牵制着自己，如果自己出兵去攻打其中的一方，另外两股部队必然从侧面和后面进行袭扰。

沉默了半天，坂田恨恨地对狩野说："狩野君，你说的这些我早就想到了。可令我们被动的是，八路布好了这盘棋，我们只能陪着他们下。其他几个县都是只有皇军的一个中队驻守，有的甚至是一个小队，可我们这儿却是整整一个联队，这简直是耻辱啊！"他叹了一口气，接着说，"秋山将军已经来过多次电话，对我们的战绩很不满意。他那儿急需增援。可我们怎么能抽出人来去增援他呢？狩野君，你帮我想想办法。"

狩野在来的路上就已经想到了这个问题，他也想出了一个办法。可他知道，坂田是一个很自负的人，在他面前，自己不能表现得太聪明。毕竟坂田是一个职业军人，而自己不是军人。他得给坂田留一点面子。所以，他故意沉思了一会儿，说："阁下，我听说郑奠基在那儿很不卖力。第一次围剿土匪，他拣了一个便宜，借助皇军的军威，把陈三耀收到了他的警备团里。第二次围剿周生水的时候，皇军伤亡了二十多名士兵，可他的人连一个都没少。曹谷少佐虽然很生气，可拿他没办法。他在那儿，不起什么作用。倒不如在三里庄只留下一个连，让郑奠基和他的团部回到县城来，把他的三个连分散派出去，接替其他据点驻守的皇军。这样，我们至少可以抽出一个大队的兵力去支援秋山少将，郑奠基只留一个团部在县城，他也就不敢轻举妄动了。"

坂田听后，半天不言语。狩野不知道坂田心里是怎么打算，端起茶杯，慢慢地送到嘴边，却没有喝，他在等着坂田说话。

过了好长时间，坂田站起身，走到窗前，看着窗外。狩野对坂田很了解，看到他这个样子，知道他正在做出一个决定。

坂田回过头来，说："狩野君，我已经做出了决定。警备团只留下一个连，皇军也只能留下一个小队，其余的人都调回来，去支援秋山将军。"

狩野觉得坂田这个决定太大胆了，他迟疑地说："阁下，只留一个小队，他们应付得过来吗？我不得不提醒阁下一句，八路军特遣队已经和土匪联手了。"

坂田说："狩野君，你过虑了。我派大部队去，本意是想在短期内彻底消灭那些不投降的土匪，可是，曹谷君没能实现我的这个目标。现在，八路军特遣队和土匪已经遁入大荒洼的深处。想找到他们犹如大海捞针。他们继续留在那儿，已经毫无意义了。根据我的情报，八路军的特遣队只有二十多个人，周生水的土匪部队经过两次围剿，也已经不足百人。我留下皇军一个小队，外加警备团一个连，足以与其抗衡。八路军不是喜欢打游击吗？我也留下少数人和他打游击。我把大部队抽出来，南下去协助秋山将军，消灭他们的第三支队主力。只要把他们的大部队消灭了，这个特遣队也就只能是一个跳蚤，兴不起什么风浪来了。"

狩野问："那么，曹谷君也要回来吗？"

坂田说："不，他还得留在那儿。郑奠基手下的几个连长都是一些野惯了的，甚至有点桀骜不驯，又是在他们的老窝里，他们地形熟。如果只留下一个小队长，他们可能会不听招呼。让曹谷君在那儿，可以操控大局。"

命令传到大荒洼，曹谷信良立刻叫来郑奠基，向他传达了坂田的命令。然后说："皇军只留下加藤小队，警备团留下那个连呢？"

郑奠基在心中把自己手下那几个连长掂量了一番，在这几个人中，他比较信得过的是曹小三。他说："就留下曹小三吧。"说到这儿，他略一沉思，又说，"张立言也留下来。"

曹谷信良疑惑地看着郑奠基，说："张副团长没必要留下来了吧？坂田太君调你们回去另有更重要的任务，张副团长回去可能还要担当重任呢。"

郑奠基说："太君，曹小三虽然打仗挺在行，可他的脑子不够灵活，只留下他在这儿，我怕他会吃亏。"

曹谷信良笑着说："有我在这儿，郑团长还不放心吗？"

郑奠基笑了笑，他心里想，老子最不放心的就是你。第二次围剿周生水的时候，警备团并没有出力，想必周生水也不会与曹小三为敌。需要提防的是八路军的特遣队，种种迹象表明，特遣队并不是想消灭警备团，至少在近段时间内不会这么做。他们肯定还想策反警备团。只有策反不成后，他们才会对警备团下手。他相信曹小三不会投靠八路军，但是曹小三手下的人，他不敢保证。所以要留下张立言来，只要张立言在这儿，曹小三手下的那些人谁也不敢动歪心思。当然，他也不得不提防曹谷信良。曹谷信良对警备团很不放心，也很不满意。自己在这儿，人数比日军多几倍，曹谷信良有所忌惮。只留下曹小三，他怎么是曹谷信良的对手呢？

郑奠基想了很多，说的却不多。他说："曹连长打仗是把好手，动心眼不行。让他在三里庄独当一面，我不放心。曹谷太君，就这样吧。坂田太君那儿我去解释。"

话说到这个份儿上，曹谷信良不能再说什么了。两天以后，郑奠基就和日军的两个小队一起离开了大荒洼。

第十二章

1

鬼子大部队和郑奠基离开大荒洼后，特遣队便常常到一些村里去活动。以前他们也常在晚上走出荒洼，潜入村里活动，现在他们白天也开始活动了。

就是在这个时候，铁柱和狗蛋终于找到了冬雨。他们让冬雨和刘人杰说说，让他们参加八路军。冬雨自然是很高兴，就领着他俩去见刘人杰。

刘人杰没有同意铁柱和狗蛋加入八路军特遣队。这不仅出乎铁柱和狗蛋的预料，也大大出乎冬雨的预料。八路军不是要发动群众吗？不是热切盼望着群众都参加到抗日队伍中来吗？

刘人杰耐心地做了解释：抗日有多种方式，和日本人面对面的拼杀是抗日，暗地里为抗日队伍提供情报是抗日，掩护抗日军人是抗日，为抗日部队提供粮食和衣物也是抗日，总之一句话，只要对抗日有利的事情，都要有人去做。特遣队与周生水合并以后，已经有了一百多人。现在特遣队的主要任务是袭扰敌人，跟敌人打游击战，这就需要队伍精干、灵活，人数不宜太多。眼下，特遣队需要在各个村子里都有眼线，尤其是在英庄，更需要有自己的眼线。他希望铁柱和狗蛋能够继续留在村里，为特遣队做一些工作。

铁柱不高兴，说："我们就只能在村里打听一些消息吗？没有别的任务吗？"

刘人杰说："当然有，现在就有一个很重要的任务。"

铁柱和狗蛋一听有重要的任务，立刻都来了精神。争着问："啥任务？"

刘人杰很认真地说："杀狗。"

铁柱和狗蛋一下子都泄了气，这算哪门子任务啊？还重要任务呢？就连冬雨也不解地看着刘人杰。

刘人杰见他俩把嘴撅得老高，笑了笑，说："在大荒洼，几乎家家户户都养狗，为啥呢？"

冬雨和铁柱他们都觉得这个问题问得有点傻，这还用问吗？养狗干啥呢？看门呗。

刘人杰说："以前，养狗是为了看门护院，有人走到门口，狗一叫，就把主人叫醒了。自从我们连续几次利用晚上袭击敌人的哨兵之后，他们不敢再把哨兵放在村口了。本来这是我们利用晚上进村里活动的好机会，可是，特遣队一进村，狗就叫，这样一来，就等于给敌人报了信。现在的狗，已经成了敌人的哨兵。所以，要动员各家各户都把狗杀掉。"

听了刘人杰的这一番话，几个人都明白了。铁柱说："今天回去，我就把我家的狗杀掉。正好，把狗肉送来，让大家吃顿狗肉。"

刘人杰说："敌人盘查得很严，狗肉不好往外弄。还是算了吧，免得引起敌人的怀疑。"

狗蛋眨巴了一下眼，说："这好办。今天来的时候，我家的狗跟在后头，被我赶回去了。明天，我带着狗出来，在这荒洼里杀掉。"说到这儿，他不好意思地笑笑说，"自己家的狗我还真是下不了手。带出来，你们动手。"

很快，英庄家家户户都在杀狗，有的人杀了狗，自己的狗不忍心吃。就把狗肉送给邻居或者亲戚。这股风很快就刮遍了整个大荒洼。大家的说法都差不多，都说是青黄不接，人还没有饭吃，咋还能养狗呢？咋能让狗来和人争食呢？其实，谁都心知肚明，大家却都不说破。

等村里的狗杀得差不多了，曹谷信良才知道。是张立言告诉他的。张立言也是在三里庄的狗被杀得差不多的时候才注意的。以前他走在街上，最常看到的是一些窜来窜去的狗。可是，不过十几天的工夫，他走在三里庄的大街上，却很少见到狗了。开始他觉得很奇怪，仔细一想，他有点明白了。但是他没对曹小三说，而是去了英庄，这件事他要亲自向曹谷信良汇报。

张立言是半晌午的时候走进日军司令部的。自从大部分日军走后，在英庄驻扎的只有一个小队，充其量只能算是一个小队部，但是，门口却依然挂着司令部的牌子，人们也依然把英庄祠堂称作司令部。张立言一进门，就见几名日军军曹围在厨房门口。曹谷信良正好和英方儒在天井里说话。一见张立言进来，英方儒赶紧笑着往前迎上了两步，说："张团副，你的腿真是不长也不短，这狗肉马上就炖好了，你就来了。这就是口福啊！"

曹谷信良也哈哈大笑着说："嗯，张团副真是好口福。"

张立言愣了一下，迅即心里就明白了。他一边往曹谷信良跟前走，一边看着英方儒问："这是谁家的狗？"

英方儒一见张立言的脸色很不好看，心里不由得"咯噔"了一声，可是他不动声色，笑着说："大山家的，我买来让太君解解馋。"

张立言冷冷一笑，用嘲笑的口吻，问："会长，你家的狗啥时候杀啊？"

英方儒心头一凛，知道张立言看出了其中的蹊跷。可是他只能装聋作哑，他依然笑眯眯地说："大山家里穷，现在正是春荒，家里揭不开锅了，他咋还能养狗来和人争嘴呢？我家里呢，承蒙皇军照顾，生活还过得去，我何必要杀狗呢？"

英方儒不解释，张立言对他不会太怀疑，现在，张立言对他的疑心就更重了。

曹谷信良很奇怪地看着英方儒和张立言，心里想，支那人真有意思，凑到一块儿，就知道互相拆台。杀只狗有什么？值得大惊小怪吗？

张立言对曹谷信良说："曹谷太君，请进屋，我有事情要汇报。"说到这儿，他又对英方儒说，"英会长，您也进来听听吧。"

英方儒打了一个哈哈，说："张团副，你和曹谷太君商量军情，我就不掺和了。我还是在这儿等着吃狗肉吧。"

张立言说："别，英会长，我说的这件事，需要您参加。"

英方儒只得跟着进了屋。

三个人落座以后，曹谷信良看着一脸沉重的张立言，问："张团副，到底有什么事？弄得神神秘秘的？"

张立言说："就是杀狗的事。"

曹谷信良笑了："张团副，你可真幽默，杀狗也算一件事？值得你这么郑重其事的？"

张立言说："曹谷太君，那你说说为啥在这十几天的工夫，村里的狗几乎都被杀光了呢？"

曹谷信良说："这个，我听英会长说过了，老百姓的余粮已经不多了，还要供给我们这些军队吃饭，麦子呢？刚刚返青，青黄不接的时候，哪有余粮喂狗呢？"

英方儒点着头说："就是，就是。一只狗就能顶一个人的饭量。"说到这儿，他叹了口气，"唉！狗是通人性的，要不是实在没法子了，谁舍得杀狗呢？"

曹谷信良一边点头，一边看着张立言。

张立言说："曹谷太君，英会长说的只是一个表面现象，人们杀狗是另有目的。"

曹谷信良眯缝起眼睛，若有所思，他等着张立言继续说下去。

张立言却把头扭向了英方儒，问："英会长，这儿为啥家家户户都养狗呢？"

英方儒说："还不是为了防那些——"他本想说"防那些老缺和小偷"，忽然想到张立言就是老缺出身。于是顿了一下，接着说，"还不是为了防小偷吗？"

张立言说："现在就不防小偷了吗？"

英方儒看了一眼曹谷信良说："自从皇军和警备团来到大荒洼以后，小偷还敢出来吗？"

听了这一番赞美，曹谷信良却没有一丝的笑容。他知道张立言肯定还有话说，他说："张团副，你就别绕弯子了。"

张立言说："人们杀狗的目的是为了方便八路军夜间行动。"

这句话一说出来，曹谷信良稍一愣怔，旋即就明白了。英方儒吓了一跳，可他仍然装作不明白的样子，呆愣愣地看着张立言。张立言正用狼一样的眼睛在看着他。

英方儒知道，装傻充愣不能过头，过头了反而露馅了。他只是愣怔了那么一会儿，忽然一拍手说："哦，我明白了。原来是这么回事。"他一扭头，对曹谷信良说，"曹谷太君，我们都上当了。多亏张团副提醒，不然咱们还都蒙在鼓里呢。"

英方儒故意把自己和曹谷信良拉在一起，那意思很明显，这件事连曹谷信良都不明白，我英方儒一介草民怎么会想得到呢？

张立言当然听出了话外之音，他不能再继续盘问英方儒了。否则会惹得曹谷信良也不高兴。

曹谷信良沉默了片刻，对英方儒说："英会长，你的，下个通知，今天下午就把各村的保长召集来，开一个会。要求各家各户都要养一只狗。"

英方儒为难地摊了摊手，说："曹谷太君，可这也得等狗生了崽子才行，不然哪来的狗啊？"

曹谷信良说："这个不能拖，让老百姓自己想办法。对养狗的，我们可以给予一定的奖励。凡是家里养狗的，交军粮的时候，可以少交一个人的。凡是家里没有狗的，都不发给良民证。从现在开始，谁家也不能再杀狗，再杀狗，就以暗通八路处置。"

英方儒知道这事儿不好办，可他不能再反驳，否则曹谷信良就会怀疑到他的头上来。

英方儒出去安排人下通知了，曹谷信良对张立言说："张团副，你悄悄地安排人调查一下，是谁在暗中帮着八路做这件工作，一定要查个水落石出。"张立言答应着，曹谷信良又压低声音说，"这件事，不要让英方儒知道。你的，明白？"

张立言说："我明白。太君放心，我一定要把那些暗通八路的家伙给揪出来。"

张立言回到三里庄，立刻安排人暗中调查是谁在动员老百姓杀狗的。

这件事并不难查，很快，各种线索就汇集到他那儿，铁柱和狗蛋也就暴露出来了。张立言立刻带人去抓他们，却扑空了。他们俩都不在家。

铁柱和狗蛋早就跑了。张立言一开始调查，他俩就听到了风声。他们知道，早晚会查到他们的头上，两个人一商量，一起跑进了大荒洼，参加了八路军特遣队。

2

芦花河里的冰刚开始化冻，鬼子就开始修炮楼。鬼子的炮楼就在芦花河桥北面，在英庄通往县城的南官道西侧。鬼子用汽车从山里拉来了砖和石头，从附近的十几个村里抽来劳力干活。他们并没有到处去抓劳力，他们把这个任务交给维持会，维持会根据各村的人口，分派下去。各村就得按人数安排人来干活，哪个村的人不够数，鬼子再到村里去抓人。

三里庄离着英庄最近，但是三里庄的人没有参加修炮楼。因为三里庄也有一个大工程，警备团要在三里庄修围墙。

自从鬼子和警备团的大部队撤出大荒洼以后，特遣队就常常利用夜间摸进英庄或者三里庄，虽然没有直接攻打日军的司令部和警备团三连的连部，却搅得鬼子和警备团不得安生。虽然都是袭扰，特遣队对鬼子和警备团还是区别对待的。摸进英庄，他们就会打鬼子哨兵和巡逻队的冷枪。英冬雨的枪法那是人人共知的，马虎剩的枪法也不含糊。吓得鬼子的哨兵都不敢在村口晃悠了。一到晚上，他们就躲在墙角里，不敢露头。特遣队摸进三里庄，却不打警备团的冷枪，他们用枪逼住警备团的哨兵，然后就坐下来，和他们谈心，做他们的思想工作。时间一长，警备团的人就私底下传开了，说八路军特遣队只打鬼子，不打中国人。只要警备团的人不向八路军开枪，八路军绝不向警备团开枪。周生水手下的人和警备团的人都是老缺出身，以前有着千丝万缕的联系，有一些私下里本来就有交情。渐渐地，特遣队的一些队员和警备团的士兵就有了私下交往，一来二去，就被张立言和曹小三知道了。八路军不打他们，他们当然高兴，但是他们不能容许手下的人和八路军勾勾搭搭。他们怕八路军把警备团给赤化了。再说，一旦让曹谷信良知道，他们会有大麻烦。可是，这怎么能管得住呢？张立言知道，早晚有一天，鬼子会逼着他们向八路军开枪的。到那个时候，八路军如果打他们，他们怎么办呢？鬼子要修炮楼，到时候鬼子可以躲到炮楼里。他们往哪儿躲呢？修炮楼，他们修不起。鬼子有汽车从外地拉砖头和石头，他们没有汽车。他和曹小三商量了一番，决定修围墙。这个工程虽然很大，但是可以不用石头，只用一点砖头做碱脚。在大荒洼，人们盖房子，在底下先用几层砖，砖上面再弄一层草，把底下的盐碱隔开，上面再用土坯。这几层砖就叫碱脚，那一层把碱脚和土坯隔开的草就叫碱草。张立言和曹小三商议，只要围墙建成了，他们就可以放手和八路军特遣队开仗了。

曹谷信良和张立言计算过，炮楼和围墙有十天半个月就修完了。可他们没想到，特遣队常常利用晚上来捣毁他们的工地。白天好不容易垒了一些，可到了后半夜，特遣队就来给拆了。后来，还是张立言想出了办法，白天，只留下小部分兵力守在工地上，因为特遣队人数少，白天不敢出来捣乱。晚上，把兵力都调到工地上，严加防守。同时要严惩怠工的人。即便是这样，这炮楼和围墙也足足用了一个多月才修完。

炮楼和围墙都修完后，曹谷信良在炮楼里搞了一个庆祝酒会。参加这个酒会的有日军小队长加藤俊雄少尉，警备团副团长张立言，警备团三连连长曹小三，还有维持会会长英方儒。

喝酒之前，曹谷信良领着大家参观了炮楼里的设施。英方儒见炮楼里还有曹谷信良的一个专门的空间，曹谷信良白天在英庄的日军司令部办公，晚上就到炮楼里来住。

喝了一会儿酒，曹小三已经有点醉了。他对曹谷信良说："曹谷太君，我们有了炮楼和围墙，就不怕八路军特遣队偷袭了。我们可以放手和他们打一仗，把他们彻底消灭。"

曹谷信良笑眯眯地听着曹小三说完，却没有表态。他看了看加藤俊雄、张立言和英方儒，说："你们三位觉得怎么样啊？"

英方儒说："说起打仗的事儿，我是擀面杖吹火——一窍不通啊。还是请加藤太君和张团副说说吧。"

张立言看着加藤俊雄，笑着说："请加藤太君先说说吧。"

他知道加藤俊雄是一介武夫，只知道打打杀杀，打起仗来可能是一把好手，但是对军事并不太懂。在这方面，他觉得加藤和曹小三差不多。他知道曹谷信良是一个很懂军事的人，曹谷信良让他说，实际上是看看他们的才能。以前，郑奠基在这儿，他张立言没有显露的机会，现在终于有了这样的机会。他让加藤先说，等加藤说了，他再说出自己的看法，才能在曹谷信良面前显露出自己的才能。

果然，加藤俊雄很赞同曹小三的意见。

曹谷信良看着张立言，说："张团副，你同意他们的意见吗？"

张立言把手里抽了一半的烟卷扔在了地上，用脚踩灭了烟头，说："太君，说实话，以我们现在的力量，不宜采取进攻的态势。您想想，先前我们有大部队在这儿，尚且不能把他们消灭。现在我们虽然修起了炮楼和围墙，但这些都是有利于我们的防守。如果我们盲目的出击，不但消灭不了特遣队，相反，进入大荒洼，我们恐怕还会像上次那样遭受损失。眼下，我们首要的任务，不是去消灭特遣队，而是要确保局势的稳定……"

加藤俊雄打断张立言的话说："不消灭八路军特遣队，我们怎么稳定局势？"

张立言看了看加藤俊雄，又看了一眼曹谷信良。曹谷信良看着他，示意他继续说下去。张立言从曹谷信良的脸上看出了赞许，他更有了信心，说："太君，我们修建炮楼和围墙，就是为了保证自己不再遭到特遣队的偷袭。我们这么做，是为了能够和敌人长期对抗下去。我们不可能在短期内把他们消灭。我们的首要任务，是要征集军粮供应前线。现在麦子已经返青了，我们要做好抢收小麦的准备。要确保完成征粮任务。"

加藤俊雄还要说什么，曹谷信良制止了他。曹谷信良说："张团副分析得很对。我们眼下最紧急的任务是把大荒洼所有村庄的自卫队建立起来，并且牢牢地掌握在我们的手里，等到麦收的时候，才能确保一粒粮食也不落到八路军的手里。这件事，比打仗要难做得多，不能单靠武力解决。这件事，就由张团副和英区长负责。加藤君和曹连长要全力配合。"说到这儿，曹谷信良得意地笑了笑，说，"八路军不是发动群众吗？我们这也是发动群众，让各村的年轻人参加自卫队，让他们和八路军对着干。用你们中国人的话说，这叫做以毒攻毒。"

张立言说："曹谷太君真是高明！"

加藤俊雄和曹小三也跟着竖起了大拇指。英方儒也只得满脸堆笑，嘴里直说："高，太君的这一招真是高！"

大荒洼各村很快就成立了自卫队，这件事做得很顺利，几乎没有遇到什么阻力。曹谷信良很高兴，他让加藤俊雄安排日军士兵到各村去训练自卫队队员。

听了他的安排，加藤俊雄眨巴了一下眼睛，说："阁下，我觉得还是把自卫队调到英庄来集中训练比较好。"

曹谷信良摇了摇头，说："不，你不懂。让我们的士兵到各村去训练，让大荒洼所有村庄的老百姓都见识一下我们皇军士兵过硬的军事素质和超强的战斗力，他们就不敢再私通八路了。"他得意地笑了笑，"加藤君，这是一种心理战术。"

加藤俊雄张了张嘴，却没有说什么，他一碰脚跟，敬了一个礼，转身就要走。

曹谷信良叫住了他："加藤君，等等，你好像还有话要说？"

加藤俊雄转过身来，嗫嚅着说："少佐阁下，我是想如果各村同时训练，每个村只能派一两名士兵，如果让特遣队知道了，他们去袭击我们的士兵怎么办？"

曹谷信良愣了一下，他没想到，这个在他眼中只知道打打杀杀的加藤俊雄，在这个时候竟然想得这么细。他想，再聪明的人也有百密一疏的时候，再笨的人也有他的独到之处。他笑着拍了拍加藤俊雄的肩膀，说："加藤君，这件事的确是我疏忽了。我只想到了要借此机会展示我帝国战士的武力，却没想到特遣队会利用这个机会袭击我们的士兵，真要发生那样的事情，就太糟糕了。加藤君，这件事你想的很对，以后就要这样，想到了什么，不要有所顾虑，都要讲出来。支那人不是有一句话吗，叫做'三个臭皮匠赛过诸葛亮'。这样吧，就让各村的自卫队分期分批到英庄来，由我们大日本皇军对他们进行培训。"

自卫队培训的地点就在英庄炮楼东侧的空地上。那块空地挺大，可以同时训练好几个村的自卫队。曹谷信良怕特遣队来捣乱，四周加强了警戒。炮楼上的机枪手也做好了射击准备。

一连几天过去了，八路军特遣队一直没有出现，各村保长汇报的时候，也都说特遣队没有到村里去活动。

这让曹谷信良很纳闷，难道八路军会眼睁睁地看着自己的计划一步一步实现而无动于衷吗？难道特遣队已经从大荒洼撤走了？或者是他们躲在大荒洼里，根本不知道训练自卫队的事？这不可能。

一切都太顺利了，顺利的有点不可思议，让人有点心虚，有点不相信自己的感觉。曹谷信良表面上整天很轻松，可他一直暗中严加防备。可一直到自卫队训练结束，特遣队愣是一次也没有出现。

3

麦子熟了。

大荒洼地广人稀，老百姓可以自己开荒种田，愿意种多少就种多少。虽然是盐碱地，但是广种薄收，家家户户也都足够吃的。但是由于允许人们自行开荒，谁家种了多少地，就很难统计。曹谷信良和英方儒商量，就按人口数征集军粮。维持会把各村保长都召集起来，开了一个会。会上，英方儒把征集军粮的数目公布下去。各村保长却纷纷叫苦连天，都说征集的太多了，如果这样的话，剩下的粮食根本就不够吃的。老百姓肯定不干。马家庄的保长马文东说："太君，少征集一点吧，皇军就这一个小队几十个人，哪用征集那么多粮食呢？"

其他各村的保长也都随声附和，央求曹谷信良少征点。英方儒看了看曹谷信良，为难地说："曹谷太君，您看这——"

曹谷信良站起来，伸出手，往下压了压，前边的几个保长不出声了，可后边的人仍然在大声地说话。英方儒见曹谷信良已经有点不耐烦了，他站起来大声说："各位，各位，先别吵吵，听曹谷太君讲话。"

曹谷信良往下压了压火，脸上尽量堆起笑，说："各位，皇军在大荒洼只有一个小队，加上警备团一个连，一年能吃多少粮食呢？吃不了多少。但是，皇军在前线，为建立大东亚新秩序浴血奋战，我们这儿地很多，我们多征集一些粮食，是为了运往前线，供应前线士兵。我知道，征集的数额是大了点，老百姓不够吃的，可以动员他们在麦收以后，继续开荒，多种玉米，秋后就够吃的了。各位是皇军忠实的朋友，这件事就拜托各位了。"

听了曹谷信良这一番话，大伙才明白过来，敢情日本人在这儿驻扎下来，为的是从这儿征集军粮，他们为了供应前线，征集这么多粮食，不管大荒洼老百姓的死活，这怎么行呢？大家都纷纷议论起来，屋子里一时间人声鼎沸。后边的人甚至开始骂娘了。

曹谷信良的脸色越来越难看，他刚才讲完话，已经坐下了，这时又站起来，大声说："谁有话说？不要吵，一个一个地说。"

屋子里静下来了，别看乱吵吵的时候，大家都义愤填膺，甚至拍腿骂娘。可大家一看曹谷信良那脸色，都不敢说话了。

曹谷信良鄙夷地撇了一下嘴角，说："刚才好像都有话说，现在怎么不说话了？"

大家你看看我，我看看你，还是没人敢站出来说话。

英方儒心里很着急，说实话，日本人征集那么多粮食，在英庄，他就没法办到。如果真的按照日本人说的去做，还不让老少爷们把脊梁骨给戳烂了。可他是维持会会长，他不能说。他就盼着其他保长能说一说，大家都说办不到，或许曹谷信良会减少一点征集数额。他是这样想，那些保长们何尝不是这样想呢？大家都想明哲保身，都想着让别人出头。英方儒终于沉不住气了，沉不住气，他也不自己说。他还是要让别人说。他说："各位，曹谷太君是一位知书达理的长官，只要大家说的在理，曹谷太君还是愿意接受的，今天召集大家来，就是要听听大家的意见，大家有想法，尽可以说出来。有困难，我们可以商量着解决，大家都不说，回去以后那就不能打折扣了。"

英方儒说完话，用鼓励的眼神扫了大家一眼。他希望有人带头说话。

大家还是你看我，我看你，过了一会儿，终于有人说话了。说话的是关家屋子的保长关中运，他鼓足勇气站起来，说："太君，您说的，我们也都明白。只是——，只是——"他嗫嚅了半天，才又吞吞吐吐地说下去，"只是征集那么多，老百姓不干，他们辛辛苦苦种了地，说啥也得给他们留下自己的口粮。要不，老百姓会骂我们的。"

关中运一说完，陆家庄的保长附和着说："就是啊，老百姓不干，咱总不能到人家里去抢吧？"

其他保长也都随声附和，那意思就是不能这么办。英方儒心里笑了，可他表面上却显得很为难、很忧愁的样子，他两手一摊，对曹谷信良说："曹谷太君，你看，这咋办？要不——"

曹谷信良瞪了他一眼，再次站起来，眼睛里露出凶光，把那些保长们扫视了一遍，大家都不敢出声了。

曹谷信良说："各位，我对你们很失望，皇军拿你们当朋友，你们对皇军却是三心二意。"下面的保长们刚要辩解，他一摆手制止了大家，接着说，"这是司令部给我们的任务，我们必须完成。这个不能讨价还价，老百姓不交，你们要说服他们交。如果还不交，你们的自卫队是干什么的？不交的，就抢。敢反抗的，就给我抓起来，送到英庄来，皇军会叫他们乖乖地交出粮食来的。如果你们当中有谁工作不卖力，偷奸耍滑，糊弄皇军，那他就不再是皇军的朋友，皇军是不会饶恕他的。马家庄的马文采就是这种人的榜样，我希望大家不要像他那样不识时务。"

说完这番话，曹谷信良重新在那把太师椅里坐下来，狠狠地盯着大家。大家谁也不敢说话了。过了一会儿，曹谷信良看了看英方儒，英方儒读懂了他的眼神，站起来，对大家说："今天的会就开到这儿吧，大家回去抓紧做好准备，麦收以后，要迅速征集军粮，确保完成皇军分派的任务。"

征粮进行得很顺利，老百姓虽然不愿意交粮食，但是把人一抓到英庄，人们就乖乖地交粮了。要命，还是要粮？这个选择题不难做。曹谷信良忽然想到，自己的这些做法，和那些老缺们绑票是一样的。他不怕老百姓反抗，真要是有人敢和大日本皇军较劲儿，那就杀他几个人。其他人就不敢反抗了。结果，在十几天的征粮中，一个人也没用杀，只是抓了几十个人，把那些人打了一顿，打得最厉害的一个也就是打断了一条腿而已。就是这样，就把那些老百姓统统给制服了。他甚至觉得有点不过瘾，好像一个猎手没遇上一个真正值得卖力气的猎物一样，太没劲儿了。不过转念一想，这样也好，没有再杀人，把那个最厉害的杀招放在那儿，让人们不敢违抗皇军的命令。可令他心里不安的是特遣队，怎么会看着他组织训练自卫队，又眼睁睁地看着他征集军粮，却没有一点动静呢？这太不可思议了。

很快，曹谷信良就得到了一个消息，一个让他高兴万分的消息。这个消息是警备团的人打听到的，警备团的士兵们私下里都在议论，说是八路军特遣队和周生水的人内讧了。开始只是一些人传说这个不太确切的消息，后来，在传说的过程中，人们不断添油加醋，用自己的想象去丰富它。等这个消息传到张立言那儿的时候，这件事情已经有鼻子有眼的了。张立言听到的消息是，特遣队只答应让周生水当一个副队长，而周生水的二当家马虎剩只能当一个小组长，其他小头目就只是一般队员了。那些小头目们很不满，常常背后嘀嘀咕咕。马虎剩的冤家对头英冬雨也当上了组长，这让马虎剩很不舒服。渐渐地，马虎剩和自己的那些小头目们联合起来，不听指挥了。尤其是马虎剩和英冬雨之间的矛盾，是不可调和的。马虎剩还常常当面嘲笑英冬雨，说你英冬雨拼了性命从他手里夺去了芦花，可你得到芦花了吗？人家咋没嫁给你呢？倒是便宜了胖娃那小子。这件事，是英冬雨心上的大事，英冬雨更恼火马虎剩，当初他救出芦花，李家本来有可能把芦花嫁给他的。可就是因为马虎剩提出了一个条件，不允许把芦花嫁给英冬雨。这才把他的好事弄黄了。两个人的矛盾越来越深，几次拔枪相向。虽然最终并没有打起来，但是，两股力量已经水火不容了。刘人杰和周生水亲自出面，也没调解好。马虎剩还打算带着他的弟兄们离开特遣队，找机会和英冬雨拼个你死我活。现在，刘人杰被这件事闹得坐立不安。晚上宿营，双方都不敢在一起。

张立言想了解一下，这个消息是从哪儿来的，可是好像每个警备团的士兵都知道，但是是谁先说的呢？就说不清楚了。转来转去，好像每个士兵都是第一个知道的。他向曹谷信良汇报了。曹谷信良听了以后，又问了马虎剩和英冬雨结仇的事。他觉得这件事很可能是真的，要不然就无法解释特遣队为何不来破坏征粮了。他心里暗暗高兴，原来是八路军特遣队窝里斗，自顾不暇了。这就好办了，他想，要趁着八路军特遣队内讧的机会，抓紧把粮食运到县城。

4

运粮队出发了，从各村征集了二十一辆马车，押粮队有日军一个班和警备团的一个排。带队的是日军坂田联队加藤小队的副队长松尾。

临出发前，曹谷信良对松尾是千叮咛万嘱咐，让他一定要小心。从英庄到县城虽然只有100多里路，但是沿途村庄稀少，路两旁有很多大树和一蓬蓬的荆条，那都是能埋伏下人的。尤其在半路上还有一个桓公台，那更是一个打伏击的好地方，八路军从县城救走周生水的家眷时，就曾在桓公台打死了六名追击的皇军士兵。所以，千万不可掉以轻心。松尾"哈衣、哈衣"地答应着，可他的心里并不在乎。几十个土八路和土匪值得这样大惊小怪吗？大日本皇军自从进入中国以来，简直是势如破竹，长驱直入，上百万装备精良的国民党正规部队都望风披靡，这些土八路和土匪有什么了不起。英冬雨两枪打死了两个皇军哨兵，而且都是一枪爆头，他承认这枪法不错。可是，八路军特遣队里不就只有一个英冬雨吗？再说，他那是偷袭，两个皇军哨兵站在那儿，几乎就像活靶子。如果是站在那儿不动的话，他的这一个班里的每个士兵几乎都能一枪命中。如果八路军真来劫粮，那就好了，他可以给死去的那两名皇军士兵报仇，更是为皇军雪耻。他甚至在心里盼着八路军来劫粮，到时候他要把那些土八路打个落花流水。至于那些老缺，他更不放在眼里。警备团不就是老缺改编的吗？那次和皇军一起去围剿周生水，枪声一响，警备团士兵都吓得屁滚尿流，趴在地上不敢抬头。想到这儿，他扭头看了看走在他身后的那些警备团士兵，嘴角露出一丝嘲笑，这些胆小鬼跟着一点用都没有。本来他想对曹谷信良说只让他带领一个班的皇军就足够了，可他怕曹谷信良会训斥他，说他大意，才没说出来。

运粮队一离开英庄，他就在路上左顾右盼，他盼着八路军特遣队赶快出现。

早上从英庄出发，天黑以前就可以到达县城。他还真怕八路军不会出现。

已经走出了40多里路了，不要说八路军，路上几乎连个行人都没有。毒辣辣的阳光照射在身上，士兵们的上衣都已经湿透了。赶车的人喊出来的吆喝声，也干巴巴的，黏糊糊的，一点力气也没有。那些拉车的牲口也都淌着汗，慢腾腾地走着，对赶车人的吆喝不理不睬。警备团的士兵都已经把上衣的扣子敞开，有的歪戴着帽子，还有的干脆拿着帽子扇风。步枪都松松垮垮地斜背着。就连那个排长也是这样，虽然没有像他的手下那样把上衣的所有扣子都解开，也解开了三个扣子，一边走，一边骂骂咧咧的。松尾看了看，皇军士兵和他们形成了鲜明的对比。虽然都热得满头大汗，衣服也都湿透了。但是，每个人的衣扣都扣得严严的，帽子也戴得正正当当的。松尾鄙夷地看了看那个姓张的排长，想训斥他几句，却又住了口，他懒得跟这些人说话。他只知道这个排长姓张，根本就不记得他的名字。临出发的时候，好像曹谷信良告诉过他，可他没往心里记。

又走了大约有五里路，松尾忽然觉得那空气有点异样，他大小战斗经过了十几次，他很相信自己的直觉。他刚要提醒大家注意。可是已经晚了，一声枪响，不，不是一声枪响，而是两声枪响，只是这两声枪响几乎是同时发出的。走在最前边的两名日军士兵连哼一声都没来得及，就一头栽倒在地。

枪是从左前方打过来的，枪声一响，车队立刻就炸了窝。那些拉车的牛马骡有的吓得往前飞奔，有的原地乱转，有的一下子原地趴倒，有的一下子蹿到了路旁的沟里去车翻粮撒。那些车把式们扔下鞭子，趴在地上，有的双手抱头，有的撅起屁股往马车底下钻。警备团的那些人，走在车左边的，有的趴在了地上一动也不敢动，有的赶紧往马车的右边爬。马车右边的也都趴在了地上，只不过他们手中的枪却在胡乱地响着。只有日军士兵立刻进行了反击，车左边的立刻卧倒，向左前方射击。车右边的立刻以粮车做掩体进行还击。日军虽然仓促应战，但是却一点也不慌乱。

开头的那两枪，是英冬雨和马虎剩打的，他们两个人的枪一响，大伙立刻开始射击。特遣队队员都是特务团中的好枪手，马虎剩带来的那些人也是老缺队伍中的好手。一开始，他们就占了绝对优势。鬼子的火力完全被压制住了。车队左边的鬼子根本就没有还手之力，虽然他们也趴在地上还击，但是很快就死伤过半，就连松尾也挂彩了。

那些警备团士兵人数比较多，但是他们也只是乱放枪。张排长还算一个比较有胆识的人，但是，他心里根本就没想和八路军作对。前一阵子，刘人杰安排周生水手下能说会道的人，利用晚上偷偷去三里庄，和警备团的人取得联系，他们约定，互相不向对方开枪。他手下的这些人中，有大部分人都和特遣队联系过。这些人在来的路上，早就在心里想好了，如果遇到八路军来劫粮，他们就朝天胡乱打枪，绝不朝八路军开枪。

警备团中也有一少部分人恶性不改，执意和特遣队作对。在押运粮食的这一个排中，也有一些这样的人。他们虽然也趴在了地上，但是他们却和那些鬼子一样，向着前方开枪。因为刘人杰曾经嘱咐过特遣队队员，不要打警备团的人。因为他知道，如果特遣队一向警备团开枪，警备团的人就会怀疑特遣队不守信约，那就等于把他们推向了鬼子一边。

在传达这个命令的时候，马虎剩觉得不妥，他问："刘队长，我们不打他们，他们要是打我们呢？我们也不还击吗？"

刘人杰说："这种情况我考虑了。由于张立言和曹小三都执迷不悟，甘心当汉奸。我们还不能做通所有警备团士兵的工作，他们当中，肯定有人为虎作伥。但是，我们也不能开枪打死或打伤他们。大家想一想，如果我们打死或者打伤他们，在混战中，其他人不明白是怎么回事，会认为是我们不守信用。这件事我已经想好了对策，就由冬雨来做。"

战斗打响以后，大部分警备团士兵遵守承诺，但一部分士兵却向特遣队开枪。英冬雨在第一枪打死了一名鬼子以后。他就监视着那些警备团士兵。一个警备团士兵趴在地上，瞄准一棵大树后的特遣队队员，可是他的枪还没响，冬雨的枪已经响了。这一枪打在了他的帽子上，吓得他把枪一扔，再也不敢抬头了。就这样，英冬雨的枪不断响着，每一声枪响，都打掉或者打穿一名警备团士兵的帽子。

车队右边的鬼子仗着马车和装满粮食的麻袋作掩护，仍在拼死抵抗。就在这时候，突然从右边沟沿上的荆条后面和树后面，伸出了十几支枪口，这是刘人杰和马启亮带领特遣队的一部分人。他们早就埋伏好了，这个时候突然一起开了火。在车队右边的五个鬼子，立刻就被打死了三个，另外两个鬼子也被打倒在地。

特遣队大喊着"缴枪不杀"冲上去，那几个负了伤还在抵抗的鬼子都被打死了。警备团的士兵都双手举起了枪。那些被英冬雨打飞了或者打穿了帽子的人，早就吓得扔了枪，这时候又不敢再去拿枪，只得举起双手。

刘人杰让马启亮带人打扫战场，让英冬雨负责把那些车把式召集起来，想办法把那些翻到沟里的车弄上来，让马虎剩命令警备团的士兵集合起来。他亲自给警备团士兵做了一个简短的讲话，向他们宣传了抗日统一战线政策，让他们多做对国家、对民族有益的事情，不要当汉奸。最后他说："警备团的弟兄们，摆在你们面前的有几条路，一个是幡然醒悟，参加到抗日队伍中来，我们热烈欢迎。二是不想继续当兵的，可以回家。还有一条就是还想留在警备团，我们也不勉强，只要你今后不向我们中国人开枪，我们就绝不向你们开枪。当然，可能也有人想走这三条路之外的道路，那就是继续与八路军为敌，甘心当汉奸的人。对这样的人，今天我们只是给了你们一点警告，如果今后再继续为恶的话，那么我不客气地告诉你，那颗子弹就不会再打在你的帽子上了，而是直接打穿你的脑袋。"

那些被打掉帽子或者打穿帽子的人都低下了头。

张排长和五名士兵要求参加八路军，刘人杰把他们安排到英冬雨的组里，还让张排长当了副组长。

其他的人都表示要回家种地，刘人杰让他们把枪留下，就放他们走了。马虎剩凑到刘人杰跟前说："刘队长，这些人中恐怕还有一些是要回到警备团的，你怎么把他们放走了？"

刘人杰说："我们说出的话，就一定要算数。他们回去，也有好处，他们会把我们的政策带回去的。我想，他们不可能再敢和我们做对了。如果真的是屡教不改的话，下次就让你和冬雨打穿他们的脑袋。"

特遣队和车把式们一起把运粮车赶走，他们要把这些粮食再绕道运回大荒洼，一部分特遣队留作军粮，一部分偷偷地发给群众。翻到沟里的三辆大车，只有一辆还能用，另外两辆损坏了。大家想把那两辆车上的粮食卸下来，再分散装到其他车上去，可刘人杰不同意。他说，这儿离英庄只有50多里路，敌人有汽车和摩托，可能很快就会赶来。一刻也不能耽误，必须迅速转移。这两车粮食点上火烧掉。冬雨舍不得，刘人杰对他说："冬雨，烧掉这些粮食，我也很心疼，可是，我们那些大车上都装得满满的，再装上这些势必会影响我们撤退的速度。再说，时间也不允许我们重新卸车、装车。不烧掉，这些粮食就会落到敌人手中。"最后，他拍着冬雨的肩膀意味深长地说，"这就是战争，战争中的很多事情是不能用常理去想的，这是很无奈的事情。以后你会慢慢地理解的。"

第十三章

1

曹谷信良很快就得到了运粮队遭袭的消息。

在运粮队临出发的时候，他把一只信鸽交给了松尾，如果遭到八路伏击，就立刻把信鸽放回来。松尾走后，加藤俊雄和英方儒在司令部里陪着曹谷信良一边喝茶，一边唠嗑。可曹谷信良总是有点心不在焉。他很怕那只信鸽会突然飞回来，又好像是在盼着那只信鸽的出现。他觉得很奇怪，自己的潜意识里怎么会有这么奇怪的念头呢？难道自己盼着和八路军特遣队来一次决战？

信鸽终于出现了。他立刻带队出发，他想，凭皇军一个班的战斗力，特遣队在短时间内不可能得手，何况还有警备团的一个排呢？

出发的时候，他还是觉得有点遗憾，因为坂田联队长从大荒洼把大多数部队调走的时候，把在英庄的唯一一辆运兵卡车也调走了。给他留下的只有三辆挎斗摩托车。如果有那一辆卡车的话，他可以用卡车运粮食。即便不用卡车运粮食，他也可以用卡车运送兵力。

三辆挎斗摩托车在前边开路。第一辆的挎斗上架着一挺歪把子机枪，加藤俊雄坐在第二辆摩托的挎斗里，曹谷信良坐在第三辆摩托的挎斗里。摩托车在满是浮土的公路上颠簸着，扬起的尘土吞没了很长一段公路。在那漂浮的尘土后边，紧紧跟随着几十名鬼子兵。他们的衣服都被汗水湿透了，又沾上了一些尘土，看上去就有点花里胡哨。他们脚下的尘土飘动着，远远地看去，他们就像在腾云驾雾一般。在日本兵的后边，远远跟着的，是警备团的一个排。带队的是张立言。张立言一边跑一边大声地催促，可无论怎么喊，那些人就是跑不快。

半路上，就碰上了那些被特遣队缴了械的警备团士兵。这些人一共是15个。曹谷信良一见他们那个狼狈样，就知道事情不好。等问明白是怎么回事以后，他的脸简直没了血色。他没想到皇军的一个班竟然会被特遣队全部消灭，更没想到警备团的一个排中竟然有近一半人投靠了八路，还有七八个人半路跑回了家。当时情况紧急，他没来得及发作，命令那些警备团士兵带路往前赶。其实，根本就不需要带路，从大荒洼去县城的路就只有这一条。但是，曹谷信良不知道怎么想的，竟然就让那15个人来一个向后转，在前边带路。

这时天已近午，太阳挂在当空，脚下的土路上也是热气蒸腾，那些警备团士兵早已经筋疲力尽，他们当然跑不动。可鬼子的摩托车就紧紧地跟在他们的身后，摩托车的前轮几次要撞到他们的身上。他们都很生气，恨不得一屁股坐在地上，喘几口粗气。可他们刚才都看见了曹谷信良那张铁青的脸和饿狼一样的眼睛，他们知道，此时一不小心可能就会招来杀身之祸。他们一边上气不接下气地跑，一边低声地骂着。一个兵喘着粗气对身边的人说："他妈——的，早——知这——样，老——子还——不如投——靠八——路——呢。"

另一个说："就——是，像——那几个——弟——兄那样，直接回——家——也——好——啊。"

鬼子的摩托车就紧紧地跟在他们身后，还一个劲地按喇叭。摩托车上的鬼子还叽里呱啦地乱叫唤。可他们实在是跑不动了，有一个脚步跟跄，一不小心摔倒在地，扭伤了脚。一辆摩托车差一点就压在了他的身上。摩托车紧急刹车，发出刺耳的声音。加藤俊雄从摩托车的挎斗里跳下来，一边大声地骂着"八格牙路"，一边用脚去踢那个警备团士兵。警备团的士兵们都停下了脚步，他们被彻底激怒了，扭过身来，大声地争辩。加藤俊雄掏出了手枪，摩托车上的机枪手也拉动了枪栓，向他们瞄准着。

那些警备团士兵吓傻了，他们没想到鬼子会这么对待他们。他们现在可是手无寸铁啊。这时候，曹谷信良发话了，他冲加藤俊雄咕噜了几句什么。加藤俊雄狠狠地盯了这些警备团士兵几眼，把手枪放回到枪套中，好像很不情愿地说:"你们的,快快地跑步前进!"

等来到出事地点的时候,这15个警备团士兵都累得站不住了。曹谷信良从摩托车上下来,仔细地看着。

鬼子兵的尸体横七竖八地躺在那儿,他们的枪支弹药都没有了。路旁的沟里有两辆满载着小麦的马车,正在燃烧。

直到此时,曹谷信良才明白了八路军为什么不破坏他训练自卫队和征集军粮,原来那是一个骄兵之计,还说什么特遣队内讧,这都是人家做好了一个套,目的无非就是让他放松警惕。可恨的是,自己竟然真的就上了当。他真恨不得打自己一个耳光。可这个时候,就是剖腹自裁也没用,他知道,摆在自己面前的,其实就只有一条路,那就是追回军粮。

曹谷信良举起望远镜往四处看了看,却没有看见特遣队和那些马车。他很奇怪,特遣队想快速撤退,这是能办到的。可那些满载粮食的马车呢?哪儿去了?马车只能沿着这条土路跑,他让鬼子兵们搬开那些尸体,留下一个军曹和几名鬼子兵在这儿善后,他亲自带队沿着那条土路向前追。他不相信,马车能跑过他的摩托车。

可是追出不远,就没有了马车的车辙。那些满载粮食的马车走在这满是浮土的土路上,必然留下很深的辙印。怎么会没有了呢?他跳下汽车,弯下腰细细地察看。他终于发现了问题,地上的那些浮土显然是被人用笤帚或者是扫帚给扫平了,盖住了车辙印。他的嘴角掠过一丝冷笑,命令全速前进。

三辆挎斗摩托车加足了油门,发疯似的向前飞奔。连那些鬼子兵也都甩在了后边,警备团的人就更落在后边。

刚刚走出不到十里路,跑在最前边的那辆摩托车突然就一头扎进了陷阱。紧跟在后边的两辆摩托车,紧急刹车不及,赶紧向两侧扭了一下,这才没有紧跟着第一辆摩托掉下去。

曹谷信良跳下车,走过去一看,那个陷阱是一个很大很深的坑,上面搭着树枝,树枝上铺着一些荆条和麦秸,然后又盖上了浮土。

后边的鬼子兵上来了。加藤俊雄急忙让人把那辆掉进陷阱的摩托车抬上来,让卫生兵救治伤员。他对曹谷信良说:"这些'支那人'太狡猾了,他们在路上弄了这么大一个陷阱,我们怎么过去?我们没有带铁锹铁铲,这可怎么办?等我们把这个大深坑填满,他们早就跑得没有踪影了。"

曹谷信良没有说话，他紧紧地抿着嘴唇，眯缝着眼睛，看着眼前的那个大深坑。加藤俊雄没敢再说话，只是焦急地看着那些日军士兵忙着救人和往上弄那辆摩托。正在这个时候，曹谷信良忽然说："我们上当了。"一转头，对加藤俊雄说，"摩托车掉头，往回开。"

加藤俊雄不知道怎么回事，可他知道曹谷信良一定是发现了什么，或者是有了什么新想法。他急忙命令摩托车掉头，步兵来一个向后转，后队变前队，往回赶。

曹谷信良在摩托车上坐直了身子看着。一会儿，他看见了一条很窄的小路。这条小路的两边都是庄稼地。刚才过去的时候他就看见了，当时他的心里只是稍微动了一下。可正着急地往前追，没顾得往深处想。现在，他心里忽然明白了什么，用手向前一指，命令摩托车拐到那条小路上去。后边，加藤俊雄的那辆摩托车也跟上来了。

可是走了不远，摩托车竟然又抛锚了，差点把曹谷信良从挎斗里甩出去。曹谷信良下车一看，这一回倒是没有大深坑，可是在土里埋了一盘耙地用的钉齿耙，那些菱形耙齿朝上，摩托车压上，立刻被扎了胎。

加藤俊雄看了看，气得咬牙切齿地骂道："八格牙路，土八路太可恶了！"

曹谷信良站在那儿，脸上倒是很平静，他又拿起望远镜，往远处看着。麦收以后，庄稼地里是一些短短的麦茬，这时天已正午，地里连一个人都没有。大约四五里路以外，有一个小小的村子。这条小路就是从那个村子通到大路上的。他收起望远镜，稍一沉思，便命令部队沿这条小路跑步前进。

加藤俊雄心里装满了疑惑，他一边跑着，一边问曹谷信良是怎么回事。曹谷信良告诉他：大路上那个大深坑肯定是早就挖好的。八路军在劫了军粮以后，根本没有时间去挖那么大的一个深坑，并在上边做好伪装。既然是早就挖好了的，那么装满粮食的马车是过不去的。所以，他们一定是故意用扫帚扫了一段浮土，把我们引上那条路，其实他们半路就拐了弯。一定是顺着这条小路跑了。我们的摩托车刚才被扎了胎，就更说明了这一点。他们短时间内不可能再弄一个大陷阱，只有仓促地埋下一盘耙来对付我们的摩托车。所以我想，他们一定是去了前边的那个村子。

加藤俊雄往远处看了看，问："您怎么知道他们一定是进了那个村子呢？这条小路好像很长，远处好像也有村庄。"

曹谷信良说："加藤君，我用望远镜看过了，这条小路是很长，但是，小路两边的村庄却很少，下一个村庄离这一个村庄足足有七八里，刚才我们来到他们伏击运粮车队的地方，我就用望远镜四处看过，那个时候他们就不见了踪影。那么短的时间内他们还不可能跑到十几路以外的村子里去。所以，我推测，他们肯定是去了这个村子隐蔽起来了。"

加藤俊雄说："阁下，松尾在遭到伏击以后，放回了那只信鸽，等那只信鸽飞到英庄，我们再出发。我们赶到伏击地点的时候，他们应该能够跑出十几里路了。"

曹谷信良一边快步走着，一边摇了摇头，说："不，你看到了吗？这条小路可不是那条大路，马车几乎无法通行。你看，车辙都在两边的麦茬子上。各家的麦地之间都有一条田埂隔开，满载粮食的马车遇到田埂几乎就很难过得去。你看，很多田埂他们都得用锹铲一下，所以，他们走不快。我敢断定，他们一定是去了就近的这个小村庄。"

曹谷信良问了一下那几个警备团的士兵，知道前边那个村子，叫小王庄，只有几十户人家，一百多口人。

四五里路，很快就到了。

2

天正晌午，人们正在家里歇晌。街上没有人。在村西头，一个妇女正在大门口洗衣裳。她听见脚步声，一抬头，看见在耀眼的阳光下，一群黄乎乎的人影子，再一细看，是鬼子兵。她急忙站起来，往回跑，一边跑，一边惊慌地喊着："鬼子来了，鬼子来了。"

这个小村子只有一条很短的东西街，曹谷信良一挥手，鬼子兵和警备团的士兵很快就把住了村子的几个出入口。

这个时候，小王庄的保长手里拿着一面日本膏药旗，从家里跑出来。曹谷信良并不认识这个人，他手扶军刀，问："你的，什么的干活？"

"太君，我是这村的保长王三奎啊。"王三奎说着话，弯了弯腰，接着说，"不知道太君这大晌午的来村里有啥事儿？"

曹谷信良说："王保长，你的，皇军的朋友的，大大的。"

王三奎说："是啊，是啊，我一直是效忠皇军的。"

"那么，你说，八路军把粮食藏到哪儿去了？"

王三奎吓得一哆嗦，这么热的天，他却浑身直冒冷汗。好在反正天很热，站在正午毒辣辣的阳光下，他早就满头大汗，别人也看不出是热汗还是冷汗。王三奎虽然很快就镇静下来了，但是他刚才的那一哆嗦却没有逃过曹谷信良的眼睛。

王三奎说："太君，您真会开玩笑，咱们这么小小的一个村子，只有这么几十户人家，八路军还敢来这儿藏粮食？他们不敢，也藏不住。"

曹谷信良心里的火直往上撞。本来，他自己觉得修养很好，他很善于在中国人面前做出一副亲善的样子。可今天，在连续遭到特遣队的戏耍之后，尤其是他的一个班的士兵被八路军给消灭了，他的耐心已经没有了。他把军刀往外抽出了半截，恶狠狠地盯着王三奎："你的，撒谎的不要。"

王三奎心里很害怕，可他知道，害怕也不行，越害怕，越麻烦。他满脸堆起笑，说："太君，我真的不敢撒谎，八路军真的没有来。这么小的一个村子，有点响动，全村就都知道。我真的没有听见八路军来。"

"可是，运粮车的车辙就是在你们村子的西边不见了。这怎么说？"

王三奎知道坏事了。可他只能装糊涂，他一拍胸脯，说："太君，您想，这个小村子里往哪儿去藏运粮车呢？"

曹谷信良眼珠子骨碌一转，向四下里看了看。对加藤俊雄说了一声："搜！"

鬼子兵和警备团就分散开了，挨家挨户地搜。

就这么个小村子，很快就翻了个底朝天。不要说一麻袋一麻袋的粮食，就连马车也没有搜到。

曹谷信良傻了眼，那些马车难道飞了不成？

他带着人出了村，又来到了村北边的那条小道上，仔细一看，他发现了问题。马车的车辙是沿着这条小道继续向东了。只是这些马车印很浅，又是压在麦茬上，不仔细看还真看不出来。马车怎么会突然变轻了呢？难道他们半路上把粮食卸下来了？他们哪有那么多人呢？

他稍一思索，立刻做出了决定。他让加藤俊雄带着部分人沿着马车的车辙继续往东追。他带一部分人往回走。

曹谷信良顺着原路往回走，走出不远，就发现了很深的车辙。他弯下腰仔细一看,在那条小道上,马车肯定停留了一段时间,骡、马、牛和驴的蹄子印明显比别处多,虽然有人打扫过,仔细看还是很清楚的。而且小道两旁的地里还有很多人的脚印。他敢肯定,粮食就是在这儿卸下了车。可他们把粮食弄哪儿去了呢?他四处一打量,看见不远处有一条排碱沟。他立刻向排碱沟走去。走进沟里,他看见了更多的脚印。他明白了,八路军把粮食从这条排碱沟偷偷地运走了。那些空马车当然会很轻很快地继续向东走下去。可他不明白的是,特遣队加上周生水的人也不足一百人,沟底里只有脚印,没有独轮小推车的车辙印,几百麻袋小麦他们是怎么运走的呢?可他很清楚,现在再想去追回那些粮食是不可能的了。

他恨得咬牙切齿,八路军特遣队竟然把自己这个陆军大学毕业的职业军官给耍了,像猫戏老鼠一样的给耍了。他要报复,可他就像老虎啃天,无处下嘴。他从沟里走上来,站在沟沿上,看着不远处的那个小王庄,又看见更远一些的零零落落的村子。他忽然明白了。

他集合队伍,要重回小王庄。也就在这个时候,他看见那些马车从东边沿着小道过来了。只是上边没有了装麦子的麻袋,而是坐着日军和警备团的士兵。

曹谷信良带着队伍迎上去,很快他们就在小王庄村北相遇了。加藤俊雄向他汇报说,这些马车都在小王庄东边的一条大沟里,这些马车夫都被绑起来了。他问过了,这些马车夫说,八路军截下粮食以后,就在半道上卸了车,从小王庄村西边的排碱沟里扛走了。然后几个人押着他们继续往前走。到小王庄东边,让他们把车赶到沟里去,又把他们给捆起来。

曹谷信良铁青着脸,听加藤俊雄说完。然后他把一个马车夫叫到近前,问道:"你看见有很多八路?"

"太君,是的,很多八路,足足有好几百人。"

"他们都穿着军装?"

马车夫摇了摇头,说:"不,他们都没穿军装,都穿的是老百姓衣裳。"

"那你怎么知道他们都是八路呢?"

"太君,不是八路军,谁这么大胆?敢抢皇军的粮食?"

曹谷信良摇了摇头,一字一顿地说:"不,不,他们不是八路。"

马车夫哆嗦了一下,说:"不是八路,那是啥?"

曹谷信良还是一字一顿地说:"他们都是你们当地的老百姓。"说完,他狠狠地盯着那个马车夫。

马车夫吓得低下了头，不敢再说话了。

曹谷信良问："这些人里面，有没有你认识的？"

马车夫吓得一边摇头一边说："没有，没有。"

曹谷信良没有再说什么。他冲着那些马车夫问："你们当中，有小王庄的吗？"

人们都摇头。一个马车夫大着胆子说："太君，小王庄这么小，全村连一辆马车都没有。"

曹谷信良用手一指小王庄东边的那个村子，又问："有大王庄的吗？"

一个马车夫说："太君，我是大王庄的。"

曹谷信良走到他面前，问："那些运粮食的人中有你们村的人吗？"

"没有，没有，绝对没有。"

曹谷信良唰地抽出了军刀，那把刀闪着寒光，划出了一道弧线。

站在他面前的马车夫吓得一闭眼，可军刀并没有砍在他的身上。而是砍向了刚才那个马车夫。一刀挥出，一颗头颅就离开了脖子，血向上喷出去。

大王庄的那个马车夫吓得一下子瘫倒在地上。曹谷信良嘴角露出了冷笑。他拿出一块雪白的布，擦抹着刀上的鲜血，问跪在地上的马车夫："你的，说，有没有你认识的人？"

那个马车夫跪在地上，吓得浑身直哆嗦，嘴也直哆嗦。曹谷信良相信，这个人已经崩溃了，他会老老实实地把自己想要知道的情况说出来的。可那个车夫哆嗦了半天，最后说出来的话却是："太君，我真的一个也不认识。"

曹谷信良眼睛里再次掠过杀机，嘴角的那一丝冷笑也消失了，他把那块白布往大王庄的马车夫身上轻轻地一扔，就在那块白布慢慢地飘落的时候，他的军刀再次挥出。

一连砍杀了两个车夫，其他人都吓傻了。那些警备团士兵也都觉得不寒而栗，他们虽然当过老缺，大都是些杀人不眨眼的主儿，可转眼之间杀死两人，并且都是一刀砍下脑袋，这也太残忍了。

加藤俊雄一挥手中的手枪，喊道："再不说，统统死了死了的。"

鬼子兵们把手中的三八大盖端起来，刺刀闪着寒光，向那些车夫逼过去。

曹谷信良又从裤兜里慢慢地掏出一块白布，擦拭着军刀上的血迹，眼睛却看着那些车夫。忽然，他把军刀插入鞘中，一挥手，说："慢着，没必要问了。我已经很清楚地知道是怎么回事。这些人也暂时不杀，留着还有用。"

他让几名鬼子兵押着这些车夫，赶着马车，跟在队伍后边。然后便率队重回小王庄。

3

小王庄的老百姓没想到鬼子会去而复返。王三奎看到鬼子杀气腾腾的重新杀回来，就知道一场灾难是在所难免的了。他赶紧手持膏药旗，哈着腰迎了上去。他的心里惶恐万状，一边问着"太君，您有何吩咐？"一边拿眼睛偷偷地瞟了一下。曹谷信良的脸上几乎没有表情，他看了看王三奎，语气很轻地说："王保长，你的，把全村老百姓都集中起来，我要训话。"

王三奎不知道曹谷信良的葫芦里装的是啥药，可他不敢怠慢，赶紧说："是，太君，我这就去。"

他转身刚要走，曹谷信良又说："王保长，顺便回家把村里的花名册拿来。"

王三奎心里更迷糊了，拿花名册干啥呢？查找八路？村里根本就没有八路啊？他长了一个心眼，叫几个人分头去召集老百姓，让人们都带上良民证。

村民很快就来齐了，他们聚集在村西头的老槐树底下。曹谷信良问王三奎："都到齐了吗？"

王三奎愣了一下，支支吾吾地说："在家里的都来了。"

曹谷信良眼睛看着树下的那些人，嘴里说："如果还有在家里不出来的，都按私通八路处置。"

王三奎看了看那几个去办事的自卫队员，他们对了一下眼色。王三奎说："太君，除了走亲戚不在家的，村子里的人都在这儿了。"

曹谷信良没理他，从他手里拿过花名册，交给了站在一旁的警备团的一个排长，然后用手往西边的空地一指，说："念到名字的，就站出来，全家都到齐的，到那边去。"又用手往另一边一指说，"家里人没到齐的，到这边。"

听了曹谷信良这一番话，张三奎明白他的葫芦里装的是啥药了，他赶紧弯着腰，脸上堆满了笑，走到曹谷信良身边，说："太君，有几个人去走亲戚，不在家——"

曹谷信良一摆手，不让他说下去。这时候，那个排长开始点名了。很快就点完了，一共缺了12个人。曹谷信良走到那12家人们的面前，仔细地把每一个人都打量了一番，然后他转回头，死死地盯住王三奎，说："王保长，你看看这十二家人，你不觉得奇怪吗？"

王三奎吓得冷汗直流，可他只能揣着明白装糊涂，他装作很认真地看了半天，摇了摇头，对曹谷信良说："太君，这些人真的都是我们村里的，都是良民啊。"说到这儿，他对那些人说，"你们，把良民证拿出来，叫太君看看。"

人们都赶紧往外掏良民证。曹谷信良"嘿嘿"冷笑了两声，说："王保长，你的，良心大大的坏了！"

王三奎赶紧说："太君，我对皇军可是忠心耿耿的。皇军安排的每次任务我可从来没打过折扣，这个，加藤太君是知道的。"

他把脸转向加藤，可加藤装作没听见。气得王三奎在心里直骂：加藤，你个王八羔子，每次来，我都是给你杀鸡吃，这时候连句好话都不帮。

曹谷信良说："王保长，既然你不明白，我就提醒你一下吧，这十二家人，都只有老人、妇女和孩子，他们家的青壮年男人到哪儿去了？都去走亲戚了吗？"王三奎不敢再说话了，曹谷信良接着说，"我可以告诉你，他们都去帮着八路军扛粮食去了。"

王三奎嘴直哆嗦，可他却说不出话来了。曹谷信良说："统统带走。"

他们押着那些老百姓又往大王庄走去。在路上，曹谷信良的心情终于有了好转，他告诉加藤俊雄，八路军特遣队在短时间内运走那么多粮食，肯定是早就安排好了，从附近的村庄找了青壮年劳力，提前在那个排碱沟里隐蔽着。特遣队肯定是给了这些老百姓一些好处的。很可能把截来的粮食，拿出一部分给老百姓，其余的让这些老百姓帮助运到大荒洼。这些人在天黑之前是回不来的，这就给了我们充足的时间，附近的这些村子里，凡是青壮年劳力不在家的，就把他们的家人全部带到英庄据点。然后让他们家里拿粮食来赎人。到时候不来赎人的，我们就学一学那些老缺，来一个撕票。

鬼子兵把抓来的人带回去了，临走之前，向各村的保长做了交代，让他们等那些不在家的青壮年劳力回来之后，通知他们三天之内到英庄据点拿粮食赎人。不管是老人，是妇女，还是孩子，每个人要交300斤小麦。到期不交的，老人和孩子一律处死，中青年女人一律交给皇军享用。三天之内，皇军不会动这些人一根寒毛。

回到据点，曹谷信良并没有遵守他的诺言，当天晚上，他就把抓来的老人和孩子让警备团的人押到三里庄。把妇女关进了英庄据点。这一天晚上，从英庄据点里传出女人的哀嚎。那声音传进了英庄人的耳中，钻进了他们的心中。

第二天，人们就推来粮食赎人。那些人把自己家里留下的口粮也都拿出来了，还不够的就向四邻借粮。总不能把自己的家人扔在鬼子手里不管啊。

他们没想到的是，他们的亲人在这一夜里就遭了大罪。老人和孩子只是不管饭，挨饿。可女人们都被鬼子兵给糟蹋了。有两个性子烈的女人，在被丈夫从据点接出来以后，直接从英庄大桥上跳进了芦花河。等人们从河里捞上来之后，这两个女人都已经咽了气。她们的丈夫把自己的老婆放在小推车上，推回了家。等把老婆埋葬以后，安顿好了老人和孩子，他们俩当天夜里就去了大荒洼，参加了八路军。

刘人杰得到消息以后，心情很沉痛。劫了鬼子的军粮，打乱了鬼子的征粮计划，又解决了特遣队的粮食问题，还分出一大半粮食给了老百姓。这是一个多么好的计划。可是，他没想到鬼子会这么狡猾，这么狠毒，帮助八路军的老百姓却因此遭了殃，鬼子还用这么恶毒的办法重新把粮食征集起来了。

刘人杰感到自己被逼进了死胡同。眼下，他有两件事必须要做。一是决不能让曹谷信良把粮食运到县城。劫下这批粮食，不仅仅是让日军得不到这批军粮，更重要的是通过劫军粮，迫使坂田把从大荒洼调往胶东前线的部队再调回来。二是必须要采取报复行动，给老百姓报仇，让老百姓看到希望。否则，老百姓就会对八路军特遣队失去信任，今后就很难开展活动。可这两件事都很难做。鬼子有了上一次粮食被劫的教训，肯定会加派部队，甚至有可能从县城派来卡车和援兵。如果真是这样，就很难下手了。至于替老百姓报仇，眼下也很难。本来他可以采取以前的办法，让冬雨和马虎剩狙杀鬼子的哨兵。可是，曹谷信良很狡猾，也很毒辣。晚上，他的人都到炮楼里去，不在英庄村外设岗哨。同时他还召集保长们开会，告诉各村的保长，如果皇军在哪个村遭到八路的袭击，他就要血洗哪个村。皇军士兵被打死一人，至少要用 10 个村民的性命来抵偿。他还对保长们说，八路军不是说他们是人民的军队吗？他们不是爱护你们老百姓吗？我倒要看看，他们到底是不是真的爱护你们这些老百姓？

他是这么对保长们说的，其实他很清楚，这些话很快就会传到八路军特遣队那儿。

不能再单独狙杀鬼子哨兵，打鬼子就只有打据点了。鬼子被消灭一个班以后，在英庄据点的鬼子只有两个班，加上曹谷信良的参谋人员，不足30人。特遣队已经能和他打个平手了。但是，鬼子有机枪，还有炮楼。炮楼四周还有很深的壕沟，天一擦黑，鬼子就把吊桥吊起来。特遣队没有重武器，无法攻打炮楼。

这一天，吃过早饭，刘人杰一个人离开窝棚，走到一个大水塘边，坐下来，苦思冥想。可他总是想不出个头绪来。

马启亮和冬雨过来了。他们都知道刘人杰的心事。他们来到了刘人杰的身边，默默地坐下来。过了一会儿，周生水和马虎剩也来了。

水塘里长满了芦苇，一些苇喳喳婉转地唱着歌。马虎剩说："我去弄些苇喳喳蛋，中午煮了吃。"他一边脱下鞋子，挽起裤脚，一边招呼着，"冬雨，小马，你们也来呀。"

周生水知道马虎剩是为了让大家能够高兴一点儿，他感到很欣慰，自从参加了八路军，马虎剩的转变很大。现在他也知道帮别人解忧愁了。

冬雨和马启亮当然也明白马虎剩的意思。他们也都脱下鞋子，挽起裤脚，下了水。

本来，早晨还有一丝微风，坐在水塘边并不热，可一走进芦苇丛中，密密麻麻的芦苇就像密不透风的墙，把里面遮挡得严严实实，热不拉叽。冬雨他们钻到芦苇荡中，苇叶子拉在身上，很难受。可他们顾不了这些，三个人分头钻到里面，开始搜寻。冬雨一边往里走，一边大声告诉马启亮，苇喳喳的窝就架在几根芦苇上，是由一些干的水草、芦苇和羽毛围成的。发现苇喳喳窝的时候，一定要先看看母鸟在不在。如果有母鸟的话，可千万别去掏，否则它会狠狠啄你的，还会追着你跑。

过了好大一会儿，三个人陆陆续续地都上来了，每个人的衣兜里都装着一些苇喳喳蛋。马虎剩掏的最多，足足有三十多个。冬雨也掏了近三十个。马启亮只掏到了七八个。他们把那些蛋从口袋里小心翼翼地掏出来，放在地上。刘人杰和周生水都凑过去看。那些蛋大多是绿色的，也有青色的，还有白色的上面有小斑点的。马启亮刚要把他手中的鸟蛋和冬雨、马虎剩的放在一起，马虎剩说："小马，等等，你在水里试过了吗？"

马启亮不明白什么意思，问："试过什么？"

马虎剩说："从窝里掏出来以后，先放在水里，试一下，浮着的就不能吃了，因为里面已经有小苇喳喳了。往下沉的才行，不等它沉下去，就捞出来。"

冬雨笑着说："刚才我忘了告诉你这个。"

马启亮赶紧拿着鸟蛋到水边去试，结果有三个浮在水面上，他很沮丧。抓起那三个鸟蛋就要往远处扔。冬雨赶紧拦住他说："别扔。这些鸟蛋还要放回窝里去，还能孵出苇喳喳来。"说完，冬雨从马启亮手中接过那三个鸟蛋，又下了水。

看着冬雨又重新钻进了苇荡，刘人杰忽然想起了什么。他呆愣愣地看着面前的水塘和苇荡，陷入了沉思。

4

在往回走的路上，周生水忽然问："刘队长，您是不是有什么好办法了？"

刘人杰说："我只是有了一个想法，还没考虑好，正想和你商量一下，看看是否可行？"一边说着话，一边抬头看了看在他们前边欢快地走着的冬雨、马启亮、马虎剩三人。他们三个人一边走一边商量着怎么吃苇喳喳蛋，丝毫没有注意刘人杰和周生水的谈话。

刘人杰又沉思了一会儿，说："老周，刚才我看到他们去苇喳喳的窝里掏蛋，我忽然有了一个想法。"接下来，他没有说他的那个想法，而是话题一转，说："鬼子上次的军粮被我们劫了，这一次他们一定会加强防范，你猜，他们会怎么做呢？"

周生水几乎没有思考，就说："他们肯定会多派兵护送。是不是咱们给杨司令送个信，请求主力部队增援？"

刘人杰说："咱们支队主力被纵队指挥部调往胶东前线，配合胶东的兄弟部队与敌人展开一场争夺胶济线的战役，这是很重要的战役。坂田联队的主力也被调去了，这个时候，咱们决不能给杨司令出难题。必须要咱们自己想办法把这个硬骨头啃下来。"

周生水为难地说："可是，这一次曹谷信良肯定不会掉以轻心了，就凭咱们特遣队恐怕很难再次劫粮成功了。"

刘人杰没出声，想了好长一会儿，问："你猜他们是把在英庄据点的鬼子全派出去呢？还是从县城派兵来接应呢？"

本来，周生水想的是鬼子肯定会把英庄据点的兵全派出去，可刘人杰这么一问，他又觉得自己可能想得太简单了。他想了想，说："如果曹谷信良把英庄据点的鬼子兵全派出去，我们就可以去袭击他的据点。所以，他可能请求坂田从县城派兵来接应。"

刘人杰说："这也正是我所担心的。如果是那样的话，以我们现有的兵力，既不能劫粮，也不能打据点。"他又想了想，说，"我有一个想法，我觉得曹谷信良或许不会向坂田要援兵。"

周生水看了看刘人杰，问："你怎么会有这个想法呢？"

刘人杰说："曹谷信良是一个职业军人，他从骨子里瞧不起我们中国人，连中央军的那些黄埔军校出身的军官他都瞧不起，更瞧不起我这个土八路和你这个草寇。在他眼里，我们这支队伍就是一群乌合之众，他觉得被我们逼得去求援，是一件很丢人的事情。所以，他很有可能不向坂田求援。"

周生水说："如果真是这样，我们就好做了。我们可以在他的大部队离开据点以后，去抄他的老窝。"说到这儿，他一拍脑门，说，"我明白了，你就是刚才看见他们仨掏苇喳喳窝的时候，想到了去端据点的。可是曹谷信良万一不这样做呢？"

刘人杰没有接着这个话茬往下说，而是忽然转变了话题说："我得到了一个消息，保安旅又回来了。"

周生水愣了一下，旋即他就明白了："你是想与李春秋联手？"

刘人杰说："李春秋一直就没走远，他舍不得离开博安县这个地方。鬼子大部队撤走以后，他就开始往这儿靠拢，想着东山再起。据可靠情报，他现在就驻扎在胡家庄，离我们这儿只有几十里路。虽然这个人有军阀习气，但是在抗日这一点上，他却是我们可以团结的力量。我是这样想的，先前你和他有过接触，虽然那个时候你没有接受他的改编，但是总算有过一点交往。我想麻烦你跑一趟，去和他谈谈。如果他同意合作抗日，你就告诉他，如果曹谷信良不从县城借兵的话，他可以在半路上劫粮，我们去端鬼子的据点。如果曹谷信良向坂田求援，从县城借兵运粮，那么县城必然空虚，他可以去攻打县城，我们在半路上打伏击，拖住鬼子主力，配合他夺回县城。我想他会同意的，毕竟这对他来说，是一本万利的事情。"

果然不出刘人杰所料，李春秋很痛快地答应了。他还派他的参谋长吴克志和副官许从新一起来到大荒洼，与刘人杰、周生水一起商量好了行动方案。

又是不出刘人杰所料，曹谷信良果然没有向坂田求援。或许是他求了援，坂田考虑到县城的安全没有答应。毕竟，坂田联队已经有大半兵力派到胶东去了。只有一个大队在博安县，还被迫分散在各处，在县城里只有一个日军中队和郑奠基警备团的一个连。

曹谷信良这次运粮是不能再失败了。他在英庄据点里只留下了四名日军士兵，然后从三里庄调了一个排协助守卫据点。他精心作了安排，四名日军士兵，有两名守吊桥，另外两名则在炮楼里，守着两挺歪把子机枪。他想，占据着制高点，又有两挺机枪，如果八路军真来攻打据点，凭这两挺机枪，就可以打退他们。即便他们不怕死，有两名日军守住了吊桥，八路军就攻不进来。那一个排的警备团士兵只是为了壮壮声势而已。安排好了据点里的防守，他亲自带队往县城押送军粮。

刘人杰按照与李春秋商量好的方案，在估计着运粮队走到半路的时候，突然对英庄据点发起了进攻。

在进攻之前，他们沿着芦花河北岸，借助岸边的芦苇掩护，悄悄地靠近了英庄据点。冬雨和马虎剩先埋伏好，做好了准备。冬雨手里拿的是一杆水连珠步枪，马虎剩手里拿的却是一杆从日本鬼子那儿缴获来的三八大盖。本来，马虎剩也是用一杆水连珠的。但是，自从上次劫粮缴获了十几只三八大盖以后，马虎剩在荒洼里试了试，他觉得三八大盖比水连珠打得远，也打得准。在比较以后，他对同伴们说，都说小鬼子的枪法好，原来与他的枪有关。他虽然讲不出里面有什么道道儿，但是他的这番话让他的部下们很振奋。

刘人杰听说以后，觉得这是一个鼓舞士气的好机会。他专门给大家上了一堂课。他讲了两件事情，一个是当时人们把鬼子的枪法给神化了，人们都说鬼子兵的枪法好。这里面有两个原因，一个是小鬼子早就打算侵略中国，他们的士兵都经过了长时间的专业训练。而我国由于军阀混战，士兵没有经过长时间训练。这就造成了战术上的差别。另一个原因是鬼子的三八大盖枪身长，整枪全长 1280 毫米，比水连珠长 43 毫米。它的枪管长达 797 毫米，也比水连珠的枪管长，所以，他就打得远，也打得准。还有一个，鬼子兵在拼刺刀之前，都是先子弹退膛，人们纷纷宣传说是武士道精神。其实并不是这么回事，三八大盖的子弹只有 6.5 毫米，是典型的小口径步枪，枪管长，膛线缠距密，导致子弹飞行过于稳定，击中人体后不会翻滚只能穿一个洞，所以杀伤力弱，基本上是一进一出两个眼。白刃战中双方人员往往互相重叠，使用三八式步枪，贯通后经常杀伤自己人。而且，由于贯通后弹丸速度降低，二次击中后弹丸会形成翻滚、变形，造成的创伤更为严重，而仅受贯通伤的对手未必当场失去战斗力。所以，为了避免误伤自己人，鬼子兵才在拼刺刀之前来个子弹退膛。与他们说的什么武士道根本就没有关系。我们也没必要跟着他们学，拼刺刀的时候，完全可以开枪。不管采取什么手段，消灭敌人才是最重要的。

5

临出发前，刘人杰布置任务，让冬雨和马虎剩负责两件事，在开战前，先把吊桥的绳子打断。吊桥的两根绳子不仅很粗，而且都是在油中浸泡过，也很结实。他俩一左一右，负责先把那两根绳子打断。接下来，就是打机枪手，要让鬼子的机枪打不响。这两件事难度都很大。

两个人趴在那儿，刘人杰就在他们中间。刘人杰估计时间差不多了，悄悄地命令他俩开枪。两个人的枪几乎是同时响的。两声枪响过后，吊桥并没有落下来。马虎剩打的那根绳子没有断，冬雨打的那根绳子也没有断。绳子太粗了。

没等鬼子反应过来，两个人又打出第二枪，这一次，有了不同，冬雨的第二枪不但打中了那根绳子，而且正好打在刚才的地方，把还连着的几股给打断了。可马虎剩的第二枪虽然也打中了绳子，却没有打断。那吊桥向左边侧着，可就是不落下来。马虎剩的脸红了，红得像新娘子的蒙头红一样。

鬼子的机枪响了，向这边扫射过来。刘人杰看了冬雨一眼，那意思是让他再补一枪，先把绳子打断。可冬雨没有这么做。他知道如果自己补一枪打断绳子，马虎剩的脸上就更难看了。他瞄准了敌人的机枪，一枪打过去，子弹射进了炮楼的机枪眼，把鬼子的机枪手打中了。敌人的机枪哑了。

特遣队队员们立刻向吊桥冲去，就在这时候，马虎剩的枪又响了，可他这一枪却打偏了，根本就没有打在绳子上。他的汗立刻就下来了。在这万分紧急的时刻，他竟然情不自禁地看了冬雨一眼。冬雨也正向他看过来，那目光里满是鼓励。马虎剩扭过头，又向那根绳子瞄准。正在这时，鬼子的机枪又响了。

这一次，机枪没有向他们这儿打过来，而是向冲向吊桥的特遣队员们扫射。守吊桥的两个鬼子也以围墙作掩护，向队员们射击。警备团的士兵也开了枪，可他们大多数人的枪口并没有对准特遣队，那些子弹不是打向了空中，就是打到了土里。

队员们立刻卧倒，可是他们一冲出去，就是光秃秃的开阔地，没有任何东西可以当做掩体。

有几个队员被打中了，刘人杰急眼了，大声喊："快打机枪手！"

冬雨的枪又响了，鬼子的机枪又哑了。队员们又呐喊着站起来冲锋。眼看着队员们就要冲到壕沟边上了，可吊桥还没有落下来。刘人杰急了，他冲冬雨命令道："快打吊桥！"

冬雨把枪口对准了吊桥右边的绳子，可他并没有立刻开枪，他犹豫了一下。他在等，他在等马虎剩开枪。马虎剩那一只独眼里几乎滴出血来，他终于开枪了。这一次，他也终于打中了。吊桥落下来了。

冬雨和马虎剩赶紧把枪口对准了守吊桥的鬼子兵。那两个鬼子兵刚一露头，就被打中了。一个是一枪爆头，另一个也受了伤。

机枪哑了，两个守吊桥的鬼子兵一死一伤，警备团士兵纷纷扔了枪，从围墙上跑下去。

爆破组冲到墙根下，炸开了据点的大门，可就在特遣队员冲进据点的时候，炮楼里的机枪又响了。原来是一个机枪手被冬雨打伤了，却没有死。冬雨急忙调转枪口，向那个机枪眼里打去，马虎剩也在这一瞬间射出了子弹。两颗子弹都飞进了机枪眼。那个机枪手终于一命呜呼了。

特遣队冲进据点，立刻按照刘人杰的安排分头行动。冬雨和马虎剩带领几名枪法好的队员负责警戒；周生水带人打扫战场，收缴武器弹药；马启亮带着一些队员押着被俘的警备团士兵，把据点里做饭用的柴火弄进炮楼，点上了火。不一会儿，炮楼里就腾起了一股浓烟。刘人杰让马启亮把被俘的警备团士兵押过来，就在那座炮楼前，刘人杰给他们讲了一番当前的国际国内局势和抗战的前途，教育他们不要继续当汉奸。

刘人杰讲完话，他把马启亮叫过来，让他教警备团士兵唱歌。那些警备团士兵都愣了，这是啥时候啊？鬼子看到炮楼冒出的黑烟，很快就会开着摩托车赶回来，这时候咋还有心思唱歌呢？可他们不敢问，也不敢说话。马启亮原来是特务团政治处干事，唱歌做宣传是他的强项，他走到警备团士兵的队列前面，开始一句一句地教他们唱歌。原来这首歌的名字就叫《伪军反正歌》：

> 月牙儿明，风又清。
> 独坐岗楼闷沉沉，
> 手抚着胸膛我问自己呀：
> 我也是中国的好儿孙。
> 前几年，鬼子们来。
> 鬼子抓我们当伪军……

刚教唱了这么几句，远处就传来了枪声，马启亮停下了，看了一眼刘人杰。刘人杰也愣了一下，但是他却不动声色，眼睛看着远处若有所思。

> 马启亮继续教唱下去：
> 强派着我去上前线，
> 中国人来打中国人。
> 八路军打日本，
> 家家都送慰劳品，
> 鸡子白面还有羊肉，
> 老太太手拉手叫亲人。
> 中国人志气高，
> 越寻思越想脸无光。
> 赶快反正归中国，
> 复仇雪恨保家乡。

等教唱完一遍，枪声已经很近了。周生水对刘人杰说："刘队长，今天这事儿有点蹊跷。"

按照特遣队和保安旅商量好的计划，双方应该同时动手，保安旅虽然战斗力不强，但是他们人多，调来一个营，再不行就调来一个团，完全有把握将曹谷信良那几十名鬼子兵给彻底消灭。可枪声怎么越来越近了呢？难道说保安旅没堵住鬼子，鬼子逃回来了？

一连几件事情都在刘人杰的预料之中，可有一件事他没有预料到。

李春秋并没有按照商量好的计划行动。他把队伍比计划的伏击地点往南挪了二十多里路，埋伏下来。等特遣队打下据点，炮楼着起大火以后，鬼子的运粮车队还没有进入他们的伏击圈。曹谷信良一看炮楼起火，立刻命令队伍往回赶。只留下几名鬼子兵押着车队继续往县城走。

加藤俊雄怕运粮队有失，想留下来带队。曹谷信良不让，他说，八路军集中兵力去打我们的据点了，他们的兵力并不充足，不可能分兵两路。从这儿到县城应该是安全的。我们要火速赶回去。

加藤俊雄不理解，炮楼已经着火了，也就是说据点已经让人家给攻破了，还急着回去有什么用呢？

曹谷信良说，八路军不会想到我们这么快赶回去，我们去正好可以打他们一个措手不及。

曹谷信良带领鬼子兵往回赶，可他没想到，就在他的摩托车快速奔回去的时候，他的运粮队遇到了麻烦，而且还是一个大麻烦。和上次一样，路上突然出现了一个大深坑，运粮队过不去。几名鬼子兵大骂着让那些车把式们去弄土填坑。几名鬼子兵机警地向四处扫视着，可他们连个人影子也没看见。李春秋的人还离这儿有好几里路呢。李春秋知道，如果他按照与八路军特遣队商量好的计划行事，他就要和几十名鬼子兵拼命。当然，他站着绝对的优势，他也有把握能把这几十名鬼子兵消灭，可他也知道，鬼子的战斗力比他的保安部队强得多。消灭这几十名鬼子，他很有可能要赔上上百人。粮食他要，可他不能做赔本的买卖。所以，他才往南移动了二十多里路。这些拉着粮食的马车在土道上走不快，这二十多里路够他们走大半个时辰。他想，刘人杰那儿一打响，鬼子就可能会去增援，到时候他可就白白地捡这个大便宜了。

他不能在曹谷信良刚离开就动手。否则曹谷信良会立刻返回来的。他让人在路上挖了好几处大深坑，那些车夫弄土填坑的时候，曹谷信良的人马就越走越远了。等那些坑填好了，运粮队往前走了不远，就遭到了李春秋的伏击。李春秋很轻松地就得到了几十车粮食。

刘人杰对李春秋也不是很放心，他派出了监视哨远远地跟在运粮队后边。鬼子兵掉头往回赶，正好与监视哨相遇，他们赶忙开枪阻击。可他们只有几个人，很快就都牺牲了。这就是刘人杰他们听到的枪声。

等枪声都停了，周生水说："看来李春秋耍了滑头，我们还是赶紧撤吧！"

刘人杰点了一下头，他让马启亮等人押着警备团士兵先走。他和周生水带领冬雨、马虎剩等人断后。不急不忙地撤出了据点。

曹谷信良这一次输惨了。他留在据点里的四名士兵被八路军特遣队给消灭了。押送粮食的三名士兵被保安旅给收拾了。上次运粮他死了12名士兵，这次运粮他死了7名士兵。更惨的是，这次他的粮食被李春秋给劫了，他还到哪里去征集这么多粮食呢？

第十四章

1

炮楼被烧了，整个据点里一片狼藉。曹谷信良的手好几次伸向腰间的军刀，想把军刀拔出来，剖腹自裁以谢罪。可他最终还是没有拔出那把刀来。他不是怕死，他是不甘心。他这个出身将门，帝国军校的高才生，竟然被土八路和国民党的杂牌武装保安旅给耍得团团转，这是莫大的耻辱。这个耻辱，是不能带进棺材的。他必须要报复，要雪耻。

曹谷信良让加藤俊雄带人立刻着手重新修建据点和炮楼。他去了县城。

坂田听了曹谷信良的汇报，半天没有说话。曹谷信良笔直地站在他的面前，等着接受他的训斥，甚至是辱骂。半天不见动静，曹谷信良终于沉不住气了，他说："中佐阁下，请求您允许我自裁谢罪。"

坂田好像刚刚从睡梦中醒来，睁开眼睛，疑惑地看着曹谷信良，他好像不相信自己的耳朵，问："你说什么？"

曹谷信良只得把刚才的话重复了一遍，只是这次他的声音比刚才低了许多，显得有气无力，一点也没有武士的气势。

坂田突然从椅子里站起来，他起来的速度过快，简直就像是跳起来的。他一步窜到曹谷信良的面前，右手一挥。曹谷信良赶紧挺直腰板，牙关咬紧，准备接受坂田打来的耳光。可是，坂田的手在半空中停住了。停了一会儿，那只手又继续向前运动，只是没有打在曹谷信良的脸上，而是重重地拍在了他的肩上。

坂田使劲地在曹谷信良的肩上拍打了两下，然后叹了一口气，说："曹谷君，我们眼下最需要做的，不是什么以死谢罪，而是怎么弥补这个损失。我们的主力部队已经调往胶东前线，去和八路军的主力部队拼杀。我们的目的是保住胶济线，他们在清水泊的第三支队主力也调到了胶济线去。这个时候，我们需要一个稳固的后方。可眼下，有八路军的什么特遣队在大荒洼里活动，李春秋的保安旅现在又杀回来了。我们左右为难了。"

曹谷信良说："阁下，我想，这一定是八路军特遣队和李春秋联手，他们的目的无非就是想让我们把主力从胶东前线撤下来。"

坂田哭丧着脸，说："曹谷君，我何尝不明白他们的图谋啊？可问题是我们明知这是他们的诡计，我们却不得不按他们设计的路线走。这才是我们的悲哀啊！"

曹谷信良说："我们不能中他们的计，不能把主力撤回来。"

坂田看了看曹谷信良，生气地说："曹谷君，如果我们不把主力撤回来，你在大荒洼能站住脚吗？他们很快就会把你消灭在那儿。然后他们就会打县城的主意。眼下，在兵力上他们占着绝对的优势。"

曹谷信良犹豫了一会儿，说："如果我们当初在攻下县城的时候，一鼓作气，把李春秋的保安旅彻底消灭就好了。仅凭八路军特遣队那几十个人，是掀不起多大浪头来的。"

坂田瞪大了眼睛，看着曹谷信良，眼里几乎冒出火来，他压了压心头之火，说："曹谷君，你这是埋怨我吗？"

曹谷信良赶紧一个立正，说："卑职不敢！"

坂田鼻子里哼了一声说："曹谷君，当初一日，你也是极力主张对李春秋实行绥靖政策，认为他这个杂牌武装不值得我们去操心费力，可以利用他去牵制八路军。现在，他却和八路军联合起来，牵制我们了。不，不是牵制，简直是在掐我们的脖子。曹谷君，事后诸葛亮，是谁都会当的。"

曹谷信良很尴尬，坂田也不再说话。屋子里的空气就有点沉闷。

正在这时，狩野来了。狩野是得到大荒洼粮食被劫的消息来的。他一进屋子，就看出坂田和曹谷信良闹僵了。他没理会坂田给他让座的手势，而是直截了当地说："两位都是帝国优秀的军人，应该知道此时什么是最重要的。事情已经发生了，这是谁都不愿意看到的。我们的当务之急是研究下一步的行动，而不是互相埋怨，更不是追究责任的时候。"

三个人商量了半天，最终统一了意见，那就是向秋山静太郎旅团长如实汇报，请求从胶东调回主力部队，扫荡大荒洼，围剿李春秋的保安旅和八路军特遣队。只是在先打保安旅还是先打八路军特遣队这个问题上，三个人的意见并不一致。

在坂田看来，八路军特遣队不足百人，虽然战斗力不弱，但并不能对皇军构成多大的威胁。真正构成威胁的是保安旅，因为保安旅的人数太多了，不消灭他们，他们会抽空跳出来狠狠地咬你一口。先对保安旅下手，他还有另一个考虑，八路军特遣队之所以进大荒洼，是有战略目的的，那就是想把他的联队拖在大荒洼，不能让自己腾出手来去支援胶东的作战。所以，把特遣队放在后边，特遣队是不会逃走的。可保安旅就不同了，如果先打特遣队，保安旅就会脚底抹油，一走了之。所以，他必须先消灭保安旅。

狩野和曹谷信良却都有一个顾虑，他们担心八路军山东纵队第三支队的主力部队也会从胶济线撤回来，重新回到清水泊，那个时候，坂田联队又会陷入左右两难的境地。所以他俩都主张趁八路军第三支队主力没有回来，先消灭八路军的特遣队。等八路军第三支队知道了消息，他们的特遣队已经被消灭了。他们也就不会再回来了，而是继续留在胶济线上。

坂田想了想，轻轻地摇了摇头，说："你们分析的不是没有道理，但是有一点你们却忽视了。特遣队不足百人，并且有周生水的土匪部队在里边，他们对大荒洼的地形是非常熟悉的。这么少的人隐藏在大荒洼里，要想找到他们，无异于大海捞针。我们用大部队去围剿他们，就是用拳头打跳蚤，打不着跳蚤，反而白白费力气。"

狩野和曹谷信良不得不佩服坂田的分析，最终由坂田亲自给秋山旅团长打了电话。坂田联队的两个大队从胶东调回来了，郑奠基警备团的两个连也从胶东调回来了。坂田与驻守在无棣县城的日军取得联系，对游走在博安县和无棣县之间的李春秋保安旅进行围剿。

李春秋做梦都没想到坂田会从胶东调回来大部队，他知道，在胶东，日军和八路军的作战正处在胶着状态。按照他的分析，这种时候，秋山静太郎是不会答应从胶东往回撤一兵一卒的。可是，日军的做法却完全出乎他的意料。不仅把坂田联队的两个大队调回来，无棣县城的一个日军大队也倾巢出动。更让他想不到的是，日军竟然把他当做了头号敌人，先向他开了刀。等他得到情报以后，日军的作战态势已经形成，他怎敢和日军大部队正面交锋呢？

李春秋分析了一下，他想跳出日军的包围，只有往大荒洼里撤。这是他不愿意的，他很清楚，撤进大荒洼，可以得到八路军特遣队的支援，自己也暂时可以得到喘息。但是，一进入大荒洼，他的好日子也就到头了。他将不得不与那些老缺一样过一种半野人的生活。可除此之外，他还能往哪儿逃呢？如果不能逃进大荒洼，他将面临被彻底消灭的危险。没有办法，保命要紧，他命令部队往大荒洼方向突围。

坂田早就料到李春秋会向大荒洼逃。所以，他在保安旅通往大荒洼的路上布置了重兵。他绝不能让李春秋逃进大荒洼。

双方一交手，保安旅就被逼回来了。李春秋召集连以上军官开会，他让军官们回去告诉大家，只有突破日军的堵截，撤进大荒洼，大家才会有一条活路。大家必须拼死一战，否则，等日军把我们完全圈进去的时候，大家就只有死路一条了。他还让这些军官告诉士兵们，大家必须全力以赴，拼死一战，不要指望能投机取巧，或者是开小差悄悄地溜掉。一旦落到日本鬼子手里，将会是生不如死。

晚上，保安旅实施突围行动。大概是李春秋的话起了作用，那些平时很怕打仗的保安旅士兵，这一次却表现得异常的勇敢。一阵猛冲猛打，很快就把日军的防线撕开了一个口子。这个表现大大出乎李春秋的预料，日军更是感到意外。毕竟保安旅人多势众，真的人人拼命，日军还就真的挡不住。保安旅虽然损失惨重，但是他们却终于突破了重围，逃进了大荒洼。

在他们身后，日军紧追不舍。这是出乎李春秋的意料的。按说，只要保安旅突破了日军的包围圈，日军是不可能在夜晚穷追不舍的。毕竟，日军对大荒洼是不熟悉的，真的跟着进入这一望无际的荒洼，日军占不到什么便宜。可是，日军的确是跟在屁股后面，穷追猛打。跟在李春秋屁股后面的，是由曹谷信良指挥的一个鬼子大队。曹谷信良被八路军特遣队烧了炮楼，又被李春秋给截了军粮。他有一肚子的气无处可撒。在商量如何布防的时候，他就对坂田说，李春秋最有可能是向大荒洼方向溃逃，所以，他请求让他在这一方向带队防守。

他要把李春秋堵在大荒洼之外，让保安旅在皇军的包围圈里，被活活地困死。坂田答应了他的请求，并交给了他一个大队。可他万万没有想到，当初在县城一枪未放就夹起尾巴溜之乎也的保安旅，现在却个个成了拼命三郎。竟然从他的手底下给冲了出去。他简直被气昏了头，他命令部队，紧紧咬住保安旅，穷追猛打，直到把他们彻底消灭。

2

俗话说，兵败如山倒。从包围圈里往外冲的时候，保安旅的士兵都抱着一个必死的决心，人人拼命，很快就冲开了一个口子。可一旦冲出包围圈以后，人人都想快点跑，只要跑进荒洼深处，就能活命。这个时候，李春秋的命令就不管用了。大家都是没命地往前跑，谁也不肯断后。更没有人会回过身去向日军射击。结果，在冲出包围圈以后，日军紧跟在身后，一边追一边开枪射击，保安旅的人在逃跑中被打死的比突围的时候还要多很多。曹谷信良见保安旅的人无心再战，只知道一味逃跑，便命令日军加紧追击。

就在李春秋被日军紧紧咬住、不能脱身的时候，左前方突然打来了一排枪。八路军特遣队早就在这儿埋伏好了，他们让过了李春秋的人，冲跟在后边紧追的鬼子开了枪。马虎剩和冬雨紧挨在一起，两个人在黑暗中打枪，也都是枪枪命中。

就在李春秋的人从他们面前过去的时候，冬雨看到了一个熟悉的身影。他稍微愣了一下。马虎剩也看到了那个人，他也愣了一下。很快他就想起来了，他对冬雨说，在前边带路的那个家伙是胖娃。

冬雨没有说话，他看着已经跑过去的胖娃，心里有一种很奇怪的滋味。

马虎剩突然怪笑了一声，说："冬雨，我一枪把那小子给撂倒了，你就能和芦花成好事了。"

冬雨在黑暗中瞪了他一眼，说："你咋能有这种想法？咱们是来打鬼子的，不是打自己人的。"

自从马虎剩参加特遣队以来，虽然他和冬雨之间相处得还算可以，但是，他的心里总感觉到疙疙瘩瘩的。前几天攻打英庄据点，冬雨在打断一条吊桥绳索以后，没有继续把马虎剩那边的那条绳索打断，而是给马虎剩留下了机会。

从那个时候开始，马虎剩才在心里彻底改变了对冬雨的看法。他觉得他和冬雨是英雄相惜。打完据点以后，在撤退的路上，刘人杰对冬雨进行了严肃地批评。刘人杰是当着马虎剩的面批评冬雨的。刘人杰说，战场上必须以最大限度的杀伤敌人和最大限度地保护自己为宗旨。战场上，是不能顾及个人感情和感受的。如果冬雨早一点打断吊桥的另一根绳索，特遣队就会少一点伤亡。冬雨当时一句话也不说，一边低着头走着，一边抚摸着手中的那杆水连珠步枪。就是从那个时候开始，马虎剩和冬雨的心一下子就贴近了。

当马虎剩认出跑过去的是胖娃的时候，他才说出了那番话。在他看来，黑暗之中打死胖娃，是谁也不知道的事情，这样一来就能成全冬雨和芦花的好事。可他没想到冬雨却生了气。他没有反驳，而是把那一只独眼瞄向了正追击过来的日军。

特遣队的一阵排枪，把日军打倒了好几个。日军没想到会遇到阻击，他们不知道对方到底有多少人，他们立刻卧倒还击。

一开始，李春秋也愣了，他没想到八路军特遣队会在这个时候向他伸出援手。毕竟，在前几天，他没有按照双方商量的计划行动，他耍了滑头，他估计特遣队会很恨他。现在，人家竟然来帮助他了，他稍一愣怔，很快就缓过神儿来了。他从后边的枪声就知道，紧紧在他后边追击的日军不会超过一个大队，现在有八路军帮忙，他再组织反击的话，敌人很快就会被打退。于是，他立刻命令部队还击。

曹谷信良并不傻，他知道，一旦特遣队和保安旅联手，他占不到任何便宜。如果他继续坚持下去的话，等其他方面的日军追过来时，他的这个大队恐怕会死伤大半的。所以，他和大队长一商量，便撤出了战斗。

刘人杰也没打算和敌人纠缠，敌人一撤，他们也没有追击，也撤出了战斗，但是，他们并没有和保安旅汇合，而是率队迅速向荒洼深处转移。

李春秋本来打算去和刘人杰见个面，说句道歉的话，可人家根本没打算和他见面，他也不好说什么。心想，先撤进大荒洼，以后再说吧。

刘人杰在帮了李春秋一个大忙之后，却没有去和李春秋见面，也没有等着李春秋来和他见面。而是率领队伍迅速地撤退了。这让马虎剩很不理解。走在路上，他问周生水："我们为啥不趁着这个机会，把李春秋那老小子给拉过来呢？刘队长咋就这么撤了呢？"

周生水想了想，说："刚才，我也有点不理解。虽然李春秋做事不太仗义，但是，这次是一个好机会。抓住这个机会，与他们合作，对我们是有好处的。想把敌人的主力拖在大荒洼，仅靠我们特遣队这些人是不行的，必须要与李春秋联合起来。可是，刘队长是一个做事很有谋略的人，他既然这么做，就一定有他的想法。我想了半天，终于想明白了。"

马虎剩问："大哥，你快说说。"

周生水说："前几天的行动中，李春秋耍了滑头，现在我们帮了他，这个时候，刘队长主动去见他，可能会助长他的嚣张气焰，他会以为我们是有求于他，才帮他的。刘队长这么做，是告诉他，在大是大非上，八路军不和他李春秋计较，但是对他耍滑头这件事还是要计较的。免得他以后再耍滑头。"

马虎剩觉得有道理，可他想了想，又问："那要是人家躲进大荒洼之后，不主动来找我们，那不就没法联合了吗？"

周生水笑了："这就是刘队长的高明之处。李春秋是一定会来找我们的。"

"为啥？"

"为啥？你想想，李春秋这么多人一下子涌进大荒洼，他们的吃饭问题咋解决？这次战斗他们伤亡很大，那些伤员缺医少药，咋办？"

马虎剩若有所悟，点了点头，可很快他就又摇了摇头。他说："我们虽然粮食不多，但是我们这些人在大荒洼里待的时间长，总能想办法解决吃饭的问题。可给伤员治病的药品，我们到哪里去弄啊？"

周生水笑着拍了一下他的肩膀，说："你小子咋这么笨呢？我是干啥的？"

马虎剩不好意思地笑了，说："我忘了大哥是做药材生意的了。"

周生水说："这两件事，李春秋都解决不了，到时候他非得来求咱们特遣队不可。到那时候，刘队长就可以和他谈条件了。"

3

没能把李春秋的保安旅彻底消灭，这让坂田很恼火。虽然，这一战重创了保安旅，打死打伤保安旅好几百人。但是，李春秋手下还有上千人，这些人逃进了大荒洼，并且与八路军特遣队联合起来对付日军的扫荡。日军和警备团全体出动，到大荒洼里扫荡了三次，结果是连个人影子也没找到。大荒洼太大了，千儿八百人钻进去，简直就像一些小鱼小虾进了大海。不消灭这些人，他的部队就不能从大荒洼撤走，除非是彻底放弃大荒洼。可大荒洼是不能放弃的，这是胶东前线的后方基地，也是胶东前线的粮食供应库。

坂田回到县城，打电话向秋山静太郎少将汇报了战况，请求给他时间，让他先把大荒洼稳定住，然后再派兵去胶东。秋山少将发了火，他大声质问坂田，这个时间到底是几天？还是几个月？还是几年？

坂田硬着头皮，回答说："将军阁下，他们那些人一进了大荒洼，我们简直就找不到他们……"

秋山静太郎打断他的话："这么说，你是无限期的了？"

"不，将军阁下。我已经有了一个办法。"

"什么办法？"

"将军阁下，据我了解，这个李春秋是一个很狡猾且不讲信用的人，他不可能真心和八路军合作。他们在一起时间一长，必然内讧。到那时候，我们就有了可趁之机。"

秋山静太郎说："坂田中佐，可惜的是我们没有那么多时间让你等。整个胶东的战事正处在胶着状态，如果我们不能迅速地结束这种状态，就势必影响我们的进军计划。这个责任你是担不起的，我也担不起。"

坂田吓得不敢说话了，他犹豫了半天，最后还是鼓足勇气说："将军阁下，请容许我再想想办法。"

秋山静太郎和缓了一下语气，说："你不能被动地等，要主动出击。你手下的那个警备团团长，不是曾经做过李春秋的独立营营长吗？这次战斗你没有俘虏李春秋的人吗？你从这两个方面入手，想想看，有没有办法尽快把保安旅和特遣队给拆开。"说到这儿，他略一沉吟，又说，"不要忘了，八路军第三支队离开了清水泊，加入胶东的战役之中，而你的联队却被拖在了大荒洼里，你必须要在很短的时间里想办法打破这种被动的局面。让你的联队腾出手来参加到胶东的会战中。"

坂田亲自到英庄据点，审问了那些俘虏，然后和郑奠基一起做那些俘虏的工作。那些俘虏为了活命，什么都答应。坂田把他们都放了，让他们到大荒洼里去找保安旅。坂田想，这些人一定能找到保安旅的。李春秋是不会相信他们的，特遣队更不会相信他们。到时候，这些人只能帮自己做工作了。即使大多数人改变了主意，只要有几个人能送出情报，他就能找到保安旅和特遣队，并把他们消灭。

可是，这一次坂田又失算了。那些保安旅士兵根本就不是大荒洼的人，把他们放进大荒洼，他们就像进了迷宫一样，他们不敢往深处走，生怕走远了回不来，饿死在荒洼里。这些人虽然进了大荒洼，但是他们挨到天黑，就又偷偷地从大荒洼里溜出来，绕过鬼子和警备团的岗哨，逃回了家。他们本来就是李春秋抓来的壮丁，现在有这么好的逃跑机会，谁还愿意去送死呢？其中也有几个人被坂田和郑奠基许诺的高额赏金打动了，他们想找到保安旅，可他们没找到。他们最终也逃跑了。

几个月的时间一晃就过去了，坂田整日如坐针毡。现在他真的想不透了，这些喜欢窝里斗的"支那人"，怎么突然不窝里斗了呢？当然，这段时间他也没闲着，他让曹谷信良和郑奠基、英方儒一起，把各村的保长和自卫队队长进行了一番审查，把那些不可靠的人都撤掉。他们还在各村都收买了几个人当作眼线。冬天已经来了，八路军和保安旅的人需要棉衣过冬，也需要大量的粮食。他们只能走出大荒洼，到村子里去征集棉衣和军粮。只要他们走出来，就必然会留下蛛丝马迹。到时来个顺藤摸瓜，他相信一定会找到特遣队和保安旅的。

4

一天晚上，冬雨带领一组人来到了马家庄，他们来到了七才子马文章家的那条胡同口。冬雨在胡同口留下了两个暗哨。又让两名队员到胡同的另一头去放哨。冬雨来到马文章的家门口，他没有敲门，而是来到屋山墙那儿，轻轻地在墙上敲了几下。过了一会儿，里面的人也在墙上敲了几下。冬雨又敲了几下。然后他就来到门口等着。过了一会儿，天井里传来轻轻的脚步声。马文章在门里边，贴着门缝轻声问："谁呀？"冬雨轻声说："先生，是我。"

门打开了，冬雨带着几名队员进了门。他让一名队员在大门后边站岗。他和几名队员跟着马文章进了堂屋。

进了屋，马文章刚要点灯，冬雨说："先生，别点灯！"

马文章笑了笑，说："我大意了。"

马文章让老伴从暖壶里倒点热水给冬雨他们喝。他又让冬雨他们上了炕，用被子盖在腿上，暖和暖和。就在冬雨他们坐上炕沿的时候，马文章说："听庆魁说，鬼子在各村里都收买了眼线。多亏前些日子都把狗弄死了，不然，你们一来，狗一叫，就会被那些家伙听见。他们就会去报告。"

冬雨说："最好能把这些人找出来，不然我们今后会很被动。"

马文章说："我和庆魁也是这么想的，他已经在暗中注意了。俺们俩合计着，只要是给日本人做事的，早晚他会露出一点蛛丝马迹。庆魁说，等他了解清楚了，最好你们把那几个人给收拾了。"

冬雨想了想说："先生，这个情况刘队长已经得到了消息。我临来的时候，刘队长叮嘱我，对这种人先不要急于动手。如果我们除掉他，鬼子会对村里进行报复的。再说，鬼子还会重新安排眼线的。倒不如我们对他加以提防。这样一来，这些人就成了睁眼瞎。当然，一旦他们对我们构成威胁，就要毫不犹豫地把他们除掉。"

马文章说："还是刘队长想得周到。哎，冬雨，我光顾了自己说话，忘了问，你们今天来，有啥事？"

冬雨说："先生，鬼子在各村都布了眼线，我们的行动受到了很大的限制。这次我们分头联络各村，秘密建立一套联系方式。绝不能让鬼子把抗日武装和老百姓分隔开。请先生把马保长叫来，咱们一同商量商量。"

马文章和一名队员悄悄地出去了。冬雨看着马文章走出去的背影，心里蓦然升起一股无名的悲哀。马先生本是一介书生，想不到因为日寇侵略，打破了他的平静生活，鬼子还杀死了八才子马文采一家。马先生被迫走上了抗日的道路。这可真是逼上梁山。他忽然又想到，自己在第一次打伏击的时候，面对日本鬼子，还不忍开枪，与马先生相比，自己可真是有点妇人之仁了。

就在冬雨到马家庄找马文章和保长马庆魁的时候，胖娃也悄悄地潜入了英庄。

胖娃离开家的时候，是鼓着一肚子气的，离开家以后，他就想家了。可他不能回去，他是个男人。他一定得做出一点事情来，一是要杀几个鬼子，出出胸中的恶气。二是要向芦花和铁柱他们证明，他英志远并不比冬雨差。

他一走出大荒洼，就开始打听哪里有军队。其实，这也不难打听。当时，八路军山东纵队第三支队在胶东和鬼子进行着拉锯战。而在大荒洼附近，就只有李春秋的保安旅。在胖娃的眼里，李春秋是国民政府的博安县县长，保安旅又是国民政府的部队，他觉得保安旅虽然是地方部队，比不上中央军名气响亮，但总比八路军要正规吧？所以，他就去找保安十六旅。当时，李春秋的队伍正驻扎在蒲台县与博安县交界处，胖娃参加了保安旅。并且在不到一年的时间里，就当了一名班长。可是，令他苦恼的是，这支看起来装备还算整齐的队伍，在近一年的时间里，却没有和鬼子打过一次仗。

他当一个大头兵的时候，曾经问过他的班长，班长冷哼一声，说，你小子是不是脑子有毛病啊？咋会想着去和小鬼子打仗呢？然后就无话了。

等他当了班长以后，他又问排长，排长对他这个刚刚提拔的班长也是毫不客气，脸上带着不阴不阳的笑，说："你小子是不是当了班长还不知足，还想着打一仗，显显本事，还想再得到提拔当一个排长啊？别忘了，你这个班长是咋当上的。还不是因为你爷爷是芦花镇的镇长，上边考虑到将来有一天会有用吗？你小子竟然不知道天高地厚了，要翘尾巴了。还打什么狗屁仗？老子看你简直是活腻歪了。"

排长说完话，看了看身边的几个人，嘿嘿冷笑了几声，走了。

从那以后，胖娃就沉默了。他感到很孤独。一感到孤独，就想家了。尤其是到了晚上，他就更想家，有时会想他的爹娘，也有时想起他的爷爷奶奶，但几乎每晚他都会想芦花。在一起的时候，两个人像一对冤家，可一旦分开了，他想起来的，都是芦花的好。

保安旅逃进大荒洼以后，他的家近在咫尺，他却不能回去。像一个馋嘴的孩子，有好吃的他没看见还能忍住，可那好吃的就在眼前，怎么能忍住呢？自从进入大荒洼以来，他就天天想着怎么回家看看。可是，他没有机会。保安旅在逃进大荒洼的时候，半路上有一些士兵开了小差，逃跑了。李春秋很恼火，他采取了一些防范措施，防止部下开小差。再说，胖娃也不敢私自开小差，他的家就在英庄。那里有鬼子的司令部。他回去也只能是偷偷地回去，还必须得偷偷地回来。如果没有长官的准许，他回去，就回不来了。

就在胖娃无计可施的时候，机会却突然来了。李春秋安排他悄悄潜回英庄，去找他爷爷弄粮食。本来，保安旅是有一些军粮的，再加上截获的日军军粮，足够对付几个月了。可在突围的时候，人人只想逃命，谁还顾得上那些粮食呢？逃入大荒洼之后，开始还是特遣队给他们送了一些粮食来，可那些粮食如同杯水车薪。现在，马上就要断顿了。李春秋想起了胖娃。他把胖娃找来，亲自嘱咐了一番，让胖娃利用晚上悄悄地回到英庄，去找英方儒筹措军粮。

胖娃很痛快地满口应承下来。他回到窝棚里，换下了军装，然后离开驻地，向英庄方向走去。不等天黑，他就走到了英庄外。他在芦苇丛里坐下来，迫不及待地等天黑。他觉得这一天太阳好像是在跟他作对，迟迟不肯落下去。

太阳终于落下去了，可他还是不能立刻进村。李春秋叮嘱过他，一定要等到半夜才能进村。进村早了，容易被人发现。他有点不以为然，他知道，大荒洼的人们在冬天的晚上是很少有人出门的，更何况现在有日本鬼子呢？谁会在寒冷的冬夜里到街上瞎逛呢？

想是这么想，可他也知道李春秋说的对。他进村早了，人们还没睡，狗一叫，就会有人到门口来看。看见他回了家，是很麻烦的。这个时候，他当然不知道，就在他离家以后，特遣队发起了一个打狗行动，全村的狗都被杀死了。不，没有全部杀死。他胖娃家的那条大黄狗就没有杀死。打狗行动引起了张立言的怀疑，他到英庄祠堂告诉曹谷信良，各村的老百姓杀狗是八路军特遣队的一个阴谋。那时，英方儒家的狗还没有除掉。英方儒曾经对曹谷信良说老百姓杀狗是因为粮食不够吃。后来曹谷信良阴侧侧地笑着问英方儒，你家不会缺吃的吧？当时就把英方儒吓了一跳。英方儒就是在特遣队开始杀狗之前，才偷偷地为八路军做事的，他让和他联系的特遣队队员告诉刘人杰，为了不引起曹谷信良对他的怀疑，他家的狗就不杀了。刘人杰同意了。

让英方儒没有想到的是，他家的狗最终出卖了他的孙子胖娃。

5

狗是很通人性的，狗对主人的声音，甚至气味都是很熟悉的。主人从外面回来，还没走到门口，狗就欢蹦乱跳地迎出去了。就是因为狗通人性，人们才会很喜欢狗，甚至还会把狗当做家中的一员。按说，胖娃离开家的时间不算太长，他家的狗应该能听出他的脚步声来。可是，那天晚上，那狗就是没有听出来。这大概有两个原因，一个是胖娃不知道村里的狗大都已经除掉了，只剩了他家这一条狗。所以，他走路就蹑手蹑脚，那已不是他平常走路的声音了。还有一个原因，可能村里的狗都被除了，他家的狗没有同类可以交流，生活在一种孤独、苦闷甚至是惶惶不安之中，它的心智已经不够敏锐了。

在胖娃走到自己家门口的时候，他家的狗叫了起来。胖娃着实吓了一跳，他压低声音，从门缝儿里冲着狗喊了一声，那条狗终于听出了主人的声音，不再"汪汪"狂吠，可它并没有停止叫唤，而是改成了欢快的叫声，同时还兴奋地扑打着门。

英全安听见狗叫，又听到门响，赶紧起来，走到门里边，问："谁呀？"

胖娃低声说："爹，我。"

英全安听出是胖娃，赶紧开了门。胖娃一进门，把咬住他裤脚的大黄狗踢了一下，他踢得不重，大黄狗依然咬着他的裤脚不放，嘴里还兴奋地呜噜着。胖娃顾不上这些，转身就关了门。英全安不放心，又轻轻地拉开门，探出头，往胡同里看了看，见没有人，才又缩回头关了门。爷俩顾不得说话，赶紧往屋里走，走到门口，英全安狠狠地把大黄狗踢了一脚，大黄狗叫着后退了几步。爷俩进了屋，掩上了屋门。

可这一切，没有逃过一双眼睛。这个人是油坊的伙计孙德奎。

自从杀狗事件以后，曹谷信良对英方儒起了疑心。后来军粮被劫，他就怀疑是英方儒给八路军送了消息。可他没有证据，还不能对英方儒采取行动。毕竟，英方儒以前是芦花镇的镇长，在大荒洼很有号召力，现在又当上了芦花镇维持会的会长。对这个人，他是不能轻举妄动的。他让张立言想个办法，监视英方儒的一举一动。张立言最终选定了油坊的伙计孙德奎。孙德奎是个外乡人，晚上就住在油坊里，油坊有通往英方儒家的一个角门，这就很方便监视。经过一番威逼利诱，孙德奎答应了。

这天晚上，孙德奎本来早就睡下了。狗一叫，把他给惊醒了。自从日本人在英庄驻扎以后，村里的人晚上都不敢出门。村里的狗杀光以后，英方儒家的这条狗晚上一直很安稳，很少听到它的叫声。半夜了，狗咋突然叫起来了？孙德奎立刻从床上坐起来，很麻利地穿上了棉裤棉袄，把棉帽子扣在头上，趿拉着鞋，就来到了通往后院的小角门那儿。从门缝儿里往外看，他正看见英全安敞开屋门走出来。这时候，他才顾得上把棉袄的扣子扣好，弯下腰，把棉鞋穿好。他听见了英全安的问话，却没有听见外面的人回答。他想，外面的人肯定是回答了，只是声音很低，自己没听见。不然，英全安不会开门的。等到开了门，那个人走进天井，黑咕隆咚的，他看不清那人的脸。但是他觉得那个人的身影很熟悉。他想起来了，这个人是他的少东家胖娃。

胖娃离家出走以后，芦花告诉了英全安夫妇。英全安赶紧又给英方儒说了。英方儒让他们不要声张，千万不要对人说胖娃去当兵了。一连好多天，孙德奎没有见胖娃，他觉得很奇怪。胖娃自从结婚以后，几乎每天都要来油坊转几趟。英全安已经打算把油坊交给胖娃去打理，所以，先让他熟悉业务。咋又突然不见了呢？他曾经问过英全安，他之所以问，是因为他在人家家里做工，好多天不见少东家，不问一问好像不太礼貌。英全安说是去做生意了，却没说做啥生意。那时候他就觉得很奇怪，但是，他不敢多话。他一个做工的，东家的事他从来是不去过问的。

后来，他又听说胖娃去当兵了。这个消息是从油坊的一个老客户口中听到的。这个老客户和英全安关系不错，来买油的时候，一走进油坊，见到英全安，没说买油的事。而是说："英老板，你这么大的家业，咋让孩子去当兵呢？"

英全安当时吓了一跳，下意识地看了一眼正在干活的孙德奎等人。

孙德奎也是愣怔了一下，但是他却没有往英全安这边看，依然低着头干活。

英全安冲那个老客户使了一个眼色，让他别再说下去。同时，嘴里说："李老板，咱们到账房里去谈。"

两个人走进了账房。英全安又回头看了一眼，然后把门掩上了。

两个人在屋里说话声很低，孙德奎听不清了。那时候他也就是好奇，一边干活还一边瞎想：有这么大的家业，又有那么漂亮的媳妇，咋跑去当兵了呢？

张立言让他监视英方儒，开始他不干。他觉得英方儒对他还算不错，他不能做这样的事。可他经不住张立言的威逼利诱，最后答应了。他一答应，张立言就问他，知不知道胖娃干啥去了？他说了实话。这更引起了张立言的兴趣。当兵，没到他的警备团来，那就只有两个去处了，一个是八路军，一个是保安旅。不管是到了哪支队伍，都是与皇军和警备团作对的。他让孙德奎加强对英方儒全家人的监视。一有消息，就立刻向他报告。

现在，孙德奎见胖娃进了英全安夫妇的屋。他便悄悄地又回到了他睡觉的小屋。他没有脱衣服，只脱了棉鞋，摘了棉帽，钻进被窝。

要说孙德奎的心里一点不纠结也不对。他躺在被窝里，心里其实纠结得很。英方儒一家对他其实都挺不错的，在油坊里干活的伙计总共有三个人，另外两个都是附近村庄的人，只有他一个是外地人。那两个伙计每天都是在家里吃过早饭来干活，下午干完活回家吃晚饭。也就是说，东家只管他们一顿午饭。可他是外乡人，就必须常年吃住在这儿。一天三顿饭都是吃东家的。东家给他开的工钱，和另外两个伙计一样多。孙德奎觉得自己赚了便宜，心里过意不去，就常常在收工以后，给东家干点挑水、扫天井之类的家务活。胖娃只比他大一岁，有时候当地的伙计欺负他，胖娃知道了就会把那两个伙计训斥一顿。所以，他对胖娃挺有好感。

现在，他躺在被窝里，想起来的胖娃，都是怎样和他说话，怎样训斥欺负他的当地伙计。他想，今天这事儿还是装作没看见吧。自己不能昧着良心去做事啊。自己还是接着睡觉吧。可他怎么也睡不着，脑子里翻来覆去的还是这件事。过了一会儿，他又想，要是张立言知道胖娃回家，自己没有报告，他是不会放过自己的。这个老缺比鬼子还坏，他可是啥事都干得出来的。如果胖娃深夜回家，天不明就走，张立言就不可能知道，即便是过后知道了，自己也可以假装不知道。问的时候，自己可以说，大冷的天，早就睡觉了，根本就没听见啥动静。好，到时候就这么说。可是，要是胖娃待在家里不走呢？自己就不好说不知道了。他在心里，暗暗地念叨着，盼着胖娃天不亮就快走。

他翻来覆去的睡不着，耳朵总在听着后院里的动静，他盼着听见胖娃走出屋门，再走出家门。

其实，在这一晚上，心里犯纠结的不仅仅是孙德奎。英方儒夫妇，英全安夫妇，还有胖娃和芦花，他们的心里都很纠结。

胖娃深夜突然回家，英全安先把他领进自己的房间。他老婆马素花已经点起了灯，她一见进来的胖娃，正在系扣子的手僵住了。她刚一张口，就被英全安给低声喝住了。英全安问胖娃这一阵子到底干啥去了？真的是去当兵了吗？

胖娃三言两语地把事情说了一遍。他说得太简单了，他只是说参加了保安旅，现在是一个班长。这次回来是找爷爷商量件事。至于当初他为啥突然不辞而别离家出走去当兵，他却只字不提。他急要去见爷爷。他想见到爷爷把筹粮的事说了，快回到他自己的屋里。他想芦花，也想他那从没见过面的女儿。

可马素花一见到儿子，就不想放手了。刚才，她刚一张嘴就被英全安给截断了。她听了胖娃那几句话，心里还有好多话要问。他拉着胖娃的手，不停地问这问那。英全安却没有再打断她。他知道胖娃不能在家里久待，他让胖娃和他娘先说两句话，他走出屋门，来到英方儒的门外。这时，英方儒和张氏也都已经起来了。老年人睡觉本来就睡不沉，刚才狗叫声，也惊动了他们。英方儒听见他儿子英全安去了门口，他就披上棉袄，在炕上坐起来，把那扇活动的窗扇推开一条缝儿，往外看。他看见跟在英全安后面进来的人是他的孙子胖娃。

张氏问："谁呀？"

"胖娃。"他只说了这两个字，就不再说话，手忙脚乱地穿衣服。

张氏也赶紧穿衣起床。老两口刚刚起来，还没等开门，英全安就来了。

英全安刚一叫门，门就开了，倒把英全安吓了一跳。

英方儒没有点灯，屋里黑咕隆咚的。英全安问："爹，咋不点灯？"

英方儒说："胖娃这个时候回来，一定有秘密的事要做，这深更半夜的点起灯来，不是给鬼子报信吗？"

英全安一下子回过神儿来，他扭头向自己的屋里看去，昏黄的灯光正从窗户里透出来。

没等英全安再说话，英方儒说话了，他说："去把胖娃叫来。把你屋里的灯吹了。"

英全安赶紧回到自己的屋里，没顾得上说话，先走到那盏油灯前，"噗"的一声，把灯吹灭了。

马素花吃惊地问："你干啥？"

英全安说："不能点灯。"

马素花虽然没明白过来是咋回事，可他也没再说啥。

英全安叫着胖娃往外就走，一边对马素花说："去把香玉她娘叫起来。"脚已经迈出门槛了，又说："让她别点灯。"

走出屋门，压低声音告诉胖娃，香玉是他的闺女。出生已经七个多月了。

英方儒听了胖娃的话，略一沉思就说："既然你在他手底下干事，我就想办法给他筹措一点军粮。但是，他要的数太大，我办不了。天不早了，你先回屋看看孩子吧。天亮以前就走。临走的时候，来我屋里，我有话要嘱咐你。"

胖娃没说话，英全安说话了："爹，胖娃好不容易回来一趟，就让他在家住一两天吧。"

英方儒看了看英全安，又看了看站在那儿不说话的胖娃，叹了一口气，说："那就在家里住一晚吧，明晚再走。不过，白天不能出屋门。饭做好以后给送进去。"

张氏不高兴了，他说："老头子，孩子好不容易来家，咋能只住一天呢？让他多住几天吧。"

英方儒看了张氏一眼，说："我这个老头子并不是不通情理。可是，你们不知道眼下的形势。保安旅毕竟是鬼子的对头，前不久刚刚打了一场恶仗，一旦让鬼子知道胖娃回来，可就麻烦了。"

英全安说："爹，您是会长，小鬼子怀疑谁，也不会怀疑您啊！"

英方儒又叹了一口气，说："你们不知道，真正可怕的并不是小鬼子，而是那个张立言。从那次各村里杀狗开始，他就怀疑我了。表面上看，我是维持会会长，各村的保长、自卫队长都归我管。可是，他们又在各村发展了一些眼线，这些人在暗处，有了情报直接向曹谷信良和张立言汇报。他们既然怀疑我了，难保不会在我身边安插眼线。"他看了胖娃一眼，说："为了安全，明晚必须要走。千万记住，白天不能出屋门。"

胖娃和英全安走了，张氏还在唠唠叨叨地埋怨，英方儒却心怀忐忑，他坐在那儿，一直坐到天亮。

吃过早饭，他对张氏说："你再去嘱咐一下胖娃，让他千万别出屋门。家里人都要和往常一样，该干啥干啥，谁也不能露出一点破绽来。"

张氏虽然很不以为然，但她还是去了。她的脚还没迈出门槛，英方儒又说："让全安吃过早饭，就去油坊。你也要管好自己那张嘴。"

英方儒走到院子里，看了看，没发现有什么问题，他还想到油坊去看看，可他刚往油坊那儿走了两步，就赶紧止住了脚步。自己好长时间没去油坊了，这个时候突然去不好。他转身走出大门，去了祠堂。那是他办公的地方。

6

英方儒烧好了水，沏了一壶茶，慢慢地喝着茶，想着心事。过了好大一会儿，曹谷信良才来。两个人边喝茶边聊天。英方儒虽然装作若无其事，可他的心思一直在家里，他怕家里出事。

怕出事，还就真的出事了。张立言突然来了。张立言一走进祠堂大门，英方儒就看见了。本来，祠堂的屋门一掩上，就看不见外面的事了。自从这儿成了日军司令部和维持会以后，曹谷信良就让人把门给换了，换成了上边有玻璃的木门。这样，即便是冬天掩上门，也能从上边玻璃窗看见外边了。英方儒一看见张立言走进来，心里就扑腾扑腾的。他有一种不好的预感。本来，张立言几乎每天都要来这儿，他们三个人每天都像老朋友似的喝茶聊天，其实他们在上演"三国"。只是，在"三国"里，处于弱势的孙刘常常联合起来对付强势的曹操。可现在的情况却是处于强势的张立言，与更强的曹谷信良联合起来，对付处于弱势的英方儒。

张立言一走进来，英方儒赶紧站起来让座，并给他倒茶。论年龄，张立言比英全安还要小得多，平时英方儒很少给张立言倒茶。可今天他一见到张立言，竟然情不自禁地亲自去给张立言倒茶。

张立言却不领他的情。他没有坐下，就站在那儿，笑眯眯地看着英方儒，半天不说话。把英方儒看得心里直发慌。曹谷信良觉得很奇怪，他觉得今天的张立言太奇怪了。他歪着脑袋，看着张立言和英方儒。

张立言终于说话了。他不说话还好，一说话，就把英方儒吓了一跳。张立言对英方儒说："英会长，你的立功机会来了。"

英方儒预感到出事了，可他只能装糊涂，他笑着问："张团副，我一老朽，为皇军效劳，不求有功但求无过，哪里还敢奢谈什么立功啊？"

他这句话绵里藏针，张立言当然听出来了。张立言却没有理会，却转身冲曹谷信良说道："太君，眼下保安旅藏身在大荒洼，把我们拴在这儿，想找他们决战，却又无能为力。太君，目前我们最需要的就是找到保安旅。"说着话，一转身，又对英方儒说："这一回，英会长可以帮助太君找到李春秋，这不是英会长的一个立功机会吗？"

英方儒这回不是预感了，而是明确地知道，胖娃回来的事已经被张立言知道了。可他想不通，张立言是怎么知道的。难道说胖娃昨晚回来的路上被人看见了？这是很有可能的。可他还是不明白，如果那时被人发现，又恰巧那人是张立言的眼线，那他就会连夜去三里庄告密，张立言不会等到现在才来找自己。他真后悔昨晚没让胖娃连夜回去。可现在后悔又有什么用？他忽然想到了一个人，这个人就是他家油坊的伙计孙德奎。一定是他发现了，可他还是想不通，他为什么没有趁着晚上去告密，而是等到现在才告密呢？

昨天晚上，孙德奎一直在盼着胖娃在天亮前走。只要胖娃在天亮之前走了，他就可以不去告发。万一张立言知道了，他可以推托说睡得很沉，没听见。这后半夜，英方儒一直没睡，孙德奎也是一直没睡。可一直到天亮，他也没有听到大门的响动。天亮以后，还没吃早饭，英全安就来到了油坊，还捎带着给孙德奎送来了早饭。他这一反常举动，反而引起了孙德奎的疑心。以前，孙德奎都是自己到后院去端饭，有时候干脆就在英家的厨房里吃。英全安都是吃过早饭以后才来。今天这一早就来，还给他送来了饭，让孙德奎心里直打鼓。他觉得英全安对自己不放心，或者是对自己起了疑心。正是英全安的这一反常举动，反而让他产生了逆反的情绪，哼，你们不信任我，我何必再为你们遮遮掩掩呢？吃过早饭，他拿起一把笤帚，打扫了一番，然后顺手把那把笤帚放在了门口。很快，就来了警备团的几个兵，他们嚷嚷着来买油。就在大家忙着的时候，一个人悄悄问孙德奎，有啥情报。孙德奎只说了一句话，胖娃回来了。

张立言一得到报告，立刻安排人把英方儒家给监视起来，然后他来到了英氏祠堂。

张立言不给英方儒喘息的机会，他说："英会长，既然胖娃已经来家了，就该请他来和我们一起商量如何围剿保安旅的事。"

这一句话，把英方儒给吓坏了，也把曹谷信良给说迷糊了。曹谷信良虽然知道英方儒的孙子胖娃不在家，但英方儒说是外出做生意了。张立言虽然知道胖娃投奔了保安旅，但他一直没有告诉曹谷信良。并不是他放英方儒一马，而是他没有真凭实据，英方儒不会承认，反而会在曹谷信良面前说他张立言搞窝里斗。

曹谷信良猛一听到这些话，有点糊涂了。可他一见英方儒脸色大变，他知道，张立言所说是真。他盯着英方儒，说："英会长，你不是说你的孙子去做生意了吗？怎么做到保安旅那儿去了？"

英方儒知道今天无论如何是躲不过去了，他豁出去了。心里这样一想，反而镇定下来。他说："曹谷太君，我并没有瞒你。胖娃当初的确是出去做生意了。本来，他出去几个月就应该回来的，可是，这一去就是一年多，音信皆无，我很担心。昨天晚上，他突然回了家，我一问才知道，他离开家不久就被李春秋抓了壮丁。这次保安旅逃进大荒洼，胖娃好不容易找到了一个机会，逃了出来。到家的时候已经是后半夜了。我问了情况，他说，李春秋狡诈多疑，经常转移宿营地。他就是在转移营地的时候，趁乱逃了出来。他现在也不知道李春秋的住处，否则我昨天晚上就会连夜向曹谷太君报告了。"

英方儒这番话半真半假，虽然张立言不信，可却又无懈可击。张立言心里暗骂英方儒真是一只狡猾的老狐狸，他也知道曹谷信良对中国人的窝里斗很反感。他只得在脸上堆起笑容说："英会长，我误会您了。既然这样，就把胖娃叫来，问一问，或许我们能得到一点有用的消息。"

曹谷信良也说："嗯，张团副说的有道理，英会长，把您的孙子叫来吧！"

英方儒说："曹谷太君，你也知道，年轻人离开家已经一年多了，昨晚回来的又很晚，现在恐怕还在睡觉呢。我回家这就去叫他，让他吃点饭就来。"

张立言一听，知道英方儒这么说是留出时间，好与胖娃商量对策，统一口径。他急忙说："这点小事，哪用劳动英会长呢？我安排个人去叫一声就行了。"

英方儒当然明白张立言的诡计，他必须回家对胖娃交代好，不然后果是不堪设想的。他把脸一沉，看着张立言，生气地说："怎么？张团副，你连我英某人也怀疑吗？像你这样，怎么能够团结一心帮助太君共建安定的芦花镇呢？"

说着话，他把脸转向了曹谷信良。曹谷信良虽然对英方儒也有点不放心，可他深知英方儒在大荒洼的影响，现在他可不能把英方儒给得罪了。他说："英会长对皇军的忠心是不能怀疑的。张团副，你的，不要多说了。"

胖娃来到祠堂，见了曹谷信良和张立言，他说的果然与英方儒说的一样。

胖娃说话的时候，曹谷信良一直认真地听着，张立言几次想说话，都被曹谷信良用目光制止了。直到胖娃说完了，曹谷信良才说："你爷爷是我们皇军的好朋友，也是芦花镇的维持会会长。只有把隐藏在荒洼里的八路军和保安旅统统消灭，老百姓才有安定的生活。所以，我想请你帮一个忙，请你去找李春秋……"

没等曹谷信良说完，胖娃就说："我是在部队转移的时候趁乱逃出来的，我不知道他们现在在哪儿。"

曹谷信良轻轻摆了摆手，说："年轻人，你不要着急，我不是让你带领我们去找李春秋。我是想让你给他带封信去。"

胖娃按照英方儒交代的说："太君，我是偷偷逃出来的，我要是回去，即便是能找到李春秋，他还不立刻把我给枪毙了？"

曹谷信良摇了摇头，说："不，年轻人，你不要害怕。我写一封信，你的，带去。李春秋不会枪毙你。你放心，这么做，对你，对你全家，还有李春秋，都是有好处的。一点坏处也不会有。"他的话是对胖娃说的，却是说给英方儒听的。

英方儒心想，如果不答应下来，今天这一关看来是无法过去的。他接过曹谷信良的话头，说："胖娃，曹谷太君说的对，这是你为皇军效力的好机会，你就去找找，无论如何要把曹谷太君的信给李春秋送去。"

胖娃见爷爷这么说，就只得答应下来。曹谷信良见胖娃答应了，显得很高兴。他拍着胖娃的肩头，笑着说："你的，和你爷爷一样，都是我们大日本皇军的朋友。你们祖孙二人为大荒洼的稳定和大东亚共荣都做出了不可磨灭的贡献。你可以先回家休息休息。"说到这儿，他还作出一副善解人意的样子，说，"年轻人，你的妻子，我的见过，很漂亮。那么漂亮的妻子，你怎么舍得抛下她远走他乡呢？只要你好好为皇军效力，我可以保证你们全家老小过上富贵平安的幸福生活。"

最后一句话，里面是藏有玄机的，那意思是如果胖娃不与皇军好好合作，他一家老小就都会有麻烦，有大麻烦。英方儒当然听出了话中的味道，胖娃也听出来了。他的心里有愤恨，有厌恶，也有害怕。他耷拉着眼皮，没有看曹谷信良，也没有看张立言，无精打采地向外面走去。

英方儒知道就在刚才自己回家嘱咐胖娃的时候，曹谷信良和张立言商量好了要给李春秋写封信。可他不明白，曹谷信良给李春秋写封信有啥用呢？他们有啥诡计呢？这一点他很想知道。可他更知道，现在不仅是张立言怀疑他，曹谷信良也怀疑他了。其实以前曹谷信良也并不信任他，但是现在对他的怀疑更大了。他知道曹谷信良要和张立言商量写信，他不能留在这儿。于是他也站起身来，说："曹谷太君，你和张团副先忙着，我也回家一趟。"

曹谷信良却拦住了他，说："英会长，你别急着走。我们三个人一起商量着给李春秋写封信。"

英方儒说："曹谷太君，这是军机大事，我在这里不合适。"

曹谷信良说："英会长，在这大荒洼，啥事儿也不能瞒着你啊。我们三人一块商量商量。"

此事正中英方儒的下怀，再说，曹谷信良的话说到这个份儿上，他也不能再说啥了，否则反而会更加重曹谷信良对他的怀疑。他便顺坡下驴，留了下来。

曹谷信良把他的想法说了一遍，然后让张立言用他曹谷信良的口气执笔写信，他与英方儒喝茶等着。等写好以后，曹谷信良看了一遍，然后又递给英方儒看了，两个人都觉得没有问题了，曹谷信良让张立言把信封好，然后交给英方儒。让他带回家去。

英方儒走后，张立言不解地问："太君，你就不怕他走漏消息吗？"

曹谷信良看着张立言，慢慢地啜了一口茶，脸上露出得意的笑容，说："张团副，我正盼着他走漏消息呢？"

张立言心领神会，他说："太君高明！您是想来个顺藤摸瓜，把他的送信人也找出来。"

曹谷信良说："张团副，你也是个聪明人啊。接下来该怎么办，你的明白？"

张立言说："我明白，我回去安排人盯住英方儒，到时候就能找出他的联络人，然后顺藤摸瓜，找到八路军的驻地。"

曹谷信良又叮嘱说："你一定要安排生面孔的机灵人，千万不要办砸了。"

张立言立刻回去安排。

7

当天晚上，胖娃带着信回了大荒洼。第二天，英方儒也把这一情报送出去了。

张立言的探子一直盯着英方儒家。凡是从英方儒家出来的人，他们都盯住，看看这些人里面有谁离开英庄进入大荒洼。本来，张立言也想盯住出入油坊的人，可出入油坊的人太多，他又不可能安排太多的人去监视。考虑一番，最终决定只监视出入英方儒家的人。至于出入油坊的人，他可以让孙德奎注意一下。可他没有想到，英方儒已经对孙德奎产生了怀疑。正因为有了这个怀疑，英方儒经过一夜思考，决定将情报从油坊传递出去。他心里很清楚，张立言一定会安排人在他家周围监视。第二天早饭后，他走出家门。果然，他就在胡同口看见了两个陌生人。这两个人是做生意的，一个是绑笤帚的，一个是卖针头线脑的。在大荒洼，每到农闲，就会有人来绑笤帚，这个活看上去很简单，实际上也是有很多技巧的，那个绑笤帚的人，笨手笨脚的，一看就是门外汉。那个卖针头线脑的，就更可笑了。他不挑着担子走街串巷，而是把担子放在那儿，连吆喝一声都没有，只是一个劲儿地盯着英方儒的家门，看到英方儒出来，才故意转过头去，摇了几下货郎鼓。

英方儒只是看了一眼，就装作没有看见这两个人，去了祠堂。他告诉曹谷信良，昨天晚上他已经让胖娃带着那封信去了大荒洼。两人说了一会儿话，他便走出来。他来到油坊，进了账房，说是要看看这几天的生意做得怎样。这很正常，他几乎每隔几天都要到账房里看看。看来，他对这几天的生意很满意。因为，他打发了一个伙计去英秋原的酒馆定了几个下酒菜，说是中午要喝几杯。伙计们都很高兴，因为每当英方儒要了菜肴在账房喝酒的时候，他都会让伙计们也喝上几杯。当然，伙计们是在油坊里喝，英方儒和英全安是在账房里喝。

中午的时候，英秋原用食盒送来了菜肴，他把菜肴直接送进了账房，并且很快就出来了。出来以后，他把食盒放在地下，从里面端出了两盘菜，放在油坊的一个凳子上。说："掌柜的让我把这两个菜给你们吃。"

三个伙计一看，一盘是韭苔炒肉，还有一盘竟然是辣子鸡块。三个人都很高兴，英秋原刚走，英全安从账房里出来，拿来了一瓶枣木杠子酒。三个小伙计就痛痛快快地喝起来。

过了几天，张立言一直没有发现什么问题，安排人到油坊找机会问了孙德奎，这几天是否有异常的情况。孙德奎想了半天，没有想起有啥异常的情况。

张立言觉得很奇怪，凭他的直觉，他觉得英方儒一定会往外传递消息，可他就是没有找到哪怕一点蛛丝马迹。让张立言更感到奇怪的是曹谷信良好像并不是很在乎。一天，他终于忍不住了，便问曹谷信良。曹谷信良笑了，他对张立言说："能抓住送信的人，当然是很好。我们可以把我们身边的敌人给挖出来。找不到也没关系，即使有人把这个消息送给了刘人杰，也不是什么大不了的事。反正这件事不论是哪一种结果，对我们都是有利的。"

张立言似懂非懂，疑惑地看着曹谷信良。曹谷信良读懂了他脸上的表情，说："你想，如果刘人杰得到了这个情报，他会怎样呢？他对李春秋本来就不相信，这一来，他们之间必然互相猜忌。等到他们之间搞起了窝里斗，我们不就有机可乘了吗？"张立言恍然大悟，他也不由得佩服起了曹谷信良，日本人也是很会玩阴谋的。

8

英方儒真的把情报送出去了，送情报的人就是枣园酒馆的老板英秋原。胖娃是在晚上半夜出发的，英秋原是第二天晚上出发的，可是，胖娃按照他爷爷的嘱咐，在路上故意迷了路，直到第三天的中午才回到营地。在李春秋看到那封信之前，刘人杰早就收到了英秋原送来的情报。

刘人杰收到情报以后，立刻召集特遣队副队长周生水和各小队队长开会，商量对策。此时的特遣队刚刚进行了改组，原来的小组合并成了三个小队，第一小队队长英冬雨，第二小队队长马启亮，第三小队队长关小峰。

刘人杰把曹谷信良给李春秋写信的事告诉了大家。又简要地把曹谷信良在信中说的话告诉了大家。

曹谷信良在信中给李春秋指出了三条路，曹谷信良分别称之为上、中、下策。第一条路是消灭八路军特遣队，投降皇军，曹谷信良保证让李春秋当警备旅旅长，并兼任博安县县长，这谓之上策；第二条路是李春秋离开大荒洼，日军允许其回到博安和无棣、蒲台三县交界处，曹谷信良保证日军不对其进行追击和围剿，李春秋也不能对日军采取任何行动，这谓之中策；还有一条路，那就是李春秋继续待在大荒洼，日军将调集大部队对大荒洼进行围困，将李春秋的保安旅和八路军特遣队困死在大荒洼，这谓之下策。

刘人杰让大家发表一下各自的看法。在这种场合，周生水一般都是不先说话的。即使他有了想法，他也不说。他喜欢听听其他人咋说。以前他干老缺的时候，也是这样。他看了看英冬雨、关小峰和马启亮，等着他们说话。

关小峰是很了解周生水的这个习惯的，原来在一起商量事，都是他先说。这一次，没等英冬雨和马启亮说话，他抢先说："李春秋这个人根本就靠不住，当初我们和他们搞合作，我们打炮楼，他去劫粮食，给了他那么大的一个便宜。可是，这老小子根本就不领情。他没有按照商量好的计划行动，差点让我们吃了大亏。别看这次我们把他从鬼子的包围圈里救出来，他照样不会领情。咱们这还等啥呢？等着李春秋向我们下手吗？我看咱们就来个先下手为强，把那老小子收拾了再说。"

关小峰说完了，他看了看周生水和英冬雨，然后又看了看刘人杰和马启亮。冬雨说："我也觉得李春秋靠不住，我们不能不提防着他。"

关小峰一听英冬雨也支持他的看法，很高兴，那一只独眼里放射出喜悦的光彩。冬雨看了看关小峰，接着说："不过，如果在这个时候，我们去收拾李春秋，不太好。"

关小峰那只独眼瞪得老大："为啥？"

冬雨说："我们和李春秋的兵力悬殊太大，真的去进攻他，即便是搞突然袭击，我们也不能把它消灭。小鬼子正盼着我们两家打起来呢。"

关小峰眨巴了一下眼，说："你说的也对，可也不能等着李春秋来打咱们啊。"

马启亮说："打，不好。不打，也不好。这可咋办呢？"

冬雨说："要不去和李春秋见个面？"

马启亮一边摇头一边说："怎么能送上门去呢？那家伙正等着拿我们去给鬼子做见面礼呢。不能去。"

大家都看着刘人杰。刘人杰却陷入了沉思。

过了好大一会儿，刘人杰抬起头，看着周生水，问："老周，你看呢？"

周生水说："我觉得冬雨的这个建议还是可行的。我去，争取把李春秋留在大荒洼。"

关小峰说："我和你一起去，如果李春秋不答应，我就一枪崩了他。"

刘人杰说："在召集大家开会之前，我对这件事已经反复考虑过。我也已经有了一个打算。但是，刚才听冬雨一说，我觉得我原来的想法太保守了。现在看来，去找李春秋谈谈更好。不过，老周，你不能去，我去比较好。"

周生水说："你是队长，你去了，万一李春秋翻了脸，把你扣起来，我们就被动了。我是副队长，我去了，他不会扣下我。因为扣了我没用。所以，我去是比较合适的。"

刘人杰说："老周，你说的有一定的道理，但是我去了，能够表示出我们最大的诚意。"

关小峰说："刘队长，跟李春秋那老小子我们还能讲啥诚意？"

周生水说："对李春秋这种人，我们不能老是跟他讲诚信。我们要让他知道，我们也在提防着他。我去，就说明我们在提防着他，他不会对我动手的。"

刘人杰想了想，说："我想，在坂田联队进攻县城的时候，李春秋没有投降，在他被包围的时候，他也没有投降。这个时候他不可能投降。我猜，他肯定是想着保存实力，日后还当他的博安县土皇帝。我琢磨着，在曹谷信良指出的那三条道中，李春秋最可能走的是第二条道。眼下，他的实力比较大，他想离开大荒洼，我们挡也挡不住。劝他留在大荒洼，这不现实，他不会答应。我们倒不如做个顺水人情，劝他离开大荒洼，在这个时候，他是不会对我们下手的。所以，还是我去。"

周生水说："那你多带几个人，以防万一。"

刘人杰说:"不用。让冬雨陪我去就行了。"

刘人杰忙着研究对策,李春秋当然更没有闲着。他也在反复研究,到底应该怎么办?他和参谋长吴克志看着那封信,反复琢磨。第一条道,他们不想走。一旦走了那条道,就成了汉奸,连退路也没有了。第三条道,他们也不想走,如果真的被鬼子给困在这大荒洼里,这份苦他手下的那帮子人吃不了,李春秋和吴克志也吃不了。所以,他们决定走第二条道,离开大荒洼。可他们现在也担心,一个是担心鬼子言而无信,在半路上设伏,把他们给收拾了。再一个是担心特遣队不放他们走,甚至会闹出误会。特遣队人数虽然不多,但是战斗力却很强。吴克志建议去跟刘人杰沟通一下,可李春秋觉得这很难为情。上次合作的时候,自己就没按照商量好的计划行事,现在怎么好再去说要离开大荒洼呢?这么说了,刘人杰会不会怀疑他李春秋是投靠日本人呢?

两个人一边喝着茶,一边商量事。很快就到中午了,勤务兵端来了饭菜。一碗辣炒白菜,一碗小鱼汤。那碗辣炒白菜,看上去是挺好看,辣椒是红的,白菜是白的。可里面没有肉。那碗小鱼汤呢,可真称得上是"汤"了,里面的鱼太小了,也太少了。李春秋一看,气就不打一处来。他说:"老吴,你看看,这是过的啥日子嘛?"

吴克志说:"旅长,您也别怪他们,天寒地冻的,在这荒洼里,能弄来这么些东西也不错了。"

李春秋当然很明白,别看那么点小鱼汤,那也是炊事班的人砸开了冰,钓了那点鱼做的。他叹了一口气,想说什么,却没有说。

两个人正默默地吃着饭,忽然,勤务兵来报告说刘人杰来了。

李春秋刚把一勺鱼汤喝进嘴里,他吃惊地一张嘴,却没有"啊"出声,那口鱼汤呛住了他的喉咙。他的眼泪都呛出来了。等他吞了一口干粮,又喝了几口水,才能说话。他问勤务兵:"刘人杰带了多少人?"

勤务兵说:"他就带了一个人,那个人好像是英冬雨。"

李春秋愣了一下,自言自语地说:"难道他听到什么消息了?"

转念一想,他只带着一个人来,自己就不必怕他,虽然他带着的是神枪手英冬雨。

他让勤务兵立刻去请。勤务兵转身出去,他又让吴克志安排几个人,准备一下。

吴克志说:"就来两个人,在咱们这儿,他们不敢乱动的。"

李春秋说: "不, 那个英冬雨的枪法很厉害。我们不能掉以轻心。"

吴克志出去了。李春秋让人赶紧把饭菜撤走。

刘人杰和英冬雨来了, 刘人杰竟然很悠闲的样子, 不紧不慢地走过来。英冬雨腰里别着一把二十响大镜面, 机头张开着。可他脸上一点紧张的样子也没有, 好想来这儿是走亲戚来了。

李春秋和吴克志带着几名警卫迎上前去, 他的眼睛一直注视着英冬雨, 他很怕英冬雨突然拔出枪指着他。可英冬雨的手一直没去掏那把枪。

进屋落座之后, 没等李春秋开口问。刘人杰却先说了话: "李旅长, 今天我来, 是有一件事情要和你商量。"

李春秋忙说: "刘队长, 有什么事? 你尽管说。"

刘人杰笑了笑。这一笑, 让李春秋心里直打鼓。刘人杰说: "李旅长, 那三条路你准备走哪条呢? "

这句话一出口, 不亚于引爆了一颗炸弹, 并且这颗炸弹就在李春秋、吴克志的心头炸响, 把他俩炸得方寸大乱。吴克志的嘴巴张开了, 却合不拢。李春秋也是呆愣愣地看着刘人杰, 半天回不过神儿来。一看到李春秋和吴克志那茫然无措的紧张神情, 那些卫兵立刻如临大敌, 纷纷伸手攥紧了枪把, 他们的眼睛并没有去看李春秋和吴克志, 也没有去看刘人杰, 而是齐刷刷地把目光投向了英冬雨。英冬雨站在那儿, 没动。他的手并没有伸向那把张着机头的匣子枪, 甚至他连眉毛都没动一下。他的嘴角轻轻地抿着, 脸上露出一种似笑非笑的样子, 那是一种自信, 一种源于无比强大的内心的自信。就是这种自信, 把那些卫兵们给压垮了。他们知道, 只要他们的枪掏出来, 还没等抬起枪, 就可能倒在英冬雨的枪口之下。英冬雨有这个把握。谁最先掏出枪来, 最先倒下的一定就是他。所以, 那些卫兵都手握着匣子枪枪把, 却谁也不敢往外掏。

这种一触即发的气氛, 李春秋感觉到了。他向身后扫了一眼, 看到那些卫兵个个一副吓傻了的样子, 很生气地说: "我和刘队长商量军务, 你们站在这儿干什么? 都给我滚远点。"

那些卫兵好像得到了特赦令一样, 立刻退到远处。

转过脸来, 李春秋已经恢复了正常的思维, 他的脸色也恢复到了正常人的脸色。他说: "刘队长, 明人面前不说假话。小鬼子的确是让人给我带来了一封信, 还给我列出了三条道, 还分成了什么上中下策。"说了这几句话, 他的心反而镇静下来了，他把球踢给了刘人杰："不知刘队长希望我走哪条道？"

话是这么说了，他心里却很明白，第一条道和第二条道都不符合特遣队的利益，刘人杰肯定是要让他选择第三条道，留在大荒洼，与特遣队并肩作战。他心里打起了小九九，如果刘人杰这么说了，他就会很痛快地答应下来。到时候走不走，怎么走，还不都是他李春秋说了算？现在没必要和刘人杰闹翻了。

刘人杰说："李旅长，我认真分析了一下，认为走第二条道是比较好的。"

李春秋和吴克志都愣了，他们都不相信自己的耳朵。李春秋竟然情不自禁地问了一句："什么？你是劝我离开大荒洼？"

刘人杰说："对。离开大荒洼。"

李春秋疑惑地看着刘人杰："为什么？"

刘人杰说："第一条道我想李旅长是不会走的。因为那是一条万劫不复的不归路。"

李春秋直点头："对对对，我李某人说什么也不会去当汉奸。"

刘人杰说："我们八路军特遣队当然是希望李旅长能留在大荒洼与我们并肩作战，一起抗击日寇。但是，这条道并不好走。目前正值冬季，大荒洼里缺吃少穿，保安旅不比我们特遣队，你们人员众多，给养就很难解决。古语说，兵马未动，粮草先行。士兵们连饭都吃不饱，怎么打仗？一旦军心涣散，后果不堪设想。所以，从长远计，我认为李旅长率部离开大荒洼，是最合适的。"

李春秋愣怔了半天，才说："想不到，想不到啊，我李春秋一向自以为聪明，处处打小算盘，想不到刘队长竟然大人大量，时时处处为我着想。李某真是愧疚难当啊！"

刘人杰很诚恳地说："李旅长不必自责，你的所作所为也不是为了你个人的一己之利，而是为了保全保安旅这支抗日的队伍。"他特意把"抗日的队伍"这几个字加重了语气，李春秋的眉毛轻轻地跳动了一下，脸上的表情多少有一点尴尬。李春秋说："刘队长，走第二条路也是无奈之举，不过，请你放心，我李某人绝不会与日本鬼子合作，我暂时不打他们，也只是为了能够有一个休整的机会，等我缓过气来，一定会找机会狠狠地打小鬼子。"说到这儿，李春秋又说，"我们一走，鬼子恐怕就会专心对付你们，你们的日子更难了。"

刘人杰说："这一点你放心，大荒洼这么大，到处都是藏身之处，我们的人少，地形又熟，他们找不到我们的。"

第十五章

1

李春秋率领保安旅离开了大荒洼，曹谷信良立刻向坂田作了汇报。曹谷信良建议对大荒洼一带进行一次扫荡，把八路军特遣队彻底地消灭掉。坂田摇了摇头，他说："不，特遣队只有不到一百人，进了大荒洼，就像鱼儿进了大海一样，是很难找到的。我们可以不去管它，现在急需要做的是搞一个强化治安运动，趁着八路军第三支队主力不在的机会，在各个村庄都建立我们的组织。"

曹谷信良说："八路军的清水泊根据地现在只有一个特务团，咱们是不是趁着这个机会，把它消灭掉？"

坂田想了想，觉得这个主意不错，只是目前以他们的兵力还不足以把特务团吃掉，于是，他给秋山静太郎打电话，请求把他的两个派出去作战的大队调回来，趁着八路军三支队主力在胶东作战，把三支队的根据地拔掉。秋山静太郎听了坂田的话，想了想，说："仅凭你一个联队，再加上一个警备团，根本不能把八路军的一个团吃掉，最多也就是把他们赶跑。我们也应该学一学人家八路军，他们从不争一城一地的得失，而是以消灭有生力量为目标。所以，扫荡清水泊，占领那个地方意义并不大，关键是要消灭他们的主力部队。这样吧，我让驻惠民和张店的皇军部队各派出一部分，协助你搞一个突然袭击，要确保把第三支队的特务团一口吃掉。"

坂田喜出望外，挂了电话，他立刻让人叫来狩野，三个人一起研究突袭清水泊的事情。经过一番商议，他们决定集中全部兵力，对清水泊来一次突然袭击。为此，坂田让曹谷信良把驻守在英庄据点的日军只留下一个小分队，其余的全部参加突袭清水泊的战斗。郑奠基的警备团分别在县城和三里庄各留下一个排，其余的全部秘密集结，准备偷袭清水泊。

这一天，英方儒吃过早饭，到了祠堂。每天曹谷信良和张立言都会来这儿商量事儿，可是这一天，只有一个日军的分队长在这儿。英方儒知道，日军的一个分队，就是一个班。曹谷信良在这儿的时候，分队长这个级别的根本就不能到堂屋里来。这一天一个分队长坐在了堂屋里。这让英方儒感到很奇怪。这个分队长英方儒认识，叫竹田。英方儒问"竹田太君，今天曹谷太君怎么没来啊？"

竹田支吾了一下，说："曹谷太君有事到县城去了。"

英方儒从竹田支支吾吾的样子看出来，这里边一定有什么事情。会是什么事情呢？本来，曹谷信良是经常要回县城向坂田汇报工作的。可是即便是曹谷信良不在，小队长加藤俊雄也应该在这儿，怎么会轮到竹田这个分队长呢？再说，今天，不仅曹谷信良没有来，加藤没有来，连张立言也没来，他就觉得很奇怪了。他本想再问一问，又怕引起竹田的怀疑。闲聊了一会儿，他就找了一个借口，走出了祠堂，来到了李有财的酒坊。李有财一见英方儒来了，热情地打招呼。英方儒跟着李有财进了里间，李有财的老婆赵兰秀打了招呼，便赶紧去泡茶，英方儒坐下来，低声对李有财说："有财，今天大叔想麻烦你个事儿。"

李有财一见英方儒一本正经的样子，觉得肯定是什么大事儿，他的神情也不由得紧张了起来，他赶忙问："大叔，啥事儿？"

英方儒说："刚才我到祠堂去，没见着曹谷，也没见到加藤，张立言也没去。只有分队长竹田在那儿。这件事我觉得挺奇怪。"

李有财不解地说："这有啥奇怪的？他们不是经常不到祠堂去吗？说不定他们在小炮楼里呢。"

英方儒说："他仨中任何一个人不到祠堂都很正常，可是他们仨同时不见了，这就不正常了。"

李有财琢磨了一下英方儒的话，觉得有道理。只是他不明白，这件事跟英方儒又有什么关系。他想了想，说："大叔，这跟咱们也没啥关系啊？"他本来是想说"这跟您也没啥关系",临出口的时候,把"您"改成了"咱们"。

英方儒说:"咋跟咱们没关系?"

李有财还是不明白,他说:"有啥关系呢?"

这个时候,赵兰秀搭腔了,她白了李有财一眼,说:"你先别急着插嘴,让大叔把话说完。"

英方儒说:"前一阵子,保安旅被困在了荒洼里,一天晚上,胖娃曾经回过家。这事儿你知道吧?"

李有财赶紧点头说:"知道知道,芦花跟我们说过了。"

英方儒点上烟,抽了一口,慢吞吞地说:"后来,保安旅从大荒洼里撤出去了,今天,他们都不在,我觉得是不是他们去打保安旅了?"

李有财和赵兰秀都吓了一跳,英方儒的孙子、他们的女婿胖娃现在就在保安旅当兵,如果鬼子去打保安旅,那可会有麻烦,他们并不是担心保安旅,他们担心的是胖娃。

李有财神色慌张地问:"大叔,咋办?"

英方儒说:"本来我想到炮楼里去看看那里的鬼子兵少了没有,可是上次因为杀狗的事,曹谷和张立言已经怀疑我了。我不能去,我想请你回三里庄看一看,警备团的人是不是少了很多?如果只留下很少的人,那就是他们都去打保安旅了。"

李有财说:"大叔,我这就回庄里去看看。"

英方儒说:"不要慌里慌张的,免得引起人家的怀疑。"

英方儒虽然与李有财是亲家,他也没敢把自己与八路有联系的事说出来,因为这可是掉脑袋的事情啊。

三里庄离着英庄只有三里路,李有财很快就回来了。他从家里拿了一坛子好酒,来到祠堂,站岗的日本兵都认识他。见他拿着一坛子酒,就知道他是给长官送酒来了,也没盘问他。李有财推开堂屋的门,见英方儒正和竹田在那儿喝茶,他走进去,先是冲着竹田弯了弯腰,说了一声:"太君。"

竹田也认识这个酒坊的老板,他看到李有财手里捧着一坛子酒,就眉开眼笑地说:"李老板,你的,拿来了好酒?"

李有财说:"太君,刚才大叔到我的酒坊,要拿一坛子好酒,说要与竹田太君好好喝一杯。我在家里存着一坛子好酒,就回家拿来,请太君和大叔尝尝。"

竹田高兴地竖起大拇指："你的，良民大大的，皇军的朋友大大的。"

李有财把那坛子酒放在桌子上，当着竹田的面，他却不敢把在三里庄见到的情况告诉英方儒。竹田虽然不像曹谷信良那样是一个中国通，但是他也能听得懂中国话，尤其是中国的北方话，他能听个八九不离十。他看了英方儒一眼，站起身，说："大叔，您陪太君喝酒，我就先告辞了。"

英方儒说："有财，不一块喝两盅？"

李有财说："不了，酒坊里还有事儿。"说着话，冲着竹田微微一点头，转身就出了屋。他刚走到天井的中间，英方儒好像想起了什么，对竹田说："光有酒没有菜那行啊？竹田太君，您稍等，我去弄几个菜来。"竹田高兴地说："好，你的，去吧。"

李有财听见了英方儒的话，他故意放慢了脚步。英方儒在丁字街口就赶上了李有财。李有财压低声音说："大叔，你猜的不差，三里庄只有一个排，大部队不见了。我邻居说，昨天晚上半夜里他听见队伍集合的声音。应该是昨天晚上就走了。但是，不知道到哪儿去了。"

英方儒脚步没停，只是说："我知道了。"说完这句话，英方儒就往南走了，他顺着南北大街来到了枣园酒馆。进了酒馆，英秋原正在忙着炒菜，他新雇来的伙计陈保定正在那儿给他打下手，两个人忙得热火朝天。

陈保定并不是河北保定府人，而是地地道道的山东人。当年他的爹娘逃荒要饭到了河北保定，没想到就在那儿生下了他。他爹没什么文化，更没钱去请人给孩子起什么名字，于是就给孩子叫了"保定"。陈保定的父母被鬼子的飞机给炸死了，他参加了八路军，现在是八路军特遣队的队员。英方儒秘密地与八路军特遣队建立了联系之后，英秋原也暗中与八路军来往，给特遣队送情报。刘人杰考虑到英秋原频繁地出入大荒洼，会引起敌人的警觉。需要派一个人来担任联络员。由于陈保定很机灵，刘人杰便把他派到英庄来，名义上是枣园酒馆的伙计，实际上是负责替英方儒和英秋原传递情报。

英方儒走进厨房，两眼下意识地向四处扫了一下，见没有外人在场，就说："秋原，昨天晚上三里庄的警备团士兵大部分被悄悄调走了，他们会不会是要去找特遣队呢？今天曹谷和加藤也没有到司令部来，我怀疑据点里的鬼子也可能大部分离开了。"

英秋原说："刚才从炮楼里来了两个鬼子兵，订了几个菜。平时里，鬼子的军官白天一般到祠堂去，据点里有做饭的。可是，今天他们却来让炒菜送过去。会不会是大部分鬼子离开了据点，他们人少了要喝几杯呢？待会儿让保定趁去送菜的机会看看。"他一边说着话，手里却没有停，依然在忙活着。

英方儒想了想，对陈保定说："保定，待会儿你到据点送菜的时候看看，如果鬼子真的大部分不在了，你就立刻去向刘队长他们报告。"

陈保定一边答应着，一边把一盘盘菜放进食盒里。然后提起食盒，出了门，向芦花河桥边的日军据点走去。

英方儒又对英秋原说："秋原，你再给我炒两个菜，送到祠堂里来。"说完话，他就走了。

陈保定来到据点外，冲着上边喊："太君，送菜来了。"

两个鬼子兵把吊桥放下来，陈保定从吊桥上走过去，吊桥又在他身后被拽起来了。鬼子兵把据点的大门打开，陈保定走进去，一个鬼子兵领着他上了炮楼。炮楼里，几个鬼子兵正在喝酒，一见送菜来了，都高兴地叽里咕噜地说着什么。陈保定当然不明白他们说的是什么，但是看他们的神情，是很高兴的。他忙走上前去，打开食盒，从里面一盘一盘地往外端菜，放到一张方桌上。他把四盘菜都放下之后，一个鬼子兵迫不及待地伸手就从盘里拿起一根鸡腿，鼻子深深地吸了一下，然后两眼微闭，很陶醉的样子。陈保定微微弯了一下腰，说："太君，你们的米西米西，我回去了。"领他进来的鬼子兵从那盘辣子鸡中拿起一块鸡肉，一下子塞进嘴里，冲他摆了摆手，那意思是让他走。

走出炮楼，在院子里看见据点里负责做饭的马老三，正端着一盆菜走过来。陈保定忙说："老马叔，太君让我们炒菜，我还以为你有事儿不在呢。"

马老三是马家庄人，叔伯兄弟排行老三，人们都叫他马老三。老婆得了大病，花了一大笔钱，却没有治好。老婆死后，给他留下了一个儿子，后来儿子走出大荒洼，去给人当长工了。家里只留下他一个人，日子过得很紧巴，自从鬼子在芦花河桥边建了据点，要找一个人到据点里做饭。有家有口的人谁愿意到据点里去给日本人做事呢？马家庄保长马庆魁就把他推荐到据点里了。马老三是个老实人，做什么事都是慢腾腾的，他知道陈保定是枣园酒馆里的小伙计，见陈保定问他，就说："我做的菜哪有你们酒馆做得好？"

陈保定双眼迅速向四下里趔摸了一下，见近处没有人，就说："就要了那么几个菜，你也只做了这么一小盆，皇军那么多人，哪够吃的啊？"

老马说："昨天晚上都走了，只留下了十来个人，这些就足够了。"一边说着，一边小心翼翼地端着盆子，走进炮楼。

陈保定回到酒馆，把见到的情况，向英秋原说了。英秋原说："你赶紧去向刘队长报告。"

陈保定拿起一个小鱼篓背在身上，左手拿着一把铁锤，右手拿着一根鱼叉，走了。他出了酒馆，沿着南北大街往南走，很快就到了芦花河边，沿着河边往东走，一边走一边低着头看着河里厚厚的冰。不时地弯下腰用铁锤往冰上砸一下，低头看一看，再往前走。在炮楼上的日本兵见了一点也不奇怪，因为他们早就习以为常了。他们知道，酒馆的这个小伙计又去到河里砸鱼了。

每当到了冬天，芦花河里和荒洼里的一些有水的地方都结了厚厚的冰。附近的村民便常常到冰面上去砸鱼。他们拿着铁锤，走在冰上，看到冰下有大鱼贴着冰面在游动，就会用铁锤冲着鱼头的地方，往冰上猛地砸去，鱼就会被震晕。随后砸开冰，把鱼捞出来。离冰窟窿近的就用手去捞，稍远一点的，就用鱼叉伸进去把鱼拨弄到近前，再伸手捞出来。陈保定经常到芦花河边和荒洼里砸鱼，他的手艺好像出奇的好，每次都能砸到不少鱼。每次只要他砸鱼回来，只要从据点前走过，日军都会向他讨要一两条鱼，他也总是很大方。所以，他很受日军的喜欢。有一次日军小队长加藤还送给他一个罐头，表示是没有白白要他的鱼，而是与他交换的。

陈保定渐渐地走远了，隐没在远处的芦苇丛中。一旦脱离了日军的视线，他就立刻飞奔起来。他找到刘人杰，把了解到的情况向刘人杰作了汇报。汇报完，刘人杰让人把队员们砸到的鱼，装进了他的鱼篓。然后就让他赶紧回去。

2

陈保定走后，刘人杰立刻叫来冬雨。他对冬雨说："住在英庄的鬼子和三里庄的伪军只留下了一小部分，大部分昨天晚上就走了。他们并没有来围剿咱们，我估计他们很可能是集中到县城，准备对清水泊根据地进行围剿。目前，在清水泊只有咱们的特务团，情势很危急，你立刻化妆去送情报。"

铁柱和狗蛋听说冬雨要到清水泊去送情报，也都要求一起去，刘人杰答应了。

　　刘人杰让他三个装扮成药材贩子，他们不懂药材，刘人杰让他们找周生水。周生水给他们弄来了三口袋药材，还分别告诉他们这些药材的名字，能治什么病等，要求他们背熟。冬雨背的那个口袋里装的是甜麻菧，在医学上的名字叫益母草，性味辛苦凉，具有活血、祛瘀、调经、消水的功效。治月经不调、浮肿下水、尿血、泻血、痢疾、痔疮。铁柱背的口袋里装的是芦根。这东西在大荒洼里简直太多了。大荒洼里到处是一片一片的芦苇荡，冬雨他们根本没想到这些芦苇的根还是一种药材。周生水让他们记住，用芦根熬出的汤汁，可利尿、清热解毒。狗蛋背的口袋里装的是黄蓿菜。在大荒洼里，初春的时候，采摘黄蓿菜嫩茎叶，可以凉拌着吃，也可以和上面烙饼子吃，有人还用它包包子吃。可是到了冬天，大荒洼里的黄蓿菜早就都成了紫红色的了，也没法吃了。可周生水对他们说，这些东西也是一种很好的药材，可以治疗高血压、心血管病、糖尿病等，对城里的那些阔人们很有用。好在三个人的口袋并不大，那些药材也不重，三个人把匣子枪放在口袋里。

　　从荒洼里到清水泊，并不是很远，也就只有几天的路程。英冬雨他们为了及时把情报送到独立团，白天黑夜的不休息，实在太累了，就找个背风的地方眯一会儿，然后继续赶路。问题就出在他们夜晚赶路上。一天晚上，他们在一个村子里到一个老乡家里，买了一点吃的。吃饱了饭，想再赶点路。走出五六里路，在一个村头的小路上，被鬼子的哨兵发现了。

　　这个村子里住着一个鬼子小队，他们是在接到去县城集中的命令后，从据点赶往县城的路上，夜宿在这个叫苗庄的小村子里的。他们当然在村口安排了哨兵。哨兵忽然看见村外的小路上走着三个人。他们觉得很可疑，这么冷的天，天这么晚了，怎么还有人走夜路呢？远远看去，这三个人还都背着东西。两个哨兵一起往村外跑去，一边跑，一边拉动枪栓，嘴里叽里咕噜地喊着话。

　　铁柱问："咋办？"

　　冬雨听见有一个鬼子竟然会说中国话，让他们站住。他说："他们暂时不会开枪，放他们过来，收拾他们。"

　　三个人站住不动，好像是吓坏了的样子。鬼子很快跑过来，一个鬼子兵用生硬的中国话问："你们，什么的干活？"

　　英冬雨说："太君，我们是卖药材的。"

　　那个鬼子兵愣了一下，嘴里咕噜道："什么药材？"

英冬雨立刻把口袋放下，慢慢地解着口袋口上的细绳。铁柱和狗蛋也都把口袋放下，弯着腰解绳子。两个鬼子兵端着枪，戒备地看着他们。英冬雨敞开口袋，掏出一把药草，递给一个鬼子，那个鬼子接过来闻了闻，是有一股子草药味。他眼珠子一转，说："嗯，大大的好。这些草药统统地给皇军送去。"

英冬雨点头哈腰地说："太君，可得给我们钱啊。"

那个鬼子冷笑一声，说："嗯，好说。你们的把药材背起来，送到我们的队部，队长会给你们钱的。"

英冬雨说："太君，可说好了，你看看，我们这可是顶好的草药。不信，你看看。"他一边说着，一边弯下腰，又去口袋里抓草药。那个鬼子已经有点不耐烦了，他刚要说什么。忽然听到一种异常的声音，他一愣。那是英冬雨的右手伸进口袋，在口袋里扳开了机头。就在那个鬼子一愣神的时候，英冬雨的枪已经抽出来了。他根本就不用瞄准，枪从口袋里一出来，就喷出了火舌。一声清脆的枪响，那个鬼子的脑袋就被打穿了。后边的鬼子还没等端起枪，他的脑袋也被击穿了。

等村里的鬼子赶来的时候，他们只看到了两具尸体。令他们感到可怕的是，这两名哨兵虽然手里都端着枪，却连一发子弹都没有打出去。也就是说，他们没来得及开枪，就被打死了。这是什么人呢？竟然有这么神奇的枪法？他们小心翼翼地向四处搜索，可什么也没搜到。

冬雨他们早就消失在黑夜之中了。铁柱一边跑，一边兴奋地说："我打中了鬼子的胸口。"

狗蛋笑着说："那个鬼子被冬雨打中了脑袋，整个人像一面墙似的往你的枪口上撞，你就是想躲都躲不开了。"

铁柱一点也不生气，他说："不管咋说，我打中了那个鬼子。"

3

英冬雨他们终于赶在了鬼子扫荡部队的前边，把情报送到了独立团。这时已经是深夜，团长马连城和政委岳家正、参谋长孙铭谦简短地开了一个会，迅速做出决定，面对数倍于己的敌人，清水泊又无险可守，只能迅速转移。独立团趁着夜色，连夜转移。第二天中午，鬼子和伪军的扫荡部队才来到清水泊，他们从外围包围了清水泊，然后逐渐缩小包围圈，可是，他们完全扑了空。不仅特务团不见了，八路军的家属也不见了，就连村里的老百姓中与八路军关系密切的人也都不见了。

坂田和曹谷信良都傻眼了。他们调兵围剿清水泊，是悄悄地进行的。八路军特务团是怎么得到情报的呢？坂田联队驻守在各地的部队都是先秘密地调进县城，然后利用晚上出城，从一离开博安县城的时候开始，部队就直扑清水泊。在这种情况下，最有可能泄漏消息就是在部队出发之后。因为部队一旦出发，就没有秘密可言了。可是，如果是部队出发之后，在半路上被八路军的情报人员发现了，他们赶到清水泊送情报，即便是比坂田联队要快一些，也不可能快很多。毕竟，清水泊的八路军部队没有电台，只能是情报人员亲自去报信。从县城到清水泊也就只有几天的路程，这样一来，八路军得到了情报，虽然能够把部队撤走，但是要想把八路军家属和村里那些与八路军关系密切的人都转移，这在很短的时间内是难以完成的。毕竟，老百姓不是部队，他们是不可能像部队那样急行军的。排除了这种可能，那就只有一种可能了，那就是日军还没离开县城，八路军的情报人员就得到了消息，并且迅速地送往了清水泊。是哪儿出了问题呢？坂田觉得有两种可能，一种是县城里有八路军的情报人员送出了情报，另一种就是大荒洼里的八路军特遣队把情报送到了清水泊。

当然，他觉得最大的可能是县城里八路军的情报人员发觉了日军和警备团往县城集结，起了疑心。因为坂田联队和郑奠基的警备团是分散驻守在全县多个据点的，他们在接到命令之后，从各自的据点出发，赶到县城的时间自然有先有后，那么，县城内的八路军情报人员一旦察觉了，并且迅速将情报送出去，这是很可能的。

坂田把自己的这个想法告诉了曹谷信良，曹谷信良说："阁下分析得很有道理。"说到这儿，他却忽然像是想到了什么，猛地住了口。坂田问："曹谷君，你想到了什么？"曹谷信良说："阁下，我忽然想起了周生水的家属被八路救走的事情。"曹谷信良只说了这么一句，坂田就恍然大悟，他说："嗯，不错。八路军化装成皇军，救走了周生水的家人。当时，我们就想到在县城里肯定有他们的人。我们也曾调查过，但是却没有任何结果。这一次回去，要好好地调查一番，一定要把这个人给挖出来。"

曹谷信良说："那一次，我们虽然有一个大致的调查范围，但却没有任何证据。这一次，我们可以调查那个范围中的人，看看他们中有谁离开过县城，并且是好几天没回去。"

坂田说："曹谷君，还有一种可能，那就是可能出在你控制下的大荒洼。"

曹谷信良吓了一跳，他疑惑地看着坂田，说："中佐阁下，这个不太可能啊。"

坂田说："怎么不可能呢？"

曹谷信良说："大荒洼离此地几百里路，我们的部队都是晚上悄悄离开据点的，特遣队在荒洼深处，怎么会察觉呢？"

坂田说："特遣队躲在荒洼深处，他们当然是不会察觉到的。但是，英庄和三里庄的人却是很容易就察觉到的。"

曹谷信良觉得脊梁沟发冷，他有些惶恐地说："我自从进入大荒洼以来，在英庄建立了维持会，各村都有村公所，选了保长，同时还在各个村庄发展了一些眼线。如果有人暗通八路，我应该是会得到消息的。"

坂田说："你做的那些强化治安的事情，我是知道的。应该说是有一些效果的，但是，不要忘了，八路是很狡猾的。"

曹谷信良说："是，我一定加倍小心。"

坂田笑了笑，又安慰曹谷信良说："曹谷君，我也只是觉得有这么一种可能。我想，惠民和张店两地的皇军那儿是不会走漏消息的，因为那儿离清水泊太远，八路军三支队不可能在那两个地方有情报人员。所以，情报的泄露，只能出在咱们这边，回去之后，我会安排人对县城内进行严密的调查，你回去也要进行调查，当然，其他各区也要做调查。"

突袭没有成功，惠民和张店的日军都立刻撤回了。坂田也率大部队回去。但是却留下了一个日军中队和警备团一个连，让他们在清水泊一带设立区公所和村公所，尽快把这一带所有的村庄都纳入日军的治安区。他要彻底地把八路军从清水泊赶走，让他们不能再回来。

坂田回到县城，安排人对上次他所怀疑的人进行调查。在八路军化妆救走周生水家人的时候，他怀疑的是住在附近的博安县商会会长周怀成。可是，自从那次事情之后，周怀成一直没有任何行动，对这个商会会长，在没有确凿证据的情况下，他又不好采取行动。这一次，他重点调查了周怀成以及他的家人近几天的行动，很快他的调查就有了结果，周怀成和他身边的所有人这几天都没有离开县城。这让坂田感到很沮丧，也很失望。

这一天，狩野来了，说接到下边的报告，前几天在苗庄有两名皇军哨兵被人打死，对方枪法神奇，两名哨兵一枪未放，就被对方击毙了。等到在村里驻守的皇军听到枪声赶过去，早就没有了人影。

坂田一听，心里大吃一惊。他拿出军用地图仔细一看，苗庄就在从大荒洼通往清水泊的路上。他敢确定这几个人肯定是八路军特遣队的，他们是去清水泊送情报的。他还想到，对方枪法这么好，会不会是那个叫英冬雨的呢？

4

八路军山东纵队第三支队完成了配合兄弟部队的作战任务，趁着日军在清水泊扑空之后收缩兵力之机，杀了一个回马枪，重新在清水泊扎下了根。并依托清水泊根据地，向四方扩大根据地的范围。

李春秋一见八路军第三支队杀回来，他立刻也兴奋起来。他虽然还是不敢与日军硬碰硬的打一仗，但是，他考虑到坂田只有一个联队，相当于一个团，警备团呢？只有四个连。日伪军的兵力实际上还不满两个团。而八路军第三支队有三个团，自己的保安旅也有三个团，八路军和保安旅合起来有六个团。虽然，八路军和保安旅的这六个团都不是满建制的团，但是，双方的兵力也有日伪军兵力的三倍。虽然日军的战斗力比较强，如果真的与日军进行决战，胜负还很难预料。但是，日军如果想要消灭八路军和保安旅也是万难办到的。更何况，坂田联队的第一大队和第三大队都被调往胶东参战，在博安县只有坂田联队的第二大队，也就是说，日军在博安县只有相当于一个营的兵力。这个时候，他如果再继续老是躲着不敢出头，等到八路军的根据地越来越大之后，将来真有打败日本人的那一天，博安县长这个位子恐怕自己就当不成了。他与参谋长吴克志商量了一番，决定也趁机抢占地盘，招兵买马，扩大实力。

坂田接到关于八路军和保安旅行动的报告，慌了神儿，他怕自己的部队过于分散，会被八路军和保安旅给一口一口地吃掉，急忙将分散在各地据点里的日军集结到县城防守。在英庄据点的曹谷信良也撤回了县城，英庄据点和三里庄据点都由警备团驻守。

狩野向坂田建议，立刻向秋山静太郎旅团长发电，把刚刚派出去的坂田联队的两个大队调回来，否则县城将不保。

坂田摇了摇头，说："狩野君，你对八路军的作战方式和习惯还不太了解，他们缺少重武器，不善于攻坚作战。他们作战一般是先拔除我们周围的那些据点，最后集中兵力攻打县城。这就给了我们一个很好的机会。我已经和秋山将军联系过了，他也是这么看的。趁着八路军第三支队离开胶东前线，我们正好可以用优势兵力与八路军的胶东部队决战。等消灭他们的主力以后，再回师消灭他们的第三支队。他们要打那些据点，就打吧。反正那里都是他们"支那人"，就让他们去打吧。"

狩野听后，连称妙计。

八路军三支队的行动却大大出乎坂田的预料。三支队一进入大荒洼，杨南标司令就做出了一个决定。他让马连城叫来刘人杰，让刘人杰去联系李春秋，让保安旅立刻向博安县城进军。他对刘人杰说："李春秋一直想着重回县城做他的土皇帝，现在县城空虚，正是他的好机会，这块到了嘴边的肥肉他不会不吃的。"

刘人杰带着冬雨那个小队，立刻动身去与李春秋联系。李春秋听了刘人杰的来意之后，他说："刘队长，我很感谢杨司令对我的信任，我们是抗日友军，理应联合抗日，只不过，我有一个想法，麻烦刘队长转告杨司令。"

刘人杰说："李旅长有什么话尽管讲，我们当前的任务就是打击日寇，只要是有利于抗日的事情，我们八路军是一定会答应的。"

李春秋笑了笑，说："刘队长真是个爽快人，那我就直说了。"

刘人杰平静地说："李旅长但讲无妨。"

李春秋说："刘队长，你是知道的，我是国民政府任命的博安县县长。这一次我们两军合作，打下博安县城之后，希望贵军能够继续在清水泊驻扎，县城呢，交由我们保安旅驻守。当然了，仍然由我担任博安县县长。如果贵军能够答应这个小小的要求，我一定尽全力与贵军一道攻打县城。"

刘人杰对李春秋这种人其实是很反感的，但是，为了能够合作抗日，他只得把自己的厌恶情绪藏起来。他说："李旅长，关于你说的这一点，不必回去请示了。在我来之前，杨司令已经向我交代过了，咱们两军联合进攻日军，攻克县城之后，我军不会在县城驻扎，至于县长一职，也仍然由你来担任。"

李春秋没有想到这件事竟然会这么容易就成了。他在高兴之余，也暗自心惊，他没想到杨南标竟然早就料到了自己会提出这样的要求，这个人简直是太可怕了。在赶走日本人之后，这个杨南标恐怕就会成为自己的对手。有这样一个对手，恐怕自己这个博安县县长是做不安稳的。转念一想，那都是以后的事，眼下最迫切的事，就是与杨南标合作，先打败日本人再说。至于以后的事，只能是走一步说一步了。

八路军三支队与保安十六旅突然行动，迅速向博安县城进军。

坂田接到曹谷信良的报告，一下子惊呆了。一夜之间，八路军三支队和保安十六旅竟然合围了县城。但是他们却没有急于攻城，而是在忙忙碌碌地做着攻城的准备。

坂田慌了神儿，看眼下的态势，八路军和保安旅联合行动，他的县城守不了几天。曹谷信良和狩野也都吓得六神无主。他们商量来商量去，一面命令警备团赶来支援，一面向秋山旅团长发报，请求支援。秋山回电，前方战事正酣，抽不出兵力。

八路军和保安旅开始攻城了，警备团却连个影子也不见。坂田知道，警备团是靠不住的。他只能再次向秋山旅团长求援，并声称如果得不到支援，博安县城必然不保。博安县城一失，整个大荒洼乃至整个黄河口地区，必然都成了八路军的天下。

秋山静太郎再三权衡，最终还是把坂田联队的两个大队从战场上撤下来，让他们立刻赶回大荒洼。这两个大队从大荒洼赶到胶东前线，没有得到休整就参加战斗。现在又突然接到命令赶回大荒洼。他们已经疲惫不堪了。

博安县城的日军眼看就守不住了。可就在这个关键时刻，八路军的攻势却突然减弱了。坂田召集曹谷信良和狩野来商量。曹谷信良说："城西和城南的攻势依然未减，李春秋好像对县城志在必得。城东和城北八路军的攻势明显弱了。据我估计，他们投入战斗的最多也就只有一个团。他们眼看就要得手了，为什么却突然减少了攻城的兵力呢？"

坂田想了半天，忽然叹了一口气，说："看来，我们都上了八路军的当了。他们这是典型的围点打援。八路军从来就不在乎一城一地的得失，他们总是想最大限度地消灭我们的有生力量。他们的那两个团一定是到半路设伏，打我们的援兵去了。这一来，我的两个大队就危险了。"

狩野说："那就赶紧发电，让他们停止前进。"

坂田说："已经晚了。按照他们的行军速度，现在恐怕已经与八路军交上手了。"

曹谷信良说："不管怎样，我们都要发一个电报，让他们多加提防。如果他们还没有与八路军接战，是不是就让他们原路返回呢？"

坂田说："我们眼下已成骑虎之势，如果让这两个大队返回去，八路军势必会全力攻城，我们是守不住的。不仅守不住，我们连突围的机会都没有。现在，只有让部队小心行事。八路军三支队的几个团都不满建制，他这两个不满建制的团想消灭我的两个大队，简直是痴人说梦。根据以往的战例，我们一个中队就能抵住八路军的一个营甚至是一个团，现在我们是两个大队，即便八路军占据了有利地形，那也不可能挡住我们的两个大队。"说到这儿，坂田叹了一口气，说，"八路军里面确实有能人。李春秋是个见利忘义的家伙，他们竟能让李春秋拼命地攻打县城，肯定是许诺给了李春秋天大的好处。然后八路军腾出手来搞一个围点打援。这一次，我们肯定是要吃亏的。"

曹谷信良说："可他们毕竟兵力不足，除非他们再有一个团，否则他们堵不住我们的两个大队。"

坂田刚刚让人把电报发出去，忽然就接到了一个让他们感到奇怪的报告。一名军曹报告说，攻打南门的保安旅的攻势减缓，好像他们在往下撤兵，攻城部队越来越少。但是北门、西门、东门依然打得很激烈。尤其是西门的攻势反而加强了。

狩野嘟哝了一句："'支那人'又要什么花招呢？"

曹谷信良看了看坂田，欲言又止。坂田说："曹谷君，你有什么话？尽管说。"

曹谷信良说："阁下，我觉得这是李春秋故意给我们放开南门。让我们从那儿突围。"

没等坂田说话，狩野就大摇其头，他违背了多年来养成的不多说话的习惯，大声说："这怎么可能？"

坂田不满地看了一眼狩野，心里想，这个愚蠢的家伙已经方寸大乱了。

坂田说："狩野君，这有什么奇怪的？我早说过，'支那人'最擅长的就是窝里斗，他们在任何事情上都不可能做到精诚团结。李春秋和八路军的目的是不同的，他时时刻刻都在做着他的县长梦。他舍不得这块他经营了多年的地盘。他这是在逼着我们从南门突围，他好从西门进城，重新占领这座县城。"

狩野问："那我们怎么办？突围吗？"

坂田毫不犹豫地说："当然要突围。曹谷君，你立刻命令部队迅速做好突围准备。东、西、北三面都要全力打退敌人，然后立即撤退。"

曹谷信良转身出去了，狩野没有走。坂田这会儿反而很镇静了，他又恢复了往日的自信，端起茶碗，慢慢地啜了一口。他觉得自己猜透了狩野的心思，他说："狩野君，大概你不明白，李春秋为什么会敞开南门，而不是其他地方吧？"狩野没有说话，只是看着坂田，坂田得意地继续说下去："八路军负责攻打东门和北门，西门和南门是保安旅负责。他敞开南门，是因为我们从南门突围，可以直接南下，去与我们的两个大队会合。八路军怕他们的那两个团遭到前后夹击，必然会放弃进城的机会，在我们后面尾随追击。这样一来，李春秋就可以很轻松地独霸博安县城了。想不到，这个李春秋比泥鳅还要狡猾。嘿嘿，八路军有这么一个友军，也够他们受的了。狩野君，你也回去准备一下吧，我们马上就要离开这座县城了。"

坂田自以为猜透了狩野，这一回却没有猜对。狩野没有走，而是坐在那儿，也端起茶碗，模仿着坂田的样子，很悠闲地喝了一口，慢慢地放下茶碗，才说："阁下，我是想问一下，赵志明那帮人怎么办？"

坂田愣了一下，他说："这些人我们现在是顾不上了，还是让他们自生自灭吧。"

狩野迟疑地说："李春秋一进城，会把赵志明他们都给杀死的。这个时候丢下他们不管，'支那人'就不会再信任我们了。"

坂田想了想，说："那就把他们带走吧。狩野君，这件事就拜托你了。"

5

正在坂田准备突围的时候，他的两个大队遭到了八路军的伏击。

这两个大队连日来奔波在博安县城通往胶东的路上。他们早已疲惫不堪，每个大队虽然都有一个运输中队，可他们的运输工具大都是大车和骡马，日产的80型卡车只有两辆。两个大队只有四辆卡车。为了把最主要战力运送到博安县城外围，加入解围之战。这四辆卡车，主要运输他们仅有的四门70毫米九二式步兵炮与炮兵，以及他们的一个机枪中队。

坂田联队的每个大队都有一个 55 人的炮排，每个炮排有一个 10 人的排部，一个 15 人的弹药班，两个 15 人的炮班，每个炮班各装备 1 门 70 毫米九二式步兵炮。每个大队有一个 174 人的机枪中队，每个机枪中队有一个 14 人的连部和三个机枪排，一个弹药排，每排 4 挺重机枪，总数 12 挺。

两个大队长虽然把炮排和机枪中队放在了前面，但是他们很清楚这么做是有危险的。一旦遭到伏击，他们的炮排和机枪中队缺少步兵的掩护，就会遭到毁灭性的打击。可他们还是这么做了，并不是他们不懂军事，而是他们知道只有迅速地把炮兵和机枪中队运送到前线，才能尽快地给县城解围。还有一个原因，那就是他们太迷信皇军的战斗力，同时又太轻视八路军的战斗力了。他们分析八路军不可能抽出兵力来搞伏击。即便是八路军搞伏击，他们也不怕。他们的炮排和机枪中队除了炮手、机枪手、弹药手之外，都有一部分保护兵力。他们知道，八路军和保安旅都没有重武器。他们督促步兵紧跟其后，应该不会有什么问题。

很快，他们就为他们的大意和骄狂付出了沉重代价。八路军三支队的两个团早就在半路上埋伏好了。

马连城手里拿着一架望远镜。这架望远镜是在胶东的时候，从鬼子手里缴获的。他如获至宝，每次战斗开始以前，他都会拿着望远镜，久久地注视着前方。这一次也不例外，战士们已经进入阵地，做好了伏击准备。马连城和政委岳家正在一个高土台子上，岳家正坐在一棵树下，眯缝着眼，抽着旱烟，很悠闲的样子。过了好大一会儿，马连城放下望远镜，揉了揉眼睛，对岳家正说："老岳，你真悠闲啊！"

岳家正把烟吞下去，过了一会儿，淡淡的一缕烟从鼻孔里冒出来，他说："老马，鬼子现在还来不到，你着什么急啊？"

马连城坐下来，向岳家正伸出手去。岳家正知道他要干什么，把手里的烟袋锅递过去，马连城接过来，狠狠地抽了一口。不一会儿，他的鼻子里也冒出一缕青烟，好像是在跟岳家正比赛似的。等那一缕青烟渐渐散去之后，马连城又狠狠地抽了一口，然后把烟袋锅还给了岳家正。拿起望远镜，又往远处看。

岳家正看了看烟袋锅，把烟袋锅往身旁的树干上磕了磕，然后把烟袋锅伸进烟袋中，又装起了烟。装好了烟，拿起火石正要打火，突然，马连城叫了起来："老岳，快，快叫弟兄们准备战斗！"

岳家正呼地一下子站起来，从马连城手里接过望远镜，看了看，他感到很奇怪："老马，鬼子咋都是汽车呢？拉的都是大炮和机枪，他们的步兵呢？"

马连城说："这有啥奇怪的？鬼子是想用机枪和大炮招呼咱们。咱就先把他们的炮兵和机枪手给敲了。"说到这儿，他一扭头，冲着远处喊："刘人杰！"

刘人杰跑步过来，岳家正把望远镜递给刘人杰。刘人杰接过望远镜，顺着岳家正手指的方向看去。

马连城说："看清楚了吗？"

刘人杰说："看清楚了。"

马连城又说："知道该怎么做了吗？"

刘人杰说："知道。"

马连城说："好，你去吧。"

刘人杰立刻跑到特遣队的埋伏地点，做了布置。

不一会儿，从远处移过来一大片飞扬的尘土，在那尘土中包裹着的是鬼子的卡车。冬雨的身边传来一片拉枪栓的声音。冬雨没有动，他趴在那儿，两眼看着那飞扬的尘土，他看见他的爹娘在尘土中像腾云驾雾一样，向他这儿飘过来。后边跟着的是他姐姐小枝，小枝的怀里抱着一个浑身是血的孩子。冬雨感到一阵头晕，他揉了一下眼，那些人都不见了。从尘土中露出来的，是鬼子的卡车。

冬雨的心里空落落的，一时间他竟忘记了这是在战场上，好像他不知道一场残酷的战斗即将打响。鬼子的卡车越来越近了，战士们都屏住呼吸，做好了射击准备。只有冬雨依然呆愣愣地看着前方。第一辆卡车的车头顶上架着一挺机枪，一名机枪手站在车厢里，从车顶上露出戴着钢盔的脑袋。那顶钢盔在阳光下随着汽车的颠簸，像漂在水面上的一个葫芦。冬雨的眼睛就死死地盯住那个钢盔，手却没有摸身边的那杆水连珠。

鬼子的卡车进入了射程，冬雨却还是在那儿一动不动。他小队的队员们都在等着，他们都是一些久经战阵的老兵，见冬雨迟迟没有打响第一枪，都觉得奇怪。紧挨着冬雨的一个老战士，侧过脸看了看，看出了问题，他看出冬雨走神了。他急忙喊了一声："冬雨，你咋了？"

冬雨被身边的问话惊醒了，他打了一个激灵。见鬼子的车队已经很近了，他的脸红了一下，急忙顺过枪，一拉枪栓。就在这时，他听见了一声枪响，一颗子弹打在了第一辆卡车的鬼子机枪手的钢盔上。可是，这一枪打偏了，没有打穿鬼子的钢盔。这一枪是关小峰打的。关小峰带着他的小队在公路另一边的土台子埋伏。本来，按照刘人杰的布置，由冬雨打响第一枪。只要冬雨的枪一响，大家就一齐开火。没想到，冬雨迟迟没有开枪，关小峰沉不住气了，他开了第一枪。这一枪虽然打中了鬼子的钢盔，但由于打偏了，没有打死鬼子的机枪手。鬼子的机枪响了，密集的子弹向关小峰小队扫过去。

冬雨稳住心神，开了枪。一枪正好打中了鬼子机枪手的钢盔，这一枪打在了钢盔的正中心。鬼子的机枪立刻哑了。鬼子的卡车都停下来，机枪手纷纷选择有利位置。就在这个过程中，特遣队队员们都开了枪。特遣队队员的枪法都很好，一下子给鬼子造成了很大的杀伤。可是，鬼子兵训练有素，一点也不慌乱，迅速地组织反击。

马连城和三支队第二团团长陈仲溪指挥特务团和第二团向鬼子包抄过去。鬼子的机枪中队有一百多人，但是每挺机枪只有两名机枪手。这一个机枪中队总共也只有 24 名机枪手。冬雨和关小峰、马启亮专门打机枪手，他们几乎是弹无虚发。鬼子的机枪手很快就伤亡大半。而八路军与鬼子距离很近，炮兵根本用不上。

6

日军先头部队是由坂田联队第一大队大队长岛田带领的。岛田没想到刚一交手，他的机枪手就死伤过半。他简直气疯了，拔出指挥刀，声嘶力竭地怒吼着，突然，一颗子弹打中了他的脑袋。这一枪是冬雨打过来的。岛田好像不相信土八路里会有这么神的枪手，他的一双金鱼眼瞪得老大，眼珠子都要鼓出来了，好像要去找那个打中他的人。可是他已经什么也看不见了，一头栽倒在地。

坂田联队第三大队大队长中村率领大部队赶到的时候，八路军并没有继续和他拼命，而是迅速地撤出了战斗。这一场伏击战，日军可谓损失惨重，两个炮排和一个机枪中队已经被八路军打死、打伤了一大半。更让中村感到心惊的是第一大队队长岛田也被打死了，而且是被一枪打中了脑门。岛田是坂田联队中的一员悍将，他的军衔和坂田联队长一样，也是中佐。而联队参谋长曹谷信良和第二大队大队长川崎、第三大队大队长中村都是少佐。中村默默地站在岛田尸体旁边，只是稍微犹豫了一下，就立刻下令留下一个小队处理战场，然后指挥部队继续向博安县城推进。

李春秋重新回到了博安县城，他又成了这座县城的土皇帝。他走进县政府，看到里面并不像他想象中的那样一片狼藉。坂田和狩野在撤退的时候，只是带走了一些重要的东西，对这里的房屋和设施并没有破坏。李春秋觉得有点奇怪，人们都说鬼子兵到处烧杀抢掠，可他们怎么就放过了博安县城呢？怎么连撤退之前都没有烧杀抢掠呢？他坐在他原先坐过后来又被坂田坐过的那把太师椅里，觉得这一切都不真实。坂田不会是这么慈善的人，可眼前的这一切又怎么解释呢？他琢磨不透，他让卫兵把那些前来请示和问安的人都挡在门外，一个也不见。他一个人坐在那儿，泡上一壶茶，苦苦地思索。终于，他的脑子里灵光一闪，他想起了当初自己撤出县城时的心思，那时候自己想得最多的是一定还会回来的。他打了一个冷战，坂田这老小子肯定还想着杀回来。想到这儿，李春秋忽然有点后怕，如果坂田联队真的杀回来，自己这些人还真的招架不住。可他转念一想，又把心放回了肚子里。日本人的一个联队和八路军的一个团在人数上差不多，虽然八路军的武器装备落后一些，可他们打一场伏击战，搞一次突然袭击，日本人肯定会吃亏。再加上八路军三支队有三个团，即使八路军不能和坂田联队打成平手，也得弄个两败俱伤。自己的保安旅虽然战斗力不怎么样，各团的兵员也不足，但是兵力至少是坂田联队的两倍。坂田联队在与八路军三支队拼死一战之后，无论如何也不可能有能力来攻打县城了。

李春秋的算盘这回又打错了，他的屁股还没坐热，就接到了报告，坂田联队已经兵临城下，开始攻城了。

鬼子的炮手虽然被打死了几个，但是他们的步兵炮并没有受到损失。现在他们就是用这四门步兵炮从博安县城的南门轰击。而且他们的机枪也开始突突地乱叫了。

李春秋这回倒没有像上次那样弃城逃跑。没有弃城逃跑，并不是因为他比以前有了勇气，而是因为他觉得日军肯定在和八路军的拼杀中消耗掉了大量的有生力量。他觉得自己能够守住这座城。

鬼子兵没有从四面包围县城，因为他们的兵力显然不够。他们只能集中兵力从一处攻打。坂田也知道李春秋的兵力比自己多很多，可他并没有把李春秋放在眼里，他相信，只要从南门全力攻打，李春秋肯定还会像上次那样弃城逃跑的。

坂田没想到，这一回他错误地估计了李春秋。他之所以错误地估计了李春秋，是因为李春秋错误地估计了杨南标，杨南标没有像李春秋希望的那样，与鬼子拼个鱼死网破。这才导致坂田联队虽然受到了重创，却没有完全失去战斗力。李春秋急忙让副官许从新传令，急调第一团全团奔赴南门，协助二团守南门。攻守双方都错误地估计了对方，坂田错误地估计了李春秋的胆量和决心，李春秋错误地估计了坂田的实力。所以，双方都想在短时间内打垮对手。一开战，就打得异常激烈。这一打，坂田和李春秋都很吃惊，两个人也都很快就认识到自己的错误。可是，这个时候，双方都想对方先让步，李春秋盼着坂田知难而退，坂田盼着李春秋能从城中撤出。战斗也就陷入了胶着状态。

在这种情况下，李春秋心中还有另一个期盼，那就是他盼着八路军能够从坂田背后发动袭击，和他来个内外夹击。当然，他也知道自己先前做得很不光彩，杨南标不太可能在这个时候出手帮他。而坂田这个时候最怕的也正是杨南标从他背后捅一刀。按理说，坂田今天的行动在兵法上来说是一大败笔。一旦八路军从他背后发动攻击，他立刻就会陷入腹背受敌的困境。可他别无选择，他的炮兵和机枪中队受到了重创，尤其是他的第一大队队长岛田竟然被八路军击毙了。如果他不能把博安县城夺回来，他是无法向秋山旅团长交代的。所以，他只能孤注一掷了。曹谷信良显然也意识到了危险，他建议留一部分兵力去阻击八路军，哪怕分出一个中队也行。坂田却不同意，他很清楚，他的兵力全部用来对付李春秋，或者是单独对付杨南标，都是不成问题的。如果分兵，势必会使战斗拖延下去。他现在最怕的就是战斗拖而不决。他必须把全部兵力都压向一方，速战速决，在另一方没有反应过来之前，结束战斗。他现在唯一的希望就是中国人能像他以前常说的那样，像李春秋所做的那样，只顾及自己的利益，甚至是窝里斗。如果杨南标记恨李春秋的背信弃义，不伸出援手，那他坂田今天就能火中取栗。眼下他也只能走这一着险棋了。

坂田这一次又算错了，他算错了杨南标。的确，当杨南标决定重新组织向坂田发动攻击的时候，他手下一些人是反对的，他们都对李春秋的背信弃义痛恨至极，甚至连参谋长袁文韬也投了反对票。但是，杨南标和政委刘青林的态度都很坚决，他们劝说大家，这正是消灭坂田联队的最好时机，如果因为与李春秋的恩怨而错过了这个时机，那是不利于抗战大局的，那就是对民族的犯罪。

八路军很快就从坂田联队的背后发动了攻击。特遣队奉命去敲掉鬼子的炮兵阵地。刘人杰率领特遣队悄悄地靠近了鬼子的炮兵阵地。但是，这一次，特遣队却没有得手。鬼子的炮兵有一个步兵小队防守。仅仅是一个步兵小队，特遣队还能对付。难对付的是这个小队里竟然有五六挺机枪和几门迫击炮。坂田料到特遣队肯定会去袭击他的炮兵，他特意抽调了好几挺机枪和几门迫击炮，专门对付特遣队里面的好枪手。

当冬雨他们离鬼子的炮兵阵地还很远的时候，就被外围警戒的日军步兵发现了。双方立即开了火。这一次，敌人的火力很猛。特遣队很快就有好几名战士受了伤，但是，却不能突破步兵的防线。

鬼子的步兵炮终于把县城南门西侧的一段城墙给轰塌了。鬼子兵冒着弹雨疯狂进攻，保安旅顶不住了，李春秋只得从西门撤了出去。

杨南标一见保安旅撤走了，也只得迅速撤出了战斗。这一战，虽然没有全歼坂田联队，但是日军却是伤亡惨重，坂田联队再也无力去增援胶东战场了。

第十六章

1

八路军、保安旅与日军激战的时候，郑奠基一直在观望。他曾经接到了坂田联队长的命令，但是，他却没有前去解围。他想，这一次，坂田联队怕是难逃灭顶之灾了。因为他得到的情报说，不仅八路军山东纵队第三支队的大部队开过来了，八路军胶东部队也过来助战。八路军一个支队的兵力相当于一个旅，加上保安十六旅，他们的兵力是坂田联队的五六倍。再加上许世友指挥的胶东部队，他们三家合作，坂田联队即使不被全部歼灭，也会彻底丧失战斗力，只有乖乖地逃回胶东或者是鲁中。说啥也不可能再来大荒洼了。在这个时候，他何必去给人家当炮灰呢？

郑奠基和张立言在英庄的祠堂里，一边喝着酒一边商量下一步该咋走？

本来，英方儒在一旁陪着，当要说到正事的时候，英方儒很知趣地站起来，说："你们先喝着，我到厨房里去看看那兔子肉炖的咋样了。"

郑奠基知道英方儒这是在避嫌，他笑了笑，说："英会长，哪用得着你去看呢，炖好了，他们就会端上来的。"

张立言觉得有点奇怪，他很清楚英方儒是在避嫌，他想郑奠基肯定也知道。可郑奠基为啥不让英方儒走呢？难道他喝醉了？不可能。没喝醉，咋不让英方儒回避呢？他对郑奠基说："团长，或许英会长还有其他事儿呢。"

英方儒当然听懂了张立言的话。他接过话茬说:"我还真的有点小事儿,要回家一趟。待会儿再来陪二位喝酒。"

英方儒往外走,郑奠基站起身来,把他送到门口。

张立言有点不相信自己的眼睛了,以前郑奠基对英方儒虽然比较客气,但也从来没拿英方儒当自己人啊,咋突然对英方儒这么尊敬了呢?还把他送到门口。

英方儒走了,郑奠基却在门口站了好长时间。张立言说:"大哥,咱商量军机大事,他回避一下是应该的。"

郑奠基却满不在乎,轻描淡写地说:"这有什么,英会长是自己人。"

张立言现在又有点不相信自己的耳朵了,郑奠基虽然表面上粗鲁,但是在大事上从来是很谨慎的。今天是怎么了?他想,郑奠基心里肯定装着啥事。

郑奠基坐下来,端起酒杯,却没有喝,而是瞅着酒杯发愣。他的确是填了一件心事,他看上了英方儒的孙子媳妇芦花。他曾经在李有财家住过一段时间,在那段时间里,他一直惦记着芦花她娘赵兰秀。那是刚刚过了年的一段日子。大荒洼有一个说法,叫"冻年寒节",就是说过年的时候往往是一年中最冷的时候,大多时候比腊月里还要冷。他第一次见到芦花,是过了年的正月里,芦花穿着厚厚的棉裤棉袄,头上还包着头巾,连嘴和鼻子都围起来,只露出一对眼睛。一走进院子,就顺着眼睛,半低着头,进了屋。随后,赵兰秀就和芦花一起到酒坊里去了。过后不久,郑奠基就回了县城。直到这次重回大荒洼,他常常到英氏祠堂来。有一天,在英方儒家的胡同口碰到了正从胡同里出来的芦花。芦花身上穿的不再是厚厚的棉裤棉袄,更没有围头巾。郑奠基一见,当时就傻了眼。赵兰秀就让他惦记了好长时间,可芦花比她娘俊得多。郑奠基把从说书人那儿听来的夸奖美女的词句都想了一遍,他觉得那些词句都配不上芦花。

就是从那一天起,他的心里就有了心事,他想,如果自己不穿这身军装该有多好呢?那他就可以把芦花抢走。有时候,他甚至想,对这样的女人,怎么能动粗去抢呢?大荒洼形容人对小孩子的宠爱,常常说的一句话是"捧在手里怕摔了,含在嘴里怕化了"。他觉得这句话用在芦花身上更贴切。他想到了马虎剩曾经抢亲,心里恨恨地说,这个马虎剩真他妈的是个不懂怜香惜玉的人,这样的人能绑架吗?有时候他又想,芦花咋会跟了胖娃呢?这可真是一朵鲜花插在牛粪上了。他还想,胖娃咋会舍下这么俊俏的媳妇去当兵呢?这里面肯定是有原因的。莫非是芦花看不上胖娃？对，他听说芦花喜欢冬雨。看来，胖娃可能是负气出走的。既然胖娃长期不在家，自己就有机会。虽然他也知道，这个可能性很小。就是从那个时候开始，他对英方儒和李有财转变了态度，在他俩面前，他郑奠基完全收起了那副老缺嘴脸。

由于时间不长，张立言没有看出来郑奠基的心事。现在，张立言见他发呆，猜想他可能有心事。但是，这个时候警备团前途未卜，他顾不上去细想。他说："大哥，咱们眼下的这一步棋该咋走呢？"

郑奠基把被芦花牵走的魂魄收回来，他把手中的那杯酒一口喝干，放下酒杯。这才慢慢地说："立言，这几天我也正在为今后的出路发愁，如果日军战败，咱们该咋办呢？八路军肯定是不会要咱的，当然咱也不会去投靠八路军。李春秋会不会收留咱呢？这可说不准。李春秋从来就没有真心与八路军合作过，他一直在想的是扩大他自己的实力，当博安县的土皇帝。那么，为了能够与八路军抗衡，他很有可能会不计前嫌，收留下咱们。眼下，咱们要做的事，是耐心地等。等着这一场恶战的结局，然后再做决定。大不了，还跑到荒洼里当老缺。"

张立言说："我已经派人去打听了，一有消息，咱再做决定。"

很快，郑奠基就得到了消息，坂田联队被八路军和保安旅内外夹击，损失惨重。也是到了这个时候，他才得到了比较准确的情报，胶东部队并没有来助战。郑奠基预感到不妙，他根据一个错误的情报，做出了一个错误的判断。现在，他知道八路军和保安旅是不可能把坂田联队给消灭的。坂田联队一定能够突围出来，除非是他们不想突围。他们突围出来以后，会往哪儿去呢？最大可能是往南撤。当然，也有可能来大荒洼。如果他们真的撤退到大荒洼，自己该咋办呢？

正在郑奠基和张立言一筹莫展的时候，探子又送来了一份情报，说是坂田联队又把保安旅赶出了县城，八路军正在准备向大荒洼开来。

郑奠基怕鬼子，更怕八路军。真是八路军的主力开过来，他这几百号人是无论如何顶不住的。到了这个时候，他又盼着日本鬼子过来了。

日军果然又来了，曹谷信良和中村少佐率领坂田联队第三大队抢在八路军的前边，来到了大荒洼。

日军有汽车运送，这一回他们的行动比八路军快。坂田在重新占领县城以后，立刻命令曹谷信良率领第三大队迅速开进大荒洼。他知道，八路军一旦跑在了前面，郑奠基的警备团绝不是八路军的对手，那么，郑奠基的警备团就彻底地完了，要么是投降八路军，要么是逃往荒洼深处继续当老缺，或者是被八路军彻底消灭。想到郑奠基在关键时候没有出兵，狩野恨得牙根都疼，他说，干脆让八路军把这个可恶的郑秃子给消灭掉。可坂田不这么想，他对狩野和曹谷信良说："这个郑秃子和李春秋都是泥鳅，都很可恶。八路军和李春秋合作了多次，哪一次李春秋没有要滑头呢？可是，在这一次我们攻城的时候，八路军却没有弃之不顾，这是为什么？连这些土八路都能做到大局为重，我们就不能吗？郑秃子不论是被收编，还是被消灭，都对我们极为不利。所以，我们必须要赶在八路军前面，重新回到英庄。"

坂田把整个联队的所有卡车、摩托车都交给了曹谷信良，让他率领部队立刻出发。

坂田的这个举动，不仅出乎郑奠基的预料，也出乎八路军第三支队司令杨南标的预料。杨南标和政委刘青林、参谋长袁文韬分析，日军经过这两次连续的打击，必然会稍作休整才能有所动作。结果，却被日军抢了先。

杨南标接到情报的时候，日军已经出发了。杨南标后悔不迭，战场上就是这样，机会稍纵即逝，第三支队丧失了一个消灭警备团的机会。

就在曹谷信良快要到达英庄的时候，郑奠基却悄悄地离开了英庄。虽然他经过再三分析，觉得此时正是用人之际，曹谷信良不太可能向他兴师问罪。曹小三说，干脆跑进大荒洼，还当自己的老缺，何必去看日本人的脸色呢？可郑奠基却不这么想，他虽然知道现在不如当老缺自由，但是，当老缺却不能享受到县城里的那种生活。自从投靠日本人，在县城里住了一段时间以后，他才明白过来，自己以前的老缺生活实在是不怎么样的。但是，他也不愿意冒险，如果日本人真的翻了脸，他怎么办？想来想去，他把张立言留在英庄据点，自己溜回了三里庄。

2

曹谷信良回到英庄据点，迎接他的是张立言，而不是郑奠基。张立言说，郑团长病了，不能亲自前来迎接。

曹谷信良心里当然很清楚，郑奠基哪里是病了？是躲着不敢见自己。他恨不得抓住郑奠基立刻枪毙，可他也知道，现在他的处境很难，要想在大荒洼站住脚，还必须要依靠这个老缺出身的警备团团长。所以，他把憎恨藏在心里，不露声色，对张立言说："郑团长的病不要紧吧？"

张立言说："谢谢曹谷太君关心，前几天病得很厉害，找了好几个大夫，看过了，现在好点了。"

曹谷信良说："等我这儿安顿下来以后，就去看望郑团长。"

两个人一边往据点里走，一边说着话。但是，这些话都是飘在云彩影儿里的，两个人都很清楚，这都是些虚的，真话还没说呢。其实，在路上，曹谷信良就想好了，他不能把郑奠基怎么样，但是，对于警备团不出兵救援，他也不能不问。他更知道，即便是问了，也是白问。郑奠基和张立言肯定早就想好了对策。可他就是要问一问，看看张立言怎么说。

曹谷信良问了，可他听了张立言的回答，却傻了眼。因为他听见张立言说，根本就没有接到太君的任何命令。

曹谷信良在路上曾经想了很多，他真的想不出郑奠基和张立言会找出什么理由不出兵。可他万万没想到，人家干脆说是没有接到命令。他奇怪地看着张立言，见张立言也正用奇怪的目光看着他。那目光里没有一点躲闪的意思，也没有丝毫掩盖什么的样子。

曹谷信良疑惑地转回头，看了一眼身边的一个军曹。那个军曹用日语向他嘀咕了几句。张立言虽然听不懂那个军曹说的话，可他知道那个军曹说的话是什么意思。那个军曹一定是对曹谷信良说，他们曾经派了两名传令兵，到英庄传达坂田联队长的命令，可是，那两个传令兵没有归队。张立言心里很清楚地知道这一点。果然，曹谷信良吃惊地瞪大了眼睛。他吃惊是因为他的传令兵竟然没有归队。难道传令兵在半路上被八路军给消灭了？

张立言心里很清楚，那两个传令兵其实是把命令送来了。郑奠基还让人在据点里给那两个日本兵安排了一顿好饭。就在那两个日本人吃饭的时候，郑奠基和张立言商量了一番，他们根本就没打算去为日本人卖命。可一旦日本人突围出来，再回到大荒洼来，怎么交代呢？他俩一商量，最好的办法就是说根本没接到命令。

趁那两个日本兵在吃饭喝酒，张立言就做好了安排，他让曹小三带着几个人悄悄地到半路上去埋伏。曹小三的枪法在警备团里是最好的，甚至在整个大荒洼，曹小三的枪法也可以排在前三名。在大荒洼，人们公认的三大枪手是英冬雨、马虎剩和曹小三。对英冬雨，曹小三嘴上不服，其实心里是很服气的，因为英冬雨曾经打到过一只皮子，他曹小三和马虎剩都没打到。但是，对马虎剩，曹小三就不仅是嘴上不服了，连心里也不服。当然，他不服自有不服的道理，他的枪法也的确是很不错。郑奠基和张立言安排曹小三带人去打伏击，为的就是确保万无一失。

等那两个日本兵吃饱喝足，张立言亲自把他们送出据点，甚至一直送过了芦花河桥，他才回来。结果，那两个日本兵在半路上却被早就埋伏好的曹小三等人给收拾了。

现在，张立言自然可以大胆地说没接到命令了。他觉得这个计策很妙，可还是疏忽了，如果真的没有接到命令，郑奠基何必躲起来不敢来见曹谷信良呢？曹谷信良才不相信郑奠基病了，这里面一定有鬼。曹谷信良心里转了几转，嘴里打了一个哈哈，说："那就怪不得了。"张立言从曹谷信良的眼神中看出了问题，他忽然明白过来了，老大这一躲反而坏事了。可他也只能硬着头皮演下去了。

过了几天，曹谷信良还就真的到三里庄去看望郑奠基。郑奠基也很会演戏，他躺在床上，脸上胡子邋遢，两眼无神，还真像得了大病似的。曹谷信良也把心思藏起来，装作很关心的样子，嘱咐郑奠基好好养病，等他病好了，还要与皇军共同建设博安县的王道乐土呢。

曹谷信良按照坂田的安排，把陈三耀叫到了英庄据点里，他对陈三耀说："坂田联队长和我都对你很赏识，我们觉得你只是在郑团长手下当一个连长，实在是委屈你了。"

郑奠基投降日军之后，虽然坂田给了他一个警备团团长的名号，但是他的人马实在是不足以称其为一个团的，甚至连一个整编营也不够，所以，他手下的三个连长仍然没有变，还是继续做连长。陈三耀被迫投靠郑奠基之后，郑奠基任命他为警备团第四连连长。这样一来，他不仅成了郑奠基和张立言的部下，甚至排名还在一连长崔长海、二连长黄大岭和三连长曹小三之后，这就让他的心里很不舒服。在当老缺的时候，他的实力虽然比不上郑奠基和周生水，但是他毕竟是大荒洼中第三股老缺的大当家，与郑奠基和周生水是可以称兄道弟的。

现在这一弄，他竟然成了郑奠基的部下，排名甚至还在曹小三之后。这让他的心里怎么能舒服呢？

现在见曹谷信良这么说，陈三耀的心里一动。但是他不露声色，故意装作很平淡地说："曹谷太君，谢谢您和坂田太君的赏识，只要能够为皇军效力，让我做什么无所谓。"

曹谷信良笑眯眯地看着陈三耀，却不说话。看得陈三耀的心里直发毛，但是，他毕竟是当过老缺的人，杀人越货的勾当没有少干，如果连这么点定力都没有，那他怎么能够让几十号老缺俯首帖耳的服从他呢？他抬起眼睛，不卑不亢地看着曹谷信良。他原以为曹谷信良肯定会生气的，生气又怎么了？他很清楚现在日本人正是用得着他的时候，不然也不会把他叫来对他说那一番话。他可不能一下子就怂了，否则就会被日本人给小瞧了。

让陈三耀感到意外的是曹谷信良没有生气，不仅没有生气，反而挺高兴。曹谷信良要的就是陈三耀这种拧巴劲儿，这种人是不会心甘情愿地在郑奠基的手下当一个小连长的。他和坂田的计划离成功又近了一步。他说："陈桑，你是皇军的忠实朋友，皇军是不会亏待你的。"陈三耀觉得曹谷信良肯定还有话要说，一定是有什么事情要做。但是，曹谷信良却与他东拉西扯起来，一直闲聊了很长时间，都没有说什么有实质的东西。

陈三耀回到三里庄，郑奠基就让传令兵来叫他。到了团部，郑奠基让他坐下，还让卫兵给他泡了一杯茶。陈三耀觉得今天的事情到处都透着古怪，先是曹谷信良把他叫了去，没说什么具体的事情，却很热情地跟他东拉西扯了好长时间，那样子，好像他们是多年的老朋友似的。紧接着，郑奠基又把他叫来，以前他们是互相称兄道弟的，可是现在他们的身份变了，人家郑奠基是堂堂的警备团团长，他呢？只不过是郑奠基手下的一个连长，他们的关系完全变成了上下级关系。可是，郑奠基却对他很礼貌，也很热情。这就让他百思不得其解了，今天到底是怎么了？很快，谜底就解开了，郑奠基先是嘘寒问暖地说了一些客套话，然后话锋一转，问："三耀啊，曹谷太君把你叫去有什么事啊？"

陈三耀心里忽然明白了，郑奠基之所以叫自己来，是不放心自己。他淡淡地说："没有什么事，只是闲谈了几句。"

郑奠基用狐疑的目光在陈三耀的脸上来回扫了好几遍，像是自言自语地说："哦，哦，拉呱啊？"

陈三耀说："嗯，就是东拉西扯地闲拉呱。"

郑奠基说："曹谷太君以前和你认识？"

陈三耀说："不认识。"

郑奠基说："这就奇怪了，既然你们以前不认识，他怎么会没事把你叫去扯闲篇呢？"

陈三耀这时心里忽然什么都明白了，曹谷信良把自己叫去，待了那么长时间，却没有说什么具体的事情，就是要让郑奠基对自己产生怀疑。本来自己和郑奠基就不是一伙的，是迫于形势才走到了一起。现在，曹谷信良这么一弄，郑奠基对自己就更加的不信任了，发展下去，结果只有一个，那就是自己和郑奠基分道扬镳。恐怕这正是曹谷信良的离间之计。在日本人被围在县城的时候，郑奠基没有出兵救援，日本人肯定是怀恨在心，日本人使出这一招离间计，分化了郑奠基的力量，如果不出所料，日本人很快就会把自己的部队从郑奠基的警备团里分离出来，这样，日本人才能把郑奠基和他陈三耀都牢牢地攥在手里。可是，他想到的这些能对郑奠基说吗？即便自己说了，郑奠基会信吗？陈三耀犹豫片刻，打定了主意，自己既然走上了这条道，无论如何是不能回头了，受日本人和郑奠基的双重领导，还不如脱离出去，只受日本人的领导呢。想到这儿，他淡淡地一笑，说："郑团长，我也不明白是咋回事，反正曹谷太君就是和我只是扯闲篇，没说什么有用的话。"

郑奠基从陈三耀的犹豫和说话的态度，看出了问题，他的怀疑更加重了。但是他却很明白，自己不能再问下去了，再问也问不出什么来。于是，他很平静地说："我只是随便问问，也没有什么事，你去忙吧。"

陈三耀也没客气，站起身来就走了出去。

3

过了几天，曹谷信良忽然把郑奠基、张立言和他手下的四个连长一起请到了英庄据点里。郑奠基并没有太往心里去，在大荒洼，警备团的实力远远超过了日军，他相信曹谷信良不敢把他怎么样的。或许曹谷信良是请他们过去研究敌情，当然少不了要喝顿酒。其实，他是不愿意与曹谷信良在一起喝酒的。郑奠基很喜欢喝酒，简直有点嗜酒如命。但是，他对喝酒的要求很高，他要求高，并不是要喝好酒。其实他对酒的要求并不高，好酒他喝，一般的酒他也喝。大荒洼的枣木杠子酒绝对算不上什么好酒，但是他却是很喜欢喝的。他喝酒时最在乎的是与谁在一起喝。不是有句俗话吗？叫做"酒逢知己千杯少，话不投机半句多"。与能说得上话来的朋友在一起，喝酒喝得会很痛快。曹谷信良绝对不是他的朋友，与这样的人在一起，每说一句话都要过一过脑子，这样就太累了。不能畅所欲言，不能开怀畅饮，那这酒喝的还有什么滋味呢？可是，曹谷信良派小队长加藤俊雄亲自来请，不去应付一下是不行的。

来到炮楼里，没有丝毫要招待他们的样子。他们走进院子的时候，看见炮楼里负责给日军做饭的马老三在院子里慢慢腾腾地走着，伙房里好像也没有生火。一辆日本军车停在了院子里，军车的车厢里站着十几个荷枪实弹的日本兵。郑奠基有点疑惑地看了看加藤俊雄，加藤俊雄只是很礼貌做出一个请的姿势，却不肯多说一句话。到了这个地步，郑奠基是没有退路可走的，他只得跟着加藤俊雄进去了。

曹谷信良一见郑奠基他们都来了，脸上露出喜悦的神色，他的目光很快地扫过每个人的脸。他的目光在与陈三耀的目光相遇的时候，他的嘴角露出了一丝不易察觉的微笑。他的这个微笑其他人没有注意到，但是陈三耀却看到了，陈三耀的嘴角也微微抽动了一下，随即把目光躲开了。

曹谷信良没有让郑奠基他们坐下，而是开门见山地说："郑团长，我刚刚接到坂田联队长的电话，要召开军事检讨会，要求皇军中队长以上军官和警备团连以上军官马上到县城去。这才让加藤少尉把各位请来，各位辛苦了！"一边说着，一边双脚一碰，向郑奠基他们鞠了一躬。郑奠基他们一时间都有点愣怔，还没等他们反应过来，曹谷信良又说："时间不早了，咱们马上出发吧！"说完话，他伸出手，向外做了一个请的手势，郑奠基等人只得转身走出炮楼。一见他们走出炮楼，停在院子里的那辆军车立刻打起了火。来到军车旁边，曹谷信良说了一声："请！"一名日军军官率先爬上了军车，郑奠基等人也只得跟着爬进军车的车厢，车厢两侧站着日本兵，车厢里放着几个小板凳，郑奠基他们在小板凳上坐下来。曹谷信良进了驾驶室，坐在了副驾驶的位置上。车子轰隆隆地开出了据点。

一路上，军车颠簸着，郑奠基的心也跟着颠簸着。他有些忐忑不安，总觉得今天的事情到处都透着怪异。莫非是因为在日军被八路军和保安旅围城的时候，自己没有出兵救援，坂田要拿自己开刀？如果坂田和曹谷信良真的拿自己开刀，警备团的这些士兵他们怎么办？这些人可都是干过老缺的，如果坂田真的把自己除掉，日本人是指挥不动这些老缺出身的士兵的，他们必然会失去警备团。对于日本人来说，这是他们不愿意看到的。他们只有找一个人来代替自己才行。这个代替自己的人，也只能是来自他们这只老缺部队内部。想到这儿，他忽然打了一个激灵，今天曹谷信良把自己和副团长张立言以及手下的四个连长都叫来了。这个人必然就在这几个人中，会是谁呢？郑奠基的目光慢慢地从张立言、崔长海、黄大岭、曹小三、陈三耀五个人的脸上依次扫过。他看着张立言的时候，心中一动，在警备团中，张立言是二号人物，并且张立言也是他们这些人中最有计谋的一个人，张立言与曹谷信良关系还比较好。如果日本人想要找一个人来代替自己的话，张立言是最合适的人。难道会是张立言向日本人出卖了自己？但是，张立言可是和自己一起拉杆子建队伍的人，一向对自己忠心耿耿，怎么会在这个时候出卖自己呢？莫非是曹谷信良对他威逼利诱使他动摇了？他的目光停留在张立言的脸上，心里做着斗争。正在这个时候，张立言的目光从日军士兵的身上收回来，看向郑奠基，两个人的目光一碰，就在这一个碰撞中，他看出张立言的目光中透露出的是疑惑和不安。郑奠基在这一瞬间，彻底排除了对张立言的怀疑。他的目光又看向了崔长海，他觉得崔长海也不可能背叛自己，并且他不相信崔长海有能力指挥这支队伍，他相信曹谷信良也是有眼光的，他不会找一个没有领导能力的人来代替自己。同样的道理，曹小三也不可能。那么，这五个人中就只剩下黄大岭和陈三耀。他觉得这两个人都有可能被曹谷信良看中。黄大岭曾经是三当家，可是在改编为保安旅独立营的时候，黄大岭却成了第二连连长，排在了崔长海的后面。他可能心里不服，因此对自己怀恨在心，这才出卖自己。而陈三耀呢，更有可能背叛自己。陈三耀本来也是大荒洼里的一股老缺，虽然人数比自己少得多，但毕竟是在他的地盘上是老大。当初自己是凭借着日本人围剿周生水的机会，把他包围起来，逼迫他投靠了自己。他只当了一个四连连长，他肯定会觉得很委屈。但是，郑奠基想来想去，总觉得曹谷信良又不太可能让这两个人中的一个来取代自己。黄大岭虽然曾经是自己这支队伍的三当家，但是他论谋略远不及张立言，论打仗远不如崔长海和曹小三。让他指挥自己这支队伍，张立言和崔长海、曹小三他们都不会服气。至于陈三耀，他虽然有独立指挥这支队伍的能力，但是他毕竟不是自己这队伍里的人，张立言等人更不会听他的指挥。

郑奠基有些糊涂了，坂田和曹谷信良的葫芦里究竟卖的什么药呢？

到了县城，军车直接开进了日军司令部。让郑奠基更加感到吃惊的事情发生了。坂田联队长和狩野顾问亲自来到院子里迎接他们。郑奠基还是不敢掉以轻心，他知道坂田是一个很狡猾的人，喜怒不形于色。他赶紧走上前去，恭恭敬敬地向坂田和狩野敬了一个军礼。他虽然没有经过正规的训练，但是那个军礼竟然也是有模有样。坂田稍微一愣，随后很快的还了一个礼。然后就伸出手，做了请的手势。一行人跟着坂田进了会议室。坂田在主位上坐下，随后大家都按照自己的级别高低依次坐下来。

坂田说："近一段时间，皇军和警备团与土八路和保安旅接连打了几仗，虽然互有胜负，但是皇军损失不小。这个责任主要在我身上，但是，也有各部不能很好地相互配合和指挥不灵的问题，我们今天要开一个军事检讨会，目的只有一个，那就是为了找出不足，改正这些不足，以确保今后不再出现这样的问题。"接着，他分析了近期军事行动的成功之处和不足之处。他的分析还是很到位的，并且对警备团的没能及时救援也没有过多的指责。他说完之后，本来应该是曹谷信良发言。可是坂田却点名让郑奠基先说。郑奠基先是说了在大荒洼里配合日军围剿周生水的战斗中，警备团怎样努力作战，又取得了一系列战斗成果。随后他才说道："当然，我们也有严重不足，那就是我们的联络系统非常落后，没有电报和电话，就拿这次八路军和保安旅围攻县城来说，我们如果能够及时接到命令的话，这场战斗就会是另一番样子。"

曹谷信良听着郑奠基的发言，心里很生气，尤其是当郑奠基说到最后，竟然把贻误战机的责任归结为通讯联络不畅上来，他简直忍无可忍了，他刚想说话，在说话之前下意识地看了坂田一眼，却见坂田向他使了一个眼色，他又住了口，强自把这口气咽下去了。

郑奠基说完了，坂田却没有让曹谷信良发言，他忽然说："郑团长对皇军的忠诚，我是深信不疑的。今天我还要向大家宣布一个命令。"说到这儿，他停住了话头，很威严地向大家扫视了一遍。

大家都挺直了腰板，人人都表情严肃，郑奠基和张立言等人更是心中暗自紧张。

坂田接着说："根据大日本皇军胶东驻屯军司令秋山少将和山东皇协军司令

部的指示，决定对胶东境内的友军统一编制，这样更有利于统一指挥。根据这一命令，决定将警备团整编为青州道皇协军第一师第二旅第五团，郑奠基任团长。"听到这儿，郑奠基心里很高兴，他站起身来，"啪"的一个立正。坂田用右手往下按了按，示意郑奠基坐下。等郑奠基坐下之后，坂田接着说："陈三耀所部扩编为青州道皇协军第一师第二旅独立营，由陈三耀任独立营营长。"听完这一句话，郑奠基一下子傻了。这明明是在分化自己的力量啊。刚才自己还高兴呢，想不到还是被坂田给算计了。

4

胶东战场上，日军已经是节节败退，再也无力抽出兵力帮助坂田进攻八路军第三支队了。大荒洼虽然地广人稀，但是正是由于村庄与村庄之间相隔较远，日伪军很难完全控制。再加上大荒洼面积广阔，沟壑纵横，荒草丛中到处都有野兔、野鸡、野鸭等动物，水洼里、沟汊中更有数不清的鱼虾和螃蟹，这一些都成了战士们口中的美食。野菜更是丰富多样，唯一缺少的就是粮食。老百姓家里的粮食也很缺，杨南标命令部队到荒洼里找一些野稗子和黄须菜。野稗子的种子和黄须菜的种子都可以吃，八路军用这些弥补了粮食的不足。这个时候，仅靠坂田联队已经无力发动对八路军的进攻和扫荡了。八路军正是抓住这个有利时机，扩兵练兵，不断巩固和扩大根据地。

第三支队司令部经过研究认为，不但要扩大自己的队伍，还要分化瓦解敌人，在皇协军中，郑奠基虽然与日军貌合神离，但是他却一直对八路军怀有更大敌意，不可能争取。陈三耀和郑奠基不同，他是在被逼得无路可走的情况下，才投靠日本人的。于是决定做一做陈三耀的工作。这个工作交给了特遣队。

刘人杰和周生水商量以后，决定由周生水和冬雨去找陈三耀。

陈三耀的据点在高家庄，周生水和冬雨化装之后，来到高家庄，周生水冲里面喊；"哪位弟兄在值班啊？麻烦通报一下，我有事要见陈营长。"

在围墙下站岗的认识周生水，他和另一个人说："哎，这不是周大当家的吗？他不是参加了八路军吗？这事儿可咋办？"一边说着，一边拉动了一下枪栓。另一个说："他和咱们营长曾经是老朋友，不管咋说，也得通报一声。我在这儿看着，你快去报告。"

　　陈三耀听了报告，吓了一跳，周生水这个时候来找他干什么？他满腹狐疑地问："来了多少人？"

　　士兵说："只有两个人。"

　　陈三耀心里盘算，只来了两个人，周生水应该是来替八路军做说客的。在自己的地盘上，没什么可怕的，先见见再说。于是，他命令把周生水放进来。

　　吊桥放下来了，周生水并没有看见陈三耀，出来迎接他的不是陈三耀，而是陈三耀手下曾经的二当家、现在是独立营副营长的王庆国。周生水抱了一下拳，说："二当家的，好久不见了。"他没有称呼王庆国为"王营副"，而是称呼他"二当家的"，依然保持着以前他们当老缺的称呼，一下子拉近了关系，双方在心理上的距离一下拉近了不少。王庆国虽然仍然存着戒备心，但是脸上的态度明显地缓和了不少。他笑着双手一抱拳，冲着周生水说："啊，周大当家，里边请！"

　　就在周生水和英冬雨走到近前的时候，王庆国上下打量了一番冬雨，冲冬雨说："恕我眼拙，这位兄弟怎么称呼啊？"

　　没等冬雨搭话，周生水笑着说："忘了给你们介绍了。"说着话，转身对冬雨说，"冬雨，这位是二当家王庆国，现在应该是王营副了。"

　　冬雨不卑不亢地冲着王庆国微微一笑，自报家门："二当家好，我叫英冬雨。"

　　在周生水提起冬雨的名字时，王庆国就听见了，他不认识冬雨，但是英冬雨的名字他却是很熟悉的。在大荒洼的老缺们中，大家公认的神枪手有两个，一个是马虎剩关小峰，另一个是曹小三。冬雨单人独枪，从马虎剩的手中硬生生抢下了芦花之后，他的名字很快就传遍了大荒洼。所有的老缺都知道英庄有一个英冬雨，不仅枪法好，而且胆子大，更是智勇双全。老缺们过的是刀头舔血的日子，他们崇尚的是丛林法则，谁的拳头硬谁就是老大，谁不怕死谁就值得尊敬。后来英冬雨在桓公台伏击日军的事情更是被人们传得神乎其神。老缺们都打心底里服气这个年轻人。王庆国冲着冬雨笑着说："久仰大名，今天一见，果然是气度不凡。"

　　冬雨只是淡淡地说了一句："二当家过奖了。"

　　走进村里，王庆国低声地对周生水说："周大当家，我们大当家本来是要亲自来迎接的，可是又怕弄得太隆重了，引起别人怀疑。一旦走漏了消息反而不好，还请您谅解！"

周生水说："现在是非常时期，小心一些总是好的。"

走进陈三耀的营部，陈三耀热情地请周生水进屋，对冬雨却像是没有看见似的。王庆国走到陈三耀身边，低声说了一句什么。陈三耀猛地回过头，看了冬雨一眼，他没有想到这个看上去长相并不出奇的年轻人竟然就是被大荒洼里老缺们传为枪神的英冬雨。仔细一打量，果然看出英冬雨不同寻常，英冬雨只是随随便便地站在那儿，但是他身上却自有一股凛然之气。对，不是杀气，而是凛然之气。陈三耀不由得暗叹一声，自己离开了大荒洼，盘踞在这据点里，自己的感觉竟然迟钝了。若在以前，像英冬雨这样的人一出现他的面前，他就会感觉出来的。

周生水见陈三耀打量冬雨，他就知道王庆国已经告诉他了。但是，他还是郑重其事地介绍说："陈营长，这位是我们特遣队一小队队长英冬雨。"周生水这一回却没有再称呼陈三耀"大当家"。一进来，冬雨就知道这个人肯定是陈三耀，周生水这么一说，他立刻两脚一并，那意思是来一个立正，可是，他的双手却没有动，仍然是自然下垂。陈三耀很明白，英冬雨的任务是给周生水护驾的。陈三耀也看出来了，英冬雨的腰间插着两把匣子枪，双手自然下垂，双手离枪的位置也就最近，随时可以拔出枪来。陈三耀听说过，英冬雨出枪速度很快，别看自己手下的人端着枪，如果有什么异常举动，恐怕不等手下的人把枪端起来，英冬雨的枪就已经指着自己的脑袋了。

陈三耀的心里虽然转了很多圈，脸上却不动声色，对英冬雨说："英队长，里边请！"

走进屋子，陈三耀给周生水和英冬雨让座，周生水坐下了，英冬雨却没有坐，而是站在了周生水身后一侧。陈三耀是个在道上混了多年的行家，英冬雨站的位置看似一点也不起眼，几乎挨着墙角。但是，在英冬雨的那个位置，后面是屋子的北墙和东墙，他站在那儿，眼睛完全能够把屋子里的人尽收眼底，并且连门口和窗口都纳入他的视线。看似随便的那么一站，却占据了这个屋子里的最佳位置。陈三耀不由得在心里暗暗地赞叹。

听了周生水的来意之后，陈三耀大半天不说话。周生水也不急，端着茶杯慢慢地喝着，他的神态很悠闲，好像他今天来就纯粹是看望朋友，就是为了到朋友这儿品茶来了。英冬雨呢？一双眼睛很随意地看着前方，没有一点紧张的意思，脸上甚至还有一种似笑非笑的表情。王庆国知道，那是一种自信。相比之下，站在陈三耀后边的那两名警卫就很紧张，眼睛瞪着，嘴唇紧紧地抿着，有一个甚至还不时地去摸一摸腰间的枪。别看这两名警卫时刻做出一副准备战斗的样子，但是，王庆国心里很明白，如果真的到了非要拔枪相向的时刻，他们的枪恐怕还没有掏出来，人家英冬雨的枪就已经响了。一个人长时间过度紧张，就一定会影响到你的行动。英冬雨仅凭他的名声和那一份自信，就把陈三耀的两名警卫给彻底震住了。这就是高手与庸手的区别。

陈三耀终于说话了，他说："周大哥，说句心里话，如果不是当时为了这帮子兄弟，就是打死我，我也是不会当汉奸的。杨司令瞧得起我，给我和兄弟们一个出路，如果我不答应，那就是不识好歹了。不过，我有一个想法，想麻烦周大哥回去转告一下杨司令，看看是不是合适。"

周生水说："陈老弟，有话尽管说。"

陈三耀说："眼下，马上就要过冬了，八路军被封锁在大荒洼里，生活肯定很艰苦，我这个时候如果加入八路军，进入大荒洼，势必会加重杨司令的负担。再说，手下的这些弟兄，有一些恐怕会不愿意去受那份苦。我想，我们暗中加入八路军，等到过了年春暖花开，解决了粮食问题之后，再带着弟兄们公开投靠八路军，你看怎么样？"

周生水觉得陈三耀说的是实话，这个时候投靠过去，他手下的那帮子人不一定都会乐意。当老缺的人，图的就是吃香喝辣。自己当初是在遭到日本鬼子袭击又被特遣队给救了的情况下，才加入了八路军。后来还是有一小部分弟兄受不了八路军纪律的约束，悄悄地溜了号。陈三耀的队伍现在驻在据点里，不缺吃，不缺穿，他手下肯定有很多人是不愿意再到荒洼里去受苦的。陈三耀答应暗中加入八路军，这就已经很不错了。至少，陈三耀没有把路给堵死，以后还有机会。只要抗日的局势有好转，三支队打破了敌人的封锁，陈三耀应该是会投靠过来的。如果抗战形势不能得到好转，陈三耀可能还会继续观望下去。但是，自己不能勉强他。于是，他说："陈老弟想的有道理，我回去向杨司令汇报。不过，陈老弟，在正式参加八路军之前，咱可要来个约法三章。"

陈三耀说："周大哥你说。"

周生水说："陈老弟，今后咱们之间不管遇到什么情况，都不能开枪打自己人。"

周生水的话正中陈三耀下怀，他虽然叫一个营，但是大都是新招来的兵，战斗力很差。如果八路军集中兵力想要消灭他，他还真就难以应付。所以，他一拍胸脯，说："周大哥请放心，我的人绝不会向八路军开一枪。还有呢？"

周生水说："咱们要商量出一个联系的方式，鬼子有什么动作，你可要尽快把情报传递给我。"

陈三耀说："这个好办。我就让庆国充当咱们的联络人，他对大荒洼的地形很熟悉，你手下的人大都也认识他，到时候有什么重要的情报，我就让庆国老弟给你送去。"

王庆国也赶紧表态说："这个放心，只要大哥一声令下，我王庆国是万死不辞。"

周生水说："这第三呢，陈老弟和王老弟要注意暗中做手下弟兄们的工作，要做到时机一旦成熟，能够确保把队伍拉过去。"

陈三耀说："周大哥，这一点你尽管放心，这些弟兄都是跟着我出生入死的，他们是不会背叛我的。那些新兵，就更不在话下，只要时机成熟，我一定会把他们一个不剩地拉过去。"

该说的事情都说了，陈三耀安排人要大摆酒宴招待周生水和英冬雨。周生水却制止了他。周生水知道陈三耀的队伍里成分很复杂，自己和冬雨如果在这儿喝酒，天黑下来，陈三耀就会要求他们住下，这会很不安全的。倒不如趁天还不黑，赶快离开，免得夜长梦多。但是，心里虽然这么想，话却不能这么说。他说："陈老弟，说句心里话，鬼子是很狡猾的，根据我们得到的情报，他们在每个据点里都安排了眼线，我如果在这儿待的时间长了，一旦泄露了消息，会给你带来麻烦的。我和冬雨趁天还早，赶紧离开高家庄。日后，咱们会有在一起开怀畅饮的机会的。"

陈三耀其实也明白周生水的心思，如果换作是他，在完成了任务之后，他也不会留下来喝酒的。于是他就不再坚持了。

周生水和英冬雨回到司令部，向杨南标汇报了策反的情况。杨南标说："陈三耀有所顾虑是在我们的预料之中的，我们不急，他只要答应了不与我们作对，我们就把他暂时当做一枚闲子放在那儿，今后说不定什么时候就会用到他。"

周生水和英冬雨走后，杨南标对政委刘青林和参谋长袁文韬说："现在我们的首要任务是要打破敌人的封锁。我们要选择比较弱的敌人作为进攻对象，先打掉他几个小据点，一来可以逐步打破敌人的封锁，二来可以震慑那些心存幻想的皇协军。"

袁文韬想了想，说："咱们可以选择那些离日军据点比较远的皇协军的据点来打。在这些据点中，咱们只打郑奠基的五团的据点，不打陈三耀营的据点。"

杨南标说："我同意选择离县城和日军据点较远的据点来打。但是，咱们不能只打郑团，而不去打陈营。因为那样容易暴露了咱们和陈三耀的联系。"

刘青林有点着急，说："那怎么办？"

杨南标笑了笑，说："好办，咱们可以来一个假打。通过假打，也顺便摸一摸陈三耀的底，看看他到底是不是真的想与咱们合作。"

袁文韬说："郑团分散在十几个据点里，小的据点里只有一个班，咱来研究一下先打哪些？"

三个人把桌子上的茶碗拿走，袁文韬用一块抹布把桌子擦了一遍，然后把一张作战地图在桌子上铺开。三个人制定了一个作战计划。

很快，司令部向全支队下达了作战命令。集中优势兵力，采取突然袭击的方式，摧毁皇协军的外围据点。为了给敌人以足够的震撼，同时也是为了打敌人一个措手不及，三支队的三个团各派出一个营，同时采取行动，在一天时间里，攻克了皇协军三个据点。这三个据点都是郑团控制的。郑奠基得到消息以后，再也坐不住了，他亲自到县城去见坂田。

郑奠基说："太君，八路军在一天的时间里摧毁了小王庄、牛庄和小李庄三个据点，我们是不是收缩一下兵力啊？我的这一个团分散在十几个据点里，有的一个据点里只有一个班，八路军这么打下去，我们可怎么办啊？"

坂田瞪大了一下眼睛，问："怎么？八路军在一天时间里就摧毁了三个据点？"

郑奠基说："是啊，太君，这三个据点都是我的人。"

坂田听出了话外之音，他眨巴了一下眼睛，问："这三个据点都是你的手下驻守的？"

郑奠基点了一下头，说："是啊。太君，您不觉得这里边有点古怪吗？"

坂田心里已经很明白郑奠基的意思了，但他却还是装糊涂，继续问："这里边有什么古怪呢？"

郑奠基说："太君，这事儿不是明摆着吗？八路军为什么只打我的人，而不去打陈三耀的人呢？"

坂田"嗯"了一声，微眯起眼睛，想了一会儿，又摇了摇头，说："郑桑，你的多虑了。在陈三耀那儿我是有眼线的，只要他有什么异常举动，是不会瞒过我的。"

郑奠基心里"咯噔"的一下，他早就猜想日本人不会真的对自己和陈三耀放心，他们很有可能会安排眼线监视自己。现在，坂田竟然亲口对他说在陈三耀那儿有他的眼线，那么，在自己这儿也肯定有。想到这儿，他不仅心里一阵发冷。

坂田从郑奠基的面部表情变化中，看出来他刚才的话已经起到了应有的作用。他是借着这件事故意说了那番话，以此警告郑奠基不要背叛他。

郑奠基看了坂田一眼，从坂田的目光中看出了什么，他意识到自己上了坂田的当。他在一瞬间就恢复了平静，说："如果陈三耀与八路军没有联系，这件事怎么解释呢？"

坂田笑了笑，说："这个不难解释，这是八路军的离间计。他们故意只打你的人，不打陈三耀的人，目的就是要让我们怀疑陈三耀，如果我们真的那么做了，就中了他们的诡计，就真的会把陈三耀给逼上梁山了。"

5

陈三耀听说八路军在一天时间里就端掉了郑奠基的三个据点，不禁暗自庆幸，幸亏自己那一天答应了与八路军合作。否则他分散在各处的据点也一定会遭到八路军袭击的。可是，他只是高兴了一会儿，就又担心起来。郑奠基对他一直是暗中提防，尤其是在日本人让他当了独立营营长之后，郑奠基对他就更加嫉恨了。这一次，八路军一下子端掉了郑奠基的三个据点，而独立营的据点却一个也没动，如果郑奠基到坂田面前说点什么，日本人会不会怀疑自己与八路军暗中来往呢？想到这些，他不由得害怕起来。他急忙让人把王庆国叫来，两个人商量，这事儿到底应该怎么办？

正在两个人一筹莫展的时候，有人报告说周生水和英冬雨来了。陈三耀稍一愣怔，旋即明白了周生水和英冬雨是为什么来的了。他立刻让人把周生水和英冬雨请进来。落座以后，陈三耀就把自己的顾虑告诉了周生水。周生水笑了，他说："老弟，杨司令让我和冬雨来，就是帮你解决这个难题的。"

陈三耀心里很清楚，既然杨南标派周生水来找自己，就一定有解决的办法。他急忙问："周大哥，杨司令怎么说？"

周生水说："杨司令考虑到郑奠基肯定会到坂田那儿告你的状，所以让我来和你商量一下解决的办法。"

陈三耀有点着急地说："周大哥，还商量个啥？你就说吧，杨司令怎么安排的？"

周生水说："杨司令的意思是咱们可以打一场假仗，来迷惑一下日本人。"

陈三耀自言自语地重复了"打假仗"这三个字，随即就明白了。几个人很快就商量好了如何打一场假仗。

当天晚上，八路军就袭击了斗柯据点。斗柯据点里驻扎着陈三耀独立营的一个排，从斗柯据点撤退到高家庄据点需要经过石村据点。石村据点里有三名鬼子兵和皇协军独立营的一个班。从斗柯据点撤退下来的皇协军故意在大白天，用担架抬着"伤兵"，从石村据点外向南撤退。这一切都是故意做给日本人看的。很快，坂田就接到了陈三耀的报告，说是他的斗柯据点被八路军给端掉了。驻扎在石村据点的日军也向坂田报告了他们看到的情况。这就让坂田深信不疑了。

第十七章

1

八路军一边扩军练兵，一边不断找机会打击日伪。大半年的时间过去了，此消彼长，双方的力量有了明显的转变。杨南标觉得此时正是策反陈三耀的最佳时机，如果陈三耀的独立营此时宣布起义，必然给坂田一个沉重打击。更为重要的是，陈三耀起义将使敌我力量发生很大改变。他再派周生水和英冬雨去与陈三耀联系。陈三耀此时也不再犹豫了，他满口答应起义。陈三耀提出要拜见一下杨南标，杨南标很爽快地答应了。陈三耀心里其实还有点不踏实，他想亲自见一见杨南标，看一看八路军首长对他的态度到底如何。他与杨南标见面之后，杨南标主动提出与他一起商量一下起义的具体方案。这让陈三耀喜出望外，他原本想见一见杨南标，探一探杨南标的态度，至于具体的行动方案，他认为杨南标不可能亲自与他谈。他其实早就在心里反复考虑过了。他说："杨司令，起义的事情一切都听您的安排。"说到这儿，他却故意沉吟起来，杨南标知道他肯定是有话要说的，笑了笑，说："陈营长，你有什么想法尽管说。"

陈三耀稍一犹豫，说："杨司令，我这帮弟兄跟着我很多年了，参加八路军之后，如果把他们分开的话，他们可能不太愿意，不知道是否可以把我和弟兄们仍然安排在一起。"

杨南标早就想到陈三耀会提出这样的条件，他说："陈营长和弟兄们的感情，我是理解的。这一点你尽管放心。起义之后，你的独立营整体改建为三支队第四团，团长和副团长就由你和王庆国来担任。"

陈三耀一听，更是喜出望外，他连声感谢。

杨南标却又说："不过，陈营长，有一点我必须说清楚，独立营起义之后，必须要遵守八路军的军纪，不能再有骚扰百姓的事情发生。"

陈三耀赶紧表态说："杨司令请放心！我一定严加管束部队，决不能做有损八路军名声的事。"

紧接着，两个人又确定了起义的时间等具体事宜。一切都谈妥了，陈三耀正要告辞，杨南标却忽然笑着说："陈营长，在起义的时候，是不是顺便给我一个见面礼啊？"

陈三耀一下子愣住了，他不明白杨南标说这句话是什么意思，他的心里甚至出现了一丝的慌乱，难道杨南标对刚才的话又反悔了？

杨南标看到陈三耀那窘迫而又紧张的样子，知道他肯定是误会了，便笑着说："陈营长，在高家庄和县城之间有一个孟集据点，由郑奠基的二连在那儿驻守，这个据点离县城太近，如果我们直接攻打，县城的日军一定会出动救援。所以，我想你在宣布起义之前，先把他们这个据点给端了。"

没等杨南标把话说完，陈三耀的脸色一下子就变得很难看，他心想，这八路军怎么也跟他们这些绿林人物一样，玩起了这个呢？林冲上梁山的时候，王伦不就是要让他杀个人作为见面礼吗？大荒洼里的老缺也是这样，你想要入伙，为了表明心迹，更主要的是为了让你断了退路，就必须要参加一次绑票行动。他犹豫了一会儿，说："杨司令，不是我不想给您这个见面礼，而是孟集确实很难打。正如您刚才所说，如果不是因为离着县城很近，我就豁出去了。"

杨南标说："陈营长误会了。我怎么会让你去硬拼呢？我有一个法子，保证不让你损失一兵一卒，就能轻松地拿下孟集据点。"接着，他把自己的打算告诉了陈三耀，陈三耀不由得更加佩服杨南标的计谋高深。

杨南标又说："这件事，要想做成，还需要首先对敌人据点内的工事构筑和兵力配备情况有一个详细的了解，我想你们以前曾经与他们多有来往，这一点应该不难办吧？"

陈三耀说："杨司令，孟集据点的情况，王庆国都很熟悉。他与黄大岭比较熟悉，多次到里面去过。"

杨南标微笑地看着王庆国，说："王营副，就说一说吧。"

王庆国说："杨司令，陈营长经常到县城去住下，每次去和回来的时候都是我带领弟兄们接送。高家庄据点在孟集据点的东南方向，我们到县城来回必经孟集据点。走到孟集据点的时候，我和弟兄们常常到里面讨点水喝，也歇歇脚。所以，孟集据点里面的情况我是很熟悉的。孟集据点离县城仅有 5 公里，驻扎着郑奠基的皇协军五团二连，连长是黄大岭。据点结构坚固，工事复杂，据点的最外层是用枣树枝插的鹿砦，第二层是深宽各 4 米的防护壕，第三层是铁丝网，第四层是插有尖木桩的陷阱，第五层是 5 米深的护墙壕，第六层是围墙。据点的大门朝向西南，出入有能够滑动的吊桥。围墙内有隐蔽的暗堡。据点中心筑有一座圆形大炮楼。"

听了王庆国的情况介绍，杨南标、袁文韬和陈三耀、王庆国又商量了一下具体的行动方案。

两天后的一个夜晚，英冬雨带领着 20 名特遣队战士，趁着夜色，悄悄地来到了高家庄据点。第二天，特遣队战士都换上了皇协军的服装。这些特遣队战士都是经过精挑细选的，都是原先八路军特遣队的战士，没敢用周生水的人，以防被黄大岭手下的人认出来。英冬雨是大荒洼的人，黄大岭的手下中难免会有人认识他。但是，考虑到英冬雨的枪法，更重要的是他在大荒洼的名声，在关键时刻可以给敌人以足够的震慑，杨南标才决定让英冬雨参加这次行动。但是，为了避免让敌人认出来，杨南标特别吩咐，英冬雨就不必化装成皇协军了，而是让他穿上长袍，戴上礼帽，再戴上一副墨镜，装作是县城来的人。下午两点多，王庆国和英冬雨带领着 20 名化装成皇协军的特遣队战士，大摇大摆地离开了高家庄据点，向博安县城走去。

经过一个半小时的行军，来到了孟集据点门前。王庆国冲上边喊："上边是哪位弟兄啊？我是独立营王庆国。"

上边一个皇协军士兵冲下边说："哦，是王营副啊。怎么？您又要到县城去接陈营长吗？"

王庆国说："是啊，今天太热了，走累了，也渴了，进去讨杯水喝，顺便歇歇脚。黄连长在吗？"

"在啊。您稍等，我这就给您放下吊桥。"

吊桥放下来了，王庆国和英冬雨带领着战士们顺利地进了孟集据点。

一名皇协军士兵领着他们来到了据点中心的炮楼前，王庆国对特遣队的战士们说："你们在外面等着。"战士们心领神会，立刻分散开来，自己找地方坐下来。

那名皇协军士兵正要进去通报，王庆国却笑着说："你去忙吧，我和黄连长是老朋友了，就不必你引见了。"那名士兵转身走了，王庆国领着英冬雨大摇大摆地进了炮楼。黄大岭正在与副连长以及两名排长喝茶，听见有人进来，抬头一看，见是王庆国，便站起来，笑着说："哟，是王营副啊！"

王庆国说："黄大哥，我去县城接陈营长，天太热了，进来讨杯水喝。"

黄大岭说："你我弟兄，还客气啥？"说着话，他不由得看了一眼英冬雨，问："这位弟兄怎么这么面生啊？"

王庆国说："哦，这位是县民政科的黄科员，他跟随王科长出来催粮的。听说我们要去县城，便要跟着回去一趟。"王庆国知道，黄大岭是认识县民政科王科长的，所以就只说英冬雨是一个科员。

黄大岭也没有起疑心，只是对这个科员没什么好印象。他心想，一个小小的科员，充什么大尾巴狼啊？还穿长袍戴墨镜的。他也就不再理会英冬雨，只和王庆国说话。英冬雨也不多说话，默默地在一边坐下。一名勤务兵进来，给王庆国和英冬雨各倒了一杯茶，英冬雨默默地端起茶杯，慢慢地喝着。

黄大岭跟王庆国开玩笑说："你们老大可真会享受啊！我听说他在县城里包养着一个小媳妇？"

王庆国故意叹了一口气，说："谁说不是呢？我们老大一去就是好几天，又怕路上不太平，每次都得我亲自带人接送。唉，不说了，咱就是这个受累的命啊！"

副连长和那两个排长也都参加进来，一说到女人的话题，他们都很兴奋。大家正在说笑着，忽然外面响起了哨音，黄大岭以为是高家庄的队伍要集合出发了。以往都是这样，只要哨音一响，队伍就集合起来出发。他站起身，对王庆国说："老弟，以后常过来。"

王庆国也站起身，就在这时，英冬雨突然掏出了双枪，大喊一声："不许动！"

黄大岭愣了一下，他预感到不好，但是却强作镇定地说："王老弟，这是怎么回事？"

副连长刚要掏枪，王庆国说："他是英冬雨，你们就别想掏枪了，谁掏枪谁就死。"

一听说是英冬雨，屋里的几个人都吓得不敢动了。这时候，炮楼外面的战士们也都掏出枪指住了皇协军士兵。两名特遣队士兵进来，把黄大岭等人的枪下了，随后让黄大岭下命令，让他的部下全都缴械投降。

特遣队一枪没打，就把皇协军黄大岭的一个连全部缴了械。英冬雨又让人放火烧了敌人的据点，这才带人押着黄大岭等人走了。

陈三耀听了王庆国的汇报之后，立刻宣布起义，烧毁了据点，带人参加了八路军。陈三耀的部队和黄大岭手下愿意参加八路军的士兵一起被整编为八路军山东纵队第三支队第四团，陈三耀任团长，王庆国任副团长。

2

坂田得到陈三耀起义和孟集据点被摧毁的消息后，又气又怕。气的是陈三耀竟然在这个关键时候背叛了皇军，还用计消灭了郑奠基的一个连。怕的是如果其他的皇协军纷纷效仿的话，就麻烦了。他命令曹谷信良对郑奠基既要严加防范，又不能惹怒他。

可是几天之后，八路军三支队突然占据了芦花河南岸的一些村庄，把县城和英庄据点的联系给切断了。

曹谷信良心里很苦闷，三支队把他堵在芦花河北岸，而坂田联队长这时却不能抽出兵力来帮助他，因为坂田中佐也已经是自顾不暇了。在人数上，八路军占了绝对的优势，是日军的五倍还多。日军除了控制着县城和大大小小十几个据点以外，黄河口地区的大部分村庄都被八路军所占领。想要突破八路军的防线，窜回县城，他是能够做到的。但是，他不能那么做，他是一个职业军人，他很重视军人的节操。没有上峰的命令，他就不能离开大荒洼半步。在据点里，他每天都看着一张作战地图，好像是在研究作战方案，实际是在发呆。他知道，就眼下的形势来看，不仅仅是在大荒洼，就是在整个黄河口地区，甚至在整个中国，日军的进攻态势已经基本停止了，日军与中国军队进入了一个相持阶段。中国军队可以得到扩展，日军却不能，他听说日本本土不断扩大征兵范围，连一些十几岁的孩子和四五十岁的人都当了兵，他们的单兵素质也明显下降了。

在这种情况下，他能怎么办呢？除了加强防守，准备最后的决战以外，他没有任何办法。有时候，他的心里会很空虚，他常常想起父母和妻儿。尤其是当没有别人在屋里的时候，他就会掏出一张照片，默默地看着。那张照片是在他随军出发之前，一家人的合影。那个时候，他相信很快就会把中国征服，很快就会回家的。可没想到，几年时间过去了，仗却是越打越糟了。有时候他也会想，自己远离本土，来到中国，到底是为了什么？帮助支那人建立王道乐土，这种说法他常常挂在嘴边，可他自己也不相信这是真的。他也知道，英方儒、郑奠基、张立言也不相信，那些保长们也不相信，老百姓更不相信。

曹谷信良苦恼，郑奠基却不苦恼。日本人现在已经不是从前的样子了，曹谷信良不但不会治他的罪，反而还会处处迎合他这个皇协军团长。

曹谷信良整天在据点里不出来，郑奠基却常常到英氏祠堂去与英方儒、李有财喝酒聊天。喝的都是李家酒坊里的枣木杠子酒，他还坚持一定要拿钱买酒，绝不白吃白喝。这弄得英方儒和李有财丈二和尚摸不着头脑。他们俩当然不知道郑奠基正在打芦花的主意，不过，他俩都是老江湖了，他们知道郑奠基这么做必定有所图。两个人私底下猜了半天，到底猜不透其中的机关，越是猜不透，俩人的心里越是直打鼓。李有财知道郑奠基曾经打过他老婆赵兰秀的主意，可他不明白的是，郑奠基何必讨好英方儒呢？

李有财让赵兰秀待在酒坊，如果有事，就让小伙计到英庄祠堂找他。他时时处处小心提防着郑奠基。李有财由于有一个先入为主的看法，认为郑奠基之所以对他好，是在打他老婆的坏主意，所以，他对郑奠基的观察就受到了限制。可英方儒没有这个先入为主的想法，很快，他就看出了一点苗头。郑奠基是在打他的孙子媳妇芦花的主意。他把自己的看法告诉了李有财，李有财一下子乱了方寸，这个郑秃子咋就盯上他李家的女人了呢？先是打他老婆的主意，现在又打他闺女的主意。这可咋办呢？

李有财坐在那儿，耷拉着脑袋，一个劲儿地抽烟，英方儒也抽着旱烟，他也在想心事。过了好大一会儿，李有财抬起头来，两眼直勾勾地看着英方儒，说："大叔，原先我以为郑秃子会顾及皇协军团长的身份，不会肆意妄为的。但是，日本人看来是待不长了，如果日本人被打败了，郑秃子会不会重新跑进大荒洼当老缺呢？如果他还当老缺，临走前就会对芦花下手的。您帮我想个办法吧。"

英方儒说："你的担心是对的，别看现在郑奠基在咱俩面前表现得像个君子似的，可他在骨子里就是一个老缺，一旦来软的不行，他就会来硬的。我想，应该趁早把芦花送走。让她出去躲一躲。"

李有财眼前一亮，可他眼里的那一点光亮瞬间就熄灭了。他说："到处都在打仗，把她送到哪儿去也不放心。在这儿，有咱爷俩看着，我心里还踏实点儿。"

英方儒说："有财啊，你这是咋想的？真要是老缺抢亲，你能挡得住吗？"

英方儒的这句话，等于揭了李有财的疮疤，想当初，马虎剩抢亲，李有财两口子无可奈何，眼睁睁地看着闺女被抢走。李有财的脸红了，他嗫嚅着说："大叔，可让孩子离开我，我心里实在是舍不得。"

英方儒正色说："有财啊，舍不得，也要舍。我觉得也不必走远了，河南边不是在八路军手里吗？八路军不拿群众一针一线，更不会欺负百姓，你在那边的村子里有亲戚吗？"

李有财一听，一下子来了精神，他高兴地说："我有一个表姐就在马家庄，我看就让芦花去那儿。"说到这儿，他忽然想到芦花走了，郑秀子会不会恼羞成怒，冲他老婆赵兰秀下手呢？一定会。所以，他又说："干脆，让她娘也去。"

英方儒一听李有财说让赵兰秀也出去躲一躲，他心里明白了李有财的心思。可他忽然又想起了一件事，他半闭着眼睛好久不说话。

李有财看出英方儒有话要说，他不知道英方儒又想到了啥。他看着英方儒，等着。

过了好长时间，英方儒把烟锅往桌子腿上磕了磕，磕掉了烟锅里的烟灰，又慢腾腾地从烟袋里掏出烟叶，装好，划着了火柴，点上烟。这才慢腾腾地说："要不这样吧，你让芦花她娘到马家庄你表姐家去。让芦花带着香玉到杨家窝棚她姑家去吧。"

英方儒说的这个"她姑"，其实并不是芦花的姑，而是胖娃的姑，也就是英方儒的女儿。他的这个女儿嫁到了杨家窝棚，跟了一个铁匠。

李有财一时间没有掉过窍来，他说："没必要把她们拆开，让她仨都到我表姐家去吧，我表姐和表姐夫都是很好的人。"说了这些话，他又加了一句："我让她们多带点儿钱。"

英方儒依然坚持说："我看，马家庄离这儿很近，杨家窝棚在赵家庄西边，离咱这儿十六七里路，我看还是走远点好。"

话虽是这样说，但是李有财从英方儒的脸色看出来，英方儒的这些话是言不由衷的。李有财见英方儒态度很坚决的样子，就不好再坚持自己的想法了。

在回酒馆的路上，他才忽然明白过来，英冬雨的特遣队第一小队就住在马家庄。英方儒是有意不让芦花和冬雨见面。他想，这样也好，免得闹出啥不愉快的事来。

3

三支队在芦花河南岸招兵买马，训练新兵。这让曹谷信良很窝火，更让他窝火的是他辛辛苦苦建立起来的那些自卫队，在短短的几天之内，就成了八路军的抗日自卫团。到这个时候，曹谷信良不得不把他那颗骄傲的心收起来。因为他不得不承认，在自己与八路军的较量中，自己总是棋输一着。在他训练自卫队的时候，八路军特遣队一直没有出来捣乱，那个时候，他就觉得很蹊跷。甚至人家还故意放出风来，说是特遣队与周生水的老缺们起了争执。结果，自己掉以轻心，导致军粮被劫。那个时候，他简直悔青了肠子。他觉得特遣队之所以不来捣乱，就是为了让他放松警惕，使自己大意，他们好趁机劫夺军粮。可是，今天看来，刘人杰就像一个下棋的高手，看出了好几步，处处都设下了机关。隔了这么长时间，才知道，自己都是给八路军训练了自卫团。人家早就算计好了这一步。这些自卫团战斗力虽然不能与正规军相比，甚至与郑奠基的皇协军相比，也差得很多。但是，他们却有自己的天然优势，他们都是当地人，对本村的人和事都了如指掌，八路军让他们站岗放哨，所起的作用甚至超过了正规军。其次，八路军还从自卫团中挑选一些符合条件的人直接加入了八路军，扩大了八路军队伍。然后，八路军在各村继续扩建自卫团，这样一来，自卫团成了八路军的外围组织和新兵训练基地。

这一天，曹谷信良坐在据点里，可他再也不能像以前那样摆出一副悠闲的样子了，而是焦躁地在那儿踱来踱去。就在这个时候，他接到了一个报告。酒坊的老板李有财早上用一辆牛车拉着他的老婆和闺女，说是去走亲戚。在芦花河桥站岗的日军本不想放他们过去，可英方儒来送他们。他们当然知道，李有财的闺女是这个维持会会长的孙子媳妇，芦花的女儿是英会长的重孙女。带队的军曹还知道英方儒几乎每天都和曹谷信良在一起。他不能不给英方儒这个面子。可是，等到傍晚时，回来的却只有李有财一个人。他觉得这件事有点蹊跷，他不敢隐瞒下去，赶紧来向曹谷信良报告。

曹谷信良好长时间不说话，他很沮丧。若放在以前，这件事根本就不算什么事。可眼下，这就是一件大事，这说明英方儒在为自己找退路了。这个英方儒也太可恶了。这口气，他怎么能咽得下去呢？

在英方儒一家吃晚饭的时候，曹谷信良来了。这有点出乎英方儒的预料。英方儒心里很明白，曹谷信良肯定会兴师问罪的，但是他没想到，曹谷信良会这么着急。很长时间来，曹谷信良天一擦黑就缩在据点里不出来。可今天，竟然在天黑下来的时候，走出了据点，可见他心里的怒火有多么高。

曹谷信良铁青着脸，可他见英方儒的表情很平静。英方儒那一脸的泰然，更加激怒了曹谷信良。他冷笑一声，说："英会长，不好意思，打扰你们一家人吃饭了。不过，好像今天的人口不全啊。"

英方儒早有思想准备，他对曹谷信良说："曹谷太君，可否借一步说话？"

英方儒领着曹谷信良来到天井里，立刻感到一股杀气，他不仅浑身一凛。天井里站满了鬼子兵，就连那条忠于职守的大黄狗，也吓得躲在狗窝里，不敢叫一声。他心里一沉，看来，今天自己一家要过鬼门关了。

原来准备好的一套说辞，看来是用不上了。英方儒只得实话实说了。他装作很为难的样子，犹豫了半天，才说："曹谷太君，真是不好意思。这事儿说起来还真的有点儿难为情。"说着话，英方儒在暗灰的暮色中，看了曹谷信良一眼。曹谷信良这会儿却是面无表情了。英方儒只得继续说下去："太君，这件事我本来不想说，也不该说。但是，看来，您是误会我了。为了我们的友谊，我只能说出来了。"

曹谷信良还是不说话，只是冷冷地看着英方儒。那两道目光比冬天的北风还要冷。

英方儒叹了一口气，说："郑团长在三里庄，他的团部就设在李有财家。他看上了李有财的老婆。有财没办法，只得让他老婆住到酒坊里。"

曹谷信良点了点头，李有财的老婆搬到酒坊住，他知道。当时他并没多想，可现在他明白了。原来是郑奠基这个家伙惦记着人家呢。他说："英会长，既然这样，李有财把他老婆送走也就可以了。可你的孙子媳妇为什么也走了呢？你不会告诉我郑团长又看上你的孙子媳妇了吧？"

英方儒说："曹谷太君，还真的是让您说中了。"他又叹了一口气，说，"我原来想告诉您，请您出面主持公道。可我又想，现在正是需要我们团结起来共渡难关的时候，如果因为这件事影响了皇军与皇协军的团结，那我的罪过就大了。所以，我只能出此下策，把她们送走了。"

曹谷信良知道郑奠基是个好色之徒，英方儒说的这件事应该是真的。他心里依然很生气，不过，他现在生气不再是因为英方儒，而是生郑奠基的气。这个家伙真是匪性难改，都到了这个时候，他还在惦记着人家的媳妇。想到这儿，他对英方儒说："这个郑奠基太不像话了，用你们大荒洼的俗话说，这真是烂泥糊不到墙上。"

说完话，他冲着英方儒深深地鞠了一个躬，然后带人离去了。

走在英庄的大街上，寒冷的东北风好像隔着那厚呢子军服，吹进了曹谷信良的心脏。他忽然觉得自己很孤独，很无助，也很无奈。他忽然想起了家里的妻儿老小，自己抛妻弃子漂洋过海，来到支那，究竟是为了什么？帮助支那人脱离军阀的黑暗统治？建立皇道乐土？这一些，都是真的吗？这些念头再一次在他脑子里闪现，可他仍然像以前那样，强迫自己赶紧抛开这些念头。作为一个职业军人，他知道这种念头一旦出现，就会影响到自己的斗志。他不能往下想，也不敢往下想。

回到据点，他走进自己的房间，闷闷地坐在那儿，过了好长时间，他的手竟然下意识地从上衣口袋里掏出了一张相片。这是他临出发的那一天，全家人在院子里照的。相片上，他身穿军装，脸上露出的是坚毅和自信。他的身后是樱花树，樱花开得正艳，更把他衬托得意气风发。一双儿女分别偎依在奶奶和妈妈的怀里，他们很少照相。所以他们很高兴，可面对那架照相机，又免不了紧张。他们的笑就有点僵硬，弄得面部表情都是怪怪的。他的母亲呢，满脸的忧伤毫不掩饰地流露出来。他的老父亲是一名退役军官，也和自己一样崇尚武士道精神，虽然是送自己的儿子上战场，可他的脸上装满了一种坚毅。可今天，曹谷信良分明从老父亲那坚毅的表情后面看出了一丝隐隐的担忧。

这张相片，曹谷信良曾经在深夜多次拿出来，以前，他从儿女的脸上看到的，都是灿烂的笑容。从父亲的脸上看到的是一个军人的英武和坚毅。可今天，这一切怎么都变了呢？

门外传来脚步声，他迅速把那张相片装在口袋里。

加藤俊雄进来的时候，曹谷信良的脸上已经恢复了平静。

加藤俊雄显得心事重重的样子，他犹豫了一会儿，才说："少佐阁下，英方儒的话您相信吗？"

曹谷信良淡淡地说："英方儒说的那些事可能是真的。郑奠基不是一个职业军人，他的骨子里仍然是一个土匪，他是会这么做的。"

加藤俊雄又迟疑了一下，说："可我总觉得他把孙子媳妇和重孙女送走，是对我们不信任了，或者说是有别的想法。"

曹谷信良说："这或许是他的另一层意思，但是，他的儿子、儿媳还在，如果真的有其他想法，他不会把儿子、儿媳留在英庄的。"

加藤俊雄点了点头，但是，他的脸上仍然存留着很重的疑虑。曹谷信良说："其实，很长时间以来，我对这个英方儒就不放心，但是，我们正是用人之际，不能动他。你安排人盯住他，如果他有什么异动……"

说到这儿，曹谷信良停住了话头，他显然还没有想出该怎么处置。

加藤俊雄接过话头说："就把他抓起来。"

曹谷信良想了一会儿，摇了摇头："不，要立刻向我报告。这件事要由我来最后定夺。"

加藤俊雄也在英庄据点督促日军训练。转眼一个多月过去了，双方相安无事。但是，曹谷信良知道，这样耗下去，他是耗不起的。在芦花河南岸的是八路军三支队特务团，他们可以招兵买马，队伍不断壮大。可日军的部队不会有变化。如果有变化，也只能是减少，而不会增多。时间一长，双方就会发生力量的变化，到那时候，八路军就不会再和他耗下去了。他很想搞一个突然袭击，把特务团打垮。可是，马连城不会给他这样的机会。特务团防守很严密，虽然他们没有像日军那样建据点，但是他们却发动老百姓挖了许多深沟，把各村的排碱沟都串通起来，这样他们就能够利用这些深沟迅速调动部队，他们还给这些深沟起了名字，叫"抗日沟"。每当曹谷信良调集部队扫荡的时候，特务团就利用这些抗日沟神出鬼没的打游击。你找他，找不到。可不知道啥时候，他们又像从地底下冒出来的，突然袭击你。

最近几天，更让他头疼的事又发生了。原先占据大荒洼，是为了征集军粮，可现在呢？不要说征集军粮送往胶东前线，就连据点里的粮食都不多了。他派出的征粮队都被特务团给堵回来了。没办法，他只得撕下了蒙在脸上的那一副伪装，集中兵力在芦花河北的十几个村子里抢一些粮食。可是，即使在芦花河北岸的这些村子，他的征粮队也常常遭到袭击。袭击他们的不是八路军的主力部队，而是英冬雨和马虎剩率领的一个精干小队。这些人都是从特务团精挑细选出来的，虽然只有十几个人，但是他们像河里的鱼，也像大荒洼里的皮子，滑的很，出动大部队，连他们的影子都找不到。可是，他们却时不时的抽空子出来打冷枪。并且，每次他们出来，都要打死几名日军士兵。他们的枪法好，行动迅速，打一阵冷枪就撤，从不恋战，让曹谷信良无可奈何。

曹谷信良心里很明白，这个相持的局面早晚有一天会被打破。他更清楚，打破这个僵局的不会是他曹谷信良，而是八路军。他心里好像很害怕这一天的到来，又好像盼着这一天的到来。

4

这一天终于来了。在一个寒冷的雪天的早晨，三里庄的皇协军士兵发现他们已经被包围了。

郑奠基接到报告，一下子慌了神儿。他急忙亲自到围墙上去查看。他发现，八路军是三面包围，也就是围住了北面和东面，南面是芦花河，芦花河南岸，八路军也做好了迎击准备。却唯独留下了西面。西面是英庄，如果要突围的话，只有向西进入英庄这一条路了。他觉得很纳闷，八路军既然要包他的饺子，为何不切断他和英庄的通道呢？

很快，郑奠基就接到了报告，芦花河南岸的八路军不但没有减少，反而增多了。他一下子慌了神儿，立刻到英庄据点去找曹谷信良，想商量一下，下一步该咋办？

等他来到英庄，才发现他的情报很不具体，他不知道英庄竟然也被包围了。哪里来的这么多八路呢？

走进据点，他从加藤俊雄的口中得知，八路军三支队的两个团，加上几十多个村子的自卫团，把英庄和三里庄围了一个水泄不通。现在，不光是郑奠基慌了神儿，就连曹谷信良和加藤俊雄都有点傻眼了。

三个人商量了半天，一点办法也没有，曹谷信良已经得到了坂田中佐的确切通知，县城也被包围了，包围县城的不但有八路军三支队第一、第四两个团，还有李春秋的保安旅。曹谷信良想不明白，一贯喜欢窝里斗的"支那人"，这一次怎么又联合起来了？难道八路军不记李春秋的仇？在八路军与李春秋的几次合作中，李春秋总是要滑头，这一次，八路军怎么又与他合作了呢？曹谷信良好像很不明白，其实他是不想明白。因为他清楚地知道，八路军里的确是有高人。不仅仅是战术上的高明，更主要的是有着高瞻远瞩的眼光和宽阔的胸怀。

坂田已经是自顾不暇，不可能再分兵来帮助曹谷信良突围。他要求曹谷信良想办法自己突围，向县城靠拢。可看现在的情形，自己突围成功的可能性很小。他现在盼着八路军发起进攻，八路军一进攻，他反而有突围的机会。因为八路军没有重武器，他们攻打据点，必然会有很大的伤亡，等八路军攻破据点的时候，他反而可以趁机突围。可八路军围而不攻，这就让他一筹莫展了。

在被围困的日子里，曹谷信良忽然像一个哲人一样，对战争进行了一些思考。并且常常会说出一些令加藤俊雄等人感到新奇或者是不解的话。这一天，加藤俊雄和曹谷信良在一起喝茶，曹谷信良沉默良久，忽然说："古今中外，那些被人们称颂的名将，觉得自己运筹帷幄，战争的胜败好像就握在他们的手中。可他们不知道，不是他们操纵了战争，而是战争在操纵着他们。在赢得一场战役甚至是一场战争之后，他们的心灵已经被战争给扭曲了。他们不知道，他们并不是战争的主人，而是战争的奴隶。"

曹谷信良说这番话的时候，两眼虚空地望着前方，加藤俊雄顺着他的目光，看见的是挂在墙壁上的那把指挥刀。

郑奠基和曹谷信良一样，也盼着八路军进攻。只要八路军向他进攻，英庄据点里的日军就会增援，他就能够趁机杀出一条血路，逃进大荒洼。可是，八路军不仅不攻打英庄据点，也不攻打皇协军驻守的三里庄。

在这种态势下，英庄和三里庄的老百姓都逃走了。英庄据点的存粮还比较多，可三里庄的存粮却很少。因为当初征粮的时候，各村的保长都到郑奠基那儿求情，说日本人征得太多了，家家户户都没有多少存粮了，他们愿意靠打猎捕鱼来弥补粮食的不足。但是，这个就不能一下子征足了，要每隔一段时间往三里庄送一次，粮食也是这样，每次送十天半个月的。郑奠基当时觉得这个办法还不错，他不怕这些保长要滑头。只要他们不按时送来，皇协军随时可以出动去抢粮食。可现在，他的人根本就出不去。他每次派人出去，都被八路军给打回来。很快，就断了顿。好在，八路军没有切断三里庄和英庄之间的联系，他派张立言到英庄求援。可没想到却碰了钉子，曹谷信良和加藤俊雄很明白，八路军之所以不切断英庄和三里庄之间的联系，就是要让皇协军来向日军要粮食。只要日军把粮食分给皇协军，那么英庄据点也坚持不了多长时间了。他也知道，如果不给郑奠基粮食，这些老缺必然是军心动摇。他左右为难，想来想去，他还是决定不给。

张立言没弄来粮食，这消息像风一样快，皇协军的军官和士兵几乎都知道了。

很快，皇协军就出现了逃兵。每到夜晚，就有一些士兵偷偷地从围墙上顺了绳子，溜下去，向八路军投降。郑奠基和张立言想了很多办法，也打死了一些逃兵，可是这一切都毫无用处。

到了这个时候，郑奠基知道，自己的末日快要来了。现在，他就是想突围也没有力量了，他只有坐以待毙。

一个多月过去了，皇协军的士兵已经逃走了大半。那些没逃走或者是没办法逃走的人也早就毫无斗志。这个时候，郑奠基和张立言都认为，八路军很快就会向皇协军下手了。按照他俩的想法，八路军肯定会先把他这股较弱的力量消灭掉，然后再集中力量打英庄据点。一个稍微懂点军事的人都会这么做的。可他们万万没有想到，八路军没有来攻打他们，而是从南面向鬼子的据点发动了进攻。而三里庄外的八路军却是围而不打。郑奠基疑惑地看了看张立言。就连一贯自以为足智多谋的张立言也猜不透这里面有什么机关，他见郑奠基向自己投来求助的目光，他不能不说话，他说："柿子都是拣软的捏，按说，八路军应该先打咱们，可他们却先去打英庄，这违背常理啊。"

郑奠基向围墙外吐了一口唾沫，说："他妈的，他们到底是打的啥主意呢？"

英庄那儿的枪声越来越激烈，鬼子的炮也响了。可这边仍然是一点动静也没有。

张立言忽然一拍脑门，说："团长，我想明白了。去年在县城，八路军在县城搞了一个围点打援，把坂田联队打得大败。今天，他们是不是还想来这么一下子呢？"

郑奠基看了看张立言，心想，这小子已经被吓昏了头。他说："可是，他们并没有在我们前往英庄的路上埋伏啊？"

张立言又想了想，说："我猜，他们很可能是想等我们去支援英庄据点的时候，来攻占我们的据点。"说到这儿，他自己又否定了自己："不对，他们不是这么想的。他们肯定是怕我们进入大荒洼。我们一旦进入荒洼深处，他们就很难围剿我们了。"

郑奠基点了一下头，说："这回，你说到点子上了。那我们怎么办呢？我们现在的兵力，名义上是两个连，实际上早已损失过半。如果我们冲出去，必然是九死一生啊。再说，英冬雨和马虎剩那些人的枪法都很厉害，我们离开了这围墙的保护，还不都成了他们的活靶子吗？"

说到这儿，他忽然醒悟了，自己站在围墙上，这不是给人家当靶子吗？他赶紧弯下腰，走下围墙。其实他不知道，特遣队根本就没来围困三里庄，而是参加攻打英庄据点了。

两个人商量来商量去，最终也没有商量出一个好办法。只有按兵不动，坚守待变。张立言苦笑了一下，心想，以前听说书，常常听说"坚守待援"，可他们没有援兵可待，只有待变，等着看看有啥变化再说吧。

上次打据点时，冬雨和马虎剩关小峰打断了吊桥绳索。可这次不行了。曹谷信良把吊桥索换成了钢丝绳。八路军经过研究，决定不再沿用以前的打法，第一梯队的每名战士都背着一捆秫秸或者柴草，等攻到壕沟外沿的时候，把秫秸和柴草扔进壕沟，就能够填平若干段，人们就可以迅速通过了。第二梯队架着绑好的云梯，开始登城。

特遣队的任务是消灭敌人的机枪手，压制住敌人的火力。

战斗打得很激烈，看着身边的战友一个一个地倒下去，冬雨打红了眼，他的手再也不会软了，他弹无虚发，枪枪命中。

攻破据点以后，加藤俊雄被马虎剩打死了，曹谷信良在炮楼里剖腹自杀。英冬雨是眼睁睁地看着曹谷信良自杀的。在那一瞬间，他的脑海里又浮现出第一次伏击日军时，那个日本兵自杀的一幕。

刘人杰是紧跟在英冬雨的后面，当他看见曹谷信良想要自杀的时候，他抬手一枪，子弹打在了那把指挥刀上，那把刀偏了一下，曹谷信良仍然猛地把刀戳进了自己的肚子，然后又猛力向旁边一划。

冬雨站在那儿，看着曹谷信良自杀，他恨这个日本鬼子，正是这个人杀死了他的爹娘和姐姐，还有他的姐夫和外甥。可看到曹谷信良死得那么惨烈，那么决绝，他的心里却是五味杂陈，过后，他自己回想起来，仍然想不明白当时是一种什么感受。

<h2 style="text-align:center">5</h2>

在八路军攻打英庄据点的战斗打响之后，郑奠基终于找到了一个突围的机会。他很清楚，八路军一旦攻克了英庄据点，转回头来就要收拾三里庄。等到那个时候，他可就真的是插翅难逃了。

他叫来副团长张立言和一连连长崔长海、三连连长曹小三，一起商量办法。大家都觉得八路军和日军开始交战的时候，是突围的最佳时机。但是究竟是从哪个方向突围，却意见不一致。郑奠基说："我观察过了，八路军在南边的兵力比较少，我想咱们从南边冲出去，然后沿着芦花河向东进入大荒洼。只要进了大荒洼，八路军人再多，咱也不怕了。"崔长海和曹小三都很赞成。张立言却不同意，他说："看起来南边的八路军人数最少，咱们出了庄可以顺着芦花河向东边跑。可是，八路军在芦花河南岸也有一些人，还有一些民兵，他们在南岸早就修好了掩体，而咱们一出了围子墙，就是芦花河，咱们的人完全暴露在敌人的火力之下。即便能够冲出去，也必将伤亡惨重。"

曹小三气得大骂："他妈的，当初觉得把围子墙修在河边上，便于防守，怎么就没有想到现在的突围呢？"

郑奠基瞪了曹小三一眼，说："时间紧迫，你先别打岔，让立言把话说完。"

张立言接着说："我觉得应该向西边突围，西边和英庄紧挨着，八路军虽然也部署了兵力，但是，他们现在已经开始攻打英庄据点，他们原先留着西边，希望咱去救援英庄，咱们没有去。他们必然以为咱们不敢出动了。这个时候，咱们突然从西边冲出去，他们必然猝不及防，只要冲出了三里庄，咱们就可以沿着排碱沟往大荒洼里撤退。进了大荒洼，他们就是人再多，也不能把咱们怎么样。"

郑奠基想了想，觉得张立言说得有道理。这个主意如果是出自崔长海或者曹小三之口，郑奠基一定会觉得没多少道理，在他的心中，张立言是个很有计谋的人，所以，他就很快地下定了决心，按照张立言的计策行事。

就在郑奠基下定决心突围，还没有开始行动的时候，一件出乎他预料之外的事情又发生了。在英庄和三里庄同时被八路军包围的时候，他和张立言都认为八路军肯定会先打三里庄。可是，八路军却没有先打三里庄，而是先攻打英庄据点。战斗打响以后，他们以为八路军不可能在英庄和三里庄同时动手，一定是先集中兵力攻克英庄据点，然后再围攻三里庄。结果他们又失算了，正当攻打英庄据点的战斗打得异常激烈之时，马连城下达了攻打三里庄的命令。

三里庄据点原先是远远比不上英庄据点坚固的，但是，经过几年的不断修建和加固，也早已今非昔比了。三里庄据点围墙高 6 米、顶宽 3 米，上部是走廊形双层夹道，夹道内密布暗堡，向里冲外都有枪炮口，可掩护射击；围墙四角和四门上各筑有一座炮楼，配有轻重机枪，居高临下，易守难攻。围墙外，还有 2 道深 5 米、宽 3 米的壕沟，壕沟上面加了铁丝网。

马连城安排二营担任主攻，从三里庄东侧发起攻击。三营从北面佯攻。一营一连布置在芦花河南岸，防止敌人从南面突围。一营二连、三连布置在三里庄西面，切断三里庄和英庄据点的联系，并对敌展开佯攻。

八路军突然从东、北、西三个方向一起进攻。郑奠基和张立言一时分不清八路军的主攻方向，只得分散兵力，拼命还击。张立言对郑奠基说："团长，我琢磨着八路军的主攻方向不可能在南边，因为南边的围墙就建在芦花河边上，隔着一条芦花河，他们的部队根本就展不开。西边可能性也不大，这样一来，他们的主攻方向只能是在北面或者是东面。在没有摸清他们的主攻方向之前，咱们还不能实施突围，暂时命令崔长海和曹小三分别带人防守北面和东面。咱们要做出一个严防死守的架势，让八路军误以为咱们只想坚守待援，而不想突围。等到咱们摸清了八路军的主攻方向之后，再命令部队迅速突围。"郑奠基觉得这个主意不错，立刻命令部队按照张立言的布置行动。

马连城亲自指挥东面的主攻，他命令二营五连担任突击任务，他亲自召集二营各连长开会，他强调说："必须炸开三里庄的围墙，四连、六连都是主攻，只要五连撕开口子，四连和六连必须立刻跟进，冲进三里庄。"战斗打响以后，五连用手榴弹炸开了三里庄围墙外面壕沟上的铁丝网。马连城见敌人摸不清我方的主攻方向，便决定用调虎离山计，把敌人的注意力转移，然后趁机突破。先是在主攻点南边 100 多米处佯攻，趁敌人注意力转移，破铁丝网组和架桥组迅速靠近敌人的铁丝网和壕沟。与此同时，安排一个班在北边 100 多米处发动佯攻。五连副连长徐崇文带领爆破组冲了上去。但是，爆破组遭到了敌人的疯狂阻击。两名爆破队员还没有冲到围墙下，就被敌人打中了，相继牺牲。

徐崇文在机枪掩护下，亲自抱起炸药包，冲了上去。敌人的机枪被我方的机枪和战士们的射击给压下去了，可是，他被曹小三发现了，曹小三一枪打中了徐崇文的腹部。徐崇文虽然身负重伤，但是依然拼尽全力冲到了围墙下，徐崇文拉响了炸药包，可是他却因负伤太重，不能撤下来，"轰隆"一声巨响，马连城瞪大了眼睛，在那一瞬间，他的心里感到了一阵锥心的痛。徐崇文牺牲了，可是，围墙却没有炸开。

马连城立刻把团爆破队调过来，他对爆破队长侯登山说："必须要在敌人还没有弄清我们的主攻方向之前，把围墙炸开。同时，还不能靠硬拼，你要多想一想办法。"

侯登山很快地了解了一下情况，对马连城说："团长，徐连副爆破失败的原因，主要是支撑杆太短，炸药包放得太低，正是围墙厚度最大的地方，所以一包炸药不会起很大的作用。必须把两包炸药捆在一起，并且尽量提高放置的位置。"

这时，主攻连仅有两包炸药了。二营长对马连城说："再去弄几个炸药包过来吧？"马连城说："来不及了。时间一长，敌人就会察觉我们的主攻方向在哪儿，到那个时候，他们就会很被动了。"一名爆破队员刚想抱起炸药包，却被侯登山拦住了。他亲自抱起这最后两包炸药，冲出阵地。

在猛烈火力掩护下，侯登山接近了三里庄东边一段单层围墙。他拔出刀子在墙上剜窝，踩着窝，挟着炸药包，身子紧贴着墙，向上爬去。当他爬到 3 米多高时，敌人发现了他，机枪交叉着向他射击。五连集中全部火力将敌人的火力压制下去。侯登山想把炸药包放在他用刀子剜出的窝里，可是窝太浅，根本放不进这四五十斤重的炸药包。他回头看了看，用自己的胸膛把炸药包紧压在围墙上，毅然拉着了导火索。

"轰隆"一声巨响，三里庄围墙炸开了一个大口子。二营五连指导员带领突击队冲进爆炸的烟尘，在突破口与敌展开激战，打退了敌人一次又一次的反扑。二营五连连长王雨亭带领全连战士拼死血战，也冲了进去。部队一直向村中猛插，但是都忙着到村中杀敌，却忘了巩固突破口，曹小三纠集了两个排的兵力，死死地卡住了缺口。围墙是双层的，一边一个排从夹皮墙中冲出，阻止了八路军后续部队的跟进。外边的攻不进去，里面的冲不出来。八路军拼死搏杀，伤亡很大。马连城急忙从北面调过来一个连，加强了东面的攻势。到了这个时候，郑奠基和张立言也弄明白了，八路军的主攻方向就在东面。

曹小三正在指挥着手下奋力拼杀，忽然团部的传令兵来到他的身边，凑到他的耳边悄悄地传达了郑奠基的命令。曹小三愣了一下，他咬了一下牙，心里说，无毒不丈夫。他把副连长叫过来，对他说："八路军从西边又发起了攻击，老大在那边快顶不住了，这边给你留下一个排，你要借助工事，死死卡住口子，我带人去支援老大那边。只要那边的危机一解决，就立刻带人赶回来。"说完这些话，曹小三根本就没给副连长说话的机会，立刻命令两个排撤下来，跟着他向村西冲去。等他来到村西头，崔长海也带着一部分人赶过来了，郑奠基说："留得青山在，不怕没柴烧。不多说了，弟兄们，跟我往西冲！"

这些老缺们心里很清楚，如果冲不出去，他们就只有死路一条了。所以，大家都是拼了命。结果，还就真被他们给冲出去了。这一战，郑奠基的部队损失过半，但他却终于逃进了大荒洼。

6

英庄据点和三里庄据点在一天之内都被八路军给端掉了。坂田终于沉不住气了，他再也不能像以前那样故作镇静了。他真的没想到，他一个联队开进黄河口，竟然越来越被动，他的部队人数一天天在减少，可是八路军的部队却是一天天在壮大。现在，八路军第三支队已经拥有四个满编团。更让坂田气恼的是，皇协军郑奠基团几乎全军覆没，陈三耀的独立营参加了八路军，这样一来，他手底下的皇协军已经丧失殆尽。只剩下十几个警备中队，分散在县城周围的十几个据点里。他不用想，也很明白，这十几个警备中队现在肯定是不肯再与八路军做对了。这些警备队是由县长赵志明负责指挥的，恐怕这个时候赵志明也指挥不动他的这些部下了。想起赵志明，忽然他的心里一动，赵志明有好些天没来他的司令部汇报工作了。当初，赵志明几乎每天都要来司令部，向他汇报工作。其实哪有那么多工作汇报呢？不过是来向他表一表忠心罢了。他让人叫来狩野。他要问一问这个县政府顾问，赵志明究竟在忙什么？

狩野很快就来了，他依然是带着一副玳瑁眼镜，迈着四平八稳的步子，脸上依然装出一副无视一切的样子。坂田看到他这个样子，心里忽然就生起一股怒气：哼，什么时候了？还在装？装什么呢？

狩野看见坂田，就发现坂田的脸色与平常不太一样，有什么不一样呢？他没有看明白，但是他就是感觉有一些异常。仔细一想，也难怪，联队参谋长曹谷信良自裁了。坂田联队长怎么能够不难受呢？他问："阁下，你今天的气色不太好啊！"

坂田心里的火苗子又蹿起老高，他真想说"这个时候我的脸色能好吗？"可是，他终于没有说出这句话，而是强压下心头的火，故作平静地说："狩野君，今天没有什么事，请你过来，是想讨论一下眼下的局势。不知你有何高见？"这句话一出口，坂田把自己吓了一跳，以前他何曾在狩野面前这么说过话呢？难道自己竟然这么不自信了？竟然要向狩野这个半瓶子醋请教吗？

狩野当然也没有想到坂田会问他"有何高见"，坂田何曾说过向他讨教的话呢？在军事上，他虽然是半瓶子醋，但是他毕竟不傻。他也想到，坂田已经有点六神无主了。他想了想，说："阁下，虽然八路军兵力远远超过我们，但是我依然认为他们的战斗力远远比不上我们大日本帝国的军队。虽然英庄据点丢了，曹谷君也已经殉国了。但是，八路军没有重武器，只要我们坚守县城，他们是不能把我们怎么样的。"

当初坂田也曾经与狩野一样总是信心满满的，甚至他比狩野更自信。可是，现在他的自信心却受到了沉重的打击。他忽然就叹了一口气，说："狩野君，我和你一样，当然十分相信我们皇军的战斗力，可是，你算过这笔账吗？我们的联队在这几年的时间里，损失了近一半，可是八路军呢？他们现在的兵力是我们的八九倍，加上李春秋的保安旅，就是我们的十几倍。《孙子兵法》中说：'用兵之法，十则围之，五则攻之，倍则分之。'现在，敌军数量是我们的十几倍，他们是完全有能力包围我们的。你说他们没有重武器？但是据我所知，八路军有一个机炮连，他们不仅有重机枪，还有从我们手里抢去的几门迫击炮。如果我们有外援，当然可以坚守不出，可是，我们的援军在哪儿呢？秋山将军现在也已经是自顾不暇了，哪里还顾得上咱们呢？"

狩野慌了神儿，他来的时候之所以还能装出一副满不在乎的样子，那是因为他一直觉得坂田是有办法解决困难的。自从进入中国以来，他就和坂田在一起，坂田联队与数倍于己的国军打过不少仗，从来没有败过。正是因为这一点，虽然他在得到曹谷信良战败自裁的消息以后有一些震惊，但是，他依然没有太放在心上。因为他太相信坂田的军事能力了。刚才进来的时候，坂田虽然透露出一点不自信，他也没有紧张。可是，现在听了坂田这番话，他才第一次感到了害怕。他再也装不下去了，他有些紧张地问："阁下，您说怎么办？"

坂田说："《孙子兵法》中还说：'敌则能战之，少则能逃之，不若则能避之。'我们现在恐怕只有'逃之'这一条路了。"

狩野想了想，说："可是，阁下，您与秋山将军联系过吗？如果秋山将军不同意我们撤退怎么办？"

坂田说："我马上就与秋山将军联系，只要秋山将军同意，咱们要尽快撤退。不然，一旦被围，恐怕就只能玉碎了。"

听到"玉碎"两个字，狩野竟然情不自禁地哆嗦了一下。

坂田忽然说："只顾与你商量军情了，忘了另一件事。赵志明这几天在干什么？"

狩野愣了一下，他不明白这个时候坂田问赵志明是什么意思，他如实说："这几天赵志明几乎不出门，把自己关在屋子里，不知道琢磨些什么？"

坂田眯缝起眼，忽然说："他恐怕也在给自己找退路。"

狩野说："他现在有什么退路呢？八路军最瞧不上他这样的人，他们是不会接纳他的。他又背叛了李春秋，李春秋肯定也是不会原谅他的。他现在只有跟着咱们了。"

坂田觉得狩野的这番分析还是有道理的。他又想了想，忽然就下定了决心。他说："狩野君，你要做好撤退的准备，等我与秋山将军联系后，咱们就撤往青岛。"

狩野问："赵志明呢？"

坂田笑了笑，说："就让他带领他的警备大队守着县城。"

狩野愣了，过了好一会儿，他才说："一个警备大队，战斗力就更不行了，那么这座县城很快就会落到八路军的手里。"

坂田说："我们也顾不得这么多了。让他替咱们抵挡一阵子也好。我想，上一次八路军和保安旅联合攻打县城，八路军主动把县城让给了李春秋，那时八路军的实力还不及保安旅。现在八路军在大荒洼已经有了一大片根据地，他们还建立了一个四边县政府，他们的地盘也已经远远地超过了保安旅。我想，他们现在很想占领这座县城。就让他们与保安旅来争吧。"说到这儿，他忽然恶狠狠地说："最好他们翻脸成仇才好呢。"

果然不出坂田所料，八路军第三支队和保安旅都在做着攻打县城的准备。八路军在攻克了英庄据点和三里庄据点之后，杨南标就与刘青林、袁文韬等人商量下一步的作战计划。袁文韬提出要稳扎稳打，先把县城周围的十几个据点逐一拔掉，然后再攻打县城。杨南标却不同意他的看法，杨南标说："目前，我们的兵力是日军的近十倍，已经完全有能力包围并消灭他们。如果在这个时候，我们还是像以前那样，先拔除他们的小据点，坂田恐怕会逃跑的。"

刘青林赞成杨南标的意见，他说："我们是不是还和以前一样，与保安旅取得联系，两家联合围攻县城呢？那样把握性更大一些。"

杨南标笑了笑，说："老刘啊，这一回我们不用去联系他们。我想李春秋恐怕现在已经开始行动了。"

果然不出杨南标所料，保安旅很快就采取了行动。这一次，李春秋的动作快得有点出奇。八路军因为在英庄和三里庄刚刚打了两场硬仗，部队需要做一个短暂的调整，才能向县城进攻。可是，保安旅却没有等，他们在知道英庄据点和三里庄据点已经被八路军攻克的消息之后，立刻就行动起来。

坂田刚刚与秋山静太郎取得了联系，还没等他行动，保安旅就已经从西面和北面围了上来。保安旅竟然跑在了八路军的前面，这是破天荒的第一次。坂田在接到报告以后，也不由得愣了一会儿，但是他旋即就明白了。这一次，李春秋没有与杨南标联系，而是自己行动的。他明白了李春秋的心思，李春秋和杨南标想的不一样，杨南标想的是要把坂田联队全部消灭。而李春秋呢，他只不过是想把坂田赶出县城，他想重新当他的县长。国共两军是友军，他率先发动攻击，只要坂田联队撤出县城，他占领了县城，八路军就只能吃这个哑巴亏。

坂田忽然冷笑了一声，中国有句古话怎么说来着：虎落平阳被犬欺。没想到，自己从来就瞧不上眼的李春秋，竟然也敢来欺负他。他命令部队先狠狠打击一下保安旅。

7

坂田联队第二大队大队长川崎接到命令以后，感到很奇怪。刚刚下达了撤退的命令，部队正在做撤退前的准备，怎么忽然又下令准备战斗呢？他本来是想去阻拦坂田的，可是，转念一想，他又明白了坂田的心思。坂田是一个高傲的人，作为一名职业军人，他本来是很瞧不起八路军第三支队司令杨南标的，更瞧不起保安旅旅长李春秋。经过几年来的搏斗，坂田对杨南标的看法改变了，他不得不佩服这个泥腿子出身的八路军指挥官。可是，对李春秋的看法，他却一直没有改变，在他看来，李春秋根本就算不上一个军人，倒更像是一个见风使舵的政客。现在，正是这个他最瞧不上眼的李春秋，竟然在他要撤退的时候，突然向他发难，这就让坂田很难接受。川崎想，如果是八路军向他进攻，坂田很可能就不去与对方纠缠，在八路军赶到县城之前，率领部队赶紧撤走。县城既然保不住了，那么，保存实力就是当务之急。可偏偏是保安旅率先向他进攻，这就让他无法忍受了。所以，坂田才会下达了准备战斗的命令。看来，坂田是决定在临撤退之前教训一下李春秋。八路军刚刚打了两场硬仗，肯定要进行一下休整。抓住这个机会，教训一下这个令人讨厌的李春秋也好。

李春秋在当初撤出县城的时候，在县城里安排了不少眼线。日军刚一准备撤退，他就得到了情报。眼线告诉他，日军这几天忙忙碌碌，好像是要撤退的样子。李春秋就是要抓住这个机会突然发起进攻。他打了一个小九九，日军既然要撤退，保安旅突然进攻，日军必然仓皇撤退。这样一来，他就是从日军的手里夺回了县城。他继续做这个县长，就名正言顺了，也就不怕八路军来跟他争了。他的目的并不是要与日军主力决战，因此他没有从四面包围县城，而是只从县城北面发起攻击。

事情却完全出乎李春秋所料，当保安旅向县城发起进攻的时候，却遭到了日军的顽强阻击。负责在城北面阻击的正是川崎，他并没有把整个大队的兵力都放到城墙上去，而是安排了一个步兵中队和大队仅有的一个机枪中队。他们有城墙做掩体，日军的枪法又比较准，再加上一个机枪中队的 12 挺机枪，保安旅虽然人数众多，却展不开。保安旅接连发起了几次进攻，都没有成功。李春秋有点蒙了，他实在搞不懂了，坂田到底在想什么？难道自己的情报错了？还是坂田忽然改变了主意不想撤退了？战斗一时陷入胶着状态，李春秋进退两难。他把在城下亲自指挥战斗的参谋长吴克志叫来，商量对策。吴克志说："我们的情报不会错。因为形势摆在那儿，现在的形势，不论是八路军，还是咱们保安旅，兵力都远超日军。一旦咱们与八路军联手把县城包围了，坂田就是想走也走不了。他现在只不过是想在撤退前发泄一下心中的怒火罢了。咱没必要与他硬拼，他们占着地利的优势，硬拼只会让咱们遭受更大的损失。"

李春秋频频点头，他有点着急地说："老吴，你快说，咱们下一步该怎么办？"

吴克志说："咱们把部队撤到日军的射程之外，然后分兵去做出一个要包围县城的样子，坂田必然会撤退。"

李春秋很高兴，他说："嗯，这个主意不错。坂田这个老鬼子最怕被包围了。只要咱们分兵向其他三个方向移动，不管真假，他都不敢和咱们打赌。"他立刻让吴克志传令分兵包围县城，不过，声势一定要造大，行动不要太迅速了。

李春秋率部向县城移动的消息传到八路军第三支队司令部的时候，杨南标和刘青林、袁文韬正在研究军情。刘青林说："咱们是不是停止休整，立刻参加进攻县城的战斗呢？"

杨南标点了点头，随后又摇了摇头，他说："老刘，李春秋并不是真的要与日军决战，他的目的无非是把坂田赶出县城，然后他继续当县长。如果我猜得不错，接下来，他会从县城的西面或者北面发动进攻，一定会留着南面，让日军撤退。"

袁文韬说："这个李春秋真是成事不足败事有余，如果他不这么急着行动，和咱们一起突然包围县城的话，就能把坂田联队彻底消灭在大荒洼。现在，让他这么一搞，反而打草惊蛇，坂田一定会溜掉的。咱们立刻行动，去包围县城，决不能让坂田跑了。"

杨南标想了一想，说："恐怕来不及了，其实，即便是李春秋不去攻打县城，坂田也是会撤退的。把坂田围在县城里，虽然能够把他消灭，但是，日军有城墙，又有重武器，真要攻打，损失必然很大。现在，李春秋这么一搞，反而更好。咱们迅速行动，直接把部队拉到县城以南，当日军撤退的时候，咱们再打。"

袁文韬眼睛一亮，他说："司令这个主意好。到那个时候，就是咱们占据了地利，日军处于不利的位置。"

杨南标说："不过，咱们行动要快，不然日军一旦离开县城，咱们要是落在了后边，就只能追着屁股打，就很难全歼坂田联队了。"

第三支队立刻行动起来，他们刚刚离开大荒洼，就接到了情报，李春秋只从县城北面发起进攻，却遭到了日军的顽强抵抗。杨南标预感到日军很快就会撤出县城，大部队怕是拦不住日军了。他立刻命令刘人杰带领特遣队轻装前进，力争要跑到日军前面。特遣队不仅有英冬雨和马虎剩这两个神枪手，其他战士也都是枪法很好的。他们一旦跑到敌人前面，虽然拦不住敌人，但是肯定能够给日军以沉重打击。

特遣队接到命令之后，立刻把身上的包裹、干粮袋等全部扔掉，交由后面的部队，每个人都只携带枪和子弹带，全速前进。

在县城里，坂田接到了报告说保安旅停止了在城北的进攻，但是却分兵向东、向西行动，看样子像是要包围县城。坂田没想到李春秋会来这一手。如果仅仅是保安旅，即便是把县城包围了他也不怕，他随时可以突围而去。可是，他就怕保安旅一旦包围了县城，自己突围必然会受到阻击，八路军再赶来的话，他就真的是插翅难逃了。看来，保安旅里还是有高人的。他可不想因为与李春秋这个他根本就瞧不上眼的三流政客斗气，贻误了战机。他立刻命令警备大队把守城的日军全部换下来。赵志明当然很明白坂田这么做的目的，他虽然心里把坂田骂了千遍万遍，可是他敢不服从命令吗？他不敢。他知道，这个时候，他只要敢说一个"不"字，坂田会毫不犹豫把他杀掉的。他只得按照坂田的命令，让警备队士兵换上日军服装，上了城墙。

日军很快集结起来，从南门出了县城。这个时候，保安旅还在从城北向东、向西两个方向缓慢地移动着。日军刚刚全部撤出县城，赵志明立刻命令警备大队全部撤下来，弃城而逃。可是，等他们来到南门的时候，保安旅二团团长王孝成带队也来到了。一开始，王孝成一见穿着日军军服的警备队，还以为是日军呢。他感到很奇怪，他们留出了足够的时间，也派出了侦察小分队，得到的情报是日军已经全部撤出了城。城墙上也不见人了。怎么现在又冒出这么多日军呢？警备大队足有200多人。这让王孝成很担心，虽然保安旅在人数占据着绝对的优势，但是他们对日军的战斗力是很畏惧的。他命令部队不要阻拦日军逃跑，而是从侧面向这股日军发起攻击。战斗刚一打响，那些"日军"就狼狈逃窜，很多人甚至还扔掉了枪。很快，警备队的人就明白过来，是身上的日军军服害了他们。他们一边脱下日军军装，一边大声喊叫。

一看到这个场面，赵志明简直气炸了肺。从刚才保安旅的行动来看，保安旅是把自己这支队伍看成了日军，保安旅不敢真的阻拦，所以才从侧面发动了攻击。这样的话，自己完全能够把这支队伍带出去。现在，保安旅知道他们不是日军，就会毫无顾忌地包围并消灭他们。他长叹一声，手下这些愚蠢的士兵，以为是日军军装害了他们，其实是想错了。没有了日军军装，他们只能是被消灭得更快。果不其然，当王孝成知道这些人是警备队以后，立刻命令部队围上来。警备队士兵们纷纷举手投降，赵志明知道自己背叛了李春秋，一旦落到李春秋手里，不会有好果子吃。他带着几个亲信，拼命向南突围，被保安旅乱枪打死了。

李春秋顺利地进了城，他立刻命令部队分头把守。这一回，他要防的不再是日军，而是八路军。等安排好一切之后，他才回了县政府，让副官许从新找人出榜安民。

8

特遣队终于赶到了日军的前面，来到了日军南撤的一条必经之路上。可惜的是从博安县城往南一段距离依然是一马平川的平原，没有很好的掩体。刘人杰召集周生水、英冬雨、马启亮和关小峰布置任务，刘人杰说："来之前杨司令就说过，凭咱们特遣队，根本不可能阻挡住坂田联队。所以，交给咱们的任务就是打一个伏击战，尽最大可能地消灭敌人的有生力量。杨司令在命令咱们全速前进的同时，也已经命令一、二、三团轻装前进，尽快赶上来。只留下四团和县大队作为后援。根据杨司令的安排，咱们分兵两路，我和冬雨带一中队在路东埋伏，老周和启亮、小峰带二中队、三中队在路西埋伏。咱们人少，不能靠公路太近，只能埋伏到离公路十几米外的排碱沟里。敌人怕被咱们的主力部队追上来，必然不敢恋战，咱们就抓住这个机会，狠狠地敲他们一下，一定要把他们打疼。"想了一想，他又说："全队就以冬雨的枪响为号，冬雨要确保一枪击毙一名日军的指挥官或者是机枪手。"

大家刚刚埋伏好，公路上就传来汽车和摩托车的轰鸣声。冬雨把那把20响镜面匣子挎在腰间，端起他的那杆水连珠步枪，从落光叶子的荆条丛的缝隙注视着公路上。很快，他就看见了一辆挎斗摩托车，摩托车上共有三名鬼子兵，一名驾驶员，另一名背着枪坐在后座上，车斗里坐一名鬼子兵，车斗上架一挺歪把子轻机枪。这是日军的97式陆王军用摩托车，车斗在左边。冬雨这一回没有去打摩托车手，而是把枪瞄准了坐在车斗里的机枪手。因为他很清楚，一旦阻止了日军的前进，日军一定会反击，轻机枪的火力是不能轻视的。

敌人的前锋已经进入了伏击圈，冬雨一再暗暗叮嘱自己要沉住气。当他从荆条丛的缝隙中看到几辆摩托车后面出现了一辆卡车的时候，他突然改变了要打机枪手的打算。

日军的三辆挎斗摩托都从他的面前过去了，他依然没有开枪，大家都很奇怪。就连在队伍最南头的刘人杰也有些着急了。因为第一辆摩托车已经来到了他的面前，再不开枪，这第一辆摩托车就会冲出了包围圈。虽然公路是土路，摩托车颠簸得很厉害，但是毕竟还是比步行要快得多。就在这时，冬雨的枪终于打响了。

冬雨之所以迟迟不开枪，他是觉得摩托车后边的那辆军用卡车里肯定有日军的军官，而且很有可能是坂田。

果然让冬雨猜对了，坐在卡车里面的正是联队长坂田。日军的运兵卡车前排只有两个座位，右边是驾驶员，左边那个座位就是军官坐的。现在，坂田正坐在里面。离开博安县城，他的心情很沮丧。在进入中国之后，日军的战斗力曾经让他倍感骄傲，一个日军中队甚至是一个小队就能控制一座县城和一个县的事情屡见不鲜。他一个联队来到博安的时候，他也曾经踌躇满志，他曾经想过，等他把博安县和靠近渤海的这一片大荒洼完全控制在自己的手里之后，留下一个中队，最多是留下一个大队，然后他要率领其他两个大队继续南下，去征服中国更多的土地。在日军里，大多数联队长是大佐，只有少数联队长是中佐，可惜的是他就正是这少数中的一员。这让他那颗高傲的心有点受不了。所以，他一直想着尽快离开大荒洼，到胶东战场去立战功。可是，让他没想到的是他竟然被困在了这个黄河入海口的大荒洼里。现在呢？他一个联队竟然不得不离开大荒洼。短短几年的时间，八路军在大荒洼从无到有，从小到大，他这个军校出身的职业军人，竟然被杨南标这个泥腿子出身的土八路给彻底地打败了。他真有一种无颜见江东父老的感慨。

坂田是一个中国通，他对中国的历史其实是很有研究的。中国历史上的那些风云人物中，他最欣赏的是楚霸王项羽。虽然项羽是一个失败了的英雄，但是，项羽宁可自尽也不肯过江东的那种豪气干云的气概，让他发自内心地佩服。在离开日本本土来中国之前，他又查阅了《史记》和其他一些中国的历史资料，他发现霸王墓竟然在山东谷城。来到山东以后，他曾经想到谷城去，到霸王项羽的坟墓去看一看，拜一拜。结果，秋山旅团长却让他来到大荒洼。他想着心事，神思竟然有些恍惚。汽车在坑洼不平的公路上颠簸着，他的思绪也就被颠簸着。

忽然，一种莫名的情绪涌上心头，他自己也说不清楚是一种什么情绪。就在这个时候，他似乎听到了一声清脆的枪响。他真的听到了吗？或许没有听到，或许只不过是他的一种预感。但是，的确是有一颗子弹飞过来，不偏不倚，射中了他的太阳穴。在临死之前的这一刻，他忽然有一种解脱的感觉。

这一枪是冬雨打的，他并不认识坂田，但是，他却看见了坂田的领章，那是两杠两星的中佐标志。冬雨在大荒洼里打猎练就了超好的视力，当他看清坐在军车里的军官领章是中佐军衔的时候，就毫不犹豫地扣动了扳机。随着冬雨那杆水连珠步枪清脆的响声，从路两旁的排碱沟里射出了一排排子弹。

坂田联队第三大队大队长中村从枪声判断出来，这一股八路军人数并不多，但是枪法却很准。他猜到这很有可能就是在大荒洼里长期和他们作对的特遣队。但是，日军在人数上却有着绝对的优势，中村很明白，如果自己只是一味地逃跑，特遣队一定会死死地咬住他们不放，那么日军伤亡就会很大。所以，他没有犹豫，命令部队全力反击，用强大的火力把特遣队压制住。日军的子弹如同瓢泼大雨一般向特遣队的阵地上倾泻过来，特遣队很多队员受了伤，冬雨也被一颗流弹打中了右肩。

如果不是担心八路军的大部队会很快赶过来，中村真想借这个机会把特遣队全部消灭。可是，他不敢恋战。趁着特遣队的火力被压制住的机会，中村指挥部队迅速撤退。即便如此，他们还是没能摆脱八路军的追击。由于军车和摩托车被打坏了好几辆，只有一小部分日军乘坐军车和摩托车逃走了，大部分日军被八路军大部队给追上并歼灭了。

第十八章

1

冬雨和其他伤员被送进了第三支队战地医院。特遣队在经过一番休整之后，又要离开驻地执行任务了。刘人杰在临走之前，到战地医院看望冬雨。冬雨听说有任务，就说："队长，我的身体已经好多了，我不能离开队伍"

没等刘人杰说话，一旁的一个女护士说话了。她说："英队长，你的伤口还没有愈合，不能颠簸。刘队长的安排是对的，你就在这儿安心养伤，等你的伤好了之后，再回去。"

刘人杰进来的时候，看见了这位女护士，他并没有注意。现在，听见她说话，他才抬头打量她一下。他当然不好意思去盯着一个女孩子仔细看，他只是很随意地扫了她一眼，却发现这个女孩子长得很漂亮。并且，他从这个女孩子的眼神中看出来，她对冬雨是很关心的。当然，作为一个护士，关心自己的病人是应该的，但是，她的关心分明与一般的护士不一样。就在这一瞬间，刘人杰心里闪过了一个念头，这个女孩子喜欢上了冬雨。

女护士见刘人杰看她，她倒没有害羞的样子，而是大大方方地对刘人杰说："刘队长好！我是战地医院护士沈晓菲。英队长在这儿的护理就由我负责。"

刘人杰说："沈护士，多谢你这些天来对冬雨的精心护理。我虽然已经来过几次了，但是由于关心冬雨的伤势，一直没有和你打招呼，希望你不要介意。"

沈晓菲浅浅一笑，说："刘队长这是说哪里话，你每次来都对英队长的伤势那么关心，你对他的这份感情让我这个护士都感到嫉妒呢？"开了一个小小的玩笑，没等刘人杰说话，她紧接着又说："刘队长，您要好好劝劝他，他必须要安心地在这儿养伤才行。"

刘人杰说："我不是来劝他的，我是传达杨司令和马团长的命令，冬雨必须要在这儿安心养伤，直到完全好了以后，才能返回部队。"

冬雨听刘人杰这么说，急得直瞪眼。他看了沈晓菲一眼，说："沈护士，你能不能先出去一下，我有几句话要和刘队长说一说。"

沈晓菲点了点头，没有说话，就走出去了。在走到门口的时候，她却又回过头来，看了冬雨一眼。那一眼里，满是柔情。

听着沈晓菲的脚步声走远之后，冬雨才说话。他说的话很简短，却很坚决："队长，我必须要跟随部队回去。"

刘人杰心里似乎猜到了什么，但是他不能确定，他只是猜测到冬雨要求归队，很可能与这个沈晓菲有关。他问："为什么？你如果有很充足的理由，我可以去向团长汇报，如果没有充足的理由，你就别说了。"

冬雨却沉默了，过了好长时间，他依然不说话，只是两眼定定地看着房顶。

刘人杰笑了笑，说："是不是因为刚才那个漂亮的女护士啊？"

冬雨的脸一下子红了，简直红到了脖子。他只是窘迫地看着刘人杰，却说不出话。

刘人杰听说过冬雨和芦花的事情，他知道冬雨的心里一直装着芦花。可是，芦花早已经是胖娃的媳妇，并且还给胖娃生了一个女儿。冬雨和芦花之间的感情，只能彻底地割断。他觉得现在正是一个机会，或许沈晓菲能够让冬雨从那段痛苦的感情中走出来。

2

李春秋虽然又坐上了县长的宝座，但是，他心里很不踏实。在日军侵占大荒洼的时候，他和他的保安旅究竟做了些什么？他自己比谁都清楚。日本人是被八路军赶走的，他只不过是一直在投机取巧罢了。现在，八路军第三支队的实力早已经远远超过了他的保安旅，他真的是很害怕八路军与他争夺县城。好在日军在撤退时来不及搞破坏，县城的城墙和防御工事依然完好，他命令部队加强防守。目前还是国共合作时期，他相信杨南标不会做太过火的事情。

李春秋其实是很佩服共产党和八路军的，有时他甚至想：如果自己真的与八路军合作，甚至加入共产党，会怎么样呢？但是很快他就否决了自己的这个想法。他出身地主家庭，他家里有很多土地，共产党现在搞的是减租减息，他相信，如果共产党得了天下，一定会消灭地主阶级的。这是他不愿意看到的。所以，他虽然很佩服共产党和八路军，却不想与他们合作。

现在，日本人撤走了，大荒洼里真正有实力的武装力量就只有八路军第三支队与他的保安旅，至于郑奠基已经对他构不成任何威胁。通过广播和报纸，他知道日本人已经是强弩之末，中国部队已经全面展开了反攻。他相信，日本人很快就会完蛋了。日本人完蛋之后，国共两党的矛盾就会凸显出来。两个党派代表的是不同的阶级，他们的政治主张也是大相径庭，他们之间的矛盾是不可调和的。他已经从上司那里得到了消息，国共之间肯定要有一场大战。他必须要早做准备。说实话，与杨南标斗，他是连一点底气也没有的。坂田那么狡猾，日军的战斗力那么强，结果又怎么样呢？还不是被杨南标给赶出了大荒洼吗？李春秋还是有一些自知之明的，他在心里承认自己不是杨南标的对手。可是，让他放弃荣华富贵，他又实在是不甘心。眼下，他能做的，一是尽量不与八路军冲突，二是到省里寻求支持，三是想办法迅速扩大自己的实力。

想好了对策，李春秋立刻开始行动。他主动邀请杨南标来商量共同治理博安县的大计，力争与八路军来一个井水不犯河水。

杨南标与李春秋很快就见了面。寒暄过后，李春秋切入了正题，他说："杨司令，小弟我在抗战一开始，就组建了保安旅，并兼任了县长一职。日本人来了，我是独木难支，不得不暂时撤离了县城。多亏了贵军多次相帮，才使我得以重回县城。大恩不言谢，今后我们还要继续合作，共同把博安县治理好，不能让黎民百姓再像从前那样遭受战火蹂躏了。"他这一番话，是经过反复思考过的，首先把自己说成是博安县的主人，然后再感谢八路军的帮助，言外之意，就是八路军是帮助他这个主人赶走了日本人。紧接着，又说不能让老百姓再受战火之苦。这句话的意思就更明显了，如果八路军不与他合作，挑起战端，那就是把老百姓重新置于无家可归的境地，那么，八路军就成了人民的敌人。

杨南标当然很明白李春秋这几句话的含义，他笑了笑，说："李旅长在抗战一开始，就在家乡拉起队伍，打出抗日救国的旗号，我们是很赞赏的。虽然在日军大兵压境的时候放弃了县城，暂避敌人锋芒，我们也是能够理解的。但是，有一点我必须要指出来，在这几年的抗战中，我们虽然有过几次合作，但是那几次合作并不是很愉快的。至于李旅长说的今后我们要进一步合作，不能让这一方百姓再受战火之苦，我倒是很赞成的。李旅长能有这样的认识和胸怀，我是很佩服的。早在1939年，我们三支队选派的几十名干部遭到顽固派秦启荣等人的阻击，制造了骇人听闻的太河惨案。我们八路军山东纵队最终坚决地消灭了秦启荣顽军。我们欢迎像李旅长这样的明智之士，也绝不怕秦启荣那样的顽固派。我完全相信李旅长与我们合作的诚意，我提议，今后咱们就以目前各自占领的地方为驻地，互不侵犯，李旅长意下如何？"

李春秋瞪大了眼睛，有点不相信地看着杨南标。他不敢相信自己的耳朵，这是真的吗？杨南标竟然答应不来与自己争夺县城？刚开始的时候，杨南标的话是义正词严、绵里藏针，听得他心惊肉跳，他以为杨南标在说出了消灭秦启荣部队以后，一定会以此来威胁他，让他把县城让出来。可是，怎么会来一个180度转弯呢？他呆愣愣地过了足有一分钟，才终于回过神儿来，他赶紧说："杨司令大仁大义，我李某怎么能像秦启荣之流那样做背信弃义的事情呢？我就喜欢与杨司令这样爽快的人交朋友，今天咱们就这样说定了，李某决不食言。"眼下，他最怕的是杨南标食言。可是，等他过后明白过来，他就悔青了肠子。

3

李春秋与杨南标会谈以后，他的心里并没有轻松多少。他还得想办法，尽快招兵买马，扩大实力。在这个战乱的时代，他一直信奉的就是一切靠实力说话。他要想真正在博安县站稳脚跟，把这个县长踏踏实实地做下去，就必须要发展自己的实力，使他的力量成为黄河口地区的第一势力。可是，眼下八路军第三支队不断壮大，他的保安旅却招不到兵。看着八路军第三支队在一天天做大，他感到万分心焦。可是，老百姓都愿意跑去参加八路军，却不愿意参加他的保安旅。不仅如此，还常常有士兵偷偷地当了逃兵。为了尽快扩大实力，他想到了郑奠基。他做出了一个大胆的决定，他要再次收编郑奠基的部队。郑奠基在三里庄虽然损失惨重，但是仍然有100多人，并且这都是大荒洼里的惯匪，战斗力自然不弱。他让副官许从新到大荒洼里去找郑奠基。

郑奠基躲在荒洼深处，一般人是很难找到他们的。但是，这件事难不住许从新。他早就知道枣园酒馆的老板英秋原就是郑奠基安插在英庄的眼线，枣园酒馆就是郑奠基的一个重要联络点。他来到英庄，找到了英秋原。

许从新走进枣园酒馆的时候，已经是过了晌午了。他和手下的几个卫兵早已饿得肚子咕咕直叫了。英秋原认识许从新，他赶紧迎上前来，脸上堆起职业的笑容，微微弯着腰，说："哟，是许副官啊，快里边请！"一边说着，一边把许从新和几名卫兵往屋里让。

酒馆里吃饭的人并不多，人们一见进来几个军人，一看那军装就知道是保安旅的，又听英秋原称呼那个当官的为"许副官"，都怕惹上麻烦，不一会儿就都走光了。

许从新带着几名卫兵，跟着英秋原走进了一个单间。陈保定进来给许从新等人泡茶。许从新看着陈保定，觉得有些眼生。他笑着问："英掌柜，看来你这酒馆的生意还不错啊，竟然雇上了伙计？"

英秋原心里"咯噔"的一下，他赶紧说："许副官，托您的福，这生意还过得去。"说到这儿，他看了许从新一眼，见许从新依然看着陈保定，于是就又说："这是我的一个远方亲戚，老家是河北保定的。"英秋原又冲陈保定说："保定，给各位长官泡好茶，就赶紧去把今早上刚刚从芦花河里捉的那条大白鲢去炖上，让各位长官尝尝你的手艺。"

陈保定这时已经泡好了茶，也赶紧冲许从新笑了笑，说："长官，您慢用！"说完话，就赶紧走了。

许从新看着陈保定的背影，不由得起了疑心。起了疑心，并不是他从陈保定的身上看出了什么疑点。他起了疑心，正是因为英秋原的小心谨慎。他只是看似很随便的问了一句，英秋原就说了那么多，说的那一些都是解释的话。解释什么呢？解释这个伙计的来历，越是这么解释，这个伙计的来历就越是可疑。并且，他还立刻把陈保定给支走了。

英秋原以为把陈保定打发出去就行了，可是，许从新却没打算放过这件事。也没有什么事，他不放过的是陈保定这个人。他说："怪不得我觉得这个小伙计很眼生呢？原来不是本地人啊？"

英秋原心里又是一紧，他想，今天这事儿可是真怪了，这个许副官怎么就盯上了陈保定呢？如果真的让他看出点什么来，那可就麻烦了。他赶紧赔着小心说："许副官，这是我表姐家的孩子，在老家混不下去了，来这儿跟着我讨口饭吃。"

许从新装作毫不在意的样子，端起茶碗，用碗盖轻轻地打了打飘着的茶叶，鼻子里深深地吸了一下，然后又慢慢地放下盖碗，说："好茶！"

英秋原放下心来，赶紧说："这是我托人从惠民买来的，是今年的新茶。"

许从新看了看英秋原，他见英秋原的表情有点轻松的样子，嘴角掠过一丝冷笑，说："英掌柜，保定城虽说不上是大城市，但比我们这大荒洼可繁华得多了。你这个亲戚年轻轻的，怎么舍得放弃城里的繁华生活，跑到咱这大荒洼里来跟着你受苦呢？"

英秋原心里吓了一跳，但是他的脸上却没有什么变化。就在刚才那一瞬间，他忽然就发现了自己的错误。人家就是那么随口一问，他不该说的太多。他镇定下来，叹了一口气，说："我那表姐夫和表姐去世以后，他在那儿无依无靠，这才来投靠我。虽然咱这儿荒凉一些，但是却总是有一口热饭吃的。"

许从新从英秋原的语气中已经听不出一丝慌乱了，但是他心里的怀疑却是丝毫也没有减少。他想，既然英秋原给郑奠基当眼线，他手下有这么一个机灵的小伙子，负责替他传递消息，这本来是很正常的事情。可是他从看到陈保定第一眼的时候，就有一种异样的感觉。这感觉有什么异样呢？他一时说不出来。因此，他才多问了那么几句。他不想在这个小伙计身上耽误工夫，他开门见山地说："英掌柜，今天我来，是有一件事想请你帮忙。"

英秋原说："许副官，您太客气了，有什么事，尽管说。"

许从新说："英掌柜真是个爽快人，我就是愿意与你这样的人打交道。是这么回事，郑奠基在三里庄被八路军打败以后，又进了大荒洼。李旅长念在当初郑奠基曾经参加保安旅的份上，想给他找一条出路。"英秋原刚想张口说话，许从新用目光制止了他，许从新接着说："英掌柜，我知道你有办法能够找到郑奠基。你放心，我们对他绝无恶意，李旅长的意思是让他重新出山，将功补过。"

英秋原沉吟了一会儿，他心里很明白，许从新对他的过去和现在都是了解得很清楚的。他不能拒绝，只能答应下来。想到这儿，他很干脆地说："好吧，既然许副官信得过我，我就到荒洼里去跑一趟，只要我能找到郑大当家的，一定把您的意思转达给他。"

许从新笑了，说："我刚才就说过，英掌柜是个爽快人。我相信，你是一定能够找到郑奠基的。我更相信，郑奠基一定会答应李旅长的要求，重新出山的。见到郑奠基，英掌柜不妨对他实话实说，八路军三支队现在正在大肆扩军练兵，他们与郑奠基是有仇的，郑奠基不能老是躲在荒洼深处。即便郑奠基和他的弟兄们能够吃得了这份苦，八路军也不会放过他。一旦八路军打进大荒洼，郑奠基的日子就会更难过了。还要麻烦你告诉郑奠基，我就在英庄住下来，等他回话。如果他有意，可以到英庄来和我当面谈。"

英秋原能说什么呢？他只能答应。许从新也是一个很干脆的人，几句话把事情交代清楚，就不再提起这件事了。英秋原陪着许从新喝了一会儿茶，陈保定炖好了鱼，用一个大盆连鱼带汤端上来。许从新和卫兵们早就饿坏了，一闻到弥漫了满屋子的香气，就忍不住要流下口水来。陈保定给他们每人盛了一碗鱼汤，又飞快地拿来了枣木杠子酒，给他们倒上。

许从新没有去端酒碗，而是先端起碗喝鱼汤，鱼汤很热，烫得他直咧嘴。他趁热喝了半碗鱼汤以后，又拿起筷子从盆里夹了一块鱼肉，慢慢地吃着。芦花河里的大白鲢肉鲜味美，但是鱼刺却很多。那些卫兵们也跟着许从新一起先喝汤，再吃鱼。

过了一会儿，肚子不再饿得咕咕叫了。许从新才端起酒碗，也不管别人，自顾自地喝了一口。放下酒碗，他说："这枣木杠子酒劲儿很大，不先吃点东西，喝不了半碗就会醉倒的。"

英秋原说："许副官是喝酒的行家，这种烈性酒的确是不能空着肚子喝的。"

许从新看了看英秋原说："英掌柜不喝点吗？"

英秋原说："许副官，我就不喝了，待会儿我还要去给您办事儿呢？"

许从新说："英掌柜真不愧是我们的朋友。等你从荒洼里回来，咱们再好好地喝几杯。"说完话，他便自顾自地吃喝起来。不一会儿，许从新和他的那几名卫兵就已经酒足饭饱了。他对一名卫兵说："你结一下账。"

英秋原赶紧说："许副官，这怎么使得呢？既然您把我当做朋友，朋友来我这儿吃一顿饭，喝几杯酒，还说什么结账呢？这不是不拿我当朋友了吗？"

许从新本来也就只是想做个样子，见英秋原这么说，也就借坡下驴，说："英掌柜既然这么说，那就算了。日后我也邀请英掌柜到县城去做客。你可得一定要赏我这个面子啊？"

英秋原说："一定，一定。"

许从新说："英掌柜，天也不早了，你就快去找郑奠基吧。我们就不打扰你了，我要到英庄祠堂去，晚上就住在那儿了。你回来不管早晚，一定要到那儿去找我。"英秋原答应着，许从新带着卫兵走出了枣园酒馆，向英庄祠堂走去。走在英庄的南北大街上，他心里依然想着那个小伙计陈保定，忽然，他脑中闪过一丝灵光，他找到了陈保定身上的异样在哪儿了，那就是这个小伙子身上没有荒洼里的那些老缺们身上的那股匪气。再说，如果这个小伙计是郑奠基派来的，那么到荒洼里去的就该是这个小伙计，而不应该是英秋原。这么说，这个小伙计的身份很可疑了。他停住了脚步，回过身去。卫兵们不知道他要干什么，都诧异地看着他。许从新想了想，却又转过身，继续往前走。走着走着，他忽然对跟在身边的一名卫兵说："李白斗酒诗百篇，原来是喝酒以后思维更敏捷啊！"

卫兵不明白他说这句话的意思，许从新当然不会向他们解释，而是得意地晃了晃脑袋，继续向前走。他现在还不想对陈保定下手，他想说不定以后或许会用到这个小伙计呢？当然他没有想到，形势发展超出了他的预期，他再也没有机会来英庄了，更不会有机会见到这个小伙计了。

许从新走后，英秋原对陈保定说："许从新这次来，是要再次收编郑奠基，今天晚上你就去向刘队长汇报。"说到这儿，他忽然叹了一口气，接着说，"保定，咱爷俩也要分手了。你送完信就别回来了。我看出来了，许从新对你已经有了怀疑，再回来恐怕有危险。"

陈保定说："大叔，我一去不回来，许从新那儿你怎么交代啊？"

英秋原说："你放心，现在正是许从新用我的时候，他不会把我怎么样的。"

4

郑奠基的日子很不好过，他虽然带着人逃进了大荒洼，但是，现在的大荒洼可不比从前了。以前，他虽然把老巢安在荒洼深处，但是，他随时可以带人走出大荒洼，到附近的村子里去绑票抢劫。而且，很多富户为了求得安宁，还主动给他送钱。现在呢？大一些的村庄里几乎都有驻军，不是八路军就是保安旅。尤其是在八路军控制的范围内，每个村子里都有民兵队。一有什么动静，驻守在附近村子里的八路军就会赶来支援。他知道，八路军正在千方百计地想要找到他并把他消灭。因此，这一阵子他很警觉，几乎对谁都怀疑，即便是对英秋原也很不放心。他虽然早就怀疑英秋原暗中也与八路军有来往，但是，他并没有彻底与英秋原断了联系。他相信，英秋原还不至于把他出卖给八路军。

英秋原找到郑奠基，把许从新说的话告诉了他。郑奠基就像抓住了一根救命稻草，他很痛快地答应了与许从新见一面。

郑奠基带着张立言和曹小三一起去见许从新，见面地点就在枣园酒馆。他们是在一个晚上见面的。在英秋原到荒洼里去见郑奠基的时候，张立言就仔细问过英庄的情况，他尤其问到了八路军是否在英庄驻扎有部队？英秋原说，原来是有的，后来就走了。当时，张立言并没有说什么，他相信英秋原不会欺骗他们。英秋原走后，他对郑奠基说："大哥，咱们的机会来了。"

郑奠基问："什么机会？"

张立言说："如果我猜得不错，八路军近期肯定会有大动作，并且可以肯定的是这个大动作不是针对咱们的。他们已经在悄悄地集结部队，很有可能是要离开大荒洼。这样的话，咱与保安旅合作，就要提出在英庄和三里庄一带驻防，毕竟咱们在这一带熟悉，万一有什么事情，随时可以撤到大荒洼里。"

郑奠基觉得张立言说得很有道理，见了许从新之后，郑奠基提出了两个条件，一个是把他的部队编为保安十六旅独立团，一个是他的部队就驻扎在英庄和三里庄一带。许从新在来之前，李春秋就曾经叮嘱过他，只要郑奠基答应接受改编，其他条件都可以酌情处理。许从新心里很清楚，郑奠基的队伍满打满算也不会超过200人，没想到郑奠基竟然要当独立团团长。转而一想，这也无所谓，只不过就是一个称号而已，这都是无关紧要的事情。于是他就答应下来，说是李旅长早就打算任命郑奠基为独立团团长。可是，接下来的事情，就让他感到为难了，因为张立言接着要求按照一个团的编制发军饷。许从新可不敢贸然答应，只得说回去向李旅长汇报。

还真让张立言给猜对了，就在郑奠基他们等待接受保安旅改编的时候，八路军山东纵队司令部下达了一个命令，第三支队与冀鲁边支队合编为山东第七师，杨南标任师长，并迅速开赴东北。特遣队和四边县大队合并，整编为山东第七师独立营，刘人杰和周生水分别担任正副营长，原四边县大队大队长赵英洲任独立营教导员，继续留在大荒洼。英冬雨、马启亮、关小峰分别担任了独立营一、二、三连连长。

趁着杨南标带领主力部队离开大荒洼，李春秋正式任命郑奠基为保安十六旅独立团团长。郑奠基对三里庄情有独钟，他依然把他的团部设在三里庄，并且让曹小三的三连驻守在三里庄。让张立言带领崔长海的一连驻守在英庄。把新组建的二连安排在芦花河南岸的马家庄。

5

日本人投降的消息很快就传到了博安县城。许从新想，日本人投降了，杨南标带领主力部队去了东北，最应该感到高兴的人就是李春秋了。可是，他这几天却一直没见李春秋露出过笑脸。不仅没有笑脸，反而整天阴沉着脸，很不开心的样子。许从新想问，可他又不敢问。

李春秋的确是高兴不起来。当初保安旅趁八路军追击日军，抢占了县城。八路军不仅没有跟他争夺，反而在谈判中主动提出双方都在现有地盘上发展，互不侵犯。那个时候，李春秋以为自己占了一个大便宜，现在他才明白，杨南标肯定早就得到了消息，他们的主力部队要开往东北。李春秋不得不佩服，共产党高层的确是大手笔，他们在日本还没有投降之前，就已经着手谋划全局。一个稍有军事常识的人，就不会不明白东北地区在全国的战略地位。就目前来看，共产党军队在数量上和装备上都远不及国军。但是，无论是人心向背还是部队士气，共产党都是绝对的占据了上风。李春秋心里很清楚，国共之间肯定还会有一场大的较量。自己想尽办法扩充实力，连郑奠基这样的老缺加汉奸都招到了旗下，可是，共产党部队的发展速度更加惊人。早在抗日战争后期，共产党就将清河区与冀鲁边区合并为渤海区，杨南标带领主力部队远赴东北之后，留在渤海区的正规部队只有大荒洼一带的独立营和冀鲁边的一个团。此外就是几个县大队和民兵自卫团。总人数只有两三千人。可是，经过短短几个月的发展，渤海区的正规部队加上地方武装已经接近一万人。照这样发展下去，等到国共两党撕破脸皮的那一天，恐怕自己早已经远远不是共军的对手了。因此，他心里很焦急。可是，眼下国共两党虽然早已是貌合神离，但是毕竟还没有撕破脸皮。让他冒天下之大不韪，去挑起事端，他还没有那个胆量。这些年来，他一直是靠游走在各方势力之间来谋取发展的。他知道有人说他是投机取巧，也有人说他是偷奸耍滑，可是他不这么想，他认为这是一种政治智慧。他对自己的队伍有很清醒的认识，这支队伍虽然人数不少，但这是他当初打着抗日的旗号，收编的一些地主武装，还有一些地痞、流氓，甚至还有打家劫舍的老缺，这些人从参加到他的队伍里的那一天起，就是各人揣着自己的一本小天书，说是人人心存异志也毫不为过。他手下的四个团长中，竟然有两个是出身于老缺。他们投到李春秋的名下，不过是为了升官发财。这几个团长都很清楚，只有保住自己的力量，在保安旅里边才有地位。所以，一有好处，他们就都是争破了头、撕破了脸地去抢。真要让他们与敌人作战，不管这敌人是日军还是八路军，他们就都一个个成了缩头乌龟。带领这么一支比杂牌还杂牌的队伍，他李春秋怎么敢与日本人或者是八路军真刀实枪地去干一场呢？坂田联队在这儿的时候，八路军可谓是全力以赴对付日本人，根本不可能腾出手来对付他。不仅不对付他，还不得不与他合作。日本人呢？当然也摸清了他的想法，也对他是又打又拉。这样一来，他才获得了一个生存和发展的空间。可是，现在日本人投降了，八路军暂时没有与他作对，但是人家却在不断地搞扩军备战。这个时候的扩军备战针对的是谁呢？这是再明白不过的了。他不能眼睁睁地看着八路军迅速壮大起来，但是又不想担当挑起内战的罪名。想来想去，他想到了一个合适的人选，这个人就是刚刚被他收编不久的郑奠基。郑奠基本来就是一个老缺，他与八路军是有深仇大恨的，况且，过后一旦出了麻烦，他完全可以把郑奠基给抛出去当替罪羊。

要想真正给八路军一个沉重的打击，就不能去打他们的那些什么县大队和民兵自卫团，而是要打他们的独立营。独立营的战斗力很强，并且他们平时也防范得很严。这就必须要等，等到一个合适的时机。李春秋早就让吴克志安排和收买了眼线。当然，他也知道，八路军在县城里也有眼线。八路军从日军的眼皮子底下救走了周生水的老婆和孩子，不仅日本人怀疑县城里有八路军的内线，李春秋在听说这件事之后，也猜到了八路军肯定有内线。在日本人弃城而逃之后，李春秋带领保安旅又回到了县城。他暗中让人追查当初帮助八路军救走周生水家属的人，虽然最终没有找出这个人是谁，但是，根据种种迹象，李春秋怀疑这个人就是商会会长周怀成。但是，周怀成这个人李春秋却不能动，因为，周怀成就是保安旅第一团团长周至清的亲叔。他只能暗中提防着周怀成，也因此，有一些很机密的事情，他都不敢告诉周至清。

在保安旅的四个团长中,李春秋最欣赏的就是周至清。二团团长王孝成是贩私盐出身,在贩私盐的时候为了对抗官府成立了护盐队,后来投靠了李春秋。三团团长马青山和郑奠基一样,也是拉杆子干老缺出身,只不过他不是在大荒洼里干老缺,在李春秋刚刚拉队伍的时候,他就带人投靠了李春秋。王孝成和马青山都是只知道投机取巧的,其实在这一点上倒与李春秋很相似。但是,李春秋很瞧不上这两个人。至于独立团团长郑奠基,更是一个毫无信用的小人。在李春秋看来,这三个人都是胸无大志、鼠目寸光、得过且过的人。倒是周至清,头脑比较清醒,看事情也看得远。可是,因为有了他的叔叔周怀成这件事,李春秋却不得不防着他。前些日子,周至清还来找李春秋,建议李春秋要尽快对八路军采取行动,否则等八路军做大以后,事情就不好办了。周至清的想法与李春秋不谋而合,可是,李春秋却故意做出一副安于现状的样子。周至清不知道是怎么回事,但是他却看出来了,李春秋表面上看与他很亲热,其实是在疏远他。以前,李春秋一直是很信任他的。对他的信任,甚至超过了对参谋长吴克志的信任。从什么时候开始对他不信任了呢?他仔细地回想过,好像就是从保安旅重新回到县城以后不久。他虽然足够聪明,但是他不知道他的叔叔周怀成暗中为八路军做事,所以他也就想不明白李春秋为何会疏远他。也正是因为这一点,他对李春秋很不满意。他向李春秋提出要想办法限制八路军发展的建议,是他最后一次对李春秋的试探。当时他想,如果李春秋采纳了他的意见,他或许还会继续跟着李春秋好好地干下去。结果,李春秋的态度让他很失望,他看出来了,李春秋没有对他说实话。他走出县府,没有立刻回到他的驻地。而是去了他叔叔家。

周怀成见侄子来了,又见周至清的脸色不大好。就说:"至清,天已不早了,今天就住下吧。我让你婶子弄几个菜,咱爷俩喝几杯。"

周至清心里不痛快,本来就是想到叔叔这儿倾诉一番的。也就说道:"不用麻烦我婶子了,咱爷俩还是到饭馆里去喝几杯吧。"

两个人到了酒馆,要了一个包间,周至清让卫兵在楼下吃饭等着。他和周怀成慢慢地喝起酒来。周怀成知道周至清肯定是遇到了什么事,但是他却不问。一边慢慢地喝着酒,一边静静地等着。果然,几杯酒下肚以后,周至清叹了一口气,说:"二叔,今天我去找李旅长,本来是向他献计的,却不想热脸贴了冷屁股。"

周怀成问："怎么回事啊？"

周至清就把今天的事儿对二叔说了一遍。

周至清在说的时候，周怀成一直很认真地听着。杨南标早就让他在适当的时候做一做他的侄子周至清的思想工作，即便不能策反他，至少也可以让他少作恶。周怀成曾经试探过几次，可是他发现周至清对八路军丝毫没有好感，反倒流露出要跟着李春秋发展的意思。他不敢说的太露骨，他向杨南标汇报过，杨南标叮嘱他这件事急不得。他记得杨南标曾经对他说过，保安旅成分复杂，人人但求自保，日后迟早会分崩离析的。今天看来，杨南标真的是料事如神。等周至清说完，周怀成叹了一口气，说："至清，你也知道，二叔是从来不过问政治的，一心只想着经商发财。可是，这几年，我却不得不关心起政治来。这几年兵荒马乱，生意越来越不好做，别说我一个商人，就是一个普通老百姓，也不得不关心政治啊。但是，我说的可能不太靠谱，也就是随便一说。"

周至清说："二叔，您虽然经商，但是您走南闯北，见到的听到的都比我多，您就说说看。"

周怀成想了想，说："照目前看，国军无论是人数上还是装备上，自然比共军要多要好，但是，共产党搞减租减息，却深得穷人们的心。别忘了，无论啥时候，也是穷人多。终有一天，共产党是会得天下的。"周怀成这么说，一点也不动声色，他很策略地将自己对未来的分析说了出来，同时并没有泄露自己的真实身份。

周至清沉默了好大一会儿，才说："二叔，我知道共产党的那一套政策的确是厉害，未来的天下恐怕真的会落到他们手里。"说到这儿，他双眼迷离，很痛苦地轻轻摇了摇头。

周怀成突然说："至清，你也要早做打算啊。李春秋这个人是靠不住的。"

周至清有点惊讶地看着他二叔，张了张嘴，想说什么，却没有说出来。端起面前的酒杯，把半杯酒一下子灌进嘴里。过了好大一会儿，周至清才说："这件事，我还得好好想想。"

6

杨南标前往东北之前，把周怀成的事情交代给了刘人杰。他告诉刘人杰，这件事只能他一个人知道，不能告诉任何人。周怀成也只能通过杨南标安排在县城的一个联络员与刘人杰取得联系。周怀成在与周至清见面之后，第二天就来到接头地点，让联络员通知刘人杰，他有事情要汇报。很快他们就见了面，周怀成把事情的原委说了一遍，刘人杰说："周至清对李春秋产生了不满，这就是一个很好的开端，您要多与他接触，但是一定注意不要过早的暴露您的真实身份。"

周怀成笑了，他说："刘营长，你放心吧。至清是我的亲侄子，我即便是对他说了实话，也没啥。即便他不想起义，至少他也不会出卖我。这一点我很有自信。"

刘人杰说："老周，我们做事情，一定要对困难和危险有足够的重视。李春秋很狡猾，您必须要把自身的安全放在首位。在确保安全的前提下，才能做好下一步的工作。"

周怀成说："其实，自从你们从县城救走了周副营长的家眷之后，日本人就怀疑我，李春秋也怀疑我。不过，他们都一直没有动我。他们抓不住真凭实据，是不会把我怎么样的。"

刘人杰想了一会儿，说："老周，日本人一直没有动你，恐怕不是因为拿不到证据。大概与李春秋一样，都是因为您的侄子周至清。"

周怀成不解地看着刘人杰，说："至清是保安旅的团长，李春秋看在他的面子上不动我，这好理解。可是，日本人可没必要看至清的脸色啊？保安旅虽然抗日不够积极，但不管怎么说，他们也是和日本人打过几次仗的。"

刘人杰说："老周啊，你只知其一不知其二，保安旅也与日本人打过几次仗，也劫过日本人的粮。但是，在抗战的几年中，他们打了几次仗呢？他们从来没有和日本人打一次硬仗。日本人对保安旅是既打又拉拢，坂田一直是把我们八路军作为头号对手，对于保安旅则采取绥靖政策，坂田很清楚，如果保安旅和我们八路军真正联合起来，真心实意地抗日的话，坂田联队在大荒洼是站不住脚的。所以，他不想把保安旅给逼急了。如果把你给抓了，你的侄子就会跟他们拼命。"

听了刘人杰的分析，周怀成才恍然大悟。同时，他也更放心了，连日本人也不敢太得罪他的侄子周至清，何况李春秋呢？他决定尽快找机会做做周至清的思想工作，让他能够尽快投靠到八路军这边来。

周怀成回到县城，一连几天，周至清却没有来。周怀成终于沉不住气了，他决定亲自到周至清团的驻地去。拿定主意，他立刻就行动起来。可是，他没有想到，正是因为他离开县城，却耽误了一件大事。他在县城，几乎每天都要到陶然居去喝茶。陶然居就在县政府对面，是县城最有名的茶楼，来这儿喝茶的都是一些有权或者是有钱的，普通人可消费不起。周怀成不是普通人，他是博安县商会会长，仅在县城，就有他家的五家铺面。在博安县，如果他周怀成不承认自己是有钱人，恐怕没有几个人敢说自己是有钱人了。所以，他来这儿喝茶，在人们看来就是天经地义的事情了。可是，周怀成来这儿却不是为了喝茶，以前他也不大喜欢到茶楼喝茶，他喜欢自己在家里喝茶。他到陶然居的目的不是喝茶，而是为了观察敌情。在靠窗的一个座位上坐定，县政府里边有什么风吹草动都会看得很清楚。自从与八路军建立了秘密联系之后，为了能够了解日本人的举动，他才经常到陶然居来喝茶。日本人走后，李春秋又回到了县城，他就继续观察保安旅的行动。

杨南标安排的一个联络员就在周怀成的一个生药铺子里当伙计。周怀成有了情报，就让这个伙计出城去送药材，或者是去买药材。

就在周怀成离开县城的这一天，郑奠基带着曹小三和几名卫兵骑着马来到了县政府，也就是十六旅司令部。如果周怀成在茶楼，这个现象一定会引起他的注意，因为郑奠基自从再次被李春秋收编以后，很少来县城，只要他来，就一定有什么重要的事情。如果周怀成把这一情况通知了刘人杰，一定会引起刘人杰的重视，刘人杰就会密切注视郑奠基的行动，就不会发生独立营一连遭到偷袭的事情了。

可是，一切事情都是不能假设的。郑奠基接到李春秋的命令，从三里庄来到县城。在来的路上，郑奠基就觉得李春秋找他肯定有事，并且他还预感到肯定不会是好事。他来到县政府，见到了李春秋。李春秋和吴克志都对他很热情。郑奠基对李春秋这个人是很了解的，如果他对你的态度是平淡的，哪怕是冷淡的，你都不用害怕。但是，如果他对你热情，那就是他要算计你了。当初，李春秋把郑奠基这支老缺队伍收编过来的时候，对他就很热情，结果呢？在日本人打过来的时候，李春秋让郑奠基去给他做挡箭牌。今天，李春秋又是对他很热情，这就让郑奠基的心里直打鼓。他赔着小心，与李春秋和吴克志说着话。寒暄过后，李春秋说："郑团长，由于你曾经给日本人干过，我是念在过去的兄弟情谊上，才给你找了这么一个退路。"说到这儿，李春秋停住了话头，端起茶杯，慢慢地啜了一口茶。

郑奠基一听这话，心里咯噔一下，他当然知道李春秋是为什么收编他这支队伍的。当初他带领部下背叛了李春秋，投靠了日本人，哪里还说得上什么兄弟情谊呢？在李春秋的心里，恐怕只剩下恨了。可是，李春秋既然这么说，他却不能不领情。即便他心里不领情，他在表情上也必须要做出一副万分感激的样子，在语言上表达出自己的感激之情。李春秋看着郑奠基硬挤出的笑容，听着郑奠基说出那些听起来肉麻的话。他没有打断郑奠基，而是笑眯眯地很受用的样子。直到郑奠基把那些连他自己都不相信的感激之言都说完之后，李春秋才又说："郑团长，我容留了你，有人可是很不高兴啊！"说完这句话，李春秋又打住了话头，郑奠基知道，这是让他往下接茬呢，他在心里暗骂一声"老狐狸"，可是他却不敢不把话接下去，他说："旅长，我知道，肯定是八路军不高兴，哼，就让他们不高兴去吧，他们能把我老郑怎么样？"说出这句话的时候，他又有了一股子匪气。

李春秋嘴角微微一撇，看那样子像是要笑，却没有笑出来，他那样子看上去就有点怪异，郑奠基觉得那是一种蔑视。他肚子里的那股子匪气又被进一步激发出来。李春秋从郑奠基的脸色变化上猜透了他的心思。李春秋说："郑团长，我知道你与八路军是水火不容的，可是，眼下八路军大肆扩军，我却不能有所动作。"

郑奠基已经猜到了，李春秋今天叫自己来，拐弯抹角地说了那些话，现在终于说到了正题。他没有接腔，等着李春秋说下去。

李春秋说："杨南标在临去东北之前，曾经与我约定双方互不侵犯。我现在不好毁约，这件事，恐怕只有老弟你来做了。"

郑奠基心想，你李春秋什么时候讲过信义呢？在你的眼里，从来就是只有利益，没有信义的。现在你不出手，只不过是怕落一个挑起内战的罪名罢了。让我来做？这和几年前让我去和日本人拼杀，替你做挡箭牌、当炮灰，如出一辙。可是，自己能不答应吗？一来自己的确是与八路军有深仇大恨，如果有一个报仇的机会，即便你李春秋不来挑唆，我也会毫不犹豫出手的。二来呢？自己现在投靠了李春秋，自己的实力已经是大不如前了，如果不听从李春秋的安排，李春秋就会和自己翻了脸，自己毕竟是有短处攥在他的手里。想来想去，也只能再次给李春秋当枪使了。郑奠基好长时间不说话，李春秋也不急，而是很悠闲地喝着茶，耐心地等着。他知道，郑奠基不会不答应的。果然，郑奠基思考了一会儿，好像是下了决心，端起面前的茶杯，一口喝干，说："旅长，我们决不能眼看着八路军在咱们的眼皮子底下一天天壮大起来。这件事，你不好做，这个黑锅就让我老郑来替你背了，大不了，我还回到大荒洼里去。"

李春秋笑着说："郑老弟，你多虑了，你为老兄我分了忧，我怎么能让你替我背黑锅呢？你放心，这件事我是有办法搞定的，你只管大胆地去做。"

郑奠基说："只是独立营这一段时间防范很严密，我不好下手啊。"

李春秋说："以前的确是不好下手，不过，现在有一个很好的机会。我得到情报，英冬雨就要和卫生员沈晓菲结婚了，等到他们结婚的那一天，独立营必然放松警惕，你可以趁这个机会打他们一个措手不及。"

一听李春秋提到英冬雨的名字，郑奠基的心里打了一个哆嗦，他太了解英冬雨的枪法了。他心里想的是决不能去偷袭英冬雨，说出来的话却不是这样的，他说："旅长，据我所知，英冬雨一直是暗恋着三里庄的芦花，他怎么会与别人结婚呢？你的情报准确吗？"

李春秋说："英冬雨在作战中受了伤，就是这个沈晓菲担任护理，沈晓菲爱上了英冬雨。也不知道是怎么回事，在刘人杰促成下，英冬雨最终同意与沈晓菲结婚。我在独立营的驻地有眼线，这个情报千真万确。"

郑奠基无法推托了，只得答应下来。

第十九章

1

冬雨的脸上堆着笑，与前来祝贺的人打着招呼。细心的人就会发现，他的笑好像有一些勉强，或者说在笑容后面有一种淡淡的忧伤。刘人杰是个细心的人，再说，冬雨和沈晓菲的这桩婚事也是他从中牵线搭桥促成的。说是牵线搭桥，其实并不是太准确。在他牵线搭桥之前，沈晓菲就和冬雨认识了，并且，沈晓菲已经深深地爱上了冬雨。刘人杰所做的工作，主要是说服冬雨。他很清楚冬雨和芦花的感情，但是，芦花已经是胖娃的妻子，并且已经有了一个女儿。这是一个无法逾越的现实。刘人杰想的是，只要冬雨结了婚，他就会渐渐地忘掉芦花。也只有这样，冬雨才能走出那段感情的阴影，过上一个正常人的生活。所以，他在看到沈晓菲爱着冬雨的时候，就决定要促成这桩婚事。他是做政工出身的，他又完全了解冬雨的性格，他终于说服了冬雨。他对冬雨说的话并不是太多，一个人需要的有用的话，都不会太多。说得太多的，都是废话。刘人杰对冬雨说："爱一个人，就是要让她幸福。你现在已经到了应该结婚的年龄，你如果这么单身下去，芦花就会心里不得安宁。因为她知道你不娶亲都是因为她。所以，为了不让她痛苦，你就应该结婚。芦花嫁给了胖娃，不是你的错。但是，如果你加深了她的痛苦，那就是你的错。"

冬雨半天不说话，他知道刘人杰说的这些话都是真的。可是，如果因为不让芦花痛苦，自己就去和沈晓菲结婚，那不是给沈晓菲造成新的痛苦和伤害吗？

刘人杰好像完全读懂了冬雨的心思，他又说："你自己心里应该也很清楚，沈晓菲是深深地爱着你的。你不但要和她结婚，而且还要从心里去接受她，去爱她。"

说完那些话以后，刘人杰就走了，把冬雨留在了村边的沟沿上。冬雨一个人坐在那儿。直到天黑，他依然坐在那儿。铁柱和狗蛋找到了他。他俩一见冬雨的样子，不知道到底出了什么事。他们叫了几声，冬雨没搭理他们。他们不敢再说话，就在冬雨的身边坐下来，一直到了深夜。冬雨才忽然有了动静。他站起身，摇摇晃晃地往村子里走去。铁柱和狗蛋赶紧跟上来。

第二天，冬雨就去找刘人杰，答应了这桩婚事。

在结婚的这一天，刘人杰看到冬雨的脸色，就知道冬雨的心里不好受。可是，他是没有办法的。有很多事情，不是靠别人说一说能说通的。能说通的，都不是难事，尤其不是感情上的事。感情上的事儿，你就是巧舌如簧，也是说不通的。这只能靠一个人独自去默默地承受，在漫长的时间中，让那些痛苦的记忆渐渐地模糊。当然，也有人会让时间成了磨石，时间越久，痛苦越深。年轻人在面对感情上的痛苦的时候，有的人能够走出来，有的人却是越陷越深。一个人到底能不能从感情的漩涡中走出来，全凭他个人的造化。刘人杰虽然很关心冬雨，但是他却很明白这一点，他在心里暗暗地叹了一口气。

独立营一连就驻扎在小王庄。冬雨结婚的这一天，小王庄沸腾了，独立营的，博安县大队的，还有附近各村的民兵自卫队的，来了不少人。小王庄的村长王三奎更是忙得不可开交。在日本人占领博安县的时候，王三奎曾经被迫当了保长。他暗中偷偷地为八路军做事，成了一个地地道道的白皮红心的两面保长。日本投降后，他成了村长兼小王庄民兵队队长。一连进驻小王庄以后，他对冬雨产生了深厚的感情。冬雨结婚，就好像他的儿子结婚一样。

婚礼结束以后，按照大荒洼的风俗习惯，当天夜里还要喝喜酒。喝完喜酒，刘人杰在临走之前，对副连长铁柱和民兵队长王三奎说："今天晚上，很多同志都喝了酒，你们不能掉以轻心，要和以前一样，安排好岗哨。"

铁柱说："营长，你就放心吧。日本人早被打跑了，保安旅的人也不敢来找麻烦，现在可是国共和谈时期啊。再说，谁敢来找冬雨的麻烦呢？那不是活腻了吗？"

王三奎也说："刘营长放心吧，我让民兵在村口帮助同志们站岗放哨，没事的。"

刘人杰虽然对铁柱和王三奎说不能掉以轻心，但是，他实际上也只是处于一种谨慎的习惯，他的心里也并没有绷紧那根弦。刘人杰和周生水、赵英洲等人走后，铁柱和王三奎布置好了岗哨，然后就各自回去睡觉了。

一连的连部就设在王三奎的家里。王三奎家在胡同的南头，离着大街很近，他家的大门冲西，家里共有五间土坯房，三间北屋，两间西屋。天井东边还有一个饭棚子。王三奎一家就住在那三间北屋里，一连的连部就设在那两间西屋里。现在，则成了冬雨和沈晓菲的新房。

冬雨喝醉了。他是故意喝醉的。喝喜酒的时候，关小峰、马启亮、铁柱、狗蛋等人按照大荒洼的习俗，先是让他们说一说恋爱史。冬雨憋得脸通红，却说不出话来。他的确是没什么好说的，因为整个过程他都是被动的。倒是沈晓菲很大方，她说："我来说吧。冬雨当初负伤的时候，我是战地医院的护士，我早就听过很多他的故事，只是没有见过他。就在他养伤期间，我喜欢上了他。然后，就请刘营长当媒人，给我们介绍开了。就这么简单。"

大家觉得不过瘾，就都起哄，要求说得详细一点。沈晓菲却不说了，大家就都让冬雨再说一说，冬雨不说。关小峰就说："冬雨不说也行，但是得罚酒一杯。"

冬雨倒是很干脆，他立刻端起面前的酒杯，一口喝干了。

接下来就是吃苹果。用一根红线拴在苹果的蒂上，铁柱站在凳子上，让那枚苹果在冬雨和沈晓菲之间晃来晃去，让冬雨和沈晓菲两个人用嘴去吃苹果。

冬雨和沈晓菲脸对着脸，铁柱把苹果从上面慢慢地放到他们俩之间。要想能够吃到苹果，就必须冬雨和沈晓菲同时用嘴顶住苹果，然后再咬苹果。否则，一个人是不能咬住那个大苹果的。就在冬雨和沈晓菲用嘴巴去顶苹果的时候，铁柱突然往上一提，冬雨和沈晓菲的嘴巴就碰在了一起，引得大家哈哈大笑。吃不到苹果，就要各罚酒一杯，沈晓菲不会喝酒，大家却不依不饶，冬雨主动替沈晓菲喝了。这样反复数次，两个人始终不能咬住苹果。但是，这个游戏的玩法就在于小夫妻必须要吃到苹果。所以，在大家热闹了一阵子之后，铁柱终于让冬雨和沈晓菲吃到了苹果。

在婚礼上，冬雨本来就喝了不少酒，在闹喜酒的时候，他又主动喝了不少酒，还替沈晓菲喝了不少酒，结果他就醉了。

进了洞房，他觉得有些眼花缭乱，这本来是他的连部，可是今天这一收拾，窗户上贴上了大红的双喜，他好像感到很陌生。沈晓菲扶着他，来到炕边。沈晓菲扶他坐在炕沿上，回过身去关屋门。等她再回过身来的时候，却见冬雨已经歪倒在炕上，睡着了。冬雨双腿还耷拉在炕下。沈晓菲坐在炕沿上，看着冬雨。冬雨的脸侧着，眼角好像还有泪痕。

冬雨和芦花的事情，沈晓菲是多少知道一点的。当初，冬雨负伤住院的时候，沈晓菲就深深地爱着冬雨。可是，冬雨对她的态度却一直是冷淡的。沈晓菲是一个冰雪聪明的女孩，她从冬雨那躲闪的眼神中，看出了问题。她想，冬雨肯定有过一段感情经历，并且还曾经受到过深深的伤害。她很快就从铁柱的口中打听到了冬雨和芦花的故事。她很羡慕芦花，也很为芦花感到惋惜。羡慕芦花，是因为芦花得到了冬雨的爱；惋惜芦花，是因为芦花竟然听从父母之命嫁给了胖娃。她不认识芦花，也不认识胖娃。但是，既然芦花得到了冬雨的爱，那么，这个芦花就一定是一个美丽可爱的女孩。她的心里竟然有一种冲动，有一种想要见一见芦花的冲动。她既想见到芦花，又怕见到芦花。今天的婚礼上，她一直偷偷地关注着冬雨，冬雨脸上的那一丝忧郁，不仅刘人杰看出来了，她看得更清楚。现在，冬雨就这样在大喜的日子里，故意喝得酩酊大醉，这一些她的心里也很清楚。可是，她不怨恨冬雨，她反而想，这正说明冬雨是一个重情重义的人。嫁给这样的人，她的心里才觉得踏实。

沈晓菲脱下鞋子，爬到炕上，铺好了被褥，然后又脱掉冬雨的鞋袜，小心地把冬雨挪到炕上，给他盖好被子。然后，她静静地躺在冬雨的身旁。冬雨平时很少喝酒，今天喝了这么多，在临进新房之前，他已经呕吐了。现在，他昏昏沉沉地睡着。沈晓菲就躺在他的身旁，他却浑然不觉。他更不会知道，危险正在向他和沈晓菲一步一步逼来。

2

铁柱在和王三奎安排好岗哨以后，王三奎回了家，铁柱又回到了连部。在大荒洼，新婚之夜有听墙根的习俗。铁柱和狗蛋、小栓等人来到冬雨和沈晓菲

的新房外面，屏住呼吸，在窗户下面半蹲着，过了好长时间，里面一点动静也
没有。不对，不能说一点动静也没有。有动静，只不过那动静不是他们所期盼
听到的动静，而是冬雨轻微的鼾声。他们蹲得腿都麻了，依然没有他们期望的
声音。铁柱拉了拉身边的狗蛋，几个人悄悄地出了门。小栓说："今晚上是听不
到精彩的了，冬雨早就喝醉了。恐怕这一觉要睡到大天亮了。咱们还是回去睡
觉吧，别在这儿瞎耽误工夫了。"

狗蛋说："都怪铁柱，啃苹果的时候，老是让人家咬不着，结果冬雨酒喝多
了，咱也就听不上好戏了。"别看铁柱现在已经是副连长了，但是，狗蛋和小栓
都是和他从小一起玩大的，他们从来不叫他副连长，就像他们从来不叫冬雨连
长一样。

铁柱说："别埋怨我了，当时你们不也是一股劲儿的撺掇着不让他们咬着苹
果吗？冬雨替沈晓菲喝酒的时候，你们不也是一个劲儿的起哄吗？现在倒埋怨
起我来了？回去睡觉吧。"

以前，铁柱是和冬雨一起在连部睡觉的。现在他无处可去。他就对小栓说：
"我就跟你到你们班那儿去睡吧。"

一连是以班为单位分散住在各家各户中的。铁柱跟着小栓走了，狗蛋也回
了自己的住处。

铁柱今天也喝了不少酒，现在也已经很困了。他在地铺上躺下来，与小栓
盖着一床被子。在睡觉前，他还想，睡一觉就起来去查岗。他怕自己睡得太沉，
耽误了查岗，小声对小栓说："睡一觉，记得叫醒我，我去查岗。"小栓答应着，
也很快就睡着了。

到了后半夜，张立言和曹小三带人悄悄地从排碱沟里靠近了小王庄。他们
来到村外，曹小三向村口看去，一个人也没有，一点声音也没有。他感到很奇
怪："怎么连个哨兵也没有？会不会他们得到了消息，已经有所准备了？"

张立言说："不会的。他们不会得到任何消息的。他们应该是有暗哨。咱
们悄悄地靠过去，然后突然发起冲锋，一定能够打他们一个措手不及。"

这一次偷袭，郑奠基没有亲自来，而是让张立言和曹小三带着两个连，临
行之前，郑奠基与张立言、曹小三一起商量作战方案。曹小三的意思是把小王
庄包围起来，要把英冬雨的一连彻底地消灭。张立言却说："如果想要把八路军
的一个连包了饺子，彻底吃掉，我们至少要有五到六个连才行，可是，现在咱

们根本就没有那么多兵力。所以，咱们只需要去一个连或者两个连，集中兵力从村子一侧突进去，搞一个突然袭击，给他们以最大的打击。咱们就算完成任务了。"

郑奠基说："立言说得对，李春秋让咱们趁英冬雨结婚去搞偷袭，咱不去，交不了差。但是，咱们不能搭上了咱们的老本。如果把八路军包围起来，他们必然拼死一战，即便能把这一个连给彻底消灭掉，咱们也必然损失惨重。这种赔本的买卖咱们可不能做啊。"

郑奠基原本打算只让曹小三带领一个连搞一个突袭，张立言却不同意。张立言知道曹小三一直对英冬雨的枪法不服气，总想找个机会较量一下，他怕曹小三到时候恋战。不要说八路军其他各连赶来增援，只要让英冬雨缓过气来，八路军独立营的战斗力可是比他们这支老缺部队强得多的。到时候，恐怕曹小三的这一个连反而会被人家给吃掉。因此，他才要求和曹小三一起来。他们从沟底猫着腰快速向小王庄逼近。老缺们平时干的就是这种偷偷摸摸的勾当，打阵地战他们不在行，但是搞偷袭却是他们的老本行。很快，他们就悄无声息地来到了村头。

在村口，铁柱和王三奎的确是安排了两名暗哨。一名八路军士兵和一名民兵，两个人是半夜的时候来替班的。他们坐在一堵矮墙头后面，一边抽烟一边说话。开始的时候，他们还时不时地抬头向村外瞭望一番。后来，两个人都有点困了。民兵说："要不，咱俩轮着眯一会儿？"

八路军士兵说："也行。再说，就冲英连长的名头，谁吃了豹子胆赶来捋虎须呢？"

民兵说："嗯，一听到英冬雨这个名字，保安旅的人就吓破了胆。"

两个人就轮着休息。轮到民兵值班的时候，刚才两个人说着话，他还能熬住。现在一个人呆坐在那儿，不一会儿，他竟然也打起了瞌睡。就在这个时候，张立言和曹小三带人已经进了村。老缺们并没有看见在那一堵矮墙后边的两个人，他们一进村子，就不再蹑手蹑脚的了，而是立刻向村里扑去。脚步声一下子杂乱地响起来。两个暗哨被惊醒了，等他们明白过来是怎么回事，他们来不及回去报信了。他们只得开枪射击，一时间，枪声立刻像炒豆子似的噼噼啪啪地响起来。

小王庄一下子炸了锅，冬雨虽然喝醉了，但是他已经吐了酒，又睡了好长时间，枪声一响，他立刻被惊醒了。他爬起身来，伸手到炕上去摸他的匣子枪。黑暗中，却正好摸到了沈晓菲的身上。沈晓菲也已经坐起身来了。冬雨一阵慌乱，着急地说："枪呢？"

沈晓菲一把从炕的一角拿过枪递给冬雨。冬雨接过枪，下了炕，说："快，有情况。"

等两个人冲出屋门的时候，外面已经打成了一片。冬雨对沈晓菲说："我们遭到了偷袭，你跟在我身边，千万别走散了。"一边说着，一边向离他最近的一班那儿跑过去。

张立言和曹小三原本以为八路军遭到突然袭击，必定会四散逃窜，这样，就形不成战斗力。可是，他们想错了，在敌人的突然袭击下，八路军战士在短暂的惊慌之后，并没有四处乱窜，而是以班为单位，一边组织还击，一边向冬雨的连部靠拢。

他们很快就聚集起来，冬雨从枪声判断出来，敌人大约有两个连，他立刻命令部队一边还击一边组织向东北方向撤退。小栓的二班被敌人隔开了，冲不过来，冬雨指挥部队过去接应。铁柱和小栓在一起，他们和冬雨会合以后，冬雨让铁柱带领部队往下撤，他带领一个排留下来阻击敌人。他对铁柱说："铁柱，这股敌人最多也就是两个连，他们虽然在人数上占有优势，但是，他们的整体战斗力却不如我们，我带领一个排在这儿拖住他们，你带两个排先从东北角撤出去，然后再绕到敌人的后面。只要你从后面一打，他们肯定会以为我们来了援军，他们也就不战自溃了。"

沈晓菲也要留下来，冬雨不让。他说："你跟着铁柱他们赶紧往下撤。"

沈晓菲说："你不是刚刚说过，要让我一直跟着你吗？"

冬雨急了，他说："服从命令，赶紧撤！"说完，他又看了铁柱一眼，铁柱明白冬雨的意思，他立刻一把拉住沈晓菲，转身就走。

冬雨带领一个排，以房屋和院墙为掩体，向敌人射击。虽然是在深夜，但是他却是弹无虚发。对面的人，虽然是一些老缺，但是也都是大荒洼土生土长的人，他实在不忍心打死他们，所以，他的枪没有瞄准他们的头部，而是去打他们的腿。他想，只要能够让他们丧失战斗力就成了，何必要了他们的性命呢？

英冬雨是这么想，可曹小三却不这么想。他想的是一定要和英冬雨见一个高低。他从枪声就听出来了英冬雨在哪儿，因为，整个独立营一连就只有英冬雨有 20 响的匣子枪。他带人迅速地向冬雨这儿扑过来。而这正是英冬雨所希望的，他命令战士们瞄准了打，不要浪费子弹。

曹小三终于来到了英冬雨的连部外，他没有立刻向院墙那儿射击，而是躲在一个墙角，耐心地等着。等到冬雨的枪一响，他就把枪口对准了冬雨藏身的院墙处。只等冬雨一露头，他就开枪。

冬雨开枪打倒了一名敌人，当他再次开枪的时候，曹小三开枪了。冬雨打枪有一个习惯，那就是瞄一眼就打，在枪响的时候，他已经不再看这个目标了。因为，他的枪响了，这个目标就已经不存在了。他的枪从来没有放空过。这个时候，他就会寻找下一个目标，所以，枪响的同时，他一扭头，去寻找下一个目标。就是这一扭头，救了他一条命。一颗子弹擦着他的耳边飞过去，这一枪是曹小三打的。

战场上经常有流弹，很多人也会在不知不觉中被流弹所击中。但是，冬雨却很明白，这不是一颗流弹。他在那一瞬间，就明白了，对面的人肯定是曹小三。冬雨立刻缩回头，转换了一个位置，然后迅速抬头向刚才曹小三所在的位置瞄准。可是，曹小三不见了。那一枪没打中，曹小三也立刻挪动了位置。

战斗进入了胶着状态，张立言很着急，他知道独立营其他各连离小王庄并不是很远，这儿枪一响，人家就肯定会赶来增援。一旦人家的增援部队到了，自己就麻烦了。他命令曹小三赶紧往下撤，可是曹小三却不答应。正在僵持，他们的后边响起了枪声。

张立言和曹小三最怕的就是被八路军抄了后路，到那时候，八路军来一个前后夹击，他们这两个连恐怕就要全部报销了。他们赶紧撤退。等他们从小王庄撤出来的时候，曹小三才定下心来，这个时候，他和张立言正顺着排碱沟跑着。

曹小三忽然停下了脚步，他对张立言说："团副，不对呀？"

张立言也只得停下脚步，他心里明白曹小三说的是什么，可是他依然问："怎么了？"

曹小三说："如果是他们的援军到了，咱们撤下来，他们应该追着咱们的屁股打。他们不会就这么轻易地放过咱们啊。不对，这一定是刚才突围出去的那一部分，绕到咱们的后边了。不行，咱们得再杀回去。"

张立言说："老弟，我们不能回去。"

曹小三瞪大了眼睛，问："为什么？难道咱们就这么回去？"

张立言说："咱们虽然有两个连，英冬雨呢？只有一个连。但是，你我心里都很清楚，人家这一个连的战斗力绝不比咱们这两个连差。咱们搞突然袭击，才能占了上风。现在，人家已经有了准备，咱们再回去，肯定是连一点便宜也捞不着的。更何况，他们附近的人马很快就会赶过来。所以，咱们还是见好就收吧。毕竟，咱们打了他们一个措手不及，这一战，他们至少也要伤亡五六十个人。咱们这个战果已经够大了。咱们这次出来，不就是为了应付一下李春秋吗？何必真的拼个你死我活呢？"

3

郑奠基的人撤退了，铁柱又与冬雨他们会合了。冬雨一边布置加强防守，一边让人抓紧救治伤员。铁柱说："咱们是不是赶紧转移？不然曹小三他们一旦发现咱们没有援军，怕他们会来一个回马枪啊。"

冬雨说："这一仗咱们损失不小，伤员也不少，伤员需要抓紧救治。咱们带着这么多伤员转移，会进一步增加伤亡。咱们的援军很快就会来到了，据我估计，这么大的偷袭行动，郑奠基不会只让曹小三一个人带队，可能会有张立言。张立言是不会冒这个险的，他们应该不会回来了，再说，即便他们回来，咱们也不怕。"说到这儿，冬雨忽然想起了沈晓菲，他问："晓菲呢？让她抓紧救治伤员。"

铁柱说："我们在从村里往外冲的时候，就有不少同志受伤，我们不能停留，只能暂时把伤员放下，我继续带人绕到敌人后面发动攻击。当时，晓菲就留下来照顾伤员。刚才我已经派人去找他们了。"

冬雨忽然心里感到一紧，他有一种不好的预感，他忽然很为沈晓菲担心。但是，这个时候他不能离开自己的岗位，他只得把心头的不安强按下去。

关小峰带着人赶来了，他一见到冬雨，就要带人去追击曹小三。冬雨拦住了他，冬雨说："曹小三已经跑远了。你还是让人帮我抓紧打扫战场，救治伤员吧。"

小栓忽然上气不接下气地跑过来，他一来到冬雨和关小峰面前，还没说话，就一下子蹲在地上哭开了。冬雨忽然就感到天旋地转。他一只手扶住门框，正要问话。关小峰已经发话了："小栓，别哭，什么事？快说！"

小栓哽咽着说："晓菲姐，她……"说到这儿，他哽咽着说不下去了。

冬雨只觉得眼前一黑，身子晃了晃，靠在了门框上。小栓哽咽着，终于断断续续地把事情说清楚了。原来，沈晓菲跟着铁柱突围的时候，身边不断有战士受伤，铁柱必须尽快带人冲出去绕到敌后，才能解救冬雨他们。沈晓菲主动要求留下来照顾伤员。敌人撤走以后，战士们在村子里打扫战场，搜寻伤员，找到了沈晓菲和其他几名伤员，他们却都已经牺牲了。根据现场来看，很可能是他们被敌人发现了，他们虽然奋起反抗，但是终因寡不敌众，被敌人乱枪打死了。

保安旅独立团偷袭小王庄，给八路军独立营一连造成了很大的损失。八路军牺牲了 12 名战士，其中包括营部卫生员、英冬雨的新婚妻子沈晓菲。在埋葬沈晓菲和那些战士的时候，冬雨不让人搀扶，他摇摇晃晃地来到了墓地，他站在那儿，两眼看着前方，像一尊塑像，一动也不动，一句话也不说，只是眼泪不停地流着。

一连几天，冬雨几乎是不吃不喝，铁柱和小栓天天来看他，刘人杰和周生水、赵英洲也都来看望冬雨。可是，不管他们说什么，冬雨就是一句话也不说。

铁柱和小栓每天晚上都是轮流陪着冬雨，怕出什么意外。第四天晚上，半夜的时候，冬雨忽然坐起来。小栓坐在炕上，倚在墙上，打着瞌睡。这几天他实在是太累了，刚才迷迷糊糊的地睡着，冬雨坐起来，他竟然丝毫没有察觉。冬雨慢慢地下了炕，穿上鞋子，走出去。在院子里执勤的战士看到冬雨出来，急忙问："连长，您？"

执勤战士的问话惊醒了小栓，他一睁眼，见冬雨不见了，一下子慌了神，急忙跳下炕，连鞋子也来不及穿，就跑出来。他来到冬雨的身边，冬雨终于说话了。他的声音虽然很低，但是却很清楚。他说："小栓，给我弄点吃的。"

小栓急忙到东棚子里去生火做饭。房东王大爷和王大娘听见了动静，老两口赶紧起来，一听说是冬雨要吃饭，他们高兴坏了，赶紧帮着小栓做饭。不一会儿，饭就做好了。王大爷亲自把饭端到西屋里，他嘱咐冬雨，慢慢吃。冬雨先喝了半碗汤，然后就拿起一块玉米饼子，就着咸菜吃起来。王大爷、王大娘和小栓都在一旁看着。王大娘说："孩子，慢慢吃，啊，慢慢吃。几天没吃饭了，不能一下子吃得太多了。"

冬雨答应一声，他的泪水又不争气地涌出来，他就这么就着自己的泪水，把那个玉米饼子吃下去。

等他吃完饭，铁柱已经来了。刚才，小栓让一名战士去报告了。铁柱一来，冬雨就说："铁柱，你来得正好。这几天有什么情况？"

铁柱把这几天的事情告诉了冬雨。刘人杰让周生水带着关小峰等人亲自去了一趟县城，与李春秋进行了严正的交涉。李春秋拒不承认这件事与他有关，他还装作痛心疾首的样子，说没想到郑奠基依然匪性不改。周生水趁机提出要李春秋立刻发布命令，宣布取消郑奠基部的保安十六旅独立团番号，宣布其为土匪武装。否则就要李春秋承担这次小王庄惨案的责任。李春秋现在真的很有些后怕了，他已经从省城得到了消息，国共两党的中原大战已经打响了。他估计，处在大荒洼里的八路军消息闭塞，很可能还不知道这个消息。他也接到了上边的命令，让他消灭大荒洼的八路军。他眼珠一转，计上心来。他决定来个将计就计，先让八路军和郑奠基来一场火并。他知道，八路军在大荒洼一带发动群众，主力部队虽然只有一个独立营，但是他们却有博安县大队，还有各村的民兵。真要是他们把这些武装集合起来，自己还真的不一定有胜算。这个时候，他可不想与八路军拼个鱼死网破。再说，他对郑奠基这种反复无常的老缺，一直是不放心的，他也就来一个顺水推舟，让八路军去和郑奠基拼命，他好来一个鹬蚌相争渔翁得利。可是，他不知道，在这一段时间里，他的第一团团长周至清早已经被周怀成策反了。他刚刚向各团团长传达了上峰的命令，周怀成就把情报送给了刘人杰。刘人杰也决定来一个将计就计，围困三里庄。如果敌人来救援，就来一个围城打援。如果李春秋不来增援，就先拿下三里庄，然后再杀一个回马枪，攻打县城。他在派周生水和关小峰去县城的同时，开始进行动员，集合独立营、县大队和几十个村的民兵，准备再次包围三里庄。刘人杰没有让铁柱告诉冬雨，而是让铁柱负责进行战前的准备工作。

冬雨听了铁柱的汇报，再也坐不住了。他连夜去找刘人杰，请求让他们一连担任主攻任务。

4

刘人杰见到冬雨，并没有吃惊，好像他早就算到冬雨会来。当他听完冬雨要求担任主攻的时候，他却笑了。他说："冬雨，这一次咱们只是围困三里庄，暂时还不攻打。"

冬雨吃惊地问："为什么？"

刘人杰说："冬雨，你想，李春秋这么痛快答应我们消灭郑奠基的要求，他只不过是想让我们和郑奠基拼个鱼死网破，他好从中得利。咱们偏偏不上他的当，咱们对三里庄来一个围而不攻，咱们在兵力上占着绝对的优势，又有一些神枪手，足以对敌人构成威胁。上次咱们攻打三里庄，那些老缺们早已经成了惊弓之鸟，他们内部也不是铁板一块，很快就会军心不稳。到时候咱们再一鼓作气拿下三里庄。"

冬雨回到小王庄，立刻集合队伍，向三里庄进发。这几天里，他好像是经过了一场洗礼，他原先的看法完全变了。他原先对保安旅和那些老缺们还是心存不忍，现在，他明白了，对敌人的心慈手软，就是对自己和战友的残忍。这次到三里庄，他决不会再手下留情了。对郑奠基、张立言、曹小三这些杀人不眨眼的老缺，他要坚决地予以消灭。

刘人杰怕郑奠基发觉自己的意图会逃跑。他命令一连和二连先深入大荒洼，从荒洼深处返回来，截断郑奠基逃往大荒洼的退路。然后，其他部队才从其他三面围困三里庄。

郑奠基在派人偷袭了小王庄之后，他也知道八路军不会善罢甘休。他派张立言亲自到县城去打听消息，同时也安排人打听独立营的消息。很快他就得到消息，说是八路军和博安县大队以及各村的民兵都在集结，好像要有大的动作。他预感到不妙，如果八路军和地方部队围困三里庄，他的这支部队恐怕就凶多吉少了。他已经做好了撤进大荒洼的准备。可是，张立言从县城带回来的消息，却又让他吃了一颗定心丸。张立言去县城，李春秋亲自接见了他。可是，李春秋并没有把自己与八路军谈判的真实情况告诉张立言。李春秋告诉张立言，八路军独立营的确是派副营长周生水来找他交涉过。但是，保安旅已经接到了上峰的命令，国共两党已经在中原地区开战了。独立营在荒洼深处，没有电话和电报，他们还被蒙在鼓里，还妄想拿制造摩擦、挑起内战来威胁自己，自己把他们给赶走了。他让张立言回到三里庄，做好战斗准备，他们要与八路军决一死战。张立言对李春秋的话并不完全相信，他又去找了保安旅内的几个熟悉的军官，打听了一下。果然如李春秋所说，国军已经与共军打起来了。还有消息灵通的人说，八路军已经改叫解放军了。他回到三里庄，把自己打听到的情况告诉了郑奠基。他们分析了目前的形势，觉得独立营和博安县大队集合起来，有两种可能，一种可能是来攻打三里庄，还有一种可能是进攻县城的保安旅。他们想过，李春秋如果想要与共军决战，把共军从博安县赶出去，必然要利用自己这支部队。也就是说，他们这支队伍对李春秋来说，还是有利用价值的。正是因为有了这样的分析，他们决定不离开三里庄，并且把英庄据点和马家庄据点的人都调回来。即便是解放军来攻打，他们也可以坚守待援，李春秋不会不管他们的。可是，这一次他们的确是看错了李春秋。李春秋想的是一箭双雕，让解放军和三里庄老缺们拼个鱼死网破，等到双方两败俱伤之后，他再来收拾残局。

5

两天后，三里庄被解放军包围了。奇怪的是，解放军却没有发起进攻，又是采取了围而不打的战术。

这一次，解放军采取的战术与上次围困三里庄又有不同。上一次是先集中兵力攻打英庄据点的日军，现在他们却是把全部兵力都用来围困三里庄。上一次围困三里庄，是既不许进也不许出。这一次，他们把三里庄包围起来，却是只许出不许进。从三里庄出来的人，他们都会进行甄别，确认是老百姓，立刻放行。即便是郑奠基手下的士兵，他们也不为难，进行教育以后，也放其回家。

刘人杰的这一招很厉害，郑奠基想起了上次被围困的时候，村子里的粮食吃光了，军心动摇，出现了很多逃兵。郑奠基和张立言天天盼着李春秋的援兵，他们真可谓是望眼欲穿，可是，李春秋的援兵一直是毫无消息。郑奠基觉得很奇怪，难道李春秋不知道解放军已经围困了三里庄？解放军的动作这么大，李春秋会一点消息也得不到？不可能。可是，为什么这么多天了，却不见李春秋派来援兵呢？他叫来张立言，张立言其实早已经想明白了，可是他不敢对郑奠基说，他怕郑奠基怪他。这几天他怕见到郑奠基，所以他一直躲着郑奠基。郑奠基派人来叫他，他只得硬着头皮来见郑奠基。郑奠基一见张立言，就着急地说："立言，这几天你忙什么呢？"

张立言说："大哥，我这几天正在苦思脱身之计。"

郑奠基虽然在兵法上比不上张立言，但是他也毕竟是一个在江湖上摸爬滚打过几十年的人，他能一直稳坐这支队伍的头把交椅，自然也不是一个吃干饭的人。他并不傻，不但不傻，反而是很精明。对张立言说的这些话，他并不相信。他不说话，只是定定地看着张立言，看了好长时间。张立言心里终于有点发毛了，他刚想说话，郑奠基却在这个时候说话了。郑奠基说："你想出了什么办法？"

张立言说："大哥，现在咱们被困在这儿，不能坐以待毙，咱必须想办法突围。只要能冲出去，进了大荒洼，不管剩下再少的人，咱都能够东山再起。"

郑奠基心里想，你这是什么好策略呢？他冷笑了一声，说："立言，不到万不得已，咱们是不能走这一步的。我现在想的是，李春秋为什么至今没有派来援兵呢？难道这里边有什么阴谋？"

张立言见郑奠基这么问，知道郑奠基已经怀疑李春秋了，这个时候自己再装傻，是不行的。于是，他说："这个问题我也反复地想过，按说，咱们这支队伍对李春秋还是有利用价值的，他应该不会抛弃咱们不管。"

郑奠基"哼"了一声，说："那为什么至今不见一兵一卒前来救援呢？莫不是李春秋这老小子想再次让咱们给他当炮灰？"

张立言犹豫了一会儿，说："大哥分析得很有道理。看来，李春秋很有可能是想让咱们和解放军拼一个两败俱伤，他好从中捡便宜。"其实，他早就想到了，只是不敢说出来。现在借机送了一顶高帽子给郑奠基。

郑奠基并没有因为张立言给他戴了一个高帽，就忘乎所以。他叹了一口气，说："看起来，刘人杰比咱们聪明啊。他看透了李春秋的诡计，他没有上当，所以人家才对咱们来一个围而不攻，只等着咱们不攻自溃。"郑奠基说的是"刘人杰比咱们聪明"，可在张立言听来，这个"咱们"就是指他张立言。多年来，在郑奠基和他手下的那些老缺们看来，他张立言就是当年的诸葛亮。可是，这一次他却辜负了郑奠基的厚望，他没能看透李春秋的诡计，以至于他们被困在了三里庄。郑奠基见张立言的脸色很尴尬，他也就没有再说让张立言感到难堪的话。他转移了话题说："立言，咱们要好好想一想，看看咱们下一步棋到底该咋走？"

张立言说："大哥，解放军的兵力比咱们多好几倍，这个时候突围必然会有太大的损失。正如你刚才说的，不到万不得已，不能强行突围。咱们凭借着坚固的工事，先坚守一阵子。解放军不是允许出去吗？咱们可以安排心腹到县城去求援。"

郑奠基说："人家只许出不许进，派出去的人即使有了回信，怎么通知咱们呢？"

张立言说："不需要通知咱们了。只要三五天之内没有动静，那证明李春秋真的是彻底把咱们给抛出去了。到那个时候，咱们只有拼死突围了。"

郑奠基和张立言派人去求援了，可是，他们没有等来援军，解放军发动了攻势。这个攻势不是军事打击，而是政治宣传攻势。他们弄来了一些铁皮喇叭，在三里庄周围，安排人轮番喊话。从解放军的喊话中，郑奠基和张立言以及所有独立团士兵都知道了一个他们不敢相信却又不得不相信的事实，保安十六旅司令部已经宣布撤销保安旅独立团的番号。这样一来，郑奠基的部队就成了非法武装，或者干脆说又被打回了原形，成了老缺部队。解放军宣传了他们的政策，那就是只要放下武器，走出三里庄，不管以前有什么罪行，都可以得到宽恕，都能从轻发落。如果继续顽抗，只有死路一条。

解放军的这些宣传，让那些心存幻想的老缺们彻底绝望了，越来越多的士兵偷偷地抛下武器，趁着黑夜溜出围墙投降了。这些投降的老缺第二天就通过铁皮喇叭，向三里庄喊话，说他们受到了解放军的优待，并且劝说其他人也赶紧离开三里庄。他们在喊话中，指名道姓，让他们的亲戚或者是朋友赶紧也来向解放军投诚。这一招，果然厉害，不仅有一些士兵逃跑投降，甚至有的班长、排长也偷偷地溜出三里庄投降了解放军。郑奠基彻底地慌了，他急忙叫来张立言、曹小三等人商量对策，最终决定突围。

当天深夜，三里庄围墙的北大门突然打开了，吊桥也放下来了，郑奠基让崔长海带领部队冲出三里庄，开始突围。负责在北门打阻击的正是英冬雨的一连，他们一见敌人放下吊桥，立刻展开阻击。冬雨这一次再也不手软了，他弹无虚发，一枪打倒一个敌人。东西两侧的解放军和县大队、民兵留下一部分继续监视敌人，以防敌人声东击西。各分出一部分兵力增援一连。趁战斗打得难解难分之时，郑奠基和张立言、曹小三带着十几名亲信，从三里庄东面开始突围。他们没有打开围墙大门，更没有放下吊桥，而是悄悄地从围墙上顺绳子溜下来。等到被发现的时候，他们已经溜下来了。虽然遭到了一阵阻击，但是郑奠基和张立言、曹小三还是借着夜色逃进了大荒洼。

第二十章

1

解放军重新占领三里庄之后，独立营接到了上级命令，与渤海军区新编直属团密切联系，做好解放博安县城的准备。

解放军秣马厉兵、积极备战的时候，李春秋也没闲着，他也在积极备战。他召集全旅各团团长、团副以及团参谋长会议，传达了国民政府鲁北行营主任的命令，抓紧时间动员部队，做好战斗准备。一旦时机成熟，就立刻向解放军发动进攻。

军事会议开了三天，会议上制定了作战方案。散会以后，周至清让他的参谋长和团副带着作战方案先回驻地。他却去了他叔周怀成的家里，住了一个晚上。他凭着自己的记忆，把作战方案择要写出来，交给了周怀成，让周怀成尽快转交给刘人杰。第二天，周至清在他叔家里吃过了早饭，才带着他的卫兵大摇大摆地出了县城，返回驻地。他召集全团连以上军官开会，让参谋长传达了旅部的命令。等参谋长传达完上级的命令，周至清说："各位，当前正值党国危殆之际，大家有什么好主意，可以说一说。"

那些营连长们一个个面面相觑，好像都有许多话要说，可是谁也没有说话。周至清注意观察军官们的态度和情绪，他发现大多数军官一听说要与解放军独立营作战，情绪很低落，尤其是那些连长们，他们对独立营的战斗力太了解了。

这支部队曾经是八路军特遣队，在大荒洼与日军周旋了好几年，打得日军晕头转向。扩编为独立营后，他们的战斗力更强了，再加上有英冬雨和马虎剩这两个神枪手，更让很多军官心存畏惧。更何况，现在解放军有独立营和新编渤海区直属团这两支主力部队，再加上博安县大队以及各村的民兵队，他们的兵力总数也已经与保安旅不相上下了。他们都觉得与解放军作战，恐怕是凶多吉少。虽然这些连长、营长们，谁都没有把心里的话说出来，但是，他们的心思却写在了脸上，周至清从他们的脸上读出了他们心里的话。散会的时候，他要求各营各连回去后，要逐级向士兵们传达，并做好动员工作。虽然他是这么说的，可是散会以后，他却又留下了各营营长一块吃饭。

周至清的团部驻扎在县城北面的石村镇，镇上只有一家小酒馆，周至清没有带人去酒馆，而是让酒馆把酒菜送到团部来。当然，团部的厨师也没闲着，他也做了好几道自己拿手的菜。

周至清和手下的军官们一起开怀畅饮，这让那些营长们心里都有一些奇怪，因为平时周至清很少与部下在一起喝酒，即便是喝酒，也只是象征性地喝一点而已。在这一点上，周至清和其他团长不太一样。二团团长王孝成是盐商出身，三团团长马青山是拉杆子出身，说白了，也就是老缺出身，他们的身上都还保留着很多的江湖习气，经常与手下的人在一起胡吃海喝。周至清曾经到上海读过书，后来也曾经上过军校，在保安旅，他是唯一一个上过军校的职业军人。今天他竟然与部下们喝了一个不亦乐乎，等到酒至半酣，周至清见时机差不多了，他故意装出一副醉醺醺的样子，说："各位老弟，对这一次作战，有什么想法啊？现在是弟兄们在一起，大家不必拘泥，随便说。心里怎么想，就怎么说。"

周至清这么一说，大家反而都不说话了，过了一会儿，周至清说："今天我喝醉了，大家有什么话都可以说。只要是心里话都可以说，没有对错之分。"

又过了一会儿，一营长说话了，他说："团长，我说两句，如果说错了，您可别生气。"一营长一直是很得周至清信任的，周至清也很赏识这个年轻的军官，平时两人的关系也很不错。正是因为这一点，一营长觉得都不说话，势必会弄得周至清很没面子，他必须要带头说。虽然这个时候他还不明白周至清为什么在这个酒局上让大家讨论在会上没有展开讨论的话题。

周至清继续微眯着双眼，做出半醉的状态，说："好，你尽管说。"

一营长说："说句实话，我们以前都是在日本鬼子和八路军的夹缝中生存和发展的，现在，让咱们跟解放军作战，有点悬。"说到这儿，他停住了话头，看了看周至清，他想看一看周至清对他的这个说法有何反应。周至清没有说话，只是往上撩了一下眼皮。但是，他却分明从周至清的目光中看出了鼓励。于是，他就接着说下去："独立营的战斗力咱们都是很清楚的，连坂田联队都拿他们没有办法，咱们要想消灭他们，恐怕是很难。再说，现在独立营的人数早就超过了一个营，恐怕和咱们一个团差不多了。解放军还有一个直属团，也是满编的，咱们这三个团呢？大家都知道，都不满编，合起来恐怕还不及人家这一个团加一个营呢。说句不好听的，人家不来消灭咱们，就已经是烧了高香了。"

一营长开了头，其他营长也开始说开了，渐渐地，大家的胆子越来越大，说的话也就越来越透明了。到了这个时候，已经有人猜到了周至清的心思。大家也就越说越深入，最后，竟然有人说，到了万不得已的时候，希望团长能够带领弟兄们找一条生路。周至清醉眼蒙眬地看了看大家，他的目光看上去像是很随意，实际上他的目光在扫过每个人的脸的时候，他已经把每个人的心思都看透了。在这些人中，只有副团长和三营长的态度不明朗，脸上的神色游移不定。他一语双关地说："大家放心，我不会把大家领到邪路上去的。"

旅部的作战命令很快逐级下达了，等到胖娃得到保安旅要与解放军开战的消息时，他的心里犹豫彷徨起来。他当初出来当兵，是因为两件事，一个是他被已经投靠了日军的曹小三毒打了一顿，他咽不下这口气。第二个就是因为英冬雨参加了八路军，并且在桓公台伏击了日军，铁柱、狗蛋等人都以此来打击他，就连一直紧紧跟随胖娃的二牛和牤子也觉得抬不起头来，胖娃甚至从芦花的目光中读到了一丝不屑。其实，芦花虽然曾经深深地爱着冬雨，但是她骨子里是一个懦弱的女孩子，她依然遵循"嫁鸡随鸡，嫁狗随狗"的古训。她并没有瞧不起她的丈夫胖娃，即便真的有一点瞧不起，她也是绝不会表现出来的。这都是因为胖娃心里有了一种自卑，才疑邻盗斧，觉得芦花也瞧不起他了。他才在一气之下，离家出走当了兵。又因为英冬雨参加了八路军，他就不去投奔八路军，而是投奔了保安旅。日本人被打跑了，胖娃想这回可以过上安生日子了。到了这个时候，他的确是很想家了。可是，这个时候，他已经不是一个大头兵了，他已经是保安旅一团三营七连的副连长了。他如果就这么跑回家，他的前途就没有了。他想在部队里再干一段时间，等他当上连长以后，就可以把老婆孩子接出来了。可是，还没等他实现这个梦想，就听说国共两党已经开战了。这个消息他早就听说了，虽然都是小道消息，但是无风不起浪，他的心里感到很不安。保安旅的绝大部分官兵和解放军独立营以及县大队的大部分人都是大荒洼里的，真要是自相残杀，那真的是一场人间惨剧。他希望那些小道消息仅仅是小道消息，可是很快他的希望就破灭了。他和连长到团部开会，当他听到这个消息从参谋长和团长口中说出来的时候，他知道，这场惨剧已经是不可避免的了。回到连部以后，连长召集全连官兵，传达了即将与解放军开战的命令，并作出了部署。这个命令一传达，大家立刻议论纷纷，人心惶惶。当天晚上，连长回了家，胖娃一个人在连部，躺在床上怎么也睡不着。他想起了和冬雨、铁柱、狗蛋、二牛、牤子一起在祠堂读书的时候，虽然冬雨大胆地钻进了那个传说有大长虫的槐树洞，成了与他平分秋色的孩子王，他俩之间也从那以后有了矛盾。当时，他觉得那是不可调和的矛盾，可是，现在回想起来，那都只不过是孩子之间的一些小事，他真的不该赌气参加了保安旅。现在他真的是很后悔了，如果他也和冬雨一样参加八路军该有多好啊！哪怕是不出来当兵，就待在家里，守着芦花和他们的女儿香玉，不愁吃不愁穿，该有多好啊！这个想法一旦冒出来，他就怎么也赶不走了。他想，干脆脱下军装，偷偷地跑回家。可他又担心，现在的英庄是解放军占领着，他们会不会放过自己呢？他翻来覆去地想这件事，忽然他想起他的爷爷曾经暗中帮过八路军不少忙，他不知道他爷爷是不是加入了共产党，但是有一点却可以肯定，他爷爷与共产党是有紧密关系的。只要他爷爷出面，解放军是不会为难他的。他终于下定了决心，趁着夜深，偷偷地离开了驻地，逃走了。

2

胖娃回了家，一家人自然是很高兴。可是，高兴之后，他的爷爷英方儒却犯了难。在日本人进入大荒洼以后，英方儒表面上是日本人委任的维持会会长，但是，他却在暗中为八路军做了不少事。当然，他也暗中为保安旅做过不少事。那个时候，他不论是帮助八路军还是保安旅，都是在帮中国人。那个时候，他的选择是很容易的，只要是帮助中国人打日本人，他就是对的。可是，现在却是中国人和中国人开了战。这个时候，再让他来选择，他就很难了。这几年，他亲眼看见了八路军与日军的殊死搏杀，也亲眼看见了保安旅的消极抗战。因此，从他与八路军这几年的交往中，他是在感情上倾向于八路军的。但是，在另一方面，他又始终认为国民政府是正统，保安旅才是代表国民政府的合法军队。大荒洼的大部分村庄属于博安县管辖，也有一部分村庄属于蒲台县管辖。可问题是，博安县和蒲台县都出现了两个政府，一个是国民党的，一个是共产党的。英庄现在是被共产党的军队占领着，这支队伍在抗战的时候也是叫做国民革命军，可是现在已经改称人民解放军了。在大荒洼，既没有电台，也没有报纸，他不知道现在全国到底是一个怎么样的形势，也正是因此，他的目光受到了限制。他觉得国共之争，国民党的胜算很大。因为有了这样的一个认识，在共产党的博安县人民政府请他担任县参议会参议员的时候，他婉言谢绝了。他表示，他一定会像过去一样，继续为共产党做事，但是因为年事已高，却不能担任任何职务了。

胖娃毕竟是保安旅的一个副连长，按照共产党的说法，就是反动军官。他不能让胖娃露面，免得惹来麻烦。他想，不管将来是哪一方执掌博安县的天下，凭他这点老面子，都是能够保住自己的孙子的。他现在唯一能做的，就是让孙子躲在家里，静观其变。

十几天后，就传来一个让英方儒感到震惊的消息，保安十六旅第一团团长周至清带领一个连骗开了县城的南门，突然占领了南门，他的第一团立刻从南门攻入县城，随后宣布起义。李春秋猝不及防，被打了一个措手不及，他在县城只有一个警卫营，远不是第一团的对手。只得率领残兵败将逃出县城。一出县城，却又中了解放军独立营的埋伏，李春秋几次突围都失败了，最终只得投降。李春秋投降以后，刘人杰让他分别写信给第二团团长王孝成和第三团团长马青山，让他们认清形势，率部投诚。王孝成见大势已去，也只得率部投诚了。可是，马青山却拒不投降，想带着部队逃进大荒洼。结果被解放军和周至清的第一团前后夹击，打得七零八落。部队被打垮了，但是，马青山却带着几十名亲信逃进了大荒洼。

渤海军区将起义的保安旅周至清第一团和投诚的王孝成第二团改编为解放军渤海军区独立师第二团和第三团，经过整训，独立师离开渤海区南下作战。与此同时，博安县人民政府搬进了博安县城，独立营改编为博安县警卫营。同时建立了博安县公安局，警卫营营长刘人杰兼任公安局局长，警卫营副营长周生水兼任公安局副局长，警卫营教导员赵英洲兼任县公安局政委，警卫营一连连长英冬雨兼任公安局侦察科科长，警卫营二连连长马启亮兼任公安局审讯科科长，警卫营三连连长关小峰兼任公安局政卫队队长。

国民党的部队虽然已经被赶出了大荒洼，但是，一些残余武装却逃进了大荒洼。尤其是郑奠基和马青山这两股武装，他们都是一些惯匪，在大荒洼，他们人熟地熟，又都是一些心狠手辣的老缺，老百姓都不敢惹，即便发现他们的行踪，人们也不敢报告。所以，警卫营和公安局的首要任务就是剿匪。同时，保安旅溃败的时候，有很多保安旅官兵逃回了家，他们大多躲在家里不露面。但是，他们大多数却与郑奠基或者马青山有着千丝万缕的联系，有很多人还充当了郑奠基和马青山的眼线，给他们通风报信。因此，公安局的第二个大任务就是尽快搜捕这些保安部队的官兵。

刘人杰召集周生水、赵英洲、英冬雨、马启亮、关小峰开会，研究对敌斗争策略。刘人杰首先分析了目前的形势，然后说："当前我们有两个紧迫的任务，一个是剿匪，另一个是搜捕反动官兵。如何开展工作呢？是先剿匪？还是先搜捕反动官兵？还是这两项工作同时开展？请大家发表一下自己的意见。"

刘人杰说完之后，大家都陷入沉默，他们都在仔细分析，过了一会儿，赵英洲说："目前，我们应该集中精力剿匪，只要把郑奠基和马青山这两股老缺给消灭了，其他的事情就好办了。"

关小峰却不同意，他说："我干过老缺，我对他们是很了解的。他们一旦躲进荒洼深处，就很难找到他们。现在，郑奠基和马青山这两股老缺大概有一百多人，我们去人少了，恐怕会吃亏，派大部队进去，就好像拳头打跳蚤，不仅耗费太多兵力，而且效果也不会好。所以，我建议，我们先把那些隐藏下来的反动官兵抓出来，把老缺在各村的眼线都给搞掉，然后再剿匪。"周生水赞同关小峰的建议，他说："小峰说的有道理，如果不把郑奠基和马青山在各村的眼线给挖出来，我们的行动就会被他们提前知道，起不到应有的效果。"

刘人杰一直认真地听着，等周生水说完，他看了看其他人。马启亮说："赵教导员和周营副、关连长说的都有道理，我觉得，目前咱们有一个营的兵力，还有各村的民兵，完全可以把这两项工作同时开展。"马启亮说完之后，大家又都沉默了。刘人杰看了看一直没有说话的冬雨，问："冬雨，你有什么想法？"

冬雨没有立即接话，而是两眼定定地看着前方的虚空处，好像完全没有听到刘人杰的话。关小峰伸手轻轻推了他的手臂一下，冬雨却没有动，关小峰刚想说话，刘人杰看了他一眼，用目光制止了他。大家都不说话，而是都拿眼睛看着冬雨。赵英洲干脆拿起烟袋锅，慢慢往烟袋锅里填满烟末子，然后划着了火柴，点起烟来。

过了好大一会，冬雨才收回了目光，看了大家一眼，说："不好意思，我走神儿了。"

刘人杰笑了笑，说："没关系，冬雨，你想到了什么？给大家说说。"

冬雨说："我基本上赞同周营副和小峰的意见，先不剿匪，而是把隐藏下来的那些保安旅官兵和老缺找出来，把郑奠基和马青山的眼线给挖掉，让他们变成瞎子和聋子，然后再剿灭他们。同时，咱们要加强各村的联防，不让他们到村里来抢粮食和物资，把他们困在大荒洼里。并抓紧训练各村民兵，大张旗鼓地宣传要进荒洼剿匪，给他们造成压力。马青山目前的实力比郑奠基要小得多，他为了自保，很可能会去投奔郑奠基。但是，他以前曾经是保安旅的团长，他是瞧不起郑奠基的，这两个人在一起，时间久了，就一定会内讧，等他们翻了脸以后，必然会闹个两败俱伤，等到那个时候，咱们的治安状况已经稳定下来了，再一举剿灭他们。"

大家都很赞成冬雨的意见。于是，县公安局立刻发布了命令，一方面把独立营以班为单位派驻到比较大的村子里去，把附近村子的民兵集合起来，组成民兵联防队，训练民兵，大造声势，要进荒洼剿匪。一方面发动群众，检举揭发隐藏下来的保安旅官兵和老缺。

在这场大检举、大揭发运动中，那些隐藏下来的保安旅官兵和老缺一个个被揪出来。胖娃也不能幸免，他也被揭发出来了。驻扎在英庄的一个姓李的排长亲自带人到英方儒家里，他让英方儒把胖娃交出来。英方儒知道躲是躲不过去的，就说："李排长，我曾经为八路军做过很多工作，刘局长是知道我的。"没等他说完，李排长说："老人家，您为我们所做的工作我是知道一些的。但是，您的孙子英志远参加了保安旅，并且在保安旅一团即将起义的时候，他却偷偷逃回了家。他宁愿给反动军阀当兵也不愿意为人民的解放事业做贡献。您是您，他是他，我们接到了报告，他就在家里，还是请您把他叫出来吧。请不要让我们为难！"

英方儒一听这话，就急了眼，他一向是一个很沉得住气的人，可是，当他的孙子被人冤枉并且要被当做反动军官带走的时候，他沉不住气了。他说："他是因为不想打内战，才偷偷地跑回家的。那个时候他还不知道他们这个团要起义。"

李排长说："他到底知不知道起义的消息，公安局自然会调查的，但是，我现在必须把他带走。"

英方儒见李排长态度很坚决，知道再多说也没用，就让儿子英全安去把胖娃叫来，他对胖娃说："孩子，别害怕，我这就去找刘局长，你的事会说清楚的。"

李排长说："老人家，您放心！我们不会为难他，只要他好好的配合调查就行了。如果他真是不知道起义的消息，公安局是会给你们一个公平的交代的。"

3

胖娃被带到了县城，关进了监狱。博安县监狱就在公安局的一侧，这都是原来民国政府的警察局和监狱的老房子，样子并没有变，改变的是门口的牌子。当然，更主要的是换了主人。说是监狱，其实并没有专门的狱警，负责看管犯人的就是公安局的政卫队。胖娃刚被送进监狱，英方儒就紧跟着来了，他到公安局要求见刘人杰。可是，门口值班的两名政卫队队员告诉他说，刘人杰不在局里。他又提出要见周生水或者是英冬雨。一名队员又仔细地看了看他，见他穿得很体面，像是个有身份的人，就说："周副局长倒是在局里，请问您是谁？您与周副局长熟悉吗？"

英方儒说："我是英庄的，叫英方儒，曾经为刘局长、周副局长他们做过许多事情，他们都是知道我的。"

政卫队队员就带着英方儒进去见周生水。周生水很热情，他安慰英方儒说："这件事，您放心，我们一定会尽快调查一下，如果他真的是在不知道他们团要起义的情况下，偷偷跑回家的，那说明他是一个有良知的军人，我们绝不会为难他。不过，这事儿您不能着急，因为他们团已经南下作战了。我们要联系他所在连的连长，才能调查清楚这件事。这需要一点时间，希望您能够理解。"周生水说得合情合理，英方儒还能怎么说呢？只能回家去等着。

在被政卫队带走的时候，胖娃的心里并没有太在乎。他从小就生活在他爷爷这棵大树下，在他心里，他爷爷几乎没有办不成的事。尤其是在他知道爷爷曾经帮助八路军做过很多事情以后，他的心里就更不在乎。他相信，只要爷爷找到刘人杰说个情，公安局就会立刻放了他。也是因为有了这个想法，在审讯科科长马启亮提审他的时候，他也就满不在乎。他只是简单地说了说当时的情况，当马启亮问他又没有人能够证明他说的都是实话的时候，他竟然很不耐烦了，他说："我们团起义以后已经南下了，我到哪儿去找证人去？"

马启亮倒没有生气，他很耐心地说："这一点我们也是知道的，正是因为你所在的团已经南下了，短时间内我们联系不上，所以，我才希望你能想一想，有没有其他的人可以为你证明。"

胖娃见马启亮没有要放他走的意思，心里很失望，也生起了一股抵触情绪，他说："既然这样，那我继续坐牢好了。"

本来，周生水已经把英方儒来找他说的情况告诉了马启亮，让马启亮尽量把工作做细，如果有证人能够证明胖娃所说都是真实的，就可以释放他。可是，胖娃竟然犯了混，不配合调查。马启亮没办法，只得让人把胖娃带回去。

胖娃回去以后，情绪就更坏了。他想，难道是他爷爷没有来找刘人杰？不可能啊。他知道，他是爷爷唯一的一个孙子，他和芦花有了一个女儿，他爷爷还指望他和芦花再生一个胖小子，他爷爷还等着抱重孙子呢。爷爷说过，立刻就会来找刘人杰的，怎么会不来呢？可是，他们为什么还不放自己呢？他翻来覆去地想，忽然想到了英冬雨和关小峰。他觉得自己明白了，公安局不放自己，肯定是英冬雨和关小峰从中使坏。甚至他之所以被抓，也很有可能是英冬雨和关小峰的事儿。人就是这样，想问题的时候，很难站在别人的角度去想，老是站在自己的角度去看问题，这就是钻牛角尖。现在，胖娃就在钻牛角尖。他想，英冬雨和关小峰都曾经打过芦花的主意，他们现在想的就是把自己关起来，甚至还会把自己判刑。他沿着这个思路想下去，越想越觉得自己想得很对。其实，他不知道，他被抓进来，关小峰虽然知道，但是却没有从中使坏。至于冬雨，他根本就不知道胖娃被抓进来。这几天，他正忙着布置侦察郑奠基和马青山行踪的事情。如果英冬雨知道胖娃被抓的时候，他一定会帮助胖娃的。因为他是了解胖娃的，他不相信胖娃真的就会成为一个货真价实的反动军官。

胖娃等了几天。这几天中，每天都有人抓进来，每天也都有人被释放。可是，却没有人来问他的事情，好像人家是把他给忘了。他彻底地失望了，很快失望就变成了绝望。正是因为绝望，当有人撺掇着要越狱的时候，他不但很快就答应了，而且还成了最积极的一个。

经过一番准备，他们终于在一个风雨交加的夜晚采取了行动。半夜时分，当一名政卫队员巡视经过一间牢房的时候，一名囚犯趴在铁栅栏门上，向他哀求说："长官，您快看看，一个人就要死了。"

政卫队员还是保持着警惕的，他并没有立刻掏出钥匙去开门，而是凑过去，隔着铁栅栏门往里看，里面黑咕隆咚的，看不清什么，隐约看见有一个人蜷缩在屋角呻吟着。他正在犹豫是不是要再去叫几个人来一块进去看看。那名哀求他的囚犯隔着铁栅栏门伸出双手，一下子掐住了他的脖子。他想喊，喊不出来。他的双手想去摘下背在肩上的枪，可是，很快就有好几个人扑到门前，隔着铁栅栏门伸出了好几双手，他的手，他的脚，都被人死死地捉住了。很快，这名队员就被掐死了。囚犯们从他的腰上解下钥匙，打开了牢门，他们又很快地把附近的几个牢门都打开了，人们立刻蜂拥而出。

他们刚一冲到院子里，就被哨兵发现了。哨兵立刻鸣枪报警。执勤的政卫队员们迅速行动起来。监狱里乱成了一锅粥，枪声响成一片。

4

冬雨就睡在公安局的宿舍里，当第一声枪响的时候，他就被惊醒了。他知道肯定是监狱出事了。他迅速穿上衣服，拿起枪就跑出去。等他来到监狱门口的时候，见在门口执勤的两名队员已经被打倒在了门口。监狱的外大门是一个铁栅栏门，这两名队员肯定是在发现有人向大门冲来的时候，在门口向里开枪，里面的人也抢到了几支枪，并且他们都是当过兵打过仗的人。一阵对射，门外执勤的两名队员一死一伤。一名囚犯正用枪托拼命地砸门锁。那把大铁锁是从外边锁上的。那个人从铁栅栏门伸出枪托，很不得手，所以才没有砸开。此时，已经有几名囚犯迫不及待地想从门上爬出来。冬雨知道，一旦那个铁门的锁被砸坏，这些人冲出来，后果不堪设想。他身后已经有不少公安局的人跑过来。英冬雨把驳壳枪的枪口朝上，开了一枪，这一枪让大门口的那些囚犯们出现了一个短暂的安静，英冬雨趁此机会大喝一声："我是英冬雨，谁敢冲出来，我就一枪击毙他。"

他这一声大喊，还真的就震慑住了那些人，因为他们知道，只要英冬雨开枪，他们这些人谁冲在前头，谁就一定会死。人们都往后退去，已经爬上了铁门的几个人也吓得赶紧跳下地。可是，有一个人没有退，这个人就是胖娃。他一听见冬雨的声音，不禁怒火中烧，他冲到前边，一边扑向大门，一边大喊："英冬雨，你公报私仇，我跟你拼了！"一边喊着，一边举起了枪。

冬雨听到这个声音，一下子呆住了。这个声音怎么这么耳熟呢？他想起来了，这个人是胖娃。胖娃怎么会在这里呢？他是什么时候被抓进来的呢？就在他这一愣神儿的功夫，胖娃的枪已经瞄向了他。一声枪响，倒下了一个人。但这个人不是冬雨，而是胖娃。就在胖娃要扣动扳机的时候，一颗子弹射中了他，并且是打在了他的脑门上。这一枪并不是英冬雨打的，而是刚刚闻讯赶来的关小峰打的。关小峰是政卫队队长，负责看押犯人和保护公安局工作人员的安全，也睡在公安局。他听到枪声，就知道出事了，胡乱地穿了衣服，就拎着枪往外跑。等他来到的时候，正好看见胖娃从铁栅栏门里往外伸出那杆枪。夜色中，他也看不清这个人是谁。其实，不管这个人是谁，他必须立刻开枪。在大荒洼，关小峰的枪法是仅次于冬雨的。英冬雨、关小峰、曹小三这三个人，是大荒洼公认的三位神枪。他一枪就把胖娃给击毙了。监狱里的人不知道这一枪是关小峰打的，因为他们听见冬雨的喊话，紧接着又听见胖娃的喊叫，然后就是一声枪响。胖娃应声倒地，一命呜呼。他们都以为这一枪是冬雨打的。他们都吓得不敢再往前冲了。他们这些人中，绝大多数人只是因为在保安旅干过而被抓进来，他们也见到有一些和他们一样的人经过审查被释放了出去。如果威胁不到生命的话，他们当然愿意立刻获得自由。但是，当有生命危险的时候，他们宁可选择暂时的不自由。政卫队员们打开大门，冲进去，重新将那些人关押起来。

冬雨看着已经死去的胖娃，心里忽然无比悲凉。他想起了他和胖娃、芦花一起在小学堂读书的情景，虽然那个时候因为他的出现，威胁到了胖娃孩子王的地位，胖娃因此常常与他发生一些摩擦。但是，那毕竟是孩子之间的一些小打小闹，现在回想起来，那根本就不是什么仇恨，甚至还会觉得很温馨。可是，胖娃死在了他的手里。虽然并不是他开枪打死了胖娃，但是，他却觉得胖娃就是死在了他的手里。如果不是因为自己的出现，胖娃不会这么冲动，那么胖娃也就不会死。

关小峰不明白冬雨为什么会那么不高兴，可是，这阵子他可顾不上来安慰英冬雨，他这个政卫队队长忙着处理越狱事件呢。冬雨自然也不能袖手旁观，他也怕再出现什么失控的局面，所以，暂时把那些烦恼压在心底，和关小峰一起迅速处理这一事件。刘人杰和周生水、马启亮也都很快地赶过来了。等大家把事情处理完，天已经大亮了。

5

马青山带人逃进大荒洼，他现在的力量显然是远远比不上郑奠基的。虽然他心里有一百个一千个不愿意，为了生存下去，他也必须与郑奠基合作。否则的话，他这几十个人随时都有被剿匪部队完全消灭的危险。可是，他从心里是瞧不上郑奠基的，虽然他也和郑奠基一样曾经当过老缺，只不过他比郑奠基早几年穿上了军装而已。在李春秋组织成立保安部队的时候，他就参加进来，成了保安十六旅的元老。他瞧不起郑奠基，其实只不过是五十步笑百步而已。可是，现在的郑奠基，实力却比他要大，而且这几年中，郑奠基其实一直没有离开大荒洼，对大荒洼远比他要熟悉得多，他不得不在表面上放低自己的姿态。但是他和郑奠基之间的矛盾，却无法消除。郑奠基之所以接受马青山，是想着要把这几十个人收到自己的麾下，马青山当然也很清楚郑奠基的鬼主意。两个人是各怀鬼胎，貌合神离，这就埋下了祸根。如果在马青山刚刚逃进大荒洼的时候，解放军就围剿他们，他和郑奠基就顾不上搞内耗。解放军并没有急于进剿，而是对大荒洼边上的村子加强了防御，让他们无法去抢劫。这样一来，他们的生活就出现了问题，为了抢夺生活资源，双方经常发生冲突。尤其是马青山的人，他们这些年已经过惯了那种伸手吃饭的生活，让他们重新过这种半野人式的生活，他们很不习惯。双方的积怨越来越深，终于爆发了一次大的冲突。为了抢一个水洼里的鱼，两边的人大打出手，互有死伤。曹小三来找郑奠基，要求郑奠基答应让他带人突袭马青山，把马青山这支小部队吃掉。郑奠基再三考虑之后，觉得这件事早晚得解决，长痛不如短痛，就让张立言去邀请马青山过来商量事情。打算除掉马青山，然后收编他的队伍。马青山也看透了这肯定是鸿门宴，他来了一个将计就计，带人突袭郑奠基的老窝。

郑奠基和张立言都猜测马青山最大的可能是不来赴这个鸿门宴，他们没想到的是马青山不但来了，而且是搞了一个突然袭击。双方展开了一场火拼。在这场火拼中，马青山被曹小三打死了，他的几十号人也基本上被消灭了。郑奠基的损失也不小，他也损失了几十号弟兄，最让他痛惜的是在这场火并中，他的得力助手张立言被打死了。郑奠基元气大伤。

刘人杰很快就得到了这一个消息，他知道这是消灭郑奠基的最佳时机，他决不能再给郑奠基喘息的机会。剿匪部队立刻行动，趁着夜色，在英秋原的带领下，突袭了郑奠基的老巢。

虽然有英秋原带路，英秋原也熟悉老缺的各种暗号，但是独立营开进来，还是被老缺察觉了。他们想要转移，可是，忽然发现退路早就被独立营给堵死了。刘人杰安排冬雨带领一连迂回到郑奠基的后面，就在远处布好口袋，等着郑奠基往里钻。

关小峰在当老缺的时候，就与曹小三互相不服气。这一次，他一心想要与曹小三来一个最后的决斗，看看到底是谁的枪法更厉害。曹小三可没心思与关小峰比枪法，他保护着郑奠基仓皇逃窜，结果钻进了冬雨的埋伏圈。一阵排子枪扫过去，老缺们就死伤大半。前有堵截，后有追兵，郑奠基不敢恋战，他让曹小三掩护，自己带领几名卫兵向东北角斜刺里冲过去，打算撕开一个口子，突围出去。铁柱带领一个排守在东北角，一见有人冲过来，立刻命令射击，郑奠基和几名卫兵被乱枪打死了，曹小三也被冬雨击毙了。

警卫营大获全胜，打扫完战场，暂时回到英庄休整。天亮了，刘人杰和冬雨到英氏祠堂去看伤员的情况，在东西大街上，正好碰到了芦花。芦花领着她的女儿香玉从李家酒坊出来，往家里走去。她还没走到英庄祠堂前，就看见了冬雨。她的心一下子就乱了，她停住了脚步，两眼茫然地看着前面。香玉不知道是怎么回事，抬起头看了看她娘，然后顺着她娘的目光往前看去。她早就看见了那几个穿军装的人，她也隐隐约约从大人们的言谈中听说过她爹是被解放军给打死的。她收回目光，看着娘，拉了拉娘的手，叫了一声"娘"。芦花收回目光，看了女儿一眼，拉着女儿的手，迎着冬雨的目光，慢慢地往前走着。

冬雨看着芦花和香玉，他的心里感到刀割一般，他的嘴角痛苦地抽搐了一下，想说什么，却没有说。芦花低垂着眼帘，就好像没有看见冬雨一样，从他的面前走过去。冬雨定定地站在街心，忽然觉得自己的心被掏空了，他忽然想起了他爹和铁柱他爹喝空了酒的那把白瓷酒壶。